Tanja Steinlechner

DAS LEBEN, DAS UNS BLEIBT

DIE GOLDSCHMIEDIN

Roman

lübbe

Die Bastei Lübbe AG verfolgt eine nachhaltige Buchproduktion.
Wir verwenden Papiere aus nachhaltiger Forstwirtschaft und verzichten darauf, Bücher einzeln in Folie zu verpacken. Wir stellen unsere Bücher in Deutschland und Europa (EU) her und arbeiten mit den Druckereien kontinuierlich an einer positiven Ökobilanz.

MIX
Papier | Fördert gute Waldnutzung
FSC® C014496
FSC www.fsc.org

Originalausgabe

Textredaktion: Anna Hahn, Trier
Umschlaggestaltung: Christin Wilhelm, www.grafic4u.de
Einband-/Umschlagmotiv: © Miguel Sobreira/Trevillion Images
Satz: GGP Media GmbH, Pößneck
Gesetzt aus der Adobe Caslon
Druck und Verarbeitung: GGP Media GmbH, Pößneck

Printed in Germany
ISBN 978-3-7857-2846-8

1 3 5 4 2

Sie finden uns im Internet unter luebbe.de
Bitte beachten Sie auch: lesejury.de

Für meine Großmutter, Ruth Bergner,
die mich das Lachen gelehrt hat,
und meine Mutter, Sonja Steinlechner,
die mir stets Stärke, Halt und unverbrüchliche Liebe ist.
In Dankbarkeit.

Kapitel 1

Breslau, 11. Januar 1945

Es gab Tage, von denen erwartete Ruth nichts, keine Heiterkeit, keine freundliche Geste, doch jener 11. Januar war an Tristesse nicht zu überbieten. Allem Vorangegangenen wusste er in seinem Verlauf noch eine Schippe Gräuliches hinzuzufügen.

Bereits in der Früh war der Wecker nicht angesprungen, sodass Ruth viel zu spät aufgestanden war. Mit nackten Füßen und noch traumtrunken war sie in Windeseile über das kalte Parkett ins Badezimmer geeilt. Eine schnelle Katzenwäsche hatte reichen müssen. Für den beinahe pelzig sich auf der Zunge ausbreitenden, aber immerhin wärmenden Muckefuck und die ungebutterte dünne Scheibe Brot, die Mutter ihr hergerichtet hatte, war keine Zeit mehr geblieben. Auch der Arbeitstag, den Ruth seit geraumer Zeit in der Munitionsfabrik zubringen musste, hatte keinen noch so kleinen Lichtblick für sie bereitgehalten. Fräulein Gerda, die immer gern unterhaltsame Anekdoten aus besseren Tagen zum Besten gab, war nicht aufgetaucht; genau wie ihre beste Freundin Marga, die normalerweise neben ihr arbeitete. Beim Schwatzen mit ihr verging das Einerlei der immer gleichen Abläufe und Handgriffe sonst viel geschwinder.

Auf dem Nachhauseweg hatte sich die Wintersonne durch die dichte Wolkendecke gekämpft, und Ruth hatte eine zarte Hoffnung geschöpft: Vielleicht würde der Krieg schneller enden als vermutet. Es war nichts weiter als eine wahnwitzige Träumerei, aber die gestattete sie sich ausnahmsweise. Dem Tag war eben nichts abzugewinnen, außer vielleicht, dass er ein Donnerstag war und dass damit das Wochenende in greifbare Nähe rückte. Dann endlich würde sie Ilan wiedersehen.

Als sie daheim und aus dem Mantel geschlüpft war, rasch die verschwitzte Arbeitskleidung gegen ihren weitschwingenden dunkelblauen Rock und die cremeweiße taillierte Bluse getauscht hatte, da bemerkte sie den ernsten Ausdruck auf Papis Gesicht. Was wunderte es Ruth, dass er sie kurz darauf bat, zu ihnen zu kommen, Mutter und er hätten unaufschiebbare Neuigkeiten.

Um den großen Mahagonitisch im Wohnzimmer hatte sich die Familie bereits versammelt; sie hatten offenbar auf sie gewartet. Ruth schob sich auf den freien Platz zwischen Papi und Gili. Ihre jüngere Schwester wippte mit den Füßen und dem Oberkörper, sie schien einem imaginären Lied zu lauschen, zu dem ihre rotblonden Locken, die sonst niemand in der Familie hatte, im Takt schaukelten. Gili lächelte in die Runde, als ginge es im Folgenden einzig und allein um sie. Ihr Bruder Jo hingegen starrte auf den Boden. Aus seinen dunklen Augen sprach ein Ernst, der selbst Ruth immer wieder überraschte. Für seine bald vierzehn Jahre war er bereits hochgewachsen. Wann war aus ihrem verspielt-verträumten Bruder ein beinahe störrischer junger Mann geworden, der nur darauf wartete, mit einem klugen Spruch seine Kritik an allem und jedem geltend zu machen? Mutter, die Ruth gegenübersaß, war nicht anzusehen, was von dieser Versammlung zu erwarten war. Sie blickte konzentriert auf ihre Näharbeiten, ihre Miene zeigte keinerlei Regung. Vater erhob sich und schob dabei den knarzenden Stuhl zur Seite. Er holte noch einmal Luft, vielleicht um Mut zu fassen, doch Ruth sprang auf und unterbrach ihn, bevor er etwas sagen konnte. »Sollten wir nicht, wenn es eine wichtige Familiensache ist, Omi dazuholen? Ich laufe rasch rüber und klopfe an ihrer Zimmertür.«

Vater hieß sie, sich wieder zu setzen. »Omi weiß es schon und ruht sich nun ein wenig aus.« Er seufzte leise. Jetzt erst fiel Ruths Blick auf die Mitte des Wohnzimmertisches, wo drei Pässe lagen.

»Ich sage es geradeheraus, in Breslau könnt ihr nicht länger bleiben.« Vater mühte sich mit seinem ganzen Wesen darum, Sicherheit auszustrahlen. Aber seine gefalteten Hände kneteten in einem fort, und während er sprach, machte er ständig kleine künstliche Pausen, die es nicht gebraucht hätte, um Atem zu holen. Er hatte eine hohe Position bei der Reichsbahn inne und bekam daher einiges mit, was der gewöhnlichen Bevölkerung verborgen blieb. Wenn er jetzt so ein Gesicht machte, musste es ernst sein. Vater schluckte. »Die Russen kommen! Gauleiter Hanke will bis zum Letzten gehen … Ich weiß aus geheimer Quelle, dass Breslau in Kürze evakuiert werden soll. Dann wird Chaos ausbrechen, aber bis dahin seid ihr raus aus der Stadt.« Vater sprach sie alle an, bedachte aber nur ihren Bruder mit einem strengen Blick. »Stellt keine Fragen, fürs Diskutieren ist jetzt keine Zeit. Ihr habt neue Namen und andere Geburtsdaten bekommen. Die müsst ihr bis morgen verinnerlichen. Unter keinen Umständen dürft ihr einen Fehler machen.«

Gili beugte sich vornüber, fischte nach einem der Pässe, blätterte darin, schob ihn Jo zu und griff dann nach dem nächsten, wo sie offenbar fündig wurde. »Das bin also ich: Marie-Luise Kiefer, geboren am vierzehnten Januar neunzehnhundertsiebenundzwanzig.« Sie deklamierte die Daten, als lese sie aus einem Textbuch vor und müsse sich auf einer Bühne zum ersten Mal beweisen. »Ich bin eine junge Dame, immerhin zwei Jahre älter als in Wirklichkeit, das gefällt mir. Und bald ist der Geburtstag meines neuen Ichs. Da werde ich wohl eine kleine Feier ausrichten müssen.« Sie zwinkerte Jo zu, der aber verdrehte die Augen und zeigte ihr einen Vogel. »Du hast sie ja nicht mehr alle. Wir müssen Omi zurücklassen, und sogar das schert dich nicht …«

Ruth stand auf und ging ans Fenster. »Wir werden Omi nicht hierlassen, nicht wahr, Papi, und du begleitest uns?« Vielleicht hatte Vater das Ausweispapier Omi bereits gegeben, und sein eigenes sowie das ihrer Mutter trug er sicher bei sich. Ruth hatte ihre Worte nicht als Frage, vielmehr als Aussage formulieren wollen, und doch hingen diese nun als ebensolche im Raum. Sie kam sich unbeholfener vor als ihre Geschwister. Beide bewiesen Haltung, und Jo zeigte allen klar, was er dachte. Gili war mit einem angeborenen schauspielerischen Talent gesegnet, das ihr Rückenwind bot. Ruth selbst besaß nichts von alldem. Zwar war sie zu Hause die Älteste in der Geschwisterreihe, seit Harry von der Wehrmacht eingezogen worden war, aber das war auch schon alles; es zeichnete sie höchstens aus, dass sie einen Sinn für Ästhetik hatte und ihr kleine Details ins Auge sprangen, die anderen entgingen. Als junges Mädchen hatte sie Vater dazu gedrängt, mit ihr ins *Schlesische Museum* zu gehen. Wieder und wieder hatte sie dieses eine Gemälde von Lovis Corinth betrachten wollen. Das Mädchen darauf machte Ruth Angst und faszinierte sie gleichermaßen. Wie versunken das Kind wirkte, wie konzentriert es in ein fernes Nichts starrte. Etwas an ihm erinnerte Ruth an sich selbst. Später hatte Ruth den Titel des Bildes erfahren, von dem sie nicht genug hatte bekommen können: *Anna Schaumberg mit einer Puppe.*

Sie schüttelte den Kopf über sich selbst: Empfänglich zu sein für die Atmosphäre von Kunstwerken war keine Eigenschaft, die von Nutzen war, erst recht nicht im Krieg.

»Ihr reist vor, und ich komme nach, sobald ich kann. Omi ist nach Opas Tod schwach auf der Brust. Sie weigert sich, die Erinnerungen und ihre Heimat zurückzulassen.« Vater sprach andächtig, beinahe flüsternd.

»Wer's glaubt.« Jo war jäh von seinem Stuhl aufgesprungen und fuchtelte wild mit den Armen in der Luft. »Du konntest nur vier Pässe organisieren, und Omi würde uns immer den Vortritt lassen. Wenn wir gemeinsam reisten und sie ihre eigenen Papiere mit sich führen müsste, könnten wir leicht auffliegen. Omi weiß das. Steht doch nicht umsonst nirgends *Tolle*, ihr Nachname, auf unserem Klingelschild. Du lässt deine Kontakte spielen, wo immer es geht, Papi. Aber auch du kannst sie nicht alle bestechen, nicht alle Unterlagen verschwinden lassen. Deshalb hast du auch Harry der verschissenen Wehrmacht geopfert, habe ich recht?«

Ruth kannte ihren Vater als gutmütigen Mann, der sich zu vielem erweichen ließ und niemandem etwas nachtrug. Für seine Familie tat er, was in seiner Macht stand, damit es ihnen allen gut erging. Nun aber zitterte Papis Unterlippe bedenklich. Mit gezielter Vehemenz ging seine Faust auf den Tisch nieder, sodass dieser ordentlich wackelte. Augenblicklich herrschte Ruhe. Vater bettete sein Gesicht in beide Hände, und Jo machte schon wieder Anstalten, seine Anklage fortzusetzen. Ruth eilte auf ihn zu. Den Zeigefinger hielt sie sich vor die Lippen, ein klares Signal an ihren Bruder, er möge nun bitte, bitte schweigen. Tatsächlich hielt er kurz die Luft an, ließ beim Ausatmen die Schultern fallen und seufzte, anstatt weiterzusprechen.

»Der Bub weiß doch gar nicht, was er da sagt, Eugen.« Mutter stand hinter Vater, schlang ihre Arme um ihn und küsste ihn auf das schütter gewordene Haar. Jo wollte schon wieder zur Gegenrede ausholen, doch bevor ein weiteres Wort fallen konnte, zog Ruth ihn mit sich ins Schwesternschlafzimmer und schloss, nachdem sie Gili, die ihnen gefolgt war, noch hineingelassen hatte, leise die Tür hinter sich.

»Ich könnt platzen.« Jo hämmerte mit der Faust gegen die Wand, derweil Gili ihn mit halb offenem Mund anstarrte. Ausnahmsweise sagte sie nichts.

»Jo.« Ruth bemühte sich, einen besänftigenden Ton in ihre Stimme zu legen und dabei nicht selbst in Tränen auszubrechen. Sie musste stark sein, solange Harry nicht bei ihnen war. Auch wenn ihr gerade nichts einfiel, was in dieser Situation helfen könnte.

Die Pendeluhr im Wohnzimmer schlug zur vollen Stunde. Früher hätte die Kirchturmglocke geläutet, mittlerweile aber waren die meisten zu Rüstungszwecken eingeschmolzen worden. Nach dem, was Vater ihnen eben eröffnet hatte, musste Ruth Ilan noch am Abend sehen. Auch wenn ihr mulmig dabei war, sich trotz Verdunklungsgebot auf den Weg in die Kleingartenkolonie zu machen, wenn sie morgen schon abreisten, bräuchten Ilan und sie dringend einen Plan. Ohne Ilan würde sie nicht flüchten.

»Du bist blass geworden, Schwesterchen.« Jo wirkte mittlerweile ruhiger. Im Gewirr rasant feuernder Gedankenblitze, die einer auf den anderen aufbauten, verlor ihr Bruder schnell mal das Wesentliche aus den Augen. Eine Theorie ergab dann die nächste. Jo wandte sich ihr zu. Trotz seines Brausens und Tobens liebte Ruth ihn. Sein ungestümer Blick war dem warmen Dunkel seiner Augen gewichen. »So habe ich es doch nicht gemeint.«

Ruth würde zu einem späteren Zeitpunkt und in aller Ruhe mit ihm sprechen, nun aber musste sie sich eilen. Sie blickte aufs Bett, wo sie vorhin in aller Eile ihren Mantel abgelegt hatte.

Gili nahm ihn und den schwarzen Hut mit der breiten Krempe, der auf dem Sekretär lag, und reichte ihr beides. »Ich weiß zwar nichts Genaues, weil du mich immer noch für ein Baby hältst, aber anscheinend hast du heute noch etwas vor.«

Angesichts der feinen Beobachtungsgabe ihrer jüngeren Schwester konnte Ruth sich ein leises Lächeln nicht verkneifen. »Wo du recht hast.« Sie schlüpfte in den Mantel und setzte den Hut auf.

»Lass mich dir rasch helfen.« Gili rückte ihr die Kopfbedeckung ein bisschen zurecht und drehte sie dann zum Wandspiegel. »Siehst du, ein klein wenig schief getragen, und schon wirst du zur Frau von Welt. Wir sind nur einmal jung, es braucht doch wenigstens klitzekleine Abenteuer.«

»Was bin ich froh, dass du mich darüber belehrst.« Ihre Schwester bekam einen Kuss auf die Wange und gesellte sich zu Jo, der es sich auf Ruths Bett bequem gemacht hatte. »Lass uns bei Omi klopfen«, sagte er zu Gili, »und *Bock und Ziege* spielen. Heute ist schließlich Donnerstag, und donnerstags spielen wir doch immer. Warum sollen wir ausgerechnet jetzt damit aufhören?«

Es gab Ruth einen Stich, dass sie bei dieser letzten Partie nicht dabei sein würde. Sie hätte Ilan dafür hintanstellen, ja vergessen müssen, und weder das eine noch das andere konnte sie sich vorstellen, geschweige denn tun. Also nickte sie Jo und Gili aufmunternd zu, sagte mehr zu sich als zu ihren Geschwistern: »Morgen verabschiede ich mich von Omi«, und dann trat sie aus dem Zimmer in den Flur und von dort ins Freie.

*

Draußen die Schatten der hohen Häuser. Ruth beschleunigte ihren Schritt. Die kleinen Gassen und ihre Bewohner waren ihr vertraut. Kaum fünf Minuten waren es bis zum Ring. Von dort würde sie, wenn sie zügig ging, vielleicht eine halbe Stunde bis zu Ilan brauchen.

Den halben Tag über hatte der Schneeregen nicht nachgelassen, nun verdichtete er sich zu festeren Flocken. Wenn sich bis morgen eine Schneedecke gebildet hätte, würden vielleicht Zugverbindungen gestrichen werden. Ilan und sie gewännen Zeit – und dann? Wenn sie nur lange genug grübelten, würde sich schon eine Lösung finden. Ruth schlidderte, fiel beinahe und erlangte nur knapp vor dem vermeintlichen Sturz ihr Gleichgewicht zurück. Verdammt, der Boden unter der Schneedecke war gefroren. Sie fluchte leise. Menschen zogen an ihr vorüber, aber niemand nahm Notiz von ihr. Sie mühten sich vielmehr, nicht selbst ins Rutschen zu geraten und im immer dichter werdenden Schneefall noch Schemen zu erkennen. Mit dem Notwendigsten unterm Arm, das sie auf ihre Lebensmittelkarten bekommen hatten, strömten sie eilig ihren Wohnungen zu. Nur vereinzelt hielten sich Paare an den Händen oder tauschten verstohlene Blicke. Eine lachende Gruppe, die auf den Ring zusteuerte, fiel Ruth auf. Die dichten Flocken und der aufkommende Wind verschluckten ihre Gespräche, und Ruth vernahm nicht mehr als *Festung Breslau*, *mich nicht* und *einmal noch im Sommerregen …* Kurz darauf stand sie vor dem Warenhaus, in dem sie vor gut vier Jahren ihre Ausbildung begonnen hatte. Es kam ihr wie eine Ewigkeit vor. Morgen würde Vater sie in der Munitionsfabrik sicher krankmelden, damit nicht zu schnell auffiele, dass die Mocks Breslau verlassen hatten.

Damals, als das Kaufhaus noch in den Händen der Gebrüder Barasch gewesen war, hatte es dort allerhand zum Bestaunen gegeben. Abendkleider in Samt, Seide und Chiffon, edle Tücher für die Herren und eine Feinkostabteilung, in der Mutti zu Festtagen eingekauft hatte. Eine Maßschneiderei hatte damals genauso zum Haus gehört wie die Schmuckabteilung, die zuständig gewesen war für untergründig irisierende Wünsche, die – selbst wenn man Geld besaß – nicht so leicht zu erfüllen waren. Die Käuferinnen glaubten vermutlich, sie würden bloß eine edle Kette erstehen, mit einem Rhodonit-Anhänger vielleicht, in Wahrheit kauften sie aber doch viel mehr als das. Wer Schmuck erwarb, trug eine Hoffnung gut sichtbar am Körper, nämlich jene, sein wahres Selbst eines Tages in der Welt verwirklicht zu sehen. Das konnte die Hoffnung auf einen Neuanfang sein oder darauf, sich von der Vergangenheit zu befreien. Rhodonit war ein bekanntes Symbol dafür. Aber alles hatte seinen Preis, und das meiste davon war ohnehin nicht vorrätig.

Bei den Baraschs allerdings hatte es stets nach hellem Dasein und einer Brise verführerischen Kakaos gerochen, und die Stimmen der Gäste hatten einen perlenden Plauderton über das Treiben gelegt. Das wäre ihr Trost genug gewesen. Nun aber waren die Schaufenster leer und lagen im Dunkeln. Die Baraschs waren fort. Sie starrte in die finstere Auslage.

Das Gemurmel des Grüppchens war verstummt. Auf Ruths Mantel hatten sich dicke Schneeflocken festgesetzt. Sie schüttelte sich, weniger der Kälte als einer plötzlichen dunklen Vorahnung geschuldet, die sie nicht recht zu fassen bekam. Dann setzte sie ihren Weg fort.

Das sonst im Tageslicht ockerfarbene, beinahe leuchtende *Haus zu den sieben Kurfürsten*, die gewölbten Fassaden der einstigen Patrizierbauten mit ihren reichen Stuckverzierungen und die filigranen Friesen des Rathauses mit ihrem Blattwerk, den Engels- und Tierskulpturen, hatten dem Ring einmal Größe und Glanz verliehen. Nun warfen die imposanten Gebäude Schlagschatten. Ruths Erinnerungen hingegen waren gut ausgeleuchtet. Breslau war ihr immer die Stadt der Lichter gewesen, nicht etwa das ferne Paris oder New York, das sie aus Bildbänden kannte. Wie oft war sie früher mit Papi, wenn der von der Arbeit nach Hause gekommen war, durch die hell erleuchteten Straßen geschlendert. Am Ring hatte stets buntes Treiben geherrscht. Die Menschen hatten das Leben in all seinen Facetten ausgekostet. Herren in Anzug waren mit ihrer Begleitung der hell erleuchteten Oper zugeströmt; oder den großen Kinosälen mit ihren weich gepolsterten Samtsesseln, dem Schweidnitzer Keller mit seinem Duft nach saftigen Rouladen, Apfelblaukraut und Klößen in Bratensauce, den Tanzcafés, aus denen Schlagermusik und Gelächter bis auf die großen Plätze gedrungen war.

Ruth blinzelte, Schnee rieselte von ihren Wimpern. Seit sie im Krieg waren, herrschte in ganz Breslau Verdunklungsgebot, sodass nach Einbruch der Dunkelheit niemand mehr gerne draußen unterwegs war. Doch sie hatte jetzt keine Wahl. Sie setzte sich wieder in Bewegung. Mit jedem Schritt sank sie erneut in die Schneedecke ein, die Nässe legte sich um ihre Strümpfe und drang durch ihre porösen Sohlen. Ihr großer Bruder kauerte vielleicht zur selben Stunde im Schützengraben. Harry konnte sein Gewehr nicht zur Seite legen, wollte nicht schießen, er musste. Sonst taten es die anderen. Was, wenn ihn einer erwischte? Ein Streifschuss hoffentlich, einer, der ihn zu den Sanitätern und nach Hause brachte, der ihn kampfunfähig machte, aber überleben ließ.

Harry hätte sie von Ilan erzählen können. Wie sie sich das erste Mal begegnet waren, im März 1942.

Damals war sie sechzehn gewesen. Nach einem Streit mit Vater, der die Bestrafung von Jo zum Gegenstand gehabt hatte, war Ruth nachts aus dem Haus geschlichen. Jo hatte vor dem Zubettgehen eine Schelle dafür geerntet, dass er sich weigerte, die Pimpfenprobe des Deutschen Jungvolks abzulegen. Zwar lief er die gewünschte Zeit, und weit springen konnte er auch, selbst das Schlagballweitwerfen und die geforderte eine Minute Luftanhalten stellten kein Problem für ihn dar, aber er blieb stumm, wenn er daheim den Text des Deutschlandliedes üben sollte, und die Schwertworte der Hitlerjugend, die er zur Prüfung auswendig aufsagen musste, kamen ihm nicht über die Lippen. Vater war außer sich gewesen. »Wozu opfert sich dein großer Bruder? Weshalb zieht er in den Krieg? Damit du am Leben bleibst. Und deshalb legst du auch die vermaledeite Prüfung ab.« Er verdonnerte Jo zu zwei Wochen Hausarrest. Aber nicht darüber weinte ihr Bruder sich in den Schlaf, sondern weil er sich noch nie so unverstanden und so ungerecht behandelt gefühlt hatte.

Auf den dunklen Straßen hatte Ruth an jenem Tag einen Weg eingeschlagen, den sie kannte. Und bald schon stand sie vor dem Musikalienhandel Schlesinger, unweit des Rings. Wehmütig blickte sie auf das mit Holzbalken verriegelte Schaufenster und träumte davon, ein eigenes Grammophon zu besitzen. Der Laden war vor Kurzem geschlossen worden und stand zum Verkauf. Ruth wähnte sich allein, und weil es so düster war, summte sie vor sich hin: *Ich hab für dich nen Blumentopf, nen Blumentopf bestellt.* Dieser alte Ohrwurm, zu dem ihre Eltern gemeinsam mit Harry und ihr zu Hause oft getanzt hatten. Damals war noch kein Krieg gewesen, und sie war gerade eingeschult worden. Gili würde sich nicht daran erinnern, und Jo hatte noch nicht einmal laufen können. Während sie so summte, hörte sie ein Krachen und kurz darauf ein Fluchen, das eindeutig aus dem Laden kam. Sie presste den Kopf an die Fensterscheibe und sah einen Mann, der, als er ihrer gewahr wurde, zum Hinterausgang flüchtete.

Wie es dann dazu kam, dass ebenjener Flüchtige sie mit sich in den Laden zog und sie kurz darauf gebannt seiner Geschichte lauschte, anstatt ihn, wie sie es doch vorgehabt hatte, zu melden, erinnerte Ruth nur noch schemenhaft. Dass sie irgendwann gemeinsam mit dem vermeintlichen Dieb unter der ehemaligen Verkaufstheke kauerte, über sich ein Grammophon und jede Menge Schellackplatten, wusste sie hingegen noch ganz genau. Ein Kontrabass warf seinen Schatten auf sie beide, und der Unbekannte stammelte seinen Namen. Dabei griff er nach ihrer Hand, als könne er sie so vom Schlimmsten abbringen. Ruth hatte ihre Hand erst zurückziehen wollen, es dann aber – aus unerfindlichen Gründen – nicht getan. Staubflocken schwebten in der Luft, es roch nach Holz und Lack.

»Wenn du mich verrätst, holen sie mich ab. Ich bin Jude.«

Bei diesen Worten war ihr schummrig geworden, und ihr Kopf hatte geschmerzt, als wolle er sie dringend davon abhalten, sich weitere Gedanken über dieses Thema zu machen.

Bei ihr zu Hause galt nämlich eine Art Sprechverbot. Über das »Jüdisch- oder Arischsein« redete man nicht. Wenn sie oder ihre Geschwister nachfragten, was denn mit Omi wäre und warum sie das Haus nicht mehr verließ, dann hielt man sie an, zu schweigen. Es war eine goldene Regel bei den Mocks, bestimmte Dinge nicht zu hinterfragen und nicht weiter zu bohren, wo es gefährlich werden konnte. Solchen Gefahrenzonen ging Ruth bald instinktiv aus dem Weg. Sie hatte sie im täglichen Miteinander ihrer Familie rasch aufzuspüren gelernt. Dass es Worte gab, die man mit dem Leben bezahlte, daran hegte Ruth keinerlei Zweifel mehr.

So entgegnete sie also nichts auf Ilans Geständnis. Seine Worte schwebten unruhig zwischen ihnen durch den Laden. Sie machten Ruth ungefragt zur Hüterin seines Geheimnisses. Aber er hatte ihr damit sein Leben anvertraut, und wenn sie eines vermochte, dann war es zu schweigen.

Sie bot Ilan an, ihn mit Lebensmitteln zu versorgen. Er tat

Ruth leid, aber wenn sie ehrlich war, war das bei Weitem nicht der einzige Grund. Etwas, das sie nicht genauer zu beschreiben wusste, faszinierte sie an ihm. Ilan nach dieser schicksalhaften Begegnung nicht wiederzusehen wollte sie nicht riskieren.

Zwar waren Lebensmittel auch zu Hause knapp bemessen, aber Vaters Dienstgrad sorgte dafür, dass es ihnen, obwohl sie auch Omi mitversorgen mussten, besser erging als dem Durchschnitt.

Und so verabredeten sie sich für den nächsten Abend. »Gleicher Ort, gleiche Zeit«, sagte sie und hielt Wort. Wer nicht kam, war Ilan.

Ruth wartete eine gute Dreiviertelstunde, in der ihre Enttäuschung über das verhinderte Wiedersehen Oberhand über ihre Wut gewann, versetzt worden zu sein. Sie konnte nicht wissen, welchen Gefahren Ilan vielleicht trotzen musste, sagte sie sich und beschloss, am folgenden Tag zur selben Zeit erneut vor der ehemaligen Musikalienhandlung auf ihn zu warten. Wenn Ilan dazu in der Lage wäre, würde er dort erscheinen, Ruth war sich dessen seltsam gewiss. Sie hatte ihm ihr Versprechen gegeben, und sie würde es halten.

Am dritten Tag zeigte Ilan sich ihr. Viel später erst erfuhr Ruth, dass er sie damals auf die Probe gestellt hatte. Er habe sicher sein müssen, dass sie kein Spitzel wäre, gestand er ihr. Und er habe sich erst überzeugen wollen, dass sie niemanden mitgebracht habe, der ihn womöglich ans Messer lieferte. Da sie aber getreu und ehrlich den wiederkehrenden nächtlichen Ausflug für ihn auf sich genommen habe, entschied er schließlich, es zu wagen. Also gab er sich zu erkennen.

Harry hätte sich mit der Hand vor den Kopf geschlagen und doch gelächelt – beinahe so verschmitzt wie Ilan selbst –, wenn Ruth ihm von ihren ersten Begegnungen erzählt hätte. Niemandem hätte Harry ein Sterbenswörtchen ihres Geheimnisses anvertraut. Gili nicht, die hätte sich womöglich verplappert – nicht aus Bösartigkeit, sicher nicht, sondern weil sie so aufgeregt gewesen wäre, von dem Bild, dass sie sich von Ilan gemacht hätte. Gili hatte eine so lebendige Phantasie, der war alles andere untergeordnet. Und Jo hätte er schon gleich dreimal nichts erzählt. Für Mädchen interessierte der sich noch immer nicht, obwohl er schon vierzehn war. Wenn Gili und sie über diese Dinge die Köpfe zusammensteckten und kicherten, war er immer peinlich berührt. Jo schlug aus der Art. Er war so ernst, immer schaute er bitter drein. Aus ihm würde einmal ein Denker werden. Von romantischen Gefühlen jedoch hatte er noch nie etwas verstanden.

Hinter der dichten Wand aus Schneeflocken konnte Ruth das Kinotheater Capitol ausmachen. Sie war also, trotz des Geriesels, nicht vom Weg abgekommen. Die Türen des Filmpalastes wurden aufgestoßen, und aus dem Foyer trat ein Paar ins Freie. Ruth schlug den Weg zum Capitol ein. Die Bar war bereits geschlossen. Ein Mann in schäbigem Anzug zog den Vorhang des Kassierhäuschens zu. Die Tür zum Kino war nicht richtig ins Schloss gefallen und auch jene zum Saal bloß angelehnt. Ruth lauschte einen Moment. Die Leander sang *Ich weiß, es wird einmal ein Wunder geschehen*. Dass sie ausgerechnet *Die große Liebe* noch einmal zeigten. Wenn Ruth sich recht erinnerte, war der Film bereits vor drei Jahren in die Kinos gekommen. Sie schloss die Augen. Um sie herum versank die Welt, der undurchlässige Schneefall tat sein Übriges. Nichts besaß mehr Gültigkeit als diese Stimme. Ruths Eltern nicht, der Kampf ums Überleben nicht, keine Flucht und kein Krieg. Verlass war allein auf diese rauchige Beschwörungsformel, die Ruth sogar die Kälte des Januars vergessen ließ und einen zarten, hoffnungsvollen Schimmer auf den Abend legte. Wie sehr sie sich so ein Wunder herbeiwünschte. Harry – zu Hause in der Reuschestraße auf dem Sofa. Ilan und sie im Park, der die Jahrhunderthalle umgab, an einem milden Frühlingstag. Ohne sich verstecken zu müssen, würden sie gemeinsam die Wasserspiele bestaunen. Niemand zwänge sie in ein flüchtiges Leben. Alles eröffnete sich Ruth, anstatt zu schwinden.

In ihrer Manteltasche tastete sie nach einem Taschentuch. Sie fand keines und wischte sich die Tränenspur mit dem Handrücken von der Wange. Sie durfte sich nicht so gehen lassen.

»Weitergehen!«, herrschte sie jemand von hinten an. Sie wandte sich um. Zwei SS-Männer schleiften einen am Boden liegenden Menschen in Handschellen hinter sich her. Seine Lippe war gerissen, Blut rann ihm aus einer frischen Wunde übers Gesicht. Er schrie vor Schmerz, woraufhin ihm einer der beiden Männer einen Stiefeltritt in den Magen versetzte und kurz darauf sie ins Visier nahm. »Weitergehen, habe ich gesagt.«

Ruth senkte den Blick und setzte sich in Bewegung. Zügigen Schrittes entfernte sie sich. Für den Geschundenen würde jede Hilfe zu spät kommen, doch für Ilan bestand Hoffnung. Als Sohn einer jüdischen Familie war er auf den Schutz der ehemaligen Freundin seiner Mutter angewiesen gewesen. Im Gegensatz zu Ruth besaß er keinen Beamtenvater mit Ariernachweis und kannte niemanden in höherer Position, der sein Leben für ihn riskiert hätte. Ruth würde ihm keinen Gefallen tun, wenn sie gleich als Häufchen Elend vor ihm stand. Sie musste stark sein. Wer liebte, spendete Hoffnung. Darum ging es in all den Liedern. Sie mochte sich wünschen, was sie wollte, ihr hell erleuchtetes Breslau und ihren älteren Bruder zurück. Ihre Jugend auszukosten, zu tanzen und eine Zukunft zu haben. Aber mit ihren neunzehn Jahren war sie kein Kind mehr, sondern eine junge Frau. Gemeinsam mit ihr würde Ilan einen Weg finden, zu überleben.

Ihre Füße waren inzwischen starr vor Kälte, ihre Augen tränten vom Wind. Als sie zu laufen begann, spürte sie kaum mehr ihre Zehen.

*

Die Tür zum Steinhäuschen in der Kleingartenkolonie, in der Ilan sich versteckt hielt, war nur angelehnt. So konnte sie, ohne in ihrer Manteltasche nach dem Schlüsselbund zu tasten, hineinschlüpfen.

Ilan schrak zusammen, als sie eintrat. Das Knirschen ihrer Schritte im Schnee musste vom Tosen des Windes übertönt worden sein, er hatte sie nicht kommen hören. Mit schreckgeweiteten Pupillen und zitternd stand er vor ihr. Dann öffnete er zur Begrüßung weit die Arme. Zügig, jedoch mit Bedacht, zog sie die Tür hinter sich ins Schloss und sperrte vorsichtshalber noch einmal ab. »Du musst vorsichtiger sein«, brachte sie heraus, aber Ilan ging nicht auf ihre Worte ein, sondern drückte sie fest an sich. Sie zitterte, als er sie hielt, nichts konnte sie dagegen tun. »Ist nur die Kälte.« Ruth glaubte sich selbst kein Wort.

Für einen Moment ließ Ilan sie los, spitzte die Lippen, riss die Augen auf und nickte wie eines dieser Aufziehmännchen, die es vor dem Krieg in jedem Schaufenster zu sehen gegeben hatte. So lange, bis sie lachen musste und sich die Hand vor den Mund hielt. Auf keinen Fall durfte jemand mitbekommen, dass sich Ilan hier versteckt hielt. Er zog sie erneut an sich, hob sie hoch und wirbelte sie einmal um die eigene Achse. »Du bist da«, sagte er.

*

Später saß sie neben ihm unter einer dicken Decke auf dem abgewetzten Sofa mit den Brandflecken. Handschuhe und Mütze behielt sie an. Es war eisig kalt in dem Steinhäuschen, lediglich Ilans Nähe spendete ihr Wärme. Obwohl er noch Briketts für den Kohleofen besaß, durfte er nicht heizen. Rauch wäre aus dem Schornstein gezogen und hätte unweigerlich auf ihn aufmerksam gemacht. Einzig die Gaslampe spendete schummriges Licht. Stets hielt er die Vorhänge zugezogen.

Sie durfte nicht wieder darüber nachdenken, wie sehr sein Leben in Gefahr war, sonst wäre sie unfähig zu handeln. Und Angst half ihr nicht weiter. Sie schmiegte sich an ihn.

So viel wusste Ruth, auch wenn Ilan kaum darüber sprach: Seine Eltern waren im Dezember 1941 abgeholt worden. Er hatte sich verstecken können und Unterschlupf bei einer Freundin seiner Mutter gefunden. Ihr gehörte die Hütte. In der ersten Zeit hatte sie Ilan heimlich versorgt. Dann aber war sie krank geworden und verstorben. Wahrscheinlich hatte die Freundin die Hütte ihrer Schwester vermacht, die in Göttingen lebte. Jedenfalls war niemand gekommen, um sich in den Wirren des Krieges darum zu kümmern. Ein großes Glück für Ilan.

Er ging fast nie vor die Tür. Jene Nacht, als sie ihm begegnet war, war eine Ausnahme gewesen; er hatte keinerlei Vorräte mehr besessen, und da war ihm in seiner Verzweiflung der Laden seiner Eltern in den Sinn gekommen. Den Schlüssel dafür besaß er noch. Er hatte gehofft, dort noch irgendetwas Essbares zu finden.

»Es muss furchtbar gewesen sein, so ganz allein zurückzubleiben. Und dann der Musikalienhandel mit all den Erinnerungen an früher.« Ruth achtete auf jede Bewegung, jede noch so zarte Entgleisung seiner Mimik, als sie das sagte. Wie konnte sie mit Ilan darüber sprechen, was ihre Eltern von ihr verlangten? Sie wollte doch bei ihm bleiben, für immer auf diesem Sofa mit den Brandflecken.

»Lass uns lieber über etwas Schönes reden.« Er machte eine Kunstpause. »Sagen wir, über dich.«

Er hatte stets das Thema gewechselt, wenn sie einmal mehr hatte wissen wollen über seine Eltern, deren Leben oder ganz allgemein über seine Vergangenheit. Dabei war er nie unhöflich geworden, nie abweisend. Vielmehr hatte er ihr stets ein neues Kompliment gemacht oder nachgefragt, welche Gassenhauer gerade angesagt wären. Sie hatte sie dann leise für ihn summen sollen. Ihre Sorge, jemand könne auf sie aufmerksam werden, ließ er nicht gelten. »Du bist meine Verbindung nach draußen, ich kann nicht immer und immer nur ausharren. In diesem Eiswinter verirrt sich keiner hierher.«

Sie hatte widerwillig genickt und ein weiteres Lied für ihn gesummt.

»Ich muss mit dir sprechen, Ilan«, sagte sie. »Es ist wichtig.«

Er küsste sie auf die Nasenspitze. »Später, ja? Lass uns die Zeit, die du bei mir bist, genießen. Du weißt nicht, wie glücklich du mich machst.«

Er schlug die Decke zurück und erhob sich. Auf Zehenspitzen ging er zu ihr, das hatte er bis zur Vervollkommnung gelernt, verbeugte sich und fragte: »Darf ich bitten?«

»Was hast du vor? Bist du lebensmüde?«

»Ganz im Gegenteil.« Er grinste. »Du summst, und dazu tanzen wir, so federleicht, dass niemand uns hört. So feiern wir das Wunder, dass wir uns mitten im Krieg gefunden haben.«

»Ich muss einen klaren Kopf behalten«, raunte Ruth.

»Du hast den klarsten Kopf der Welt, daran wird ein Tanz mit mir nichts ändern, oder?«

Sie nickte ihm zu und lächelte. Wie weich seine dunklen Locken sich im Halbdunkel um sein markantes Gesicht legten. Seine feinen Hände, die im Film stets die eines vielversprechenden Pianisten gewesen wären, in ihrer Wirklichkeit aber schon alles hatten erleben müssen, Schmerz und Abschied, auch den für immer, berührten sie, als er ihr mit der einen Hand aufhalf und mit der anderen eine Strähne aus dem Gesicht strich.

Diese kleine Stube war ihr Himmelreich. Ungläubig, was die Welt für sie bereithielt, mitten im Krieg, schwieg Ruth und sah Ilan an. An alles würde sie sich erinnern, an die fragile Zärtlichkeit seines Blickes, den warmen Hauch seines Atems, dicht an ihrer Wange, und seinen mandelartigen Duft. Jeder Kuss von ihm war ein erster Kuss, jeder Blick in seine moosgrünen Augen, die sie trotz des Dämmerlichts noch ausmachen konnte, ein Fallen auf weichen Grund.

Irgendwann aber endete jeder Kuss, auch dieser.

Er deutete einen Diener an. »Haben Sie schon einmal im Dunkeln geküsst?«, flüsterte er die ersten Zeilen des Evelyn-Künneke-Liedes.

Sie war ganz beseelt und noch nicht wieder bereit, aus ihrem gemeinsamen Traum aufzutauchen, also erwiderte sie eine Spur zu laut »Ja«. Ruth nahm seine Hand und ließ sich für einen Augenblick gewagter Sorglosigkeit von dem nunmehr gemeinsamen Summen mitreißen.

Draußen fegte der Wind durch die Landschaft und rüttelte an den Fensterläden. Für einen Moment löste sie sich von Ilan und lugte vorsichtig durch einen Spalt, durch den schwach das Mondlicht fiel. Bestimmt hatten Wolken sich vor die schmale Sichel geschoben. Die Schneeflocken tanzten wild auf und ab. So dicht fielen sie und so geschwind, dass die Welt hinter ihrem Schleier kaum mehr auszumachen war.

Sie wandte sich zu Ilan um. »Was ich dir vorhin noch habe sagen wollen.« Jetzt platzte, was sie so lange in sich aufgestaut hatte, aus ihr heraus. »Vater hat gehört, die Russen stünden vor den Toren Breslaus. Bald sollen Frauen und Kinder evakuiert werden. Und bevor das Chaos ausbricht ... Ich weiß nicht, wie ich es sagen soll. Jedenfalls hat er uns Zugtickets besorgt. Morgen schon soll es losgehen.«

Sie hielt seine Hand. Er atmete nur mehr flach. Seine Augen hatten einen merkwürdigen matten Schimmer. Er schwieg. Die Stille zwischen ihnen war drückend und unangenehm. Ganz anders als sonst, wenn sie sich dicht an dicht aneinanderschmiegten, in der Gewissheit, dass nur sie füreinander zählten.

»Aber ich werde nicht mitkommen. Ich bleibe bei dir. Das steht ohnehin fest.«

Er sah sie fest an. Das Kinn reckte er ein wenig nach vorn. »Nichts da. Du wirst dich für mich nicht opfern. Du wirst leben, Ruthie.«

Er nannte sie sonst nie mit ihrem Kosenamen. Unendlich traurig klang er und unendlich klar.

»Aber …« Ohne ihn würde sie nicht gehen. »Du könntest mit uns kommen.« Was für ein abwegiger Gedanke. Sie verlagerte das Gewicht auf das andere Bein und schwankte dabei ein wenig. »Omi kommt nicht mit.« Sie rang nach Worten, doch sie klangen zusammenhangslos, und keines war am richtigen Platz. »Ich werde alles tun, damit wir uns wiedersehen.«

»Ich auch«, sagte er und schlang seine Arme um sie. »Ich auch, Ruthie. In welche Richtung fährt morgen euer Zug?«

Nicht einmal das wusste sie. Die Tränen liefen ohne ihr Zutun, und sie hatte noch immer kein Taschentuch. Sein Hemd war feucht von ihrem Weinen.

Zärtlich hob er ihr Kinn an. »Sieh mich an. Ich habe dir versprochen zu überleben, und ich halte meine Versprechen. Morgen treffen wir uns in aller Früh, sagen wir um fünf Uhr dreißig, da ist es noch dunkel, unter dem Kastanienbaum in der Nähe der Hütte. Du weißt schon, auf unserer Bank. Ich werde da sein und dir einen Abschiedskuss geben, hörst du?«

Ruth nickte. Nun schwirrten ihre Gedanken, sie hatten sich unabhängig von ihrem Willen gemacht. »Früher bei Omi hat ein Talmud neben der Bibel im Bücherregal gestanden.« Sie sah das Bild wieder deutlich vor sich. »Und zu Weihnachten hat es bei uns doppelt Licht gegeben. Ein riesiger Leuchter hat mit den Kerzen am Weihnachtsbaum um die Wette gestrahlt. Dann, ich weiß nicht mehr, wann, waren der Talmud und der neunarmige Kerzenleuchter plötzlich verschwunden.« Mit leerem Blick stierte sie ihn an. »Ich habe es die ganzen Jahre geahnt. Jetzt verstehe ich auch, warum Vater Jo regelmäßig dazu gezwungen hat, zu den Treffen des Deutschen Jungvolks zu gehen … und warum Harry an der Front für Deutschland kämpft.«

Ilan schwieg. Begriff er nicht, was sie ihm zu sagen versuchte?

»Ilan, wir werden mit falschen Pässen reisen.« Jetzt war es raus.

»Ruthie«, flüsterte Ilan und legte seine Hand auf ihre. Mit keiner Silbe ging er auf ihre Worte ein. Stattdessen blickte er auf seine Taschenuhr. »Beinahe schon halb acht. Du musst sicher noch packen. Wir sehen uns morgen, versprochen, und versuch ein wenig zu schlafen.«

Ihre Glieder fühlten sich so matt an. Sie ließ sich von Ilan zur Tür geleiten und einen Kuss geben. Immer noch war ihr schwindlig, aber sie vertraute seinen Worten. Und bis morgen früh war noch Zeit, ihr würde schon etwas einfallen.

Kapitel 2

Breslau, 12. Januar 1945

Ruth hatte wach gelegen, sich hin und her gewälzt, war in unruhige Träume gefallen, deren Bilder sich auflösten, sobald sie die Augen aufschlug – und was danach einzig zurückblieb, war ein bleiernes und drückendes Gefühl auf der Brust gewesen. Es war ihr keine Idee gekommen, die ihr auch nur im Entferntesten umsetzbar erschienen war, nicht einmal ein Funken einer solchen Idee, und so schlug sie schließlich die Bettdecke zurück, schlüpfte in die Hausschuhe und schlurfte in die Küche. Dort entdeckte sie im Dämmerlicht einer Kerze ihre Mutter. Sie saß nicht etwa im Morgenrock auf dem wackligen Küchenstuhl, sondern ordentlich bekleidet mit ihrem mehrfach ausgebesserten Rock, dem alten wärmenden Strickpullover über der weißen Bluse und den dicken, kratzenden Strümpfen, die sie mithilfe der Reichskleiderkarte nicht nur für sich selbst, sondern auch für Gili und sie ergattert hatte. Darüber trug sie ihren wollenen Mantel. Sie stopfte Socken, die sie, waren sie ausgebessert, umsichtig in den offenen Koffer neben sich am Boden schichtete.

Als Mutter sie im Türrahmen bemerkte, schrak sie auf. »Du solltest doch ausruhen vor der langen Fahrt.« Sie erhob sich, goss Ruth vom warmen Wasser, das im Topf auf dem Herd brodelte, eine Tasse ein und reichte sie ihr. »Trink, das wärmt.«

Sie fröstelte tatsächlich ein wenig, aber darum ging es nicht. »Lassen wir Omi wirklich hier? Wenn es stimmt, was Papi sagt, dann …« Weiter kam sie nicht.

»Ich erzähle dir, was ich dazu denke, und danach schweigen wir.«

Da war sie wieder, diese Strenge und Unnachgiebigkeit, die Mutter zu eigen war.

»Niemand lässt seine eigene Mutter zurück. Es sei denn, sie ist stur wie ein Esel. Es sei denn, sie will die Ihren schützen und duldet keinen Widerspruch.« Sie hatte, während sie sprach, wieder die Stopfarbeiten aufgenommen. »Es sei denn«, fuhr sie fort, »diese Mutter hat recht mit dem, was sie sagt.« Sie ließ die spitze Nadel fallen, ein leises Klirren auf dem Dielenboden. Ein Blutstropfen quoll aus ihrem Finger. Sie sog daran, als gehöre der Schmerz nicht zu ihr. »Mütter haben meistens recht und einen guten Instinkt.«

Ruth nahm den zweiten Küchenstuhl, schob ihn neben sie, setzte sich zur ihr und griff nach ihrer kühlen Hand, an deren Rücken violette Adern hervortraten, die stets leicht nachgaben, wenn sie darüberstrich. Sie hatte Mutter lange nicht mehr berührt, jedenfalls nicht mit Absicht.

»Und deswegen, nur dieses eine Mal, Mutti, bitte ich dich.«

Mutter blickte auf, ein wenig überrascht sah sie drein, zog die Hand zurück und rückte ein kleines Stück von ihr ab. »Rede nicht um den heißen Brei herum, was ist los?«

Es war ohnehin ein unsinniger Gedanke. Aber sie durfte nichts unversucht lassen. »Wenn du einen guten Freund hättest, und sagen wir, er wäre Jude.«

»Worauf willst du hinaus?«

Mutters Gesicht zeigte keine Regung. Was an ihr liebte Papi nur so sehr, dass er stets tat, was sie verlangte.

»Du hast recht, ich sag es also ohne jeden Schnörkel. Könnte Papi etwas für diesen Freund tun? Er ist ein guter Mensch und …« Sie musste abbrechen, Tränen standen ihr in den Augen, sie zitterte wieder.

Plötzlich war Mutter neben ihr und umarmte sie. Wie früher, wenn sie ihr und den Geschwistern Geschichten erzählt hatte von ihrer Kindheit, den ruhigen Samstagen, an denen sich die Familie zum gemeinsamen Essen getroffen hatte. Kerzen waren entzündet worden, und nach dem Mahl hatten die Kinder gespielt, und die Erwachsenen hatten einmal die Woche die Hausarbeit niedergelegt.

»Du bist jung, und wer jung ist, verliebt sich schnell. Dagegen ist nichts zu sagen, Ruth.« Sie schob sie ein klein wenig von sich und sah sie an. »Aber der Krieg fordert von uns allen seinen Tribut. Harry kämpft bei der Wehrmacht für euch, nicht für Hitler. Hörst du, was ich sage? Es ist wichtig, dass du das begreifst. Kein Wort zu niemandem. Du darfst Harry und deine Geschwister, du darfst dich selbst nicht in Gefahr bringen. Schon gar nicht für irgendeine Liebelei.« Sie sog hörbar Luft durch die Nase, dann sagte sie scharf: »Und sprich zu niemandem über Omi.«

Zwar erreichten Ruth ihre Worte, aber so unendlich weit waren sie entfernt.

Mutter schüttelte sie leicht an den Schultern. »Warte noch ein wenig, bis nach dem Krieg. Es ist nicht die Zeit für Liebe. Die Familie muss zusammenhalten, nur dafür lohnt es sich weiterzumachen.«

Ruth schwieg. »Und wenn er stirbt?«, sagte sie leise.

Mutter setzte sich wieder auf den wackligen Küchenstuhl und nahm erneut die Stopfarbeiten auf. »Reiß dich zusammen. Tu es für Omi, Papi und Harry. Sie opfern alles für uns.«

Wenn Ruth sich später an jene Mitternacht zu erinnern versuchte, gelang es ihr nie, mit Sicherheit zu rekonstruieren, was zuerst da gewesen war. Das wattige Gefühl im Bauch und die nebelumwölkten Gedanken, das taube Einerlei im Brustraum oder die eigenartige Vogelperspektive, aus der heraus sie sich selbst beim Handeln zusah. Sie hatte zurück ins Schwesternschlafzimmer gehen wollen, aber beim Badezimmer angehalten, um sich aus einer Kanne im Becken ein wenig Wasser ins Gesicht zu spritzen. Sie musste wach werden, um vernünftig denken zu können. Omi und Papi würde sie zurücklassen müssen, aber Papi käme vielleicht nach. Mutti, Gili und Jo, die ihre Familie waren, standen gegen Ilan, den sie liebte – mehr als alles andere. Es war eigentlich einfach. Sie würde hierbleiben, bei Ilan, und wenn Papi fort wäre, würde sie sich um Omi kümmern. Aber wenn die SS deshalb auf ihre Familie aufmerksam würde, weil sie, die Tochter eines höheren Beamten, trotz Evakuierungsbefehl nicht die Stadt verließe, wenn sie dann Großmutter auf die Schliche kämen und sie abholen ließen, weil Ruth zu dumm wäre und nur sich selbst und ihre Empfindlichkeiten ins Zentrum stellte? Wenn sie deswegen weiterforschten und Papi darüber allen Mut verlöre? Wenn dann Mutti verrückt würde, weil auf nichts mehr Verlass wäre, Jo in den Untergrund ginge und Gili ihr Leben verpasste, auf immer? In diese wirr brausenden Gedanken hinein fiel Ruths Blick auf die Schmuckschatulle, die sonst immer im Elternschlafzimmer stand. Wahrscheinlich hatte Mutti sie hier hingestellt, um in der Früh nur ja nichts zu vergessen. Ruth öffnete sie. Neben goldenen Ketten und einer langen aus Perlen lagen darin hübsch verzierte Broschen, Amulette, eine silberne Taschenuhr und ein leuchtender Smaragdring, dazu allerlei Schmuck aus Glasperlen und Halbedelsteinen. In der mittleren Schublade bewahrte Mutter ihre Ohrringe und ihren Haarschmuck, und in der unteren fand Ruth prächtige Armreife. Einer davon fiel ihr gleich auf. Zwischen zwei zarten goldenen Bändern reihten sich dicht aneinandergeschmiegt Blüten aus funkelnden Granatsteinen geformt, durchzogen von goldenen Tröpfchen, wie Tränen. Bedächtig nahm Ruth das Armband heraus, um es besser betrachten zu können. Und plötzlich war da dieser Gedanke, er war ohne Ankündigung und mit einer Klarheit aufgetaucht, die ihr selbst den Atem nahm. Wenn sie Ilan keine falschen Papiere besorgen und nicht bei ihm bleiben konnte, ohne ihre Familie zu verraten, dann bräuchte es etwas Sichtbares, das sie weiterhin miteinander verband. Etwas, das ihn an sie erinnerte, das ihn weitermachen ließ, etwas von Wert, damit er es im Notfall eintauschen konnte, um zu überleben.

Es klopfte an der Badezimmertür. An dieses Pochen erinnerte sie sich später ganz genau, vielleicht weil sich ihr Herzschlag und das Hämmern an der Tür gegenseitig verstärkten und das eine das andere zu bedingen schien.

Dann erklang die Stimme ihrer Mutter, die vehement einforderte, sie möge sich nun endlich schlafen legen. Bevor Mutter aber ins Badezimmer hätte kommen können, hatte Ruth die Schatulle wieder verschlossen, das funkelnde Armband an sich genommen und in ihrer Faust verborgen. Sie trat heraus, eilte an Mutter vorbei ins Schwesternschlafzimmer, kleidete sich dort an und wartete so lange unter der Bettdecke auf das Morgengrauen, bis der Wecker vier Uhr zeigte.

*

Die Kälte tat gut und verjagte die Ruth irr jagenden Fragen, die sie über Nacht nicht hatte abschütteln können. Sanft fiel der Regen auf den gefrorenen Schnee, ein unaufhörliches Geräusch, das sie auf ihrem Weg begleitete. Es war spiegelglatt in den Gassen, niemand hatte um diese frühe Stunde bereits gestreut. Ruth aber bewegte sich auf dem Eis, als hätte sie jahrelange Übung darin. Wohl weil es nicht die Glätte war, die sie ängstigte, und ihr gerade die Dinge, auf die sie kein Augenmerk richtete, ohne großes Zutun gelangen.

Bei der Kleingartensiedlung angekommen kniff Ruth die Augen zusammen, um Ilan in der Dunkelheit und bei dem steten Regen ausmachen zu können. Sie sah kaum weiter als einen Meter.

Vor ihr schlängelte sich der Weg leicht bergauf. Bei den vielen Unebenheiten im Boden und der fortwährenden Glätte war es schwer, das Gleichgewicht zu bewahren. Da erkannte sie plötzlich seine Gestalt, die sich langsam aus dem Schatten des Kastanienbaumes löste. Hätte sie Ilan dort nicht vermutet, sie hätte niemanden ausmachen können. Er hielt seinen Blick auf den Boden gerichtet, als er ganz hinter dem Stamm hervortrat und sich ihr zu erkennen gab. In gemessenem Tempo näherte sie sich ihm.

Ilan eilte auf sie zu, geriet ein paarmal ins Schlittern und fing sich wieder. Als er vor ihr zum Stehen kam, ergriff sie seine Hand und setzte gemeinsam mit ihm, aber ohne eine Begrüßung, die wenigen Meter bis zu ihrem ursprünglichen Treffpunkt fort.

Die knarzige Holzbank stand noch immer unter der alten Kastanie, deren knorrige Äste hoch emporragten und die freie Sicht auf sie versperrten. Ilan setzte sich und zog sie mit einer schwungvollen Bewegung auf seinen Schoß. Die Tasche mit den wenigen Lebensmitteln, die sie noch hatte auftreiben können, stellte sie neben sich ab.

Ein verirrter Spatz war schon munter und hüpfte auf der Suche nach Futter um ihre Beine. Da waren so viele abgerissene Sätze und Gedanken in ihrem Kopf, die sich überlagerten. Sie barg ihr Gesicht an seinem klammen Mantel. »Was können wir tun?« Mehr brachte sie nicht heraus. Es war ihr, als hallte ihre Stimme von überall wider, dabei flüsterte sie. Alles war ihr mit einem Mal fremd; ihr eigener bebender Körper und ihr Drang, gehalten werden zu wollen; ihr geheimer Platz, der stets Verheißung und ein wenig Seligkeit versprochen hatte und nun all ihre Wünsche schluckte; nur Ilan nicht. Sie hörte sich sprechen, ohne etwas von dem zu sagen, was sie bewegte.

Ilan war klüger. Er erwiderte nichts, sondern küsste sie. Eine kleine, stille Ewigkeit lang gab es nichts als seine vertrauten Lippen auf ihren, später sein warmer Atem auf ihren feuchten Wangen. Noch während er sie umarmte, kroch eine überwältigende Sehnsucht nach dem bald schon Verlorenen in ihren Körper. Ihre Füße würden sie zwar weiterhin tragen, aber sie stünde künftig nicht mehr auf zwei Beinen. Überall dort, wo physisch keine Berührung mit dem Boden mehr möglich wäre, spürte sie eine unsichtbare und haltlose Verbindung in die Tiefe. Dort klaffte ein gewaltiger Riss in der Erde. In Ruths Magen herrschte ein ungestümes Wirbeln, als flögen die vielberufenen taghellen Schmetterlinge, die ein gewöhnliches Verliebtsein begleiteten, nun gemeinsam mit Nachtfaltern und Motten um die Wette.

»Du musst gar nichts tun. Du begleitest deine Familie. Und ich werde überleben und dich finden.«

Sie schüttelte den Kopf. »Vater sagt, die Festung Breslau wird nicht standhalten. Wie willst du hier überleben?« Sie sah ihm fest in die Augen. »Und wie sollen wir uns je wiederfinden?«

Er strich Ruth über ihr regennasses Haar, die Kälte hatte aus den Tropfen bereits kleine Eiskristalle geformt. Eine ungemeine Zärtlichkeit lag in dieser Geste. Ihr Herz war selig und taub vor Schmerz.

»Du musst daran glauben, versprich es mir.«

Anstatt einer Antwort tastete sie in ihrer Manteltasche nach dem Armband und umschloss es mit ihrer Faust. »Mach die Augen zu, und gib mir deine Hände.«

Er tat es.

Sacht ließ sie das Armband in seine geöffneten Handflächen gleiten und legte ihre Hand schützend darüber. »Nimm es, bitte.«

Ilan öffnete die Augen wieder, und da nahm sie die Hand fort. Abwechselnd sah er zu ihr und dann wieder ungläubig auf das glitzernde Schmuckstück. »Wo hast du das her?«

Sie zuckte mit den Achseln.

»Ist das Gold? Sind das echte Steine? Ich kann das unmöglich behalten.« Er umfasste ihre Taille und wollte den Armreif wieder in ihre Manteltasche stecken, da wand sie sich aus seiner Umarmung und sagte in einem Tonfall, der keinen Widerspruch duldete: »Doch.« Leise fuhr sie fort: »Nimm es als Zeichen meiner unverbrüchlichen Liebe zu dir. Wenn ich glauben darf, was du sagst, bringst du mir den Armreif zurück. Dann sehen wir uns wieder.«

»Unverbrüchlich«, wiederholte er flüsternd.

»Und noch eines musst du mir versprechen, bevor ich aufbreche.«

»Was immer du willst.«

»Wenn es schlecht um dich steht, musst du den Armreif für dein Überleben eintauschen. Du kehrst zu mir zurück, das ist das Wichtigste, ob mit oder ohne Schmuck. Versprich es.«

Ilan nickte stumm, dann fielen sie in eine Umarmung und einen letzten Kuss.

»Geh jetzt. Und vergiss nicht: Ich liebe dich.« Er sagte es leicht und wie dahingeworfen, als sähe sie ihn gleich darauf wieder, als sollten keine Jahre ins Land ziehen, als gelte es keinen Krieg zu überstehen und nichts zu bedauern.

*

Ihre Hoffnung, noch einen Augenblick für sich allein zu sein, verflüchtigte sich schon bei ihrer Ankunft.

»Wo um Himmels willen hast du gesteckt?«, fuhr Mutter sie an, kaum dass sie die Wohnung betreten hatte. Vater hingegen saß bedenklich gefasst in seinem grau melierten Ohrensessel im Wohnzimmer und sagte kein Wort. Um ihn herum flitzte Gili, die darauf beharrte, Breslau nur mit ihrem Pelz verlassen zu wollen und mit Peterle, dem Wellensittich. Mutter hielt sich die Ohren zu und rief, das wäre alles zu viel für ihre Nerven. Erst als Omi aus ihrem Zimmer trat, erstarb der Lärm. Mit einem Mal war es still. Jo rannte auf sie zu und warf sich ihr in die Arme, während Mutter danebenstand, hilflos beinahe und mit Tränen in den Augen, die sie niederkämpfte. In der Küche brannte derweil der Topf mit den Graupen an. Mutter schlug die Hände über dem Kopf zusammen. Wie sollte sie nun alle satt kriegen. Derweil reichte Omi ihrem Jo ein *Brinkele Brot*, wie sie auf Schlesisch sagte, und ein *Brinkele Merriebe*.

»Du musst doch selbst essen«, sagte Mutter energisch, aber Omi lachte. »Kind.« Sie tätschelte ihr die Wange.

Da erhob sich Papi aus dem Sessel, half Mutter in ihren Mantel, nahm ihr den Koffer ab und hieß uns, uns zu eilen, der Zug würde nicht warten. Zum Abschied küsste Mutter Omi auf die Stirn. Auf Gili achtete niemand mehr. Sie trug tatsächlich ihren Pelz und das Paar edle Lederhandschuhe, das Omi ihr vor Kurzem vermacht hatte. In ihrer kofferfreien Hand schaukelte der Vogelkäfig und darin das verdutzte Peterle auf seiner Stange.

»Das Tier kommt nicht mit«, sagte Mutter, aber Omi flüsterte ihr etwas ins Ohr, woraufhin sich Muttis Wangen rötlich färbten und sie nachgab.

Als Ruth die Großmutter zum letzten Mal umarmte, roch sie dabei eine winzige Spur Säure, die wohl von ihrer alten Haut herrührte, kaum wahrnehmbar und doch derart charakteristisch, dass ihr der Geruch noch auf dem Bahnsteig allgegenwärtig war. Eine Milde hatte die Großmutter dazu umgeben, die ihr sonst nicht unbedingt zu eigen gewesen war.

Jo schlich mit einem kleinen Abstand hinter Ruth her, als müsse er achtgeben, dass er sich selbst nicht aus den Augen verlöre. Einmal legte Vater ihm einen Arm um die Schultern, und er ließ ihn gewähren, obwohl es ihm offenbar nicht ganz geheuer war. Ruth hatte seine kleine Abwehrbewegung bemerkt, das kurze Zusammenzucken, das Stocken seines Schrittes, nur für einen Moment.

War ihr vorher all das wie eine stumme Fotografie erschienen, obwohl der Bahnsteig gut gefüllt war, Menschen am Gleis ihren Liebsten noch etwas zuriefen, laut und vernehmbar, kam die Fotografie nun in Bewegung und wurde in jenem Moment zum Film, als Vater sie zu ihrem Abteil geleitete. Erst ruckelte der Wagen etwas, vielleicht hatte sich der Zug kurzzeitig in Gang gesetzt. Ruth sah alles in Zeitlupe Fahrt aufnehmen. Wie sie sich an den vielen dicht aneinander stehenden Menschen vorbeidrängte, wie

Vater die schwergängige Tür des Zugabteils öffnete und er ihre Koffer einen nach dem anderen auf die Ablage wuchtete. Seine schweißnassen Hände zitterten dabei. Dann beschleunigte der Film und bekam Ton. Vater flüsterte Mutter etwas zu, das Ruth nicht verstand. Er hielt sie fest umschlungen. So hatte sie die beiden noch nie in der Öffentlichkeit gesehen. Peterle, dessen Käfig Gili auf ihrem Schoß abstellen musste, weil sonst kein Platz mehr war, wagte ein leises Zwitschern, aus dem heraus sich eine zart schwingende Tonfolge entwickelte.

»Sei still, Peterle.« Auf Mutters vibrierende Stimme setzte sich ein unterdrückt verzweifeltes Lachen, das ihren Satz ein klein wenig hüpfen ließ.

Da begriff Ruth, welche Melodie der Wellensittich pfiff. »Vor der Kaserne vor dem großen Tor«, intonierte Gili, und Jo bedachte sie mit einem Blick, der hätte töten können. Vater küsste Mutter, die nur verhalten zurückküsste, wohl weil sie nicht allein waren. Aber niemand interessierte sich für sie. Draußen pfiff alsdann der Schaffner, und Vater musste mit einem Mal zusehen, dass er den Zug verließ.

Ruth kam es vor, als stünde sie außerhalb des Geschehens. Als käme ihr die Aufgabe zu, es zu beobachten, und zwar so, als beträfe es nur die anderen, als wäre sie selbst kein Teil davon. Wie schon in der Früh mit Ilan, als sie geglaubt hatte, den Abschiedsschmerz nicht ertragen zu können, und dann war er ihr wie hinter einer Nebelwand erschienen. Nicht nur das dumpfe Gefühl, etwa einer Trauer oder eines drohenden Verlustes, auch das Erinnern selbst. All das war weit weg – und alles war Beschleunigung. Der dampfende Kessel vorn im Triebwagen. Gili, die in Tränen auszubrechen drohte, und Mutters Worte: »Wir Frauen sind das Rückgrat der Familie. Wir bleiben stark.« Dann trat sie aus dem Abteil und zwängte sich zwischen den anderen Flüchtenden hindurch ans Zugfenster, von wo aus sie Vater sehen konnte, der winkte und weinte. Er hatte kein Taschentuch, seine Tränen waren ihm, anders als Mutter, nicht unangenehm. Die öffnete das Zugfenster und rief: »Du bist wie Peterle, dass du mir nur ja nicht auch noch zu singen beginnst.« Sie reichte ihm die Hand, die Vater umfasste wie einen Anker, der ihn im wildesten Sturm noch an Ort und Stelle hielt, auch später, als der Zug schon anfuhr, wollte er sie nicht loslassen. Jo stand mit den anderen Burschen in einer Ecke des Abteils, weit entfernt vom Fenster und Ruth gegenüber. Er beobachtete alles, genau wie sie, wischte sich aber ärgerlich mit dem Hemdsärmel die Tränen aus dem Gesicht.

»Vater wird nachkommen.« Ruth war sich sicher, sie wusste selbst nicht, woher sie diese Gewissheit nahm. Neben Mutter stand Gili. Während der Zug anfuhr, bewegten sich die Lippen ihrer Schwester synchron zu Peterles Lied, auch wenn Gili nicht mehr sang und ihr kein Ton entfuhr. Sie hob die Hand zum Abschied, als die Räder des Zuges quietschten und er sich allmählich in Bewegung setzte.

Ruth behielt all das in Erinnerung, auch dass der Regen für kurze Zeit innehielt und die Sonne auf Vaters Gesicht schien. Dass beim Anrollen des Zuges ein leises Raunen durch die Menge ging. Ob aus Erleichterung, weil sie Breslau noch gerade rechtzeitig verlassen hatten, aus Kummer, weil sie all ihr Hab und Gut hatten zurücklassen müssen, oder aus einer Sorge heraus, wie es nun weitergehen sollte, das vermochte Ruth nicht zu fassen; aber dass Peterle sang, prägte sie sich ein; kristallklar, jene Stelle, die Gili nun wieder intonierte: »und sollte mir ein Leid geschehen, wer wird …«

Jo hielt ihr den Mund zu, und Mutter sah sie mit strengem Blick an, denn der Schaffner stand plötzlich im Abteil und runzelte die Stirn. »Was ist hier denn los, junger Mann? Belästigen Sie etwa die junge Dame?«

Mutter konnte so schön sein in ihren fließenden Bewegungen und mit ihrem Augenaufschlag, der auch auf den Schaffner sichtlich Eindruck machte. »Geschwister«, stöhnte sie und machte eine abwehrende Handbewegung, filmreif und bestrickend. Der Kontrolleur hatte erst nur Augen für sie und im nächsten Moment für Gili. Er warf einen flüchtigen Blick in die Pässe und gab sie ihnen rasch zurück. »Die Mutter wie ihre Töchter.« Dabei betrachtete er ihre Schwester.

Ein wenig verwunderte das Ruth. Vielleicht lag es an diesem Nebel, der sie nun schon seit Stunden umgab. Womöglich ließ er sie ihre Existenz wie hinter einem Schleier wahrnehmen. Eine andere Erklärung hatte sie dafür nicht parat. Sie war nicht weniger schön als ihre Schwester, freilich von gänzlich anderer Art. Mit dunklen Locken, grünen Augen und breitem Becken, dabei aber schlank.

Gili hingegen hatte rotblonde Haare und zarte Sommersprossen, die aussahen wie dahingetupft, auf Nase und Wangen. Dass sie auffiel, lag nicht etwa an einer herausragenden Schönheit, sondern war vielmehr ihrer erstaunlichen Präsenz geschuldet, die umso faszinierender wirkte, da diese im scheinbaren Kontrast zu Gilis Fragilität zu stehen schien. Dazu die schillernde Aura ihrer Schwester, die sie stets umgab. Gili saß in ihren Pelz gehüllt neben Mutter am Gang, die schmalen langen Beine blitzten unter ihrem Kleid hervor. Hätte Peterle nicht mit einem Mal gellend seinen Gesang hochgedreht, ihre Fahrt wäre ohne jede Störung verlaufen. Aber der dumme Vogel schien die einlullende Bewegung des Zuges zu mögen.

»Was singt denn der Sittich da? Wird doch schon seit zweiundvierzig nicht mehr im Radio gespielt wegen undeutschem Verhalten der Andersens. Wo hat er das Lied denn aufgeschnappt?«

Mutter schüttelte unwillkürlich den Kopf, und Gili tat es ihr gleich.

»Zeigen Sie doch bitte noch mal Ihre Pässe.« Er blätterte eifrig darin, sah dann auf und Ruth direkt an. »Wie ist denn Ihr Name, junges Fräulein?«

Der Nebel wollte sich nicht lichten. Sie sah Ilan, wie sie ihm das Armband gab, und seine Weigerung, es anzunehmen. Der Spatz flatterte zu ihren Füßen auf, und der Morgen brach an. Sie versuchte zu sprechen, aber da war eine Sperre, ihre Lippen konnten keine Worte formen, was herauskam, verschwamm zu einem unartikulierten Brei. Das Denken funktionierte derweil sehr wohl. Sie erinnerte sich sogar an den fremden Namen im Pass, an das ihr zugewiesene Geburtsdatum, aber ihr Körper gehorchte einfach nicht, sie hatte keine Kontrolle mehr über ihn. Konnte nur dasitzen, verharren und den Dingen ihren Lauf lassen.

»Sie sehen doch, meine Schwester fühlt sich nicht gut«, sagte Gili. Dabei sah sie dem Kontrolleur in die Augen. »Sie hat heute, wie so viele hier, noch nichts gegessen oder getrunken.« Sie streckte die Hand aus, und wie anbefohlen gab der Schaffner ihr die Ausweispapiere zurück. Er schien sich dessen selbst kaum bewusst, sondern starrte sie nur an, als warte er auf ihre weiteren Anweisungen.

Kurz darauf schloss er die Abteiltür wieder und war verschwunden. Mutter schaute finster auf den Vogelkäfig. Ruth bekam mit, dass sie ihr etwas zuzischte, aber sie verstand sie ohnehin nicht. Ihre Beine zitterten, Schweißperlen standen ihr auf der Stirn, der restliche Körper fühlte sich eiskalt an.

»Lass sie.« Das war Jos Stimme. »Du und Vater habt uns das eingebrockt, und nun gebt ihr uns die Schuld.«

Gili legte den Zeigefinger auf ihre Lippen, ein eindeutiges Zeichen, sie sollten nun besser alle ruhig sein – und das tat Mutter dann auch.

Als Peterle aber wieder zu singen anheben wollte, drohte Gili ihm, ihn freizulassen, wenn er nicht augenblicklich schwiege. Und auch der Vogel gehorchte ihr. Dass ein einzelner, so zart gebauter Mensch eine derartige Wirkmächtigkeit entfalten konnte, verstand Ruth auch später nicht, so oft sie die Szene auch wieder und wieder vor ihrem inneren Auge abspulen ließ. Niemand tat das.

Aber sie wusste seitdem, manche Menschen hatten ein naturgegebenes Talent, und zumeist war es sicht- und zuordbar. Mutter, zum Beispiel, war immer dann stark, wenn andere schwach wurden, insbesondere die Männer. Sie forderte diese Haltung auch von ihnen, ihren Töchtern. Sie hatten von ihr zu lernen. Jeder zahlte seinen Preis. Vögel sangen, ohne zu denken, und Ruth verstand nun endlich, dass sie die Dinge besser begriff, wenn sie sie mit Abstand betrachtete. Ja, sogar sich selbst.

Kapitel 3

Roigheim, April 1948

Es war nicht alles schlecht in diesem verschlafenen Nest, in dem sie seit letztem August Quartier über dem Bahnhof bezogen hatten. Besonders in den warmen Monaten nicht, und nun war, nach dem grässlich harten Winter, endlich der Frühling in all seiner Pracht zurückgekehrt. Die Kronen der Bäume grünten üppig, und die Anemonen, ein paar späte Krokusse und Hyazinthen, die am Wegesrand blühten, hätten sich zusammen mit den rot schillernden Tulpen aus den Vorgärten der Nachbarn vortrefflich in einem Strauß für Mutter gemacht. Die aber hatte Gili eindringlich verboten, diese Herrlichkeiten zu stibitzen und so im Dorf aufzufallen. Was, neben der Tatsache, dass sie Flüchtlinge waren, schon deshalb nicht gelingen konnte, weil es nun einmal in Gilis Natur lag, aus der grauen Masse hervorzustechen.

Auf der Seckach zogen ein paar Enten ihre Kreise. Gili aber hatte ihren Spaziergang unternommen, um die eleganten Schwäne zu bestaunen, die auch an der Oder und deren Nebenarmen in großer Zahl vorkamen. Die Tiere erinnerten sie an die Heimat und daran, was sie schon damals, als sie noch Kniestrümpfe und Zöpfe getragen hatte, bei deren Anblick gewusst hatte. Sie war – wie ebendiese Tiere – etwas Besonderes. Deshalb hatte es nie viel gebraucht, um andere für sich zu gewinnen. Meist reichte ein herzliches Lächeln aus, und der Bäcker schenkte ihr ein Rosinenbrötchen und manchmal ein Stück Konfekt, der Metzger gab ihr ohne Aufpreis von der Extrawurst, und im Schweidnitzer Keller brachten die Kellner auch ohne Bestellung eine ordentliche Portion Eis für sie. Den Menschen, denen Gili begegnete, blieb sie stets in Erinnerung. Später hatte sie ihr naturgegebenes Talent ausgebaut. Sie sang ein bisschen vor sich hin oder trug eines der Gedichte aus Papis Lyrikbändchen vor. Die behielt sie ohne Anstrengung im Gedächtnis. Sie übte sich im gekonnt verlangsamten Augenaufschlag und nahm sich selbst dabei nie allzu ernst. Sie sah es doch bei ihren Geschwistern. Wer eine Sache zu verbissen verfolgte, scheiterte. Sei es, krampfhaft Harmonie zu stiften, wie Ruth es gerne tat, oder alles zu durchdenken und zu hinterfragen, wie es eben Jos Manier war.

»Bleibt mal kurz stehen«, rief Gili ihren Geschwistern nach, die wie immer vorausgeeilt waren. Jo wusste mit den kleinen Herrlichkeiten, die es überall an der Seckach zu entdecken gab, nichts anzufangen. Er grübelte dauernd und nahm die Schönheit seiner Umgebung kaum wahr. Wie konnte er all das nicht bemerken? Die ersten Falter, das warme Sonnenlicht, das in der Ferne auf die backsteinfarbenen Häuser des Dorfes fiel, der sanfte Wind auf der Haut.

Ruth ging ein Stück vor Gili. »Warte doch«, rief sie Jo zu. »Gili will Rast machen.« Ruth wandte sich zu ihr um und probierte ein Lächeln, als wolle sie sagen, *nimm es ihm nicht krumm, er ist unser kleiner Bruder.*

Ihre Schwester verstand immer alles und reizte sie damit. Es wäre zu schön gewesen, einen Augenblick allein zu sein. »Ihr könnt ruhig schon weitergehen.«

Als sie vorhin aufgebrochen war, hatte Ruth sich gleich aufgedrängt, sie zu begleiten und auch Jo zu einem Streifzug zu bewegen. Und wie immer, wenn Ruth etwas vorschlug, lehnte Jo es nur selten ab. Sollten die beiden doch machen, was sie wollten. Gili hatte niemanden gebeten mitzukommen, ganz im Gegenteil.

Ein schmaler Trampelpfad führte vom geraden Weg die Böschung hinab zur baumumstandenen Seckach. Dort würde sie vielleicht ein paar Minuten für sich sein können. Obwohl die

Erde am Hang noch nass vom Regen war, setzte sie wagemutig einen Fuß vor den anderen, geriet aber sogleich ins Rutschen. Gerade noch rechtzeitig bevor sie stürzte, bekam sie einen tiefhängenden Ast zu fassen und hielt sich daran fest. Sie lachte laut auf, als sie gerade rechtzeitig unten vor dem Ufer zum Stehen kam. Keuchend blieb sie stehen und ließ sich dann auf einen Eichenstamm fallen, der aus dem Wasser ragte.

Ein Duft, der vom klammen Holz und den feuchten Blättern herrührte, umwehte sie. Sie atmete tief durch. Der Fluss brauste, als wolle er sie zum Spielen auffordern. In diesem Jahr würde ihn keine Eisschicht mehr zum Schweigen bringen.

Gili holte einen Kanten hartes Brot aus ihrer Umhängetasche. Das Stück hatte sie heimlich, bevor Mutti daraus Brotsuppe machte, für die Schwäne eingesteckt, die hier täglich ihre Runden zogen.

»Ein hübsches Plätzchen ist das hier.«

Sie hatte Ruth gar nicht kommen hören. Plötzlich stand sie vor ihr und ließ sich sofort ungefragt neben ihr nieder. Obgleich Gili einen Platz nur für sich gesucht hatte, ließ sie Ruth gewähren. Sie hatten großes Glück gehabt, dass sie alle überlebt hatten. Zumindest die, von denen Gili wusste. Von Großmutter und Harry hatten sie immer noch keine Nachricht.

»Wir bleiben sicher nicht ewig in Roigheim. Irgendwann kehren wir heim nach Breslau, auch wenn die Polen die Deutschen jetzt vertreiben«, sagte Ruth auf einmal. Gedankenversunken starrte sie auf das Wasser. »Die Städte und Dörfer platzen aus allen Nähten. Deswegen sind wir Flüchtlinge nicht gut gelitten. Die Menschen sehen nicht ein, warum sie uns aufnehmen und womöglich noch durchfüttern sollen. Wir haben außerordentliches Glück, dass wir durch Papi die Stube über dem Bahnhof bekommen haben und dass die Frau Meyring so ein mildes Herz hat. Sie ist wirklich eine nette Wirtin. Die anderen Dorfbewohner beäugen sie schon skeptisch deswegen.«

»Als ob es darum ginge.« Jo spuckte auf den Boden. Er lehnte in einigem Abstand, aber in Hörweite zu ihnen an einer Erle oben am Weg. Einen Moment lang sah er Gili direkt an, ausnahmsweise mit wachen Augen. Sie erkannte es an dem Flackern, das in seinem Blick lag, bevor er doch wieder das Interesse an ihr verlor und in sich selbst zurücksank.

»Egal wohin«, meinte Gili, »ich hoffe, wir ziehen bald weg aus diesem Kaff. In den Städten soll es immerhin wieder Kinos und Theater geben. Ich könnte dabei sein, wenn sie irgendwo ein neues Ensemble aufstellen. Ich könnte entdeckt werden.«

»Wozu nach dem Krieg noch Geschichten erzählen? Und wenn überhaupt, wie müssten sie dann geschrieben werden?« Er löste sich von seinem Platz und kam, halb rutschend, halb gehend, den Abhang hinunter auf sie zu. »Wie kannst du sicher sein, Gili, dass du dann nicht vor einer Horde Verbrecher spielst? Und was anderes sollten die Deutschen sein?«

»Wir sind doch selbst Deutsche.«

»Du bist so naiv, Schwesterchen.«

Wären nicht in diesem Augenblick die Schwäne aufgetaucht, Gili wäre aufgesprungen und hätte ihm ordentlich die Meinung gesagt. Jo ging ihr mit seiner Besserwisserei und seiner herablassenden Art gehörig auf die Nerven. Etwas in ihr verabscheute seine Neigung, stets alles durchdenken zu müssen. Sie hatte sich ihre Zeit nicht ausgesucht, sie hatte keinen Krieg begonnen, und nun war sie gottfroh, dass das Schlimmste überstanden war. Schreckliche Erlebnisse musste man nicht immer und immer wiederkäuen. Nun würden hoffentlich bessere Zeiten anbrechen. Mit ein bisschen Glück kämen sie alle bald wieder zu Kräften, und das Glück, das fühlte sie im Gegensatz zu Jo, wenn es langsam näher kam.

Mit all ihrer Kraft zupfte sie ein Stück Brot aus dem harten Kanten und warf die Brocken behutsam in Richtung der Schwanenfamilie. Der größte, vermutlich also Vater Schwan, änderte die

Richtung und hielt direkt auf sie zu, der Rest der Gruppe folgte ihm in einigem Abstand. Am Ufer bäumte er sich zur vollen Größe auf, entfaltete majestätisch seine Flügel, schnatterte mahnend und watschelte dann an Land. Ruth stand auf und wich vor ihm zurück. Jo hatte wieder seine Stellung an der Erle bezogen, an der er lässig lehnte und das Schauspiel aus sicherer Entfernung betrachtete.

»Komm mit«, raunte ihr Ruth zu und zupfte sie am Ärmel, aber Gili dachte gar nicht daran, vielmehr musste sie ein Kichern unterdrücken. So elegant wie der Schwanenvater eben noch durch das Wasser geglitten war, so erbärmlich gebärdete er sich am Ufer. Er war nicht dafür gemacht, längere Strecken an Land zurückzulegen. Der Schwan schnatterte umso lauter, je mehr er sich mühte, die schmale Anhöhe bis zu ihr zu überwinden, und Gili amüsierte sich aufs Feinste.

»Gib ihm endlich das verdammte Brot, er hat Junge«, rief Ruth. »Diese Viecher können zu wahren Biestern werden.«

Gili zuckte mit den Achseln. Im Gegensatz zu Ruth hatte sie kein bisschen Angst.

»Ich wär an deiner Stelle auch lieber vorsichtig.« Die Stimme klang heiser und ein wenig fiepsig. Gili drehte sich Richtung Böschung und ließ, für eine unachtsame Sekunde, den Schwan aus den Augen. Derjenige, der das Wort an sie gerichtet hatte, war ein junger Mann mit roten Locken und grobschlächtigen Gesichtszügen. Neben ihm stand ein ebenso junger Bursche, muskulöser als sein Begleiter, mit braunen Haaren, lustigen hellen Augen und Grübchen um die Mundwinkel. Gili musterte ihn. Beim Betrachten von Menschen galt für sie, was sonst nur für Jo zutraf. Sie verlor sich in der reinen Anschauung. Ruth kiekste in heller Aufregung, da machte der Braunhaarige plötzlich einen Satz auf sie zu, als ginge es um Leben und Tod und nicht bloß darum, den Angriff eines Schwans zu vereiteln. Er kugelte, weil auch er den Halt verlor, die schmale Böschung hinab. Unterdessen spürte Gili ein Zwacken an ihrem Kleid. Als sie sich aber umwandte, um zu sehen, woher es rührte, hatte der Fremde sich schon wieder aufgerappelt und stürzte auf den Schwan hinter ihr zu, der, von all dem Getümmel nun doch beeindruckt, aufgebracht schnatternd und mit wildem Flügelschlagen vor ihnen zurückwich. Gili brach in schallendes Gelächter aus.

»Ein Dankeschön wäre wohl angebrachter«, sagte der Fremde. Erhobenen Hauptes und voller Matsch kam er auf sie zu und streckte ihr die Hand entgegen.

»So war es doch gar nicht gemeint.« Gili ergriff seine schmutzige Hand und schüttelte sie, während die Schwanenfamilie, ohne noch einmal zurückzublicken, davonschwamm.

»Du hast Glück gehabt, dass mein Freund zur Stelle gewesen ist.« Der Rotgelockte stand oberhalb der Böschung.

»Das bestreite ich nicht«, erwiderte Gili und schenkte ihm ihr schönstes Lächeln. Die Burschen stammten nicht aus dem Dorf, sonst wären sie ihr sicher längst aufgefallen.

»Ihr seid nicht von hier?«, fragte Ruth. Die beiden erzählten daraufhin, dass sie aus dem Nachbardorf kämen, einen Spaziergang unternommen und niemals damit gerechnet hätten, einem jungen Fräulein in Not helfend zur Seite springen zu müssen.

»In Not? Nicht ganz, aber wenn es euch glücklich macht, dann war ich wohl in höchster Bedrängnis. Man stelle sich diese Szene vor …« Von da an war Gili ganz in ihrem Element. Sie spielte nach, was sich soeben zugetragen hatte, freilich mit einer ordentlichen Portion Überzeichnung. Angefangen mit dem Schwanenvater, dem sie eine gut zu vernehmende innere Stimme gab, über Ruth, die sie in Panik geraten, und Jo, dessen philosophische Gedankengebäude beim Anblick des angriffswilligen Tieres sie lautstark in sich zusammenstürzen ließ, bis hin zu den beiden jungen Männern, die sie als tapfere Heroen darstellte. Zum Höhepunkt der Szene hin schmiegte sie sich in die Arme ihres Retters, was dessen regen Anklang fand und von dummen Pfiffen seines rot gelockten Freundes begleitet wurde. Gili löste sich aus der Umarmung, stellte sich vor ihr spontan zusammengefundenes Publikum und verbeugte sich. Da die beiden nicht recht wussten, was von ihnen erwartet wurde, herrschte aber zunächst Stille.

»Ihr müsst klatschen, kennt ihr das nicht vom Theater?« Sie zwinkerte ihnen zu, verbeugte sich abermals, und dieses Mal erntete sie Applaus. »War ich denn überzeugend?«

»Auf jeden Fall«, entgegnete ihr Held und stellte sich ihr nun als Richard und seinen Begleiter als Martin vor.

Richard war zurückhaltend, sah sie dabei aber immer wieder aufmerksam und lächelnd an und ließ derweil seinen Freund reden, der einiges zu erzählen wusste. Von den Bauern und den Vorzügen eines Daseins auf dem Lande, vom Leben mit den Zyklen der Natur und vom frühen Aufstehen und Zubettgehen.

»Wer viel arbeitet, kommt nicht auf dumme Gedanken, was?« Jo hatte wohl einen Witz machen wollen, keinen allzu gelungenen, aber Martin bemerkte nichts davon und ging tatsächlich darauf ein. Er bestätigte sogar Jos halbgar vorgebrachte und ausnahmsweise einmal nicht ernst gemeinte These. »Soll aber nicht heißen, dass wir das Leben nicht genießen würden, hab ich nicht recht, Richard?« Martin zwinkerte Gili zu, sie aber schaute weg, hin zu seinem Kumpel, der von einem Bein auf das andere trat.

»Wenn ihr euch amüsieren wollt, kommt doch mit auf den Schwof heute Abend in Kellers Scheune.« Richard ließ seinen Blick erst über Jo und dann hin zu Ruth schweifen, bis er an Gili hängen blieb. Sie nickte, denn was gab es Besseres als eine Festlichkeit mit Tanz?

»Tanzen ist völlig überbewertet«, sagte Jo, und zu Ruth und ihr gewandt fügte er an: »Es wird Zeit.«

Ruth nickte ihr zu und folgte Jo die Böschung wieder hinauf, wobei Martin ihr helfend die Hand reichte. Einen Augenblick blieb Gili mit Richard allein zurück. »Und du?«, fragte er. »Was denkst du übers Tanzen?«

»Kaum etwas, das besser wäre.«

»Aber nur fast.« Er reichte ihr seinen Arm, und so war es ein Leichtes, die Böschung zu erklimmen.

»Es ist also abgemacht?«, fragte Richard, der sie bis nach Hause begleitete, während Martin sich um Ruth bemühte, die ihn aber wissen ließ, dass sie erst dann wieder tanzen ginge, wenn sie zurück in Breslau sei.

Weil Gili auf Richards Frage hin aber nickte, war es beschlossene Sache. Sie würde sich endlich wieder einmal amüsieren, ob auf dem Land oder in der Stadt, war da beinahe schon einerlei.

*

Was kümmerte Jo das Geprahle der jungen Männer. Wenn die im Krieg ihre Brüder geopfert oder Verwandte verloren hatten, dann weil sie Klumpfüßchen Goebbels' Märchenstunde auf den Leim gegangen waren und tatsächlich geglaubt hatten, sie stünden als Arier über all den anderen Völkern dieser Erde. Wer verdammt glaubte deren Propaganda, wenn er nicht entweder ihren Einflüsterungen erlegen war oder sich selbst gern überhöhte. Egal weswegen, sie hatten sich schuldig gemacht, vor Gott und vor den Menschen. Sie hatten aus Angst, Beschränktheit oder Eitelkeit großes Leid in Kauf genommen und die Schrecken des Krieges entweder gebilligt oder sogar dazu beigetragen. Nun sollten sie auch die Konsequenzen ihres Handelns tragen. Aber viele Bauernhöfe standen noch, und schon drei Jahre nach dem Krieg luden die Söhne der Täter junge Frauen wieder zum Tanz ein, ohne nach ihrer Vergangenheit zu fragen. *Everything as always*, wie die Amerikaner, in deren Besatzungszone sie lebten, sagen würden. Die Bauerntölpel, die Gili da umgarnten, waren keine Befreier, sondern Söhne von Naziverbrechern.

Er bemühte sich, keine Miene zu verziehen, aber dass Gili nun unbedingt mit ihnen tanzen gehen wollte, behagte ihm nicht. Er schwieg. Seiner Schwester zuliebe. Auch wenn das kaum richtig sein konnte. Wie Gili in rasender Geschwindigkeit die Herzen aller zu erobern vermochte, war bemerkenswert. Von außen hätte man nur schwer glauben mögen, dass sie alle aus ein und derselben Familie stammten. Er nickte seinen beiden Schwestern zu und ging ohne ein Wort des Grußes nach Hause.

*

Als er die elterliche Stube betrat, hielt er kurz inne. Die Szene, die er vor sich sah, passte so gar nicht ins Bild dieser Tage. Ja, früher hatten sie ein richtiges Zuhause gehabt, nun aber bestand es aus einem Feldbett, auf dem Vater oft ruhte, ein Buch in der Hand, einem Sessel und einem Bett, in dem Mutter sich abends gemeinsam mit Jos Schwestern zur Ruhe legte. Er beharrte stets darauf, dass Vater auf dem Feldbett schlief, er selbst nahm mit dem Sessel vorlieb. Es gab wesentlich härtere Schicksale. Sie hatten es gut getroffen, die wenigsten Familien hatten ein eigenes Zimmer zur Verfügung, viele Vertriebene hatten keine feste Bleibe, sie schliefen in Notunterkünften oder hungerten. Auf dem Land mangelte es den Bauern wenigstens nicht an Brot und Kartoffeln, und wenn der Winter vorbei war, gab es auch frisches Gemüse und Obst. Weil er und seine Familie wie die meisten anderen Flüchtlinge auf den Feldern und in den Ställen Hilfsarbeiten verrichteten, bekamen sie einen kleinen Teil davon ab. Verhungern mussten sie also nicht, auch wenn Jo längst nicht immer satt wurde. Doch Truman hatte vor Kurzem den Marshallplan unterzeichnet, was wirtschaftlichen Aufschwung in Aussicht stellte, genau wie die Wiederaufnahme der Londoner Sechsmächtekonferenz. Es würde weitergehen, trotz der vielen Kriegsopfer, der fehlenden Infrastruktur und den Hungerjahren. Die Siegermächte trugen hoffentlich dazu bei, dass die Entnazifizierung der Bevölkerung voranschritt, auch wenn viele Deutsche ihre Methoden ablehnten. Die Zeichen standen dennoch auf Wiederaufbau.

Mutter hatte den wackligen runden Tisch, um den sie immer herumgehen mussten, weil er den meisten freien Raum einnahm, eingedeckt. Vater trug seinen Anzug, samt Schuhen und Schlips, und zu allem Überfluss stand da ein selbst gebackener Käsekuchen, und aus der Kaffeekanne stieg der Duft echten Bohnenkaffees.

»Nun steht nicht da wie bestellt und nicht abgeholt«, sagte Vater und winkte Jo und die Mädchen, die eben hinter ihm die Treppe heraufgeeilt waren, in die gute Stube hinein.

Mutter zeigte stolz auf den Kuchen. »Sogar Schlagsahne gibt es. Duftet der Kaffee nicht herrlich?«

Gili strahlte selig und umarmte Mutter. Man konnte ihr wieder einmal jede Gefühlsregung vom Gesicht ablesen. Ruth scharwenzelte um Mutter herum und fragte, ob sie ihr etwas abnehmen könne, aber alles war längst vorbereitet.

»Setzt euch, wir haben gute Nachrichten.«

Er hätte skeptisch sein sollen. Angenehmes gab es in diesen Zeiten kaum, und wenn einem unerwartet Gutes widerfuhr, hatte man entweder seine Beziehungen spielen lassen, etwas sehr Wertvolles eingetauscht oder seine Seele zum Kauf dreingeboten.

Mutter schnitt ein riesiges Stück Kuchen ab, bat ihn um seinen Teller und tat ihm auf. So ging es reihum. Das Wasser lief Jo im Mund zusammen, wie lange hatte er so etwas nicht mehr gegessen. Gili nahm einen ordentlichen Bissen von der Käsetorte, noch bevor Mutter allen ein Stück auf den Teller geschoben und Kaffee eingeschenkt hatte. Grübchen zierten beim Kauen ihre schmalen Wangen, vor Genuss schloss sie die Augen, sodass ihr wirklich niemand böse sein konnte.

»Mein Sonnenschein.« Vater betrachtete sie. »Wie bin ich froh, dass wir bald wieder ein richtiges Leben führen werden, in unserem neuen behaglichen Zuhause. Jetzt ist sie raus, unsere Überraschung. Was sagt ihr?«

Gili jubelte kurz auf, sonst aber blieb es erwartungsvoll still. Auf Ruths fragenden Blick reagierte Jo mit einem Schulterzucken.

»Du musst schon ein bisschen mehr erzählen, Eugen«, brach Mutter das Schweigen. »Sie wissen ja noch gar nicht, wohin es geht.«

Ein kleiner Hoffnungsschimmer regte sich in Jo. Wenn sie dieses vermaledeite Land hinter sich ließen, dann wäre viel gewonnen. Dann könnten sie vielleicht noch einmal von vorn anfangen. Irgendwo, wo es noch aufrichtige Menschen gab und ein Land aus mehr bestand als aus grausamen Mördern. »Nach Amerika oder Australien?«, fragte er.

Vater lachte leise auf. Doch bei seiner Antwort brach Jos Vorstellung in sich zusammen.

»Nach Amerika gehören wir nicht, mein Junge. Und ich bin auch kein Farmer, der in Australien sein Glück sucht. Aber wir sind wahrhaft gesegnet. Als Beamter bei der Bahn werde ich bevorzugt.«

»Mal wieder?« Es war Jo rausgerutscht, und es tat ihm sofort leid. Aber Vater, der ein friedliebender Mensch war, sogar zu friedliebend, um sich auch mal zur Wehr zu setzen gegen das Falsche, nahm es ihm nicht übel.

»Stell dein Glück nie infrage, Jo. Verrat du ihnen, Minna, wo wir hinziehen.«

Ruth war unterdessen aufgestanden und schritt hinter ihm auf und ab. Das machte Jo nervös.

Mutter erhob die Kaffeetasse, als handele es sich dabei um eine Sektflöte. »Denkt nur, Vater hat uns eine eigene Wohnung in Freiburg beschafft. Und das in diesen Tagen, wo so viele Menschen uns sogar schon um unsere eigene Stube beneiden. In Freiburg soll es sogar Palmen geben. Stellt euch vor, ein neues Leben, ein bisschen wie im Paradies.«

Vaters Wangen färbten sich rot, Mutters Zuspruch schien ihm

zu viel des Lobes zu sein. »Nicht doch, Minna. Für meine Familie tue ich eben alles.«

Gili sprang auf und gab Vater einen Kuss auf seine Halbglatze. »Bekommen Ruth und ich dann wieder ein eigenes Zimmer?«

»Es ist eine Wohnung mit drei Zimmern, und sogar mit eigenem Badezimmer. Euer Vater ist befördert worden.« Wie leicht Mutter doch verdrängte, was er, um seinen Posten im Krieg zu behalten, hatte verschweigen müssen.

»Haben sie dich etwa die Karriereleiter hochgelobt, weil du eine jüdische Familie hast, oder mit wem hast du verhandeln müssen, damit wir erneut bevorzugt werden?«

Mutter verschluckte sich am Kaffee und musste daraufhin fürchterlich husten. Rasch reichte ihr Ruth ein Glas Wasser. Die Hand seiner Schwester zitterte, und ihre Mimik wirkte wie versteinert. Als Einzige äußerte sie sich nicht zu den Neuigkeiten. Stattdessen klopfte sie Mutter auf den Rücken.

»Weißt du, Junge, ich habe dir nichts getan. Jetzt, da der Krieg endlich vorbei ist, wünschte ich, du würdest dein Leben einfach genießen.«

Jo sah auf den Käsekuchen in der Mitte des Tisches, dann auf Mutter, die endlich aufgehört hatte zu husten und deren Gesichtsfarbe im dämmrigen Licht plötzlich fahl und ungesund wirkte, und schließlich auf Vater, der seinen Blick auf Gili gerichtet hielt und ihr zulächelte.

»Wie verlogen das alles ist. Soll ich die Vernichtungslager etwa vergessen? Sollen wir weiter neben und mit den Tätern leben, während sie so tun, als wären all ihre Gräueltaten mit Kriegsende zu den Akten gelegt worden?«

Mutter erhob sich von ihrem Platz. Wie sie so vor ihnen stand, seltsam unbewegt, mit hängenden Schultern und maskenhaftem Gesicht, wurde Jo ganz bleiern zumute. Er umklammerte die Stuhlarme, obwohl er im Sitzen doch kaum das Gleichgewicht verlieren konnte.

»Du weißt gar nicht, von was du da sprichst.« Mutters Stimme klang fremd, scharf und schneidend. Nie zuvor hatte sie so mit ihm geredet. »Lern endlich, dich vor deinem Vater zusammenzunehmen, und behaupte nie wieder, er sei ein Mörder.«

Jo schüttelte den Kopf. Keinesfalls hatte er Vater zur Last gelegt, was Mutter ihm vorwarf. Wie konnte sie ihm das unterstellen? Doch bei ihrem Anblick vermochte er aus unerfindlichen Gründen nicht zur Gegenrede auszuholen, was ganz untypisch für ihn war. Etwas Unaussprechliches schnürte ihm die Kehle zu, etwas, das er vor sich selbst nicht äußern konnte. Er liebte Mutter, bewunderte ihre Kraft wie ihren strengen Geist. Er schluckte die Entgegnung herunter, die ihm auf der Zunge lag. Mutter hatte eine Entscheidung getroffen und war bereit gewesen, Harry für das Überleben ihrer anderen Kinder zu opfern. Von seinem großen Bruder gab es nach all den Jahren noch immer kein Lebenszeichen. Jo senkte den Kopf.

»Deine Großmutter, von der wir hoffentlich bald Nachricht bekommen …« Mutter brach mitten im Satz ab, nahm einen tiefen Atemzug und fuhr dann fort: »Deine Großmutter hat ein gesegnetes Alter. In vielem hat sie recht behalten, in diesem Punkt muss sie etwas durcheinandergebracht haben oder du erinnerst dich falsch. Damals warst du noch klein, hattest immer viel Phantasie. Ein für alle Mal, und merk dir das, Jo, wir werden nicht wieder darüber sprechen: Wir sind keine Juden. Wir sind auch Deutsche.«

Seine linke Hand zitterte. Draußen zog sich der Himmel zu, und in der stickigen Stube wurde es finster. Er musste hier raus und konnte doch nicht einfach fort. Also riss er das Fenster auf, ein wenig Luft würde helfen, seine Gedanken zu ordnen. Zu seinem Erstaunen protestierte niemand, keiner sprach mehr ein Wort. Nur das leise Klappern und Kratzen der Gabeln auf den Tellern war zu hören. Eine ganze Weile blieb Jo am Fenster stehen und sah auf die menschenleere Bahnstation. Er wartete auf den einsetzenden Regen, der beim ersten Donnergrollen stärker und stärker werden würde, bis er endlich das Land überzöge. Er harrte vergeblich aus. Die dumpfe Schwüle im Zimmer, eigentümlich für das Frühjahr, blieb und nistete sich zwischen ihnen ein. Jeder bewegte sich in seiner eigenen dünnen Hülle, die zerschellen würde, käme sie mit einer anderen in Berührung. Angesichts dessen war es besser, Abstand zu wahren und sich erneut in sich selbst zu versenken. Ein neuer Tag bräche von allein heran, und was dieser im Gepäck führte, war ungewiss.

*

Im Dämmerlicht der heraufziehenden Gewitterfront saß Ruth auf dem Feldbett neben der schlafenden Gili und tastete nach Margas Brief in ihrer Manteltasche. Gestern erst hatte er sie aus Berlin erreicht, und auf der Rückseite des Umschlags stand fein säuberlich die neue Adresse ihrer Freundin. Dort würde sie Unterschlupf finden.

Sie wandte sich um. Vater saß mit geschlossenen Augen auf dem Sessel und Mutter auf seinem Schoß, die Arme um seinen Hals geschlungen. Ihr Kopf ruhte auf seinen Schultern. Er schnarchte leise, und ihre Brustkörbe hoben und senkten sich im einträchtigen Schlummer des Spätnachmittags.

Damals in Breslau, vor ihrer Abreise ins Ungewisse, hatte Mutter Ruth ein einziges Mal bestätigt, was sie nun so vehement vor Jo verneinte. In der Vertrautheit der Nacht, während draußen der Schneeregen fiel und ungewiss war, was die Zukunft bringen würde. »Deine Urgroßmutter war jüdischer Abstammung«, hatte sie ihr geflüstert. »Aber schon für Omi spielte Religion kaum mehr eine Rolle. Nur die hebräische Sprache, die hielt sie hoch und ein paar Riten, weil sie sie an ihr Elternhaus erinnerten. Als ich deinen Vater kennenlernte und zum Christentum konvertierte, war das keine große Sache. Warum also hätten wir unsere

Herkunft ausgerechnet in diesem Krieg an die große Glocke hängen sollen. Es ist besser, wir vergessen schnell.«

Wenn Mutter nun so hart gegenüber Jo war, hatte sie sicher gute Gründe, wollte ihn und sie alle schützen.

Ihr Bruder stand noch immer regungslos am Fenster und wandte ihr den Rücken zu. Leise, um nur ja niemanden auf sich aufmerksam zu machen, öffnete Ruth ihre Schublade der Kommode. Sie quietschte beim Öffnen, aber außer, dass sich Gili daraufhin die Decke über den Kopf zog und Vaters Schnarchen für Sekunden pausierte, bevor es wieder in seinen vorherigen Rhythmus zurückfand, geschah nichts weiter. Unbemerkt konnte Ruth ihre Unterwäsche, ein paar Strümpfe, einen zweiten Rock und eine Bluse in die Reisetasche stapeln. Mit ihr in der Hand schlich sie auf Zehenspitzen zum Waschbecken, wo ihre Zahnbürste im Becher stand, und packte diese zu ihren Habseligkeiten.

Gili war über der Lektüre irgendeines Theaterstückes eingeschlafen, das Büchlein war heruntergefallen und lag kopfüber auf dem Boden. Sie lächelte im Schlaf und träumte wohl von einer verheißungsvollen Zukunft. Wie gerne Ruth dann bei ihr sein wollte. Aber vorher musste sie herausfinden, wie es um ihre Liebsten in der Heimat stand. Vergessen mochte nur, wer das Glück am fernen Horizont vermutete. Sie aber hatte es kennengelernt, ganz nah war sie ihm gekommen. Mit Ilan an ihrer Seite war fast jede Angst geschrumpft und bedeutungslos geworden, die vor Hunger und Kälte, ja sogar die vor großem Schmerz. Alles wäre sie bereit gewesen zu tragen, wenn sie dafür nur Gewissheit gehabt hätte, dass er lebte.

Als Ruth zur Tür schlich und sie leise öffnete, rührte Jo sich noch immer nicht. Wie in Trance verharrte er in seiner Position am Fenster.

Was nutzte ihr eine Zukunft, wenn alles, was sie am Leben hielt, in der Vergangenheit lag? Jede heile Erinnerung, jeder Augenblick des Glücks, jede Hoffnung auf ein Morgen. In den

Nächten schlich Ilan sich in ihre Träume. In zerrissener, schäbiger Kleidung und mit toten Augen stand er vor ihrem neuen Zuhause und verlangte Einlass. Manchmal veränderte er seine Gestalt, dann wurde sein Gesicht zu Harrys. Das Schlimmste daran war, dass die nächtlichen Abbilder und diese sirrende Angst, die damit einherging, auch tagsüber nicht verschwanden und sogar im Wachzustand Besitz von ihrem Körper ergriffen. Es blieb eben nicht bei einer bloßen Imagination. Ihr Albtraum beanspruchte Wirklichkeit und löste eine ungemeine Schwere in ihren Gliedern aus. Ein Gefühl, als gäbe es keinen Boden mehr unter ihren Füßen, auf den Verlass wäre.

Wenn sie erst einmal Klarheit über das Ausmaß des Schreckens hätte. Wenn sie einmal vor ihrem Elternhaus in Breslau stünde und mit Sicherheit sagen könnte, dass es noch existierte. Wenn sie Großmutter wiederfände, zumindest eine Spur von ihr, oder einen Hinweis auf Ilans Verbleib, erst dann würde sie abschließen und in die Zukunft blicken können. Es gab nur ein Problem, die Wege nach Breslau waren versperrt. Aber vielleicht könnte sie es mit der Deutschen Reichsbahn im Vereinigten Wirtschaftsgebiet wenigstens bis nach Berlin schaffen. Dort würde sie Marga finden und damit ein Stück ihrer verlorenen Heimat, die Erinnerung, die sie beide teilten. Jeder echte Berliner käme aus Breslau, hatte Marga ihr geschrieben. Zumindest aber lag Berlin auf direktem Weg dorthin.

*

Der Krieg hatte Ruth Geduld gelehrt. Sie war das Warten und Hoffen gewöhnt. Auf eine ereignislose Nacht ohne Angriffe, später auf der Flucht auf einen Moment des Ausruhens auf einem nicht allzu zugigen Heuboden und in Roigheim auf die Briefe des Vaters. Insgeheim aber wartete sie noch immer auf ein Lebenszeichen von Ilan. Sie konnte nichts dagegen tun. Er war auch jetzt bei ihr, auf dem Bahnsteig, er würde mit ihr in den Zug steigen und jede ihrer Hoffnungen, jeden Rückschlag auf ihrer Suche und jedes vorsichtige Vorantasten mit ihr erleben. Ehe sie keine Gewissheit über seinen Verbleib hatte, würde dieser gespenstische Zustand andauern.

Sie würde den nächsten Zug abwarten. Die Gewitterfront von eben war weitergezogen, nur Reste tröpfelten noch vom Himmel, eine Nachhut.

Ruth hatte stehend ausgeharrt, die einzige Bank war trotz des Schutzdaches feucht geworden. Sie stellte ihren Koffer ab und lauschte darauf, wann die Vögel wieder zu singen begännen. Tatsächlich klarte der Himmel bald auf, und kurz darauf nahm das Amselpaar, das neben ihr in der großen Erle hockte, seinen Melodienaustausch wieder auf.

*

Es kam ihr vor, als sei es Stunden her, dass der Regen aufgehört hatte. Die Dämmerung brach schon herein. Warum ging es in der Welt derart zu, dass die Ereignisse, derer man so dringend bedurfte, verzögert geschahen, dass man sie knapp verfehlte und man ihnen stets hinterherjagte. Eine Gleichzeitigkeit von Wunsch und Wirklichkeit hätte sie sich herbeigesehnt. Die allermeisten Bahnstrecken, das wusste sie von Papi, funktionierten inzwischen wieder störungsfrei. Dass ihr Zug ausgerechnet jetzt Verspätung hatte …

Jo trat aus dem Haus. Sie hatte befürchtet, dass es so kommen würde: Ihre Familie bekam mit, was sie vorhatte, bevor der ersehnte Zug einrollte, und dann würden sie mit vereinter Kraft versuchen, sie zurückzuhalten. Mutter mit ihrem ewig schlechten Gewissen, das sie ihr machte, Vater mit Güte und Zuspruch, Jo mit Vorwürfen und einem Appell an ihre Verantwortung, und Gili? Für ihre Schwester wäre die Reise nach Berlin ein Abenteuer, das sie sich bestimmt nicht entgehen lassen wollte.

Jo winkte. Sie ignorierte ihn und tat, als bemerke sie ihn nicht. Wandte ihren Kopf nicht nach ihm um, aber aus den Augenwinkeln sah sie wohl, dass er auf sie zueilte. Etwas stimmte nicht. Er hob nicht tadelnd einen Finger in die Luft oder bediente sich einer eindeutigen Gebärde, die sie aufforderte innezuhalten, vielmehr gestikulierte er wild. Er rief auch nicht in ihre Richtung, wie es sonst unweigerlich seine Art gewesen wäre. Seine schmalen Schultern hingen schlaff herab. Er kam wankend auf sie zu, nicht als wäre er betrunken, sondern vielmehr im Fieberwahn. Und als sie ihn so sah, verstand sie augenblicklich die Tragweite dessen, was er ihr gleich mitteilen würde, ohne dass sie es hätte wissen können. Ihre stets aufrechte Haltung fiel in sich zusammen, und jenes Gefühl in ihrer Magengrube, das anzeigte, gleich würde sie etwas Unvermeidliches erfahren, breitete sich von dort bis in ihr Herz aus, griff dann über auf ihren Kopf und verursachte ihr Schwindel und Übelkeit.

Jo nahm sie in den Arm, während die Tränen über seine Wangen rannen. »Harry ist an der Front gefallen. Eben kam die Nachricht«, brachte er mühsam hervor.

Ruth wollte auf die Knie niedersinken, sich fallen lassen und nie wieder aufstehen, doch Jo, ihr kleiner Bruder Jo, hielt sie fest. Atme, Ruth, atme, sagte eine Stimme in ihr. Beine, die sie trugen, obwohl es ihr ganz unmöglich schien. An Jos Schulter weinen. Ihren Koffer in die Hand nehmen, den Jo ihr sofort abnahm. Die paar Schritte vom Bahnsteig nach Hause. Den erhofften Zug vergessen. Ihre Reise auf irgendwann verschieben, wenn die Zeit mit einem hellen Glockenschlag wieder einsetzen würde.

Doch ihre Welt würde nie wieder die gleiche sein.

*

Später, am noch gedeckten Küchentisch, als die Nacht schon hereingebrochen war und sie alle bei Kerzenlicht stumm nebeneinandersaßen, als Mutter Vaters zitternde Hand hielt und wieder und wieder vor sich hin murmelte, dass sie doch keine andere Wahl gehabt hätte, als Gili ihren Kopf unter das Kissen steckte und es so lange auf sich gepresst hielt, bis sie nicht mehr anders konnte und prustend Atem holen musste, als sie um Jos Mundwinkel diesen neuen verhärteten Zug bemerkte, da schwor sie sich, dass Harry nicht umsonst gestorben sein durfte. Mutter hatte in Kauf nehmen müssen, dass Harry nach seinem Einberufungsbefehl zur Wehrmacht ging. Mit ihrer Konversion zur evangelischen Religion hatten Vaters Kollegen wegen seiner guten Beziehungen und seines Status großzügig darüber hinweggelesen, dass ihre Familie jüdische Wurzeln hatte. Kaum jemand hatte solch ein Glück gehabt, und Ruth würde das nicht vergessen. Harry war in den Krieg gezogen, er hatte getan wie ihm geheißen und sie alle durch seinen Einsatz für die Wehrmacht beschützt. Waren Ruth und ihre Familie dann nicht wie alle anderen um sie herum? Deutsche, die eine Mitschuld an den grausamen Verbrechen gegen die Menschheit trugen, wie Jo es immer ausdrückte. Nur sie selbst wusste, dass sie beides gleichzeitig waren: Opfer wie Täter. Aber davon würde sie niemandem erzählen. Es war schrecklich genug, eine Schuld auf sich geladen zu haben. Mutter hatte recht. Sie würden Harrys Andenken wahren und sich etwas aufbauen, nun, da der Krieg vorbei war. Und zwar ohne Angst haben zu müssen, verfolgt zu werden. Ihre wahre Identität würde nie wieder offenkundig werden müssen, jedenfalls wenn sie alle beharrlich schwiegen. Ruth holte tief Atem. Während die Luft durch ihre Lungen strömte, hatte sie ihrerseits eine Entscheidung getroffen: Unter keinen Umständen würde sie je von ihrer jüdischen Herkunft sprechen. Ganz so, wie Mutter es sie gelehrt hatte.

*

Roigheim, 28. April 1948

Wenn er nicht gerade an der Seckach entlang oder durchs Dorf zog, hielt Jo sich gern am Bahnhof auf. Neuerdings hatte er meistens das Kofferradio dabei, das Vater kürzlich mitgebracht hatte. Am Bahnsteig hatte er, anders als in den Wäldern ringsherum, in denen er gerne umherstreifte, guten Empfang.

In Roigheim gab es nur Wald und Wiesen, außerdem die Arbeit im Stall und auf den Feldern. Jo arbeitete, um seine Familie zu unterstützen, wann immer es möglich war. Im Dorf aber mied man ihn, mehr noch als die vielen anderen Flüchtlinge, was vielleicht auch daran lag, dass er mit seiner Meinung zu den deutschen Kriegsverbrechen nicht hinter dem Berg hielt.

Ist jetzt gut, Junge. Der Krieg ist vorbei, das bekam er vom Obrichbauern zu hören. *Lass die Vergangenheit endlich ruhen*. Die anderen ächteten ihn für seine Meinung, und einmal hatte einer sogar versucht, ihn zu verprügeln. Jo hatte gerade noch rechtzeitig das Weite suchen können. Hier glaubte kaum einer, dass Hitler ein Demagoge gewesen sei, dem sie alle auf den Leim gegangen waren. Von Schuld, die man mit seinem eigenen Handeln im Krieg auf sich geladen hatte, ganz zu schweigen. Der alte Obrichbauer unterhielt sich aber hin und wieder mit Jo, immerhin.

Nach der Arbeit, wenn es für Jo nichts weiter zu tun gab, las er, was immer ihm in die Hände fiel, und lauschte den Nachrichten aus dem Kofferradio. In Württemberg war von Vertretern der CDU ein Verfassungsentwurf für eine Bundesrepublik Deutschland vorgelegt worden. Und vor ein paar Tagen hatte in Berlin ein US-amerikanischer Militärgouverneur verlauten lassen, die Vereinigten Staaten seien notfalls bereit, eine Währungsreform in den drei westlichen Besatzungszonen anzuempfehlen. Das ließ hoffen, dass der Hungerwinter von 1946 auf 47 sich nicht wiederholen würde. Obwohl sie es hier auf dem Land verhältnismäßig gut gehabt hatten, würde Jo nie vergessen, wie es sich anfühlte, mit leerem Magen ins Bett zu gehen und keinen Schlaf zu finden.

Wenn es nach ihm ginge, würde er keine Sekunde länger in diesem Drecksland bleiben, in dem auch nach dem Krieg kaum einer umdachte und all das Unheil unter den Teppich gekehrt wurde. Wie ein Umdenken in der Bevölkerung gelingen sollte, konnte Jo sich nur schwer vorstellen, wenn er allein das Miteinander der Menschen im Dorf beobachtete. Fest stand, dass die Nazis niemals wieder an die Macht kommen durften. Wo immer sich Jo eine Möglichkeit böte, seinen Beitrag dazu zu leisten, würde er das tun. Er wollte zu gern erfahren, was in der Welt geschah – und zwar weder von den Dörflern, die ihn schnitten, wo sie konnten, noch von den anderen Flüchtlingen, die auf die Polacken schimpften. Keiner der beiden Gruppen fühlte er sich zugehörig.

Wenn man näher hinsah, wurde außerdem schnell deutlich, dass gerade im Krieg viele ausschließlich auf ihren Vorteil bedacht gewesen waren. Zuerst vielleicht nur das eigene Überleben im Sinn, nahm man auch sonst mit, was man kriegen konnte. Mutters Familienschmuck gegen etwas Suppe und Brot, ein Bett im Stroh gegen den Austausch von ein bisschen Zärtlichkeit. Jo spuckte verächtlich aus. Und sicher auch die Scheune vom verschleppten jüdischen Nachbarn, sein Tafelsilber, seine Münzsammlung. Er wollte lieber nicht daran denken, was aus Großmutter geworden war, das schmerzte zu sehr. Aus ihrem feinen Linnen, in dem er als Kind neben ihr eingeschlafen war, aus ihren Pelzen, mit denen die Schwestern feine Dame gespielt hatten, und ihrem Meißner Porzellan mit dem zarten Rosendekor, von dem sie an Samstagen gegessen hatten.

Ein einfahrender Zug schreckte Jo aus seinen Gedanken. Aber es stieg nur ein einziger Mensch aus, und keiner hinzu. Ein älterer Mann, ganz in Grau gekleidet, mit Anzug, Schlips und Hut, eilte an ihm vorbei. Den Blick hielt er auf das Trottoir gerichtet. Die

Sonne hatte für die Jahreszeit recht wenig Kraft, und am Himmel zogen von Osten Regenwolken auf. Der Mann nahm keine Notiz davon. In seinem Aufzug passte er nicht hierher, und doch fiel er nicht aus dem Rahmen. Jo folgte dem Mann mit seinem Blick. Es waren diese unauffälligen Männer im Hintergrund gewesen, die den Tod von gut sechs Millionen Juden angeordnet hatten.

Er fror. Nicht einmal der nahende Frühling hielt, was er versprach. Wenn seine Familie noch länger in Roigheim ausharrte, bis sie endlich umzogen, würde er die Reisenden, die hier ausstiegen, befragen. Woher sie kamen und was sie hier zu finden hofften. Das interessierte ihn brennend. Nur wer die Menschen und ihre Motive verstand, konnte etwas verändern. Wie der Krieg sie verändert hätte, würde er fragen, und ob sie froh wären, dass er vorbei sei. Wie sie selbst ihre Rolle in Kriegszeiten gesehen hätten und was sie sich von der Zukunft versprachen. Das waren die heikleren Fragen. Er äugte hinauf zur Stube. Als er dort Mutters schemenhafte Gestalt hinter dem Fenster ausmachte, gab er seine Idee wieder auf. Mutter würde es ihm übel nehmen, wenn er andere dreist befragte, als sei er Journalist und kein Flüchtling, der dankbar sein musste, Unterschlupf gewährt zu bekommen. Gegen Mutter konnte und wollte Jo sich nicht stellen. Anders als Vater war sie selbst auch ein Opfer, das sich in der NS-Zeit bedeckt gehalten hatte, um nicht aufzufallen. Es war dabei nicht nur um ihr eigenes Leben gegangen, sondern auch um das ihrer Kinder. Selbst Harry war sicher nicht zu seinem eigenen Schutz zur Wehrmacht gegangen, sondern auch wegen Gili, Ruth und ihm. Mutter hätte ihm kaum zureden können, in den Untergrund zu gehen. Sicher hatte sie auch Vater schützen wollen. Und es hatte immerhin eine Chance bestanden, dass Harry lebend aus dem Krieg zurückkäme. Dass Mutter aber noch immer schwieg, lag auch an Deutschland. Wie konnte sie diesem Land je wieder vertrauen?

*

Das Packen ging Gili leicht von der Hand. Sie besaß kaum mehr als das, was sie auf dem Leibe trug. Ihr zartgelbes Notizbüchlein, das sie sonst immer in der Handtasche mit sich führte, legte sie ganz zuunterst. Dahinein schrieb sie ihre geheimen Wünsche und Zukunftsträume. Gerade so, als hätte diese Zukunft sich bereits ereignet: über die Begegnung mit Otti, dem Regisseur, zum Beispiel, der sie zu einem Vorsprechen für seinen Film einlud, oder über den großen Ball, zu dem sie mit ihrer neuen Freundin Josefina ging. Dort probierte sie zum ersten Mal im Leben Hummer, trank Champagner aus zarten, goldumrandeten Kelchen und ließ sich nicht anmerken, wie neu ihr dieses leichte Leben war. Bei dieser Vorstellung erfasste Gili eine Heiterkeit, die sie alles vergessen ließ, was sie je beschwert hatte. Dank ihrer erfundenen Begegnungen und Ereignisse hatte Gili auch immer etwas zu einer Unterhaltung beizutragen, lustige Anekdoten, die bei all ihren Zuhörern die Stimmung hoben. In Roigheim gab es ja nicht einmal ein Kino. Gili aber besaß den geheimen Zugang zu allen nur denkbaren Filmen. Sie liefen von allein in ihrem Kopf ab, und die besten dieser Momente hielt sie eben in ihrem Büchlein fest. Deshalb musste es auch unbedingt gut für die anstehende Reise verstaut werden.

»Nun steh nicht einfach da und träum vor dich hin. Es gibt noch allerhand zu tun. Fass mit an.«

Gili stemmte die Hände in die Hüften. »Ich mach ja schon.«

Mutter nickte ihr zu und wies auf den Haken, an dem ihre Wintermäntel hingen. »Nimm die über den Arm, und dann Abmarsch zum Zug. Wir werden sie noch brauchen.«

Gili schloss rasch die Reisetasche und tat dann wie geheißen. Das Gepäck in der einen Hand und die schweren Mäntel über dem anderen Arm wurde sie von der schweren Last fast zu Boden gezogen. Sie ließ sich nichts anmerken, schon gar nicht vor Mutter, die ihr sonst wieder Wehleidigkeit nachgesagt hätte.

Im Hausflur sprach Papi angeregt mit dem Vermieterehepaar

und übergab ihnen gerade den Schlüssel zur Stube. Er bedankte sich für die gute Zeit, wobei er sich an dem Wörtchen *gut* fast verschluckte. Die Zeiten waren alles andere als das, und die Trauer um Harry saß ihm im Nacken wie ein schweres Tier, das sich dort eingerichtet hatte und ihn mit seinem zusätzlichen Gewicht niederdrückte und lähmte.

Es war nicht so, dass sie Harry nicht vermisste, aber als er damals zum Kriegsdienst eingezogen worden war, war sie gerade zwölf Jahre alt gewesen. Die gemeinsame Zeit mit ihrem Bruder erinnerte sie in Schwarz-Weiß, kein Bild ihrer Rückschau war farbig, als handele es sich dabei um eine untergegangene Epoche. Nach Harrys Fortgehen war sie deutlich in die Höhe geschossen, auch wenn sie kaum einen Meter sechzig maß. Wenn sie an ihren großen Bruder dachte, waren ihre Erinnerungen verbunden mit vergangenen Puppentagen und Kleidung, aus der sie längst herausgewachsen war. Später hatte Harry Postkarten geschickt, und fesch hatte er in seiner Uniform ausgesehen. Immer hatte er einen Extragruß an seine kleine Schwester geschrieben. Nur dass sie das irgendwann nicht mehr gewesen war. Wenn sie ihm unter den langen Briefen der Mutter hastig ein paar Zeilen schrieb, war das mehr eine Grußfloskel ohne jede Ernsthaftigkeit, manchmal ein lustiger Spruch, oder sie malte ein Bildchen dazu. Immer mit dem Gedanken daran, ihn nicht zu beschweren, ihn vielleicht sogar ein wenig aufzuheitern. Nun trauerte sie auf ihre Weise. Dem Verlust spürte sie wie etwas nach, das weit entfernt, am Horizont, auf sie wartete. Die Freude auf das, was die Zukunft bringen sollte, überwog jedoch die Schatten der Vergangenheit. Dafür schämte sie sich.

Vielleicht konnte sie wenigstens Ruth und Jo auf andere Gedanken bringen? Sie drückte sich an Papi und Mutti vorbei, lächelte der Wirtin zu und stürmte zu ihren Geschwistern ins Freie.

»Gleich sitzen wir im Zug, auf dem Weg in unser neues Zuhause«, sagte Gili. Und tatsächlich zeigte sich ein kleines Lächeln auf Jos Lippen, das sie ermutigte weiterzusprechen. »Wir werden wieder in einer richtigen Stadt leben, ins Kino, ins Theater und zum Tanzen gehen. Denkt nur, es gibt dort Cafés, vielleicht unter Palmen, wenn es stimmt, was Mutter erzählt, und wir werden neue Freunde finden.« Junge fesche und intelligente Männer, fügte sie in Gedanken hinzu. Anders als die Bauernjungs, die sie zum Tanz in Kellers Scheune eingeladen hatten. Es hatte so gutgetan, endlich einmal etwas zu erleben. Keinen Tanz ließ sie aus und keinen Blick unerwidert. Zwischendurch, als sie sich einmal unbeobachtet gefühlt hatte, schenkte sie ihrem Verehrer einen eiligen Kuss auf seine geschlossenen, schön geformten Lippen. Zum Abschluss gab sie vor allen Gästen sogar noch ein Lied zum Besten, sie sang es voller Inbrunst, und ihre Zuhörer staunten und beklatschten sie. Aber dann, als ihr Verehrer sie nach Hause gebracht hatte, ein Bursche mit den besten Absichten, aber offenbar ohne jene seltsame Sehnsucht nach einem *Mehr* im Leben, die sie selbst verspürte, da wurde es still in ihr. Wo eben noch Trubel geherrscht hatte, hörte sie nur noch das Rauschen des eigenen Gefühls- und Gedankenkarussells. Sie hatte nicht nur die anderen amüsiert, das war schließlich ihr Wunsch gewesen, sie hatte auch sich selbst unterhalten. Wer wäre je ihr Kino, wenn sie nicht selbst den Film einlegte? Die Wirklichkeit war fad und matt, der Krieg haftete ihr noch immer an. Würde sie sich je mit jemandem verbunden fühlen, je mit jemandem eine neue, und sei es eine imaginierte Welt entwerfen? Champagner brauchte sie dazu nicht, aber Zuneigung, jede Menge Phantasie und echtes Interesse an ihr. Was ihr blieb, waren ihre Geschwister, war ihre Familie, aber die zogen Gesichter, die keinerlei Aufbruchstimmung erkennen ließen.

»Du bist schon wieder so abwesend, Schwesterchen«, sagte Jo. »Träumst du von den Cafés, von denen du vorhin gesprochen hast, oder von den Filmen, die wir schauen sollen? Das Problem ist nur, die haben die Deutschen gedreht, um uns den Blick zu verklären.«

»So ein Unfug kann auch nur von dir kommen.« Gili verschränkte die Arme vor der Brust, zog ihren Hut tiefer auf die Stirn und drehte sich von ihm weg.

»Was wir brauchen, Schwesterchen, ist keine Träumerei. Solches Blendwerk hat die Bevölkerung von den wirklichen Problemen ablenken sollen. Die dummen Schäfchen ordentlich einzulullen, dazu war die Unterhaltungsindustrie doch immer da. Und jetzt wird nahtlos damit weitergemacht.«

Er war ihr so fremd und gleichzeitig so nah. Sie wollte das Grauen hinter sich und das Leben einziehen lassen, während Jo zu glauben schien, dass das Vergessen der Vorhof zur Hölle sei. Was war falsch daran, Wunden heilen zu lassen, bevor man über sie sprach? Sie drehte sich ein wenig zu ihm um, den Hut noch immer tief in die Stirn gezogen.

»Glaubst du, dass das Böse sich in den Menschen eingenistet hat? Und meinst du tatsächlich, du kannst es mit der Wurzel ausreißen, wenn du sie wieder und wieder mit dem vergangenen Schrecken konfrontierst? Das hält doch auf Dauer niemand aus.«

Sie sehnte sich so sehr nach Leichtigkeit. Warum zwang er sie nur immer wieder, solche Gespräche mit ihm zu führen.

»Wie sonst sollen wir nach dem Krieg friedlich miteinander leben können? Haustür an Haustür mit menschenverachtenden Mördern und Mitwissern, die sich nicht einmal einer Schuld bewusst sind?«

Diese vorandrängende Kraft in die Zukunft, die hatte sie immerhin mit Jo gemein. Gili setzte die Reisetasche ab und legte die schweren Wintermäntel darüber. Es würde wohl noch dauern, bis sie endlich in den Zug Richtung Freiburg stiegen. Vater jedenfalls war noch immer in das Gespräch mit der Wirtin vertieft und schien dabei keine Eile zu entwickeln. »Und du, Ruth, was meinst du?«

Ihre Schwester war, wie sie selbst, in Gedanken gewesen. Jedenfalls reagierte sie zunächst nicht, und als sie es dann doch tat, von Jo mit dem Ellbogen angestupst, knüpfte keines ihrer Worte an das vorherige Gespräch an.

»Ob es wohl richtig ist, deinen neuen Wellensittich mitzuschleifen, das denke ich gerade. Wir haben ordentlich Gepäck, und ich bezweifle, dass die Reise dem neuen Peterle guttun wird.«

»Ich lass doch das Geschenk meines neuen Verehrers nicht einfach zurück.« Beim Gedanken an seine liebe Geste wurde ihr warm ums Herz. Zwar würde sie ihn, genau wie dieses Nest, nicht sonderlich vermissen, aber offenbar hatte sie sich einem Menschen ins Gedächtnis geschrieben, und das allein tat ihr wohl. »Hast du schon einmal ein so nettes Geschenk bekommen? Ich habe ihm erzählt, dass wir unseren alten Peterle auf der Flucht bei einem Bauern zurücklassen mussten. Und dann kommt er am nächsten Tag zu mir und bringt mir diesen grün gefiederten Sittich. Den kann ich doch nicht einfach hierlassen. Das wäre herzlos.«

Wie zur Bestätigung ihrer Worte tschilpte der neue Peterle laut auf.

»Der Vogel ist genauso heimatlos wie wir«, sagte Jo und seufzte. »Zieht er eben mit uns um. Ob hier oder da, wer einmal entwurzelt ist …«

Gili schmiegte sich an seine dünnen Arme, und das besänftigte ihn.

Vater trat, Mutter an seinem Arm, vor die Tür. Er betrachtete seine Familie, blickte dann über sie hinweg ins Tal, atmete tief ein und aus, und um seine Augen zeigten sich kleine Fältchen, die von einem Lächeln herrühren mussten. »Was haben wir für ein Glück, Minna, drei so wunderbar geratene Kinder. Und der Krieg, der Krieg liegt nun endlich hinter uns.«

Kapitel 4

Freiburg, im Sommer 1949

Ganz in der Früh, wenn alle noch schliefen, stand Ruth auf, warf sich den leichten Morgenmantel über und öffnete das schmale Fenster, das den Blick auf das Freiburger Münster und den Marktplatz freigab. Eine frische Brise zog durchs Zimmer. Für einen Moment schloss sie die Augen und atmete kräftig ein. Jedes Mal, wenn sie auf den Münsterplatz schaute, musste sie an den Großen Ring in Breslau denken. Dort war ihr Zuhause gewesen, selbst als Krieg geherrscht hatte.

Sie blinzelte, die Morgensonne traf auf ihre Netzhaut. Ruth rieb sich die Augen und öffnete sie allmählich. Gar so schlecht hatte sie es nicht getroffen. Auch wenn das Freiburger Münster und der hiesige Marktplatz gegenüber Breslau natürlich nicht mithalten konnten.

Auf dem Platz gingen schon fleißige Menschen zu Werke, die die Kriegstrümmer beseitigten. Später würden diese mit dem *Trümmerexpress*, wie die Freiburger ihn nannten, zum Flückigersee abtransportiert werden.

Ruth seufzte. Ein wenig mehr als ein Jahr lebte sie schon hier, und obwohl Freiburg nicht Breslau war und im Vergleich mit ihrer Heimat nur Provinz, war beinahe so etwas wie Normalität eingekehrt. Seit dem 23. Mai 1949 gab es eine Bundesrepublik Deutschland, zu der Breslau genauso wenig zählte wie der Ostteil Deutschlands unter sowjetischer Führung. Ihre alte Heimat lag nunmehr in Polen, einem fremden Land, wo sie – wie so viele andere Vertriebene – nicht willkommen war. Aber eines Tages würde sie vielleicht zurückkehren können. Auch deshalb ging sie arbeiten, um von ihrem Lohn etwas beiseitezulegen. Zunächst für eine Fahrt nach Berlin zu ihrer besten Freundin Marga, und irgendwann, wenn es denn je wieder möglich wäre, in ihre Heimat.

Die Kirchturmuhr schlug zur vollen Stunde, das war Ruths Zeichen zum Aufbruch. Eine Tasse Kaffee später, es gab tatsächlich wieder echten Bohnenkaffee, nach einer Katzenwäsche und ihrer Morgentoilette, machte sich Ruth ordentlich frisiert und adrett gekleidet auf den Weg zur Arbeit. Die gab es ebenfalls wieder reichlich, nachdem die Wirtschaft nach der Währungsreform, quasi über Nacht, wieder in Gang gekommen war. Verkäuferinnen wurden gesucht, und auch wenn Ruth keine Papiere mehr über ihre in Breslau begonnene Ausbildung besaß, war das nicht ihr Schaden. Im Kaufhaus Richter, das zur Hälfte wieder den früheren jüdischen Besitzern Knopf zugesprochen worden war, hatten diese ihr gleich beim Vorstellungsgespräch zugesichert, ihre Ausbildung fortsetzen zu können. Ganz unbürokratisch. Ruth hatte ihr Glück gar nicht fassen können.

Nach dem gestrigen Regenguss roch die Luft nach aufgeweichten Blütenblättern, übervoll und über der Zeit. Wenn Ruth ehrlich zu sich selbst war, musste sie sich eingestehen, dass Freiburg mit seinem Schlossberg mitten in der Stadt und dem Schauinsland gerade im Sommer sehr beschaulich wirkte. Leider war die Altstadt im Krieg schwer getroffen worden, viele Häuser und Fassaden waren zerstört.

»Pass doch auf.« Der Fahrer des Lambretta-Rollers zeigte ihr einen Vogel und fuhr knatternd davon. Sie machte vor Schreck einen Satz zur Seite und wäre beinahe mit einem Fuß in einem der Bächle, die durch die Innenstadt flossen, gelandet. Eine Sache, die pittoresk erschien, aber bei näherer Betrachtung doch sehr unpraktisch war. Besonders für Ortsfremde wurden sie leicht zu Stolperfallen. So konnte man sich mit einem unbeholfenen falschen Schritt schnell der Lächerlichkeit preisgeben. Dass in Freiburg aber auch so viel Verkehr herrschen musste. Eine Unsitte war das, die es in Breslau nicht gegeben hatte, Autos auf dem Ring oder rücksichtslose Moped- und Fahrradfahrer, für die das Recht des jeweils Stärkeren galt. Die Freiburger Gassen waren für derart dichten Verkehr nicht ausgelegt. Es müsste dringend eine Art Leitsystem her. Davon würde sie Marga in ihrem nächsten Brief schreiben, aber nur kurz, denn es gab doch so viel Wichtigeres zu erfahren. Wie sich Margas Leben in Berlin, der zwischen den Siegermächten geteilten Stadt, anging, ob sie über die Luftbrücke im Westen gut versorgt worden waren, ob sie jemanden kennengelernt hatte, mit jemandem fest liiert war, neben den zahllosen US-Amerikanern, mit denen sie schäkerte und von denen sie, im Gegenzug für einen Tanz oder einen Kuss, auch einmal ein Paar der begehrten Nylonstrümpfe, eine Schachtel Zigaretten oder Schokolade bekam. Die Franzosen in Freiburg waren nicht gar so gut gestellt, aber man ging freundlich miteinander um, und Ruth hatte von Uta, einer Kollegin, gehört, dass ein Franzose einmal versucht hatte, sie mit seinem Charme und dem Verweis auf seine Liebeskünste zu verführen, was ihm beinahe auch geglückt wäre. Im Krieg hatten sie alle eines gelernt: Das Leben war kostbar, und man tat gut daran, es zu genießen, solange es eben dauerte. Wie gern hätte Ruth genau das getan. Aber immer dachte sie an Ilan, an ihre Bank vor dem hohen Kastanienbaum, an seinen warmen, zärtlichen Blick. Er hatte ihr versprochen, zu überleben und sie zu finden. Bis sie nicht mit Sicherheit sagen konnte, dass dies nicht mehr geschähe, würde sie die Zwischenzeit mit Warten, Lohnsparen und Briefeschreiben zubringen. Ilan gab es nicht zweimal auf der Welt, und was sie verband, war durch keinen Krieg und keine seiner Erschütterungen zu trennen.

Ruth sah sich nach rechts und links um, bedacht darauf – auch aus der Ferne –, kein Klingeln einer sich nahenden Straßenbahn oder ein wütendes Hupen von einem der vielen Busse zu überhören, und überquerte dann rasch die Kreuzung zur Kaiser-Joseph-

Straße. Vor dem Kaufhaus gab es einen Briefkasten. Wenn sie ihre Zeilen an Marga gleich heute früh einwerfen würde, würde sie sie einen Tag eher erhalten. Ruth überschlug rasch, wann sie frühestens von Marga lesen würde, setzte diese sich auch gleich nach Erhalt des Briefes an eine Antwort. Denn das war ihre Abmachung, gegen die sie nur höchst selten und ausschließlich wegen dringlicher Gründe verstoßen wollten. Männer jedenfalls waren kein solcher Grund, auch dann nicht, wenn sie die ganz große Liebe versprachen. Seit Kindertagen war Marga ihre Vertraute. Sie wusste nicht nur, wer Ruth einmal gewesen und wie daraus die junge Frau von heute geworden war, sie war auch ihre einzige Verbindung nach Breslau. Wenn Marga nun auch in Berlin lebte, so war sie der gemeinsamen Heimat doch nah.

Wenn Ruth genug Geld zusammenhätte, dann würde sie in einen Zug Richtung Berlin steigen, um Marga zu besuchen. Vielleicht, so ihre leise Hoffnung, fände sie im direkten Austausch und mithilfe ihrer Freundin eine Spur zu Ilan.

*

Im Kaufhaus war sie sicher vor der Welt und gleichsam Teil von ihr. Jedes Rädchen drehte sich im Getriebe, und niemand war fehl am Platz. Alle wurden gebraucht, alles hatte seine Ordnung, und ebendiese Ordnung gab ihr eine enorme innere Freiheit – um das Außen musste sie sich nicht kümmern. Die Luft roch herrlich künstlich und nie nach Schweiß. Bevor man einkaufen ging, puderten und schminkten sich die Damen, kleidete man sich in bester und manierlicher Art und, wenn es das Budget zuließ, cremte man sich oder nutzte gar einen Tropfen Parfüm. All das war über Nacht wieder möglich geworden, um genau zu sein mit Einführung der Währungsreform am 21. Juni 1948. Da hatten sie schon Quartier in Freiburg bezogen, und auch Ruth hatte sich in die riesige Schlange eingereiht, um sich die vierzig Deutsche

Mark auszahlen zu lassen, die jeder Bürger bekommen sollte. Es war einem Wunder gleichgekommen. Die Schaufenster der Läden waren plötzlich wieder gefüllt. Einem Einkaufsbummel stand nichts mehr im Weg, und sei es auch nur, um sich erst einmal umzuschauen und sich auszumalen, was man in Zukunft Herrliches erstehen könnte, würde man nur ein wenig sparen. Ein gutes Jahr später konnte von Wohlstand zwar noch keine Rede sein, aber der Aufschwung nach dem bitteren Krieg war überall spürbar, besonders aber im Kaufhaus, und dort vor allem in der Schmuckabteilung. Ebenda war Ruths angestammter Platz. Frau Knopf, ihre oberste Vorgesetzte, hatte Ruth schon an ihrem ersten Tag dorthin geschickt und seitdem nicht wieder woanders eingesetzt.

Was es mittlerweile nicht wieder alles gab! Mehrreihige Ketten aus kleinen, in verschiedenen Farben funkelnden Glassteinchen neben edlen Perlen; Clips, die das Stechen von Ohrlöchern obsolet machten, sowie goldene Creolen; eine ganze Auslage mit Ringen, Broschen und Anhängern. Edelmetalle wie Kupfer, die aber im Volksmund oft als Halbedelmetalle bezeichnet wurden, waren außerdem schwer im Kommen. Unter anderem solchen Moden verdankten es die Kundinnen, dass sie sich wieder eine bescheidene Auswahl an Schmuckstücken leisten konnten. Echter Schmuck war teuer und nur für wenige erschwinglich. Besaß man noch welchen aus den Vorkriegsjahren, hütete man ihn und legte ihn auch des Nachts nicht ab, aus schierer Angst, ihn an Einbrecher zu verlieren.

Ruth machte sich daran, die Auslage zu wischen und die Modelle verkaufsfördernd zu drapieren, bevor sich die Türen des Kaufhauses öffnen und sie die Kundschaft empfangen würden. Ilse, die sie anlernte, stand neben ihr, zog sich noch einmal die roten Lippen nach und sah ihr aufmerksam zu. »Dir braucht man nichts mehr zu erklären, hast ein Eins-a-Gespür, wie was zusammenpasst. Und fleißig bist du obendrein. Ohne Frauen wie uns gäbe es in diesem Land gar keinen Aufschwung. Gibt ja kaum noch Burschen, die anpacken können.« Sie kicherte hinter vorgehaltener Hand.

Ilse war nicht viel älter als sie selbst, vielleicht vier, fünf Jahre. Ihr Mann war von der Front nicht zurückgekehrt. Verschollen, hieß es. Zwei Kinder hatte sie. Eines musste im Fronturlaub ihres Emils entstanden sein. Aber von alldem erzählte Ilse nicht viel. Ruth konnte sich nur vom Hörensagen und dem Wenigen, was sie nebenbei erwähnte, einen Reim aus den vielen Puzzleteilchen machen.

»Also müssen wir, die so viel ackern, auch mal Spaß haben, nicht wahr? Was machst du eigentlich, wenn du frei hast? Gehst du mal aus?«

Ruth räusperte sich. Sie mochte Ilse, etwas an ihr war ehrlich und geradeheraus, aber von Ilan wollte sie ihr dennoch nicht erzählen. Daher lächelte sie nur entschuldigend, murmelte etwas Unverständliches von wegen Kino, denn ins Lichtspielhaus ging sie tatsächlich manchmal mit Gili, die das Kino verehrte, als sei es eine Kultstätte. Derweil strömte auch schon die Kundschaft herein, und das Gespräch fand so sein Ende. Eine junge Mutter, mit einem Fratz im Babywagen, verlangte Ilses Rat zu zwei Paar Ohrclips, und ein junger Mann im Anzug steuerte auf Ruth zu. Er sei auf der Suche nach einem vergoldeten Armreif für seine Verlobte, ob sie so etwas im Kaufhaus Richter führten.

Die vielen Menschen in den Gängen, das helle Durcheinander ihrer Stimmen, das Getrappel ihrer Füße, die plötzlich stickige Luft, die ihr eben noch so angenehm duftend erschienen war. Schweiß stand Ruth auf der Stirn und drohte ihr in kleinen perlenförmigen Tropfen in die Augen zu laufen. Aus ihrer Rocktasche zog sie ein Stofftaschentuch und tupfte sich damit den Schweiß von der Stirn. Als sie aber den Glaskasten der Auslage aufschloss, um dem jungen Mann eines der vergoldeten Armbänder zu zeigen, da sah sie erst doppelt, schließlich mehrfach und in Einzelteile aufgesplittert ein und dasselbe Schmuckstück, wie durch ein Kaleidoskop. Golden glitzerte es verheißungsvoll vor ihren Augen, und dann blitzte, wie durch einen dichten Nebelschleier, auf einmal eine Erinnerung an jenes Granatsplitterarmband auf, das sie Mutter gestohlen hatte, um Ilans Leben zu retten. Viel schöner als Gold oder Perlen schimmerte es. Der fremde Mann durfte davon nichts mitbekommen. Was, wenn er einer von denen gewesen war, die Ilan, ohne mit der Wimper zu zucken, ans Messer geliefert hätten? Ein Verräter aus alten Tagen mit einer freundlichen Maske und in einer freundlichen Zeit. Einer, der sich das Granatsplitterarmband aus alter Familientradition ungefragt angeeignet hätte. Der heimlich und hinter vorgehaltener Hand mit seinen vermeintlichen Heldentaten prahlte. Dem es im Zweifel egal war, wer sein Leben riskiert, wer gelitten und wer um wen geweint hatte. Wenn einem wie ihm das Armband in die Hände gefallen wäre, hätte er Ilan dennoch gerichtet.

»Entschuldigen Sie, Fräulein, Ihrer Kollegin geht es wohl nicht gut.« Der Anzugskunde war um den Tresen gekommen, etwas, das streng verboten war, und noch bevor Ilse reagieren konnte, hatte er den Hocker zu Ruth gezogen, sie beim Arm genommen und sie gebeten, sich zu setzen.

»Was tun Sie denn?« Ilse verscheuchte den Kunden aus dem Verkaufsbereich und war dann rasch bei Ruth. »Du schaust ja ganz blass aus.«

Ihre inneren Bilder lösten einander derart schnell ab, eine Art Daumenkino im Kopf war das. Die fahle Morgendämmerung im Schneeregen vor der Abfahrt aus Breslau, Mutters Schmuckkästchen im Badezimmer, die schillernden Granatsplitter, das Hämmern an der Tür, wie sie dann nach dem Armband gegriffen hatte, einfach so, weil es ihr in diesem Augenblick richtig erschienen war. Ihr rasender Herzschlag; der Abschiedsschmerz in der frühen Kälte, die sie kaum bemerkt hatte, weil das taube Gefühl in ihr alles andere überlagert hatte. Später der Bahnsteig, der sehr voll gewesen war, aber nicht gar so sehr, wie es einige Tage später der Fall gewesen sein musste. Vater hatte ihr in Roigheim von den fliehenden Menschenmengen erzählt. Kaum mehr ein Fortkommen, Ausgang der Reise ungewiss. Sie hatten zu den Glücklichen gezählt, und dennoch, nichts, nichts war seitdem mehr gut geworden.

Ruths Atem beschleunigte sich. Der Schweiß tropfte ihr von der Stirn auf den Rock, vermischte sich mit ihren Tränen, die ihre Wangen herabrannen, ohne dass sie sie hätte aufhalten können.

»Du atmest viel zu schnell.« Das war Ilses Stimme. Klar und frisch wie ein Morgen in den Bergen. Damals, vor dem Krieg, hatten sie Ausflüge ins Riesengebirge unternommen. Was wohl aus dem hölzernen Nachtwächter, den sie von dort mitgebracht hatten, geworden war? Er hatte bei ihrer Abreise noch im Wohnzimmer gestanden. Ob er Großmutter noch im Tod geleuchtet hatte, als die Bomben auf Breslau niedergegangen waren? Als Vater schon raus aus der Stadt gewesen war, weil Großmutter sich geweigert hatte, ihn zu begleiten, selbst als er darauf bestanden hatte. Hatte sie zum Schluss aus dem Fenster gesehen, auf ihre brennende Stadt, oder waren die letzten Momente gnädig gewesen, war das Feuer zu Licht geworden, zu ihrem Licht, das sie in ein Jenseits führte?

Großmutter hatte Mutter das Armband mit den Granaten einst geschenkt. Vielleicht schaute sie nun auf Ruth herab, schüttelte missbilligend den Kopf, riet ihr: *Sag deiner Mutter besser nichts davon. An manchen Dingen rüttelt man lieber nicht. Man wirbelt sonst nur unnötig Staub auf.*

»Hier.« Ilse reichte ihr ein frisches Taschentuch und einen Schluck Wasser.

»Es geht schon wieder.« Ruth erhob sich, lächelte dem Kunden, der noch immer geduldig auf seine Beratung wartete, zu, ein bisschen gezwungen vielleicht. »Ich zeige Ihnen jetzt unsere neueste Kollektion.« Doch als Ruth nach dem Armreif griff, zitterten ihre Hände, und die Konturen des Mannes wurden unscharf.

»Ich übernehme, und du gehst nach Hause«, sagte Ilse energisch und legte ihr eine Hand auf die Schulter. »Wer krank ist, gehört ins Bett und nicht an den Verkaufstresen, hörst du. Ruh dich aus, und erhol dich.«

*

Das hatte Ruth vorgehabt. Als sie aber vor dem Kaufhaus stand, das Freiburger Bächle so lieblich zu ihren Füßen floss, der sanfte Wind durch die Palmen in den Blumenkübeln wehte, neben denen sich der Eiswagen platziert hatte, und jemand von fern her das Schifferklavier spielte, da war jedes Anzeichen von Krankheit plötzlich verflogen. Mit einem Mal war ihr ganz leicht ums Herz.

»Wer Sorgen hat oder vergessen will, braucht ein großes Stück Torte, am besten Buttercreme oder Mohn«, hatte Marga immer gesagt und sie von ihren letzten Groschen stets in die Mokka-Stuben eingeladen. Doch Marga war weit weg, genauso weit wie die Heimat oder Ilan, sollte er noch leben. Was aber in Reichweite war, war ein ordentliches Stück Torte. Im Café Stoll am Werthmannsplatz sollte es die größten Stücke geben. Sie würde herausfinden, ob Schwarzwälder Kirschtorte gegen akutes Heimweh half.

*

Es war ein viel zu warmer Tag im Büro der Badischen Zeitung gewesen, wo Gili vor wenigen Wochen einen Ausbildungsplatz als Sekretärin ergattert hatte. Das aufregende Leben, an dem sie bei der Journaille erhofft hatte zu partizipieren, wollte sich allerdings nicht einstellen. Nichts als das stereotype Getippe der Schreibmaschinen, der Zigarre rauchende Chef, der hin und wieder aus seinem Büro trat, um ihnen einen weiteren Stapel handgeschriebener Artikel hinzuwerfen, die sie zu entziffern und in korrekter Rechtschreibung abzutippen hatten, und das Geplapper ihrer beiden Kolleginnen über Kochrezepte und Haushaltsführungstipps aus der Bräuteschule, die die beiden besuchten. Felix aus der Redaktion nebenan war ihr einziger Lichtblick. Sie hatten sich vor ein paar Tagen bei einer Zigarette auf dem Balkon kennengelernt, und ihr erster Gedanke war gewesen: Einen Mann wie diesen müsste sie in ihrem Leben haben. Seine Stimme war von einer Zärtlichkeit, die sie anrührte, und seine elegante Art, sich zu bewegen, als wären auch die banalsten Dinge der Welt seine Aufmerksamkeit wert, gefiel ihr. Der Chef hatte sie beide ermahnt, dass eine Raucherpause keine Mittagspause sei. Sie hatten das als Aufforderung umgedeutet und trafen sich seitdem jeden Mittag um halb eins in der Kantine. Auch am heutigen Tage war es Felix gewesen, der sie aus dem Grau des Sekretärinnen-Daseins mit der Aussicht auf einen famosen Abend befreit hatte.

»Ich brauche noch eine Begleitung für die Gräfin«, hatte er gesagt. Sie hatte sofort gewusst, was er damit gemeint hatte, und prompt geantwortet: »Wann und wo?«

*

Es war ja nun so, ihr Ausbildungsgehalt reichte kaum für all das, wovon sie träumte, auch wenn es dafür eigentlich keines unermesslichen Reichtums bedurft hätte. Jeden Abend eine kleine Unterhaltung im Theater, im Kino, jeden Nachmittag auf einen Kaffee gehen oder ein Picknick mit Menschen erleben, die fähig waren, dem Leben seine Einzigartigkeit abzutrotzen, wie sie selbst es vermochte. »Ist es nicht herrlich, dass wir uns heute auf Zeitungskosten amüsieren dürfen?«

Felix bot ihr seinen Arm, und sie hakte sich unter. »Zu einem rechten Amüsement wird das alles erst durch dich.«

»Was hast du nur gegen die arme Gräfin Mariza?« Sie lachte

und sang leise vor sich hin: »Komm mit nach Varasdin. Solange noch die Rosen blühn.«

»Ich würde so viel lieber dir allein zuhören, aber das wird den Chef nicht glücklich stimmen, wenn ich morgen von der Premiere nichts zu schreiben weiß.«

»Und mich auch nicht. Ich will doch die begnadete Elmy Holgerloef sehen.« Sie gab ihm einen sanften Stupser mit dem Ellbogen und zog ihn mit sich in die Menge der Besucher. Die Herren trugen Anzug und die Damen lange Kleider. Sie besaß kein solches Ausgehkleid, auch wenn sie sich Mühe gegeben hatte, hübsch auszuschauen. Auf ihrer schlichten schwarzen Handtasche prangte eine große Seidenmohnblume, die sie selbst gebastelt hatte. Aus vielen kleineren dieser Exemplare hatte sie einen Gürtel gemacht, den sie um ihren champagnerfarbenen Rock gebunden hatte. Ihr Haar zierte ein dazu passendes rotes Tuch. Einen Augenblick sah sie beschämt zu Boden. »Ich bin hier der bunte Hund, ich blamiere den Herrn Pressevertreter ja vollkommen.«

Felix wandte sich ihr zu, legte die freie Hand auf ihren Arm und wurde mit einem Mal sehr ernst: »Du bist die Schönste von allen und die beste Begleitung, die ich mir wünschen könnte.«

Der Abendhimmel war wolkenlos, ein erster rötlicher Schein lag darüber, und ein voller Mond stand am Firmament. Irgendwo in den Büschen sang bestimmt eine Nachtigall ihr Lied.

Felix lud Gili zum Sekt ein, den sie an einem der improvisierten Stehtische mit ihm trank.

»Das Theatergebäude ist noch vom Krieg gezeichnet«, sagte er. »Aber die Leute möchten das nicht mehr sehen, die wollen sich jetzt amüsieren, wieder ein Stück Normalität haben.«

»Normal sein. Das ist doch was für Langweiler.« Gili war der Satz herausgerutscht, und sie erschrak fast selbst ein wenig über ihr forsches Auftreten.

»Und weil du so eine herrlich unnormale und eben darum so wundervolle Frau bist, frag ich dich jetzt ganz ohne Scheu.«

Es entstand eine kleine Pause, die er auskostete. Sie entgegnete nichts, wandte ihren Blick nicht ab. Minutenlang sah sie ihn an. Seine Augen nahmen je nach Lichteinfall eine andere Farbe an. Da ertönte der Gong.

»Du hast die Pointe vergessen«, sagte sie flüsternd und zart. Felix strich ihr eine Haarsträhne aus dem Gesicht. Dann räusperte er sich, als habe er etwas getan, wofür es noch zu früh wäre, öffnete die Fototasche, die er bei sich hatte, und drückte ihr eine professionelle Kamera in die Hand. »Willst du für heute Abend meine Assistentin sein? Dann könnte ich schon während des Stücks meinen Artikel für morgen schreiben.«

»Und wenn ich es vermassele?«

Der zweite Gong ertönte. Felix schloss die Fototasche, zeigte ihr rasch, wie die Kamera zu bedienen sei, und damit galt es als abgemacht.

Im Saal gingen die Lichter aus. Vorher hatte ein erwartungsvoll flüsternder Stimmteppich im Raum gewabert, ein beständiges Rascheln war zu vernehmen gewesen, das vom Umblättern der Programmhefte herrühren musste. Nun war es einen heiligen Augenblick lang still, bevor der Dirigent mit seinem Stab auf das Pult klopfte. Dann erklangen die ersten Noten der Ouvertüre. Vom ersten Ton an geriet Gili in eine Welt, deren Schwermut geradezu perlte ob einer Hoffnung, die die Geigenklänge ebenso beschworen wie jene verschlungenen Traumpfade, die mit unverschämtem Glück den Helden an einen Ort und in eine Zeit führten, in der er genauso leben konnte, wie es ihm entsprach. Gili rührte sich nicht. Von Melodie zu Melodie ließ sie sich treiben, und bald standen ihr Tränen in den Augen; vor Glück und Seligkeit, vor Schreck und Fall und dann wieder vor Zuversicht. Es stimmte, was man sich von der Holgerloef erzählte, sie war eine Zauberin, kein Wunder, dass Karajan sie einst zur Frau genommen hatte, auch wenn sie nun geschieden waren. Was für die Holgerloef wohl die Musik bedeutete, war für Gili das Theater. Hätte

Felix sie nicht an einigen besonders aufwühlenden Stellen angestupst, zum Beispiel als der Baron Zsupan tatsächlich auftauchte und um Mariza warb oder als Tassilo sang: »Auch ich war einst ein Csardaskavalier«, sie hätte das Fotografieren leicht vergessen. Aber womöglich rührte ihre traumvergessene Abwesenheit nicht allein vom Sog, den die Operette auf sie ausübte. Vielleicht lag es vielmehr an dem Umstand, dass Felix' Bein nicht nur einmal und wie zufällig das ihre berührte, sondern dass auch seine Hand beim Liebesduett auf ihrer ruhte und sie daraufhin für einen herrlichen Augenblick lang ihren Kopf an seine Schulter lehnte.

Als im Saal der Applaus längst erloschen war und die Lichter wieder erstrahlten, blieb Gili auf ihrem Platz sitzen, und auch Felix machte keinerlei Anstalten, sich zu erheben. Hinter dem gefallenen Vorhang schob man Requisiten von der Bühne, jedenfalls klang es so. Der Orchestergraben hatte sich geleert. Sie waren allein.

»Und was machen wir jetzt?« Sie hätte sich, im selben Moment, da sie die Frage aussprach, ohrfeigen mögen. Felix sprang auf, wobei ihm seine Kladde vom Schoß fiel und ihm die Brille beinahe von der Nase rutschte, als er sich bückte, um seine Notizen wieder einzusammeln. »Begleitest du mich auf ein Glas Wein in die Theaterkantine? Ich muss kurz noch etwas erledigen.«

Sie nickte. Doch so hatte sie sich den Ausklang ihres ersten gemeinsamen Abends nicht vorgestellt.

Gili wäre jedoch nicht Gili gewesen, hätte sie keinen Gefallen an der Atmosphäre gefunden, die sie in der Kantine empfing. Noch halb geschminkte Sänger und Sängerinnen saßen teils im Kostüm und teils in Alltagskleidung um einen großen schweren Tisch herum. Zu ihnen hatten sich Schauspieler des Ensembles, Regisseure und Musiker gesellt. Sie alle bewiesen einen großen Durst und orderten Bier und Wein. Viele bestellten auch von dem Gulasch, das die Wirtin gekocht hatte, oder sie aßen ihre mitgebrachten Stullen. Es herrschte ein reges Kommen und Gehen. Niemand fragte, wer Gili sei, ob sie neu am Haus wäre oder was sie sonst hier zu suchen hätte. Man klopfte einander auf die Schultern, beglückwünschte sich zur gelungenen Aufführung und antwortete auf ernst gemeinte Fragen mit Ausschnitten aus dem eigenen Rollentext, woraufhin bestimmt einer das Glas erhob und eine Liedstrophe aus der Mariza zum Besten gab. Kurzum, die Stimmung war auf ihrem Höhepunkt, als ein gut aussehender Mann, sicher aus dem Rollenfach junger Liebhaber, direkt auf Felix zusteuerte und ihn geradeheraus fragte, ob seine Begleiterin ebenso für die Presse arbeite wie er.

»Sie können ruhig das Wort an mich richten. Mein charmanter Begleiter weiß sicher nicht mehr über mich zu erzählen als ich selbst.« Gili sagte das nicht vorwurfsvoll, laut oder gekränkt, eher belustigt. Auf diese Weise zog sie die Aufmerksamkeit des halben Ensembles auf sich. Die Wangen ihres Gegenübers färbten sich rot. Fast tat es ihr leid, dass sie sich über seinen Schnitzer lustig gemacht hatte. Der Mann hatte lange schwarze Wimpern und bestechend grüne Augen über einem markanten Kinn. Ein Mann wie ein Gemälde, zu makellos für ihren Geschmack. Aber feine Hände hatte er, die, so hätte man meinen können, auf eine gewisse Sensibilität und Empathie schließen ließen. Aber was sagten Äußerlichkeiten schon aus? »Verzeihen Sie, ich bin Max Rehwald, liebe das Theater wie kaum etwas anderes auf der Welt und schreibe auch ein wenig. Deswegen trifft man mich meist hier. Und Sie sind?«

»Nun tu nicht so steif, Max«, rief die Gräfin ihm über den langen Tisch hinweg zu, »keiner siezt sich hier. Wir sind doch unter uns.«

Max hob sein Glas, prostete der Gräfin zu und flüsterte zu ihr gewandt: »Dann trinken wir also auf Du und Du?«

Sie kreuzte die Arme mit ihm, und jeder trank aus dem Glas des anderen. »Ich bin Max«, sagte er unnötigerweise, und sie entgegnete: »Gili, fast wie Gigi.«

»Die aus dem Roman von Colette meinst du?«

Sie nickte und spürte darüber die Röte auf ihren Wangen aufsteigen. Ihr Mundwerk war mal wieder schneller als ihr Kopf gewesen.

Er schmunzelte und beugte sich zu ihr. »Zu einer Kurtisane bildet dich aber hoffentlich niemand aus, oder?«

Sie hatte noch den Weißwein im Mund und verzog das Gesicht, weil der so sauer schmeckte.

»Es tut mir leid, ich spreche mal wieder einfach aus, was ich denke.«

Gili schluckte den Wein herunter, schüttelte sich ein wenig und konnte nun endlich lachen. »Aber nein, ist schon gut, ich habe doch die Vorlage geliefert, und du scheinst dich tatsächlich mit jeder Form von Literatur auszukennen.«

So verlief der Abend in feuchtfröhlicher Manier fort. Max wollte allerhand von ihr wissen, und umso mehr Wein sie trank, desto redseliger wurde sie. Felix war ruhig geworden, aber er schien nicht unglücklich oder gar eifersüchtig. Das beruhigte sie, denn sie genoss es sehr, für diesen Abend ein Teil der Theaterwelt zu sein. Das hatte sie sich immer gewünscht. Auf der anderen Seite hätte sie einem Abend allein mit Felix ebenso viel abgewinnen können. Sie stand auf und schwankte dabei ein wenig. Felix bekam einen Kuss auf die Stirn, und Max forderte daraufhin auch einen. Sie ging nicht weiter auf sein Ansinnen ein. Der Mann war geistreich und schnell im Kopf, besaß attraktive ebenmäßige Gesichtszüge und eine markante Wangen- und Kinnpartie. Offenbar verehrte er sie sogar ein wenig, denn er fragte, wo er sie erreichen könne. Aber das Gefühl, das sie in ihrem trunkenen Kopf umschwirrte, wenn sie neben ihrer neuen Bekanntschaft saß, war nicht im Entferntesten mit dem Ziehen und Sehnen vergleichbar, das sie ergriff, wenn sie hinüber zu Felix sah, der ihr zulächelte. Sie wollte sich von Max verabschieden und Felix zuflüstern, er möge sie doch bitte nach Hause bringen, da nahm Ersterer ihre Hand und führte sie ungefragt zu einem hageren, älteren Mann mit freundlichen Luchsaugen, die sie wach musterten. »Das ist Gili, Herr Direktor, nicht nur eindrücklich schön, sondern ein Mordsweib, wenn ich das so sagen darf, ich würde Ihnen dringend anempfehlen, Sie vom Fleck weg zu engagieren.«

Gili verschluckte sich fast vor Aufregung. Sie reichte dem Direktor die Hand, machte einen Knicks, für den sie sich sogleich genierte, so etwas schien hier ja keinesfalls üblich zu sein.

Felix war hinter ihr aufgetaucht und sprach nun ebenfalls auf den armen Theaterdirektor ein: »Gili liebt das Theater, und sie versauert bei der Badischen Zeitung als Sekretärin.«

»Lasst doch den guten Mann in Ruhe, und bestellt ihm lieber etwas zu trinken. Er hat heute sicher genug gearbeitet.« Der Spruch war Gili wieder einmal herausgerutscht.

Der Direktor betrachtete sie und lachte dann aus voller Kehle. »Ich mag deine Stimme, Mädchen, die ist viel kräftiger, als deine zarte Statur es vermuten lässt, und hübsch anzuschauen bist du auch. Probieren wir es doch mit dir als Statistin, wir brauchen ja sowieso dringend Nachwuchs.« Er kramte in seinem Jackett nach einer Karte und reichte sie ihr. »Ruf mich morgen mal an, dann sprechen wir in Ruhe. Und jetzt, Freunde, lasst uns feiern.«

An jenem Abend lag Gili noch lange wach im Bett und wusste gar nicht, wovon sie zuerst träumen sollte, dem Theaterleben oder doch von Felix' zartem Kuss auf ihre Wange beim Abschied vor ihrer Haustür.

*

Er schlug die Badische Zeitung auf und sah es auf den ersten Blick. Beinahe zynisch waren die Menschen geworden. Mit diesem Pack wollte er nichts mehr zu tun haben. Da wies das Blatt stolz wie ein dummer, schreiender Hahn auf die erste Bundestagswahl im kommenden August hin, bei der sich alle mündigen Bürger der neuen Bundesrepublik Deutschland beteiligen sollten, aber über Kriegsschuld und die grässlichen Verbrechen der Nazis verlor man natürlich kein Wort. Das hatte mit den Nürnberger Prozessen abgeschlossen zu sein. Nun müsse man endlich auch nach vorne blicken. Sie nutzten zwar nicht den gleichen Wortlaut, aber wann immer Jo ein Gespräch unter Fremden in der Straßenbahn oder bei einem Spaziergang aufschnappte, war die vorherrschende Haltung nicht zu überhören. Die Bösartigen und die Naiven, die gänzlich Verblödeten wie die Ängstlichen, sie alle übten sich an einem verharmlosenden Glauben, der in die Zukunft gerichtet war; gepaart mit einem hoffnungsfrohen Arbeitswillen, der Jo unheimlich und fern blieb. Nur die Vergangenheit, die waren sie bemüht zu vergessen.

Mutter stellte Butter, Erdbeermarmelade und frische Brötchen auf den Tisch und ermunterte ihn und Gili zuzugreifen. »Esst, Kinder«, sagte sie und trank selbst bloß einen schwarzen Kaffee mit drei Teelöffeln Zucker. Gili rieb sich die Augen und tunkte Stücke ihres Brötchens in den Kaffee. »Das hast du von deinem Papi«, sagte Mutter und runzelte, ein wenig belustigt, die Stirn. »Das ziemt sich allerdings nicht für eine junge Dame. Genauso wenig wie die Unsitte, im Schlafanzug und im Nachthemd am Frühstückstisch zu sitzen.«

Für Jo war das morgendliche Geplänkel Hintergrundrauschen. Er blätterte rasch durch die Badische, bis er zum Feuilletonteil kam, und dort entdeckte er – über der Theaterkritik zur Gräfin Mariza – das Bild, das den verarmten Tassilo zeigte, während er die Gräfin anschmachtete. Als Fotografin wurde seine Schwester ausgewiesen.

»Ich habe es dir ja gleich gesagt, Gili, das Theater als Ort der Auseinandersetzung taugt nicht, jedenfalls nicht in Freiburg. Da könnten sie selbst Brecht spielen, den Zuschauern soll mit ein wenig Kitsch, munteren Melodien und falschen Sehnsüchten eine heile Welt vorgegaukelt werden. Es tut mir so leid, dass die Zeitung dich jetzt ausgerechnet dafür einspannt.«

»Das stimmt ja gar nicht.« Gili nuschelte, sie sprach mit halb vollem Mund, Brösel klebten ihr am Mundwinkel. »Ich durfte gestern Felix ins Theater begleiten, und ich habe mich bestens amüsiert.« Sie spülte die Brötchenreste mit einem weiteren Schluck Kaffee hinunter und summte *Geigen schallen, Lichter blitzen.* Sogar Mutter stimmte mit ein, und ein ungewohntes Lächeln lag dabei auf ihren Lippen.

Der Krieg aber ließ sich nun einmal nicht wegsummen. Großmutter und Harry blieben weiter tot, ihre Körper verbrannt oder zerfetzt, nicht einmal eine Bestattung im Kreis der Familie hatten sie bekommen, kein Wort des Abschieds. Wie musste es denen ergangen sein, die nahe Verwandte, Eltern, Geschwister oder Kinder in den Konzentrationslagern verloren hatten? Die zwar mit dem Leben davongekommen waren, denen man aber alles genommen hatte, was es lebenswert machte. Ihre Familie, ihre Freunde, Hab und Gut und Heimat – und was vielleicht am schlimmsten wog, Vertrauen in die Menschheit. »Seid doch endlich ruhig, ihr macht euch lächerlich.« Jo hatte das nicht sagen wollen, jedenfalls nicht so barsch und anklagend, aber es stimmte dennoch. Abrupt hörten sie auf zu singen, und er vertiefte sich wieder in die Zeitung. »Seht ihr.« Er fuchtelte mit den Armen und zeigte auf die passenden Artikelüberschriften und Bilder. »Wen interessiert es, dass sie die schwer beschädigte Nationalgalerie in Berlin wiedereröffnet haben? Wen, dass Thomas Mann, der nicht gar so schlecht im Exil gelebt hat, nun in der Paulskirche mit dem Goethepreis ausgezeichnet worden ist? Und dass, obwohl sein Sohn und seine Tochter die weitaus zeitkritischeren Stücke schreiben. Wer will denn wissen, dass unser ach so herziges Stadttheater seine gestrige Gräfin in den nicht zerbombten Spielstätten in der Innenstadt aufgeführt hat und dass unser vielgeschätzter Bürgermeister, Wolfgang Hoffmann, für den Wiederaufbau des Stadttheaters mit seinen Klavierkonzerten schon viel Geld gesammelt hat? Das spielt doch keine Rolle. Geld brauchen schließlich vor allem die Flüchtlinge, und besonders die jüdischen, an denen die Deutschen sich schuldig gemacht haben.«

»Aber Jo, wir wollen endlich wieder das Leben genießen dürfen.« Es lag eine solche Wärme in Gilis Stimme und solch eine Ehrlichkeit, dass es ihm schon wieder leidtat, wie heftig er reagiert hatte.

Mutter stand auf, rückte den Stuhl zurecht und schüttete warmes Wasser aus dem Topf auf dem Herd ins Spülbecken. »Bist du fertig?«, fragte sie, als sie hinter ihm stand. Er erhob sich. »Lass doch, Mutter, ich mache das schon.«

Sie überging seinen Kommentar, drückte ihn entschieden an den Schultern auf seinen Platz zurück und räumte ab. Das Klappern des Geschirrs war für einen Moment alles, was man hören konnte. Dann die Sonne, die durch die Vorhänge schien, und Gilis Hand, die nach seiner suchte und sie drückte.

»Dein Gerechtigkeitssinn in allen Ehren, Jo, aber wir sind nun einmal keine Juden. Ihr seid evangelisch getauft und erzogen worden.«

Wie Mutter mit ein paar Worten ihre Herkunft und ihre Kultur einfach wegwischte und dabei auch all das, was Großmutter ihn gelehrt hatte. In ihren Erzählungen lebten nicht nur die alte Tradition und ein paar formelle Riten weiter, sie selbst würden als Familie erst dadurch wieder ganz, so jedenfalls schien es ihm. Und doch, Mutter gegenüber verstummte er. Sie hatte Übermenschliches schultern müssen, und niemand hatte sie gefragt, ob sie dazu überhaupt in der Lage sei.

Vater, zumindest in Mutters Geschichten, hatte stets nur an die Familie gedacht. Und das stimmte ja beinahe auch. Er hätte das selbst geglaubt, hätte er an jenem Abend, bevor Harry in den Krieg gezogen war, nicht ein Schattenbild von Vater erhascht, wie er im Kerzenlicht vor Mutter gekniet und gefleht hatte. »Marmelchen«, so nannte er Mutter stets, wenn er nicht weiterwusste und alles Denkbare gesagt worden war, »wenn Harry sich dem Einberufungsbefehl widersetzt und wir ihn verstecken, werden sie unsere Wohnung auf den Kopf stellen. Ich werde womöglich meine Anstellung verlieren, und dann kann ich nichts mehr für euch tun. Wenn wir zusammen untertauchen, werden sie uns alle ins Lager schicken, auch die Kinder. Das liegt doch auf der Hand. Du musst jetzt stark sein.«

Von da an war Mutter eine andere gewesen. Abgehärtet und ruhig, fleißig und energisch. Alles hatte stets seine Ordnung zu haben. Das Einzige, was zählte, war die Familie. Und ebendeshalb durfte nicht sein, was nun – nach dem Krieg – doch auf der Hand lag. Vater, als höherer Beamter bei der Bahn, hatte an den Schaltstellen gesessen. Das hatte ihnen ermöglicht, falsche Pässe zu ergattern, hatte dafür gesorgt, dass selbst Großmutter nichts geschah, wenn sie nur die Synagoge nicht mehr besuchte, die Wohnung nicht mehr verließe und den Mund nicht aufmachte. So lange jedenfalls, wie Vater in ihrer Nähe geblieben war, hatten die Nazischergen sie verschont. Aber Vater musste von den Zügen der Deportierten gewusst haben, vielleicht hatte er sogar zur Abfahrt gepfiffen oder die Weichen gestellt. Mutter gegenüber hatte er sicher geschwiegen. Im stillen Einvernehmen, dass sie ihn niemals fragen würde. Und nun schwiegen sie weiter. Sie hatten überlebt. Aber was für eine Schuld mussten sie nun tragen? Was für ein Leben konnte das sein? Aber jedes Mal, wenn er Vater darauf angesprochen hatte, hatte er beharrlich weitergeschwiegen, oftmals sogar das Zimmer verlassen.

»Das Wichtigste ist, dass diese unerträglichen Verbrechen gegen die Menschlichkeit aufgearbeitet werden. Dass das Deckmäntelchen des Schweigens, das bis in die Familien hineinwirkt, gebrochen wird. Dass man Wiedergutmachung leistet. Es müssen weiterhin noch Juden in Lagern leben, wusstet ihr das? Der Krieg hat sie, wie uns, entwurzelt und heimatlos gemacht. Sie haben alles, wirklich alles verloren. Wir aber sitzen hier, spülen Geschirr und essen Brötchen, als sei nichts gewesen.«

Gili lehnte sich an seine Schultern, aber Jo schüttelte sie sanft von sich. »Nicht jetzt, Gili. In unserer Familie verstehen sich alle bestens auf Verdrängung, nicht wahr? Ruth will immer nur Frieden und Harmonie, Vater und auch du, Mutti, ihr tut so, als gehe euch all das nichts an, und du glaubst, wenn du nur nachholst, was du in den Kriegsjahren versäumt hast, wäre von heute auf morgen die Welt eine bessere, habe ich recht, Gili? Es wird wieder getanzt, anstatt die Opfer des Krieges, besonders jüdische Displaced Persons, dabei zu unterstützen, ein menschenwürdiges Leben aufzubauen. Der Joint und andere Hilfsorganisationen tun das, so gut sie eben können, aber das will von euch ja keiner wissen. Dabei könnten wir helfen.«

Mutter wandte sich vom Spülbecken zu ihm. »Du bist geradezu besessen von dem immer gleichen Thema. Es reicht jetzt. Die Nachbarn müssen nicht auch noch hören, was du denkst, Jo.«

Genau darum ging es doch. Er sprang auf, fegte dabei den Stuhl um, der krachend zu Boden fiel, und riss das Fenster auf. Sollten doch alle hören, was hier vor sich ging. Er war das ewige Versteckspiel leid.

»Bei Rudolf Schock und dem Wolgalied vergießt das Publikum heiße Tränen, und im Theater üben die Zuschauer spießige Geselligkeit. Ist das dein Verständnis von Kunst, Gili? Willst du dich dafür als Statistin hergeben?«

Gili war aufgestanden, und auch wenn er sie sonst lesen konnte wie ein offenes Buch, so schien es ihm nun, als überlagerten sich all ihre Empfindungen und würden eben dadurch schwerer zu dechiffrieren sein. Sie funkelte ihn wütend an, ihre Schultern hingen schlaff und wehrlos herab, und ihre Mundwinkel zuckten, als habe er soeben ein streng gehütetes Geheimnis verraten. Im Hintergrund zwitscherte Peterle, der wohl als einziger Gefallen an dem Hin und Her ihrer Wortgefechte fand.

Mutter ließ sich auf das geblümte Küchensofa fallen, einen abgetrockneten Frühstücksteller in der Hand. »Ein Verrückter in der Familie reicht wohl nicht, oder? Schauspieler haben Flausen im Kopf, und solange du in meinem Haus lebst, verbringst du deine Abende und«, sie holte hörbar Luft, »Nächte nicht mit solch dahergelaufenem Künstlervolk. So findest du nämlich nie einen ehrbaren Mann. Du konzentrierst dich jetzt auf deine Ausbildung zur Sekretärin, Gili. Die Chance vermasselst du dir nicht.«

»Du hast doch vorhin selbst mitgesummt, Mama, oder habe ich mich da verhört? Harry hätte genau das gewollt. Er ist nicht gestorben, damit wir jetzt auf ewig Trübsal blasen. Es tut doch gut, dass wir wieder das Schöne sehen können, dass wir guten Kaffee genießen und nicht mehr hungern müssen. Ich bekäme sicher auch die ein oder andere Freikarte.«

Sosehr er Gili auch liebte, wann begriff sie bloß, wie falsch sie lag? Vielleicht musste er sie mit den eigenen Waffen schlagen und ihr so zeigen, dass es der Freude keinen Abbruch tat, wenn man einmal seine Gedanken bemühte, als immer nur zu fühlen und sich darin zu verlieren? Er kniff Gili zart in die Taille und schnalzte mit der Zunge: »Da hat das Fräulein Schwester schon Kontakt zu dem Hausintellektuellen Max Rehwald, der ihr die Position als Statistin besorgt hat, so munkelt man jedenfalls, aber auch das hilft ihr offenbar nicht auf die Sprünge.«

Gili schmollte, aber auf Mutters Gesicht zeigte sich plötzlich eine Entspannung ihrer verhärteten Züge. »Wenn ich rauchen würde, wäre das der richtige Moment für eine Zigarette.«

Jo tauschte irritierte Blicke mit Gili, die ebenso durcheinander wirkte wie er selbst.

»*Der* Max Rehwald? Eine Möglichkeit, so einen schmucken Mann aus gutem Haus zu treffen, schlägt man natürlich nicht aus. Unter diesen Umständen will ich mal ein Auge zudrücken. Auch wenn mir nicht wohl dabei ist, dass du dich mit all den Theaterleuten abgibst.«

*

Das heitere Durcheinander erinnerte sie an früher. Neben Gili türmten sich auf dem Stuhl Hüte, Schals und selbst gemachte Accessoires wie Seidenblumen, Ohrclips, Gürtel und Handschuhe. Bloß in Unterwäsche ging sie neben Ruth auf und ab und versuchte wohl herauszufinden, ob die falschen Nylons, deren Glanz sie in Ermangelung einer echten Strumpfhose mit Schminke nachzumachen versucht und deren Naht sie sich mit Kajal auf die Waden gemalt hatte, täuschend echt wirkten. Außerdem verlangte sie nach ihrem schwesterlichen Rat, den zu geben Ruth schlicht nicht möglich war. Mit Gilis graziler Silhouette und ihrer schmalen Taille kleidete sie beinahe alles gleichermaßen gut. Ruth hätte glatt neidisch auf sie sein können, aber dafür wirkte Gili zu rastlos und dabei doch seltsam verloren. Das mintgrüne Kleid mit dem entzückenden, weitschwingenden Rock und den weißen Tupfen gefiel ihr im Zusammenspiel mit den zarten goldfarbenen Ohrclips, die sie unbedingt ausführen wollte, offenbar keineswegs. Wie zum Beweis dafür pfefferte sie den passenden Schal mit Schmackes in eine Ecke des Zimmers. Dass der aber, weil er so leicht war, einen Augenblick wie in Zeitlupe in der Luft schwebte, bevor er herabsank, ließ Ruth schmunzeln. Was auch immer Gili tat, bei ihr wirkte selbst ein Wutausbruch anmutig. »Ich weiß, du wirst mir widersprechen, aber du gleichst keinesfalls einem Marienkäfer.«

Gili setzte sich einen Hut mit weißer Feder auf und warf sich damit bäuchlings aufs Bett. »Bitte …« Ihre Stimme kippte ohne Mühe von verzweifelter Wut in feinstes Umgarnen, »komm doch mit, du hockst immer nur in der Bude und führst schon beinahe ein Leben wie eine Einsiedlerin. Außer ins Kino oder mal auf einen Kaffee gehst du so gut wie nie aus. Dabei wünsche ich mir so sehr, dass du endlich Felix kennenlernst. Wen, wenn nicht dich, kann ich in Sachen Männern befragen und wem sonst mein Vertrauen schenken?«

Es klopfte an der Tür, und Mutter kam mit einem Tablett herein. In zwei Tellern dampfte Kartoffelsuppe. Sie reichte Gili und ihr jeweils einen. »Ihr müsst doch etwas im Magen haben, wenn ihr gleich ausgeht.«

Gili zog eine Schnute, aber ihre Augen funkelten lustig dabei, Ruth sah es genau.

»Sag ihr doch bitte, dass sie mitkommen soll. Ruth will schon wieder zu Hause bleiben.«

»Zieh du dir erst einmal etwas an, Gili. Und pass auf, dass du die Suppe nicht verschüttest. Was ist hier eigentlich passiert, ist eine Bombe eingeschlagen?« Mutter zeigte auf den übervollen Stuhl.

Papi, der hinter Mutter hereingekommen war, legte ihr eine Hand auf die Schulter, was sie wohl beruhigen sollte. »Lass gut sein, Marmelchen. Wir haben zwei wunderbare Töchter. Viel wichtiger ist doch, dass sie ihre Lebensfreude in den schweren Jahren nicht eingebüßt haben und nun ihre Jugend ein wenig nachholen.«

»Deswegen soll Ruth heute Abend ja auch mitkommen.« Gili klopfte, ihre Feststellung bekräftigend, mit der Faust auf die Matratze, was natürlich keinen Ton ergab, wohl aber dazu führte, dass die Suppe in ihrem Teller überschwappte und über ihre nackten Beine auf den Bettbezug rann. Mutter schlug die Hände über dem Kopf zusammen, wies Gili harsch an, die Sauerei wegzuwischen, und seufzte. Dann trat sie näher zu Ruth. »So schön es auch ist, dich um uns zu wissen, meine Große …« Mutter brach mitten im Satz ab, bedachte sie mit einem ihrer wohlwollendsten Blicke und lächelte dabei. »Was ich meine, ist, sosehr ich dir auch dankbar bin, dass du uns so oft Gesellschaft leistest – du bist jung, und ich möchte nicht, dass du hier bei uns versauerst.«

»Aber Mama, mich interessiert diese Sommer-Tanz-Revue einfach nicht, ich spare mein Geld lieber.« Für eine Zugfahrt zu Marga und eines Tages vielleicht weiter nach Breslau. Das sagte sie natürlich nicht. Wenn sich die Paare zu den sehnsüchtigen

Operettenmelodien wiegten, würde sie nur wieder an Ilan denken müssen, und dann wäre es vorbei mit dem luftig schönen Sommergefühl, das sie an jenem Tag unerklärlicherweise erfasst hatte. Solche Tage waren selten genug. Sie musste dann besonders achtsam sein und die zerbrechliche Leichtigkeit schützen, solange sie bei ihr blieb. Nur eine kleine Spitze einer Erinnerung, die wie ein Eisberg aus dem Meer der Vergangenheit brach, konnte sie straucheln lassen. Und dann fiel und fiele sie, bis sie mitsamt ihrer eben noch lichten Gegenwart in Trübsal versank.

Wieder war eine Woche vergangen, und wieder hatte sie Ilans Namen in der Liste der Vermissten beim Suchdienst des Deutschen Roten Kreuzes nicht in der Spalte für die Toten gefunden. Das gab ihr Hoffnung, dass sich alles doch noch zum Guten wenden würde, harrte sie nur lange genug aus. Ilan würde sie finden, er hatte ihr sein Wort gegeben, und daran hielt sie sich fest. Und wenn es ihm nicht möglich wäre zu kommen, dann würde sie das ihre tun.

»Du kannst doch nicht immerzu auf irgendetwas warten«, sagte Gili, als habe sie ihre Gedanken gelesen, und wischte rasch den Suppenfleck aus dem Laken. »Komm schon, gib dir einen Ruck, und lass uns nur dieses eine Mal Spaß haben.« Gili zog sich das hellblaue Kleid über den Kopf und grinste. »Schau, ich bin ausgehbereit.« Die kupferroten Haare ihrer Schwester schimmerten warm im letzten Abendlicht. Sie setzte den Hut mit der weißen Feder auf. »Und nun zu dir, so kannst du unmöglich ausgehen.«

Vater öffnete sein Portemonnaie und steckte jeder Tochter fünf Mark zu. »Mir wäre so viel leichter ums Herz, wenn ich wüsste, dass du dich endlich wieder vergnügst, Ruth.«

Es war tatsächlich lange her, in einem anderen Land, zu einer anderen Zeit. Momente ausgelassener Freude hatte es als Kind oft gegeben. Sie im Kettenkarussell auf dem Rummel, Gili, die ihre Hand gehalten hatte, später aßen sie Zuckerwatte, die Papi ihnen spendierte, und probierten sich zu Hause im Bauchreden, was mehr schlecht als recht klappte. Oder Ruth versuchte, Gili auf ihre Schultern steigen zu lassen und diese wiederum den kleinen Jo auf ihre. Wenn ihnen das Kunststück ausnahmsweise gelang, applaudierte Papi. Erwischte Mutter sie allerdings bei einer ihrer Proben, gab es unter Garantie Schelte. Immerfort war sie besorgt, dass dabei etwas Schreckliches geschehen könnte, etwas, das das Leben mit einem Schlag und auf immer veränderte, passte sie nur einmal nicht genügend auf. Tatsächlich glaubte sie, es läge allein an ihr, dafür Sorge zu tragen, dass niemandem in der Familie irgendein Leid zustieße. Damals hatte Ruth über ihre Angst gelacht, nun verstand sie, mehr als ihr lieb war, wie Mutter sich gefühlt haben musste.

»Wenn euch Papi etwas schenkt, ist es unhöflich abzulehnen.« Zu Ruth gebeugt flüsterte Mutter: »Mir wäre wirklich wohler, du hättest heute ein Auge auf deine Schwester. Du bist schließlich die Vernünftigere von euch beiden.«

Ruth gab sich geschlagen und nickte ergeben. Gegen Gilis Versuche, sie in ein feines Kleid zu stecken, wehrte sie sich aber erfolgreich. Sie würde ihre Schwester entweder in ihrer Lieblingshose, die mit dem hohen Bund und dem weiten Schnitt an den Beinen, und der blau-weiß geringelten Bluse begleiten oder gar nicht. Einen Lidstrich, Puder und rote Lippen bekam sie dennoch verpasst. Darüber war mit Gili nicht zu debattieren.

*

Im eigentlichen Sinne war es dann doch keine richtige Revue, die sie zu sehen bekam. Die Paare trugen weder aufwendige Kostüme noch reihten sich ihre Nummern ein in eine größere Erzählung. Und doch tat dies Ruths ausgelassener Stimmung keinen Abbruch. Die provisorische Bühne, die man aufgebaut hatte, glitzerte im Kunstlicht, ein Stimmungstrio begleitete deren Auftritte, und Gili schmiegte sich selig in Felix' Arm. Der warme Wind streichelte Ruths Arme und Beine. Das Leben fühlte sich leicht an, seltsam unbeschwert vom Gestern.

So lange hatte sie den Freiburger Sommer kaum wahrgenommen, war zwischen Schmuckabteilung und Elternhaus gependelt, immer in Eile, rechtzeitig bei Mutter zu sein, bevor Jo abends aufbrach und, weil er stets ein Geheimnis darum machte, wohin er ging, womöglich ein Streit zwischen Vater und ihm entbrannte. Nur selten hatte Ruth sich nach der Arbeit noch einen Kaffee genehmigt oder ein paar kleinere Einkäufe erledigt. Die neue Stadt war ihr auch deshalb gänzlich gleichgültig; was zu tun war, erledigte sie, ohne dass ihre unmittelbare Umgebung Einfluss auf sie nahm. Lebensmittelgeschäfte, Postämter oder Haushaltswarenläden blieben sich auch in Freiburg gleich, nur dass sie näher beieinanderlagen als in Breslau und der Heimweg kürzer war. Die traumhaft begrünten Berge blieben ihr Kulisse, den Schauinsland hatte sie nur von Weitem gesehen, und in der Dreisam mochten ihre Geschwister baden, sie zog nichts dorthin. Sie hatte sich mit Freiburg abgefunden, wie man sich mit einer Krankheit abfand, die länger andauern, aber irgendwann vorübergehen würde. Sie atmete flacher, in der Hoffnung, dass sich ihr die Zeit nicht ungefragt in die Erinnerung schriebe, ihre Sinne stumpften ab, und sie lebte allein in der Hoffnung auf die Zukunft, in der selbst eine unliebsame Zeit durch die beschlagene Brille der Rückschau an warmer Farbe gewänne. Die vom Krieg wenig getroffene Gerberau oder die Südostseite des Münsterplatzes, für solche Schönheit fehlte ihr das Auge oder das Gemüt. Körperlich befand Ruth sich zwar in Freiburg, ihr Herz und ihre Seele aber waren seit dem Abschied von Ilan in Breslau geblieben. Warum ausgerechnet jene laue Augustnacht, während die Live-Bigband aufspielte, dies zu ändern imstande war und ihr für einen herrlichen Augenblick die Schwere von den Schultern fegte, hätte sie nicht genauer zu erklären gewusst. Nur dass sich im Laufe der

Zeit offenbar etwas in ihr verändert hatte, was sich an jenem Abend, als sie auf Albert traf, seinen Weg bahnte, das vertraute sie gleich am Tag darauf in einem Brief Marga an. *Alles, was wir erleben, mehr aber noch alles, was uns geschieht, hängt zuallererst davon ab, wie wir darauf schauen*, würde sie schreiben. Und weiter: *Niemals sind wir in der Lage, die Gesamtheit der Dinge oder eine ganze Person wahrzunehmen. Wir schauen in der Regel bloß auf das, was mit uns mitschwingt und in uns Widerhall findet, der Rest ist Geschichte. Wir phantasieren uns selbst hinzu, wie wir handeln würden, und das übertragen wir auf unser Gegenüber. Und dann ist da immer noch ein Fünkchen Zufall am Werk, der Eindruck eines Tages, was wir gegessen, mit wem wir gesprochen haben, ob wir in den Regen gekommen sind oder ein warmes Gefühl uns begleitet, weil wir ein Lied gehört haben, das uns an eine Geschichte erinnert, die uns weich fühlen lässt und empathisch, oder ob das Gegenteil der Fall gewesen ist. Insofern, liebe Marga, glaube ich also durchaus an ein Schicksal, das wir – zumindest in Teilen – selbst heraufzubeschwören in der Lage sind.*

Die Begegnung mit Albert veränderte jedenfalls den Lauf ihrer Geschichte. Ob zum Guten oder Schlechten, spielt dabei keine Rolle. Nur dass Ruth niemals die geworden wäre, die sie werden sollte, wäre sie an jenem Abend zu Hause bei Mutter geblieben, das stand außer Frage.

Albert hatte schon den ganzen Abend neben ihr gesessen. Er hatte sie nicht angesprochen und einen Abstand eingehalten, den die Höflichkeit gebot. Er fiel ihr zuerst gar nicht auf. Erst als Gili sie, nach dem Schlussapplaus, mit einem mehr als eindeutigen Augenaufschlag in seine Richtung zu schauen nötigte, bemerkte Ruth ihn. Er war nicht im eigentlichen Sinne makellos oder herausragend schön, wenn er auf den zweiten Blick auch ausgezeichnet ausschaute. Alles an ihm war stilsicher und neu. Der V-förmige Anzug, der die Schultern betonte und an den Hüften schmal zulief, dazu die adretten Lederschuhe, das weiße Hemd und die

Krawatte. Seine dunkelblonden, leicht welligen Haare umrahmten sein Gesicht und ließen es, trotz seiner ausgeprägten Wangenknochen und seinem markanten Kinn, eine Spur sanfter erscheinen, als es eigentlich war. Dazu gesellten sich hellbraune Augen, die wach und klug in die Welt blickten. Auch begegnete er Ruth mit einem offenherzigen Lächeln, als die sich ihm zuwandte.

»Nun sitzen wir schon den ganzen Abend nebeneinander, und ich habe mich Ihnen noch gar nicht vorgestellt.« Formvollendeter hätte er das Gespräch nicht eröffnen können, und dennoch wirkte er nicht angespannt oder gar verbissen darauf, einen Kontakt herzustellen. Die kleine Unterhaltung, die sich zwischen ihnen entspann, verlief, gleich dem Abend, flüssig und natürlich. Was hatte Ruth also zu verlieren, ließe sie sich auf eine kurzweilige Konversation ein. Außerdem war Gili tief in ein Gespräch mit Felix versunken, für dessen Abbruch sie nicht verantwortlich sein wollte, so verliebt wie die beiden waren. Auch als die Zuschauerreihen sich lichteten, drängte sie daher nicht zum Aufbruch. Albert, so hatte er sich ihr vorgestellt, blieb ebenfalls. »Ich lasse eine Dame doch nicht allein auf ihre Begleiter warten, die«, er wagte einen amüsierten Blick auf Gili und Felix, »ganz offenbar auch ohne Sie zurechtkommen. Ich werde jedenfalls mein Bestes tun, um Sie derweil ein wenig zu unterhalten.«

Neben ihr versank Gili in einem tiefen Kuss mit Felix und nahm keinerlei Notiz davon, dass sie von allen Seiten bestens ausgeleuchtet war.

»Lassen wir die beiden Turteltauben. Ich glaube, sie brauchen unsere Gesellschaft nicht.« Er lachte. »Sehen Sie das als Fingerzeig des Schicksals, und gehen Sie mit mir noch etwas trinken, ich lade Sie ins Jägerhäusle ein. Die haben hervorragenden Wein, und mit ein wenig Glück bekommen wir auch noch etwas zu essen.«

Gili, die ihre Augen und Ohren offenbar überall hatte, löste sich bei Alberts Worten augenblicklich von Felix, küsste ihn auf die Stirn und lehnte sich in seinen Arm. »Das darfst du auf keinen Fall abschlagen, Ruth.« Und zu Albert gewandt fuhr sie fort: »Meine Schwester kennt nämlich die herrliche Umgebung Freiburgs noch gar nicht. Wir wohnen noch nicht allzu lange hier, müssen Sie wissen.«

Gili boxte sie unauffällig in die Seite, aber Albert bemerkte es.

»Komm schon, Schwesterchen, gib dir einen Ruck. Es gibt dort die besten Kässpätzle überhaupt, und kaum etwas anderes erheitert ein Herz so sehr wie ein Sommerabend umgeben von Tannen und Föhren. Kann ich dich denn allein lassen?«

Nun musste Ruth lachen. »Die Frage ist ja wohl eher«, sie sah nacheinander Gili und Felix an, »ob man euch beide allein lassen kann.« Sie strich Gili über den Rücken und sagte in einem Anflug von Heiterkeit und Übermut zu Albert: »Sie haben recht, die Zeit der Entbehrung liegt hinter uns. Ich nehme Ihre Einladung dankend an.«

Mit Gili verabredete sie sich Punkt dreiundzwanzig Uhr vor dem Kaufhaus Richter. Albert bot ihr seinen Arm, sie hakte sich bei ihm unter, und Gili winkte ihr, während Albert sie zu seinem Wagen führte, ihr die Tür öffnete und sie einsteigen ließ. »Mein neuestes Schätzchen.« Er strich über das glänzend schwarze Metall der Wagenhaube. »Ein Citroen Traction Avant. Mein Vater hat ihn mir jüngst zum Geburtstag geschenkt.«

»Sie hatten Geburtstag? Da gratuliere ich.«

Später müsste sie Gili unbedingt von seinem Wagen erzählen. Er sah aus wie in den amerikanischen Filmen, auch wenn er offenbar ein Franzose war. Und dieser Albert verstand zu plaudern. Während der Fahrt ließ er keine unangenehmen Gesprächspausen aufkommen. Selbst wenn Ruth schwieg, weil sie einem eigentlich Fremden nicht gleich so viel über ihre Familie preisgeben wollte, schenkte er dem keine ungebührliche Beachtung, sondern erzählte stattdessen etwas über seine Familie, die ein Juweliergeschäft in der Innenstadt betriebe. Der Laden sei – wie durch ein Wunder – im Krieg unversehrt geblieben und läge unweit des Münsters.

»Da wohne ich«, entfuhr es ihr, und Albert lächelte.

*

Das Waldrestaurant in Herdern lag idyllisch am Hang und mutete an wie im Märchen. Umstanden von hohen Tannen bot es eine gepflegte Terrasse, wo sie sich niederließen.

»Max-Peter«, rief Albert dem Wirt zu, den er zu kennen schien, denn der klopfte ihm zur Begrüßung freundschaftlich auf den Rücken. »Wie schön, dich zu sehen, alter Freund. Bringst du mir und der Dame von deinem besten Weißwein und dazu zwei ordentliche Portionen Kässpätzle?«

»Für dich und deine zauberhafte Begleitung«, der Wirt deutete ihr gegenüber einen Diener an, »mache ich die Küche noch einmal auf, wenn sie auch eigentlich längst geschlossen ist. Das ist Ehrensache.«

Alberts Interesse an allem, was das Leben zu bieten hatte, machte es Ruth leicht, mit ihm ins Gespräch zu kommen. Schon nach kurzer Zeit bot er ihr das Du an, und sie willigte ein.

Sogar als die Unterhaltung auf ihre Heimat kam und sie ihm erzählen musste, dass sie nicht in Freiburg aufgewachsen war und außerdem ein Kriegsflüchtling, schien er nicht auf sie herabzusehen.

»Du solltest eine Sache von mir wissen.« Nun, da sie eh schon derart vertraut miteinander sprachen, sollte er gleich darüber im Bilde sein, dass sie nicht auf den Mund gefallen war. »Ich bin gar nicht so brav, wie du vielleicht glaubst.«

Er runzelte die Stirn, schmunzelte aber sichtlich erheitert über ihre Anmerkung. Erwidern tat er nichts, sondern wartete ab, was nun folgte.

»Zusammen mit Marga, das ist meine beste Freundin, weißt

du, habe ich früher so ziemlich jeden Unfug angestellt. Angefangen mit Klingelstreichen bei den Nachbarn. Da waren wir noch Rotzlöffel. Später haben wir den Buben, die wir mochten, Rippentriller verpasst, und in der Schule haben wir immer voneinander abgeschrieben.«

»Was um alles in der Welt sind Rippentriller? Muss ich mich jetzt etwa vor dir in Acht nehmen?«

Ruth kicherte. Ein wenig beschwipst fühlte sie sich, auf eine gute Art beschwingt.

»Nicht doch. Das ist schlesische Mundart und meint bloß einen freundlichen Knuff in die Seite.«

»Habt ihr noch mehr so merkwürdige Worte?« Albert lachte.

»Die haben die Freiburger aber auch. Zum Beispiel fangt ihr aus unerfindlichen Gründen jede höfliche Bitte mit *Dätscht* an. Dätscht du mir helfe, zum Beispiel. Klingt doch albern, oder?«

»Du meinst so etwas wie *Fleischkiächli* für Fleischküchle, den *Heftlimacher* für einen pedantischen Menschen oder *lädschig*, wenn man müde herumsitzt?«

»Fleischküchle, du meinst Buletten, oder? Ich mag das Schlesische *Schnupptichel* für Taschentuch, dass jemand *aufplustert*, wenn er sich aufregt, oder die *Tapetenflunder* für Ungeziefer.«

Ja, er tat Ruth gut, der Abend mit Albert. Es tat gut, sich erinnern zu dürfen, auf diese heitere Weise, und nicht darüber nachdenken zu müssen, dass eben auch die frohen Erinnerungen die anderen schmerzen mochten, gerade die frohen. Es tat gut, etwas von sich zu erzählen, ohne dabei in die Tiefe schauen zu müssen.

Alberts Hände suchten auch im Laufe des voranschreitenden Abends nicht die ihren, und er gestattete sich auch sonst keinerlei plumpe Annäherung. Durchaus aber war er um ihr Wohlbefinden besorgt, schenkte ihr nach, wenn ihr Glas leer war, und duldete keinen Widerspruch, als es um die Bestellung eines Desserts ging. »Ich lade Sie ein, schlagen Sie mir diesen Wunsch doch nicht ab.« Hin und wieder platzierte er geschickt ein vergnügliches Kompliment, nicht ohne Humor, der es ihr ermöglicht hätte, es beiseitezuwischen, wäre es ihr unangenehm aufgestoßen. Es war, als packe Alberts bloßes Dasein ihren Schmerz über Ilans Verlust in Watte, als gestatte er ihr ein neues Fröhlichsein, das sie ohne Reue leben könnte, denn er ließ sie ebenso sein, wie sie sich gab, wahrte erfrischende Distanz, und eben, weil er dies tat, keimte in ihr keinerlei Widerstand. Vielmehr genoss sie seine Heiterkeit, aber eben auch die Abwesenheit jenes Abgrunds, den Ilan in sich getragen und der seine Seelentiefe ausgemacht hatte. Albert war schön anzusehen, und er wusste sie zu umgarnen, sodass sie jene tiefempfundene Freude spürte, die sie einst begleitet hatte und die auf immer verloren bleiben musste. Vielleicht war es an der Zeit, zu vergessen, was sie beschwerte? Vielleicht hatte Gili recht mit ihrer fordernden Lust auf die Zukunft, und Jo lag falsch, wenn er glaubte, alle Schrecken der Vergangenheit gewaltsam wieder ans Licht zerren zu müssen? Vielleicht würde Mutter ruhiger schlafen, wenn sie Ruth glücklich wüsste? Und vielleicht gelänge es Ruth, wenn sie mit einem Mann wie Albert liiert wäre, ihren künftigen Kindern ein sorgenfreies Leben zu bieten?

»Darf ich bitten?«, fragte Albert in ihre Gedanken hinein. Sie sah ihn irritiert an. Außer den paar Gästen, die auf der Terrasse Wein oder Bier tranken, war niemand zu sehen, die Tanzfläche war leer, und es spielte keine Musik.

»Meinst du wirklich?«

»Lass dich überraschen.« Er bot ihr erneut seinen Arm. Zögerlich erhob sie sich. Da kam der Wirt aus dem Jägerhäusle, ein Schifferklavier um die Schulter geschnallt, spielte ein paar Akkorde an und sang dazu. »Wir tanzen wieder Polka wie früher Tante Olga …«

Albert legte ihr lässig einen Arm um die Hüften und wartete, bis sie ihre Hand in die seine legte. Die Melodie klang so gar nicht nach Polka, und auf diese Art tanzte Albert auch nicht dazu. »Das ist Swing.« Er zeigte ihr ein paar einfache Schritte, die sie nachahmen sollte. Bis auf die Zeilen »so wunderbar, wie's früher war, wird's wieder sein« war ihr weiterhin froh zumute, und an dieser Heiterkeit hielt sie sich fest. Denn erstens schien da eine Spur Ironie im Lied mitzuschwingen, und zweitens wollte sie an dieses besungene *Früher* auch nur mit Bezug auf *heute* denken. Sie summte also mit, und ihr Summen übertönte den Text. Die Musik war einfach und leicht, sie floss angenehm dahin. Vom Tanzen erhitzt, spürte sie, wie Röte ihre Wangen färbte, und als das Lied vorbei war, war sie tatsächlich ein wenig aus der Puste, was den Wirt wohl veranlasste, eine langsamere Melodie anzustimmen, und Albert, sie ein wenig enger zu umschließen und mehr auf der Stelle als im Federschritt zu tanzen. Ruth schloss die Augen. Trotz des sanften, langsamen Liedes und der zarten Annäherung überschritt Albert keine ihrer Grenzen. Er war da, führte sie und ließ ihr Raum, in den hinein Bilder von Ilan auf sie zutrieben. Er lächelte ihr zu. *Leb, meine einzige Ruth*, flüsterte er. *Das Leben ist dafür da.* Es war ihr, als vernähme sie wirklich den Klang von Ilans Stimme, sie war ihr noch immer so vertraut. Und doch kam sie aus ihr selbst, gab ihr endlich die Erlaubnis, glücklich zu sein.

Als Ruth die Augen wieder öffnete, fand sie sich an Alberts Schulter gelehnt wieder, ihre Wangen berührten sich beinahe.

»Es ist an der Zeit«, flüsterte er sanft, einen Blick auf seine goldene Uhr gerichtet. »Das Fräulein Schwester soll ja nicht gleich am ersten Abend böse auf uns werden.«

»Oh, ist es schon so spät?«, sagte Ruth erschrocken. »Die Zeit ist ja geflogen.«

Damit war alles gesagt. Dass er ihr Glück über sein kurzfristiges stellte, dass ihm an ihrer Familie gelegen war und dass er sie wiedersehen wollte. Zumindest schien es Ruth an jenem Augustabend so.

*

Noch immer blieb der Sommer, auch wenn bereits ein erster Duft reifen Fallobsts in der Luft hing. In der septemberschwülen Brise lag verborgen schon eine zu erwartende Abkühlung, die es nur noch nicht zur vollen Reife gebracht hatte. Ruth war eine Viertelstunde zu früh auf dem Kanonenplatz. Vom Schwabentor hatte sie den halben Weg zum Schlossberg zügig genommen, jedoch ohne aus der Puste zu kommen. Das flinke Zuhalten auf ein Ziel beruhigte sie. Nun aber verlangsamte sie ihren Schritt, ging gemächlich bis zum Geländer, das Spaziergänger vor dem steil abfallenden Hang schützen sollte, und ließ ihren Blick über die Altstadt und das Münster gleiten. Von der taghellen Sonne beschienen wirkte alles so friedlich. Die radikale Zerstörung im Krieg und der nur langsam voranschreitende Wiederaufbau störte das Bild aus dieser Entfernung nicht. Die Milde des überreifen Sommers und sein tröstendes, beinahe südliches Licht umgab es wie ein gütiger unsichtbarer Nebel. Von oben betrachtet, mit dem nötigen Abstand, ging es nun wohl darum, all den Schutt abzutragen und auf den Ruinen des Althergebrachten etwas Neues zu erschaffen. Die Natur zeigte es ihnen. Unberührt von den menschlichen Katastrophen sangen die Vögel ihr Lied, die Bäume grünten, auch wenn sich die ersten Blätter schon bunt färbten, und die vielen Spaziergänger genossen den freitäglichen Feierabend. Das Wochenende lag vor ihnen, sie bemerkte es an deren leichtherziger Laune. Unweit von Ruth saß ein junges Paar auf einer Bank im Schatten, eine kleine Familie lief vorüber, der Vater mit einem vielleicht zweijährigen Mädchen auf der Schulter. Ihre Bank mit Blick über die Stadt und im Halbschatten war noch frei. Seit sie Albert kannte, waren sie so oft zusammen hier heraufgekommen, dass eine zuvor beliebige Bank zu ihrer hatte werden können. Sie ließ sich darauf nieder, stellte ihre Handtasche neben sich und schaute sich um. Von Albert war noch weit und breit keine Spur zu sehen. Gut, so hatte sie noch genügend Zeit, Margas Zeilen zu studieren. Ihr Brief war heute früh angekommen, aber zwischen Tür und

Angel, auf dem Weg zur Arbeit, hatte Ruth ihn nicht lesen wollen. Sie erhoffte sich jedes Mal Antwort auf ihre drängende Frage nach dem Verbleib ihrer Großmutter und dem von Ilan. Zwar wusste Ruth, dass es auch in Berlin einer Suche nach der Nadel im Heuhaufen glich, mehr herauszufinden, doch war Berlin nun einmal näher an Breslau als Freiburg. Sie klammerte sich weiter an die vermutlich irrige Hoffnung, dass Margas Chancen, etwas herauszubekommen, besser standen als die ihren. Auch wenn Großmutter den ruinösen Kampf um Breslau wahrscheinlich nicht überlebt hatte, noch gab Ruth den Glauben nicht ganz auf. Mit zitternden Händen fischte sie den leicht zerknitterten Umschlag aus ihrer Handtasche und riss ihn auf.

Mein lieber Schatz, las sie. *So gern würde ich dir etwas anderes schreiben, aber leider gibt es nichts Neues zu berichten. Dabei habe ich alle von Rang und Namen ausgequetscht. Die Männer können mir nun mal nichts abschlagen, und auch die Frauen schließen mich schnell ins Herz. Aber dieses Mal – Pustekuchen. Ich weiß, wie sehr dich mein Brief umhauen wird, du hast anderes erhofft. Es bleibt mir nichts, als dich zu umarmen und dir zuzurufen: Bleib stark, bleib optimistisch. Was anderes hilft auch nicht und macht dich nur unglücklich. Ich hab dich so sehr lieb, Deine Marga*

Tränen rannen ihr die Wange hinunter, die sie rasch mit einem Taschentuch abtupfte. Sie bemühte sich, dabei zu lächeln, auch wenn das womöglich merkwürdig aussah und vielleicht erst recht irritierte. Aber besser so, als dass ein Fremder auf die Idee käme, sie anzusprechen und ihr seine Hilfe anzubieten. Marga hatte recht. Was half es zu klagen? Großmutter, die in den Flammen um Hilfe schrie. Ilan, der von den Nazis erschossen mit einem Strick an einem grünenden Baum baumelte. Sie schüttelte sich. Das alles war bloß ihrer Vorstellung entsprungen, nichts davon wusste sie sicher. Wenn sie aber eines für die beiden tun konnte, dann war es, weiterzuleben, nicht aufzugeben und das Privileg ihrer Existenz in vollen Zügen auszukosten.

Von hinten hielt ihr jemand Rosen unter die Nase, deren weißlich-rosa gefüllte Blüten sie kitzelten und ein dezentes Apfelaroma versprühten. »Du hast doch nicht etwa geweint?« Sie erkannte Albert an seinem gleichmäßig sonoren Bariton. Er setzte sich neben sie, nahm ihr das Taschentuch ab und ergriff ihre Hand. Dies war die äußerste Zärtlichkeit, die bisher zwischen ihnen stattgefunden hatte. An diese Geste knüpfte Albert jedoch immer wieder an, sodass sie ihr schon beinahe zur Gewohnheit geworden war. Marga, ihre engste Vertraute, war so weit weg in Berlin, Gili immerfort mit Felix unterwegs oder im Theater und Jo so selten zu Hause, dass sie ihn kaum noch zu Gesicht bekam. Nur Albert wich nicht von ihrer Seite und war über die wenigen Wochen zu einer Konstante in ihrem Leben geworden. Dabei bemühte sie sich nicht einmal sonderlich um ihn. Mutter riet ihr zu jedem Ausflug mit Albert zu. Er sei aus gutem Hause und das Beste, was ihr passieren könne.

»Der Brief ist von einer Freundin aus Berlin.« Sie steckte ihn zurück in ihre Handtasche. »Ich hatte so gehofft, sie könne etwas über den Verbleib meiner Großmutter herausfinden. Sie war fünfundvierzig noch in Breslau, weißt du.« Auch wenn sie Albert nichts von Ilan erzählte, die Tränen, die sie gewohnt war herunterzuschlucken, stiegen doch in ihr auf. Er sah sie bedauernd an und schloss sie fest in seine Arme, und sie ließ seinen Trost zu. Wie gut es tat, einmal nicht verstecken zu müssen, was in ihr vorging, um bloß niemand anderen an das vergangene Leid zu erinnern. Ihre Tränen flossen ungehindert und schmeckten salzig. »Ist gut, mein Kleines.« Es klang ein wenig wie auswendig gelernt, aber sicher bildete sie sich auch das wieder nur ein. Er reichte ihr ein frisches Taschentuch, und sie schnäuzte sich verlegen. Einen Augenblick war sie irritiert, als er ihr etwas steif und monoton den Rücken tätschelte, doch er rannte weder weg noch ermahnte er sie, stark zu bleiben, wie Mutter und auch Marga es getan hatten. Sicherlich war sie derart verweint kein schöner Anblick und sogar ein wenig peinlich. Die Mauer aber, die trotz ihres guten Kontakts und dem regelmäßigen Händchenhalten bis eben zwischen ihnen existiert hatte, war nun eingerissen. Er hatte sie weinen sehen. Nun hielt er ihre Hand, beugte sich vorsichtig zu ihr und küsste ihre Stirn. »Alles wird gut.« Eine weitere Plattitüde, aber Ruth wollte ihr Glauben schenken. Alles, alles würde wieder gut. Über das Wie wollte sie nicht nachdenken. Sie senkte ihren Kopf in seine Hände, und dann geschah, was so lange auf sich hatte warten lassen, weil sie jeder Situation, die es hergegeben hätte, geschickt aus dem Weg gegangen war. Er küsste sie. Seine Lippen lagen weder zu fest noch zu weich auf ihren – und was eigenartig war: Sie fühlte keinen Widerstreit in sich, keinen Wunsch, das Geschehen abzuwenden, oder gar einen Ekel. Zwar stellte sich auch kein Herzklopfen ein, kein Wunsch, sich fallen zu lassen und nie wieder aufzutauchen in der äußeren Welt, nur sie beide, für immer und ewig, aber es war ein Anfang. Menschen gewöhnten sich aneinander, und bei ihm würde sie Halt finden. Als er die Augen öffnete, sie hatte ihre die ganze Zeit über nicht geschlossen, lächelte er und strich ihr sanft über das lockige Haar. »Mein Schatz.« Mehr sagte er nicht.

Sie spazierten auf dem Wanderweg bis zum Bismarckturm und von dort weiter bis zum Schloss Fort de St. Pierre, wo er ihr erzählte, dass im 19. Jahrhundert ein Festungsbau am Schlossberg errichtet worden sei, den man später als Luftschutzbunker umfunktioniert habe. Am 27. November 1944, dem Tag, an dem die Stadt schwer bombardiert worden war, sei er allerdings kaum zum Einsatz gekommen.

»So viele Leben hätten gerettet werden können.« Albert klang nachdenklich. »Aber nur sechstausend Menschen haben den Schutzbunker überhaupt aufgesucht. Wir dachten alle, es handele sich sowieso wieder nur um falschen Alarm.«

»Lass uns bitte nicht über den Krieg sprechen.« Ihre Beine gaben ein wenig nach, und sie hakte sich bei ihm unter.

»Entschuldige, ich wollte dich wohl mit meinem Wissen über meine Heimatstadt Freiburg beeindrucken und habe darüber ganz vergessen, wie sehr dich das Thema belastet. Lass es mich wiedergutmachen, ja?«

Ruth nickte.

»In diesem Fall …« Albert wirkte beinahe ein wenig fahrig, was sie von ihm nicht kannte, sie aber neugierig werden ließ. Was hatte er vor?

»Wir fahren eben zu deiner Mutter, und ich bitte sie um ihre Erlaubnis, dich heute Abend ausführen zu dürfen.«

Gegen einen Abend fern von häuslichen Pflichten und dem Schwermut ihrer Mutter hatte sie nichts einzuwenden. »Was schwebt dir denn vor?«

»Überlass das mal mir, ich plane eine Überraschung.«

*

Was auch immer Albert Mutter erzählt hatte, seitdem wirbelte sie um Ruth herum, bat sie, ihr die Frisur für den Abend machen zu dürfen, und drängte ihr ihre Goldohrringe auf. Sogar schminken sollte sie sich ein wenig.

»Weißt du etwas, was du vor mir geheim hältst? Ich gehe schließlich nicht auf einen Staatsbesuch, oder?«

Mutter ignorierte ihre Frage, wog stattdessen den Kopf, als begutachte sie die Frische von Obst oder Gemüse, bevor sie sich für den Kauf entschied, und verschwand mit den Worten »ich gebe dir lieber ein paar Minuten für dich allein, bevor Albert dich abholt« aus ihrem Zimmer.

*

»Was ist das für eine Überraschung?«

Albert war schon den ganzen Weg über seltsam gewesen. Er

hielt nicht, wie sonst, locker ihre Hand, sondern umschlang ihre Taille derart, dass kein bisschen Luft mehr zwischen sie beide passte. Beinahe wäre er mit ihr in eine anfahrende Straßenbahn gelaufen, so wenig achtete er auf seine Umgebung, und zu allem Überfluss fuhr auch noch ein Auto über eine Taube, die auf der Fahrbahn getaumelt und dort mittig einfach sitzen geblieben war. Ruth hielt sich die Hände vor die Augen und murmelte: »Wie furchtbar.«

Albert aber nahm kaum Notiz von dem Geschehen, sagte nur: »Schau nicht hin, Liebes«, und zog sie schnell weiter.

Sie waren eine kleine Weile gelaufen, raus aus der Altstadt, und nun hielt Albert vor einer Villa an. Ein Zaun umgab Haus und Garten. Neben dem imposanten und überdachten Eingang ragte ein runder Erker hervor, und ein Stockwerk darüber lag einer von drei großen Balkonen. Eine dreigeschossige Villa mit Fenstern und Giebeln unter dem Dach. Ruth betrachtete sie ehrfürchtig. Wie mochte es wohl sein, in einem Haushalt aufzuwachsen, in dem Weite, Größe und Raum das Lebensgefühl bestimmten? In dem kein Kind sich ein Zimmer mit den Geschwistern teilen musste?

»Komm doch herein.« Albert stand am Tor, das er ihr aufhielt. »Darf ich vorstellen? Das ist mein Elternhaus.« All die Nervosität von eben war von ihm abgefallen, er ruhte wieder in sich.

»Soll ich heute deine Eltern kennenlernen?« Deshalb hatte ihre Mutter also solch ein Aufheben um ihre Garderobe gemacht und derart wissend gelächelt. Ruth war plötzlich unwohl zumute, der Magen zwackte, und sie fühlte sich wacklig auf den Beinen.

»Du musst mir diese kleine Notlüge verzeihen. Zwar habe ich das deiner Mutter erzählt, aber tatsächlich sind meine Eltern ein paar Tage an die See gefahren. Ich wollte dir doch erst einmal unbelastet von irgendeiner Pflicht zeigen, wo ich herkomme. Du hältst das hoffentlich nicht für unanständig?« Er zwinkerte ihr zu.

»Habe ich denn Grund dazu?«

Albert straffte die Schultern und rückte sein Jackett zurecht. »Wirklich nicht, Ruth. Weißt du, ich bin ganz verrückt nach dir, aber auf eine ehrliche und respektable Art und Weise. Meine Eltern stelle ich dir vor, wenn es an der Zeit ist. Mein Vater ist ...« Er unterbrach sich und schloss beide Hände zur Faust. »Sagen wir, er ist aufrichtig und ehrsam, er arbeitet viel und sorgt sich um seine Familie, nur ... ganz einfach ist er nicht.«

Ruth folgte ihm ins Innere des Hauses. Eine weite Diele mit einem Spiegel über dem Kamin und einem prächtigen Blumenstrauß auf der Anrichte empfing sie. Eine breit geschwungene Treppe führte in die obere Etage. Albert wollte ihr das Bolerojäckchen, das sie trug, abnehmen, aber sie schüttelte den Kopf. In der Villa war es kühl. Wie er ihr den Arm bot und sie ins lichtdurchflutete Wohnzimmer führte, darin eine Bücherwand bis unter die Decke und ein braunes Clubsofa mit dazu passendem Sessel, da kam sie sich beinahe vor, als lebte sie hier schon mit Albert. Wenn sie sich nur in die fremde Welt einpasste, würde ihr dieser Ort womöglich einmal zu einem sicheren und geborgenen Zuhause werden.

Im Esszimmer nebenan, wohin er sie durch eine geöffnete Flügeltür führte, hatte er eingedeckt. Mit grünem Meißner Porzellan, Weinkelchen und Silberbesteck. Ein imposanter roter Rosenstrauß zierte die Mitte des ovalen Tisches, über den er eine Damastdecke gebreitet hatte – oder besser gesagt hatte breiten lassen. Aus der Ferne drang eine fröhliche Stimme, die Albert begrüßte, und kurz darauf tauchte eine vielleicht fünfzigjährige Frau mit silbernen wippenden Locken auf. In den Händen balancierte sie eine dampfende Suppenschüssel. »Das Abendessen wäre dann so weit.«

Albert bedankte sich bei Rosalia, so nannte er die Seele des Hauses, und rückte Ruth den Stuhl zurecht. »Ich hoffe, ich kann dir eine kleine Freude bereiten. Unsere Küchenfee ist eine wundervolle Köchin, und hier genießen wir beide etwas Privatsphäre.«

Angesichts des üppigen Drumherums hätte Ruth Alberts Worten normalerweise eine andere Bedeutung zugeordnet. Aber wie er sie aussprach, klang sein Ansinnen weder schlüpfrig noch romantisch, eher sachlich, ja beinahe nüchtern. Sie mühte sich, das Gespräch am Laufen zu halten, aber mehr als freundlich dahinplätschernde Konversation wollte einfach nicht aufkommen. Es störte sie allerdings auch nicht, denn all die Delikatessen, die Rosalia nach und nach auftischte, hatte sie noch nie gekostet. Ruth schwelgte in flambierter Hummersuppe mit Pernod, die es als Vorspeise gab, in auf der Zunge zart schmelzender Entenbrust mit Orangensoße zum Hauptgang, die zu Kartoffeln und gegrilltem Gemüse serviert wurde. Dazu kostete sie frischen Gartensalat mit einer delikaten Thymianjus und war beglückt, als es zum Nachtisch auch noch eine herrlich schaumige Mousse au Chocolat gab, und zwar in dreierlei Varianten, Vollmilch, dunkle und weiße Schokolade. Immer wieder schenkte Albert ihr nach, sobald ihr Glas geleert war, und umso mehr sie trank, desto gelöster wurde sie. Sie hatte sich bereits bei Rosalia bedankt, die schon das Geschirr abgeräumt hatte und die sie in der Küche hantieren hörte, als Albert abrupt und mitten in einem angefangenen Satz aufstand, um eine Schallplatte auf den Plattenspieler zu legen. Ilse Werner hob zu singen an, und Albert ging vor ihr auf die Knie. *Du und ich im Mondenschein.* Aus seiner Hosentasche holte er ein samtenes Schächtelchen, das er vor ihren Augen öffnete. Darin lag ein Ring mit vier Edelsteinen.

»Der Diamant soll dich darstellen, weil er so wertvoll und damit einzig ist. Er hat sogar einen Altschliff, habe ich mir sagen lassen. Der facettierte Saphir, das bin ich. Wir beide sind in Gold gefasst, siehst du?« Er fuhr die Umrandung beider Ringe nach und sah sie dabei an. »Die beiden kleinen Diamanten, die sich an uns schmiegen, das sind unsere zukünftigen Kinder. Erst bekommen wir einen Jungen, schlau und wendig, und dann ein Mädchen, das wird genauso hübsch wie du. Was schaust du denn so ernst, Liebes? Gefällt dir der Ring etwa nicht? Wir können ihn jederzeit umtauschen.«

Die Werner sang *Ein junger Mann will was von Liebe wissen*, die Töne hüpften dabei aufgeregt und Freude imitierend auf und ab. Albert blickte sie erwartungsvoll an.

»Der Ring ist beeindruckend.«

Albert erhob sich und wischte sich unsichtbaren Staub von den Hosenbeinen. »Entschuldige.« Er lächelte und fuhr ihr sanft durchs Haar. »Ruth Hannelore Mock, möchtest du meine Frau werden?«

Das Licht brach sich im Fensterglas. Albert stand just in dessen Kegel. Er löste den Ring aus seiner Schachtel. Instinktiv zog sie die Hand zurück und schaute ihn mit großen Augen an, ehe sie vorsichtig sagte: »Dein Antrag … also das ist … Es kommt sehr …, ich meine, er überrascht mich. Wir kennen uns doch noch gar nicht so lange.« Sie machte eine Pause. »Würdest du mir bitte etwas Zeit geben, darüber nachzudenken?«

Albert setzte den Ring zurück in die samtene Schachtel. Einen Augenblick lang glaubte sie, er wäre beleidigt oder – schlimmer noch – ernstlich getroffen. Einer Schildkröte gleich zog er den Kopf zurück. Wie er die Lippen so nach vorne schob, sah es beinahe aus, als schmollte er. Dann aber besann er sich auf seine gute Erziehung. Noch war nichts entschieden.

»Liebes«, flüsterte er, »lass uns tanzen.« Albert ging zurück zum Plattenspieler, nahm die Nadel, die wieder auf Anfang stand, und legte sie erneut auf. Dann kam er zurück zu ihr, reichte ihr den Arm und geleitete sie ins Wohnzimmer. Dort legte er seine Hand um ihre Taille. Derart führte er sie zur Musik, dass sie Clubsofa und Sessel ohne anzuecken umrundeten und auch die hohe Vase auf dem Sideboard keinen Schaden nahm.

»Wenn es Ihnen genehm ist, gehe ich nach Hause.« Das war Rosalia, die im Türrahmen aufgetaucht war, das Wort an Albert richtete und ihr zuwinkte.

Albert nickte ihr zu. »Wir sehen uns morgen früh. Schönen Feierabend.«

Ruth hob die Hand zum Gruß, aber Rosalia hatte sich schon umgedreht. Wenig später schloss sie sacht die Tür.

*

Albert zog sie näher an sich, und anstatt weiterzutanzen, wiegte er sie nun auf der Stelle, bis auch diese Bewegung kleiner wurde und sie eng aneinandergeschmiegt auf der Stelle dastanden. Seine Lippen auf ihren, die er langsam zu öffnen suchte, bis sie schließlich nachgab. Der Weinnebel zeichnete ihn weich und warm, eine ungewohnte Ruhe breitete sich in ihr aus. Er trat einmal um sie herum. Sacht fuhr er mit seinen Fingerspitzen ihren Nacken entlang. Ein angenehmer Schauer erfasste ihren Körper. Noch zurückgenommen und gedämpft, aber doch vernehmbar entlockte Albert ihr ein wohliges Stöhnen. Von hinten umschlang er ihre Taille und bedeckte ihren Hals bis hinab zu den Schulterblättern mit zarten Küssen. Zunächst wehrte sie sich noch gegen ihr eigenes Verlangen. Je mehr sie ihm aber nachgab, desto mehr traten der Alltag und die damit verbundenen Sorgen in den Hintergrund. Und je mehr sie verschwanden, desto weniger spielte auch Albert eine Rolle. Mit ihm hatte ihre Lust im eigentlichen Sinne nicht mehr zu tun, als dass er sie zu entfachen imstande gewesen war.

Albert hatte sie mittlerweile die Treppe hinauf in den zweiten Stock geleitet und in ein lichtes Schlafzimmer geführt, dessen schwere Vorhänge er zuzog, als sie es betraten. Stattdessen empfing sie künstliches Licht, das er erst löschte, nachdem er einige Kerzen entzündet hatte. Sie konnte ihn nur mehr schemenhaft erkennen, doch seine Bewegungen ließen keinen Zweifel daran, was er vorhatte. Er knöpfte erst sein Hemd auf, dann öffnete er den Reißverschluss ihres Kleides. Das Kerzenlicht, die federweichen Daunen, auf die er mit ihr sank, die frisch duftende Bettwäsche. Zuerst noch zögerlich und beherrscht, gab sie sich nach und nach hin. Er war kein Geheimnis, sie war es sich selbst. Albert hatte einen geheimen Raum in ihr geöffnet, den sie allein bewohnte. Es kümmerte sie nicht, wie es ihm geglückt war. In ein unendliches Nichts fiel sie. Dort, in der Auflösung alles Bekannten, lag das Glück, rührte jeder Kuss an einen anderen. Jede Berührung – war sie nun sanft oder wild oder unbeherrscht – mündete in ein unbekanntes Meer. Es gab kein Entrinnen als dieses, sich der Begierde hinzugeben, in der leisen Hoffnung, anschließend an Land gespült zu werden: neu und roh. Also gab sie nach. Ließ sich fallen und mitreißen, und zum ersten Mal seit jenem Tag im Januar 1945, an dem sie von Ilan hatte Abschied nehmen müssen, spürte sie sich wieder. Einzig, dass Albert ihr nach dem Akt seinen Arm bot und sie sich an ihn schmiegen sollte, wo sie beide doch schwitzten, sein Atem das vorangegangene Menü noch in sich trug und Ruth so mit dem Licht des Tages wegdämmern sollte, behagte ihr nicht. Sie hatte vielmehr den dringenden Wunsch, allein zu sein, in aller Stille dem nachzuspüren, was eben geschehen war. Dankbar zu sein über die Wiedergeburt ihres Gefühls. Sie lächelte ihm zu, entwand sich seinem Arm und stand auf. Weil er sie mit einer Mischung aus Irritation und Verletztheit ansah, wiederholte sie ihre Worte von vorher: »Ich brauche nur ein bisschen Zeit, um nachzudenken.«

Das schien ihm auszureichen. Die verhaltene Wut verschwand aus seinem Gesicht, und eine blanke Siegessicherheit kehrte statt ihrer zurück. Er erhob sich und ließ sie noch im Aufstehen wissen, dass er ihr einen Wagen bestellen würde. Zum Abschied küsste er sie auf den Mund. Seine Lippen schmeckten allzu süß und klebrig.

*

Der Sommer war, obwohl er sich eigentlich schon verabschiedet hatte, noch einmal in Fahrt gekommen. Das Thermometer kletterte, wohl ein letztes Mal in jenem Jahr, auf achtundzwanzig Grad, die Hummeln schwebten träge über den Dolden, und alles deutete darauf hin, dass die warme Jahreszeit noch nicht bereit war, Abschied zu nehmen, und sei es für einen prächtigen und ertragreichen Herbst, der die Ernte doch erst einfahren würde.

Auf Mutters Drängen hin hatte Ruth von Alberts Antrag erzählt. Mutter war in Jubel ausgebrochen und hatte sich über Ruths nur sehr verhaltene Freude irritiert gezeigt. Etwas Besseres, als in eine derart angesehene Familie einzuheiraten, könne ihr doch gar nicht passieren. Sie breitete ihre Arme aus, was sie lange nicht getan hatte, und zog Ruth wortlos an ihre Brust. Seit dem Wissen um Alberts Antrag behandelte Mutter ihn, als sei er bereits ihr Schwiegersohn, die Tür stand ihm immer offen. Und Albert wusste diesen Umstand für sich zu nutzen. Jedenfalls wich er Ruth nicht mehr von der Seite.

Er habe sich verliebt, sagte er ihr später einmal, weil sie ihn, anders als andere Frauen, nie bedrängt habe; sie sei ihm mal frech und offenherzig, mal zurückgenommen und in sich gekehrt erschienen. Ein offenes Geheimnis sei sie gewesen, eine wahre Schönheit und zudem im Bett eine leidenschaftliche Frau. Habe er vorher noch Zweifel gehegt, seit ihrer Liebesnacht sei er sich umso sicherer gewesen. Einzig Ruth sollte seine Frau werden. Beinahe jeden Abend klingelte er nun bei den Mocks, um Ruth auf einen Spaziergang abzuholen, sie zum Essen auszuführen oder die Einladung ihrer Eltern anzunehmen, gemeinsam mit ihnen zu speisen. Ruth aber war ihm noch immer eine Antwort schuldig geblieben.

*

Seit Wochen war ihr nach dem Aufstehen übel. Zunächst hatte sie diesen Umstand auf einen leichten Infekt, womöglich eine Magenverstimmung, geschoben. Sie übergab sich noch vor dem Zähneputzen, spuckte jedoch oft nur Galle und erholte sich dann rasch, nachdem sie einen Bissen gegessen und einen Schluck Kaffee getrunken hatte. »Sicher der Kreislauf«, sagte sie, wenn Gili ihr sorgenvoll die Wange tätschelte und Jo die Stirn krauszog, weil einen Augenblick all die Aufmerksamkeit auf ihr lag, die er sich doch für politische Belange gewünscht hätte. Theodor Heuss war Bundespräsident geworden und hatte sich gegen Kurt Schumacher genauso durchgesetzt wie Konrad Adenauer, der nun der erste Bundeskanzler war. Das alles galt es für Jo zu diskutieren, aber niemand schenkte dem Interesse, außer Vater vielleicht, der aber hatte gelernt, dass Debatten mit Jo über Politik zu heftigen Auseinandersetzungen führen konnten, und dem wollte er aus dem Weg gehen. Vater hob nur kurz den Blick von seiner Zeitung, murmelte, dass er gleich aufbrechen müsse, die Bahn zähle auf ihn, und Jo ließ resigniert die Schultern fallen.

Ein solcher ganz gewöhnlicher Morgen bei den Mocks war es also, an dem Ruth beim Geruch des Leberwurstbrötchens, in das Mutter gerade biss, würgen musste. Sie sprang von ihrem Stuhl auf und rannte eilends ins Bad nebenan, wo sie den Deckel der Toilette aufriss und sich über der Schüssel erbrach.

Sie spülte sich den Mund aus und kämmte sich bedächtig die Haare, bevor sie, in der Hoffnung, Gili, Jo und Vater seien vielleicht schon aufgebrochen, zurück in die Küche trat.

Tatsächlich waren sie bereits fort, doch Mutter schaute sie prüfend an. »Ich bin doch nicht von gestern, Herzchen. Mir musst du nichts vormachen. Ich sehe doch, dass du guter Hoffnung bist.«

Und da brach alles, was Ruth so gut vor sich selbst verborgen hatte, in sich zusammen. Die heimlich erträumte Zukunft mit Ilan, ihr Wiedersehen nach all der Zeit – und wenn schon das unmöglich bliebe, so doch wenigstens die Chance auf eine solide Ausbildung im Kaufhaus bei den Richters. Neulich noch hatte sie mit der Einkäuferin für die Schmuckabteilung gesprochen, die ihr ein gutes Auge attestiert hatte. Sie schluchzte laut auf. Ihre Mutter griff nach ihrer Hand und tätschelte sie:

»Ein Kind ist doch kein Grund zum Weinen, Ruth. Wenn du erst einmal verheiratet bist, wirst du eine ehrbare Frau sein, und unsere Familie wird wieder eine Zukunft haben.«

»Ich glaube, ich brauche frische Luft.« Ruth sprang auf, schlüpfte in ihre Schuhe und warf die Tür hinter sich ins Schloss.

Über den Marktplatz ging sie energischen Schrittes, durch Gassen, deren Namen sie sich noch immer nicht gemerkt hatte, schlüpfte gerade noch so in eine haltende Straßenbahn, bevor deren Türen sich wieder schlossen, und ließ sich, nachdem der Schaffner sie abkassiert hatte, bis an die Dreisam schaukeln, wo sie ausstieg, um dort endlich durchzuatmen. Sie kam gerne hierher, besonders dann, wenn sie allein sein wollte, denn dem Fluss konnte sie all ihre Gedanken, auch die unbequemen und eigenartigen, anvertrauen. Sie musste sie dafür nicht einmal laut aussprechen. Es genügte, eine Weile an seinem Ufer entlangzulaufen, am besten in Fließrichtung, und ein wenig Abstand vom Lärmen der restlichen Welt, ihren Forderungen und Ansprüchen zu bekommen. Nur bevölkert von ein paar Fischlein, Fröschen und Enten lag der plätschernde Fluss vor ihr. Die meisten Freiburger mussten arbeiten, und Touristen waren kaum in der Stadt. Doch die kamen langsam wieder, wollten sie ein Wochenende in klarer Luft verbringen, mit Bergen ringsherum und am sonnigsten Fleckchen Deutschlands. Ruth legte eine Hand auf ihren flachen Bauch. Auch wenn ihre Schwangerschaft noch für niemanden sichtbar war, wuchs bereits neues Leben in ihr heran. Ich werde auf dich aufpassen, das verspreche ich dir, formulierte sie in Gedanken, während ihr wieder die Tränen kamen. Sie wusste nicht recht, ob vor Freude auf die Zukunft, in der sie Mutter sein würde, oder vor Schmerz, weil ebenjene Zukunft ohne Ilan stattfinden würde. Diese heimliche Vorstellung war nun endgültig passé. Ruth atmete einmal tief durch und ließ die frische Luft durch ihre Lungen strömen.

Albert löste zwar keine ungestümen und sehnsüchtigen Gefühle in ihr aus, wie Ilan es getan hatte, aber vielleicht ermöglichte ihr eine Ehe mit ihm, erwachsen zu werden und in Sicherheit zu leben. Ein Kind brauchte stabile Verhältnisse, da hatte Mutter recht. Liebe und Leidenschaft allein waren nicht der geeignete Nährboden für dauerhafte Zufriedenheit. Ihr Kind sollte es einmal besser haben als sie selbst.

So viel Leichtigkeit hatte Ruth der verdammte Krieg genommen, so viel Hoffnung zerstört. Und doch durfte sie nicht so selbstmitleidig sein. *Wenn du arbeitest, vergeht der Schmerz, und du musst nicht so viel nachgrübeln*, hatte Großmutter immer gesagt. Die meisten aus ihrer Familie hatten überlebt. Harry hätte gewollt, dass Gili, sie und auch Jo ihr Leben genössen. Dass Vater Großmutter hatte zurücklassen müssen, weil sie sich geweigert hatte, Breslau zu verlassen, war nur geschehen, weil man die nächste Generation hatte schützen wollen. Ruth hatte ein gewaltiges Erbe fortzuführen: Sie würde ihr Kind ebenfalls beschützen. Wenn das bedeutete, dass sie auch nach dem Krieg über Herkunft und Schrecken schweigen musste, würde es ihr ein Leichtes sein. Was hatte Mutter nicht alles für ihre Kinder ertragen müssen?

Von dem Grauen vergangener Tage würde Ruths Kind nicht wissen, es würde nichts zu verbergen haben. Sie würde sein freies, ungestümes Lachen hören und sich erinnern, wie sie selbst einst gelacht hatte. So würde nach und nach Gras über jedes Unrecht wachsen, bis sich niemand mehr daran erinnern müsste, was den jüdischen Familien geschehen war. Es gäbe keinen Unterschied mehr zwischen den einen und den anderen. Jo bestand mit seinem Wühlen in der Vergangenheit gerade auf diesem Unterschied. Wie aber sollte so Frieden werden?

Sie wischte sich die Tränen mit dem Ärmel ihres Kleides weg und sah in den weiten, wolkenfreien Himmel über ihr. Alberts Liebe war ein Geschenk, und dieses würde sie lernen anzunehmen. Unter seiner Zuneigung würde ihre Tochter – sie war sich mit einem Mal sicher, dass sie ein Mädchen bekommen würde – zu einem ausgelassenen Menschen heranwachsen. An ihrer statt. Und für ihre Tochter würde Ruth glücklich sein. Das schwor sie sich, während ein leichter Wind aufkam, der ein paar Wolken mit sich brachte.

*

Zu Hause bereitete Mutter das Mittagessen vor. Es roch nach Kartoffelsuppe mit Möhren und Speck und frischem aufgeschnittenen Brot. Ruth half ihr sogleich und deckte den Tisch. »Ich werde Albert mein Jawort geben.« Sie sagte es wie nebenbei, und Mutter ließ es unkommentiert, auch wenn ihre Augen, die an den Rändern Lachfältchen warfen und sich mit Tränen der Rührung füllten, sie verrieten.

»Verzeih«, sagte Mutter. »Ich bin heute schon den ganzen Tag so gefühlsduselig.«

Ruth nickte ihr zu, schwieg aber. Die Küchenfenster waren leicht geöffnet, und auf der Fensterbank zwitscherten ein paar Spatzen, die das Brot fest im Blick hatten, sich aber doch nicht in die Wohnung trauten. Ruth würde ihnen später ein paar Brocken abgeben.

»Nur eines musst du mir noch versprechen. Erzähl niemandem von unseren Wurzeln, auch Albert nicht. Nach dem Krieg geht die Angst um, Juden könnten zurückfordern, was man ihnen genommen hat. Dabei sind wir doch Deutsche, Ruth, genau wie sie. Es tut nichts zur Sache. Versprich es mir. Auch wenn Jo das anders sieht. Ich will doch nur, dass es meinem Enkel gut geht.«

»Deiner Enkelin«, entgegnete Ruth. »Mach dir keine Sorgen. Ich habe es meiner Tochter längst versprochen. Sie soll frei und ohne Last aufwachsen dürfen.«

»Dann sind wir uns einig.« Mutters Messer durchtrennte die Wurzeln, die der Möhre noch anhafteten. »So ist es besser«, sagte sie.

*

Hätte sie von Ilan ein Kind erwartet, sie hätte diese Neuigkeit keine Sekunde für sich behalten können. Zu Albert aber trieb sie nichts, sie wartete, bis er – wie beinahe jeden Abend – klingelte, von Mutter wortreich zum Essen eingeladen wurde und er dankend annahm. Nicht einmal auf einen Spaziergang vor dem Abendessen musste sie Albert ansprechen, er fragte von sich aus, vielleicht weil er mit ihr allein sein wollte, vielleicht weil es höflich war, mit Sicherheit aber, weil es nun bereits zu ihrer Gewohnheit geworden war. Und Albert liebte immer gleiche Abläufe.

Vielleicht hätte sie, wäre sie von Ilan schwanger gewesen, diesem einen klitzekleinen Babyschuh zugesteckt, und er hätte, auch ohne Worte, verstanden, was sie ihm sagen wollte. Romantisch wäre das gewesen, im Abendrot, und vielleicht ein klein wenig kitschig mit dem Martinstor im Rücken, das sie gequert hätten. Mit Albert kam ihr so etwas nicht in den Sinn. Dazu waren seine Schritte auch zu geschwind, er eilte zwar nicht kopflos oder überstürzt voran, aber doch unverzüglich und mit ausladenden Bewegungen, als hielte er stets auf ein imaginäres Ziel zu. Einen solchen Menschen zum Anhalten zu bewegen, und sei es auch nur, um die milde Abendsonne zu genießen und einmal zurückzuschauen, war müßig. Beides ließ sich schließlich auch im Gehen bewerkstelligen. Ruth hing mehr an seiner Hand, als dass er die ihre hielt, und so stolperte sie seinem Tempo hinterher. »Wart mal eben«, sagte sie, und ihr Atem ging schnell. »Es gibt vielleicht einen Grund, weswegen ich nicht so schnell laufen kann und rascher aus der Puste komme.«

Nun hatte sie seine Aufmerksamkeit. Er hielt tatsächlich an, ließ abrupt ihre Hand los und wich sogar ein wenig vor ihr zurück. »Du bist doch nicht etwa krank?«

Ruth lachte und warf dabei den Kopf in den Nacken. »Ganz im Gegenteil. Ich bin wahrscheinlich schwanger.«

Weiter kam sie nicht. Mit einem solchen Jubelschrei hatte sie nicht gerechnet. Albert sprang in die Luft und riss dabei einen Arm hoch. Die Hand hatte er zur Faust geformt, die, als er wieder auf dem Boden ankam, auf seiner Brust landete. Schaut her, was für ein Prachtkerl ich bin, sollte das wohl heißen. Dann erst nahm er wieder Ruth wahr, hob sie an der Taille hoch und besann sich. »Entschuldige bitte, da habe ich im Gefühlstaumel wohl meine Umgangsformen vergessen.« Er räusperte sich. »Das heißt also, du hast über meinen Antrag nachgedacht?«

Ruth nickte. Etwas stimmte nicht, aber was genau, vermochte sie nicht auszumachen. Albert hielt an seinem Wort fest, er freute sich wie ein Kind, und offenbar hatte sich auch an seiner Haltung zu ihr nichts geändert. Trotzdem war da dieses beklemmende Gefühl, das schwer auf Ruths Brust lastete und nicht weichen wollte, obwohl sie doch beschlossen hatte, von nun an glücklich zu sein. Sie rang sich ein Lächeln ab. Wenn sie das nur genug übte, käme das Gefühl vielleicht hinterher.

»Selbstverständlich, Albert. Ich werde deine Frau.«

Albert zog sie an sich und küsste sie auf offener Straße. Es waren nicht die empörten Blicke der Passanten, die Ruth störten, und ebenso wenig Alberts Ausruf »Sie heiratet mich!«, es war vielmehr der Umstand, dass die Welt um sie herum nicht versank, als seine Lippen ihre berührten, auch wenn sein Kuss nicht unangenehm war. Er änderte nur nichts. Keine ihrer vorangegangenen Erfahrungen – keine trübe, keine jauchzende – wurde angesichts seiner Berührung unbedeutend, alles blieb, wie es vorher schon gewesen war, nämlich an Ort und Stelle. Ruth atmete einmal tief ein und wieder aus, drehte Albert den Rücken zu und sah auf das Martinstor. Nichts hatte es zu zerstören vermocht, es bestand weiter fort.

Kapitel 5

Winter 1949/1950

Selbst für einen Freiburger Winter war es verblüffend mild. Erna, die seit Ruths Hochzeitstag am 22. November ihre Schwiegermutter war, sich ihr gegenüber aber wie eine Freundin gebärdete, drehte, ungeachtet der mäßigen Wetterlage, die neu eingebaute Zentralheizung regelmäßig voll auf. *Wir haben doch nicht umsonst die Seidels geheiratet*, pflegte sie achselzuckend zu sagen.

Ruth war im vierten Monat und schwitzte beim Ausräumen der Umzugskisten. So langsam sah man ihr Bäuchlein, auch wenn es unter den weiten Kleidern noch nicht allzu sehr auffiel. Die Schwangerschaftsübelkeit würde mit der Zeit verschwinden, hatte Mutter ihr versichert, doch auch wenn sie sich gebessert hatte, wurde Ruth noch immer schlecht, sobald sie sich mehr als gewöhnlich anstrengte. Viel zu oft und zu rasch hintereinander hatte sie sich wohl gebückt. Was allein damit zusammenhing, dass sie ihre persönlichen Habseligkeiten verstaut haben und sie am richtigen Platz wissen wollte, ehe Erna von ihrer Einkaufstour durch die Freiburger Innenstadt zurückkehrte. Es stand Ruth so gar nicht der Sinn danach, Fragen zu beantworten, die ihre persönliche Habe womöglich provoziert hätte. Wenn sie außerordentliches Glück hätte, würde Erna in der Stadt eine ihrer gut betuchten Freundinnen treffen und sich zu einem Kaffee und einem Stück Torte überreden lassen. Auf diese Weise bliebe Ruth genügend Zeit, in Ruhe auszupacken, aber darauf konnte sie sich nicht verlassen – die Übelkeit und den leichten Schwindel musste sie also hinnehmen, wollte sie vorher fertig werden.

Viel war es ohnehin nicht, was sie mit in die Ehe gebracht hatte und was sie nun verstauen musste: ihr schmales Fotobüchlein aus der Heimat, mit den Bildern, die sie kaum anzusehen wagte, weil sie ihr stets die Tränen in die Augen trieben und von einer unwiederbringlich verlorenen Zeit erzählten; der violette Sammelordner, der Margas Briefe enthielt und den sie hütete, weil er die Zeit und ihr unablässiges Vergehen auf Papier bannte. Niemandem sonst vertraute Ruth ihre Gedanken, ihre Zweifel, ihre Sehnsüchte an; das handgeschriebene Rilkegedicht von Ilan, das Einzige, was ihr außer der lebendigen Erinnerung und ihren bunt schimmernden Träumen von ihm geblieben war; das Schmuckset mit den Perlen, bestehend aus einer verspielten Kette und Ohrringen, deren Glas Ruth an die Farbe von Bernstein erinnerte und das sie sich – dank ihrem Mitarbeiter-Rabatt – ausnahmsweise hatte leisten können, obwohl sie sonst eisern sparte. Diese Dinge waren neben der Aussteuer, die die Eltern ihr zur Hochzeit geschenkt hatten, ihre einzigen Kostbarkeiten. Die blütenreine weiße Bettwäsche mit ihren fein eingestickten Initialen musste Vater ein Vermögen gekostet haben. Sorgsam legte Ruth sie in die Kommode zu dem ornamentverzierten Schmuckkästchen, das ihr Geheimnis hütete. Sie öffnete es und hob den samtigen zweiten Boden an, der eigentlich nur als Polsterung dienen sollte, unter dem sie aber ihr eisern Erspartes aufbewahrte. Niemand wusste davon, nicht einmal Marga. Zweihundert Mark hatte sie bereits zusammen. Es würde reichen, um nach Berlin zu fahren und dort nach Spuren der Großmutter zu suchen. Natürlich ging diese Chance gegen null. Wieder und wieder hatten Mutter und sie die Vermisstenmeldungen studiert, über das Deutsche Rote Kreuz Großmutters Verbleib nachforschen lassen, sich beim Meldeamt erkundigt, aber nichts deutete darauf hin, dass sie die Angriffe auf Breslau überlebt hatte. Doch Wunder, so hörte man, gab es immer wieder. Gerade in diesen Tagen.

Ruth brauchte dringend frische Luft. Sie schlüpfte in ihre Hausschuhe, öffnete die Balkontür und trat hinaus.

Vielleicht sollte sie Albert bitten, gemeinsam mit ihr nach Berlin zu fahren. Wäre er im Juweliergeschäft unabkömmlich, könnte sie seine Erlaubnis erfragen, allein zu reisen. Geld genug besaß sie – und vielleicht würde Albert ein Einsehen haben, wenn sie ihm erzählte, wie gerne sie vor der Geburt ihres Kindes noch ein paar unbeschwerte Tage mit ihrer besten Freundin genießen würde.

Sie schloss die Augen. Der kalte Hauch auf ihrem Gesicht, ihre zitternden Hände. In ihrem Kopf war plötzlich eine Erinnerung, Dezember 1935, ein Adventssonntag. Sie kostete Großmutters süßsaure Kartoffelbohnensuppe, und zum Nachtisch gab es Mohnstrudel, der niemandem wie ihr gelang, auch Mutter nicht. Ruth schmiegte sich an Großmutters raue Wange, die nach Veilchen duftete, ihrer Lieblingsseife wegen – schön und welk und unendlich vertraut.

Sie umfasste das Balkongitter, öffnete die Augen, und das eben noch lebendige Bild verschwamm. Die Zeit hatte nichts an seinem Platz belassen. Ohne Unterlass hatte sie – einem Sturm gleich – gewütet. Wie gerne hätte Ruth sie noch einmal zurückgespult und ihr die Spielregeln mit fester Stimme erklärt. Aber Ruth war nicht Herrin über sie, bloß eine ihrer Spielfiguren, und nun wuchs in Ruths Bauch eine weitere heran. Unter Einsatz ihres Lebens würde Ruth ihr Kind vor dem Sturm der Zeit und seiner Gleichgültigkeit gegenüber allem Leben bewahren. Schon ihre Mutter hatte das versucht, aber schmerzlich zu spüren bekommen, dass die Zeit sich niemals befehligen ließ.

Wenn ihre Tochter in ihrer Heimat aufwüchse, wenn sie es wenigstens einmal zu Gesicht bekommen könnte, jenes Breslau ihrer Kindheit, wäre dann alles gut? Wenn sie mit ihr auf der Dominsel spazieren ginge, das Glucksen der Oder sie bis in ihren Schlaf begleitete, wenn sie ihr zeigen könnte, welche himmlische Freude es bereitete, einen Puppenwagen die Liebichshöhe hinunterrasen zu lassen, selbst auf die Gefahr hin, dass er einem Spaziergänger unabsichtlich den Weg abschnitt.

In jedem heiteren Gedanken wohnte auch immer sein Gegenteil, niemals gab es ein ganzes Glück. Von einer Reise nach Breslau zu träumen bedeutete eben auch, Alberts Reaktion auf ein solches Begehren mitzudenken, schlimmer noch, es bedeutete, sich vorzustellen, wie ihr Schwiegervater, der sie von Anfang an nicht hatte leiden können, unweigerlich Wind davon bekäme. Otto hatte sie bei ihrem ersten Kennenlernen in einem Vieraugengespräch wissen lassen, er sei der festen Überzeugung, sie habe Albert das Kind nur angedreht, um reich zu heiraten und in der Folge ihre Schäfchen im Trockenen zu wissen.

Ruths leichter Schwindel ging bei dieser Erinnerung in einen stechenden Kopfschmerz über. Die klare Luft aber tat ihr wohl, auch wenn es sie ohne Mantel fröstelte. Die knorrigen Äste des winterkahlen Birnbaums, dessen Krone weit über den ersten Stock, wo sie sich befand, hinausragte, ächzten im Wind. Otto Seidel hatte darauf bestanden, sein Vermögen zusammenzuhalten, und das hieß auch, dass Albert und sie in das erste Stockwerk der Seidel'schen Villa zu ziehen hatten, anstatt sich ein Eigenheim zu kaufen. Die Villa war ohnehin im Seidel'schen Besitz und hatte, Ruth konnte diesem Argument leider nichts entgegensetzen, wahrlich genügend Platz. Seit ihrem Einzug stand Ruth nun also unter Seidel'scher Beobachtung. Sie hatte dies kommen sehen, aber Albert, der, auch weil er im Juweliergeschäft seines Vaters arbeitete, unter dessen Fuchtel stand, hatte sie inständig gebeten, doch ein Einsehen zu haben. Nur noch wenige Jahre, und er würde die Firma leiten. Sein Vater wäre ohnehin bald im Pensionsalter, und dann würde er Albert die Geschäfte übertragen. Bis dahin wäre es außerdem auch leichter für Ruth, wenn seine Mutter ihr bei der Kindererziehung und der Haushaltsführung ein wenig unter die Arme griffe. Da sprach ganz der alte Seidel aus ihm, der sich am liebsten eine Dauerüberwachung Ruths gewünscht hätte. Nur gut, dass er in diesem Fall die Rechnung ohne seine Frau gemacht hatte.

Die war zwar neugierig, erzählte aber selbst freimütig von sich und ihrer Ehe mit Otto. Und als sie allein mit Ruth gewesen war, hatte sie sie beiseitegenommen und gleich klargestellt, dass sie die Haushaltsführung liebend gern dem Dienstmädchen überlasse, keinerlei Absicht hege, Ruth zu unterweisen, weder im Haushalt noch in der Kindererziehung, oder, schlimmer noch, sie in ihrer Freiheit einzuengen, ganz im Gegenteil. Sie erwarte Loyalität unter den Frauen der Seidel'schen Villa. Erna hatte ihr zugezwinkert und gesagt, sie freue sich, eine junge Frau im Hause zu haben, mit der hoffentlich jede Menge Spaß in das steinerne, altehrwürdige Gebäude einzöge. Ein Kind allerdings habe sie bereits erzogen, und auch wenn sie ihr Enkelkind, das verstehe sich von selbst, verwöhnen wollte, auf Windelwechseln, schlaflose Nächte und Breifüttern habe sie keinerlei Lust. Sie wolle ihr Leben in vollen Zügen genießen.

Ruths Mutter hätte nie derart über Vater gesprochen. Die Seidels waren ihr fremd und blieben es, auch wenn sie fortan unter einem Dach leben sollten. Das Merkwürdigste aber waren Ruths Träume von Ilan, die sich so echt anfühlten, auch dann noch, wenn sie längst erwacht war. Mit ihrem Einzug ins Ehebett, von Stunde eins an, begleiteten sie Ruth, schauderhafte Träume, die sich derart wirklichkeitsnah anfühlten, während Albert neben ihr schnarchte. Jede Nacht stand Ilan vor der Tür der Seidel'schen Villa. Sie öffnete ihm und bat ihn herein. Er sah aus wie ein Geist, ein gelblich blasser Widergänger, an dem die Verwesung ihr Werk bald verrichten würde, so viel stand fest. Ilans Kleidung hing nur noch in Fetzen von seinem Körper, die Knochen seiner Hand zeichneten sich deutlich unter seiner fahlen und dünnen Haut ab. Nie sprach er mit Ruth. Jede Nacht musste sie das Licht ihrer Nachttischlampe anknipsen, um die Bilder zu verscheuchen. Nie gelang es ihr, und immer hatte sie innerlich zitternd dahingedämmert, in der Hoffnung, wenigstens bis zum nächsten Morgen traumlos zu bleiben.

Noch immer umklammerte sie das Balkongitter. Der Postbote kam auf seinem Fahrrad um die Ecke gebogen, hielt vor der Seidel'schen Haustür und winkte Ruth mit einem Briefumschlag zu. »Frau Seidel, guten Morgen. Post für Sie aus Berlin.«

Im Morgenmantel und mit Puschen an den Füßen nahm sie die Stufen nach unten. Beinahe wäre sie über eine Treppenstufe gestolpert, so unachtsam war sie und so sehr in Gedanken, aber sie fing sich, die Hand am Geländer, und öffnete außer Puste die Tür.

»Sachte, werte Frau Seidel. Überanstrengen Sie sich nicht. Kinder sind unsere Hoffnung.« Der Postbote überreichte ihr einen dicken Briefumschlag. Offenbar wollte er ein Schwätzchen halten, wie die Freiburger zu sagen pflegten, aber Ruth war nicht danach. Sonst schrieb Marga nicht gar so dicke Briefe. Ruth nickte dem Briefträger freundlich zu, dann schloss sie die Tür, noch bevor er Luft holen konnte für einen neuen Satz. In der Küche riss sie den Umschlag auf. Sie hatte eigentlich nebenbei nur einen Bissen essen wollen, ein Stückchen Weißbrot gegen die Übelkeit, ließ es aber sinken, als sie Margas Zeilen las.

Meine liebe, liebe Ruth, schrieb sie und etwas von unendlichem Schmerz und Kummer und Bedauern. Wie gern sie jetzt bei ihr wäre, wie schrecklich es sei, dass sie Ruth nur schreiben könne und sie nicht umarmen. Dass sie nun Gewissheit hätten, einer ihrer Stammkunden sei unter abenteuerlichen Bedingungen aus Berlin nach Breslau gereist, er habe diese Fotografie für sie gemacht. Da lag ein Bild bei, von dem Ruth den Blick nicht abwenden konnte. Es zeigte ihr Wohnhaus in der Reuschestraße in Breslau. Ihr Haus, das kein Haus mehr war, sondern ein Trümmerberg aus Stein und allerlei Schutt. Bomben hatten es vernichtet. Nichts war geblieben.

*

Als Erna heimkam, musste sie Ruth wohl so vorgefunden haben. Sie erzählte es ihr später. Zitternd auf einem Stuhl in der Küche, das Foto in der bebenden Hand und tränenüberströmt. Und als Albert pünktlich zum Abendessen über die Schwelle trat, hatte Erna Ruth längst ins Bett verfrachtet, ihr einen Tee kochen lassen und ihre Tür angelehnt.

Ruth erinnerte kaum etwas. Die Zeit war aus Nebel geformt, alles zäh dahingeflossen und sie dankbar dafür, dass es ihr geglückt war zu atmen, Zug um Zug.

Sie stand zum Abendessen nicht auf und hörte Otto auf sie schimpfen, *disziplinlose Göre, ganz undeutsch*, aber Albert küsste sie im Schlafgemach beruhigend auf die Stirn. *Großmutter ist tot*, sagte sie, wieder und wieder, in der albernen Hoffnung, die Tatsache dadurch ungeschehen zu machen, und im verzweifelten Glauben, Albert würde ihr widersprechen, was er natürlich nicht tat. Er hielt Ruths Hand, bis die Zeiger der Uhr auf halb zehn standen, dann ließ er sie los. Sie müssten Schlaf finden, sagte er, drehte sich zur Seite und schnarchte kurz darauf, während Ruth wach lag, noch lange.

*

Und so schlichen die Tage dahin. Ruth hatte gerade noch die Kraft gefunden, ihre Eltern zu besuchen und ihnen mit zitternden Händen die Fotografie zu zeigen. Die weit aufgerissenen Augen ihrer Mutter prägten sich ihr ein. Ruth hatte sie umarmt, aber Mutter hatte keine Reaktion gezeigt. Ihre Hände waren kalt gewesen.

In der Villa hatte Ruth sich ins Bett gelegt und die Decke über den Kopf gezogen, wie damals als Kind. Erna hatte immer mal wieder den Kopf in ihr Schlafzimmer gesteckt, kam aber stets ohne anzuklopfen und auf leisen Sohlen. Ruth hatte auf ihre sicher aufmunternd gemeinten Anekdoten aus dem gesellschaftlichen Leben Freiburgs mit Desinteresse reagiert und ihren besorgten Fragen, die um Ruths Wohlbefinden kreisten, mit einem ausweichenden »Geht schon« geantwortet. Erna hatte es meist dabei bewenden lassen, manchmal hatte sie ihr kleine Naschereien aus der Konditorei mitgebracht oder frische Schnittblumen in ihr Zimmer gestellt.

Ihrem Schwiegervater verbot es der Anstand, Ruth in ihrem Schlafgemach aufzusuchen, wofür sie mehr als dankbar war. Nur einmal begegneten sie sich in der Küche, als Ruth sich in aller Frühe eine Stulle schmieren wollte, der Hunger hatte sie geweckt, und da polterte er auch gleich los. Sie hätten ihre Differenzen, das wäre ja ein offenes Geheimnis, aber nun sei sie eben seine Schwiegertochter, daran ließe sich nichts mehr ändern. Deshalb verlange er von ihr, sich wie eine echte Seidel zusammenzureißen. Sie werde immerhin Mutter seines Enkelkindes, und damit habe sie automatisch eine Vorbildfunktion inne.

Seine Stimme drang nur halb zu ihr durch, der wabernde innere Nebel schützte sie. Ruth sah auf die riesige Standuhr im Durchgang und verfolgte das Pendel, das sich im immer gleichen Takt bewegte. Ganz wie der alte Seidel, der auf und ab lief, die Aktentasche unter dem Arm.

»Damit wir uns richtig verstehen, junge Dame, ich dulde keinen Müßiggang in meinem Haus. Ab nächster Woche unterstützt du Albert im Juweliergeschäft. Deinen Arbeitsvertrag im Kaufhaus hat er auf mein Geheiß schon aufgekündigt.«

In ihrer Brust zog sich etwas schmerzhaft zusammen. Theoretisch wusste sie, dass es dem Ehemann erlaubt war, anstatt seiner Frau die Arbeit zu kündigen, aber dass Albert dies hinter ihrem Rücken tun würde und vorher kein einziges Wort darüber verlöre, erschien ihr seltsam unwirklich.

»Eine ehrbare Frau gehört an die Seite ihres Mannes und sollte so oder so keiner anderen Tätigkeit nachgehen«, fuhr ihr Schwiegervater fort. »Es sollte also klar sein, dass deine Hilfe im

Seidel'schen Juweliergeschäft keinen Arbeitsvertrag begründet. Du hilfst bloß deinem Mann, und der bekommt ja sein Gehalt, das wiederum dich versorgt. An den Nachmittagen wird noch genügend Zeit sein, dass dich meine Erna in Haushaltsführung und Kindererziehung unterweist. Ein überaus wichtiges Thema. Ich lasse sie das wissen, damit sie es umsetzen kann.«

Ruth holte tief Luft. Wie konnte sie Otto klarmachen, dass seine Frau von seinen Plänen wenig begeistert sein würde, ja, dass sie da keinesfalls mitspielen würde? Aber in diese Verlegenheit kam sie nicht. Otto war schneller. Er hatte anscheinend bemerkt, dass sie anheben wollte, etwas zu entgegnen, und so kam er ihr zuvor: »Und für den Fall, dass du deine Schwangerschaft ins Feld führen willst, um der Arbeit zu entgehen und weiterhin faul im Bett herumzuliegen, wie du es offenbar gern tust, lass dir gesagt sein, eine Schwangerschaft ist keine Krankheit, und du bist kerngesund. Ich empfehle mich.« Er zog den Hut, den er schon auf dem Kopf trug, und ging zur Tür, wo er sich noch einmal umdrehte: »Am Montag, pünktlich um acht Uhr, erwarten wir dich im Laden. Erna wird dich anweisen, was zu tun ist. Und mach dich ein wenig hübsch, du siehst aus wie ein Gespenst, Ruth. So erschreckst du unsere Kundschaft.«

Als die Eingangstür endlich ins Schloss fiel, ließ sie sich auf einen Stuhl in der Küche sinken. Sie streichelte über ihren Bauch und murmelte: »Ich habe mir geschworen, ein glückliches Leben zu führen, für dich.« Ihr Schwiegervater hegte ein tiefes Misstrauen gegen sie und duldete sie offenbar bloß in seinem Haus, weil ihm dies nach der Heirat wohl als die kosteneffizienteste Möglichkeit erschienen war. Sicher hätte er sich für Albert eine bessere Partie gewünscht. »Aber ich werde mein Wort halten.« Sie sprach zu sich und zu ihrem Ungeborenen. »Ich werde ihn schon noch von meinen Qualitäten überzeugen.« Das Glück mit Albert stellte sich dann sicher von allein ein, war diese Hürde erst einmal genommen.

Vor dem Fenster kämpfte sich die Sonne durch den wolkenverhangenen Himmel. Leicht hatte sie es nicht. Immer wenn das Grau in Grau ein wenig wich, kam schon die nächste Schlechtwetterfront in Sichtweite. Hoffentlich würde es in den nächsten Tagen schneien und die Sonne den Neuschnee zum Glitzern bringen.

Ruth würde ihre Kolleginnen im Kaufhaus vermissen, aber sie hatte immer schon Geschick bewiesen, wenn es darum ging, Kunden so zu beraten, dass sie glücklich über ihren Kauf waren und wiederkamen. Vielleicht gelänge ihr das auch im Seidel'schen Juwelierladen, und so würde sie – nach und nach – Ottos Achtung und Respekt erlangen? Manchmal musste man das Glück eben einladen, ins Leben zu treten, und wenn es sich nicht von allein zu einem gesellte, musste man die Umstände schaffen, die es anzogen. Ruth erhob sich vom Stuhl. Zunächst würde sie sich frisch machen, sich dann in Schale werfen und sich schließlich auf die Suche nach Erna machen, um sie zu fragen, ob sie Lust hätte, sie zu einem kleinen Einkaufsbummel zu begleiten. Wenn sie hübsch anzusehen wäre, käme auch ihr Eheleben wieder in Schwung, und vielleicht verschwänden irgendwann die makabren Träume, in denen Ilan noch immer die Hauptrolle spielte.

*

Der Einkaufsbummel mit Erna war ein voller Erfolg gewesen. Nicht nur, dass sie Ruth mit großer Freude eine gesamte Winterkollektion traumhafter Kleidung geschenkt hatte, deren Stoff ihre Haut herrlich umschmeichelte und gleichzeitig ihrem Bäuchlein reichlich Platz ließ, die lebensfrohe Erna hatte ihr gutgetan. Zwar führte sie mit ihr bloß oberflächliche Gespräche, aber ein klein wenig erinnerte Erna sie doch an die sonnigen Stunden mit Marga, die sie damals plaudernd im Café zugebracht hatten, auf einem Spaziergang oder fasziniert von einem neuen Film im Kino. Jedenfalls hatte Ruth schon lange nicht mehr einen solchen Spaß gehabt.

Im Schlafzimmer zog sie ihr neues weinrotes Cocktailkleid an, in dem wollte sie Albert später empfangen, und schlich danach leise die Stufen nach unten zu den Seidels. Sie wollte sichergehen, dass die Männer noch nicht zu Hause waren, und Erna noch rasch fragen, ob sie ihr zu etwas Lippenstift riet, um Albert zu beeindrucken, oder ob Otto ein solches Auftreten am Abendbrottisch als unpassend empfinden würde. Sie hörte seine Brummstimme schon auf der Treppe. Er sprach mit Erna, von der sie nur ihr helles Lachen vernahm. Ruth konnte nicht anders, sie musste wissen, ob die Rede von ihr war oder ob die beiden Eheleute sich bloß gegenseitig von ihrem Tag erzählten. Sie schlich näher und verbarg sich hinter dem Türrahmen, die Tür stand einen guten Spaltbreit offen.

»Ottolein«, sagte Erna.

Ruth schielte vorsichtig um die Ecke und sah, wie Erna ihm ihre Hand auf den Oberschenkel legte und ihn sacht streichelte. Fast ein wenig unzüchtig, aber es war ihr Haus, und sie wähnte sich schließlich mit ihm allein.

»Ein bisschen musst du schon auf sie achten, Liebes. Ein Grundwissen in Haushaltsführung und Kindererziehung benötigt Ruth dringend. Auch wenn ihre Mutter ihr das beigebracht haben sollte. Es ist etwas anderes, einer Familie wie unserer vorzustehen.«

»Aber stehe ich ihr nicht vor?« Erna setzte sich auf Ottos Schoß und küsste ihn auf die Stirn, wo nun ein roter Lippenstiftabdruck prangte.

»Aber natürlich, Liebling.« Er klang so anders, wenn er mit Erna sprach. Zärtlich und zugewandt. Ihr konnte er keinen Wunsch abschlagen. Und wie er sie ansah. Ganz vernarrt war er offensichtlich in sie. Kein Wunder, zweiundsechzig Jahre zählte er, hatte Erna ihr vorhin verraten, und sie selbst war gerade erst vierundvierzig geworden. Dazu sah sie auch noch wesentlich jünger aus, mehr wie eine Dreißigjährige. »Das sind die guten Gene,

Schätzchen«, hatte Erna gemeint. »Hoffen wir, dass das bei Albert auch so sein wird. Sein Vater altert so schnell. Aber dafür ist er vermögend.«

Otto blickte zu Erna auf und streichelte ihren Rücken. »Melde sie doch zu einem dieser Mütter- und Benimmkurse an, ja? Sie muss bald ein Neugeborenes versorgen.«

Erna nickte, lachte und küsste ihn. Da straffte Ruth die Schultern, strich ihr Kleid glatt und räusperte sich, laut genug, um wahrgenommen zu werden. Otto sah entrüstet auf, löste sich widerwillig von Erna und erhob sich. Dann kam er auf Ruth zu und öffnete die Tür. »Wie lange stehst du schon da, Ruth? Darf man in seinem eigenen Haus nicht ein wenig Privatsphäre erwarten?«

»Rosalia ist gleich fertig mit dem Abendessen«, sagte sie, um Otto zu beruhigen. Sie hoffte, dass das stimmte, abends aßen sie immer um neunzehn Uhr.

Otto schaute auf seine Armbanduhr, nickte und schüttelte den Kopf, während sein Blick auf Ruth ruhte. »Was trägst du da? Hat Albert dir diesen Schnickschnack gekauft? Eine unnütze Verschwendung von Geld, wenn du mich fragst. Aber ich werde hier wohl nicht mehr gefragt.«

Er hätte wohl noch weiter so gewettert, hätte Erna sich nicht von hinten an ihn geschmiegt und ihm zugeflüstert, dass sie darauf bestanden habe, Ruth neu einzukleiden. Ob Otto ihren Geschmack etwa nicht schätze?

»Durchaus, Liebes. Nur, schau … Ruth verdreht sogar dir den hübschen Kopf. Dabei ist sie recht gewöhnlich. Lass dich nicht von ihr einlullen.«

»Nun sei kein Spielverderber, Otto. Ach, da kommt ja auch Albert.«

*

Das Abendessen verlief schweigsam. Ruth lauschte dem Klirren des Bestecks, den Schluckgeräuschen, die Otto und Albert in schöner Abwechslung machten und die sich in Art und Häufigkeit beinahe glichen. Einmal schloss sie die Augen und konnte sie tatsächlich nicht voneinander unterscheiden, was einen schalen Geschmack in ihrem Mund hinterließ, obwohl Rosalia köstlich gekocht hatte, daran gab es keinen Zweifel.

Ruths neues Kleid erwähnte Albert mit keinem Wort, er nahm es noch nicht einmal wahr. Viel zu sehr war er damit befasst, seinen Vater von einer neuen Schmuckkollektion einer Entwicklerin zu begeistern, die er offenbar entdeckt hatte.

»Sie ist außergewöhnlich, Vater. So wild und lebendig und dabei so zart, dass sie die Vorzüge ihrer Trägerinnen aufs Schönste unterstreicht.«

Albert hoffte wohl auf Ottos Lob für sein gutes Auge, seinen erlesenen Geschmack oder seine Innovationsfreude. Die Augen unablässig auf seinen Vater gerichtet rührte er das Essen jedenfalls kaum an und verschluckte sich vor Aufregung am edlen Weißwein.

Otto wog abwägend den Kopf über den Vorschlag seines Sohnes. »Es mag eine kurzweilige Mode sein, Albert, aber in unserem Geschäft verkehrt«, er warf Erna einen dankbaren Blick zu, »die Hautevolee Freiburgs. Ob die ausgerechnet auf die Kollektion einer Frau vertrauen, finde ich zumindest fragwürdig. Du musst dir vor Augen führen, Albert, unsere Kunden bauen gerade jetzt nach dem Krieg auf solides Handwerk. Sie sind konservativ, und dafür können wir dankbar sein.« Und dann holte Otto zu einer langatmigen Tirade über die Unterschiede der Geschlechter aus. Echte Geschäftsmänner ließen keinen Zweifel daran, dass sie pünktlich ablieferten, wohingegen er sich da bei dem schwachen Geschlecht keineswegs sicher sei. Damen hätten eben andere Aufgaben in der Gesellschaft und auch andere Vorzüge. Daraus sei ja keinem ein Vorwurf zu machen. Verheiratete Frauen hätten neben ihrer Tätigkeit eben auch noch Haushalt und Kinder zu versorgen, und – dabei sah er Ruth an – wenn deren Ehemänner ihnen die Arbeit untersagten, weil sie ihrer Angetrauten nicht genug Raum ließe für die Hausarbeit oder ihre ehelichen Verpflichtungen darunter litten, dann geriete die Produktion womöglich ins Stocken. Ergo: Er riete dringend dazu, bei den Schmuckentwicklern ihres Vertrauens auch weiterhin auf die bewährte Arbeit von Männern zu setzen.

»Wenn du meinst, Vater«, sagte Albert kurz und senkte den Kopf. Damit war das Thema erledigt.

»Kümmere dich, anstatt alles erneuern zu wollen, besser mal um deine Frau, damit die keine unnötigen Ausgaben tätigt.«

Albert sah überrascht zu ihr, aber Erna wiegelte rasch ab. »Mach dir keinen Kopf, Albert. Ich habe deine Frau neu eingekleidet. Sie muss doch etwas hermachen, wenn sie bald in unserem Juwelierladen aushilft, und es soll ihr doch auch gut gehen, nicht wahr? Ruth dreht jeden Pfennig um, sparen kann sie also. Sie ist tatsächlich das Gegenteil von verschwenderisch. Ein bisschen Verschwendung steht aber doch jeder Frau zu Gesicht, meinst du nicht, Otto?«

Damit war die Diskussion beendet. Erna widersprach der alte Seidel nicht, er brummte nur etwas in seinen Bart, das wohl resignierte Zustimmung signalisieren sollte. Als auch der Nachtisch, kleine Pfannkuchen mit Pflaumen-Kompott und einem Klecks Sahne, serviert und schweigend gegessen worden war, erhob man sich und ging zu Bett.

*

Albert verlor, auch als sie sich im Schlafzimmer auszog, kein Wort über ihr neues Kleid, er blickte vielmehr ins Leere und an ihr vorbei. Und als sie sich neben ihn ins große Ehebett legte, sagte er nichts zu ihrer neuen Spitzenunterwäsche. Ruth legte ihren Kopf auf seine Brust und küsste sie.

»Ich bin einfach müde, Schatz. Vater weiß, wie er mich fordern muss, und ich werde ihm beweisen, dass er auf mich vertrauen kann.« Albert drehte sich zur Seite.

»Nur eines noch.« Ruth hatte mit sich gerungen, ob sie die Angelegenheit überhaupt zur Sprache bringen sollte, aber nichts durfte zwischen ihr und ihrem frisch Angetrauten stehen, das hatte sie sich selbst bei der Hochzeit geschworen. Es war nötig für ihr Glück, dass sie aufrichtig war. »Es ist nicht so schlimm, dass du meinen Vertrag im Kaufhaus gekündigt hast.« Sie schluckte. Eigentlich war es das doch, aber es schien ihr besser, ihre Kritik leise anzudeuten. Albert würde gewiss von sich aus nachfragen. »Auch wenn es mir lieber gewesen wäre, du hättest vorher mit mir gesprochen.«

Albert setzte sich auf und knipste die Nachtischlampe an. »Das willst du mir nicht etwa vorwerfen, Ruth, oder doch?«

Sie schüttelte den Kopf. Tränen stiegen in ihr hoch, aber sie schluckte sie herunter. Albert sollte nicht sehen, wie empfindlich sie war.

»Ich versuche täglich mein Bestes, dir ein liebender und starker Ehemann zu sein. Das bedeutet aber auch, dass ich gut genug sein muss, um Vaters Ansprüchen zu genügen. Verstehst du das?« Er sah sie eindringlich an. Ruth nickte. »Nur dann werde ich sehr bald die Geschäfte übernehmen und dir ein Leben nach deinen Wünschen bieten können.«

»Aber …«

Albert unterbrach sie.

… ich habe keine großen Wünsche, hatte Ruth sagen wollen.

»Kein Aber. Ich weiß, was du von mir verlangst, und das ist dein gutes Recht. Nur lass mich machen. Du wirst sehen, es wird alles gut.« Er küsste sie flüchtig auf die Stirn.

Ruth schmiegte sich von hinten an ihn, wie sie es vorhin bei Erna mit Otto beobachtet hatte, doch Albert rückte noch ein Stück von ihr weg. »Gib dir keine Mühe, Ruth. Du erwartest unser Kind, und ich muss morgen sehr früh raus. Damit Vater stolz auf mich sein kann.«

Wenig später schlief Albert. Sie lauschte seinem leisen Schnarchen. Es war nicht eben kreischend, aber doch so stetig genug, dass es sie am Einschlafen hinderte. In jener Nacht fand Ruth erst in den frühen Morgenstunden Schlaf.

*

Sie schreckte hoch, als sich Erna – noch im Seidenmorgenrock – auf ihre Bettkante setzte. Ihre Schwiegermutter hielt wohl nicht viel von Privatsphäre oder davon anzuklopfen.

»Entschuldige, ich wollte dich nicht wecken.« Erna grinste. Sie hatte die Gabe, schon in der Früh wie ein Wasserfall zu reden. »Wenn ich ehrlich bin, habe ich das aber tatsächlich in Kauf genommen, ich habe nämlich eine Überraschung für dich.« Erna kramte eine längliche Karte aus ihrer Manteltasche und reichte sie ihr. Ruth setzte sich umständlich und unter die Decke gehüllt im Bett auf, darauf bedacht, Erna nicht sehen zu lassen, dass sie statt eines Nachthemds Spitzenunterwäsche trug. Sie rieb sich die Augen, jedoch nützte das nicht viel. Die Lichtverhältnisse im Zimmer waren diffus, die Wintersonne reichte einfach nicht aus, genügend Licht zu spenden. Ruth konnte nicht lesen, was auf der Karte geschrieben stand.

»Du bist wahrlich keine Lärche, Schätzchen«, sagte Erna, nahm ihr die Karte wieder aus der Hand und knipste Ruths Nachttischlampe an. »Und ausgeschlafen siehst du auch nicht gerade aus.« Sie zog leicht und wie nebenbei an einem Zipfel der Bettwäsche, sodass sie einen Blick darauf erhaschen konnte, was Ruth trug. Erna kicherte. »Hat dich mein Albert heute Nacht so lange wachgehalten?«

Ruth zog die Stirn kraus. Erna war indiskret, und das zu derart früher Stunde.

»Du musst nicht antworten, Schätzchen. Aber ich sage dir, ich beneide euch junge Liebenden. Otto ist zwar noch ganz vernarrt in mich, aber er wird alt, wenn du verstehst, was ich meine.«

Ruth nickte verhalten. Es war ihr vollkommen egal, welche Probleme Erna mit Otto hatte. Sie musste selbst genügend schultern, und was Erna da andeutete, erinnerte sie aufs Unschönste an ihre gestrige Liebesnacht oder besser gesagt an ihre Nicht-Liebesnacht mit Albert. Daran wollte sie nun auf keinen Fall denken.

»Wir Frauen müssen unsere Vorzüge einzusetzen wissen und unseren Einfluss geltend machen. Du kannst so Alberts Position stärken. Otto ist in manchen Dingen sehr altmodisch. Aber wir beide finden da schon einen Weg.« Sie zwinkerte Ruth zu und winkte mit der Karte. »Jedenfalls ist das hier ein Anfang. Wir sind nachmittags zum Kaffee zur Familie Schnewlin eingeladen. Die beiden sind immerhin Graf und Gräfin. Ich verspreche hoch und heilig, langweilig wird das Treffen nicht. Und außerdem gibt es köstliche Macarons, so etwas Herrliches hast du noch nicht gegessen, Ruth. Deine Schwester darfst du gern mitbringen. Sie arbeitet ja nun am Theater, und die Schnewlins sind sehr kunstinteressiert. Es wird dir sicher guttun, Ruth, ein bisschen andere Luft zu schnuppern und anregende Gespräche zu führen.«

Ruth entfuhr ein Gähnen, das ihr vor Erna peinlich war und das sie hinter ihrer Hand rasch zu verbergen suchte, aber Erna lachte bloß und fuhr fort zu erzählen:

»Der Graf und die Gräfin sind keineswegs rückständig, bieder und einfallslos. Sie halten nichts davon, junge Frauen im Haushalt versauern zu lassen, oder glauben gar, dass sie mit Kindererziehung allein glücklich würden. Und recht haben sie, nicht wahr?«

»Aber Otto verlangt von mir …« Ruth ließ den Satz unvollendet in der Luft hängen. Wenn es auch für Erna aufging, dass sie tat, wonach ihr der Sinn stand, Otto würde Ruth mit anderen Augen betrachten als seine geliebte Ehefrau. »Was ich sagen will, wenn Otto mein Verhalten missbilligt, dann wird es auch Albert tun.«

Erna holte, passend zu ihrem Morgenmantel, einen nachtblauen Fächer aus ihrer Tasche, öffnete ihn und fächerte Ruth Luft zu, bevor sie ihn ihr gab. »Den schenke ich dir, Liebes. Du bist gemeinsam mit mir die Dame des Hauses, und wenn es dir gut geht, geht es auch deinem künftigen Kind, meinem ersten Enkelkind, gut. Und darauf lege ich großen Wert. Was also könnte der Seele besser tun als ein weiterer Einkaufsbummel, gefolgt von einem kleinen Mittagessen im besten Restaurant der Stadt? Und bevor du deine Einwände anbringst, gestatte mir diesen dezenten Hinweis: Was wir vorhaben, zählt keineswegs als Verschwendungssucht, Schätzchen, man nennt das eher Kundenbindung. Dort, wo wir verkehren, verkehrt auch die bessere Gesellschaft. Und die kommt nur in unseren Juwelierladen, wenn wir uns in ihren Kreisen bewegen. Das ist doch einleuchtend, oder?«

Ruth schwirrte der Kopf. Zum einen war ihr nach dem gestrigen Abend keineswegs nach Ausgehen zumute, zum anderen brauchte es nicht viel Phantasie, um sich vorzustellen, was Otto zu Ernas These wohl gesagt hätte. Natürlich ließe er seine Missbilligung Erna nicht wissen, Ruth aber bekäme sein Donnerwetter in doppelter Hinsicht zu spüren. Ob sie keinen Kopf zum eigenen Denken hätte, hörte sie Otto schimpfen, und ob sie etwa glaube, sie und Erna stünden auf derselben Stufe? Selbst Albert musste sich seine Sporen erst verdienen, und der war immerhin sein eigener Sohn. Sie war bloß die ungeliebte Schwiegertochter, und wenn sie tat, was Erna ihr vorschlug, dann bliebe sie das auch. Auf der anderen Seite bedeutete ihr Ernas Unterstützung sehr viel. Unter keinen Umständen wollte sie sich deren Groll zuziehen. Und wenn sie ganz ehrlich zu sich selbst war, so war die Aussicht, mit Erna und Gili den Nachmittag zu verbringen, wesentlich erfrischender, als allein in der Villa zurückzubleiben und sich in Trübsinn zu verlieren.

»Wenn du mir versprichst, dass ich kein neues Kleid kaufen muss und wir nicht allzu teuer essen gehen, lade ich Gili ein, und wir begleiten dich zu den Schnewlins.«

Erna schüttelte den Kopf und runzelte die Stirn. »Komm schon, Ruth, gönn dir mal etwas. Es ist an der Zeit, das Leben auszukosten.« Und damit drehte Erna sich um und zog leise die Tür zu Ruths Schlafzimmer zu.

*

Weshalb ihre Schwester wieder so ein Gesicht aufsetzte, war Gili unverständlich. Erna hatte sie beide derart verwöhnt, da musste man doch von ganz allein fröhlich werden. Der Kofferraum des Wagens war brechend voll mit ihren Einkäufen. Sie hatten sich den Mittag über durch die Duftwasserabteilung des Kaufhauses geschnuppert, in dem Ruth einst ihre Ausbildung fortgesetzt hatte, und am Ende hatte Erna ihnen beiden ihr Lieblingsparfüm geschenkt. Damit aber noch lange nicht genug, sie hatte Ruth Umstandsmode vom Feinsten gekauft, angefangen mit hübsch gearbeiteter und gut sitzender Unterwäsche über weitschwingende Kleider in zarten Tönen, einem Bolerojäckchen, weichen Lederstiefeln und einem warm gefütterten Wintermantel bis hin zu einem besonders hübschen Abendtäschchen, das sogar mit Perlen bestickt war, für die anstehenden Theaterbesuche. Aber auch gegenüber Gili war Erna sehr freigiebig gewesen. Sie hätte schwören können, dass es ihr mindestens genauso viel Freude bereitet hatte, Gili über die Einkäufe glücklich zu sehen, wie sie selbst es gewesen war, als sie sich in der Schmuckabteilung neue Ohrringe gegönnt hatte. Aber schon beim Mittagessen hatte Ruth so ein merkwürdig bedrücktes Gesicht gemacht, als grüble sie den ganzen Tag über irgendwelche Dinge nach. Worüber sollte sie sich derart grämen? Es ging doch aufwärts im Westen Deutschlands, sie hatte Albert, einen angesehenen und freundlichen Mann, an ihrer Seite, eine Schwiegermutter, die ihr jeden Wunsch von den Augen ablas, und obendrein erwartete sie Nachwuchs. Anders als Gili hatte sie außerdem keine Geldsorgen.

»Lach doch mal ausnahmsweise, Schwesterherz«, war es Gili über die Lippen gekommen, und Ruth war ihrer Bemerkung mit einem derart harschen Blick begegnet, dass Gili seitdem lieber schwieg. Vielleicht war es die Schwangerschaft, die Ruths Hormonhaushalt so durcheinanderwirbelte, dass sie unter Stimmungsschwankungen litt. Der Nachmittag bei den Schnewlins würde sie hoffentlich in bessere Laune versetzen.

Als sie aus dem Wagen stiegen, wäre Gili beinahe auf dem gefrorenen Boden ausgerutscht. Also wies sie Ruth an, besser im Auto zu warten, bis sie es einmal umrundet hätte, um ihr zu helfen. In ihrem Zustand dürfe sie nicht fallen. Aber ihre Schwester scherte das nicht. Sie stieg ohne ihre Unterstützung aus dem Wagen und stiefelte sehr aufrecht hinter Erna in Richtung des hohen Zauns, der die Villa umgab.

Erna klingelte, woraufhin ihnen aufgemacht wurde.

So hatte Gili sich das Leben der besseren Gesellschaft immer vorgestellt, so kannte sie es aus den Romanen, die zu Anfang des zwanzigsten Jahrhunderts spielten und die sie früher verschlungen hatte.

Hohe Bäume umstanden das Grundstück. Die Villa besaß nicht nur eine Terrasse enormen Ausmaßes, die nun im Winter verlassen dalag, sondern verteilt über den riesigen Garten gab es auch diverse Springbrunnen in unterschiedlichen Stilen, die stillgelegt worden waren. Hohe Buchsbaumhecken, die das Gelände vor allzu neugierigen Blicken schützten, wuchsen am Zaun entlang, und eine marmorne Treppe führte zu einer mächtigen Pforte. In Gilis Phantasie hatten diese einst dazu gedient, Damen in Reifröcken an der Hand ihrer Galane einen eleganten Auftritt zu ermöglichen.

Sie streichelte den Kopf von einem der beiden Löwen, die das

Entree bewachten, zog die Hand aber rasch wieder zurück, so eisig fühlte sich der Stein an.

Ein livrierter Diener tat ihnen auf und geleitete sie in den Salon, wo die Schnewlins schon in ein angeregtes Gespräch mit einer Dame mit lockigem braunen Haar und einem Herrn im Frack vertieft waren. Plaudernd saßen sie beisammen, nippten an ihren Kaffeetassen und naschten zuckriges Gebäck.

»Meine liebe Erna.« Die Dame des Hauses hob zwar den Kopf, stand aber nicht auf, um sie zu begrüßen. Sie nickte ihnen lediglich zu und wies auf ein goldverziertes geschwungenes Sofa und einen dazu passend lackierten Stuhl. »Wollen Sie Kaffee?«

Gili beobachtete, wie Ruth ein Schütteln des Kopfes andeutete, was aber niemand beachtete. Sie sagte auch nichts weiter dazu. »Sicher mögen Sie. Sie sehen vom Einkaufsbummel noch recht erschöpft aus. Bringen Sie doch bitte noch etwas mehr Gebäck, Thomas. Wir wollen unsere Gäste schließlich nicht darben lassen.«

Davon konnte keine Rede sein. Auf der einen Etagere stapelten sich kleine Sandwiches, auf der anderen Kekse und Pralinen. »Seien Sie bitte so frei und bedienen Sie sich. Darf ich vorstellen, das ist die Familie Rehwald. Und das sind die Seidels mit ihrer Schwiegertochter und deren Schwester, die nun auch Schauspielerin ist.«

Das also waren die Rehwalds, die Familie von Max. Ihn hatte sie nach jener Vorstellung der Gräfin Mariza, die sie als Felix' Begleitung besucht hatte, kennengelernt. Max hatte dafür gesorgt, dass der Intendant auf sie aufmerksam geworden war und sie als Statistin vom Fleck weg engagiert hatte. Dafür war sie ihm noch immer dankbar. Max war reizend, besaß Kinderstube und hatte intellektuell etwas auf dem Kasten. Eine melancholische Schönheit haftete ihm an, und seine dunklen, offenen Augen mochten viele reizen, aber die Avancen, die er ihr seit damals machte, prallten an ihr ab. Vielleicht wäre es anders gewesen, wäre ihr nicht zuvor Felix begegnet, doch was sollte sie dagegen tun? Ihr Herz schlug nur mehr für ihn, sein übervolles Dasein und Sprudeln; seine Leichtigkeit nahm sie ganz für ihn ein.

»Max hat uns schon so viel von Ihnen erzählt.«

Das hatte Gili befürchtet. Sie schüttelte höflich die dargebotenen Hände der Rehwalds und dann die der Schnewlins. »Aus Ihnen wird einmal eine großartige Schauspielerin. Da sind wir uns sicher«, sagte Frau Rehwald, wozu ihr Mann ebenso nickte, wie auch Gili es tat, jedenfalls so lange, bis sich ihre Blicke darüber begegneten und sie gemeinsam mit ihm und der Gräfin und dem Grafen Schnewlin in ein vielstimmiges Gelächter ausbrach. Das Eis war gebrochen, niemand hielt es mehr für nötig, flüchtiges Geplauder nur um des Geplauders willen zu betreiben, niemand lehnte aus purer Höflichkeit die dargebotenen Speisen und Getränke ab. Champagner floss, den nur Ruth nicht trank, dafür labte die sich an den Sandwiches und Pralinen und Plätzchen. Im Hintergrund spielte der Plattenspieler Lehar und Strauß – Sohn und Vater wohlgemerkt –, und etwas später am Nachmittag ließ der Graf Operettenmelodien auflegen und bestand darauf, dass sie alle dazu sangen. Außer Gili, die stets den Ton traf, alle schief und krumm, aber mit großer Freude und noch mehr Gelächter.

Gili hielt sich nie zurück, was ihr auf der Zunge lag, sprach sie offen aus, und so verhielt sie sich auch jetzt. Ihre Offenheit kam gut an bei der besseren Gesellschaft. Vielleicht weil es ihr egal war, was andere von ihr hielten, vielleicht weil die anderen es schätzten, endlich einmal kein Kammerspiel aufführen zu müssen, entwickelte sich ein echtes Gespräch, wie es unter anderen Umständen auch unter Freunden stattgefunden hätte. Man tauschte rege Gedanken über die nahe und nicht allzu ferne Zukunft aus, man wünschte sich in eine Epoche hinein, die das Gute im Menschen hervorbringen und eine Gesellschaftsordnung schaffen würde, die jene düstere Zeit, die hinter ihnen lag, niemals wieder begünstigen würde. Man beschwor die Kraft der Kunst, der Literatur und des Theaters, man sang Lobeshymnen auf den kritischen Geist und freute sich dennoch am Zauber der leichten Muse, des Kinos zum Beispiel. Man trank und speiste gemeinsam, wenn auch wesentlich besser als in den schummrigen Bars rund um das Stadttheater, und man vergaß über alldem die Zeit.

Als sie dann aufbrechen mussten, weil es draußen finster wurde und der Garten vom aufkommenden Schwarz des Abends geschluckt worden war, ergriff Erna rasch die Chance, den Seidel'schen Katalog mit der neuen Schmuckkollektion zu zeigen. Sie war gerade auf einer der letzten Seiten angekommen, als die Gräfin auf ein rotgoldenes Zigarettenetui mit zarten Rillen zeigte, die nach außen hin breiter zuliefen. Ein Saphircabochon diente als Daumenrast.

»Das Muster erinnert mich an eine Muschel«, ergriff Ruth das Wort. »Das Etui ist wunderhübsch gearbeitet.«

»Nicht wahr?«, entgegnete die Gräfin und sah ihren Mann an, dessen Interesse Ruths Beschreibung geweckt hatte.

»Der russische Zarenhof hat Anfang des zwanzigsten Jahrhunderts viele talentierte Goldschmiede angezogen«, erzählte Ruth weiter. »Vielleicht denken Sie da an Fabergé?«

Der Graf nickte und wirkte beinahe ein wenig aufgeregt, als warte eine Entdeckung auf ihn.

»Das stimmt durchaus. Aber Fabergé war nur einer von vielen Juwelieren, die den letzten Zaren belieferten.«

»Woher weißt du denn so etwas?« Gili mochte es nicht besonders, dass ihre Schwester plötzlich im Mittelpunkt der Gesellschaft stand.

»Weil jedes Schmuckstück eine Geschichte zu erzählen hat. Das begeistert mich.«

War ihre Schwester sonst mit ihr unterwegs, hielt diese sich normalerweise im Hintergrund. In jenem Moment aber, da Ruth über das Etui zu sprechen begonnen hatte und mit Präzision und Leidenschaft darüber berichtete, was sie in Erfahrung gebracht hatte, trat sie aus dem Schatten ins Licht. Auch später, als Erna das Gespräch auf die übrige Kollektion lenkte, wusste Ruth stets etwas beizusteuern, was über das bloße Anpreisen und Verkaufen einer Schmucklinie weit hinausging. Sie teilte ihre persönlichen Eindrücke mit den Schnewlins, ein mit den unterschiedlichen Schmuckstücken verbundenes Gefühl oder eine Assoziation. Das beeindruckte ihre Gastgeber sichtlich. War das Zeigen des Katalogs vorher eine Zugabe von Erna gewesen, damit die Seidel'sche Lebensführung weitergehen mochte wie bisher, hatte sich dies durch Ruths Erzählungen zu einem regelrechten Ereignis gemausert.

Gili blieb eindrücklich in Erinnerung, wie mit einem Mal hinter einer Zurschaustellung – Schmuck hatte und besaß man, wenn man einer Familie von Stand angehörte – etwas anderes aufgeblitzt war: echtes Interesse, eine Begehrlichkeit. Hervorgegangen aus einer Verbindung zwischen der Geschichte eines Edelsteines und der jener Persönlichkeit, die ihn zu tragen gedachte. Das erste Mal entdeckte Gili etwas an ihrer Schwester, das sie mit ihr verband: Leidenschaft, die aus Talent entsprungen war. Ihre Begabungen hatten denselben Ursprung, selbst wenn sie sich jeweils auf ein anderes Gebiet erstreckten, nämlich die Fähigkeit, eine Empfindung auszugraben, an sie anzuknüpfen und daraus eine Geschichte zu weben.

*

Es verwunderte Gili nicht, als Ruth ihr beim Abschied etwas gestand. Erna war mit Einkaufstaschen beladen voraus in die Seidel'sche Villa geeilt. Gili hatte also einige Minuten mit Ruth allein.

»Ich glaube«, sagte ihre Schwester und sah zu Boden. Die Selbstsicherheit, die sie vorhin ausgestrahlt hatte, war von ihr abgefallen. »Ich ahne, was Mutter mit der Heirat für mich gewollt hat …«

»Aber Sicherheit ist nicht alles. Du hast ein derartiges Gespür dafür, welcher Schmuck zu wem passt, bist obendrein stilsicher und erkennst Schönheit, lange bevor andere das tun. So eine Gabe habe ich noch nicht gesehen. Das ist es, was glücklich macht, eine Leidenschaft für etwas zu haben.«

Ruth lachte laut auf. »Du warst schon immer diejenige von uns, die zu Drama und Übertreibungen neigt, oder?« Ruth kicherte noch immer.

»Das mag sein, aber ich war auch diejenige, auf deren Gefühl immer Verlass war, ich wusste deshalb, womit in der Zukunft zu rechnen war.«

Ruth hielt mit dem Lachen kurz inne, blickte sie sehr ernst an und flüsterte: »Du hast recht, meine Wahrsager-Schwester.« Sie lachte, bis ihr die Tränen kamen. Erna kam zurück, um weitere Einkäufe ins Haus zu schleppen. »Was für ein herrlicher Tag«, sagte sie, »es ist herrlich, meine Schwiegertochter endlich einmal lachen zu sehen.« Und dem gab es nichts hinzuzufügen.

*

Ruth hatte ihr Schlafzimmer abgeschlossen, damit Erna nicht wieder hereinplatzte. Auch wenn sie ihre Schwiegermutter langsam ins Herz schloss, über ihr Liebesleben musste sie nichts wissen.

Ruth hatte sich alles so schön ausgemalt. Wie Albert anklopfte, wie sie ihm aufmachte und das Kerzenlicht ihre Silhouette in ein warmes Licht tauchte. Wie er ihre neuen Dessous zur Kenntnis nähme und ihr wortlos über die nackte Haut streichelte, jene Stelle zwischen Unterhose und dem Punkt, wo ihre halterlosen Strümpfe endeten. Sie hockte auf dem blaugrauen Puff vor ihrem Schminkschrank und betrachtete sich von allen Seiten im Spiegel. Das Schmuckköfferchen mit den verschieden langen goldenen und silbernen Halsketten, den feingliedrigen Armbändern, ornamentverzierten Broschen und erlesenen Ohrringen, das sie von der Seidel'schen Verwandtschaft zur Hochzeit geschenkt bekommen hatte, lag mit einer geöffneten Schublade vor ihr. Das also sollte ihr neues Ich sein, eine Frau, die sich, ohne es aktiv zu wollen, hochgeheiratet hatte. Abschätzig studierte sie ihr Spiegelbild und reckte das Kinn ein wenig in die Höhe. Haltung bewahren, das musste, das konnte sie. Ihren Mann glücklich machen, wenn sie es selbst schon so selten war. *Wie schön, meine Schwiegertochter lachen zu sehen.* Ernas Satz hallte in ihr wider und hinterließ einen trockenen Gaumen und eine Zunge, die sich anfühlte, als läge ein melierter Winterpelz auf ihr.

Mit Ilan hatte sich dieses Gefühl nie eingestellt. Sie hatten stattdessen viel gelacht, auch wenn der Krieg ihnen keinerlei Anlass dazu geboten hatte. Auch wenn sie mit Harry, Gili und Papa unterwegs gewesen war, hatte sich diese ungestüme Ausgelassenheit von ganz allein ergeben. Vielleicht war dies das Glück gewesen, so beiläufig war es gekommen, dass Ruth es erst im Nachhinein erkannte. Nur Mutter machte immer ein überaus ernstes Gesicht, als habe sie gewusst, dass das Glück niemals verweilte, ganz unabhängig davon, an wessen Gestade es gespült wurde. Es lag nicht in seiner Natur. Mutter hatte offenbar geahnt, dass eines Tages ein plötzliches Unglück über die Familie hereinbrechen würde. Kein Wunder, dass sie Ruths Unbekümmertheit mit Sorge beobachtet hatte.

Ruth ballte die Hände zur Faust, bis ihre feinen Knöchelchen hervortraten. Sie wollte nicht weiter über derart unsinnige und nicht veränderbare Dinge nachdenken. Die verstellten ihr bloß die Sicht auf die Schönheit, die die Welt doch auch zu bieten hatte. Sie würde nicht werden wie Mutter, sich besser ein Beispiel nehmen an Gili, die froh sein konnte, oder an Erna, die ihr Leben in vollen Zügen genoss.

Auf den morgigen Einsatz im Seidel'schen Juwelierladen freute sie sich. Auch wenn Otto anwesend sein und sie piesacken würde, sie dürfte endlich wieder arbeiten, sich verlieren in den Geschichten, die der Schmuck zu erzählen hatte, und dabei helfen, dass die edlen Stücke jene Besitzer fänden, die zu ihnen passten. Ruths Herz tanzte ein paar vorsichtige Trippelschritte, mehr traute es sich noch nicht zu, da klopfte es an der Tür.

»Ruth? Ich bin es, Albert. Weshalb hast du abgeschlossen?«

»Gleich, nur einen Moment Geduld noch, ich habe eine Überraschung für dich.«

Sie legte sich rasch eine schmale, lange Goldkette um, die bis zu ihrem Dekolleté reichte, und lächelte ihrem Spiegelbild aufmunternd zu. Albert war bloß überarbeitet, aber ihre Ehe noch jung – und es war endlich an der Zeit, die finsteren Tage hinter sich zu lassen.

Ruth öffnete ihm. Aber anders, als sie es sich ausgemalt hatte, musterte Albert sie zwar, jedoch eher irritiert als atemlos, und betätigte dann den Deckenlichtschalter. »Wie siehst du denn aus?« Sein Blick wanderte von ihr zu den vielen Einkaufstaschen, die sie vorhin in einer Ecke gestapelt hatte. Sie war zu erschöpft gewesen, um noch auszupacken.

»Warst du schon wieder einkaufen? Wenn ich es nicht besser wüsste, könnte ich Vater beinahe Glauben schenken, dass du mich nur des Geldes wegen geheiratet hast.«

Womöglich erwartete er ihre Gegenrede, wenigstens jedoch ein geschwindes Kopfschütteln, aber ihr Herz, das sich ihm geöffnet hatte, zog sich bei seinem Ausspruch schmerzend zusammen und rasend schnell in sich selbst zurück, als müsse es einer drohenden Gefahr aus dem Weg gehen. Ruth seufzte, aber bloß innerlich, nach außen hin bemühte sie sich um ein aufrichtiges Lächeln. »Ach, Albert. Deine Mutter geht viel lieber einkaufen als ich.« Es war der Versuch einer Beschwichtigung gewesen, ihr unverfälschtes Bemühen, seinen Verdacht ins Komische zu ziehen und die angespannte Situation zwischen ihnen aufzulockern, aber nichts davon gelang. Die Bedeutung ihrer Worte drang nicht bis zu ihm vor.

»Nun ist also meine Mutter schuld? Was kann ausgerechnet sie dafür?«

Ruth wich einen Schritt zurück und setzte sich auf die Bettkante. Sie kam sich plötzlich viel zu leicht bekleidet vor, beinahe ein bisschen billig. »Wie war dein Tag?« Sie fragte, um ein wenig Ruhe in den missglückten Auftakt und das aus dem Gleis geratene Gespräch zu bekommen, griff zögerlich nach seiner Hand und zog ihn sanft zu sich aufs Bett. Er schwieg, und eine Weile saßen sie still nebeneinander. Nichts als ihr unruhiger Atem war zu vernehmen. Der Schnee draußen verschluckte alle weiteren Geräusche.

»Nichts Besonderes«, sagte er in die angespannte Atmosphäre und setzte hinterdrein: »Nur dass Vater dir nicht vertraut. Wir müssen uns unbedingt mehr Mühe mit ihm geben.«

Nun entfuhr ihr tatsächlich ein vernehmbares Seufzen. Er sagte »wir« und meinte »sie«; immer ging es um den alten Seidel, aber nicht mit ihm war Albert verheiratet, sondern mit ihr.

»Können wir deinen Vater für heute Nacht nicht ausnahmsweise einmal vor der Tür lassen?« Sie rang sich ein Lächeln ab und schmiegte sich an seine Brust. Tatsächlich gab sein Körper dem ihren nach. Er schloss die Augen, küsste sie und hielt sie in den Armen. Für einen Augenblick war alles gut, es gelang ihr, sich leicht zu fühlen und frei von Bildern, die sonst nach ihr griffen, sobald sie sich anderen Reizen hingab als dem, was sie sah. Alberts Geruch störte sie nicht, er war unaufdringlich und kaum wahrnehmbar, und wenn er sein Parfüm trug, war der Raum manches Mal sogar von einer südlichen Helligkeit geflutet, vom Plätschern eines Baches, dem leisen Zirpen von Grillen – darauf wartete Ruth.

Nur dass Alberts Parfüm nach dem langen Arbeitstag längst verflogen war, sie sich nicht von seinem Duft einlullen lassen konnte, um von ihm weggetragen zu werden. Sie schenkte dem keine Beachtung, sagte nichts, sondern küsste einfach weiter, aber

Albert musste wohl etwas davon gemerkt haben, denn mit einem Mal entzog er sich ihr, räusperte sich, löste dann erst seine Krawatte, öffnete schließlich auch sein Hemd und stieg aus seiner Hose. Er sah dabei nicht aus, als erwarte er etwas, er hielt keinen Blickkontakt mit ihr oder scherzte gar, wie er es in der Phase der Werbung, vor ihrer Hochzeit, getan hatte. Vielmehr beschritt er einen großen Bogen um das Bett herum, bis er auf der anderen Seite ankam, zog sich noch rasch die Socken von den Füßen und löschte das Licht. Erst dann schlüpfte er in seinen Schlafanzug. Ruth sah ihn nackt nur von hinten und das auch nur kurz. Er schlug die Decke zurück und bettete sich darunter. Ruth verharrte noch immer auf der anderen Bettseite und wusste nun nicht, was zu tun war. Noch einmal seufzte sie, kroch dann auch unter die Decke und lag eine Weile wie er auf dem Rücken. Schlafen würde sie so kaum können. »Glaubst du das wirklich? Ich meine, was dein Vater über mich sagt?« Es kostete Mühe zu fragen, aber sie war klug, sie musste wissen, womit sie es zu tun hatte.

Albert schwieg lange. Sie spürte Tränen der Wut in sich aufsteigen. Lag sie tatsächlich neben einem Mann, der so viel mehr um sie geworben hatte als sie um ihn und der nun behauptete, sie wäre bloß hinter seinem Geld her gewesen? Hatte er nicht beinahe jeden Abend vor der Tür ihres Elternhauses gestanden und auf sie gewartet? Nie hatte er lockergelassen und sie mit seinem wild blühenden Charme umgarnt und für sich eingenommen. Den vermisste sie nun gänzlich an ihm.

»Weinst du etwa?« Albert klang aufrichtig betroffen.

»Und wenn schon, es ginge dich gar nichts an.«

Ihre Stimme klang brüchig und rau. Albert bot ihr seinen Arm. Ruth legte sich hinein und versteifte dabei zusehends, ohne es zu wollen.

»Es tut mir leid. Ich bin ein Feigling. Ich will doch nur … Hast du eine Ahnung, wie es ist, wenn dein Vater dir sagt, du bist ein Niemand? Einer, der eine Frau nur abbekommt, weil sein Vater

Vermögen besitzt? Einer, der gar nichts auf die Reihe kriegt und keine Liebe verdient? Nicht die seines Vaters, der immer bloß für ihn geschuftet hat, und nicht die seiner Frau, die lieber einkaufen geht als …«

»Um dich in Dessous zu empfangen?« Sie wand sich aus seinem Arm. »Ich glaube ja, du schiebst das nur vor. Wahrscheinlich bin ich lächerlich in deinen Augen, bloß eine Schwangere, die ihren Mann verführen will, die mit ihrem dicken Bauch natürlich nicht mehr so begehrenswert ist wie zuvor.«

Was Ruth ihm vorwarf, war lächerlich und zudem haltlos, sie wusste das genau. Sie war nicht darauf aus, mit ihm zu schlafen, und das spürte er vielleicht. Es beruhigte sie nur, die Möglichkeit dazu zu haben, ein klein wenig die Oberhand über ihre Ehe zu behalten, denn dann bliebe er bei ihr.

»Was für ein grober Unsinn. Du drehst mir die Worte im Mund um.«

Wieder herrschte Stille. Offenbar verstanden sie nicht einmal richtig zu streiten. Wenn Mutter und Vater früher aneinandergeraten waren, hatten sie das als Kinder mitbekommen, genauso wie die liebestolle Versöhnung hernach. Auf einen solchen Versöhnungsversuch kam es nun an, bevor morgen im Juwelierladen schlechte Stimmung herrschte, die Otto sicher nicht entgehen würde. Und sie wollte gewiss nicht noch mehr Öl ins Feuer gießen.

Ruth schlug die Decke zurück, legte ein Bein über Alberts und schmiegte ihren weichen Körper an seinen. Er stöhnte leise auf, drehte sich dann aber endgültig mit einem sanften Ruck von ihr fort. »Wenn ich mich jetzt gehen lasse, wird Vater mir morgen Vorwürfe machen, sollte ich nicht ganz wach und bei der Sache sein.«

Kaum hatte er die Worte ausgesprochen, merkte er wohl selbst, was für einen Unsinn er da von sich gab. Es dauerte nur Sekunden, bis er sich an den Kopf fasste, sich erneut zu ihr umwandte und sie nun von hinten umschlang. »Ich bin ein solcher Trottel.«

Sie widersprach nicht. Er übersäte ihren Rücken mit kleinen, geschwinden Küssen, bis hinab zu ihrem Po. Seine Zärtlichkeit löste eine wohlige Wärme in ihr aus, aber seine enorme Angst vor der väterlichen Autorität widerte sie spürbar an. Wie sollte sie sich einem Mann hingeben, der sich wegduckte, wann immer es von ihm gefordert war, der nicht aufrecht stand und redlich seine Meinung vertrat, der niemals jemandem zur rechten Zeit die Stirn böte?

»Ich mag nicht mehr«, murmelte Ruth. Albert küsste ihr die Stirn, bat ein weiteres Mal um Verzeihung und drehte sich, als sie ihm nichts entgegnete, weg. Sein knatterndes Schnarchen bestätigte ihre Vermutung. Er war wieder einmal eingeschlafen.

*

Der nächste Morgen kam – und mit ihm umfing Ruth, als sie erwachte, auch augenblicklich die bittere Realität des gestrigen Abends, die wie bittergrüner Nachgeschmack von Galle auf ihrer Zunge lag. Sie wäre am liebsten liegen geblieben, aber Erna, die noch vor dem Weckerklingeln in ihr Zimmer stürmte und Staub aufwirbelte, den das Hausmädchen nicht weggewischt hatte, wusste das zu verhindern.

»Es ist ja schön, dass ihr euch Nacht um Nacht vergnügt, aber nun, meine Liebe, sind wir Seidelfrauen im Laden gefragt. Die Männer sind schon vorgegangen und erwarten uns in Kürze.« Mit einem einzigen Ruck zog Erna die Vorhänge beiseite. Das matte Winterlicht drang zögerlich ins Schlafzimmer. Es reichte kaum aus, um die dunklen Dielen vor dem Balkon zu erhellen. Nur ein kleiner Lichtfleck breitete sich an jener Stelle aus, auf die Ruth starrte, und wogte sanft mit dem Wind hin und her. Für Erna war wohl alles ein großes Abenteuer, und jeder neue Moment barg ein Geheimnis. Außerdem duldete sie keinen Aufschub, wenn es darum ging, etwas erleben zu können, und sei es nur, den neuesten Tratsch und Klatsch zu hören, der sich im Laden wie ein Lauffeuer verbreitete.

»Ich muss mich auch mal wieder um die Bücher kümmern, Schätzchen. Die Seidelmänner haben einfach kein Gespür für Zahlen. Mir fällt das leicht. Und für das, was wir dadurch einsparen, gönnen wir uns heute ein ausgiebiges Essen in der Mittagspause, n'est-ce pas?«

»Seit wann sprichst du Französisch?«

Erna lächelte in sich hinein, entschied aber, dass ein klein wenig Geheimnis ihr äußerst gut zu Gesicht stehen würde, auch vor Ruth, und sagte leise: »Das tut nichts zur Sache.«

*

Im Seidel'schen Juwelierladen hatte Ruth sich bisher nie lange aufgehalten. Immer hatte es augenscheinlich wichtigere Dinge gegeben, die sie noch zu tun hatte, eine Hochzeit vorbereiten zum Beispiel, eine Bräuteschule besuchen, um deren Teilnahme sie sich damals gekonnt herumgewunden hatte, oder einen Einkaufsbummel mit Erna unternehmen, der den Laden natürlich nicht miteinschloss. Denn dort wurde gearbeitet, und Erna stand oftmals nicht der Sinn danach.

Umso angetaner war Ruth nun von der unaufdringlichen Eleganz der Seidel'schen Geschäftsräume. Solch eine geschmackliche Sicherheit hätte sie Otto gar nicht zugetraut.

Eine lange gläserne Auslage schmückte den weiten Empfangsbereich und war mit angenehmem indirekten Licht ausgeleuchtet. Es gab bequeme Ledersessel, die zum Verweilen einluden, und kleine Tischchen, auf denen die Modelinien gezeigt und unter die Lupe genommen wurden. Von dort konnte man, wenn man wollte, nach draußen sehen und die Passanten beobachten, die vorbeizogen. Andersherum war das nicht möglich. Der Blick von außen nach innen war durch ein Milchglas hinter der Präsentationsfläche verstellt, wohingegen die Auslage in den Schaufenstern gut zu sehen war. Es hingen dort keine Plakate oder bunten Werbesprüche. Keine Schaufensterpuppen, die mit Colliers oder Ringen dekoriert waren, lenkten von den funkelnden Schmuckstücken ab. Die Seidels setzten ganz offenbar auf schlichte Eleganz und präsentierten einige besonders hervorstechende Modelle übersichtlich in säuberlich abgestuften, ordentlichen Regalreihen.

Es fiel Ruth leicht, sich im Laden zu orientieren. All die Handgriffe, die zu erledigen waren und die der alte Seidel ihr erstaunlich geduldig erklärte, prägten sich ihr ohne große Anstrengung ein. Als habe sie ein Leben lang nichts anderes getan, verstand sie intuitiv den Aufbau des Geschäfts, begriff die Sicherheitsvorkehrungen, das Kassensystem, und ganz selbstverständlich bediente sie, ohne um Erlaubnis zu fragen, auch den ersten Kunden des Tages. Frau Werling war ursprünglich bloß aus Neugier auf Ruth, die neue Seidel im Hause, ins Geschäft gekommen. Sie hatte sicher ein Schwätzchen halten wollen, um später ihren Nachbarinnen davon zu erzählen, aber auf Ruths Geschick war sie wohl nicht vorbereitet gewesen. Beladen mit zwei Taschen und sehr beglückt, solch einzigartige Ohrringe und noch dazu eine passende Halskette gefunden zu haben, außerdem einen Schmuckkoffer, um den sie alle beneiden würden, verließ sie später beschwingt das Geschäft.

Vielleicht lag der Trick, wenn es denn überhaupt einer war, gerade darin, gar nichts verkaufen, es vielmehr behalten zu wollen. Und Ruth hatte zudem ein natürliches Gespür dafür, welche Art Schmuck den Charakter ihres Gegenübers zum Strahlen brächte, welche Farbe sein Temperament unterstriche, welches Edelmetall ihm wohltun würde, weil sie mehr ahnte als wusste, was es sich heimlich vom Leben wünschte. Sie hätte es nicht so auszudrücken vermocht, und an Hokuspokus glaubte sie nicht. Aber im Nachhinein, wenn sie später auf ihr Leben blicken würde oder wenn sie die Möglichkeit gehabt hätte, das Schicksal ihrer Kundinnen en détail weiterzuverfolgen, dann hätten die der Beobachtung wohl zugestimmt. Die richtige Wahl eines Edelsteines, eines Goldflusses vielleicht oder Pyrits, verlieh einer zurückhaltenden Person eine geheimnisvolle Aura, die fremde Menschen dazu brachte, sich für sie zu interessieren, ohne dass sie ansonsten etwas an sich verändern musste. Auch dank des Steines sprach man sie an, und wenig später fand sie sich in einer kleinen Gesellschaft wieder, die sie bis dato in ihrem Leben vermisst hatte. Andere Steine, Rosenquarz zum Beispiel, vermochten ein langes Begehren zutage treten zu lassen. Oftmals wusste dann später nicht einmal die Trägerin, wie es zu der aufblühenden, sich plötzlich realisierenden Liebe gekommen war. Der passende Onyxring war in der Lage, Erinnerungen zu binden, schmerzhafte wie schöne, längst verdrängte und kaum jemals ausgesprochene. Er schenkte sie seinem Träger und machte ihn dadurch wieder heil und lebendig. Vom Schicksal Gejagte fanden manchmal Kraft in einem Silberarmband. Sie wurden mitunter sehr ruhig, wenn man es ihnen anlegte. Manchmal setzte ein solcher Zauber derart rasch und unmittelbar ein, dass sämtliche Beteiligte von den sich überschlagenden Ereignissen gebannt und höchst irritiert zurückblieben. Immer aber kam etwas in Bewegung, wenn Menschen nicht mehr gefangen in ihren Mustern weiterlebten, sondern eine Winzigkeit wie ein besonderes Schmuckstück den festgefügten Rahmen ins Wanken brachte und sich auf diese Weise die Verhältnisse neu ordneten.

An ihrem ersten Vormittag im Seidel'schen Juwelierladen hatte Ruth den sonst üblichen Umsatz bereits bei Weitem überschritten. Nur aus dem Augenwinkel erkannte sie – sie polierte gerade Silberringe –, wie Albert auf sie deutete und dann seinem Vater zunickte, der ihm daraufhin anerkennend auf die Schulter klopfte. »Da hast du wohl doch das richtige Händchen gehabt«, hörte sie Otto zu ihm sagen, und zu ihr gewandt nuschelte er: »Deine Mittagspause hast du dir redlich verdient.«

Es war ein heiterer Mittag, sogar der Dezemberwind fühlte sich beinahe mild an, als Erna sie unterhakte und zur Pause aus dem Laden zog.

»Ihr geht essen?«, fragte Albert, als sie schon über die Schwelle getreten waren. Er klang ein wenig alarmiert, aber Otto lachte und winkte ab. »Lass die Damen doch tun, wonach ihnen der Sinn steht. Hauptsache, Ruth ist rechtzeitig wieder zurück. Im Weihnachtsgeschäft brauchen wir jede helfende Hand.«

Und so fiel die Tür bimmelnd hinter ihnen ins Schloss. Hätte sie Albert fragen sollen, ob er sie begleiten wolle? Doch die gestrige Nacht saß ihr noch in den Knochen, und vor Erna wollte sie die Spannungen zwischen Albert und ihr verbergen, daher entschied sie sich dagegen. Es wäre ihr wie ein Loyalitätsbruch erschienen, ihre Eheprobleme ausgerechnet mit Alberts Mutter zu besprechen, wenn sie auch zugeben musste, dass sie Erna mochte und sie ihr nicht nur vom Alter her, sondern auch in Bezug auf ihre quirlige Vertrauensseligkeit und ihre enorme Lust aufs Leben mehr wie eine ältere Freundin als eine Schwiegermutter vorkam.

Sie vermisste ihre Marga. Die Briefe, die sie auch weiterhin regelmäßig aus Berlin erreichten, ersetzten eben doch nicht das alltägliche Gespräch und die Möglichkeit des Trostes, die mit einer persönlichen Begegnung einhergingen.

Erna hingegen war mehr daran interessiert, welche Köstlichkeiten auf der Speisekarte standen, welche Moden von den Damen der Gesellschaft getragen oder welche Gespräche an den Nachbartischen geführt wurden, als in ein tiefes Gespräch mit ihr einzusteigen. Sie nahm Ruths ernste Miene jedenfalls gar nicht wahr oder überging sie geradezu willentlich.

Erna orderte Zwiebelsuppe, überbackenes Baguette und Champagner für sie beide, den Ruth, schon weil sie schwanger war, nicht trinken wollte, auch wenn ihr alle immer wieder versicherten, ein Schlückchen würde schon nicht schaden. Außerdem kam es Ruth großspurig vor, insbesondere, weil Otto wie Albert die Ausgaben im Blick zu haben schienen und einen Anstieg womöglich auf sie, nicht aber auf Erna zurückgeführt hätten. Es war ihr auch nicht sonderlich wichtig, was sie in der Mittagspause verspeiste, auf Ernas Wunsch hin hatten sie in der Villa eben noch Croissants gefrühstückt. Ihrer Schwiegermutter aber den Spaß zu verderben, das hätte sie gegen Ruth aufgebracht. Es blieb eine Zwickmühle. Wie auch immer sie sich verhielte, sie würde das Falsche tun.

»Nun sei keine Spielverderberin, Schätzchen, und iss mit mir diese herrliche Vanillecreme auf Schlagobers. Ein Mahl ohne Nachtisch bringt einen um die wahre Freude.«

Wie Erna so schlank bleiben konnte, wo sie immerzu aß, war ihr ein Rätsel. »Sei mir nicht böse, ich leide an Sodbrennen. Süßes am Mittag bekommt mir nicht.«

Erna zog die Augenbrauen hoch, lachte dann aber. »Wie du meinst, aber du leistest mir doch wenigstens noch Gesellschaft?«

Ruth hatte bereits mehrfach auf ihre Armbanduhr gespäht, es war schon fünf Minuten über ihre Pausenzeit, und wenn sie hinüber zum Laden sah, gaben sich die Kunden dort die Klinke in die Hand.

»Otto wird nach uns schicken lassen, wenn er Hilfe braucht. Entspann dich einfach.« Sie wandte ihren Kopf zum Eingang. »Oh, sieh mal, wer da kommt! Die Schnewlins, das ist ja eine Freude.«

Schon erhob sich Erna und ging auf die beiden zu. Ruth musste es ihr wohl oder übel gleichtun.

*

Zurück im Laden zeigte ihr Albert die kalte Schulter. Auch Otto würdigte sie keines Blickes. »Sitten sind das«, sagte er nur und zeigte auf die Wanduhr. »Früher haben Familien zusammengehalten, heute ist nichts mehr eine Selbstverständlichkeit, nicht einmal mehr Tugenden wie Gewissenhaftigkeit und Pünktlichkeit.«

Eine leise Wut rottete sich allmählich in ihr zusammen. Es stand ihr nicht zu, zur Gegenrede auszuholen. Und dennoch war sie es leid, stets als Mittlerin zwischen den Fronten herhalten zu müssen und am Schluss doch der Sündenbock zu sein, obwohl sie nichts mehr gewollt hatte als familiäre Harmonie. Schon bei Jo war das so gewesen, wenn er mal wieder wegen seiner politischen Überzeugungen für Zwist gesorgt hatte. Da mochte er sogar recht haben, die Familie ging doch vor, was ihn allerdings nicht kümmerte. Oder wenn sie mal wieder für Gilis Freiheitsdrang eingestanden war und nur deshalb zu Hause blieb, damit Mutter nicht allein war und ihr jemand zuhörte, wenn Vater noch im Büro zu tun hatte. Auch bei den Seidels schien es wieder an ihr, vermitteln zu müssen, um nicht unnötig Konflikte hochkochen zu lassen.

»Lass sie doch mal ankommen, Ottolein«, flüsterte Erna ihm ins Ohr. Otto gab seiner Frau einen Klaps auf den Po und hieß sie, sich doch noch ein wenig amüsieren zu gehen, im Laden kämen sie schon klar.

»Nur wenn du mir versprichst, gut auf Ruth achtzugeben! Eine Schwangere sollte sich nicht überarbeiten.«

Otto nickte brummelnd und wollte Erna geschwind einen Kuss auf den Mund geben, aber die drehte sich rechtzeitig von ihm weg. »Doch nicht in der Öffentlichkeit, was sollen denn die Leute von uns denken?« Und dann brach sie in ein künstliches Gelächter aus, das Ruth derart unangenehm war, dass sie sich lieber dem nächsten Kunden zuwandte, der auf der Suche nach einem Weihnachtsgeschenk für seine Frau war.

Auch an jenem Nachmittag gelang es Ruth, den Umsatz in die Höhe zu treiben. Davon erfuhr sie, weil Albert es seinem Vater nach Geschäftsschluss vorrechnete, und zwar als er sich allein mit ihm wähnte, während Ruth im Verkaufsraum noch für Ordnung sorgte.

»Sie mag ein natürliches Talent haben, zu verkaufen, aber das bedeutet ja bloß, dass sie auch dich auf diese Weise für sich eingesponnen hat. Was sie aber nicht besitzt, ist eine angeborene weibliche Demut. Schau, wie sie sich gleich in die Beratung der Kunden gestürzt hat. Sie sollte zu dir und vor allem zu mir aufschauen. Sie ist viel zu selbstsicher und von sich eingenommen.«

»Aber …« Weiter kam Albert nicht, da war Otto schon in den Verkaufsraum getreten.

»Lauschst du etwa, Ruth? Ich habe vor dir nichts zu verbergen. Und mein Albert ist naiv und blind vor Liebe, die du gar nicht verdient hast, so wie du dich aufführst.«

»Ich habe guten Umsatz gemacht und Erna beim Mittagessen Gesellschaft geleistet, weil sie darauf bestanden hat.«

Dann hielt sie sich die Hand vor den Mund, erschrocken darüber, was sie soeben gesagt hatte. »So weit bringst du es schon, schlecht über meine Liebste zu reden. Dabei bist du bloß eine vorlaute Göre aus Breslau, die den Mund nicht halten kann. Zieh meine Frau da nicht mit hinein, hörst du? Und nun beweist du mir erst einmal, was du so leisten kannst, bevor du große Töne spuckst.« Er stapfte mit lauten Schritten in den Nebenraum, wo sie ihn Schubladen öffnen und wieder schließen hörte. Dabei nahm er Worte in den Mund, die Ruth selbst in den Gossen Breslaus nie gehört hatte und vor denen es sie körperlich ekelte. Schließlich kam er mit einem Stapel Bücher unter dem Arm zurück und knallte sie vor ihr auf den Tresen. »Die hat Erna prüfen wollen, aber du hast sie gedemütigt, also wird dir jetzt diese Aufgabe zukommen. Selbst wenn du täglich bis Mitternacht daran arbeiten musst.«

Angesichts dieser Ungerechtigkeit versagten Ruth die Worte.

»Da weiß selbst Frau Oberschlau nichts mehr zu sagen, nicht wahr?«

»Vater«, das war Alberts Stimme. Er legte ihr sanft eine Hand auf die Schulter und streichelte ihr mit der anderen übers Haar.

»Sie ist schwanger, und du kennst doch Mutter. Ich bin sicher, Ruth hat ihr Bestes getan. So wie wir alle unser Bestes tun.«

Otto sah ihn missbilligend an und schüttelte den Kopf. »Wer einen Laden wie den unseren einmal leiten will, muss Härte beweisen – und wenn es denn sein muss, auch gegen seine Nächsten. Merk dir das. Ich erwarte dich beim Abendessen.«

Otto warf einen letzten Blick auf Ruth, bevor er ging, und sagte: »Albert wird dir den Schlüssel dalassen. Und führe ja nicht deine Schwangerschaft ins Feld. Wenn es tatsächlich mein Enkelkind ist, dass da in deinem Bauch heranwächst, dann wird ihm ein wenig Disziplin und Durchhaltevermögen nicht schaden. Wir wollen die Kinder schließlich nicht verweichlichen, was, Albert?«

Der nickte zögerlich und flüsterte Ruth zu, ehe er sie allein im Laden zurückließ: »Es tut mir so leid. Mein Vater ist schwierig, aber wenn wir das mit ihm durchstehen, wird er dich irgendwann respektieren. Bald übernehme ohnehin ich die Geschäfte. Dann wird es dir gehen wie meiner Mutter, Ruthie. Alles wird gut.« Er küsste sie auf die Stirn. »Wir müssen bloß noch ein klein wenig durchhalten.«

*

Ursprünglich waren die Rehwalds, Max' Familie, dafür verantwortlich, dass Gili die dreizehnte Fee im Weihnachtsmärchen spielte. Wie herrlich es war, in eine fremde Haut zu schlüpfen, einen eigenen Anteil nach außen kehren zu dürfen, den die gesellschaftlichen Erwartungen ihr immer verboten hatten zu zeigen. Auf der Bühne durfte sie all das sein, sich nach Strich und Faden ausprobieren – in einem freien, unumwundenen Spiel. Und sie wurde auch noch beklatscht und gefeiert für etwas, das anderen verboten war. Ohne den Einfluss der Rehwalds hätte Gili aber sicher nicht vorsprechen dürfen. Wahrscheinlich steckte Max, deren Sohn, dahinter. Doch es war nicht die Zeit, sich ausgerechnet jetzt, am Premierenabend, darüber Gedanken zu machen.

Der Intendant war auf die Bühne gekommen und hatte allen Schauspielerinnen und Schauspielern, unabhängig vom Geschlecht, lila schimmernde Rosen mit großen Köpfen überreicht. Nach dem Schlussapplaus waren sie sich hinter der Bühne alle in die Arme gefallen. Ein Hochgefühl, das Gili mit nichts auf der Welt hätte tauschen mögen. Das Publikum sah nur einen kleinen Teil des Theaterlebens, nämlich das Ergebnis. Worum es aber eigentlich ging, blieb ihnen fremd. Der Weg, der dorthin führte. Die vielen Nächte, die sie bis in die frühen Morgenstunden hinein in der Kantine Gespräche mit dem Regieassistenten führten, wenn der Regisseur längst zu Hause war oder wenn er wieder einmal nicht die richtigen Worte für den Einzelnen gefunden hatte. Sie löffelten Hühnersuppe, debattierten, tranken oder spielten Karten. Tags darauf probten sie Szene um Szene neu, wenn das Gefühl, von dem sie hofften, dass es sich endlich einstellen möge, nicht aufkommen wollte, was auch immer sie unternahmen. Treppauf und treppab rannten sie zum Beispiel, um Atemlosigkeit zu erzeugen oder um sich an einen alten Schmerz zu erinnern, der ihnen einst die Stimme hatte versagen lassen.

Gili hatte den Kollegen versprochen, gleich in die Kantine nachzukommen, aber erst einmal wollte sie im Foyer ihre Familie begrüßen. Sie hatten ihr versprochen, sich die Vorstellung anzuschauen, und Gili hatten ihnen extra Steuerkarten geschenkt. Als sie beschwingt die große Treppe zum Empfang hinabstieg, um die Glückwünsche ihrer Familie entgegenzunehmen, waren weder Mutter noch Vater zu sehen, auch Jo war nicht da, und selbst Ruth entdeckte sie nirgends.

Im spärlichen Licht standen jedoch zwei Männer. Der eine hielt sich kerzengerade und wartete vor dem Ausgang. Er war groß, soweit sie es erkennen konnte recht gut aussehend und hielt einen enormen Strauß roter Rosen in der Hand. Er winkte ihr zu.

Sie kniff die Augen zusammen. Bei genauerem Hinsehen erkannte sie Max Rehwald. Etwas zog sich in ihrem Magen zu einem schweren Klumpen zusammen. Nicht etwa, weil sie Max nicht mochte, alles an ihm war sympathisch. Sie hätte zu ihm gehen und ihn wie einen lieben Freund in die Arme schließen mögen. Aber etwas an seiner Haltung verriet ihr, dass er tatsächlich auf sie wartete, dass die Rosen für sie bestimmt waren und dass er vielleicht nicht ganz ohne Hintergedanken vor seinen Eltern derart von ihr geschwärmt hatte, dass diese sich beim Intendanten für ihr Vorsprechen eingesetzt hatten. Das trübte ihr Glück, im Ensemble aufgenommen worden zu sein, und versetzte ihr einen Stich. Zwar hatte der Intendant ihr herausragendes Talent gelobt, aber vielleicht hätte sie ohne Max nie die Gelegenheit dazu bekommen, sich zu beweisen? Ohne Beziehungen hatte man keine Chance.

Ein wenig abseits in der hinteren rechten Ecke am nun geschlossenen Kartenhäuschen lehnte lässig Felix. Er winkte nicht, trug keine Blumen bei sich, aber er nickte ihr zu, und sie spürte, wie ihr Herz einen Hüpfer tat und dann gleich noch einen. Einen Augenblick blieb sie mitten auf der Treppe stehen. Die beiden Männer bewegten sich jedoch nicht auf sie zu, sondern verharrten ebenfalls auf ihrer Position. Max winkte weiter, und Felix sah beinahe geheimnisvoll aus, wie er da etwas abseits auf sie wartete.

Es war kein willentlicher Entschluss, vielmehr ein Impuls, dem sie folgte, und der zog sie nun einmal zu Felix. Sie winkte Max, ausladend und groß, um ihn nicht gar zu sehr zu enttäuschen, und ging dann auf Felix zu, in dessen Umarmung sie sich fallen ließ. Vereinzelt zogen Zuschauer an ihnen vorbei, Gili nahm kaum Notiz von ihnen. Zu sehr war sie damit beschäftigt, sich vorzustellen, wie es wäre, wenn Felix sie küsste, in aller Öffentlichkeit. Aber selbst im Theater war das keine Gepflogenheit, jedenfalls nicht im Foyer und solange Publikum anwesend war. Stattdessen flüsterte er ihr seine Glückwünsche und allerlei Komplimente zur gelungenen Premiere ins Ohr. Er streichelte ihr unauffällig die Wange und drehte sie dann sanft von sich weg, hin zu einer kleinen Schlange Menschen, die sich derweil gebildet hatte. Offenbar wollten sie alle ein Autogramm von ihr.

»Sie waren die schönste dunkle Fee, die ich je gesehen habe«, sagte ein Mädchen mit langen dunklen Zöpfen, grünblauen Augen und Sommersprossen. »Wenn ich groß bin, werde ich wie Sie.« Sie hielt ihr ein Programmheft unter die Nase und reichte ihr einen Stift. »Schreiben Sie mir da etwas hinein? Für Annemie, wenn es geht.«

»Sei nicht so vorlaut, das ziemt sich nicht«, sagte eine ältere Frau, die neben ihr stand, sie am Arm festhielt und vermutlich eher die Großmutter als die Mutter war. Zu Gili gewandt fügte sie hinzu: »Das Benehmen von Annemie tut mir leid.«

Gili schüttelte den Kopf und lachte. »Lassen Sie nur«, sagte sie und ging dann in die Knie vor dem Mädchen. »Mit dir ist alles bestens«, sagte sie und schrieb in ihr Programmheft: *Für die mutige Annemie, die einmal die Welt verändern wird und alles werden kann, was auch immer sie will!*

Sie schrieb noch viele liebe Wünsche und Widmungen in Programmhefte und auf kleine Karten, die die Zuschauer mitgebracht hatten. Als die Schlange endete und sie hoffte, nun endlich mit Felix allein sein zu können, stand da plötzlich Max vor ihr. Ihn hatte sie in der Zwischenzeit ganz vergessen. Wortlos reichte er ihr einen Strauß mit langstieligen roten Rosen. Sie dufteten herrlich, und für einen Moment vergrub Gili ihre Nase darin. »Wunderschön sind die«, sagte sie und meinte es so, aber mehr meinte sie eben nicht.

Max sah Felix an, und dann wieder sie, und vielleicht verstand er. Jedenfalls verbeugte er sich förmlich vor ihr, so wie es eigentlich nicht seine Art war, sie kannten sich ja längst aus der Kantine, und Gili hatte schon viel mit ihm gelacht und manchmal auch geschäkert.

Die Situation war merkwürdig, und ihr war plötzlich seltsam und unwohl zumute, als trüge sie ein Korsett, das auf ihren Körper nicht zugeschnitten war, in dem sie kaum Luft bekam und das sie so schnell wie möglich ablegen wollte.

Sie lachte, und es klang unbeholfen. »Sag mal, sehen wir uns gleich in der Kantine? Ich habe den anderen versprochen …« Weiter kam Gili nicht.

»Für heute werde ich mich zurückziehen«, sagte Max. »Es ist spät geworden.«

Das stimmte nicht. Es war die Nachmittagsvorstellung gewesen, und draußen war es zwar dunkel, allerdings lag das am Winter und keineswegs an der Uhrzeit.

»Es ist gerade mal sechs«, sagte Felix.

Es war eine absurde Unterhaltung, die sie da führten. Einen Augenblick stand Max unschlüssig neben ihnen, trat schweigend von einem Fuß auf den anderen, um sich schließlich wortlos umzudrehen, im Gehen einen schönen Abend zu wünschen und von dannen zu ziehen.

Es tat Gili leid für ihn, sehr leid, aber ihr Herz fühlte sich mit jedem Schritt, den Max sich entfernte, leichter an. Als habe sie damit die Erlaubnis bekommen, endlich glücklich zu sein.

Das Foyer lag still vor ihnen, nicht einmal der Pförtner war zu sehen. Und in diesem Augenblick, da nur das Theater zu atmen schien, beugte sich Gili vor und gab Felix einen Kuss auf den Mund, den er zart und hingebungsvoll erwiderte. Heute würden die Kollegen in der Kantine umsonst auf sie warten müssen. Es gab mehr zu feiern als eine simple Premiere.

*

Während Erna voller Tatendrang war, fühlte sich Ruth von der vielen Arbeit im Laden ganz erschöpft. Zwar beflügelte sie der Umgang mit dem Schmuck, zumindest wenn sie mit Kunden sprach und ihn präsentieren durfte. Saß sie aber noch bis spät in der Nacht über den Geschäftsbüchern und zerbrach sich den Kopf darüber, wie sie die Ausgaben senken konnte, ermüdete sie das zusehends. Es ging ja nicht nur darum, schwarze Zahlen zu schreiben, denn das taten sie im Vorweihnachtsgeschäft auf jeden Fall, sondern auch darum, genügend Einnahmen zu generieren, die den hohen Lebensstil der Seidels langfristig sicherten.

»Könntest du mein Haushaltsgeld für Dezember ein wenig erhöhen?« Ruth hatte Albert sanft am Ärmel seines Jacketts gefasst, kurz bevor er den Laden verlassen wollte. Sie hatte ihre Frage wie nebenbei klingen lassen und nicht, als habe sie sie wochenlang mit sich herumgeschleppt, wie es tatsächlich gewesen war. »Es ist bald Weihnachten«, setzte sie hinterher, als Albert grummelte. »Es stehen Extraausgaben ins Haus.«

»Nun siehst du mal, über was ich mir sonst den Kopf zerbrechen muss.« War ja klar, dass Otto sich einmischen musste, auch wenn er gar nicht gemeint gewesen war.

Ruth hatte Albert sonst nie um zusätzliches Haushaltsgeld gebeten. An Heiligabend aber wollte sie nicht ohne Geschenke für ihn, Otto und Erna dastehen. Zu gern hätte sie auch eine kleine Überraschung für Mutter, Vater, Jo und Gili besorgt.

Widerwillig hatte Albert ihr ein wenig zusätzliches Geld zugesteckt, aber ausreichen würde es dafür wohl kaum.

*

»Du denkst zu viel nach«, sagte Erna, und noch bevor sich Ruth erklären konnte, setzte sie nach: »Komm mit mir auf den Weihnachtsmarkt. Heute hast du endlich einmal frei, und wir beide können uns amüsieren. Ich zahle.« Erna klimperte mit den vielen Münzen in ihrem Portemonnaie. »Mir macht Otto keine Vorwürfe. Und du brauchst sicher ein paar Kleinigkeiten zum Fest für deine Eltern und Geschwister, nicht wahr?«

Eigentlich hätte Ruth gern einmal die Beine hochgelegt, wieder einmal ein wenig die Zeit verstreichen lassen, ohne etwas Konkretes vorzuhaben, einfach in den Himmel geschaut, gerade heute, wo es so aussah, als fiele vielleicht der erste Schnee. Sie hätte durch die Zeitschriften blättern mögen, die Erna überall im Haus verteilte, oder einfach ein klein wenig schlafen. Sie hielt sich die Hand vor den Mund und gähnte verhalten.

»Du hast recht, aber umso runder mein Bauch wird und umso größer das Kind, desto müder fühle ich mich.«

»Siehst du, dir fehlt Sauerstoff und ein wenig Ablenkung. Immer schuften ist doch nichts für eine junge Frau. Noch dazu, bevor sie Mutter wird und die Pflichten überhandnehmen. Glaub mir, ich weiß, wovon ich spreche.« Erna zwinkerte ihr zu und legte einen Arm um ihre Schultern.

»Also gut, du hast nicht ganz unrecht«, sagte Ruth, und Erna entgegnete: »Wir treffen uns in einer halben Stunde unten, und dann stürmen wir beide den hiesigen Weihnachtsmarkt.«

Damit war es beschlossene Sache. Wenn Erna sich etwas in den Kopf gesetzt hatte, duldete sie keinen Widerspruch. Jedenfalls nicht, ohne ausnehmend beleidigt zu sein. Und außerdem konnte Ruth schließlich froh sein, wenn Erna ihr bei den Weihnachtseinkäufen für die Familie finanziell ein wenig unter die Arme griff. Also nickte sie ergeben, und Erna war zufrieden.

*

Als sie wenig später vor die Haustür traten, fielen tatsächlich die ersten Schneeflocken des Jahres. Ruth trug Samthandschuhe und einen hübschen Hut mit breiter Krempe, den Erna ihr vermacht hatte, ein wärmendes Cape über der Umstandsmode und kniehohe geschnürte Lederstiefel. Der Winter konnte ihr nichts anhaben. Erna sprach ohne Unterlass auf sie ein. Ruth hörte gar nicht richtig zu. Sie lief neben ihr her, den Klang ihrer Schritte im

Ohr, die leiser zu werden schienen, je mehr Schnee fiel. Vielleicht bildete Ruth sich das bloß ein. Für andere aus ihrer Heimat mochte dichter Schneefall auf ewig mit der Flucht aus Breslau und der grässlichen Kälte verbunden bleiben, die damals geherrscht hatte, und natürlich war dies ebenso eine der Erinnerungen, die die tanzenden Schneeflocken in Ruth auslösten, aber eben nicht nur. Während Ruth also hinter Erna herstiefelte, die Freiburger Villen, die oft noch nicht in Gänze wiederhergestellt waren nach dem Krieg, an sich vorüberziehen ließ, lief sie gleichsam wieder durch Breslau. Jeder Schritt ein Schritt mehr, der sie in ein Früher trug. Schnee verdeckte nicht bloß Spuren, die in der Zeit gelegt worden waren, er verdeckte die Zeit selbst und die Vergänglichkeit – oder vielmehr schlug er eine unsichtbare Brücke, über die Ruth nunmehr ungehindert zu gehen vermochte. Mit dem einen Bein in ihrer eigenen Gegenwart verankert, stand sie mit dem anderen wieder in Breslau im Januar 1945, und trotz dichtem Schneefall war sie auf dem Weg zu Ilan. Damals, da war sie zuversichtlich gewesen und überzeugt, sie würden sich nicht aus den Augen verlieren. Einfach weil das keine denkbare Möglichkeit war, jedenfalls nicht, wenn man an den Zauber der Liebe glaubte, an deren unumstößliche Kraft, die alles andere überdauerte.

»Wo bleibst du denn, Ruth?« Erna drehte sich nach ihr um. »Du siehst aus, als hättest du einen Geist gesehen. Geht es dir gut, Liebes?«

Ruth nickte und wischte sich eine Träne fort. »Der Wind macht mir zu schaffen.« Sie rang sich ein Lächeln ab.

*

Der Anblick des Weihnachtsmarktes mit seinen hölzernen Buden, an denen es nach einem Teegemisch aus Mandarinen und Zimt duftete oder nach karamellisierter Zuckerwatte, an denen es fein geschnitzte und manchmal bunt bemalte Krippen zu bestaunen gab, an denen Gaumenfreuden feilgeboten wurden wie gebrannte Mandeln, Christstollen und Magenbrot oder es Lebkuchenherzen zu kaufen gab, machte Ruth glücklich. Es war lange her, dass sie, damals noch ein Kind, so einen Markt besucht hatte.

»Hab ich es dir nicht gleich gesagt?« Erna schmunzelte und fasste sie am Arm. »Es war eben doch eine gute Idee hierherzukommen, nicht wahr? Du kannst mir vertrauen, Ruth. Wir Seidelfrauen verstehen uns darauf, es uns gut gehen zu lassen. Das solltest du vielleicht noch ein wenig perfektionieren.« Ungefragt legte Erna eine Hand auf Ruths Bauch, lächelte aber derart warm über den Tritt, den offenbar auch sie fühlte, dass Ruth es ihr nicht weiter übel nehmen konnte.

»Entschuldige, ich hätte fragen sollen. Manchmal geht es mit mir durch.«

Ruth wog den Kopf ein wenig und zuckte mit den Schultern.

»Das Wichtigste ist doch«, fuhr Erna fort, »glückliche Eltern zu haben. Du denkst doch auch an euer Kind, wenn du dir endlich einmal etwas gönnst.« Erna zog sie zu einer Bude, an der heiße Schokolade ausgeschenkt wurde. Für sich selbst orderte sie einen großen Becher mit Schuss, für Ruth einen ohne Alkohol, aber mit einer doppelten Portion Schlagsahne. »Damit es dem Murmelchen in deinem Bauch gut geht.«

Erna nannte ihr künftiges Enkelkind nie Enkelkind, sondern erfand stets neue Kosenamen für es. *Das liegt nur daran, dass ich viel zu jung für eine Oma bin, seht mich also bitte eher als eine Art verrückte Tante*, pflegte sie auf Nachfrage stets zu sagen. Sie war tatsächlich wesentlich jünger als Otto, aber eben keine zwanzig oder dreißig mehr, auch wenn sie sich manchmal ebenso benahm. Wenn Ruth ehrlich zu sich war, mochte sie gerade das an Erna – sie war für jeden Unfug zu haben, und man hätte sie ebenso gut für zwei ungleiche Freundinnen halten können.

Ruth konnte sich wirklich nicht beschweren, mit Albert hatte sie ein ordentliches Los gezogen. Selbst wenn der seinem Vater alles recht machen musste und allzeit auf dessen Lob aus war; auch wenn Albert das anstrengte und er vielleicht deshalb kaum noch Ruths körperliche Nähe suchte, zumindest wesentlich seltener als zu Beginn ihrer Beziehung. Aber er stellte sich nie über sie. Selten stritt er mit ihr, und geschah es doch einmal, bat er sie im Nachhinein verlässlich um Verzeihung. Er brachte ihr tiefrote Rosen oder mal ein kleines Geschenk mit, wie neulich das hübsch in Stoff gebundene Tagebuch, in das er in fein säuberlicher Schrift einige bekannte Liebesgedichte geschrieben hatte, in das Ruth jedoch nichts eintragen mochte. Womöglich fand es Erna und konnte dem Drang nicht widerstehen, hineinzuspähen. Alles in allem war Albert also ein guter Ehemann. Zwar glich er in keinem Punkt Ilan, aber dafür konnte er nichts. Es lag vielmehr an ihr, dass sie Albert immer wieder mit ihm verglich und sich, wenn sie allein war, fragte, wie sich eine Ehe mit Ilan wohl angefühlt hätte. Ob es da einen Unterschied zu Albert gegeben hätte, wenn die Leidenschaft zwischen ihnen mit der Zeit weniger geworden wäre.

Mutter hatte immer wieder betont, dass zu viel Gefühl füreinander ein Leben schwieriger gestaltete, als es ohnehin war, und dabei hatte sie Vater angesehen, der darüber gelacht hatte und erwiderte: »Zu viel Gefühl kann es gar nicht geben. Ohne das, Liebste, hättet ihr vielleicht nicht überlebt.«

Mutter wischte diese Art der Entgegnung stets mit einer Handbewegung fort, als verscheuche sie lästige Fliegen. »Dein Vater redet wieder wirr.«

Solche und ähnliche Szenen hatten sich häufig zwischen ihren Eltern abgespielt und waren oft damit geendet, dass Vater Mutter in den Arm nahm und küsste.

Wahrscheinlich hatte Mutter also recht mit ihrer wiederholten Bemerkung, Ruth habe es mit Albert als Ehemann gut getroffen.

Auch wenn der Laden der Seidels nur eben genug abwarf für deren enorme Lebenshaltungskosten, so würde Ruth doch nie in realer Sorge darüber leben müssen, ob ihr Kind genug zu essen bekäme, ob es in einem langen Winter frieren müsste oder ob ihr Albert die Miete aufbringen könne. Sie hatte schon von Nachkriegs-Müttern gehört, die ihre Kinder in reiche Pflegefamilien abgeben mussten, nur damit sie deren Mäuler stopfen konnten. Diese Familien verzweifelten oft über der Trennung von ihren Kindern, und manchmal zerbrachen sie auch daran.

Die Seidels aber besaßen Vermögen und genossen Ansehen – und nun war sie und damit auch ihr Kind eine von ihnen. Ruth strich sich gedankenverloren über den sich wölbenden Bauch. Neben der Tatsache, dass sie sich tagein, tagaus im Laden mit Schmuck umgeben durfte, sich also mit den schönen Dingen des Lebens befasste, würde ihr Kind es einmal leichter haben als sie. Sie musste nur endlich abschließen mit der Vergangenheit, das war sie sich selbst und ihrem Kind schuldig. Sie war die junge Frau Seidel, und sie würde sich und ihrer Tochter ein gutes Leben aufbauen.

Erna drückte Ruth einen großen Becher mit Kakao in die Hand, sagte: »Vorsicht, der ist heiß«, und ging schnurstracks zu einem Stehtisch, wo sie ihre Tasse abstellte. »Warte kurz hier, ja? Ich hole uns am Stand da drüben noch zwei Tüten gebrannte Mandeln und ein bisschen Magenbrot.« Damit ließ sie sie stehen und verschwand in der Menge.

Ruth streifte ihre Handschuhe ab, legte sie auf den Stehtisch neben sich und wärmte ihre Hände an der dickbauchigen Tasse. Heiße Schokolade hatte sie ewig nicht mehr getrunken. Sie führte die Tasse zum Mund, und ein angenehm geborgenes Gefühl machte sich in ihr breit. Eine leise Spur Vanille umwehte ihre Nase, ehe der Duft sich verflüchtigte. Sie hätte sich gern einen Moment hingesetzt und sah sich um, ob sie nicht vielleicht Erna in der Menge entdeckte und ihr ein Zeichen geben könnte, dass sie zur Holzbank nebenan ginge, um dort auf sie zu warten. Aber da war nur eine wuselnde Menge Menschen, keine Erna. Gesprächsbrocken drangen an ihr Ohr. »Gott sei Dank kehrt wieder ein bisschen Normalität in unser Leben ein« oder »So eine schöne Weihnachtszeit hat es schon lange nicht mehr gegeben, eine in Frieden und ohne den großen Hunger, auch wenn einige von uns fehlen«.

Kinder jubelten von einem in der Nähe stehenden Karussell her, auf dem sich reich verzierte verschiedenfarbige Pferdchen drehten. Eine dunkle Männerstimme rief die nächste Runde aus, und dann war er plötzlich einfach da. Neben dem Maronistand. Wie eine Erscheinung. Seine dunklen lockigen Haare wie einst. Sie hatte ihn erkannt, noch bevor ihr ganzes Bewusstsein verstanden hatte, wer dort tatsächlich stand, als wäre es kein Wunder inmitten des Freiburger Weihnachtsmarktes, als habe er schon immer hierhergehört.

Die Räume zwischen früher und heute existierten nicht mehr, die Zeit hatte aufgehört zu vergehen, sie war ihrer eigentlichen Aufgabe enthoben. Er lebte.

Da war sofort der Impuls, auf die Knie zu sinken, vor Glück und vor Unglauben. Jeder Gedanke an mögliche Konsequenzen dieses Wiedersehens war ausgelöscht. Es existierten nur sie beide und die drängende Frage, ob sie sich Ilan womöglich nur einbildete. Ihr Leben mit Albert hatte keine Bedeutung mehr, nicht in diesem Moment.

Sie setzte sich in Bewegung. Rief seinen Namen laut und klar über die Stände zwischen ihnen hinweg, sodass sich einige Besucher nach ihr umsahen. Beschleunigte ihren Schritt, rannte beinahe. Da wandte er den Kopf nach ihr um. Der Schnee knirschte unter ihren Füßen. Beinahe wäre sie auf einer vereisten Stelle ausgerutscht. Und dann stand sie vor ihm. Der Augenblick dehnte sich. Er sagte nichts, und sie sagte nichts, und dann streckte er die Hand nach ihr aus, die sie ergriff, und zog sie mit sich hinter den

Stand, wo niemand war und die Musik und die Stimmen gedämpft.

Ruth fiel ihm in die Arme, und da fand er endlich die Sprache wieder. »Ich habe dich überall gesucht. Überall.« Für einen Moment war alles klar, und nichts stand infrage. Sie weinte vor Erleichterung und überströmenden Glücksgefühlen. Er hielt ihre Hand und zitterte dabei.

Es war nicht ihr schwangerer Bauch, der ihn stutzig werden ließ, zumindest nicht auf den ersten Blick. Es war der Moment, da seine Hand die ihre streichelte und er indes hängen blieb an ihrem goldenen Ehering. Da erst sah er auf ihre Hand und dann auf ihren Bauch, und dann dauerte es noch eine Weile, eine Art Verzögerung, die die Zeit benötigte, um wieder synchron zu werden mit der Realität ihrer Gegenwart. Er sagte: »Oh«, und dann lange nichts und dann »du hast geheiratet?«. Er formulierte seine Erkenntnis als Frage. Solange hielt er Ruths Hand in der Hoffnung fest, all das würde sich als ein Missverständnis herausstellen, ein überaus dummes Missverständnis, über das er auf der Stelle bereit gewesen wäre zu lachen. Als sie aber schließlich langsam nickte, ließ er abrupt ihre Hand los.

»Das spielt keine Rolle«, flüsterte sie. »Ich dachte, du wärest tot.«

»Ich habe es dir doch versprochen. Ich lebe. Für dich.«

Sie sah rasch nach rechts und dann nach links. Als sie sicher sein konnte, dass die Weihnachtsbude, hinter der sie noch immer standen, sie vollends verdeckte und niemand sie sehen konnte, da antwortete sie ihm nicht mit Worten, sondern küsste ihn.

Die Zeit fiel auseinander. Sie spielte immer dann verrückt und geriet aus dem Takt, wenn das Schicksal zweier Menschen aufeinandertraf und daraus in der Folge ein gemeinsames wurde. Vorherige Ereignisse, die mit jener frischen Verbindung nicht kompatibel waren, wurden außer Kraft gesetzt. Es dauerte dann eine Weile, bis umsortiert und die neue Ordnung etabliert war. Anders gesagt: Selbst die Zeit machte Platz und räumte das ihr zugewiesene Feld, wenn sie Zeugin eines Wunders wurde.

Ruths Kuss knüpfte nahtlos an früher an. Ilan zu küssen bedeutete, keine Fragen mehr zu haben, frei zu sein und in dieser Freiheit in sich selbst anzukommen. In Breslau, im Hier und Heute, im Raum dazwischen; überall war sie gleichzeitig mit ihm. Sie war viele Jahre jünger und gleichsam wesentlich älter, und Ilan war beides ebenso. Und all das spielte keine Rolle, solange seine Lippen nur auf den ihren ruhten, sanft und fordernd, in jedweder Erwartung und ganz ohne eine solche.

Wer einmal aus der Zeit gefallen ist, ohne sie zu leugnen, wer einmal erlebt hat, wie sich dieses Hoffen, Sehnen und An-seinem-Platz-in-der-Welt-Sein anfühlt, wer einmal eine seelische Erfüllung erlebt hat, die ausreicht, um einen unendlichen Augenblick lang eins zu werden mit der Liebe, wer ein einziges Mal deckungsgleich gewesen ist mit der Welt, der ist eingeweiht ins Mysterium der Fügung.

Wie hinter einer Nebelwand drangen Ilans Worte zu ihr: »Alles für dich und immer, ein Ehebrecher werde ich aber nicht sein.«

Ruth vernahm wohl, was er sagte, es war ihr jedoch unmöglich, aus der eben erst bekräftigten Verbindung aufzutauchen und sie gleich wieder abreißen zu lassen. Noch einmal nahm Ilan ihre Hand und strich ungläubig über den glatten goldenen Ring. Als gehörte diese Insignie ihrer Ehe mit Albert nicht wahrhaft zu ihr, als wäre diese bloß eine merkwürdige Verschiebung in Raum und Zeit. Sie war falsch abgebogen und konnte es nicht mehr rückgängig machen. Es dauerte, bis sie die Bedeutung seiner Worte erfasste und Ruth verstand, von was er da überhaupt sprach.

Ja, sie hatte geheiratet, sie hatte ihre Pflicht erfüllt, sie hatte sich trösten lassen und auf ihre Mutter gehört. Es war für Augenblicke angenehm gewesen mit Albert, sie hatte sich fügen können und wollen. Sie hatte angenommen, Ilan wäre tot, und es aber gleichsam nicht wahrhaben wollen. Ja, sie hatte nicht genügend nachgeforscht. Sie hatte auf ihrer Flucht und in den Jahren danach zu viel gesehen und war davor zurückgeschreckt, womöglich eine Wahrheit zu erfahren, die sie nicht ertragen hätte. Und nun stand Ilan vor ihr und glaubte, sie habe wirklich einem anderen ihr Herz schenken können. Ein Kind, ja, ein Kind würde sie gebären. Von einem anderen. Und natürlich war sie verheiratet. Natürlich konnte sie sich nicht einfach umdrehen und der Welt verkünden, all ihre Entscheidungen rückgängig machen zu wollen. Sie hätte es dennoch augenblicklich getan. Natürlich wäre auch das undenkbar gewesen, besonders in ihrer Lage, in ihren anderen Umständen. Aber die Realität ihres Lebens hatte nichts, aber auch gar nichts mit ihrer Liebe für Ilan zu tun.

Ruth suchte nach Worten, denn zu schweigen war keine Option, sie würde erklären müssen, wie es zu dieser Situation gekommen war. Ihre Tränen flossen, ohne dass sie etwas dagegen hätte tun können. Ilan wischte sie unendlich zärtlich fort und drückte sie fest an sich. »Du brauchst mir nichts zu erklären, ich verstehe schon.«

»Aber …«, bekam sie noch heraus, und dann sah Ruth in der Ferne Erna, die sie bereits suchte und verzweifelt Ausschau nach ihr hielt. Die nun den Verkäufer des Kakaostandes ansprach, offenbar in heller Aufregung. Dieser wiederum kam herausgestürmt und rief mit seinem warmem Bariton Ruths Namen.

»Du wirst gesucht«, sagte Ilan. Er küsste sie auf die Stirn, und dann drehte er sich um und ging, ohne ein weiteres Wort. Ruth wollte ihm hinterher, aber er rannte, was das Zeug hielt, und ihre Beine fühlten sich an, als wären sie mit dem Boden verwachsen und trügen sie deshalb schon nicht mehr. Sie stützte sich an der Bude ab und tat ein paar Schritte in Richtung jener Welt, die soeben ins Wanken geraten und nicht mehr die ihre war. Da hatte Erna sie im Visier.

Ruth bemerkte nur noch, wie ihr Unterleib sich schmerzhaft zusammenzog und die Umgebung sich erst um sie herum zu drehen begann und diese Bewegung sich dann in ihrem Kopf fortsetzte. Sie lehnte sich mit dem Rücken an die Wand der Bretterbude und, so kam es ihr wenigstens vor, rutschte dort wie in Zeitlupe zu Boden.

»Um Himmels willen, wir brauchen einen Arzt«, hörte sie Ernas sich überschlagende Stimme. »Was ist denn geschehen? Hörst du mich, Ruth?« Und dann war alles ganz still. Ruth spürte nur noch das Flattern ihres Herzens. Ein wilder Rhythmus, der ihr fast gefiel und den sie noch nie zuvor vernommen hatte.

*

Der Arzt hatte ihr strenge Bettruhe verordnet und Erna beauftragt, die Verantwortung für deren Umsetzung zu übernehmen. Außer um die Toilette aufzusuchen, sollte Ruth keinesfalls aufstehen, wollte sie ihr Kind nicht gefährden.

»Da siehst du mal, wohin das ganze unnötige Getümmel deiner Frau geführt hat.« Otto schimpfte mit Albert, der seinen Kopf in den Händen barg, als wolle er sich schützen, und ihm entgegnete: »Aber was hätte ich denn tun können? Ich habe dir doch gesagt, dass sie nicht so viel im Laden arbeiten soll.«

Damit war der Streit zwischen Otto und Albert in Gang gesetzt.

»Jetzt macht der Herr Sohn seinem Vater also Vorwürfe, nur weil er seine Ehefrau nicht unter Kontrolle hat?«

Erna schob die beiden Streithähne aus dem Schlafzimmer und schloss die Tür hinter ihnen. »Glaubt ihr wirklich, sie kommt von eurem Geblöke wieder zu Kräften? Sie braucht jetzt Ruhe.«

So viel hörte Ruth immerhin durch die angelehnte Schlafzimmertür, dann entfernten sich die Schritte der Männer, und Erna stürmte zurück zu ihr ins Zimmer.

»Ich habe sie in den Laden geschickt, sollen sie sich doch dort die Köpfe einschlagen. Und du versprichst mir bitte, auf dich achtzugeben? Ich kann nicht bleiben, weißt du. Ich bin zum Tee geladen, da kann ich nicht absagen. Das ist eine wichtige Gesellschaft. Aber …« Sie lächelte und streichelte Ruths Wange. »Ich konnte Otto überzeugen, dass das Hausmädchen von nun an länger bleibt. Sie bringt dir alles, was du brauchst. Den Waschtisch, Frühstück, Mittagessen, ein Stück köstlicher Torte und Abendessen. Wenn dir sonst noch nach irgendetwas der Sinn steht oder du Hilfe brauchst …« Sie reichte Ruth eine Glocke, die ordentlich durchs Haus bimmeln würde. Erna machte es ihr auch gleich vor. »Scheu dich bloß nicht … Und nutze ruhig das Telefon.« Sie war aufgestanden und schleifte den Apparat, dessen lange Schnur sie hinter sich her über den Boden zog, bis zu ihrem Nachttisch. Dann winkte sie Ruth noch einmal zu und schloss schließlich die Flügeltür zum Schlafzimmer. Endlich Stille. Die aber hielt Ruth doch nicht lange aus, ein paar Minuten vielleicht, dann setzte sie sich auf und schaltete das Radio ein.

»Fünfter Dezember neunzehnhundertneunundvierzig«, verkündete ein Nachrichtensprecher. »Die sächsische SED möchte das Weihnachtsfest als Wintersonnenwendfeier begehen. In Weihnachtsliedern soll darum künftig das Solimännchen anstelle des Christkinds oder des Weihnachtsmanns besungen werden.«

Ruth schüttelte den Kopf über derartigen Unsinn. Wer machte das denn mit? Ein bisschen lachen musste sie darüber aber auch. Solche Aberwitzigkeit lenkte sie von der Sorge um ihr Kind ab, aber vor allem auch von der Erinnerung an die Begegnung mit Ilan. Sie drehte den Ton lauter. Umso mehr diese fremde Nachrichtenstimme Teil ihres Schlafzimmers werden würde, umso besser konnte sie sich vorstellen, weit entfernt von hier und von sich selbst zu sein. Dieser Vorstellung würde sie sich so lange hingeben, bis sie wieder aufstehen und arbeiten gehen könnte. Wusste der Arzt eigentlich, was er ihr mit der auferlegten Bettruhe antat?

Wenn sie seinen Rat und Ernas Ausführungen richtig im Kopf hatte, würde sie das Bett mindestens bis zum neuen Jahr 1950 kaum mehr verlassen dürfen. Was für ein ausgemachter Unsinn! Sie rückte sich das große Kissen im Rücken zurecht und spürte augenblicklich ein Ziehen im Unterleib.

Womöglich hatte ihr Ilans Wiederauftauchen doch mehr zugesetzt, als sie sich eingestehen wollte. Aber sie versuchte, nicht allzu viel darüber nachzudenken, denn sie konnte in der Sache ohnehin gerade nichts tun.

»In Wuppertal regeln heute Polizisten in Nikolauskostümen den Verkehr.« Sie bemühte sich, das Bild vor ihrem Auge entstehen zu lassen. Bloß nicht an die Bude auf dem Weihnachtsmarkt denken, hinter der sie Ilan wiedergesehen hatte. Nicht an seine Hände auf ihren, nicht an seine Worte. »Ich bin kein Ehebrecher.« In Ruths Vorstellung sprach das nun ein Verkehrspolizist im Nikolauskostüm zu einer Frau, die die Geschwindigkeitsgrenze überschritten hatte. »Frauen am Steuer«, er schüttelte angewidert den Kopf.

Ruth schaltete das Radio aus, das war auch keine Lösung. Besser, sie schliefe ein wenig, das wäre vernünftig. Aber selbst in ihren nachmittäglichen Schlaf stahl sich Ilan, saß neben ihr am Bett, strich ihr die verschwitzten Haare aus der Stirn und flüsterte immer wieder: »Gräme dich doch nicht so.«

Als Ruth erwachte, war Albert da, senkte schuldbewusst den Blick, wenn sie ihn ansah, und legte sich, ohne sie zu berühren, neben sie ins Bett. Draußen war es schon dunkel.

*

So rauschten die Tage an Ruth vorüber. Einer war wie der andere und ging in den nächsten über. Das Radio hatte sie vom Hausmädchen fortbringen lassen. Heitere Musik verstimmte sie zusehends, melancholische machte sie noch trauriger. Es war grässlich, keine Musik mehr ertragen zu können. Rosalia las ihr jeden Wunsch von den Augen ab. Es war Ruth unangenehm, derart umsorgt zu werden. Doch offenbar hatte sogar ihr Schwiegervater das Hausmädchen angehalten, Ruth aufs Beste zu versorgen. Zwar mochte Otto sie augenscheinlich noch immer nicht, er mied jeden direkten Kontakt mit ihr, aber Rosalia meinte, er ließe sich jeden Tag von ihrem Befinden berichten, wollte wissen, was sie für sie koche, und wenn sie nicht mindestens von einer Vorspeise, einem reichhaltigen Menü, möglichst mit kräftigendem Fleisch, und einer kleinen Nachspeise zu berichten wusste, dann wurde Otto richtig wütend. Ruth war sich nicht sicher, ob aus Sorge um sie oder um das ungeborene Kind. Sie vermutete Letzteres. Albert brachte Ruth täglich Blumen mit. Weiße Christrosen, rote Amaryllis und Weihnachtssterne. Das ganze Schlafzimmer duftete nach abgestandenem Blumenwasser, wenn Rosalia es einmal nicht rechtzeitig wechselte. Was manchmal vorkam. Abends wirkte Albert erschöpft. Er habe ein paar Aufgaben, die Ruth sonst erledigt habe, nun zusätzlich übernommen, sagte er auf ihre explizite Nachfrage hin. Aber er beklagte sich nicht, fragte stets, wie es ihr ging, und streichelte geistesabwesend über ihren Bauch, bevor er sich auf die Seite drehte, »gute Nacht, mein Liebling« murmelte, und kurz darauf auch schon schlief.

Ruth hatte sich an sein Schnarchen gewöhnt, ebenso an die immer gleichen Abläufe. Leider ließen diese ihr viel Raum zum Nachdenken und Phantasieren. Wenn sie keine Badische Zeitung las, die ihr Felix, Gilis Liebster, täglich zukommen ließ, wenn sie nicht schlief oder essen sollte, entstand von ganz allein Ilans Gesicht vor ihrem inneren Auge. Und dann setzte die Erinnerung an ihr Wiedersehen ein. Erst die wunderbare, zeitlose Begegnung, bei der alles an ihrem Platz war. Ilan lebte, hielt ihre Hand und küsste sie. So lange, bis er ihren Ehering bemerkte und dann ihren Bauch. Es war sein ungläubiger Blick, der Ruth regelmäßig einen schrecklichen Stich versetzte. Und Ilan war anders als Albert. Allein die Berührung ihrer Hände, die nicht hatte sein dürfen. Wie er sie angesehen hatte, so voller Sanftmut, Begehren und

Liebe – und im Innersten getroffen, als er ihren Treuebruch erkannte. Ilan hatte seinen Teil des Schwurs gehalten, dabei hatte er es so viel schwerer gehabt als sie. War er doch nicht im Besitz eines falschen Passes gewesen, ohne einen Vater an seiner Seite, der schützend seine Hand über ihn gehalten hatte, ohne eine Mutter, die große Opfer gebracht hatte. Seine Eltern lebten nicht einmal mehr. Ruth hatte Ilan nicht fragen können, ob er eine feste Bleibe hatte und falls ja, wo er denn wohne. Ob es ihn nach ihrem Wiedersehen auf dem Weihnachtsmarkt weit von Freiburg fortgetrieben hatte?

Ruth sah auf das Tagebuch, das kürzliche Geschenk, das ihr Albert in der Früh zusammen mit einem Füller auf den Nachttisch gelegt hatte. Sie hatte ihn angelächelt, dankbar und wohl wissend, dass sie auch heute nichts hineinschreiben würde. »Ich schlafe viel«, hatte sie ihm als Erklärung zugeraunt, und Albert hatte genickt. »Ist schon gut, Liebes.« Als begehe sie schon dadurch einen ersten Verrat, dass sie ihm nicht traute.

»Nie würde ich lesen, was du da einträgst.« Das hatte er gesagt und ihr ein Schlüsselchen gereicht für das Schloss, mit dem sich das gelbe Büchlein verriegeln ließ. Es war ihr dennoch nicht geheuer. Dass sie nicht arbeiten, nicht im Laden mithelfen konnte, kam ihr wie ihr zweiter Verrat vor, und viel wirklicher und reicher an Konsequenzen. Es lag letztlich bestimmt an ihr, dass Albert so erschöpft aussah, es lag an ihr, dass sich ihr Körper mit der Schwangerschaft verformte und weniger attraktiv wurde, es lag an ihr, dass sie Albert nicht begehrte. Die Klarheit ihres Gedankens erschreckte sie. Es musste an dem vielen Ruhen und Dösen liegen, an den Traumbildern, die nun auch in ihre wachen Phantasien Einzug hielten. Ilans Lippen auf den ihren. Diese unendliche Zartheit seiner Berührung, die nichts mit verhaltener oder gar fehlender Zuneigung zu tun hatte. Die Oder, an deren Ufer sie groß geworden war, raunte ihr ihr Lied zu. Als Kind hatte Ruth ihre vielen Zeilen auswendig gekannt. Die hatten variiert. Die

Oder mochte sich vor Freude und Aufregung überschlagen, sie mochte ruhig werden an einem sonnigen hellen Tag, sie mochte das Leid ihrer Besucher widerspiegeln. Zu jeder Gemütslage hatte sie einen Text auf Lager. Nun aber war Ruth allein. Zwar hatte Freiburg den hohen Schauinsland, hatte Wald und Wiesen, die heitere Dreisam außerdem, aber der imposante, oftmals träge dahinfließende Fluss, der immer da gewesen war, fehlte Ruth. Es war bitteres Heimweh, das sie verspürte, und niemandem konnte sie davon erzählen. Mit Ilan hätte sie Pläne schmieden können, gemeinsam ein neues Glück suchen. Bei Albert hatte sie ja alles schon vorgefunden, ein Zuhause, eine Vergangenheit und eine unverrückbare Sicherheit, die ihr so massiv erschienen war – alles hatte sich darunter zu fügen. Solch einer Chance auf Aufstieg widersetzte man sich nicht. Wie hätte sie Albert von ihrer Flucht oder ihrem untergründigen Sehnen erzählen können, wie hätte er verstehen sollen, wovon sie da sprach? Er hatte seine Heimat nie verloren. Auch wenn er vielleicht hätte ausbrechen sollen, das gewiss, aber dann um allzu Bindendes abzustreifen, nicht um Wurzeln auszugraben oder etwas schmerzlich Vermisstes zu bergen. Albert hatte Fülle erfahren, zumindest im Außen, auch wenn der Krieg … Über die Kriegsjahre hatte Ruth mit ihm nie gesprochen. Das fiel ihr nun auf, da sie genügend Zeit hatte, darüber nachzusinnen. Wenn doch einmal das Gespräch darauf gekommen war, zufällig und am Rande, hatte er schnell das Thema gewechselt. Als habe es weder Sinn noch Zweck, an diesem Punkt der Geschichte zu verweilen. *Lass uns einfach glücklich sein und froh, dass all dies endlich vorüber ist.* Genauso hatte Albert es ihr gegenüber ausgedrückt. Seine Worte waren ihr damals schon nicht richtig vorgekommen, sie erinnerten sie an ihre Eltern, sogar ein klein wenig an Gili. Und merkwürdigerweise an Jo, der ja stets auf dem Gegenteil von Vergessen beharrte.

Ruth griff nach der Badischen Zeitung und blätterte unentschlossen darin, während sie einen Blick zur Wanduhr wagte, deren Zeiger an der gegenüberliegenden Seite des Bettes baumelten. Gerade einmal zehn Uhr dreißig. Noch ungefähr zwei Stunden bis zum Mittagessen.

Der Bundestag in Bonn wollte ab kommendem Jahr das »Notopfer Berlin« auf Bundesebene einführen, und zwar in Form von besonderen Briefmarken und Gehaltsabzügen, so stand es in einer kleinen Meldung zu lesen. Und gleich darunter gab es einen längeren Artikel über die Marshallplan-Hilfen. 1036 Milliarden Deutsche Mark würden fließen, die sollten dann sofort investiert werden, zum Beispiel in die Industrie und die Energiewirtschaft. Ruth nickte. Wenn sie an ihre Eltern dachte, war sie heilfroh über solche Unterstützung. Sie wurden älter, und der Krieg hatte merklich an ihnen gezehrt. Es würde ihnen wohltun, wenn es künftig wieder fließend warmes Wasser gäbe und sie im Winter nicht frieren müssten. Es ging ja nicht allen derart gut wie den Seidels.

Was stand denn da? Ein neuer Film mit Sonja Ziemann und Gert Fröbe war angelaufen, gestern, am 16. Dezember. Vielleicht könnte sie die Haushälterin bitten, Mutter und Papa Karten fürs Kino zu besorgen und bei ihnen vorbeizubringen. Eine Art Vorweihnachtsgeschenk von ihrer Tochter. Albert würde es nicht auffallen, wenn sie dafür ein wenig vom Haushaltsgeld abzweigte. Er sah ihr im Moment allerhand nach. Und Mutter liebte die Filme mit Sonja Ziemann. *Nach Regen scheint Sonne.* Merkwürdiger Titel, er klang banal, aber vielleicht war so ein Film genau das Richtige. Sie brauchten doch alle Ablenkung, Ruth nahm sich selbst nicht von diesem Wunsch aus. Wenigstens der war zurückgekehrt. Endlich mal wieder ins Kino zu gehen, das wäre ganz nach ihrem Geschmack gewesen. Wenn der Film nicht aufs Gemüt ginge, umso besser.

Erst zehn Uhr vierzig. Sie schlug die Zeitung zu. Von Marga hatte sie länger nichts gehört. Seit Ruth verheiratet war, schrieb sie seltener. Wie es ihr wohl in Berlin erging?

Ruth sah auf den Füller und dann auf ihr neues Tagebuch. Es

hatte herrlich dickes Papier, sie hatte es bereits befühlt und bewundert. Sollte sie es doch wagen?

Die Zeit schlich nur so dahin, und bei dem Gedankenchaos in ihrem Kopf würde es sich vielleicht als hilfreich herausstellen, jemandem von ihrer Situation zu berichten. Dieser Jemand, dem sie alles erzählen wollte, wirklich alles, war nicht Marga. Sie dachte schon wieder an Ilan. Es wäre fatal gewesen, ihm tatsächlich zu schreiben, ehebrecherisch beinahe. Sie hörte seine Stimme dabei, wie er das Wort aussprach, ja, geradezu ausspie. Aber einmal abgesehen davon, dass es moralisch verwerflich wäre, ihm zu schreiben, wusste sie ja nicht einmal, wo er lebte und ob er sich überhaupt noch in Freiburg aufhielt. Ob er nicht bloß für einen Tag hierhergekommen war, weshalb auch immer. Vielleicht hatte er einen Hinweis bekommen, dass Ruth hier lebte. Marga konnte er nicht begegnet sein. Sie hätte ihr davon erzählt. Weder Jo noch Gili hatten Ilan je kennengelernt. Bloß eine Fotografie, die einzige, die sie von ihm besaß, hatte Ruth Jo einmal gezeigt. Ein Wirrwarr an Gefühlen und Gedankenströmen. So durfte es nicht weitergehen – und die Welt vor ihrem Fenster vermochte sie auch nicht abzulenken. Durch die Vorhänge sah sie kaum etwas. Nur wenn die Haushälterin sie zurückschob, zum Lüften vielleicht, konnte Ruth ein Stück Himmel erkennen. Mehr aber auch nicht.

Ruth nahm das Tagebuch, überflog die Gedichtzeilen, die Albert ihr hineingeschrieben hatte, weil er wusste, dass sie Gedichte liebte, aber auf mehr als ein paar Vierzeiler hatte er es nicht gebracht. Dreimal Goethe, einmal *Ecce Homo* von Nietzsche, ein Gedicht, das die Kraft, die der eigenen Zerstörung innewohnte, beschwor. Warum hatte Albert ausgerechnet diese Zeilen für sie ausgesucht? Sie berührten sie. Wieder und wieder las sie die Zeilen, bis sie sie auswendig aufsagen konnte, und dann sprach sie das Gedicht leise murmelnd vor sich hin, als wäre es nicht eben sie selbst, die Nietzsches Worte flüsterte, sondern die Oder, die sie an einem herrlichen sonnigen Wintertag an die Wasseroberfläche trieb.

Ja, ich weiß, woher ich stamme, ungesättigt gleich der Flamme, glühe und verzehr ich mich. Licht wird alles, was ich fasse, Kohle alles, was ich lasse, Flamme bin ich sicherlich.

Alle Menschen waren doch im Besitz lodernder Flammen, manche ließen sie schimmern, andere versteckten ihren hellen, zersetzenden Glanz vor fremdem Zugriff. Sie gehörte zur letzteren Sorte, aber nur weil sie wusste, wenn ihre Flamme einmal aufloderte, dann gäbe es kein Morgen mehr – zumindest für niemanden, der ihr nahestand. Nietzsche schien leise zu lachen über den Kleinmut, den ihre Gedanken zur Schau stellten. Sie sah ihre Mutter, wie sie mahnend den Zeigefinger erhob, und riss mit verhaltener Wut einige Blätter Papier aus dem gelben Büchlein. Sie schrieb:

Liebster, wie kann es sein, dass ich hier bin und du anderswo? Wie kann es sein, dass die Zeit uns einander entrissen hat? Ja, ich mich ihr gewaltsam entriss und damit auch unserer Vergangenheit, bloß um zu überleben? Ohne Hoffnung auf ein Morgen, das uns beiden gehören würde? Es gibt keine Worte, die beschreiben, wie sehr ich bereue, was ich getan habe, auch wenn ich es, ungeachtet dessen, tue und daran leide. Es gibt nur eines zu sagen: Du bist kein Ehebrecher, du hast mir die Treue gehalten, und das treibt mir die Röte ins Gesicht. Wie hatte ich glauben können, dass du nicht mehr am Leben bist? Es war die blanke Angst, zugrunde zu gehen, wenn meine Nachforschungen ergeben hätten, dass du tot bist. Ich weiß nicht, wo du dich aufhältst und was du nun vorhast. Fort von mir wirst du gehen, so vermute ich. Ich weiß daher nicht einmal, wohin ich meine Zeilen richten soll, denn dich, so viel steht fest, werden sie nicht erreichen. Ich könnte sie den Flammen übergeben, aber was, wenn ich – um weiterzuleben – wieder vergessen, oder sagen wir besser, verdrängen muss, wer ich einst gewesen bin und was ich gefühlt habe? Das darf nicht sein, und nur deshalb schreibe ich dir in aller Offenheit, vielleicht auch, um nicht verrückt zu werden. Niemand wird meine Briefe je lesen. In Liebe auf immer, die Deine

Ruth griff in das Nachttischschublädchen, fingerte einen Umschlag heraus und schrieb Margas Adresse darauf. Gleich würde sie ihrer Freundin schreiben und sie bitten, die Briefe an Ilan – ungelesen und ungeöffnet – für sie zu bewahren. Sie zu verbrennen war keine Alternative, sie im Haus der Seidels aufzubewahren, undenkbar, und ihre Gefühle auf immer in sich selbst zu verschließen? Das wäre nur möglich gewesen, wenn sie sich hätte ablenken dürfen. Solange sie aber ans Bett gefesselt war, ging sich auch das nicht aus.

*

Marga wäre nicht Marga gewesen, wenn sie auf ihren Brief hin, der auch die Zeilen an Ilan enthalten hatte, nicht augenblicklich reagiert hätte. Und zwar zunächst mit einem Telegramm, das die Seidels in helle Aufregung versetzte. Da stand nichts weiter als: *Ich entspreche deiner Bitte, auf mich ist Verlass. Ruf mich an im Gasthaus.*

Besonders Otto drängte Ruth zu erzählen, was da vor sich ginge. Albert hatte sie zuvor gefragt, worauf ihre Freundin mit dem Telegramm anspielte, aber als er bemerkte, dass Ruth mit einer Antwort zögerte, drang er nicht weiter in sie. Wohl aus Angst, dass sie ihm etwas erzählen könne, was er nicht hören wollte.

»Unsere Ehe ist mir heilig«, sagte Albert fest, und später, das hörte sie sogar aus dem Schlafzimmer, verbot er seinem Vater lautstark, sie weiter auszufragen, seine schwangere Frau bräuchte Ruhe.

Der alte Seidel knurrte zurück: »Und was, wenn es nicht dein Kind ist, das sie unterm Herzen trägt?«

Solche Worte aus dem Mund seines Vaters mussten Albert getroffen haben. Es nützte gar nichts, dass Ruth ihm zu versichern suchte, dass sein Vater Zwietracht zwischen ihnen säen wollte. Er zog sich mehr und mehr in sich selbst zurück und sprach kaum noch mit ihr, wenn er abends heimkam. Er antwortete wohl, wenn sie auf ihn zuging, doch es blieb bei einem oberflächlichen Austausch von Höflichkeiten.

Derweil beruhigte sich Otto wieder. Erna aber gab sich auffallend neugierig. Sie tat so, als wäre sie Ruths engste Vertraute, aber sie war und blieb nun mal Alberts Mutter. Das ließ sich nicht leugnen. Und eine Mutter würde im Zweifel immer auf der Seite ihres Kindes stehen. Also vertraute Ruth Erna nicht in Gänze. Gerade das beflügelte jedoch ihre Phantasie. Wie gut, dass sie derart viel unterwegs war und Ruth dann durchatmen konnte.

Eines Tages kam endlich ein Brief von Marga. Alle waren sie außer Haus, die Männer arbeiteten im Juwelierladen, und Erna erging sich in Weihnachtsvorbereitungen. In der ganzen Villa roch es nach Plätzchen. Täglich sollte Ruth neue Sorten zu ihrem Nachmittagstee probieren. Ihr war schon ganz übel von all den Naschereien. Kaffee hielt Otto für eine unsagbar schlechte Idee für Schwangere, Tee aber verbot er Ruth nicht. Sie entfaltete Margas Brief und las:

Mein Herz, meine beste Freundin,

ich wohne jetzt in Charlottenburg, im britischen Sektor. Es geht uns, seit die Blockade gegen Berlin aufgehoben ist, recht gut. Außerdem, das weißt du vielleicht gar nicht, gibt es in ganz Berlin seit diesem Jahr keine Sperrstunde mehr. Das ist eine lange Geschichte, Süße, und hat mit Heinz Zellermayer zu tun. Der hat dem Stadtkommandanten General Frank Howley ne Flasche Whiskey vorbeigebracht. Und den haben die beiden dann zusammen gekippt. Irgendwann hatte der General dann ein Einsehen. Wollte wohl auch nicht, dass die Leutchen den Sowjets mehr zugetan sind, weil in deren Besatzungszone konnte man oft ne Stunde länger am Tresen abhängen als bei uns. Das lässt sich doch kein Amerikaner, kein Brite und auch kein Franzose zweimal sagen, dass es sich bei den Russen angenehmer lebt. Oder die haben an die hohe Kriminalität während der amerikanischen Prohibition gedacht. Oder es war eine Frau schuld. Im Zweifel sind immer wir diejenigen, welche. Du weißt schon. Jedenfalls habe ich jetzt Nachtschichten. In Berlin wird wieder getrunken – und das, meine Süße, ist gut für den Klingelbeutel.

Nun zu dir, bevor ich zu viel schwatze: Ich schreibe künftig keine Telegramme mehr, war so ne spontane Idee gewesen. In welche Familie hast du bloß eingeheiratet, dass die dich derart überwachen? Bei mir ist immer Platz für dich, selbst in der kleinsten Bude, dass du das weißt. Wir beide gegen den Rest der Welt. Euer Freiburg ist wohl ziemlich überschaubar. Fühlst du dich dort überhaupt zu Hause? Berlin erinnert mich ein bisschen an Breslau. Groß ist es, und das Leben tobt. Apropos Leben, deine Briefe an deinen Ilan sind sicher bei mir. Werd mir bloß nicht verrückt bei deiner feinen neuen Verwandtschaft. Wenn ich eines gelernt habe im Krieg, dann das, wir müssen leben, Ruth. Das ist das Wichtigste. Und wer lebt, liebt. Ich bin für Ilan. Suche ihn, finde ihn, und dann seid zusammen. Du bist und bleibst immer meine beste Freundin, du Breslauer Lerge. Umarme dich, Deine Marga

PS: Nichts anderes zählt, und ick will ooch nüscht andres hören, wa.

Seit wann schrieb Marga denn ein PS auf Berlinerisch? Ruth schmunzelte. Typisch Marga, sie passte sich ja überall schnell an.

Beigelegt hatte Marga ihrem Brief zwei Fotos. Eines zeigte sie bei der Arbeit in der Kneipe. Sie sah aus wie immer, hatte noch ein paar Pfund mehr zugelegt. Sie war eben klug, schlug sich durch und fand immer jemanden, der ihr etwas zusteckte, sogar Pralinen und Zuckerwaren. Ihre Locken machten den Eindruck, als wäre Marga eben vor Freude in die Luft gesprungen und das habe rasch einer festgehalten. Aber sie stand mit beiden Beinen auf der Erde. *Mit beiden Beenen*, hörte Ruth Marga in Gedanken kommentieren, und darüber musste sie grinsen. Margas Fältchen um ihre Mundwinkel und Augen bekundeten, dass sie wirklich lachte und nicht nur so tat. Und dann war da ein zweites Foto, das zeigte sie mit einem Soldaten, der ein amerikanisches Abzeichen trug. Auf der Rückseite stand *from Jamie with love*, und ein Herzchen war danebengemalt. Schmuck sah der Kerl aus, Marga hatte ihn bestimmt nicht von der Bettkante gestoßen. Sie war schließlich kein Kind von Traurigkeit. Aber ob sie diesen Jamie nun liebte oder weswegen sie das Bild beigelegt hatte, blieb offen. Ihre Marga mochte eben Geheimnisse. Vielleicht wollte sie so auch nur sicherstellen, dass Ruths Neugier entfacht war und sie ihr sofort antwortete. Sie behielt natürlich recht.

Wenn Ruth an Marga dachte, an deren Leben, das aus Bierschaum, Schnaps und einem Alltag bestand, der nachts in Charlottenburg erblühte, dann musste sie auch darüber nachsinnen, ob sie selbst dieses Dasein hätte wählen sollen. Ob es sie glücklich gemacht hätte, neben und mit Marga zu leben? Niemandem wäre sie Rechenschaft schuldig gewesen. Immer hätte sie alles zuerst ihrer Freundin berichtet, und die hätte niemals geurteilt, nur zugehört. Aber auch wenn sie in diese Richtung dachte, sah sie Ilans sanfte grüne Augen vor sich, wie sie sie anblickten, als wollten sie ihr sagen, dass das auch keine Lösung wäre, seine hohe Stirn, die in Denkerfalten lag, diese Wärme, die von ihm ausging. All das spürte sie so deutlich, als wäre ebendas ihre Wirklichkeit. Ihr Platz war bei Ilan, nirgends sonst. Das wusste sie mit einer Klarheit, die keinen Zweifel duldete, und dennoch ließe sich dies niemals realisieren. Sie trug Alberts Kind im Bauch, das konnte sie nicht mehr rückgängig machen. Es gab weder eine Notwendigkeit zu handeln noch eine Möglichkeit. Sie hätte dafür das eigene Glück über das aller Angehörigen stellen müssen, hätte deren Unglück billigend in Kauf nehmen müssen. Aber sie war ohnehin zur Untätigkeit verdammt, sie hatte schließlich Bettruhe zu halten.

So schrieb sie also Marga, schrieb schnell und immer am Vormittag, wenn sie Erna und die Männer unterwegs wusste. Ihre dicken Briefe gab sie der Haushälterin, die sie zur Post brachte. Dann wartete Ruth auf Antwort.

Gelegentlich ließ sie auch wieder das Radio laufen. Um die Zeit zu füllen. Um zu spüren, dass sie noch da war. Weihnachten rückte näher. Am 21. Dezember, so verkündete der Nachrichtensprecher, habe der Deutsche Frauenring gegen den Entwurf eines Beamtengesetzes aufbegehrt. Es werde im Bundestag offenbar geprüft, ob man weibliche Beamte entlassen könne, wenn das Einkommen des Ehemannes die Versorgung der Familie auf Dauer sichere.

Keine Frage, dachte Ruth, wäre sie als Mann geboren worden, hätte niemand ihr nahegelegt, zu heiraten, damit die Kinder es besser hätten. Sie hätte Kinder gezeugt, aber selbst keine ausgetragen, nie wäre sie in solche Abhängigkeit geraten. Oder machte sie sich da nur etwas vor? Hatte sie mit Albert nicht eine bequeme Wahl getroffen?

Sie verscheuchte den unangenehmen Gedanken, es lief in ihrem Kopf ja doch immer wieder alles auf Ilan hin, und da war es das Beste, sich so gut es ging davon abzulenken.

Am 23. Dezember las Ruth in der Badischen, dass sich der Einzelhandel mit dem diesjährigen Weihnachtsgeschäft unzufrieden zeige. Zwar sei nicht weniger verkauft worden als im Vorjahr, aber die Preise seien gesunken, und damit wäre der Umsatz hinter dem von 1948 zurückgeblieben. Die Menschen hätten vor allem Spielwaren, Textilien, Möbel und Radiogeräte gekauft. Von Schmuck war nicht die Rede.

Am selben Abend noch fragte sie Albert, ob der Seidel'sche Juwelierladen in der Vorweihnachtszeit brummen würde, bekam aber nur ein »Mach dir keine Gedanken, Schatz« zu hören. »Du bekommst ein ordentliches Weihnachtsgeschenk.«

Das hatte sie doch gar nicht gemeint. »Ich brauche nichts«, sagte sie, aber Albert reagierte nicht weiter auf ihren Einwand.

Es war das erste Weihnachtfest, das Ruth im Kreise der Seidels feierte. Die Geschenke, auch die für ihre Geschwister, hatte sie im Vorfeld zu ihren Eltern schicken lassen. Mutter bekam ein Seidentuch, Papa eine Uhr, die Erna ihr aus dem Laden mitgebracht hatte, und Gili ein Paar Modeschmuckohrringe, fein gearbeitet und im schönsten Himmelblau, das zu ihrer Augenfarbe passte. Jo hatte sie einen Taschenkalender geschenkt, für die vielen Termine, die er immer hatte. Ruth hatte an Heiligabend zu Hause angerufen. Albert hatte sich, seit sie wegen des Kindes Bettruhe halten musste, um einen Anschluss für seine Schwiegereltern gekümmert. Dafür war Ruth sehr dankbar, sie durfte ja noch immer nicht das Bett verlassen.

Mutter berichtete, dass der Breslauer Mohnstrudel schon auf dem Tisch stünde und dass sie Ruth die Tage ein großes Stück vorbeibringen wolle. Vater klang rührselig, im Hintergrund spielte *Oh Tannenbaum* auf dem Schallplattenspieler, und Gili und Felix riefen »Wir wünschen ein frohes Fest« in den Hörer. Sie klangen angeschickert. Jo war mal wieder nicht da. Er käme aber zur Bescherung, ließ Gili Ruth wissen.

Das Radio übertrug die Weihnachtsansprache des Bundeskanzlers, derweil das Hausmädchen Ruth noch rasch das Festmahl servierte, bevor es dann verschwand. Auch Rosalia hatte ein Leben, und dieses sah offenbar vor, den Heiligen Abend nicht bei den Seidels zu verbringen. Wer konnte ihr das verübeln?

Konrad Adenauer erinnerte in seiner Rede nachdrücklich an die Ausgestoßenen der Gesellschaft, an Vertreibung, die Erfahrung des Ausgebombtseins, an Kriegsgefangenschaft und Verschleppung.

Unwillkürlich musste Ruth an Harry denken, und ein kalter Schauer erfasste sie. Lange hatte sie nicht mehr intensiv an ihren großen Bruder gedacht, es schmerzte immer noch zu sehr. Könnte er jetzt nur bei ihr sein, hätte es nur den Krieg nie gegeben! Sie würde nun gemeinsam mit ihrer Familie das Weihnachtsfest in Breslau begehen. Die Oder läge in fußläufiger Entfernung, vielleicht wären sie am Vorabend des Festes alle ins Kino gegangen? Sie hätte Marga getroffen, und Ilan säße neben ihr am Tisch ihrer Eltern, und am ersten Feiertag machte er ihr einen Antrag. Vielleicht trüge sie sein Kind bereits unter dem Herzen?

Nachdem sie allein gespeist hatte, klopfte es dreimal – und als sie »Herein« rief, trat Albert ein. Er nahm ihr das Tablett ab, stellte es auf den Tisch neben ihr, küsste sie kurz auf den Mund und schrak dabei ein klein wenig vor der Berührung zurück. Ruth fiel es gleich auf, aber er ließ sich nichts weiter anmerken. Es gab nichts zwischen ihnen zu sagen, außer, was die Etikette ihnen abverlangte.

»Frohes Fest, Liebling.« Er drückte ihr ein Päckchen in die Hand. *Von der ganzen Familie mit Liebe*, stand auf dem Anhänger.

»Danke«, sagte sie, entknotete es und schlug das Papier zur Seite. In einem blauen Samtkästchen lagen goldene Creolen. Wertvoll waren sie ohne Frage, aber niemals hätte Ruth sich selbst solchen Schmuck ausgesucht. Für ihren Geschmack waren sie viel zu protzig, zu wenig gelenk und feingliedrig.

»Vater hat sie ausgewählt. Gefallen sie dir? Soll ich ihm deinen aufrichtigen Dank ausrichten? Er meinte, er wolle niemanden bevorzugen, und so hat er dir und Mutter die gleichen Stücke ausgesucht. Mutter ist ganz aus dem Häuschen vor Glück, achtzehn Karat, das ist schon sehr hochwertige Ware.«

Ruth nickte, murmelte »vielen Dank, sag das bitte allen, auch deinem Vater«.

Sie dachte an ihre Geschenke, die sie für Otto, Erna und Albert besorgt hatte. Otto hatte eine Krawatte bekommen, eine von den italienischen Marken, die Erna für ihn empfohlen hatte. Ihrer Schwiegermutter hatte sie Ohrringe ausgesucht. Die waren bloß aus Silber und liefen sicherlich an, aber der rosafarbene Schimmer der Steine, der passte wie kein anderer zu ihrem Teint. Es waren außergewöhnliche Stücke, außergewöhnlich wie Erna. Für Albert hatte Ruth eine Schallplatte mit Liebesliedern gekauft.

So hatte er ihr damals seinen Heiratsantrag gemacht, begleitet von Musik. Das Lied, das gelaufen war, war ebenfalls auf der Schallplatte, sie hatte darauf geachtet. Eine Karte hatte sie ihm auch geschrieben. *In Liebe, Deine Ruth.* Sie hatte sich gefragt, ob sie log, die Worte dann dennoch niedergeschrieben, auch wenn sie nicht ganz sicher gewesen war, was dieses *In Liebe* nun bedeuten mochte. Aber das Kind in ihrem Bauch hatte gestrampelt, und da war sie überzeugt gewesen, dass sie keinen Fehler beging.

Albert hatte nichts Persönliches für sie. Keine Karte, kein eigenes Geschenk, nur den Lippenkuss, der sich merkwürdig zittrig anfühlte. Was Ruth viel später begriff, war, dass Albert wohl damals schon intuitiv verstanden haben musste, dass es zwischen ihnen zu einem Bruch gekommen war, den er sich nicht erklären konnte, der aber zur Folge hatte, dass Ruth sich ganz und gar von ihm entfernt hatte. Auf Alberts Geschenk, einem Ring, den er ihr erst viel später am Abend überreichte, hatte eine Gravur gestanden, die da lautete: *Für immer. Weihnachten 1949.*

Kapitel 6

Frühling 1950

Die Kirschbäume vor dem Stadttheater standen in voller Blüte. Für Gili der Auftakt einer neuen Zeit. Jedes Mal, wenn sie sich aus der Redaktion zu den Proben davonstahl – abwechselnd Bauchweh, eine Migräneattacke oder ihre Mutter, die ihrer Hilfe dringend bedürfe, vortäuschend –, lief sie unter der Baumallee entlang, und wenn nur ein wenig der Wind wehte, regnete es weiße Blütenblätter. Es kam ihr dann vor, als sei die Bühne ihr Königreich. Und das stimmte ja auch, das Theater war das Land, in dem sie leben wollte, dafür war sie gemacht. Was zählte schon Deutschland und seine düstere Vergangenheit. Auf der Bühne konnte Gili alles sein, was sie begehrte. Und sämtliche Rollen, auch jene, nach denen sie sich im Leben nie gesehnt hatte, waren eine Möglichkeit, alles Menschliche und jede Gefühlsregung zu erkunden. Was für ein enormes Glück sie gehabt hatte, genau hier, an diesem Fleckchen Erde, sein zu dürfen. *Maseltov*, hätte Großmutter gesagt. Sie war Gili nicht unähnlich gewesen: enorm sicher in dem, was sie wollte und erstrebte – was das anging, ein wenig stur, aber wirklich nur in dieser einen Sache –, ansonsten wendig und flexibel sowohl im Körper als auch im Geist und stets auf der Suche nach Anregungen und Inspiration. Großmutter hatte sich bis zuletzt geweigert, Breslau zu verlassen. Vater hatte immer wieder auf sie eingeredet, aber mit Großmutter war kein Verhandeln möglich gewesen, hatte er erzählt.

Mach nur, Mädchen, Großmutters Stimme hallte in ihrem Inneren wider. *Wenn du etwas wahrhaft tun möchtest, wird es schon klappen*. Es war mehr das Gefühl von Großmutters Stimme, als dass sie sie wirklich hörte. Und dann war es, als klopfe sie ihr tatsächlich sanft auf die Schultern. Gili drehte sich um, aber da war niemand, nur die Kirschblüten, die auf sie hinabregneten und sich in ihrem Haar verfingen. Sie musste lächeln. Nun sah sie sicher aus wie eine Braut, nur dass sie zum passenden Haarschmuck kein weißes Kleid trug.

*

Drei Tage später gab sie in der *Geisterkomödie* ihre Premiere als Elvira Condomine, die verstorbene Ehefrau des Schriftstellers Charles Condomine. Einmal heraufbeschworen spukte sie auf der Bühne durch die Villa und jagte der zweiten Ehefrau ihres Mannes Angst und Schrecken ein. Am Schluss beförderte sie – begleitet vom Gelächter der Zuschauer – Charles nebst seiner neuen Angetrauten ins Jenseits. Dort musste sie dann mit beiden zurande kommen.

Es hatte tosenden Beifall für das gesamte Ensemble gegeben. Als Gili sich aber verbeugte, erhob sich das Publikum von seinen Plätzen, rief »Bravo« und immer wieder »Zugabe«. Verehrer reichten ihr bunte Sträuße, Pralinen und kleine Briefe. Sie war der eigentliche Star des Hauses, und das war auch dem Intendanten nicht entgangen. Noch am selben Abend unterbreitete er ihr das Angebot, sie fest zu engagieren. Wie hätte sie verneinen können? Von Kindesbeinen an hatte sie davon geträumt – und nun war der Traum wahr geworden. Ganz anders als erwartet fühlte Gili sich in keinem herrlichen Taumel begriffen, sie stand auch nicht außerhalb des Geschehens und beobachtete dieses fassungslos, wie sie es aus Beschreibungen in Romanen kannte. Vielmehr war sie derart bei sich, als hielte sie all ihre Eigenschaften, die sie sonst gewohnheitsmäßig vor anderen auffächerte, in der locker geschlossenen Handfläche. Darin gediehen sie und wurden zu einem Samenkorn. In dem war alles enthalten, war es immer schon gewesen, noch bevor es überhaupt zur Existenz gekommen war. Ein seltsamer Gedanke, der Gili aber passend für ihren Zustand erschien. Alles, was sie benötigte, um zu spielen, sich in etwas Neues zu verwandeln, war immer schon in ihr angelegt gewesen. Welche Emotion Gili auf der Bühne die Oberhand gewinnen ließ und in welcher Stärke, unterschied sich je nach Anlage und Charakter der zu spielenden Figur und je nachdem, in welcher Situation sich diese befand.

»Worüber denkst du nach?«

Sie hatte Max nicht an die Garderobentür klopfen, ihn nicht kommen hören. Gili zuckte unwillkürlich zusammen. Die anderen waren schon fort, wahrscheinlich trafen sie sich in der Kantine, jemand hatte zur Feier des Tages Kuchen gebacken. Gili hatte den Moment der Besinnung gebraucht, hatte kurz für sich sein wollen.

»Was machst du hier?«

»Ich wollte dir zur gelungenen Premiere und deiner ersten Hauptrolle gratulieren. Du bist wie gemacht für die große Bühne, weißt du das?«

Ein abgegriffenes Klischee, und Max hatte Blumen dabei. Wieder tiefrote Rosen. Sie mussten ein Vermögen gekostet haben. »Und was willst du wirklich?«

Gili sah auf die üppigen Blütenköpfe. Max räusperte sich und versuchte zu sprechen. Als säße eine dicke fette Kröte auf seinen Stimmbändern und verhinderte, dass er sich verständlich machte, so klang der Versuch.

»Ich verstehe nicht ganz.« Gili erhob sich und ging ein paar Schritte von ihm weg zum Fenster. Er hatte das Wasser aufgedreht, das Porzellan der Vase klirrte hell auf, als sie an das Metall des Hahns stieß. Umständlich und ungelenk befüllte Max sie mit den langstieligen Rosen und versuchte, sie auf dem Tischchen in der Mitte der Garderobe zu platzieren, aber es gelang nicht, sie drohten umzukippen.

»Die sind für dich«, stammelte er und lehnte die Vase schließlich an einen der Schminkspiegel. So stand sie zwar noch immer wacklig, aber für den Moment reichte es ihm aus.

Gili nickte. »Habe ich mir fast gedacht.« Sie mühte sich ein Lächeln ab. Max tat ihr leid, wie er so vor ihr stand, aufgelöst beinahe, und all seiner Souveränität beraubt, die ihm ansonsten gut zu Gesicht stand. Seine symmetrischen, feinen Züge wirkten entstellt. Die Röte seiner Wangen ließ ihn aufgedunsen erscheinen, was er in der Tat nicht war, und Schweißperlen bildeten sich auf seiner Stirn.

»Weißt du, ich habe mir gedacht«, begann er und brach dann mitten im Satz ab, um eine Schatulle aus seiner Hosentasche zu ziehen und sie ihr hinzuhalten.

Gili atmete leise aus. Sie ahnte, was er vorhatte, und hätte ihm die Konsequenz seiner Handlung allzu gern erspart. Aber sie musste ihn gewähren lassen, ihm die Chance geben, später auf die Szene zurückzuschauen und sich nicht vorwerfen zu können, nicht alles versucht zu haben.

Max öffnete die Schachtel, und was Gili sah, verschlug ihr den Atem. Er hatte einen Memory-Ring erstanden. Sie kannte dessen Bezeichnung von Ruth. Über und über war er mit funkelnden Diamanten besetzt.

»Willst du meine Frau werden?«

Er war auf die Knie gesunken und blickte sie inständig, fast bittend, an. Seine Hände zitterten nicht mehr, waren aber schwitzig. Er umklammerte ihre Finger.

Nun war es an Gili zu handeln. Schon zog Max den Ring aus der Schachtel und wollte ihn ihr über den Finger streifen.

Sie schüttelte leicht den Kopf, gab ihm Zeit zu verstehen, half ihm dann auf die Beine.

»Du hast alles richtig gemacht«, sagte sie. »Ich bin dir dankbar für alles. Dafür, dass ich hier spielen darf, dafür, dass deine Familie ein gutes Wort für mich eingelegt hat, dafür, dass du mir ein

Freund bist, und auch dafür, dass du mich liebst. Aber ich kann nicht, Max. Ich liebe Felix. Bitte versuch mich zu verstehen.«

»Aber …«

Das Aber gefiel ihr nicht, es gab in dieser Angelegenheit nichts zu verhandeln, überhaupt nichts. Die Liebe musste sich nicht rechtfertigen.

Sie drehte sich abrupt von ihm weg, zog die Tür hinter sich ins Schloss und ließ Max allein in der Garderobe zurück. Er folgte ihr, beschleunigte seine Schritte, als sie die ihren beschleunigte. Im Foyer holte er sie schließlich ein. Dort waren noch einige Gäste, die mit Sektgläsern an den Stehtischen standen.

»Warte«, rief Max, und seine Stimme klang wieder gefestigt, obwohl er außer Puste war. Gili blieb stehen. Er kniete erneut vor ihr nieder. Die Rosen hatte er an sich genommen. Noch einmal wiederholte sich die vorherige Szene. Als wäre das vorhin die Generalprobe gewesen und dies die Uraufführung. Was er mit der Wiederholung allerdings bezweckte, war Gili schleierhaft. Ihr war es unangenehm gewesen, seinen Antrag ablehnen zu müssen, auch vorhin schon, als sie bloß allein gewesen waren. Nun aber reihten sich die verbliebenen Gäste um sie und wohnten der Szene bei, die sich vor aller Augen abspielte. Wer hätte gedacht, dass sie an ein und demselben Abend gleich zwei Premieren erleben würden?

»Willst du es dir nicht noch einmal überlegen? Gili, ich bezeuge vor allen, ich liebe dich aufrichtig und bitte dich, werde meine Frau.«

Max war ein Liebestoller geworden, ein Wahnsinniger, in die Irre getrieben von einem Gefühl, das sie nicht erwidern konnte und nicht erwidern wollte. Sie dachte an Felix, der sie stets zum Lachen brachte, der niemals derart in sie gedrungen wäre, sie keinesfalls vor dem Freiburger Publikum bloßgestellt hätte.

Aber Max hatte alle Sympathien auf seiner Seite. Gili musste das Blatt schleunigst wenden. Durfte nicht nur schweigen und den Kopf schütteln. Oder ihn gar anbrüllen, was er sich bei seiner Inszenierung eigentlich denke. Ganz in Rage hätte sie sich am liebsten geredet und ihm die Rosen vor die Füße geworfen. Stattdessen: Sie sah auf ihn herab, reichte ihm keine Hand, dieses Mal nicht. »Ich beabsichtige niemanden zu heiraten, ich unterwerfe mich niemandem. Ich bleibe frei. Und Schauspielerin dieses Theaters.«

Die Blumen nahm Gili nicht entgegen. Sie regneten einzeln zu Boden, als er sie ihr überreichte. Max hatte es doch nicht anders gewollt. Sie wandte sich um. Hinter ihr Pfiffe und Buhrufe. In ihrem Kopf die Stimme ihrer Mutter: *Nun ist auch diese Hoffnung zunichtegemacht. Wie gut, dass wenigstens Ruth vernünftig ist.*

*

Der Rosenstrauß war viel zu schön, um ihn umkommen zu lassen. Max hatte ihn ihr nach Hause schicken lassen, zusammen mit einer Karte, auf der stand: *Entschuldige meinen vorschnellen Antrag. Er hat dich sicher überrumpelt. Es tut mir leid.*

Gili war nicht darum herumgekommen, sie hatte ihrer Mutter alles erzählen müssen. Besser war es ohnehin, diese erführe von Gili selbst, was geschehen war, und nicht etwa am Morgen darauf aus der Zeitung. Sicher hatte nach der Premiere noch irgendwo im Foyer ein Redakteur der Badischen herumgelungert und nach dem Ereignis, das nicht für die Öffentlichkeit bestimmt gewesen war, seine Chance ergriffen und einen waschechten Skandal herbeigeschrieben. Zuzutrauen wäre es dem Lokalressort, Gili kannte die Leute, die da arbeiteten. Was würde danach noch der Erfolg der Geisterkomödienpremiere und ihr Debüt als eine der Hauptdarstellerinnen interessieren?

Mutter hatte, als Gili mit ihrer Beichte fertig gewesen war, leise aufgestöhnt, »meine Nerven machen das alles nicht mehr mit«, gesagt und war dann von Papa ins Schlafzimmer gebracht worden. Ganz treusorgender Ehemann hatte Papa ihr Beruhigungstee aus Baldrianwurzeln, Melissenblättern, Hopfenzapfen, Lavendel- und Kamillenblüten gekocht. Gili hatte er über den aufsteigenden Dampf hinweg zugelächelt, entschuldigend beinahe und ohne ein Wort zu verlieren. Papa liebte sie wahrhaftig, auf ihn war immer Verlass.

*

Mit dem ersten Sonnenstrahl war Gili wach und sprang aus dem Bett. Eine einfache Katzenwäsche musste reichen. Die langen Haare steckte sie sich hoch, auf dass ihre mandelförmigen Augen besser zu Geltung kämen. Sie gab ihren Lippen einen zartroten Anstrich, schlüpfte in die wärmenden Strümpfe und das gepunktete Kleid, das zu auffällig war für einen Tag im Büro, und band sich die Schnürstiefel. Soweit sie das mit einem Blick aus dem Fenster erahnen konnte, war der Himmel klar und wolkenfrei. Der leichte Mantel würde genügen. Die Handschuhe fand sie so schnell nicht, und auch den Schal musste sie in irgendeine Schublade gesteckt haben, nach beidem würde sie nun nicht suchen. Sie gab Mutter einen flüchtigen Kuss auf die Stirn, später würde sie ihr von ihrem Entschluss erzählen müssen, griff die Rosen von Max, riss im Gehen den Anhänger mit seinen Zeilen ab und eilte schließlich aus der Wohnung.

Auf den Straßen war nicht viel los. Die Menschen waren längst auf der Arbeit, die Kinder in der Schule, die Studenten an der Universität, und die paar Hausfrauen, denen sie auf ihrem Weg begegnete, hasteten, ohne den Blick anzuheben, an ihr vorüber, vermutlich waren sie unterwegs zum Einkaufen. Lediglich ein vielleicht vierjähriges Mädchen, das in einem der Hauseingänge hockte und allein mit einem Kreisel spielte, sah auf, als sie vorbeiging.

»Hast du aber schöne Blumen. Sind die von deinem Freund?«

Das Mädchen kicherte. Gili blieb einen Augenblick stehen. »Nicht ganz, die sind für meinen Freund, ich werde sie ihm gleich schenken.«

Das Mädchen lachte, hell und glockenklar, als wäre Gilis kurze Entgegnung das Schönste, was es seit Langem gehört hatte. Von seinem Lachen begleitet stieg Gili in die Straßenbahn, die sie bis zur Kaiser-Joseph-Straße brachte. Von dort war es nicht mehr weit bis ins Stammhaus der Badischen Zeitung.

Sie sah es schon von Weitem: Vor dem Schaufenster scharte sich die Menge, um einen kostenfreien Blick auf die neuesten Nachrichten zu erhaschen, die an der Glasscheibe stets ausgehangen wurden. Womöglich war in einem Artikel auch von ihr zu lesen, dem aufstrebenden Sternchen am Theaterhimmel, dem der Ruhm zu Kopfe gestiegen sei. Nur so sei zu erklären, dass Gili Mock den öffentlichen Heiratsantrag des gut situierten und aus bester Familie stammenden Max Rehwald abgelehnt habe.

Sie hielt den Blick gesenkt und drückte sich vorbei an der kleinen Menge, die begierig die Artikel zu studieren suchte und dabei unwillkürlich den Vordermann schubste. Einzelne mühten sich darum, die Wartezeit zu nutzen und eine angeregte Plauderei mit dem Nebenmann zu halten, der ebenso darauf harrte, endlich das Schaufenster zu erreichen. Gili war in diesem Gewirr keinem aufgefallen. Und ausnahmsweise war sie sehr froh darum.

»Da ist sie ja, unsere Grande Dame des Theaters.« Gudrun, die Kollegin, die sonst immer darum bemüht war, nur ja alles richtig zu machen, hatte offenbar auf sie gewartet. Sie war die Sorte Frau, die mit ordentlich gebügelten weißen Blüschen und passendem mausgrauen Rock herumlief und ihr mit ihren Versuchen, sich beim Chef einzuschmeicheln, ihren stets angespitzten Bleistiften und der Überpünktlichkeit, die sie ebenso anderen abverlangte, auf die Nerven ging. »Mademoiselle glauben wohl nicht, dass auch eine Schauspielerin pünktlich sein muss, will sie ihre Ausbildung zur Sekretärin nicht verlieren.« Gudrun deutete auf das

Büro des Chefs, dessen Tür geschlossen war. »Er hat geschäumt, als er den Artikel über dich gelesen hat, und noch mehr hat er geschäumt, als du heute nicht zur gewohnten Zeit aufgekreuzt bist. Nur damit du es weißt.«

Gili ignorierte Gudrun, die von ihrem Schreibtischstuhl aufsprang und ihr hinterherkam. »Bin ich dir jetzt nicht einmal mehr eine Antwort wert? Wo ich dir doch vorher alles en détail erklärt habe, damit du hier zurande kommst.«

»Ich muss noch etwas erledigen.« Damit ließ sie ihre Kollegin stehen. Was scherte es Gili, was ausgerechnet Gudrun über sie sagte? Gili war aus einem einzigen Grund hier, und der hieß Felix. An dessen Bürotür klopfte sie nicht, sie trat einfach ein und schloss die Tür auch nicht wieder hinter sich. Seine Kollegen hielten, als sie den Raum betrat, mit dem Tippen inne, und ein Raunen ging durchs Büro. Sie reichte Felix die üppigen roten Rosen, die er erst mit Erstaunen betrachtete, um sie dann auf seinem Schreibtisch abzulegen und Gili in die Arme zu schließen. Vor aller Augen küsste sie ihn. Das Raunen schwoll an. Empörung lag darin, wohl aber auch Faszination, vielleicht auch Begierde oder sogar Neid auf alles, was sie sich herausnahm.

»Du hast den Antrag von Max Rehwald abgelehnt, ich hoffe ja ein wenig, dass ich der Grund dafür bin.« Felix zwinkerte ihr zu. »Auch wenn ich dir nicht bieten kann, was …«

Sie nahm ihm seine Worte mit einem neuerlichen Kuss.

»Die Rosen hat Max mir geschenkt, aber die sind doch viel zu schade zum Wegwerfen, oder? Und dann können ja auch die Rosen nichts dafür, dass sie vom Falschen kommen, deshalb gebe ich sie jetzt dem Richtigen. Und nur damit du es weißt, ich liebe dich. Aber nicht deshalb werde ich hier gleich kündigen. Ich bin einfach keine Sekretärin wie Gudrun.« Sie sah ihre Kollegin, die es natürlich nicht hatte bleiben lassen können und ihr nachgekommen war, direkt an. »Das weiß ich jetzt. Ich gehöre auf die Bühne. Kannst du dir für heute freinehmen, um das mit mir zu feiern?«

»Du überraschst mich immer wieder aufs Neue. Und auch dafür liebe ich dich.« Felix erwiderte ihren Kuss, und da hatte es auch der Letzte im Büro begriffen. Seine Kollegen erhoben sich und applaudierten, und ebendieses Getöse zog weitere Kollegen aus den umliegenden Büros an. »Was wird denn hier gefeiert? Doch nicht etwa eine Verlobung?«

»Mitnichten«, sagte Gili. »Wir heben gemeinsam das Glas auf die Liebe und die Freiheit.« Auch wenn weder Sekt noch Wein noch Gläser vorhanden waren, meinte sie doch, was sie sagte.

In der Bürotür war plötzlich der Chef aufgetaucht, Gudrun hatte ihm Platz gemacht. So hatte er freie Sicht auf das Geschehen. »Was ist denn nur in Sie gefahren, werte Damen und Herren? Wir sind hier eine ernst zu nehmende Zeitung und kein Theater.« Offenbar hatte ihn der Lärm aus seinem Büro gelockt, und nun stand er in seinen himmelblauen Hosen da, die Hände in die Hüften gestemmt, den Rücken leicht nach hinten gebogen, was sein Bäuchlein betonte. Seine Miene war streng.

»Und genau das ist es, was mich stört«, entgegnete ihm Gili prompt. »Ich reiche hiermit meine Kündigung ein.«

*

Felix war als fester freier Mitarbeiter flexibel. Er hatte es aber dennoch nicht gewagt, vor den Augen seines Vorgesetzten, der sie mit offenem Mund angestarrt und nichts erwidert hatte, nach ihrer spontanen Kündigung das Büro zu verlassen. Der Chef war außer sich gewesen vor Wut. Also hatte Gili sich heimlich flüsternd und erst für den Abend mit Felix verabredet, und zwar in dessen Wohnung.

Sie war noch nie dort gewesen. Nun stand sie vor einem schäbigen Gebäude, dessen Farbanstrich abblätterte und das mit Einschusslöchern übersät war. Es lag unweit des Theaters und der Universität. In ihrem Bauch hüpfte und blubberte es vor Aufregung.

Sie schellte, und er machte ihr auf. Das Erste, was sie erblickte, waren die Kerzen, die er überall in dem kleinen Zimmer entzündet und von seinem spärlichen Lohn erworben haben musste. Sekt hatte er außerdem gekauft, er hielt ihn wie zum Beweis seiner besten Absichten schon in der Hand, und die Rosenköpfe des Straußes, den sie ursprünglich von Max bekommen und Felix heute früh geschenkt hatte, hatte er mittlerweile von den Stängeln gelöst. Die Stiele ragten ein wenig aus dem Mülleimer, eine Unmenge Blütenblätter aber schmückten den ansonsten kargen Esstisch, die Dielen und Fensterbretter. Nur das Bett hatte Felix ausgelassen, vielleicht war ihm das zu eindeutig vorgekommen oder gar aufdringlich erschienen.

Und da war es ihr nochmals klar geworden: Eine bessere Wahl als ihn hätte sie nicht treffen können. Gilis Hände zitterten jedes Mal, wenn sie Felix sah, sie kannte das schon. Auch wie sich ihr Zittern im Laufe eines Gesprächs mit ihm beruhigte, sich all die vorherige Anspannung, Erwartung und die damit verbundenen Gedanken auflösten und selbst die Zeit keine Rolle mehr spielte. Allein, dass Felix da war, an ihrer Seite, und ihre Hand hielt, war dann noch von Bedeutung. Aber auch das war ihr vertraut – wie die Aufregung jedes Mal neu aufflammte, wenn er mit seinen Fingerspitzen leicht ihre Arme streichelte, ihr übers Haar fuhr oder ihre Wangen berührte.

Nie zuvor hatten sie sich bei ihm getroffen, stets waren sie unter Menschen gewesen, nur selten allein. Ein einziges Mal hatte Gili sich im Halbdunkeln aus dem Haus geschlichen und Felix in einen kleinen Park in der Nähe der Wohnung ihrer Eltern geführt. Dort waren sie sich nah gekommen, sehr nah, aber miteinander geschlafen hatten sie dennoch nicht.

Der Geschlechtsakt wäre Verheirateten vorbehalten, hatte Mutter immer gesagt, warnend und mit erhobenem Zeigefinger. Immerhin hatte sie mit den Kindern über Körper und Sexualität gesprochen. Im Allgemeinen, versteht sich, doch in anderen Familien wäre schon das ein Tabu gewesen. Mutter war, was diese Dinge anging, sehr offen. Nacktheit war in ihrer Familie kein Problem gewesen. »Wir sind, wie Gott uns geschaffen hat.« Sie hatte dabei mit den Schultern gezuckt. »Sieht uns ja niemand. Aber damit das klar ist, ich will keine von euch an eine dieser Engelmacherinnen verlieren, hört ihr.«

Es war ihr wohl auch deshalb besonders wichtig gewesen, Ruth und ihr die Zusammenhänge des Lebens zu erklären.

»Da bist du ja, tritt doch ein in mein bescheidenes Reich.«

Gili tat es. Der Boden knarzte unter ihren Füßen. Sie wippte einmal vorsichtig auf und ab, bis es quietschte. »Damit die Nachbarn auch ja wissen, dass du Besuch hast.« Sie grinste, und er nahm ihre Hand und rückte ihr einen Stuhl zurecht. Den einzigen, den es gab. Er stand in der Mitte des Raumes vor dem Tisch mit der Schreibmaschine. Felix entkorkte den Sekt und schenkte erst ihr, dann sich selbst ein. »Setz dich doch.« Als sie nicht reagierte, lächelte er und stieß im Stehen mit ihr an. Der Alkohol prickelte angenehm auf der Zunge.

»Setzen wir uns besser dorthin.« Gili steuerte sein Bett an. »Nun schau nicht so, wir können schließlich nicht den ganzen Abend über stehen bleiben. Und überhaupt …« Sie zögerte den Moment ein wenig hinaus; wollte sie den Ausdruck auf seinem Gesicht doch in Erinnerung behalten, daraus schließen, ob sie der zweiten gewichtigen Entscheidung, die sie am heutigen Tag getroffen hatte, tatsächlich Taten folgen lassen würde.

»Was hast du dir nun wieder ausgedacht?« Felix wirkte amüsiert. Er kannte sie bereits besser, als sie geglaubt hatte, und wusste offenbar zu deuten, was in ihr vorging.

»Nun verdirb mir nicht den ganzen Spaß. Also …« Sie schluckte.

Er schwieg, streichelte ihr sanft über den Rücken und wartete ab, so, wie sie es sich ausgemalt hatte.

»Ich muss doch wissen, worauf ich mich einlasse, bevor ich zu dir ziehe.« Gili hatte es sich fest vorgenommen, aber sie sah Felix in diesem Moment nicht in die Augen, spürte stattdessen dem wilden Puls in ihrem Hals nach, der sie kaum atmen ließ. »Ich muss doch wissen, worauf ich mich einlasse, bevor ich zu dir ziehe.« Was, wenn er es nicht gar so ernst gemeint hatte mit ihr, wenn er nun gleich einen Rückzieher machte?

»In diesem Fall …«

Gili blickte an ihm vorbei zu der Nische mit dem Herd und dem Spülbecken. Er aber nahm ihr Gesicht in beide Hände und drehte ihren Kopf sanft in seine Richtung: »In diesem Fall«, wiederholte er, »muss ich meine Liebste nun wohl leider küssen.«

Und das tat er – und sie tat es ihm gleich. Nie war er schneller, als es Gili gutgetan hätte. Immer zögerte er einen Augenblick, wartete einen Moment ab. Bis er sicher war. So jedenfalls deutete Gili seine Zärtlichkeit und Rücksichtnahme. Ebenso wie sie schien er sich danach zu sehnen, dass sie eins würden im Fühlen – ein Körper, wo vorher zwei gewesen waren. Und auch wenn sie nur ein klein wenig vor ihm zum Höhepunkt kam, bemerkte Gili diese minimale Verschiebung kaum. Er hatte ihr gelauscht und war ihr gefolgt. Dass er ihr dabei einen Atemzug lang nachhing, spielte keine Rolle. Alles war an seinem Platz. Sie war bei ihm und gleichzeitig überall, sie war in ihrem Körper und doch auch außerhalb. Irgendwann war da ein schmaler Lichtstreif, der den Horizont heraufkroch. Dass der bereits den Morgen ankündigen sollte, wäre Gili kaum in den Sinn gekommen. So sehr war sie im Einklang mit sich und der Zeit, dass die Welt da draußen sie nicht interessierte.

*

Endlich durfte Ruth wieder das Bett verlassen – und auch wenn der Arzt sie eindringlich vor zu viel Belastung gewarnt hatte, seit ihrem Wiedersehen mit Ilan hatte sich offenbar nicht nur sie berappelt, auch die Natur stand in voller Blüte. Um diese Jahreszeit hatten sie in Breslau nur selten ohne Jacke das Haus verlassen. In Freiburg aber griff der Frühling rasend schnell um sich und fuhr mit seiner Helligkeit in jedes noch so versehrte Herz, das bis dato nicht daran geglaubt hatte, sich je wieder an etwas erfreuen zu können. Es war eine eigenartige Sache mit solchen Glauben. Kaum bewegte man sich, bewegten sich auch die Gedanken und mit ihnen die eigene Verfasstheit.

Fest umklammerte Ruth einen riesigen Korb, in den ihr die Haushälterin, unbemerkt von Albert und Otto und unter gutem Zureden von Erna, allerhand Leckereien hatte einpacken lassen. Die würde sie ihrer Schwester vorbeibringen. Die war in der Zwischenzeit nämlich von zu Hause aus- und bei Felix eingezogen. Unverheiratet, wohlgemerkt.

Mutter hatte die Hände über dem Kopf zusammengeschlagen und Gili, was die dramatische Geste anging, in nichts nachgestanden. Erst hatte es mehrere heftige Auseinandersetzungen gegeben, die jedes Mal in Geschrei geendet waren, dann hatte Mutter versucht, Gili lautstark den Auszug zu verbieten, und zu guter Letzt hatte sie beleidigt den Rückzug angetreten. Seitdem litt Mutter unter schwerer Migräne. So zumindest hatte Gili es Ruth berichtet.

Dass ihre Schwester bei ihrem Auszug einen kleinen Koffer Ausstattung hatte mitnehmen können, verdankte diese wieder einmal Papa. Der hatte nämlich einen Kompromiss bewirkt. Anderen gegenüber schwieg die Familie über Gilis Weggang und tat so, als befände sich die Tochter noch immer unter ihren Fittichen. Dass dem nicht so war, ja, dass Gili sogar in wilder Ehe lebte, musste ja nicht jeder Hans und Franz wissen, hatte Papa gemeint. Was Gili den Eltern aber noch verschwiegen hatte, war, dass sie obendrein ihr Ausbildungsverhältnis gekündigt hatte und seitdem hauptberuflich als Schauspielerin arbeitete. Das wiederum hatte zur Folge, dass Felix und sie am Hungertuch nagten. Ihre Eltern waren ohnehin der Ansicht, Felix müsse sich um Gili kümmern, hatten aber keine Ahnung, dass ein freiberuflicher Journalist nur hin und wieder einen Auftrag bekam und Gili als unausgebildete Elevin kaum etwas verdiente, auch wenn sie als Star des Hauses gefeiert wurde. Es war also an der Zeit, dass sie ihrer Schwester ein wenig unter die Arme griff. Das war einer der Vorzüge ihrer Ehe mit Albert, über Lebensmittel würden die Seidels kaum Buch führen.

Die vielen Stufen hinauf in die Wohnung verlangten ihr nach der langen Bettruhe alle Kraft ab. Gili kam die Treppen hinuntergehüpft, fiel ihr um den Hals, freute sich unbändig über den Geschenkkorb, nahm ihn ihr ab und sprang wieder voran, hinauf in den vierten Stock bis unters Dach. Dass es solche hohen Gebäude in Freiburg überhaupt gab, und dass ihre Schwester ausgerechnet in ein solches hatte einziehen müssen. Schnaufend erreichte Ruth das Dachgeschoss.

»Na, keine Anstrengung mehr gewöhnt, Schwesterchen?«

Ruth sah sie finster an und schüttelte den Kopf. Gilis Stichelei ärgerte sie. Sie tat ihr Bestes, um ihre Schwester zu unterstützen, war immer für sie da, wohingegen Gili sie in all der Zeit, die sie hatte im Bett verbringen müssen, nur höchst selten besucht hatte – vielleicht dreimal, wenn es hochkam. Was wusste Gili schon davon, was es bedeutete, sich einem häuslichen Umfeld ausgeliefert zu sehen, in dem man zu niemandem, nicht einmal zum eigenen Ehemann, ein wahres Vertrauensverhältnis pflegte. »Ich durfte nichts tun, und das war kein Zuckerschlecken.« Ruth fuhr sich über den Bauch und blickte ihre Schwester herausfordernd an.

»Ich wollte dich nicht aufregen, war doch bloß ein dummer Scherz. Seit wann bist du so empfindlich?«

Ruth antwortete nichts, trat stattdessen an Gili vorbei in das Zimmerchen, das nicht einmal einen Flur hatte. Hier wohnten sie also, Felix und ihre kleine Schwester. Ein Glück auf engstem

Raum. Keine Etagen, die sie trennten, kein Personal und keine Schwiegereltern, die sie belauschen konnten. Und außer, dass Gili tagsüber probte und abends auftrat und Felix seine Artikel schrieb, die er im Nachhinein den Zeitungen anbot, hatten die beiden nichts weiter zu tun, stand nichts zwischen ihnen. Ein Leben, das ihnen kaum mehr abverlangte als die Kunst selbst und ihnen erlaubte, sich in den Bettlaken zu wälzen. Ein Leben entgegen den elterlichen Wünschen und gesellschaftlichen Normen. Gili hatte bekommen, was Ruth sich so sehnlichst gewünscht hätte. Aber statt ihrem Wunsch zu folgen, hatte sie sich in die Ehe mit Albert gefügt, hatte Mutter so Last und Sorgen abgenommen. Wenn sie nur gewusst hätte, dass Ilan lebte und in all der Zeit nie aufgehört hatte, sie zu lieben.

»Haben wir es nicht schön hier?« Gili drehte sich einmal im Kreis um sich selbst, als wäre sie ein Broadwaystar und keine gewöhnliche Schauspielerin mit Ambitionen.

»Schon.« Ruth schluckte hörbar. Außer einem wackligen Stuhl, einer klapprigen Schreibmaschine, der, wenn sie genau hinsah, eine Taste für das Fragezeichen fehlte, einem Esstisch, auf dem nichts stand, einem staubigen Bücherregal, das diverse zerfledderte Ausgaben beherbergte, und einem Bett, neben dem eine Kleiderstange positioniert war, gab es kaum etwas. Nur die provisorische Küche mit dem alten Gasherd und der zerkratzten Spüle, in der sich dreckiges Geschirr stapelte. Ruth sagte nichts dazu, nahm Wasser aus dem Eimer, der neben der Spüle stand, und begann, das Geschirr abzuwaschen.

»Lass das, du verhältst dich schon wie Mutter. Nun setz dich aufs Bett, ruh dich aus, und ich koche uns von dem herrlichen Kaffee, den du mitgebracht hast. Danke übrigens.« Gili küsste sie auf die Stirn, und Ruths Ärger verblasste ein wenig. Was regte sie sich auf? Nur weil Gili das lebte, was ihr versagt blieb. Würde sie denn mit ihrer Schwester tauschen, wenn sie die Möglichkeit dazu bekäme, in solchen Verhältnissen mit Ilan zu leben? Oder hatte sie sich an das Auskommen und den gesellschaftlichen Stand nicht längst gewöhnt? Ihr wurde übel. Sie setzte sich aufs Bett und ließ sich langsam rücklings fallen. Die Matratze war hart, ganz im Gegensatz zu ihrer eigenen, und die Bettdecke roch klamm, nicht frisch gestärkt wie die ihre.

»Bleib liegen, Schwesterherz. Ist doch bequem, nicht wahr?«

Vom Herd her drang das Brodeln des kochenden Wassers.

»Wenn dir mal alles zu viel wird in eurer Seidelvilla, Ruthie, bist du bei uns immer willkommen. Ich hoffe, du weißt das.«

»Mir geht es bestens.« Ruth zeigte auf ihren Bauch und lächelte Gili gezwungen an. Die aber legte die Stirn in Falten. »Unfug, Ruthie. Ich kenne dich besser, wir sind Schwestern. Erzähl mir also, wie geht es dir wirklich?«

»Und dir, Gili? Übernimmst du dich auch nicht, schaffst du das alles?«

Gili lehnte sich an ihre Schultern, und für einen Augenblick schwiegen sie gemeinsam.

»Darf ich?« Gili deutete auf ihren Bauch, und Ruth nahm deren Hand und legte sie sanft darauf. Das Kind, das vorher ganz ruhig gewesen war, bewegte sich.

»Ich bin es, deine Tante – und ich liebe dich jetzt schon.« Gili ließ ihren Kopf auf Ruths Schoß sinken. Die Ohrmuscheln an den Babybauch gepresst, lauschte sie dessen Geräuschen. Eine ganze Weile lag Gili so, ruhig und friedlich. Ruth streichelte ihren Kopf, bis sie bemerkte, dass sich ihr Schoß feucht anfühlte. Sie berührte Gilis Wangen, weil sie sie bitten wollte, ihren Kopf kurz anzuheben, sodass sie nachsehen könne, woher die Nässe rührte. Da bemerkte sie Gilis Tränen. Still und heimlich hatte ihre Schwester geweint, keinen Ton von sich gegeben.

»Was ist denn los? Geht es dir nicht gut mit Felix? Willst du wieder nach Hause, Hase?« Sie nannte Gili immer dann Hase, wenn sie sich ernste Sorgen machte. Darin war sie gut. Den Problemen anderer zuhören und lauschen, die eigenen dabei vergessen.

»Wir sind glücklich. Wirklich.« Gili setzte sich wieder auf, und an ihrem Tonfall erkannte Ruth, dass es die Wahrheit war.

»Aber was ist es dann? Etwas stimmt doch nicht.«

»Dein Kind«, sagte Gili, und wieder rannen ihr die Tränen über die Wange.

»Meinem Kind geht es gut. Es hat einen Vater und eine Mutter, es wächst in geordneten Verhältnissen auf, es wird alles haben, was es braucht.«

Nun weinte Gili bitterlich. Einen Moment lang glaubte Ruth, ihre Schwester würde wegen ihr Tränen vergießen. Dass sie traurig sei über ihre Verzweiflung, ihre falsche Ehe, ihren Einzug bei den Seidels, ihr Kind mit dem falschen Mann. Aber so war es nicht. Wie hätte Gili auch ahnen können, was in ihr vorging? Alle waren doch immer und ausschließlich mit sich selbst beschäftigt. Schon deshalb hätte Ruth den Teufel getan und Gili von ihrem Wiedersehen mit Ilan erzählt. Niemand durfte davon wissen. Niemand sollte das Konstrukt, das nach außen so sicher und stabil wirkte, infrage stellen, nicht einmal ihre Schwester. Ruth selbst wollte an ihre Ehe mit Albert glauben, musste es sogar, wollte sie ihrem Kind ein besseres Dasein ermöglichen.

»Was hast du denn, Hase?« Ruth streichelte Gili mechanisch übers Haar, sie schien das nicht zu bemerken. Es waren immer die kleinen Abweichungen, die den Ausschlag gaben. Und oft übersah man sie.

»Wir wünschen uns auch ein Kind«, sagte Gili und schluchzte leise. »Eines, das ganz anders als wir in wahrer Freiheit aufwächst. Die Ehe halten wir nicht für nötig. Auch keine Tätigkeit, die uns versklavt. Wir sind frei wie keine Generation vor uns. Wir haben den Krieg überlebt, nun leben und lieben wir. Aber mir ist so ein Wunder, wie du es gerade erfährst, einfach nicht vergönnt.« Sie schluchzte erneut auf. »Ich werde einfach nicht schwanger. Obwohl wir viel Sex haben, guten Sex, weißt du.«

Ruth wusste es nicht und wollte es auch nicht wissen. Sie war nicht verklemmt, das nicht, aber sie sorgte sich. Darum, welche Erfahrungen Gili machen müsste, wenn sie ein Kind bekäme. Wie lange würde das Theater sie dann weiter engagieren? Was, wenn Felix sie wegen des gesellschaftlichen Drucks doch verließe? Was die Seidels dann wohl sagen würden über ihre Schwester, die unvermählt mit einem Kind in einer ranzigen Einzimmerbude hauste? Und was würde dieser Umstand für den Juwelierladen und die Kundschaft bedeuten? Würde die sich zurückziehen? Mutter würde jedenfalls einen ausgewachsenen Nervenzusammenbruch erleiden, so viel stand fest.

»Warte doch ab. Hab etwas Geduld. Es kommt, wie es kommt.« Die Worte rang Ruth sich ab. Sie waren die einzigen, die nicht gänzlich ablehnend klangen und ihr über die Lippen kamen, eine Spur zu kalt womöglich, zu desinteressiert vielleicht, nur etwas anderes wollte ihr beim besten Willen nicht einfallen.

Als sie sich schließlich mit dem Anbrechen der Abenddämmerung von Gili verabschiedete, hätte sie schwören können, dass eine Frage unbeantwortet geblieben war. Um welche genau es sich handelte, wollte ihr aber einfach nicht einfallen.

*

Der Muff ließ sich nicht aushalten. Sobald er die Wohnung betrat, breitete er sich aus. Zusammen mit dem Geruch von frisch gekochtem Blumenkohl und Kartoffeln, zu denen Mutter helle Sauce zubereitete. Vaters Daumen, der Reste von Druckerschwärze aufwies, weil er am Feierabend in den Illustrierten blätterte, anstatt – wie früher – ein Buch in die Hand zu nehmen, gehörte auch dazu, genau wie der Auszug von Gili, über den er zu schweigen hatte. Die Eltern träumten von Freiheit und meinten doch bloß die Vermehrung von Wohlstand. So sann Mutter, wenn das Gespräch auf Selbstbestimmung kam, über das Modell eines Kühlschranks nach, von dem zu träumen ihr das Größte schien.

Am Abendbrottisch kreisten ihre und Vaters sinnentleerte Gespräche zum Beispiel über das Bausparen und die große Chance, die darin angeblich für sie selbst und die Kinder läge. Wenn Jo seine Mutter nicht eigentlich sehr geliebt hätte, er hätte sie für derlei Blödsinn verabscheuen mögen. All das Bigotte und Autoritäre fand in solchen oberflächlichen Überlegungen optimalen Nährboden. Oder auch der weit verbreitete Irrglaube, es könne mitten in Deutschland, nach einem Krieg, wie sie ihn erlebt hatten, tatsächlich so etwas wie Ruhe und Sicherheit für alle Bevölkerungsgruppen einkehren. Wie viel Schuld sie doch alle auf sich geladen hatten, ob gewollt oder ungewollt. Auch Vater hatte Dreck am Stecken. Jo würde ihm nicht nachweisen können, dass er von den Verschiebungen der Reichsbahn nach Auschwitz, Theresienstadt oder wohin auch immer gewusst hatte, aber in Jo gab es eine tiefe Gewissheit, dass dem so sein musste, dass Vater sich solches Wissen zu eigen gemacht hatte, um die Seinen zu retten. Alle dachten sie nur an sich, dies war das eigentliche Übel. Bei der Reichsbahn war Vater unglaublich dicht am Geschehen gewesen. Sollte er ruhig all die anderen glauben machen, er habe davon nichts geahnt, sei ein guter Mensch, der seine Familie gerettet habe, Jo wusste, dass diese Schutzbehauptung nichts anderes war als ein von innen heraus stinkender, zutiefst widerlicher Dreck, der ihm Übelkeit bereitete. Offenbar war er aber der Einzige in der Familie, den das scherte.

Auch deshalb steuerte Jo gleich nach dem Betreten der elterlichen Wohnung die Mansarde an, die er sich als Rückzugsort eingerichtet hatte. Nur dass er den Plan heute ohne Mutter gemacht hatte. Die kam auf ihn zugestürmt, als sei er Ewigkeiten verschollen gewesen, und umarmte ihn, als sei er noch immer ihr kleiner Junge und kein erwachsener Mann. Mutter ignorierte einfach, dass sich seine Reifung und der Krieg zwischen sie gestellt hatte; dass es nie wieder wie früher werden würde, die rosige Vergangenheit, die seine Familie so gern heraufbeschwor und dabei in schönster Selbstvergessenheit vergaß, wen sie bereit gewesen war zu opfern. Das Vergessen und Verdrängen hatten seine Eltern offenbar von den ach so arischen Deutschen übernommen. Und wenn die beiden etwas taten, taten sie es gründlich.

Heute jedoch war etwas anders, Jo bemerkte es sofort, als er mit den Worten »Kommst du bitte mal in die Stube? Wir müssen mit dir reden« begrüßt wurde.

»Später.« Er drückte die Türklinke zu seiner Mansarde, aber Mutter legte ihm eine Hand auf die Schultern. »Besser jetzt gleich.«

Er seufzte, stellte den Rucksack mit seinen Studienunterlagen ab, die er, um die Form gegenüber seiner Familie zu wahren, stets bei sich trug, und folgte ihr ins Wohnzimmer.

Vater sah auf und musterte ihn streng. »Setz dich.«

Jo blieb stehen. »Ich lasse mir nicht sagen, ob ich zu stehen oder zu sitzen habe. Nicht von einem Beamten, noch dazu bei der Bahn, der für die Funktionseliten gearbeitet hat.«

Vater überging seine Bemerkung. »Schau, wir machen uns wirklich Sorgen, Jo. Du bist klug, keine Frage, du hast dein Abitur trotz der Erschwernisse im Krieg mit Auszeichnung bestanden und dich an der Universität eingeschrieben. Aber du kommst und gehst, wann du willst. Lässt dich manchmal tagelang nicht blicken. Wir wissen nicht einmal, ob du wirklich studierst oder was du eigentlich machst. Wir sind doch keine Pension, sondern deine Eltern.«

Mutter standen bei Vaters Worten wieder die Tränen in den Augen. Wie sehr er ihre emotionale Erpressung hasste. Gleich würde sie bestimmt einen Schwächeanfall vortäuschen, um ihn weich zu stimmen.

»Was habe ich falsch gemacht?« Ihre Frage war es nicht wert, beantwortet zu werden. So vieles hätte er anbringen können. Du hast den falschen Mann geheiratet, zum Beispiel, denn Vater ist ein Verbrecher, der den Nazis zugearbeitet hat. Und das, obwohl wir jüdischer Herkunft sind und er das natürlich wusste. Wegen ihm – ich bin sicher, er hat es von dir verlangt – hast du Harry ziehen lassen. Deinen Sohn, meinen Bruder, hast du allen Ernstes für die Wehrmacht kämpfen lassen. Ich höre das immer wieder. Beim Joint gibt es eine Menge solcher Schicksale. Auch solche wie unseres. Du verbirgst noch immer, was und wer wir sind. Du nimmst uns unsere Identität. Du hockst im warmen Zimmer, während andere Flüchtlinge, sogenannte *Displaced People*, beim Joint Unterschlupf gefunden haben – dem Himmel sei Dank. Für den arbeite ich nämlich. Ehrenamtlich. Ich ziehe denen kein Geld aus der Tasche. Und deshalb studiere ich nur wenig oder kaum. Aber euch kann man das nicht erzählen, ihr würdet das nicht verstehen, habe ich recht? Ihr seid Feiglinge und wollt Feiglingskinder. Schaut euch Ruth an, die unglücklich ist, aber ein Baby erwartet. Das wäre das eigentliche Leben, neues Leben. Aber der Kreislauf hört nicht auf. Das Pech haftet dieser Familie an, weil ihr es zugelassen habt. Hört ihr, ihr habt es zugelassen!

All das sagte Jo nicht. Er stierte voller Verachtung seinen Vater an, bemüht, keinen Streit vom Zaun zu brechen, für den er keine Kraft mehr hatte, nicht nach einem Tag wie diesem. Mutter klopfte er sanft auf die Schultern. »Hast nichts falsch gemacht, bin nur müde. Ich studiere schon, könnt ihr mir glauben. Und was Gutes tue ich obendrein noch.« Das war ihm so herausgerutscht, er hätte es am liebsten sofort wieder zurückgenommen.

Vater räusperte sich. »Deine Mutter hat deinen Mantel waschen wollen. So ist sie nämlich, deine Mutter. Sorgt und kümmert sich um den Herrn Sohn, der es nicht einmal für nötig hält, ein wenig Freundlichkeit oder auch nur Respekt an den Tag zu legen, ganz zu schweigen von Dankbarkeit.« Vater machte eine Kunstpause, in der Jo beharrlich schwieg und darüber nachdachte, wen in seinem Seminar er noch für die Arbeit beim Joint gewinnen könnte. Sie brauchten jede Hilfe, die sie bekommen konnten. So eine Arbeit für die Flüchtlinge und Obdachlosen war mit

Geld nicht aufzuwiegen. Und der Joint zahlte immerhin die Fahrkarte nach Basel und das Essen der Mitarbeitenden. Deswegen war Jo auch selten abends hungrig, wenn Mutter gekocht hatte. Die Schweiz war ein guter Ort. Auch dort gab es schlechte Menschen, sicherlich, aber derart verseucht wie Deutschland war dieser Staat nicht. Welches andere Volk außer Deutschland mochte an jene unvorstellbaren Verbrechen an der Menschheit, an derartige Gräueltaten, wie sie im Zweiten Weltkrieg begangen worden waren, auch heranreichen? Jo schüttelte es.

»Jedenfalls, in dem besagten Mantel hat sie eine Fahrkarte gefunden. Nach Basel.« Vater betonte die zweite Silbe, was das Wort in seiner Bedeutung entstellte. Es gelang ihm stets, die Dinge in ein falsches Licht zu rücken. Darin war Vater groß.

Jo dachte an Harry, seinen großen Bruder, der in immer weitere Ferne rückte, je länger er tot war. Mutter hielt sich eine Hand aufs Herz. Sie lag mehr im Sessel, als dass sie saß, und sah ihn ungläubig und doch mit einer warmen Sanftheit an. Anders als Vater konnte er sie nicht verabscheuen. Sie war eine Täterin geworden, aber gleichzeitig doch auch das Opfer eines grässlichen politischen Systems. Er setzte sich neben sie und umfasste ihre Hand. Dass er gleich lügen würde, war ihm zuwider, aber er tat es für sie. Es würde nichts besser machen, wenn sie die Wahrheit wüsste. Er würde sie also nicht in Sorge um seine Zukunft versetzen. Und er würde zwei Fliegen mit einer Klappe schlagen, bevor Mutter womöglich gleich auch noch das Gespräch auf eine Freundin lenken würde, die er nie mit nach Hause brachte. Dabei sei er doch so ein bildschöner Junggeselle. Sie verstünde nicht, weshalb die Frauen nicht Schlange stünden, um mit ihm auszugehen. Es gäbe doch einen regelrechten Männermangel nach dem Krieg. Und das wiederum verpflichte die jungen Menschen dazu, Familien zu gründen. *Jüdische Familien*, fügte er in Gedanken hinzu und gab Mutter innerlich sogar ein klein wenig recht. Sie waren privilegiert, sie hatten überlebt. Und es wäre schrecklich, wenn sie nicht dafür sorgten, dass die jüdische Kultur in ihren Kindern und Kindeskindern fortlebte. Die Sache hatte nur einen Haken, nein eigentlich zwei oder sogar drei. Erstens: In Deutschland würde Jo keinesfalls eine Familie gründen wollen. Diesem Irrenhaus würde er die Seinen niemals aussetzen. Es verband ihn nichts mit diesen selbsternannten Herrenmenschen, ganz im Gegenteil, er verabscheute sie. Menschen, die man liebte, musste man vor diesen Wahnsinnigen schützen. Zweitens: Gegenüber Frauen regte sich bei ihm weder ein körperliches Interesse noch ein romantisches Gefühl. Offen homosexuell zu leben stand aber auch nach dem Krieg noch unter Strafe, die großartige Bundesrepublik hatte den »Schwulen-Paragrafen« aufrechterhalten. Jo lief es kalt den Rücken herunter. Wie unendlich viele Opfer diese bigotte Entscheidung kosten würde, wie vielen Männern sie das Leben bitter machen würde und dunkel. Männer, die nichts anderes getan hatten, als aufrichtig zu lieben, kämen dafür ins Gefängnis oder begingen womöglich aus falscher Scham Suizid. Jo würde sich auch diesem Wahnwitz nicht beugen und nur deshalb eine Frau heiraten, um Nachwuchs zu zeugen. Das wäre Betrug an ihr und unaufrichtig obendrein. Nichts hasste er mehr als solches Verhalten. Drittens: Auch wenn es feige war, er wollte seine Eltern nicht mit seiner Sexualität konfrontieren. Es ging sie nämlich nichts an. Und Mutter würde es ein weiteres Mal das Herz brechen. Daher griff er zu einer kleinen Notlüge. »Meine Freundin lebt in Basel«, sagte Jo. Keiner hielt ihn zurück, als er aufstand und gemächlich zu seiner Mansarde schlenderte.

*

Ruth klingelte nicht. Noch immer gab es ihr ein vertrautes Gefühl, den eigenen Schlüssel zu zücken, wenn sie ihre Eltern besuchte. Die hatten ihn nie von ihr zurückverlangt. *Unser Zuhause bleibt auch nach der Heirat immer dein Zuhause*, hatten sie gesagt und es genauso gemeint.

Ruth kam viel zu selten dazu, dieses zweite Zuhause zu besuchen.

Früher waren sie immer zusammen gewesen: Vater und Mutter, ihre Geschwister und Großmutter. Kaum einmal hatten sie getrennt voneinander gegessen, und nach einem langen Tag gern abends noch zusammen Karten gespielt. Lachen und Erzählen hatte die Familie stets verbunden.

Ruth räusperte sich und machte eine Handbewegung, als verscheuche sie nicht etwa eine rührselige Erinnerung an bessere Zeiten, sondern eine lästige Fliege. Wer kam schon gern mit der Melancholie im Gepäck nach Hause? Der Krieg war vorbei. Das Leben verfolgte seine eigenen Pläne. Sie durfte der Vergangenheit nicht hinterhertrauern. Es änderte nichts an ihrer Gegenwart. Als Pragmatikerin, die Ruth gelernt hatte zu sein, bedachte sie das.

Ruth war noch in Gedanken, als sie die elterliche Wohnung betrat, weswegen sie beinahe in Jo hineinlief, der heftig mit den Armen fuchtelnd auf sie zukam und dabei doch offensichtlich gar nicht sie zum Ziel hatte.

»Auch dir einen schönen guten Abend«, sagte sie und wollte ihren Bruder in den Arm nehmen. Sie sah ihn nicht oft und hatte kaum Gelegenheit dazu. Aber Jo wehrte sie ab: »Du kommst zur falschen Zeit.«

»Habt ihr wieder gestritten, du und Vater?«

»Dein Bruder hat kein Einsehen. Aber vielleicht kannst du ja mit ihm reden?«, schallte es aus dem Wohnzimmer zu ihr her. Das war Vaters Stimme, die verdächtig zitterte. Das tat sie immer, wenn alle Argumente schon ausgetauscht waren, dennoch keine Einigung erzielt worden und die Stimmung auf dem Tiefpunkt war.

»Ruth, Liebes, komm herein. Was steht ihr beide denn im Flur?« Mutter erschien, bereits im Nachthemd, legte ihr einen

Arm um die Taille und eine Hand auf den sich deutlich vorwölbenden Bauch. Jo fuhr sie liebevoll durchs Haar. Der aber ging, ohne sie eines weiteren Blickes zu würdigen, eilig zur Tür und zog sie lautstark hinter sich ins Schloss. Ruth entwand sich Mutters Griff und eilte ihm, so schnell es ihr die anderen Umstände erlaubten, hinterher. »Ich bin gleich zurück.«

*

»Du verrätst ihnen doch nicht, dass ich mich im Verband Schweizerischer Jüdischer Fürsorgen und beim American Jewish Joint engagiere, anstatt zu studieren? Vater würde mich keine Sekunde mehr aus den Augen lassen.«

Ruth setzte sich neben Jo auf das kleine Mäuerchen, das unweit der elterlichen Wohnung lag. »Dass du immer so übertreiben musst.«

Er schwieg.

»Musst ja nicht gleich an die Decke gehen, oder? Wir sind eine Familie. Sie lieben dich, Jo, genau wie sie mich lieben.«

Noch immer sagte er nichts. Er zündete sich eine Zigarette an und blickte geradeaus.

»Ich verrate dein Geheimnis nicht. Aber das bedeutet noch lange nicht, dass ich gutheiße, was du tust.«

Nun hatte Ruth seine Aufmerksamkeit. Er sprang auf, warf die Kippe auf den Boden und trat sie aus. Ihr Glimmen erlosch augenblicklich. »Bist du etwa auch eine von denen, die am liebsten alles vergessen würden? Ein Deckchen über das Grauen breiten und ein Picknick auf den Leichenbergen veranstalten?«

Wann war aus ihrem vorwitzig-charmanten Bruder, der für jeden Spaß zu haben gewesen war, ein solcher Mensch geworden? Einer, der jeden anklagte, egal wie der zu ihm stand, ganz so, als hinge sein Überleben davon ab. Einer, dem es immer und überall ums Prinzip ging – und letztlich auch darum, recht zu behalten.

Der mit seinem Hass, war er auch wohlbegründet, alles um ihn herum, sich selbst eingeschlossen, ins Dunkel riss? Hass blieb doch Hass, ganz egal woher er rührte und was ihn ausgelöst hatte. Ruth blickte über Jos Kopf hinweg hinauf zu den vielen kleinen Blüten, die der Baum trieb.

»Und was tust du? Bewahrst auch dann noch die Contenance, wenn ich dir mit einem derart drastischen Bild komme! Schaust bloß wie meschugge in die Wipfel der Bäume und glaubst tatsächlich, dein Schweigen würde irgendetwas besser machen?«

Musste Jo es sich wirklich mit allen aus der Familie verscherzen, konnte er nicht ein einziges Mal eine Angelegenheit auf sich beruhen lassen? Wahrscheinlich ging es ihm ja genau darum, einen Keil zwischen die Familie zu treiben. Aber das würde sie nicht zulassen. »Lass jetzt mal gut sein, und fass dich. Ich bin es doch bloß, deine Schwester.« Sie nahm seine Hand, und Jo ließ sie gewähren. Langsam ließ er sich wieder neben sie auf das Mäuerchen gleiten.

»Ich kann nicht für Vater sprechen oder für Mutter. Aber wenn du mich fragst, Jo, ich habe schon zu viel in diesem Krieg verloren. Harry. Großmutter. Und Ilan.« *Den ich wiedergefunden habe*, ergänzte sie in Gedanken. *Und den ich noch einmal habe loslassen müssen. Was weißt du schon, Jo, wie weh das getan hat? Nichts weißt du. Nichts.* Sie stülpte die Oberlippe nach vorn und spannte sie an. Damit er nicht sah, wie ihr Mund bebte und wie sie sich mühen musste, die dummen Tränen, die in letzter Zeit viel zu oft geflossen waren, zurückzuhalten. Laut sagte sie: »Muss doch heute keiner mehr wissen, dass wir jüdische Wurzeln haben. Wir sind Deutsche, wie alle anderen auch. Mutter trägt Vaters Namen und ich den meines Mannes. Damit ist diese Geschichte ein für alle Mal vorbei. Lass sie doch ruhen, Jo.« Ruth wischte sich ein paar lästige Tränen von den Wangen. Sie hasste es, sich vor anderen schwach zu zeigen. Sie war stark, hatte gerungen und mit sich gekämpft. Was war so schlimm an einem zufriedenen Dasein? Ihr

Bruder kämpfte an verlorener Front. »Ich will niemals wieder einen Krieg erleben müssen, hörst du? Verstehst du das?«

Er nickte.

»Dann siehst du auch ein, dass es besser ist, die Arbeit beim Joint sein zu lassen? All den grässlichen Schmerz wirbelst du immer wieder neu auf.«

Jo schüttelte sanft den Kopf, als habe Ruth eine Kleinigkeit übersehen, nichts Großes, nichts, was sich nicht im Nachhinein beheben ließe. Ein Missverständnis, nichts weiter. Er rückte ein Stück näher zu ihr, legte ihr einen Arm um die Schultern und schmiegte seine Wange an die ihre.

»Du hast da nur einen Denkfehler, Schwesterchen.« Noch immer rückte er nicht von ihr ab. Sie wollte nichts sagen, was ihn hätte aufschrecken oder gar vertreiben können. Also lächelte sie zaghaft.

»Die Schmerzen vergehen nicht, bloß weil man ein Pflaster draufklebt, dazu sind die Wunden zu tief. Sie graben sich weiter ins Fleisch, so lange, bis man sie von außen nicht mehr sieht, denn die oberste Hautschicht schließt sich tatsächlich nach einiger Zeit, was merkwürdig genug ist. Im Inneren aber wuchert der Eiter und ergießt sich zuletzt in die Eingeweide. Und daran krepierst du.«

Ruth wollte sich von Jo lösen, aber er ließ es nicht zu, hielt ihre Hand wie die einer Fiebernden. Dabei war er selbst derjenige, der in seinem Wahn gefangen war. Bei all der Schönheit um ihn herum, dem warmen Wind, der ihre Körper sanft umwehte, und dem Frieden, in dem sie leben durften, verharrte er freiwillig in genau jener Hölle, aus der sie es geschafft hatten zu entkommen.

»Einmal noch musst du die Wunde aufreißen, damit sie heilen kann. Du musst sie dir ansehen, all den Dreck darin, danach erst kann es besser werden. Vertrau mir, Ruth. Wir dürfen die Geschichte nicht leugnen. Schon gar nicht unsere eigene. Du hast recht, nie wieder darf geschehen, was wir erleben mussten. Und ebendeshalb arbeite ich beim Joint. Damit niemand mehr wegsehen kann, damit wir aufmerksam machen auf das Leid, das es noch immer gibt. Wir alle schreiben ständig Geschichte, nicht allein die Großen, auch wir, die wir glauben, nichts bewirken zu können. Im Talmud steht: *Wer ein Menschenleben rettet, dem wird es angerechnet, als würde er die ganze Welt retten.* Und deshalb«, er tippte auf seine Taschenuhr, »muss ich los. In der Theaterkantine treffe ich heute Nacht hoffentlich noch andere, die ähnlich darüber denken wie ich. Gili und Felix kommen nach der Vorstellung vorbei. Wir können die Welt ein Stückchen besser machen. Komm doch auch mit Albert.«

Jo küsste sie auf die Wange und verschwand dann federnden Schrittes. Seine Laune immerhin war gestiegen. Sie würde bei den Eltern für ihn die Kohlen aus dem Feuer holen. Ein letztes Mal.

*

Albert hatte überraschend eingewilligt, Jos Einladung nachzukommen. Sie hatte ihm nach dem Abendessen ganz nebenbei davon erzählt und nicht damit gerechnet, dass er sein Jackett wieder anziehen, ihr seinen Arm reichen und nach seiner Mutter rufen würde, damit diese seinen Vater davon überzeugte, dass ein Abend im Theater der werdenden Mutter nicht schadete. Und Erna sicherte ihnen wie erwartet ihre Unterstützung zu. »Ist doch wichtig, dass ihr die Zeit zu zweit noch ausgiebig genießt und etwas zusammen unternehmt. Später wird das schwieriger.« Sie hatte ihr zugezwinkert und seltsam in sich hineingekichert. »Dann kommt auch die Romantik nicht zu kurz.«

Nach einem romantischen Abend sah es allerdings nicht aus. Ruth war gar nicht danach zumute, nachdem sie die Wellen, die Jos Verhalten bei ihren Eltern geschlagen hatte, hatte beruhigen müssen. Außerdem schlief sie selten durch, seit das Baby in ihrem Bauch mit Vorliebe nachts Purzelbäume schlug und sie, in Vorbereitung auf ihr Muttersein, präventiv aufweckte. Schlummerte ihr

Kleines hingegen und sie hätte endlich dösen können, überfielen sie die unerlaubten Gedanken. Dann lag sie neben dem schlafenden Albert – derweil Ilan sie hinter dem Maronistand wieder in seine Arme schloss. Ein Augenblick wahren Glücks, nach der jahrelangen schrecklichen Ungewissheit, ob er noch lebte. Sie selbst hatte Fakten geschaffen, war die Ehe mit Albert eingegangen, hatte ihr Zutrauen in Ilan verraten und ihren Treueschwur gebrochen. Nicht er war es gewesen, sie ganz allein trug die Verantwortung. Wenn sie an diesem Punkt ihrer Überlegungen anlangte, war an Schlaf nicht mehr zu denken.

»Schau mich mal an«, sagte Albert und unterbrach ihre Gedanken. Mitten auf dem Gehsteig hielt er inne. »Es ist dir doch recht, dass wir so spontan ins Theater gehen, nicht wahr, Liebes? Dann siehst du Gili endlich mal auf der Bühne. Ganz Freiburg verehrt deine Schwester inzwischen.«

Sie sah auf die Uhr. »Ich glaube, wir müssen uns ein wenig eilen, Albert, wenn wir rechtzeitig da sein wollen.«

Er nickte beflissen, redete aber ungeachtet dessen weiter. »Die Freiburger wissen nur um eine Sache nicht. Du bist noch viel schöner, als es deine Schwester je sein könnte, gerade in der Schwangerschaft bist du viel umsichtiger geworden, viel innerlicher.« Er beugte sich zu ihr, schloss die Augen und küsste sie sacht auf die Lippen. Ruth beobachtete ihn dabei. Seine Nase war aus der Nähe beinahe knollig. Er roch leicht nach Schweiß. Albert konnte nichts dafür. Nach der Arbeit hatte er keine Zeit mehr gehabt, sich umzuziehen.

Im unvorhersehbaren Wechsel versuchte Albert sie durch Koseworte für sich zu gewinnen oder aber er zog sich, wenn er seine Bemühungen als aussichtslos empfand, ganz in sich und seine Arbeit zurück. Ruth setzte sich mitten im Kuss in Bewegung, woraufhin Albert, der zurückblieb, zu lachen anhob. »Selbst in den zärtlichsten Situationen behält meine Frau noch die Übersicht und einen kühlen Kopf.«

Er meinte es wohl als weiteres Kompliment, derweil die Vögel ihr Abendlied sangen.

*

Wie später in der Operette »Hochzeitsnacht im Paradies« sangen sie. Ruth freute sich an Gilis Auftritt, die ihre Sache mehr als gut machte, keine Frage. Sie war charmant, sprühte vor Witz und Charisma, und hübsch anzusehen war sie sowieso. Der Saal bog sich vor Lachen, und manche Dame wiegte sich sacht im Takte der Musik. Allzu gern hätte sich auch Ruth im Halbdunkel für ein, zwei selige Stunden davongeträumt und sich den eingängigen Melodien hingegeben. Aber wenn Ulrich für seine Regine *So stell ich mir die Liebe vor* sang und Albert im Dunkeln ihre Hand ergriff, wollte es ihr einfach nicht gelingen. Und wenn Regines Widersacherin Ulrich mit ihrem *Stundenplan-Twist-Lied* einzuspannen gedachte, musste Ruth bei all der Albernheit plötzlich an Jos Worte vom Vormittag denken. Wenn sie gekonnt hätte, sie hätte das Theater in der Pause verlassen. Aber ihre zaghaften Vorstöße, die Albert an das Wohlergehen des Ungeborenen erinnern und ihn dazu bringen sollten, vorzeitig aufzubrechen, wischte dieser sorglos beiseite. »Das ist normal für werdende Mütter, dass sie sich sorgen, anstatt sich mal zu amüsieren. Dabei wird dir ein wenig Vergnügen sicher guttun.«

Wenn es darum gegangen wäre. Später würden sie mit den Schauspielerinnen und Sängerinnen in der Kantine sitzen, und Jo würde womöglich wissen wollen, wie Albert politisch denke. Dann müsste sie wieder schlichten. Und sich in Grund und Boden schämen, weil sie mal wieder keine Stellung bezöge.

Albert führte sie zu einem reservierten Tisch, an dem bereits der Sekt bereitstand. Die Stimmung im Foyer wirkte heiter. Menschen standen zu zweit oder in Grüppchen beieinander, und ihr entferntes Lachen wirkte echt.

»Ich sollte lieber nicht …«

Er beugte sich vor und küsste ihre Nasenspitze. »Ein Schlückchen wird nicht schaden, ist gut für den Kreislauf. Das hat sogar der Arzt gesagt. Mach dir nicht so viele Gedanken, Schatz.«

Wie Albert sie ansah. Sie war bald die Mutter seines Kindes, seine Ehefrau. Darauf war er sicher stolz. Mit ihnen hatte er etwas erreicht im Leben. Und bald würde er, so seine Hoffnung, den Juwelierladen seines Vaters übernehmen. Aber dieses Thema sparte sie für heute lieber aus. Sein Kopf versank sonst wieder zwischen den Schultern, und die große Anspannung würde Besitz von ihm ergreifen. Zwischen seinen geschlossenen Lippen lugte ein wenig die Zunge hervor. Wie bei einer Katze, die sich wohlig fühlte und entspannte.

*

Ruths Befürchtungen bewahrheiteten sich nicht. In der Theaterkantine unter Gleichgesinnten und Freunden war Jo ein anderer als bei den Eltern. Nie riss er das Wort an sich, nie wurde er ungebührlich laut oder mahnend. Mit keinem Wort kritisierte er die Oberflächlichkeit der Operette, in der Gili eben geglänzt hatte. Für seine Verhältnisse wirkte er beinahe ein wenig still, aber nicht etwa in sich zurückgezogen, verletzt oder beleidigt, ganz im Gegenteil. Er ruhte in sich, unterhielt sich hier und da im Zweier- oder Dreiergespräch und war ganz beglückt, als sie mit Albert auftauchte.

»Was für eine Überraschung«, sagte er, und in seinen Augen nahm sie eine Spur jenes heiter-frechen Leuchtens wahr, das Ruth einst so sehr an ihm geliebt hatte, als er noch ein Kind gewesen war. Dieses geistesgegenwärtige *In-die-Welt-Schauen*, das sich nie hinter etwas zu verstecken suchte, auch nicht hinter Wut oder gar Hass, hatte ihn ausgezeichnet und ihm Präsenz verliehen.

Gili hingegen gab sich ausgelassen und laut, prostete den Kollegen mit einer bis zum Rand gefüllten Maß Bier zu, und der Schaum schwappte dabei auf ihr Kostüm, das sie noch immer trug. Albert fiel sie halbtrunken um den Hals, nicht etwa, weil sie ihren Schwager begehrt hätte, sondern aus bloßem Überschwang. Der überging ihr Verhalten taktvoll und bemühte sich aufrichtig, den Anschluss an einen der vielen Gesprächsfäden zu knüpfen. Doch Albert musste zwangsläufig an dieser Herausforderung scheitern. Zum einen kannte er hier außer ihren Geschwistern kaum jemanden, zum anderen bemühte er sich auch nicht sonderlich um seine Gesprächspartner, obwohl er wortgewandt und im schicklichen Umgang geübt war. Vielleicht stand ihm Letzteres sogar im Weg. Niemanden interessierte, ob Albert Seidel Rang und Namen hatte, und erst recht nicht mochte jemand seine freie Zeit damit vergeuden, Alberts Ausführungen zu den Themen *Schmuckhandel und Goldgeschäfte* oder *Wirtschaftsaufschwung in Deutschland nach dem Krieg* zu lauschen. Ein wenig tat er Ruth sogar leid, und doch war es ihr gleichsam unangenehm, wenn ihr Mann nach ihrer Hand griff, um sie als sein Statussymbol vorzuführen. Sie entwand sich und zeigte auf die Kette mit blau funkelnden Steinen, die Gili bereits bei der Aufführung getragen hatte. Sie war ihr schon während der Vorstellung aufgefallen. »Sind die Steine echt oder gekonnte Nachbildungen?«

Der Sänger, der Ulrich gespielt hatte, drehte sich zu ihr um. »Das wollen sie doch alle wissen, aber wer ein wahrer Gentleman ist, genießt und schweigt.« Damit hatte er den Lacher des Ensembles auf seiner Seite.

Albert wollte schon wieder einhaken, sie bemerkte es daran, wie er nach Luft schnappte, um dann in aller Ausführlichkeit mit seinem Wissen zu glänzen, aber da kam – gottlob – die Tresenfrau und brachte die Bestellungen: Buletten und Kartoffelsalat, Wiener Würstchen und für einige Milchreis mit Zimt und Zucker. Dazu füllte sie einen metallisch goldglänzenden Salzstangenbehälter mit Knabbereien für alle. Albert rümpfte die Nase. Er sagte nichts, aber Ruth sah ihm an, dass er sich sichtlich unwohl fühlte unter all den Freigeistern, die an diesem Abend nichts anderes wollten, als das Leben zu feiern. Ruth saß wieder einmal zwischen den Stühlen, als sich Albert erhob und verkündete, sie würden nun gehen. Seine schwangere Frau müsste sich etwas ausruhen. Dabei sah er sie an, als müsse sie wohlgefällig nicken.

»Lass uns noch ein wenig bleiben«, bat Ruth. »Ich fühle mich bestens.«

»Es tut mir leid, aber der Juwelierladen schließt sich morgen früh nicht von allein auf«, erwiderte er. »Außerdem brauchen werdende Mütter ihren Schlaf.« Er gab ihr einen leichten Klaps auf den Po, als zeige das seine vermeintliche Aufgeschlossenheit. Es roch nach deftiger Bratensauce, die sich mit dem süß-säuerlichen Duft des Apfelmuses vermengte. Ruth überkam eine Welle der Übelkeit. Sie hatte in all der Hektik vergessen, etwas zu sich zu nehmen. Gilis Blick streifte sie, und als könne sie ihre Gedanken lesen, öffnete ihre Schwester das Fenster. Dann ging sie auf Albert zu und küsste ihren Schwager auf die Wange. »Weißt du was, Häschen Arbeitsam? Du gehst nach Hause und schläfst dich einmal ordentlich aus. Deiner Frau gönnst du aber hoffentlich eine Portion Spaß mit ihren Geschwistern. Wir haben uns so lange nicht mehr gesehen.«

Das war das zweite Mal an diesem Abend, dass Ruth sich wunderte. Darüber, dass Albert sich ein solches Benehmen von Gili gefallen ließ. Und darüber, dass er tatsächlich klein beigab und lediglich darauf bestand, Felix möge sie nach Hause bringen. Dann schlich er davon, nicht ohne sie noch einmal auf die Wange zu küssen. Inniglich, in der Hoffnung, sie würde diesen Albtraum für ihn beenden. Aber das tat Ruth nicht. »Bis später«, murmelte sie und blieb. Darüber wunderte sie sich ein drittes Mal.

*

Fast war es wie früher gewesen. In der letzten Stunde, bevor die Wirtin sie endgültig aus der Kantine warf, weil sie schließlich auch mal eine Mütze Schlaf benötigte, saß Ruth zwischen Jo und Gili. Mal lehnte sie sich an die eine, mal an die andere Schulter, und die Erinnerungen schmerzten ausnahmsweise nicht, weil die Gegenwart ihr für den Augenblick genügte. »Lass mich noch kurz auf den Lokus«, sagte Ruth zur Wirtin. Die war einverstanden, allerdings nur, wenn Gili und Felix draußen auf sie warten würden. Jo war schon gegangen. Vorhin hatte er Ruth kurz zum Abschied auf die Stirn geküsst, aber sie war so in ein Gespräch mit Gili versunken gewesen, dass sie es nicht richtig mitbekommen hatte. Sei's drum. Es war alles gut zwischen ihnen, und künftig würde sie sich regelmäßig Zeit dafür nehmen, ihre Geschwister zu treffen, das schwor sie sich. Wenn das Baby geboren wäre, käme es eben mit, war ja keine große Sache. Sollte das dem alten Seidel aufstoßen, würde sie ihm eben sagen, dass sie mit der Kleinen spazieren ginge. Schon bald würde er von ihr verlangen, auch wieder im Juwelierladen auszuhelfen, dann wäre das Kind schließlich auch mit von der Partie.

»Gute Nacht, Hettie.«

Die Wirtin winkte Ruth zum Abschied zu, dann fiel die schwere Tür der Kantine ins Schloss. Vor Ruth erstreckte sich die Dunkelheit. Die Lichter in den unterirdischen Gängen waren alle erloschen. Sie waren wohl die Letzten. Bestimmt wartete der Pförtner sehnlichst darauf, endlich Feierabend zu machen, und zeigte ihnen so an, dass sie längst über der Zeit waren. Ruth ruckelte an der Tür, um Hettie mitzuteilen, dass sie dringend Licht benötigten. Die Wirtin könnte den Pförtner sicherlich anrufen. Aber sie hatte bereits hinter sich abgeschlossen und hörte Ruths Klopfen wohl nicht. Also blieb ihr nichts anderes übrig, als sich vorsichtig an der Wand im Stockfinsteren entlangzutasten und inständig zu hoffen, auf diese Weise den Ausgang zu finden. Die Finsternis, die sich vor, hinter und über ihr erstreckte, ließ sie schaudern. Ihre Fingerspitzen, mit denen sie sich an der gekalkten Wand entlanghangeln musste, fühlten sich kalt und taub an. Und diese merkwürdige Taubheit breitete sich aus. Erst floss sie in ihre Arme, dann überfiel sie ihre zuvor noch warme Stirn und fuhr dann unvermittelt in ihre Körpermitte. Das Klackern ihrer Absätze kam dreifach zu ihr zurück, womöglich ein Echo.

Dann geschah alles gleichzeitig. Ruth fasste in warmes nachgiebiges Fleisch, schrie erschrocken, und parallel dazu loderte der Schein einer Lampe auf.

Später vermutete sie, Hettie müsse bemerkt haben, dass der Pförtner die Lichter bereits gelöscht hatte, und ihn gebeten haben, diese wieder anzuschalten.

Ruth sah zwei Männer, im leidenschaftlichen Kuss vereint. Nur kurz, dann lösten sich die beiden eilig voneinander. Sie überlegte, ob sie sich das womöglich nur eingebildet hatte, es war alles so schnell gegangen. Vor allem, als ihr langsam dämmerte, wen sie da vor sich hatte. Der eine war ihr gänzlich fremd. Jung war er, gerade mal volljährig, schätzte sie, mit weichen, beinahe weiblichen Gesichtszügen, vollen Lippen und blonden Locken. Der andere aber war ihr vertraut. Die grünen Augen, die vollen dunklen Haare, die Statur. Jo sah sie offen an, ohne den Blick zu senken. Er schien auf eine Reaktion von ihr zu warten, ja, sie sogar herauszufordern. Ruth allerdings schlug das Herz bis knapp unter ihrer Kehle. Wild und sich selbst überholend trieb es voran. Das war Jo, ihr einziger Bruder seit Harrys Tod; Jo, der überlebt hatte und um den ihre Eltern sich zu Recht sorgten. Menschen wie ihn hatten die Nazis in Konzentrationslagern vernichtet. Als schädlichen Volkskörper hatten sie sie gebrandmarkt, schwach, aber durchaus dazu imstande, die deutsche Gesinnung zu unterwandern. Jüdisch und homosexuell zu sein, das war ein nahezu sicheres Todesurteil gewesen. Ruth schossen bei dem Gedanken die Tränen in die Augen. Sie konnte Jo nicht in die Augen sehen. Wieder ein Geheimnis, das zu wahren war. Noch eine Gefahr für ihre Familie. Dabei liebte sie ihn doch. Wie ihr eigenes Leben.

»Ich muss wohl zu viel getrunken haben.« Sie presste die Worte hervor, die auf diese Weise viel verstellter klangen, als sie es ohnehin waren. Zumal sie Unsinn waren, denn sie hatte nur ein wenig an dem Sekt genippt. Die muffige Kälte der Gänge kroch Ruth unter den Rock. Wenn ein anderer Jo erwischt hätte, wenn es nicht sie gewesen wäre! Wenn die Falschen von seiner Neigung erführen, sie würden auch heute nicht zögern und ihn wegsperren. Es galt der Paragraf 175. Jos Zukunft wäre ruiniert, nach dem Gefängnis bekäme er nichts weiter als Gelegenheitsarbeiten, wenn überhaupt. Mutters ganzer Stolz wäre dahin, die Familie entehrt. Jo, ein Perverser, der seinen Teil zur Gesellschaft nicht beitragen würde und keine Kinder bekäme. Selbst wenn er nicht erwischt würde. Ruth allein hätte Nachwuchs, die Familie würde zusammenschrumpfen. Was den Nazis nicht geglückt war, dafür sorgten sie nun ganz allein.

Ruth setzte an, etwas zu sagen, ihrer Angst Ausdruck zu verleihen, aber es versagte ihr die Stimme.

»Du zitterst ja.« Jo zog sein Jackett aus und reichte es ihr.

Sie schüttelte den Kopf. Worauf das eine Antwort sein sollte, wusste sie selbst nicht. Wenn sie nur die Zeit zurückdrehen könnte. »Ich muss gehen, sie warten auf mich.« Damit meinte Ruth Gili und Felix, aber auch Albert, Erna und den alten Seidel. Noch einmal sah sie Jo an, dann rannte sie los. Beinahe wäre sie dabei über ihren eigenen Rock gestolpert.

*

Seit Stunden schon schnürte Jo nun gemeinsam mit Ilan Pakete in der Geschäftsstelle des Verbandes Schweizerischer Jüdischer Fürsorgen. Am Montag vor genau einer Woche war Ilan dort plötzlich aufgetaucht. Jo hatte gerade die Buchhaltung für den

Verband überprüft, irgendwo musste ein Fehler unterlaufen sein. Der junge Bursche war ihm gleich sympathisch gewesen, soweit einer einem eben sympathisch sein kann, den man nicht kennt. Jo hatte eine Verbindung zwischen ihnen gespürt, die doch gar nicht existieren konnte. Zunächst hatte er geglaubt, es läge daran, dass Ilan genau wie er aus Breslau stammte, dass sie das Vertriebenwordensein und die anschließende Flucht aus Schlesien miteinander verband. Später erst, im Laufe ihres ersten Gesprächs, war ihm allmählich der eigentliche Grund gedämmert.

Er fragte Ilan frei heraus, was ihn nach Freiburg geführt hätte, und der erzählte ihm, er sei auf der Suche nach seiner großen Liebe. »Nur wegen ihr habe ich den Krieg überlebt, weil sie auf der Welt ist.«

Geschichten aus dem Zweiten Krieg, besonders solche aus jüdischer Perspektive, interessierten Jo. »Wie heißt sie denn? Ich hör mich mal um, vielleicht kann ich dir ja helfen, sie zu finden.«

Ilan schüttelte den Kopf. »Sie heißt Ruth und ist von einem anderen schwanger. Vor allem aber ist sie inzwischen verheiratet.«

Da schon war Jo der Zusammenhang mit seiner Schwester möglich erschienen.

»Sie ist eine geborene Mock.«

Jo hatte es nicht für nötig gehalten, weiter in Ilans Wunden zu bohren. Und dann hatte Ilan etwas gesagt, dass Jo so schnell nicht vergessen würde. »Worüber man nicht sprechen kann, darüber soll man schweigen.«

Das taten sie. Da Ilan im Verband aber fortan nahezu immer mithalf und Jo so oft er es eben konnte, waren sie für viele Dienste zusammen eingeteilt. Was angenehm war. Er mochte Ilan, und aufrichtig war er auch, zumindest wenn Jo ihn direkt etwas fragte. Die Schwere, die Ilan umgab, war allerdings kaum zu ertragen, und so nahm Jo einmal all seinen Mut zusammen und sprach ihn darauf an.

»Der Krieg«, sagte Ilan und zuckte die Achseln, »und all das

Elend. Wer so etwas erlebt hat, vergisst es nicht. Aber wir machen weiter, irgendwie.«

Ansonsten schwiegen sie viel zusammen. Jo mochte das. So stapelten sie also Corned Beef und Sauerkraut in Dosen, Margarine, Zucker, Milchpulver und Kaffee in viele Pakete, sortierten Socken, Unterwäsche und Decken, Kinderspielzeug und Babynahrung. Seit das American Jewish Joint Distribution Committee den Verband hier und da finanziell unterstützte, war es einfacher geworden. Besonders wenn noch private Spenden hinzukamen.

Mit jedem fertigen Paket, das Jo zu dem Haufen der anderen Pakete stellte, fühlte er sich leichter.

Reto, ein Schweizer Kollege, klopfte ihm auf die Schultern. »Bischt wieder fleißig? Ein deutsches Arbeitstier, was?«

Jo biss sich auf die Lippe und ballte die Faust. Er hasste diese Art Witze, auch wenn Reto eigentlich nett war.

»Reg dich nicht auf, weischt doch, wie wir es meinen. Wir Schwizer waren auch nicht besser. Haben die Juden an der Grenze abgewiesen, auch wenn wir wussten, dass wir damit ihr Todesurteil unterschreiben.«

»Ihr habt sie aber nicht vergast.«

Ilans Hände, die gerade einen Teddy hielten, um ihn zu verpacken, zitterten.

»Ein weites Feld, Jo. Ein sehr weites Feld.« Reto sagte es wie nebenbei, als würde er über ein nahendes Unwetter sprechen, bei dessen Ankunft es besser sei, Tür und Fenster zu verschließen und sich nicht aus dem Haus zu bewegen. Jedenfalls bemerkte er Ilans Verfassung nicht oder er überging sie, so genau konnte Jo das nicht sagen. Ihm aber fiel Ilans Zittern auf. Er trat neben ihn, nahm ihm den Teddy aus der Hand und drückte dem eine Tüte Bonbons zwischen die Bärentatzen. »Lass uns mal ne Pause machen. Seit heute früh hast du nichts gegessen und getrunken.«

»Ich muss dann mal«, sagte Reto.

Jo griff in seinen Rucksack, fischte die in Butterbrotpapier geschlagenen Käsebrote und die Tomaten heraus, die Mutter ihm mitgegeben hatte, und legte alles auf den kleinen Pausentisch. Er holte zwei Gläser aus dem Schrank und schenkte ihnen beiden Wasser ein. »Trink, Ilan. Das wird dir guttun. Und iss etwas, damit du wieder zu Kräften kommst.«

Ilan nickte und setzte sich – noch immer leicht zitternd – neben ihn.

Eine ganze Weile saßen sie so nebeneinander, aßen, tranken und sprachen nicht, bis Ilan das Wort ergriff: »Wie geht es Ruth?«

Er hatte die knappe Frage sehr hastig ausgesprochen. Sie war nur mit Mühe verständlich gewesen, klang jedoch äußerst dringlich. Ilan liebte Ruth noch immer, das war offensichtlich, auch wenn er sich auf seiner Flucht gewünscht haben musste, sein Schatten möge mit der Finsternis um ihn herum verschmelzen. Gerade dann, wenn er sich des Tags in Verschlägen, Kellerlöchern oder im dichten Wald hatte versteckt halten müssen. Wenn Jo das Bild seiner Schwester wieder heraufbeschwor, wie sie neulich mit Albert in die Theaterkantine gekommen war, dann spürte er unzweifelhaft, dass Ruths große Liebe nicht Albert sein konnte, sondern dass sie neben ihm saß und Ruth davon nichts ahnte. Seine Schwester neigte dazu, alles zu tun, um die Familie zusammenzuhalten und deren Erwartungen zu entsprechen. Niemals hätte sie jemanden durch widerspenstige Worte verletzt. Lieber schwieg sie. Wie auch Ilan schwieg. Nur dass es ihm – im Gegensatz zu ihr – um die Aufarbeitung der Naziverbrechen ging, um Gerechtigkeit. Koste es, was es wolle. Auch deshalb war er hier und schuftete Stunde um Stunde neben Jo. Nicht wegen der kleinen Aufwandsentschädigung, die Ilan meist sogar ausschlug, auch wenn er das inkludierte Essen für die Ehrenamtlichen dankbar annahm. Er war hier, weil er an eine bessere Welt glaubte, weil ihn das am Leben hielt. Weil er nicht vergessen wollte – und nicht vergessen konnte. Auch Ruth hatte er nicht vergessen, und was sie ihm bedeutete. Wie gern hätte Jo Ruth und Ilan wieder zusammengesehen. Seine Schwester, glücklich an der Seite eines Mannes, den sie liebte. Dass sie bereits verheiratet war, dass sie sogar ein Kind erwartete, darum ging es Jo nicht. Aus seiner Sicht waren das bloß Erschwernisse, die die beiden hätten meistern können. Aber was Ruth ihm jüngst anvertraut hatte, das konnte man nicht einfach wegwischen, das war ein riesiger, nicht zu überwindender Felsbrocken, der jede noch so große Liebe verhindern würde. Ilan hätte Ruth dafür, hätte er davon Kenntnis gehabt, womöglich verachtet. All seine innigen Empfindungen für sie hätten sich ins Gegenteil verkehrt. *Du wirbelst nur alte Wunden auf, wenn du dich derart für jüdische Hilfsorganisationen engagierst*, so oder so ähnlich hatte Ruth es neulich erst formuliert. Und dass sie nicht wolle, dass alle Welt wisse, dass ihre Familie jüdische Wurzeln hätte, das hatte sie obendrauf gesetzt. Schon wegen ihres ungeborenen Kindes, hatte sie gemeint. Sie müsste es schützen. Wer wisse, ob die alten Zeiten wiederkehrten, wenn der politische Wind sich drehte. Und wegen Mutter, hatte Jo gedacht. Damit die bloß nicht an Harry erinnert würde. Falsche Rücksichtnahme führte ins Unglück, war der Geburtsort aller Missverständnisse, aus denen dann Wut, Zorn oder sogar Kampf resultierten. Manchmal richteten sich diese Gefühle auch gegen einen selbst, in dem Fall folgte daraus Erstarrung, Resignation oder Verzweiflung.

Ilan hatte das Brot beiseitegelegt und starrte Jo ängstlich an. »Hat Ruth etwa Probleme? Sprich offen mit mir, ich bitte dich.«

»Nein, nein. Alles ist bestens. Ruth ist glücklich, das darfst du mir glauben.« Jo klopfte Ilan freundschaftlich auf den Rücken. Es war nicht nur Ruth, die ihre Wurzeln leugnete, es war seine gesamte Familie. Außer Gili vielleicht, aber die interessierte Politik ohnehin nicht. Als er jüngst nach seinem Pass hatte sehen wollen, da war ihm auch der Pass von Mutter in die Hände gefallen. Ihr einstiger falscher Ausweis war verschwunden gewesen, genau wie der, den sie lange heimlich mit sich geführt und vor fremden Blicken verborgen gehalten hatte. Für den Notfall, hatte sie zu sagen gepflegt. Darin war ein *J* verzeichnet gewesen. Nun aber waren die Pässe nicht mehr da, und auf Jos Nachfrage, was sie damit gemacht habe, schoben sich ihre Augenbrauen zusammen, und ihr Ausdruck verhärtete sich. »Hör endlich auf mit dem Unfug. Was hat unsere Familie mit den Juden zu tun?«

Daraufhin hatte Jo die Tür krachend zugeschlagen und nie wieder das Gespräch auf dieses Thema gelenkt. Die Wahrheit durfte niemand verdrehen. Das war wichtig. Wenn er Mutters Unfug also noch einmal hätte lauschen müssen, hätte er für nichts mehr garantieren können.

Wie er darüber nachdachte, war Jo sich sicher: Es war traurig für Ruth, es war traurig für Ilan, aber es war wahrscheinlich besser, seine Schwester und ihre große Liebe gingen weiterhin getrennter Wege.

*

Es wird wirklich Zeit, dachte Ruth, als sie energisch die Türklinke zum Seidel'schen Juwelierladen drückte. Der Arzt hatte ihr vor Wochen schon gestattet, sich wieder normal zu bewegen. »Keine Gefahr mehr für das Kleine. So lange jedenfalls, wie sie keinen Marathon zu laufen beabsichtigen«, hatte er gescherzt. Und an jenem Abend mit Albert im Theater war ihr Baby ruhig gewesen, auch wenn es ihr, nachdem sie sich nach der Aufregung um Jo endlich schlafen gelegt hatte, klar zu verstehen gab, dass es keinesfalls beabsichtige, weiter so ruhig zu bleiben. Kaum hatte Ruth sich ausgestreckt, war es hellwach geworden.

Sicher, von Arbeit hatte der Arzt nicht gesprochen. Aber wenn sie weiter ihren Gedanken nachhing, würden ihre heimlichen und nie an Ilan abgeschickten Zeilen, die sie während der Bettruhe geschrieben hatte, noch zu einem ausgewachsenen Roman. Den müsste Marga dann für sie aufbewahren. Wegwerfen konnte Ruth die Briefe unmöglich, aber sie im Seidel'schen Haushalt aufzubewahren war eine noch viel schlechtere Idee. Sie hatte zu viel unausgefüllte Zeit, und die Seidels konnten durchaus Unterstützung im Verkauf gebrauchen. Ruth musste ihnen ja nicht auf die Nase binden, was das Wiedersehen mit Ilan neben ihrer Schreibwut noch nach sich gezogen hatte. Seit ihrer ungewollt verordneten Bettruhe hatte sie ein Bild nicht wieder losgelassen. Und das war das des Granatsplitterarmbands, das sie Ilan als Zeichen ihres Treueschwurs gegeben hatte. Was war daraus wohl geworden? Hatte Ilan es, um zu überleben, fortgeben müssen? Oder besaß er es noch immer? Sie schüttelte den Kopf. Es hätte nicht zu ihm gepasst, es nach dem Krieg und ihrem Wiedersehen zu behalten und ihr gegenüber kein Wort darüber zu verlieren. Auch wenn er den Kontakt mit ihr meiden wollte – was ihr allzu verständlich schien nach ihrem Treuebruch –, wäre es noch immer in seiner Obhut, er hätte es ihr wiedergegeben. Sicher hatte er es eintauschen müssen. Dieses herrlich glitzernde Armband, das – anders als die vielen Schmuckstücke im Laden – aus einer Vielzahl an Splittern bestand und dabei doch wirkte, als bilde es eine in sich geschlossene Einheit. Gerade in seiner Vereinzelung und Zersplitterung hatte es eine Geschichte zu erzählen.

»Ruth!« Albert hatte sie bemerkt, wie sie mitten im Laden stand und keinen Schritt weiterging. Ihr Blick haftete an den glatt goldenen Ausstellungsstücken in der Vitrine.

»Ist etwas geschehen? Weshalb bist du nicht zu Hause und ruhst dich aus?«

Sie zog die Handschuhe langsam von den Fingern und lächelte ihrem Mann zu. »Mir geht es bestens. Ich bin gekommen, um zu arbeiten.« Sie sagte es laut. Laut genug jedenfalls, dass Otto, der bestimmt in der Werkstatt war, zu der die Tür leicht offen stand, sie hören musste. Sie beugte sich leicht vor und linste hinein. Außer dem hellen Licht, das von dort in den Laden schimmerte, war nichts zu sehen. Ruth vernahm ein leichtes

Hämmern und Klopfen und dann Ottos Stimme, der wohl mit seinem frischgebackenen Lehrling Karl-Heinz sprach. »Mit diesen zwei linken Händen willst du Goldschmied werden? Ich sag es dir offen und ehrlich, wenn das so weitergeht, wird das nichts mit deiner Karriere. Alles Mögliche denkst du dir aus, aber wie sich deine Schmuckideen umsetzen lassen, daran verschwendest du weder Zeit noch Nerven. Ihr jungen Leute habt nur Flausen im Kopf.«

Ruth spürte die Röte auf ihre Wangen treten. Sie selbst hatte in letzter Zeit begonnen, das Armband aus ihrem Gedächtnis wieder und wieder zu zeichnen. Und dabei waren ihr ein paar Ideen gekommen, eine Art Alternativen zum Original. So wie es eben auch hätte aussehen können. Vielleicht hatte ihre merkwürdige Beschäftigung damit zu tun, dass sie sich im Einzelnen nicht mehr genau an den Armreif erinnerte. Manche Details seines Aufbaus und Aussehens waren ihr entfallen. An andere erinnerte sie sich jedoch genau. Zum Beispiel an die anschmiegsame Kettenform des Reifs, gelängte Ornamente mit zartem Schwung und auf jedem einzelnen Glied der Kette versunken glitzernde Granatsplitter. Keiner seiner Edelsteine glich aufs Haar dem anderen. Jeder erzählte seine eigene Geschichte, sogar unterschiedliche Schliffe glaubte sie zu erinnern. In der Mitte trug er größer eingefasste Steine. Auf Ruths Zeichnung hatte sie je einen Diamant gegenüber von einem Granaten gesetzt. Ob das so gewesen war? Sie erinnerte sich nicht daran.

Albert seufzte hörbar. »Aber Schatz. Du solltest zu Hause Kraft sammeln, nicht stundenlang im Laden stehen müssen.« Er legte den Stift weg und klappte das Kassenbuch zu, in das er eben noch etwas eingetragen hatte. Dann kam er langsam hinter dem Tresen hervor, nahm sie bei der Hand und führte sie zu der Ecke mit den beiden freien Sesseln. Kundschaft war keine im Laden. »Setz dich bitte. Ich mache mir Sorgen. Um dich und um unser Kind. Das musst du verstehen.« Und leiser fügte er hinzu: »Ich weiß wirklich nicht, ob ausgerechnet Vater euch mit seiner momentanen Laune guttun würde.«

Albert sah dabei geknickt aus, kleine Falten zeichneten sich auf seiner Stirn ab. Was er sagte, klang jedoch vernünftig. Nur konnte sie doch nicht nur zu Hause sitzen, sich in ihre abwegigen Gedanken verstricken und elendig sehnsüchtige Briefe schreiben, die ihr ein schlechtes Gewissen machten, selbst wenn sie die Zeilen bloß an Marga schickte. Ihr Verhalten warf obendrein Fragen auf. Wofür sie denn derart viel Porto benötige, zum Beispiel. Und diese Schmuckzeichnungen, die sie neuerdings machte, waren auch bloß Ausdruck ihrer allzu wilden Phantasie. Otto hatte seinem Lehrling etwas gesagt, und ausnahmsweise hatte der Alte recht damit. Nur weil man sich etwas erträumte, konnte man es noch lange nicht in die Realität umsetzen. Ruth fuhr sich mit der Hand durch ihre Locken. Sie musste dringend wieder zu sich selbst zurückfinden, und wenn sie arbeitete, hatte sie das Gefühl, dass ihr das besser gelang. Sie war dann für kurze Momente im Einklang mit sich und der Welt. Arbeit verscheuchte falsche Sehnsucht und erschöpfte. Und wer erschöpft war, konnte seine Zeit nicht mehr damit vergeuden, in die Irre führenden Gedanken nachzujagen.

Otto kam mit hängenden Schultern aus der Werkstatt geschlurft. Wenn Ruth es richtig deutete, hatte der alte Seidel wieder zugenommen. Sein Bauch wölbte sich unvorteilhaft über dem zu eng geschnürten Hosenbund. Er zeigte keinerlei Erstaunen darüber, dass sie im Laden aufgetaucht war. »Habe ich richtig gehört? Du willst arbeiten?«

Sie nickte. Seine Stimme klang ein wenig, als knurrte er, anstatt zu sprechen. Ruth hatte sich daran längst gewöhnt. Es erschreckte sie nicht mehr. Dass Otto auch im Laden arbeitete, missfiel ihr zwar, aber was war schlimmer? Von dem Alten angebrummt zu werden und seine Abneigung gegen sie allgegenwärtig zu spüren, oder allein mit ihren Gedankenschleifen in der

Seidel'schen Villa zu bleiben und sich von einer Variation eines Granatsplitterarmbands zur nächsten zu zeichnen? Sie war schließlich keine Goldschmiedin, und solche Skizzen führten nirgendwohin. Goldschmied zu sein bedeutete harte, auch körperliche Arbeit, die meist Männern vorbehalten war, jedenfalls sicher nicht schwangeren Frauen. Außerdem verstand sie nichts davon, rein gar nichts. Sie würde im Verkauf aushelfen. Das konnte sie, das hatte sie gelernt. Auf ihr Gespür für die Kundschaft konnte Ruth sich verlassen. Genau deshalb würde ihr Schwiegervater sie machen lassen. Ruth lächelte in sich hinein. Sie bei dem, was sie konnte, zu stoppen, dafür war Otto zu sehr Geschäftsmann, zu sehr auf seinen Vorteil bedacht. Wenn er sah, dass jemand seine Sache beherrschte, unterbrach er ihn nicht dabei.

»Du weißt, dass ich dich nicht zusätzlich entlohnen werde, oder? Albert ist verantwortlich für euer Auskommen, und das soll auch so bleiben. Du hilfst ein bisschen, weil du zur Familie gehörst. Das ist selbstverständlich und keine große Sache.« Den flehenden Blick Alberts überging er. »Dann ist es also abgemacht. Wir können jede helfende Hand gebrauchen. Und ein bisschen sparen würde uns auch nicht schaden. Erna … Na ja, ihr wisst ja, wie sie ist, teuer im Unterhalt.« Er lachte. Laut und dreckig. Instinktiv wich Ruth mit dem Oberkörper vor ihm zurück. Und Albert, der seinem Vater nicht widersprach, schluckte dreimal kräftig, sie sah es genau, und senkte dann den Kopf. Eine Geste der Unterwerfung. Traurig sah er dabei aus. Und müde, unendlich müde. Ruth jedoch spürte Hoffnung. Einen schmalen und wilden Fleck Farbe in dem grellen Weiß ihrer Tage.

*

Es gab Tage, da wollte Jo nicht auf der Welt sein, und dies war so ein Tag.

In dem schmalen Raum, der ihnen als eine Art Hilfskantine diente und der früher einmal ein Klassenzimmer gewesen war, stand eine lange Schlange an der Essensausgabe. Sie waren zu dritt, um zu helfen, Reto, Ilan und er. Schweißperlen standen auf ihrer Stirn. Jo wischte sie mit dem Handrücken fort, dabei nahm er einen merkwürdigen Geruch wahr. Nach Angebranntem roch es, aber nur leicht, und darüber lag ein klebriger, öliger Film. Dazu feuchte Ausdünstungen der transpirierenden Menschenmenge. Es gab bloß ein Fenster, und das ließ sich nicht richtig öffnen. Zu allem Überfluss ging die Suppe zur Neige. Selbst mit viel Wasser ließ sie sich nicht weiter strecken, sollte sie noch irgendwie sättigen. Zwar war der Krieg überstanden, der Hungerwinter auch, und den Menschen hätte es besser gehen sollen. Es war nun auch nicht so, dass es nichts gegeben hätte. Nur steckte mal wieder irgendwo eine Lieferung fest oder irgendwer hatte bei der Berechnung der Mengen geschlampt, weil es ihm einfach nicht wichtig gewesen war.

»Finito, Leute. Es tut uns leid. Gibt aber bestimmt noch Nachschub«, rief Reto und gab einem Mädchen mit langen Zöpfen einen sanften Schubser in Richtung Tür. »Wir rufen euch, wenn es so weit ist. Geht halt spielen.«

Das Kind lächelte, und die Wangenknochen traten dabei hervor. Jo kramte in seiner Hosentasche nach Kleingeld, fand nur noch eine Münze und reichte sie dem Mädchen. Es war nicht viel, kaum dass man davon ein Bonbon oder einen Kaugummi hätte kaufen können. Und doch fiel ihm das Kind um den Hals und murmelte: »Danke.«

»Da leiden die unseren noch immer«, er sah zu Reto, »aber die Deutschen und auch die Schweizer stopfen sich wieder die Mägen voll. Muss man ja als Fortschritt werten, dass sie irgendwann wenigstens auf den Trichter gekommen sind, die Volksgruppen in den Lagern zu trennen. Muss eine Zumutung für die Opfer gewesen sein, mit ihren einstigen Tätern am selben Ort leben zu müssen. Am Anfang sind einige Juden noch in den ehemaligen Konzentrationslagern versorgt worden, aus Mangel an Alternativen, haben sie damals behauptet. Man stelle sich das vor. Wie kann man Kriegsopfern das nach all dem schrecklichen Leid auch noch zumuten? Wisst ihr, dass sie mancherorts allen Ernstes noch die Einheitskleidung für nationalsozialistische Häftlinge tragen mussten, weil es nichts anderes gab?« Jo hatte sich in Rage geredet. Das passierte ihm häufig. Besonders wenn sich draußen der Frühling in seiner ganzen Pracht ausbreitete, die Menschen wieder zur Arbeit strömten und dann abends in Biergärten saßen und sich zuprosteten, als sei nichts gewesen, ein kleiner Zwischenfall in der langen Geschichte der Menschheit nur, dann hätte er speien mögen. Angesichts dessen, was vor Kurzem noch ihre Gegenwart ausgemacht hatte, kam es ihm gelinde gesagt aberwitzig vor, den Alltag wieder aufzunehmen. »Und nun sind alle Lager für die DPs geschlossen worden, bis auf Föhrenwald in Bayern. An manchen kleineren Orten ziehen sie jetzt rasch Wohnblocks hoch. Sollen die Menschen halt selber sehen, wie sie klarkommen. Das denken die doch, die Herren Politiker. Wenn es nicht Menschen gäbe wie euch …« Jo sah Ilan an, Reto streifte er nur kurz mit dem Blick, »dann hätte ich keine Hoffnung auf eine bessere Zukunft.«

Ilan hatte sich abgewandt und schaute aus dem kleinen Fenster auf die alte Rheinbrücke. Jo verstand ihn, der Anblick von fließendem Gewässer beruhigte auch ihn. Er half dabei, die Gedanken treiben zu lassen, ausnahmsweise ohne irgendeine Wertung vornehmen zu müssen. Zwar sah Jo es als seine moralische Verpflichtung an, alles zu hinterfragen, sich eine Meinung zu bilden und mit dieser auch nicht hinterm Berg zu halten, aber manchmal hätte er sich doch gewünscht, diese Treuepflicht wenigstens für Augenblicke vergessen zu können.

»Ihr kommt zu zweit klar, oder?« Reto hatte sich bereits den Hut von der Garderobe in der Ecke genommen. »Habe nämlich noch ein Rendezvous mit einer wunderschönen jungen Dame.«

Jo zuckte mit den Schultern, und Ilan blickte, ohne irgendeine Reaktion auf Retos Worte zu zeigen, weiter aus dem Fenster. »Dann wünsch ich euch, dass schnell Nachschub kommt. Schönen Tag noch.«

Staub tanzte im Sonnenlicht, wohl aufgewirbelt durch Retos Zuschlagen der Tür. Jo drehte das Gas zum Kochen herunter. Sie würden die Suppe später wieder neu aufwärmen müssen, wenn der Nachschub käme.

Ilan wandte sich langsam zu ihm um, fasste in seine Hosentasche und reichte ihm wortlos ein Armband mit rot funkelnden Steinen.

»Was ist das? Was soll ich damit?«

»Es gehört eurer Familie. Ruth hat es mir vor dem Krieg gegeben. Als Band, das uns zusammenhalten sollte. Als meine Lebensversicherung. Ich habe es nie eingetauscht für Gefälligkeiten. Es war mir heilig. Gibst du es ihr bitte zurück? Ich kann sie momentan nicht sehen.«

So viel am Stück redete Ilan sonst nur selten. Seine Worte klangen, als habe er sie vorher mehrfach durchdacht und sich dann die beste Version zurechtgelegt. Vielleicht war Ilan früher einmal ein vor Charme sprühender, fröhlicher Mensch gewesen. Einer, der aus der Lamäng Witze erzählen konnte. Das hätte zu ihm gepasst, dachte Jo und wusste selbst nicht, wie er ausgerechnet jetzt darauf kam und warum der Gedanke seine Aufmerksamkeit beanspruchte. Jüngst hatte Ilan in einem Wortwechsel zwischen ihnen den ehemaligen Musikalienhandel seiner Familie erwähnt. Seitdem sah Jo ihn vor seinem geistigen Auge tanzen, lachen und singen. All das, was Ilan eigentlich nie tat, jedenfalls soweit Jo das beurteilen konnte. Aber nach und nach taute er immerhin auf. Sprach ein wenig mehr, zumindest wenn Jo anwesend war, und gelegentlich grub sich ein gedankenverlorenes kleines Lächeln um seine Mundwinkel ein. Wenn Ilan lächelte, tat er das mit seinem ganzen Körper. Angefangen mit den schelmisch funkelnden Augen, über die lockere Körperhaltung, bis hin zu seinen tänzelnden Füßen. Er selbst bemerkte diese Wesensänderung vermutlich kaum, im Raum aber war die neue Stimmung sofort zu spüren.

»Würdest du das für mich tun?«, fragte Ilan nach einer Pause.

Ganz in Gedanken hatte Jo offenbar vergessen zu nicken oder etwas zu erwidern. »Selbstverständlich«, sagte er hastig. Er streckte die Hand aus, um das Armband entgegenzunehmen. Einen Augenblick zu lang hielt Ilan es fest, als müsse er sich verabschieden. Ein weiteres, ein letztes Mal. Nicht von einem – zugegeben – edlen Schmuckstück, sondern von der Idee einer Zukunft, die offenbar mit ihm verknüpft gewesen war. Und mit Ruth.

»Es ist wertvoll, gib bitte darauf acht.« Ilan sah ihn eindringlich an. Vielleicht nicht nur, um ihm mitzuteilen, dass er auf den Schmuck aufpassen sollte.

Jo musterte das Armband. Es gehörte offenbar seiner Familie. Aber Mutter hatte es nie getragen, jedenfalls konnte er sich nicht daran erinnern. Vielleicht war der Armreif ein Erbstück von Großmutter? Eines, das sie Mutter schon vor seiner Geburt vermacht hatte? Vielleicht gab es eine Verbindung zwischen dem Armband und ihrer jüdischen Herkunft, und Mutter hatte es deshalb nie getragen? Alles Spekulation. »Es sieht wirklich wertvoll aus«, stimmte er Ilan zu. Während er die Worte formulierte, kam ihm ein Gedanke. Was, wenn er den Armreif von seinem Schwager schätzen ließe? Ruth müsste davon nichts erfahren. Außerdem würde es seine Schwester nur unnötig verletzen und alte Wunden aufreißen, wenn anstelle von Ilan er ihr das Armband zurückbrächte. Was könnte man mit dem Erlös eines solchen Armbands nicht alles Gutes tun? Mutter hatte es nie getragen und würde es daher auch jetzt nicht tun – und seine Großmutter hätte es sicher gefreut, wenn ihr geliebter Jo damit Wiedergutmachung geleistet hätte. Er hörte Oma innerlich zustimmend kichern, was ihn heiter stimmte. Er war nicht machtlos, das Blatt hatte sich gewendet. Manchmal waren es die kleinen Dinge, mit denen man die Welt zu einem besseren Ort machte. Die jüdischen Kinder, die vorhin in der Schlange ausgeharrt hatten, müssten für lange Zeit nicht mehr auf Suppe warten. Jo könnte Spielzeug für sie kaufen und, wenn er es ihnen überreichte, in selige Gesichter blicken. Oder er erwarb Federbetten für die jüdischen Familien, damit sie besser durch den Winter kämen. Für all jene, die es nicht oder noch nicht nach Israel geschafft hatten oder deren Auswanderung nach Amerika nicht geglückt war. Gründe dafür gab es genug. Irgendwann würde auch Jo einen Neustart wagen, auf einem fernen Kontinent. Er sah ein großes weißes Schiff vor sich, wie es aus weiter Ferne am Horizont auftauchte und hupte, wie es allmählich näher kam und schließlich im Hamburger Hafen anlegte. Mit nichts als einer schmalen Reisetasche, die er lässig über der Schulter trüge, und einer Schiffermütze auf dem Kopf ginge er über die Brücke an Bord. Begleitet von einem einmaligen Gefühl der Befreiung. Er würde ein neues Kapitel aufschlagen. Aber noch wurde er hier gebraucht.

Wieder musste Jo an das Armband denken und was dessen Verkauf wohl einbrächte.

Wenn er mit dessen Erlös jüdische Flüchtlinge unterstützte, würde er damit vielleicht auch Harry erlösen. Seinen Bruder, den die eigene Familie als Kanonenfutter in den Krieg geschickt hatte, um für deren Rettung auf der Seite der Nazis zu kämpfen und zu sterben. Hatte Harry darum gewusst? Er hätte eine Schuld auf sich geladen. Wie schnell man vom Opfer zum Täter wurde, weil man blind den Eltern gehorchte. Niemand durfte ungestraft, selbst wenn es ums Überleben der Seinen ging, dem Bösen dienen.

Mit dem Erlös des Armbands würde Jo dafür sorgen, Harry ein wenig Last von den Schultern zu nehmen. Und es fiel ihm bestimmt noch mehr ein, wie er Buße tun konnte. So lange würde er damit weitermachen, bis Harry in Frieden ruhte, bis er schwerelos würde und frei. Wenigstens im Tod.

*

Am Tag darauf regnete es. Die Menschen eilten mit gesenkten Köpfen an ihm vorüber, spannten ihre Regenschirme auf oder zogen die Mützen tief ins Gesicht.

Jo war klitschnass, als er den Juwelierladen betrat. Von seinen Haaren und seinem Mantel tropfte es auf den Marmorboden, und seine Schuhe hinterließen üble Flecken. Das wäre ihm normalerweise nicht sonderlich unangenehm gewesen, er mochte den alten Seidel ohnehin nicht. Aber in diesem Fall wollte er sich gut mit seinem Schwager stellen – es verlangte also der Respekt, dass er sich dessen Vater gegenüber einigermaßen höflich verhielt. Jo war schließlich gekommen, um einen Gefallen bei Albert zu erbitten.

»Entschuldigen Sie.« Der alte Seidel, der hinter dem Tresen stand, sah ihn an. »Sie wünschen?«

Erkannte der Hornochse tatsächlich den Bruder seiner Schwiegertochter nicht? Jo zog die Schiebermütze aus dem Gesicht. Da endlich ging dem Alten auf, wer ihm da in den Laden geschneit war.

»Joachim? Was machen Sie denn hier? Ruth ist außer Haus.«

Er siezte ihn weiterhin penetrant, obwohl Jo ihn nach der Trauung von Ruth und Albert inständig gebeten hatte, damit aufzuhören. Für Jo war es keine Überraschung, dass Ruth nicht zugegen war, dennoch tat er so, als wäre diese Information neu für ihn. Gestern noch hatte er mit seiner Schwester gesprochen und sich wie nebenbei nach ihren Arbeitszeiten erkundigt.

»Ist denn Albert hier? Ich habe ihm ein Geschäft vorzuschlagen.«

Eigentlich war es doch eher eine Bitte als ein Geschäft, aber nun hatte Jo endlich die Aufmerksamkeit des Alten, und die hatte er gesucht.

Otto rückte die Brille zurecht und musterte ihn über die Gläser hinweg. »Noch immer leite ich die Geschicke und Geschäfte dieses Hauses. Treten Sie also näher.«

Jos Schuhe quietschten bei jedem Schritt, den er tat. Der Alte zog die Stirn kraus. »Sie brauchen neues Schuhwerk. Einen Menschen und seinen Charakter erkennt man daran, was er an den Füßen trägt. Lassen Sie sich das gesagt sein.«

Nun erst wurde Jo gewahr, dass sich seine Socken voller Wasser gesogen hatten. Die Schuhe mussten eine undichte Stelle haben. Er lächelte Otto zu, und dann fasste er sich ein Herz.

*

Das Armband lag ausgebreitet auf der Vitrine zwischen ihnen. Der alte Seidel fuchtelte aufgeregt mit einer Lupe in der Luft herum und beäugte das gute Stück von allen Seiten. Für die Schätzung, die Jo nun gezwungenermaßen von ihm erbeten hatte, verlangte er ein Honorar und raunte ihm zu: »Ich arbeite nicht umsonst, falls Sie sich etwas in der Art erhofft haben. Auch nicht für entfernte Verwandte. Und Albert untersteht mir, ihn brauchen Sie also nicht zu belästigen.«

Entfernte Verwandte! Wäre es nicht derart bitter gewesen, Jo wäre in Gelächter ausgebrochen. Was für ein ausgewachsener Holzkopf der Alte doch war. In was für eine Familie hatte seine Schwester da nur eingeheiratet?

Otto blickte von dem Armband auf und bemerkte, dass Jo noch immer tropfte. Etwas in der Stimme des Alten hatte sich verändert. Sie klang falsch, einen Halbton zu hoch, als er scharf nach einem gewissen Karl-Heinz rief. Gleich darauf aber lächelte er Jo milde zu. »Nicht gar so schlecht, nicht gar so falsch«, sagte er zu ihm gewandt und dann, als ein Junge, noch keine sechzehn

Jahre, schätzte Jo, aus einem Nebenraum heranschlurfte: »Bring dem Bruder meiner Schwiegertochter doch endlich ein Handtuch, du Taugenichts.«

Der Lehrling nahm es hin, wie Otto mit ihm sprach. Die Herabwürdigung prallte offenbar an ihm ab. Wie hätte er wissen sollen, dass Jo überhaupt im Laden war und was er benötigte? Jedenfalls verschwand er nach der Abreibung durch den Alten im Hinterzimmer, und kurz darauf fiel etwas krachend zu Boden, was der Junge fluchend kommentierte.

»Er ist ungeschickt, mein neuer Lehrling. Aber ein Handtuch wird er Ihnen sicher gleich bringen.«

Der alte Seidel wartete, dass Jo etwas erwiderte, aber das tat er nicht. Daher fuhr er fort: »Schauen Sie, das Armband ist alt und hat bessere Zeiten gesehen. Aber es ist mit Granaten bestückt, und die sind schon in Ordnung. Ich schreibe Ihnen einen Scheck und gebe Ihnen mein Ehrenwort, dass ich dabei großzügig bin, weil das Geld in der Familie bleibt.« Er zwinkerte ihm komisch zu, eines seiner Augen zuckte, während das andere beinahe stillstand und an Jo vorbeiblickte. »Sie können mir vertrauen. Ist wahrlich ein gutes Angebot.«

Etwas sagte Jo, dass er vorsichtig sein müsse, aber seine Zunge war wieder einmal schneller als sein Verstand. »Ruth darf nichts von dem Armband wissen. Das müssen Sie mir versprechen.« Da war es also heraus, und der Alte hatte durch seine eigene Dummheit ein Druckmittel gegen ihn in der Hand.

»Aber sicher doch, sicher. Wenn Sie es gleich hierlassen und niemandem sonst anbieten, schweige ich großzügig über ihr Geheimnis.« Wieder zwinkerte er ihm zu.

Er war ein Sauhund, dieser grässliche Alte. Dass keine fette Warze auf seiner Nase prangte und kein Schwefelgeruch aufstieg, verwunderte Jo beinahe. Was hatte er sich nur dabei gedacht, ausgerechnet bei den Seidels um Schätzung zu bitten? Albert wäre sicher fair gewesen, darauf hatte er zumindest insgeheim gehofft.

Und natürlich war er davon ausgegangen, dass die eigene Verwandtschaft nicht auch noch für die Schätzung bezahlt werden wollte. Er hätte den Reif besser außerhalb der Stadt verkaufen sollen. Das war zu kurz gedacht gewesen. Auch Albert hätte er schließlich bitten müssen, Ruth keinen Ton von dem Schmuckstück zu erzählen. Ein kleines Geheimnis zwischen seinem Schwager und ihm. Bis vorhin war das Jo nicht seltsam erschienen, jetzt kam es ihm beinahe wie ein Verrat an seiner Schwester vor.

»Also, was sagen Sie?« Der Alte ließ ihn keine Sekunde aus den Augen.

»Das Handtuch.«

Jo schrak auf. Der Lehrling war plötzlich hinter ihm aufgetaucht, einem Geist nicht unähnlich. Jo fasste sich an den Kopf und seufzte tief.

»Lassen Sie sich nur Zeit«, säuselte Otto. »Allerdings … In rund zwanzig Minuten taucht Ruth hier auf. Ich habe sie eben anrufen lassen, weil heute mehr los ist als gedacht und ich ihre Hilfe gebrauchen kann.«

Jo sah sich um. Außer ihm war niemand im Laden. Ob der Alte ihn anlog? Er fluchte leise.

»Kein Grund, sich aufzuregen. Der Preis ist fair für das, was Sie von mir fordern, und für das, was Sie mir im Gegenzug anbieten.«

Otto öffnete eine Schublade und holte einen Scheck und einen Stift hervor. Dann schrieb er eine Zahl darauf, von der Jo erst glaubte, er müsse sich verschrieben haben.

»Ich sagte es doch.« Der alte Seidel erwiderte Jos überraschten Blick und tätschelte seine Hand. Teigig fühlten sich die Finger auf Jos Handrücken an. Aber das war ihm egal. Er war noch einmal davongekommen. Otto hatte tatsächlich ein großzügiges, kaum auszuschlagendes Angebot gemacht. War wohl doch kein Unmensch, tat nur gerne so.

»Sie müssen hier noch unterschreiben.« Otto schob ihm einen

Zettel zu, auf dem Jo den ordnungsgemäßen Verkauf des Armbands an das Juweliergeschäft Seidel bestätigen sollte. Und das tat er. Nahm den Scheck an sich und sprang, als er aus dem Laden getreten und zwei Schritte um die nächste Ecke getan hatte, vor Freude in die Luft. Der Erlös reichte nicht nur für genügend Suppe und Spielzeug. Er würde noch sehr viel mehr spenden können. Und wenn er einen kleinen Teil zur Seite legte, würde er damit auch Gili und Ruth unterstützen können, wenn sie einmal Hilfe nötig hätten.

*

»Ach, Herr Joseph, wie schön, Sie wiederzusehen.«

Ruth legte sich eine Hand auf den unteren Rücken und stützte sich mit der anderen an der Lehne des Besuchersessels ab. Mit Schwung erhob sie sich daraus.

»Langsam, langsam, gnädige Frau. Sie wollen doch nicht stürzen.«

Herr Joseph war einer der Seidel'schen Stammkunden. Er war vermögend und brachte seiner Frau in schöner Regelmäßigkeit *kleine Überraschungen* mit. So jedenfalls nannte er seine kostspieligen Schmuckeinkäufe. Eine zum Himmel schreiende Untertreibung, wie Ruth fand.

Jedoch mochte sie seine Stilsicherheit und wie er seine Frau ansah, wenn die beiden des Abends am Laden vorbeiflanierten, während sie noch zusammenpackte, und Herr Joseph seine Angetraute auf das ein oder andere Stück im Schaufenster aufmerksam machte.

»Dass Herr Seidel sich nicht um Sie sorgt.« Er schüttelte den Kopf, dann aber stahl sich ein Lächeln auf sein Gesicht. »Lassen Sie mich raten, auf eine Koryphäe, wie Sie eine sind, kann man im Hause Seidel einfach nicht verzichten. Das allerdings leuchtet mir ein.«

So ging es immer, wenn Herr Joseph seine Aufwartung machte. Er ließ hie und da ein Kompliment fallen, keine schlüpfrigen, ganz und gar nicht, lediglich solche, die auf ihre angeblichen Begabungen abzielten. Und Ruth konnte nicht leugnen, dass Herr Joseph, wenn er den Laden wieder verließ, nicht nur für ordentlichen Umsatz gesorgt hatte, sondern sie sich auch beschenkt und beinahe heiter fühlte.

»Setzen Sie sich doch.« Ruth deutete auf die beiden Besuchersessel. Er folgte ihrer Aufforderung und bat sie gleich darauf, sich ihm gegenüber zu platzieren, er lege Wert auf ihre Beratung.

Normalerweise fanden die Verkaufsgespräche bei der Auslage statt, wo Ruth den Kunden den Schmuck präsentieren konnte, den sie vorrätig hatten.

Herr Joseph zog ein Kästchen aus seinem Jackett. Immer, auch bei sommerlichen Temperaturen, trug er seinen Anzug und eine seiner Fliegen, deren farbenfrohe Muster stets wechselten.

»Ich habe hier einen Ring …« Er öffnete das Kästchen und seufzte. »Wertvoll soll er sein, aber meiner Gerda gefällt er nicht. Und wenn ich ehrlich bin, ich teile ihre Meinung. Über Geschmack lässt sich nun mal nicht streiten.« Er zwinkerte ihr zu.

Der Ring war eine Scheußlichkeit. In seiner Mitte prangte ein grob geschliffener Amethyst, der jede Minute aus seiner Fassung zu fallen drohte, so wacklig wie er saß. Umgeben war der Edelstein von einem protzenden Kranz schimmernder Diamanten. Die klobige Fassung war aus Gold. Nichts wollte so recht zusammenpassen, obwohl die Materialien und Steine sicher hochwertig waren.

»Art déco der Dreißigerjahre«, sagte Herr Joseph. »Ich würde meine Gerda so gern überraschen. Aus Alt mach Neu, sozusagen. Was meinen Sie?«

Ruth schloss die Augen. Sie sah sich die Steine vorsichtig aus der Fassung lösen, eine Säge bräuchte es dazu und eine ruhige Hand. Sie hatte Otto bei dieser Tätigkeit oft beobachtet und ihn manchmal fluchen hören. Das Gewicht der Steine sah sie sich dokumentieren, ihre Länge, Breite und Tiefe vermessen. Sah sich mit einer Laubsäge die Fassung zurechtschneiden. Hübsch vorsichtig, damit sie nicht zu viel Material vergeudete. Sie hatte etwas in der Art Otto jüngst seinem Lehrling vorwerfen gehört. Dann müsste sie das Gold erhitzen, damit es gewalzt werden könnte. Wenn zu viel Spannung im Material vorhanden wäre, klopfte und bearbeitete sie es nochmals mit dem Hammer, danach käme es wieder in die Walze, bis es die gewünschte Stärke besäße. Schließlich müsste sie es noch zurechtbiegen für die Fassung. Materialstärke und die Wölbung müssten passgenau sein. Dazu käme das Senkeisen zum Einsatz, dessen Funktion es war, für die richtige Form und Größe zu sorgen, ob oval oder rund, ganz egal. Erst danach würden die Endstücke miteinander verlötet. Sie hatte Otto und Karl-Heinz in jeder freien Minute dabei zugesehen und sich vorgestellt, wie es wäre, wenn sie einmal selbst ihre Idee von einem Schmuckstück umsetzen dürfte. Aber natürlich verscheuchte Otto sie meist aus der Werkstatt und schloss dann die Tür hinter sich. »Du gehörst in den Verkauf«, sagte er dann immer, hob dabei mahnend den Zeigefinger und setzte manches Mal noch brummend hinterher: »Schuster, bleib bei deinen Leisten.« Es war ein Zeichen dafür, dass Otto besonders schlecht gelaunt war, was zum Beispiel der Fall war, wenn er Streit mit Erna gehabt hatte – und das war in letzter Zeit oft vorgekommen.

»Frau Seidel?« Herr Joseph winkte vor ihren Augen. »Es tut mir leid, Sie mit solch einem unsinnigen Anliegen belästigt zu haben. Ich hatte es bereits geahnt, es ist eine Schnapsidee, aus einem alten, gut gearbeiteten Ring etwas ganz Neues machen zu wollen.«

»Überhaupt nicht, im Gegenteil. Ich wünschte, ich könnte Ihnen helfen. Aber das muss Albert tun, mein Mann. Oder Herr Seidel. Ich bin keine Goldschmiedin, wissen Sie. Ich helfe nur aus. Hier und da, wo ich eben kann.«

Ein Bad aus Neacith-Beize, dachte sie, den Ablauf der Ring-Herstellung in ihrer Vorstellung beendend. Nach jedem Erhitzen sei das unumgänglich, hatte Karl-Heinz ihr erklärt. Das entferne unter anderem die Oxide. Dann kämen die Feinarbeiten: feilen, säubern und polieren. Bis alles glänzte und die Oberfläche glatt wäre. Die Fassung müsste man dann mit einem Schwämmchen vorsäubern. Wäre dieser erste Arbeitsschritt getan, käme die Ringschiene an die Reihe. Auch hier würde wieder das Material abgewogen und die Stärke bestimmt, man müsste es zwischendurch zum Glühen bringen, damit es sich besser biegen ließe. Die Ringgröße müsste bestimmt werden. Wieder das Senkeisen. Das Verlöten der Enden. Die Versäuberungsarbeit. Das Verbinden von Ring und Zarge. Es käme endlich zusammen, was immer schon zusammengehört hatte. Dann das Säurebad. Das Stempeln. Das Fassen der Edelsteine. Wieder fräsen. Polieren.

»Aber Sie haben Stil, Frau Seidel. Eine natürliche Eleganz. Sind dabei aber, wenn mir das zu sagen gestattet ist, trotzdem jung und erfrischend.«

Sie blickte an sich herunter. Sie trug einen roten Rock und eine weiße Bluse, die einen Kontrast zu ihren dunkelbraunen Haaren bildete. Ein passendes gepunktetes Halstuch dazu. Und weiße Sandalen.

»Es liegt nicht allein an der Wahl Ihrer Kleidung. Es ist mehr, wie Sie auftreten. Warmherzig und doch mit jeder Menge Humor gesegnet. Sie lächeln viel, wissen Sie. Und Sie schaffen es, die Kunden so zu beraten, dass sie mehr als zufrieden sind. Sie beschenken sie derart, dass sie nach ihrem Einkauf beschwingten Schrittes den Juwelierladen verlassen. Ich habe darüber nachgedacht, wie Ihnen das gelingt. Vielleicht liegt es daran, dass Sie die Vorstellungen und Wünsche der Kundinnen immer ernst nehmen und sie aufgreifen. Sie belassen es aber nicht nur dabei, Sie tun mehr. Sie geben deren ursprünglichen Ideen auch stets noch den besonderen Pfiff. Meist ist es etwas, woran die Menschen, bevor sie Ihren Laden betreten haben, nie gedacht hätten. Worauf sie selbst nie gekommen wären. Oft ist es eine Kleinigkeit, die Sie hinzufügen, eine winzige Drehung des Ursprungsgedankens. Aber dieser kleine Zusatz ändert einfach alles. Verzeihen Sie, ich rede zu viel und kann mich offenbar nicht ordentlich ausdrücken.«

Wo Herr Joseph beim Kauf der *kleinen Überraschungen* untertrieb, übertrieb er nun in der anderen Richtung. Auch wenn seine Komplimente sie natürlich freuten.

»Es ist nicht mein Laden. Leider«, setzte sie nach.

»Aber eines Tages haben Sie vielleicht einen.«

Ruth winkte ab. »Und eine Schmuck-Entwicklerin bin ich auch nicht. Zwar zeichne ich manchmal einen Entwurf …«

Herr Joseph sprang auf. »Wusste ich es doch. Liege selten falsch, wissen Sie. Ich besitze nicht viel, aber Menschenkenntnis, die habe ich.«

War das nun eine Unter- oder eine Übertreibung? Ruth schwirrte der Kopf. Vielleicht war es doch ein wenig viel gewesen. Die Mittagshitze hatte ihr zu schaffen gemacht. Das viele Stehen. Im Laden war in der Früh bereits viel los gewesen. Aber Otto hatte sie dennoch mit Karl-Heinz allein gelassen. Albert musste irgendwelche Geschäftstermine außer Haus wahrnehmen. Und nun war das Kleine auch noch hellwach und strampelte gegen ihre Bauchdecke.

Umso mehr es in ihr heranwuchs, umso mehr musste Ruth an früher denken. Momente ihrer Kindheit, ihres Heranwachsens, ihrer Jugend. Gegen die Bilder, die sie unabhängig von der Situation und ohne erkennbaren Auslöser fluteten, konnte sie sich nicht wehren. Als habe sie mit der ersten Schwangerschaft ungefragt einen Schlüssel übergeben bekommen, der zu einer versunkenen und schweren Truhe passte, die schon aufgrund ihres Gewichts nicht zu bergen war.

Ruth hatte sich gehütet, sie zu öffnen, und dennoch stand die Truhe nun sperrangelweit offen. Eine Erklärung dafür hatte sie nicht. Und so war sie den unregelmäßig aufkommenden sprunghaften Erinnerungsstürmen ausgeliefert.

Sie brachten auch die Gerüche mit sich. Nach verbrannter Kohle aus den Breslauer Raketenöfen. Nach der Feuchtigkeit, die in der eiskalten Luft hing. Die klamme Atmosphäre kündigte den Wechsel der Zeiten an. Für Ruth brachte sie Abschied. Von Großmutter, Harry und dem Vater, von stillen Gewohnheiten und heimlich-leisem Glück. Von Ilan.

Und wieder stand sie auf dem Platz vor dem Kino, und der Schnee rieselte auf sie herab. Ein letztes Aufflackern der Lichter, bevor sie erloschen. Diese raue Stimme, die aus dem Saal drang und ein Wunder besang, das sich für Ruth nicht einstellen würde. Dazwischen ihr eigenes Lachen aus früheren Tagen. Ruth stand neben dem Kind, das sie einmal gewesen war, und lauschte seinem Kichern. Und obwohl sie sich selbst in Gestalt des Mädchens von einst hätte berühren können, hätte sie nur die Hand nach ihm ausgestreckt, schien sein Lachen von weither zu kommen und klang wie unter Wasser. Dieses Kind war ihr fremd, vertraut waren ihr nur sein Name und die entfernte Erinnerung an seine leichtfertige Unbeschwertheit.

Ruth hatte Hand in Hand mit Marga an der Oder gestanden. Sie hatten Steine über die Oberfläche klickern lassen, und manchmal war es ihnen gelungen. Die flachen Kiesel sprangen weit hinaus aufs Wasser, bis sie versanken.

Später die Schule. Die große Klasse, in der sie neben Marga am Pult saß. Die anderen Mädchen trugen die Haare wie sie selbst zu Zöpfen gebunden. Aber auch wenn sie sich äußerlich glichen, so hatten sie doch wenig miteinander gemein. Nur mit Marga war das anders – und mit ihrer Familie. Zu Hause fühlte sie sich geborgen; damals war sich die Familie noch nah gewesen. Sie hatten sich aufeinander verlassen können und alles miteinander geteilt. Das Sonntagskleid und das Mensch-ärgere-Dich-nicht-Spiel genauso wie spannende Ideen oder den Kuchen, den es am Wochenende immer gab – Pflaumenstreusel hatte Ruth am liebsten gehabt. Auch Unangenehmes hatten sie zusammen überstanden, wie etwa ihren Sturz vom Fahrrad und die aufgeschürften Knie, die sie davongetragen und die Mutter versorgt hatte. Über ihre kaputten Strümpfe hatte sie nicht geschimpft.

Ja, zu Hause war ihr Zufluchtsort gewesen. Ihn gab es nicht mehr.

Nicht alles blieb, manche Erinnerung versank, tauchte nie wieder auf.

Und dann stand ihr Ilans Bild wieder vor Augen. Sein strubbelig schwarzes Haar, durch das sie so gern gestreichelt, sein Duft, der sie augenblicklich hatte entspannen lassen, seine Wärme in der Stimme und wie sie sich geschworen hatten, immer beieinanderzubleiben. Damals hatte sie fest daran geglaubt.

Das Knirschen ihrer Schuhe auf der Schneedecke. Marga hatte unweit hinter ihr gestanden. Gemeinsam blickten sie auf eine zugefrorene Wasseroberfläche. Ob das Eis sie tragen würde? Das tat es. Auf dem Vorplatz zum Kino aber, da brach es zum ersten Mal unter Ruths knirschendem Schritt.

Eine Erinnerung kam niemals allein und widersetzte sich stur chronologischen Abfolgen. Die ziehende Sehnsucht, oft an vorderster Front, die in sich gekehrte Abscheu, irgendwo in der Mitte der Familienmitglieder, die zähe Hoffnung, ganz am Schluss. Bunt dazwischengestreut Freude, Melancholie, Trauer.

Das rote Flackern der Granatsplitter im Morgengrauen. Ilan, den es alle Kraft gekostet haben musste, sich an jenem Tag nur für sie zusammenzunehmen. Sie hatte nicht leiden sollen. Er hatte alles darangesetzt, dass sie ihn in guter Erinnerung behielte. In der Rückschau trat seine Anstrengung deutlich zutage. Es war Ilan immer nur um sie gegangen. Ruth wiederum hatte nur eines im Sinn gehabt, er musste überleben. Damit sie sich wiederfänden. Auf ein Wunder hatte sie all ihre Karten gesetzt. Und gegen die bleierne Zeit leistete sie ihren Schwur, ihr geflüstertes Versprechen auf eine gemeinsame Zukunft. Da brach das Eis zum zweiten Mal.

Nichts, was sie gegen die auf sie einströmenden Bilder hätte unternehmen können. Es ging so lange, wie es eben ging; bis genügend Material an die Oberfläche gedrungen war und die Truhe sich von allein wieder schlösse. Wenn auch nie wieder ganz.

»Sie sind ja ganz blass, meine Liebe. Ich lasse Ihnen einen Kaffee von nebenan bringen, der ist gut für den Kreislauf«, sagte Herr Joseph, und ehe sie ihm antworten konnte, war er schon aufgestanden, stützte sich im Laufen auf seinen Stock und lief erstaunlich behände zur Tür, über der das Glöckchen bei seinem Verlassen des Ladens klingelte.

Ilan hatte überlebt. Auch wenn sie nicht zusammen sein konnten, er lebte. Womöglich unweit von ihr. Womöglich in Freiburg. Dann aber würden sie sich wiedersehen. So groß war die Stadt nicht, dass man sich auf Dauer nicht begegnen würde.

Der Ilan, den sie gekannt hatte, hätte sich nicht vor ihr versteckt, hätte sie nicht im Unklaren über den Verbleib des Armreifs gelassen. Er hätte ihn ihr zurückgegeben. Nichts hatte je zwischen ihnen gestanden. Nun war auch dies Geschichte.

*

Jo erstand zwei orangefarbene Spielzeugautos, eine teure Schildkrötpuppe mit einem ihrem Alter unangemessen weisen Blick, ein Sammlung mit Peitschenkreiseln, die er gleich selbst im Laden ausprobierte, jede Menge Sandeimerchen aus Blech mit passenden Schippen und Förmchen dazu, eine moderne Puppenküche, einen Kaufmannsladen aus Holz, bunt bemalte Blechdosen, aus denen, wenn man an deren Kurbel drehte, Musik erklang, kistenweise bunte Bälle in verschiedenen Größen, eine Vielzahl Bilder- und Vorlesebücher und obendrein eine Unmenge Stofftiere.

Reto, der einen Lieferwagen besaß, hatte Jo nach anfänglichem Widerstand und dem Verweis auf seinen freien Tag schließlich doch begleitet, und nun luden sie gemeinsam die Einkäufe ein. Die Sonne strahlte ungebrochen und gnadenlos vom Himmel. Aber die Hitze gebot Jo keinen Einhalt. Selbst als Reto eine Verschnaufpause einlegte, um Wasser zu trinken und eine Zigarette zu rauchen, schleppte Jo ohne Unterlass weiter die Einkäufe in den Wagen.

»Woher haste denn auf einmal so einen Geldscheißer?«, fragte ihn Reto. »Haste etwa eine reiche Braut kennengelernt oder wo hast du sonst das große Geld gemacht?«

»Nichts dergleichen.« Jo atmete schwer und hielt einen Augenblick inne. »Ist weniger mysteriös, als du glaubst, also verschon ich dich besser mit Details. Lass uns jetzt losfahren, die Kinder warten schon.«

*

Wie brav sie in Reih und Glied an der Verladeklappe anstanden, bis sie an die Reihe kamen. Alle sollten sie etwas geschenkt bekommen. Jo hatte es ihnen versprochen, und wenn er etwas versprach, hielt er Wort. Sollten die Spielsachen, die er erstanden hatte, nicht ausreichen, würde er gleich noch einmal mit Reto losziehen und für Nachschub sorgen.

»Das reicht doch dicke.« Reto gab gerade einem Jungen ein Bestimmungsbuch für Kobolde, Elfen und Zwerge. Wie in einem echten Lexikon waren darin deren bevorzugte Lebensräume, ihre Bekleidungs-, Ess- und Schlafgewohnheiten, ihre Feinde und Freunde, ihre Herkunft und zuletzt auch ihre Rassemerkmale, und daraus resultierend ihre Charaktereigenschaften, beschrieben. Jo starrte auf das Buch. »Was für ein Dreck. Dass du auf solche Gedanken nur nicht hereinfällst, Junge. Als könne man von der Herkunft auf den Charakter schließen. Das haben doch auch die

Nazis geglaubt.« Jo streckte die Hand aus, in Erwartung, dass das Kind ihm das Buch zurückgäbe. »Du bekommst einen dieser Lederbälle zum Fußballspielen, oder vielleicht magst du ein Spielzeugauto haben? Du hast doch sicher schon vom Schauinsland-Rennen gehört?«

Der Junge schüttelte den Kopf und blickte sehnsüchtig auf das Buch mit dem bunten Einband.

»Was kaufst du nur für einen ausgemachten Müll, wenn ich nicht hinschaue«, sagte Jo zu Reto gewandt.

»Warum? Ist doch lustig. Schau, wie schön das gezeichnet ist und wie liebevoll hergestellt. Was können denn die Kinder für die Verbrechen der Nazis? Müssen wir jetzt alles auf der Welt mit der Brille dieser Erfahrungen betrachten? Lass doch den Kleinen ihre Phantasie, die hilft ihnen, all das zu bewältigen. Lass endlich mal fünfe gerade sein.« Reto streckte die Hand nach dem Buch aus, und Jo reichte es ihm zögerlich. Reto gab es dem Jungen weiter, der sich höflich bedankte und hüpfend mit dem dicken Wälzer unterm Arm davonsprang.

Seitdem lag ein feiner Schleier über dem Tag. Kaum merklich für die anderen, aber Jo musste sich mühen, jene Freude wieder aufleben zu lassen, die er vorhin beim Kauf der Spielsachen empfunden hatte. Die Kinder konnten nichts dafür, damit hatte Reto recht. Aber das andere, was er gesagt hatte, das stimmte nicht. Zwar schien seine Argumentation aufzugehen, aber etwas daran passte trotzdem nicht zusammen. Ein leichter Schwindel erfasste Jo. Er musste sich auf die Gesichter der Kinder konzentrieren, auf das Glück, das sich in ihren Augen spiegelte. Zu einer wonnigen Kindheit gehörte es, beschenkt zu werden und mit den Gaben, die man ersehnt hatte, unbedarft spielen zu dürfen.

Vor dem Krieg hatte Jo das selbst erleben dürfen, und jene von der Schlechtigkeit der Menschen unangetasteten Stunden waren ihm bis dato heilig.

Und doch mussten die Kinder auch vermittelt bekommen, auf

welcher Seite der Geschichte sie standen. Dass ihre Eltern keine Täter, sondern Opfer gewesen waren und man ihnen schreckliches Unrecht zugefügt hatte. Sie mussten wissen, dass sie zusammenstehen sollten, dass die überlebenden Juden sich umeinander kümmerten und niemals aufgeben würden. Dass sie sich den Rücken stärken und ihre Kultur wieder aufleben lassen würden. Das war wesentlich zu wissen, wollte man überleben.

»Komm«, sagte ein Mädchen und nahm Jo an der Hand. »Du musst jetzt mit uns spielen.«

Er warf Reto einen Blick zu.

»Geh schon. Ich mach hier weiter.«

Jo folgte dem Kind in die Innenräume. Der Verband hatte endlich einen zweiten Raum anmieten können. Dafür hatte Jo sich stark gemacht. Von seiner Spende, die er dem Verkauf des Armreifs verdankte, hatte das Spiel- und Begegnungszimmer eingerichtet werden können. Die Wände waren in einem warmen Eierschalenton gestrichen und sorgten für eine einladende Atmosphäre. Mit dem jetzigen Tag stand unweit vom Fenster der Kaufmannsladen und auf der anderen Seite die Spielzeugküche.

Die Schildkrötpuppe saß auf der Lehne des geblümten Sofas und hatte alles im Blick. Sie schaute auf die Sitzecke für die Erwachsenen, die aus einer Couch, zwei Sesseln in Altrosé und einem Nierentisch bestand. Teppiche dämpften die Geräusche. Den Kindern sollten sie außerdem das Spielen auf dem Boden ermöglichen, auch im Winter und ohne dass sie sich dabei erkälteten.

Das Mädchen reichte Jo einen Stoffhasen mit langen Ohren, den es unterm Arm gehalten hatte. »Das ist Ben. Er ist noch klein. Einer muss auf ihn aufpassen. Aber ich gehe arbeiten. Kannst du das machen?«

Jo nickte und tat dann alles, was Rosa, so hieß das Mädchen, ihm auftrug. Er badete Ben, legte ihm Windeln an und fütterte ihn. Er sang für ihn. Und als ein zweites Kind dazukam und ihn aufforderte, Murmeln zu spielen, tat er auch das. Ben behielt er immer auf seinem Schoß. Er hatte es Rosa versprochen. Mit einer Kindergruppe malte er weite Felder, auf die es Bomben regnete. »Meine Eltern haben das erzählt, ist so gewesen«, sagte ein vielleicht vierjähriges Mädchen, und er konnte ihm nicht widersprechen, wollte er aufrichtig sein. Als die Bomben aber aufs Papier gefallen waren, malten sie Bäume und Sträucher, an denen Blüten gediehen, und aus dem Himmel regnete es Süßigkeiten. Jo erfand eine neue Welt, von der er den Kleinen erzählte. Bestimmt fünfzehn Kinder versammelten sich um ihn, um seiner Geschichte zu lauschen. Und was er da erzählte, wurde wahr. Es fand sich wieder auf ihren Bildern und in den Landschaften, die sie aus Knete formten. In den Liedern, die sie sangen. Was gedacht und erzählt werden konnte, nahm stets Gestalt an. Und da war er also, inmitten einer Kinderschar, und fühlte sich zum ersten Mal wieder vollständig. Frei von der Last, die seine Familie noch immer auf den Schultern trug und deren stiller Zeuge er war. Und so erzählte er weiter, auch als die Dämmerung schon hereinbrach und die Eltern der Kinder kamen, um sie abzuholen. Aber dann blieben sie spontan da, bevölkerten die Sitzecke und lernten sich kennen. Sogar Reto blieb und kochte aus eigenem Antrieb Kartoffeln mit Spinat und Ei. Sie waren alle Überlebende – und Jo endlich ein Teil von ihnen.

Kapitel 7

Sommer 1950

Mit der Geburt ihrer Tochter zog eine längst verloren geglaubte ungewohnte und beinahe stille Nähe zwischen ihr und Albert ein, die wohl auch daher rührte, dass die Anfeindungen, mit denen Otto sie bisher überzogen hatte, abrupt endeten. Es war ein instabiler Frieden zwischen ihr und dem Schwiegervater, einer, der jederzeit wieder enden mochte, aber nun doch bereits drei Monate andauerte.

Wie fliehend die Zeit zwischen Windeln wechseln, füttern, Bäuerchen machen, den Haushalt führen und spazieren gehen verging. Ein einziger Wimpernschlag, der all ihre Kraft forderte und Ruth kaum eine Minute zum Nachdenken ließ. Das war das Gute an der Mutterschaft. Es gab weder physisch noch gedanklich Raum, um sich in sich selbst zu verstricken.

Um die wiedergewonnene Harmonie ja nicht zu gefährden, hatte Ruth rasch nachgegeben, als Albert sie gebeten hatte, den Namen ihrer Tochter aussuchen zu dürfen. Er hielt – etwas unbeholfen – das von der Hebamme gesäuberte und gewickelte Neugeborene auf dem Arm, streichelte seine Wange und flüsterte: »Du sollst Silvia heißen. Das klingt elegant und angemessen modern.« Nach einer Pause, in der er seinen Vater ansah, setzte er hinzu: »Und Gabriele wird dein Zweitname.«

Er musste Ruths Stirnrunzeln bemerkt haben, denn er erklärte: »Alle weiblichen Nachfahren der Seidels tragen seit Generationen diesen Beinamen. Und mit Traditionen soll man nicht brechen.«

Otto brummelte irgendetwas Zustimmendes, und Ruth wusste, es war besser, Alberts Worte so stehen zu lassen. Auch wenn sie Silvia lieber Sonja genannt hätte. Immerhin der Anfangsbuchstabe bliebe derselbe.

Otto war zwar nicht plötzlich mild oder gar von Dankbarkeit für Ruth erfüllt, aber seine massiven Vorbehalte ihr gegenüber bröckelten seit jenem Tag, da er seine Enkelin zum ersten Mal auf dem Arm gehalten hatte.

Dabei sah Silvia ihm noch nicht einmal ähnlich, vielmehr war die Kleine ihr selbst wie aus dem Gesicht geschnitten. Das hatte auch Mutter bestätigt, und sie musste es schließlich wissen.

Von Ruth gab es nur eine einzige Kinder-Fotografie, die den Krieg überdauert hatte. Diese zeigte sie bei ihrer Einschulung – mit einer hellblauen Zuckertüte, auf der ein Dornröschen in einem hohen Turm schlief und darauf wartete, wachgeküsst zu werden – an der Seite von Harry und ihrer Großmutter. Immer wenn sie sich das Bild näher besah, um herauszufinden, ob Mutter mit ihrer Behauptung recht hatte, musste sie unweigerlich auch Harrys und Großmutters Züge betrachten. Ihre Tochter hatte Harrys hohe Stirn geerbt. Wenn sie sie runzelte, schien es Ruth, als sei ein Teil von ihm in ihrem Kind wiedergekehrt. Silvia kniff wie er die Lippen aufeinander und reckte zeitgleich die Nasenspitze ein wenig Richtung Kinn. Auch die überdeutlichen Linien, die sich dabei auf ihrer Stirn bildeten und die ihre Skepsis klar zutage treten ließen, glichen Harrys. Immer wenn ihr Kind die Stirn krauszog, drückte Ruth es – einem Impuls folgend – fest an ihre Brust. Dann war es ihr, als weiche die Erinnerung an Harry einer momentanen Realität. Als sei ihr Bruder wieder hier, hielte ihre Hand, derweil ihre freie die Schultüte umklammerte. Doch der Moment war brüchig, schimmerte bloß für Sekunden auf, um sich dann – erschrocken vom allzu grellen Licht der Lebenden, in dem er nicht beheimatet war – wieder ins Vergessen zurückzuziehen.

Silvias blaue Augen waren dunkler als die vieler anderer Babys und versprachen jenen bernsteinfarbenen Glanz zu entwickeln, der auch für Großmutters Blick charakteristisch gewesen war. Die vollen Lippen, die Locken und die hohen Wangenknochen aber hatte sie von Ruth geerbt. Zwar behauptete Erna, eine ungemeine Ähnlichkeit zwischen Albert und seiner Tochter zu erkennen, aber die konnte Ruth, mal abgesehen vom blonden Haarschopf, beim besten Willen nicht entdecken. Und wahrscheinlich würde sich Silvias Haarfarbe im Laufe der Zeit sowieso verändern.

»Sie ist eine weibliche Neuauflage unseres Alberts. Meinst du nicht, Otto?«

Otto schwieg, bewachte aber Stunde um Stunde die Wiege, in der seine Silvia Gabriele, wie er sie nannte, schlief, und war auch dann nur schwer zu vertreiben, wenn Ruth ihre Tochter stillen wollte.

Er war ein Bilderbuchgroßvater, der Silvia vorsang, sie auf seinen starken Armen und ohne jedes Murren im Haus herumtrug und Ruth jede Aufgabe abnahm, die mit seiner Enkelin zu tun hatte.

Dennoch war sie dankbar, wenn die Arbeit Otto aus dem Haus rief. Seit Silvia auf der Welt war, ging er eher widerwillig in den Laden, und dass er es überhaupt tat, war wohl ausschließlich dem Umstand geschuldet, dass er glaubte, Albert die Geschäfte keinesfalls allein übertragen zu können. »Wir wollen ja, dass unsere Prinzessin einmal ein kleines Imperium erbt, nicht wahr?« Wenn Otto gekonnt hätte, er hätte Silvia wohl die Brust gegeben, davon war Ruth überzeugt.

Sie selbst hatte ein anderes, viel pragmatischeres Verhältnis zu ihrer Tochter. Nicht, dass sie sie nicht geliebt hätte. Allein, dass sie das Mädchen neun Monate unter ihrem Herzen getragen, in einer beinahe zwanzig Stunden andauernden Geburt und unter bisher ungekannten Schmerzen auf die Welt gebracht hatte. Ruth verdankte ihr außerdem die Einsicht, dass sie zäher war, als sie je geglaubt hatte, dass sie niemals aufgeben würde, wenn es um ihr Kind ginge, und dass beinahe unmenschliche Anstrengung belohnt wurde. Die Seidels waren zusammengerückt, und das war allein dem Umstand der glücklichen Geburt geschuldet.

Alberts permanente Anspannung hatte ein wenig nachgelassen, seit er selbst Vater geworden war. Ruth gegenüber schien er eine tiefe Dankbarkeit zu empfinden, die er in den Blumensträußen und den alkoholfreien Pralinen, die er ihr schenkte, zum Ausdruck brachte. Sie hatte seinen Engel zur Welt gebracht, und damit war wohl alles, was zuvor zwischen ihnen gestanden hatte, vergeben und vergessen. Er war ebenso aufmerksam und zärtlich wie in den Anfängen ihrer Beziehung. Der Gynäkologe hatte offenbar im Vertrauen mit ihm gesprochen und ihm geraten, in den ersten Monaten nach der Geburt gänzlich auf Sexualität mit ihr zu verzichten. Behutsame Zärtlichkeiten, wie zum Beispiel eine Umarmung oder ein Kuss, seien aber wichtig für die Eltern und wirkten sich außerdem förderlich auf die Ehe und das Wohlbefinden des Kindes aus.

Sexualität war immer schwierig gewesen zwischen Albert und Ruth, besonders aber seit sie wusste, dass Ilan lebte. Nun war sie all die mit Intimität einhergehenden Probleme – auf ärztlichen Rat hin – losgeworden. Es lag nicht mehr an mangelndem Begehren ihrerseits, wenn ihr seine Umarmungen und seine Zugewandtheit ausreichten. Sie handelte auf ärztlichen Rat hin. Das leuchtete auch Albert ein.

Außerdem war sie nicht mehr die nicht standesgemäße Fremde in der Familie, sondern hatte sich ihren Platz an Ottos Tisch dadurch erkämpft, dass sie Silvia zur Welt gebracht hatte.

Die vielen Aufgaben ließen nicht zu, dass sie ins Grübeln verfiel. Ein Baby war zwar fordernd, aber die Aufgaben, die es zu erledigen galt, waren einfacher, als Ruth während der Schwangerschaft geglaubt hatte. Vor allem waren Silvias Bedürfnisse leicht zu lesen – und erfüllbar waren sie obendrein. Die mit der Mutterschaft einhergehenden Pflichten verliehen ihrem Alltag eine Struktur, die wenig Raum für sie selbst ließ.

Nach einer Weile änderte sich das jedoch. Die notwendigen Griffe gingen ihr routiniert und wie von selbst von der Hand. Rosalia drängte sich förmlich auf, zu helfen. Selbst die beiden Männer bestanden darauf, sie zu unterstützen und zu entlasten.

»Ruh dich aus, Schatz«, sagte Albert jedes Mal, wenn er nach Hause kam. Dann zog er Silvia ein Mützchen – und je nach Wetterlage ein leichtes Jäckchen – an und legte sie in den Kinderwagen, um sie auf einen seiner ausgedehnten Spaziergänge mitzunehmen.

»Frische Luft ist unumgänglich für die Gesundheit eines Säuglings.« Das war auch so ein Satz, den Ruth häufiger zu hören bekam und der keinesfalls als Aufforderung an sie zu verstehen war. Albert wie Otto sagten ihn abwechselnd, wohl um zu zeigen, dass ihnen das Wohlergehen der Kleinen am Herzen lag und dass sie sich um sie kümmern würden.

War Albert ausnahmsweise einmal unabkömmlich und länger als geplant im Juwelierladen, ergriff Otto seine Chance. Auch wenn es unüblich war, dass Väter oder Großväter mit ihren Kindern oder Enkelkindern allein spazieren gingen, scherte die Etikette die beiden Männer – ganz gegen ihr sonstiges Gebaren – nicht die Bohne. Ruth nahm diesen Umstand verwundert zur Kenntnis.

»Freu dich doch«, meinte Erna und zuckte die Achseln. »Die beiden haben ihren Spaß und du endlich einmal deine Ruhe.«

Sie hätte wohl froh sein sollen um die Zeitfenster, die sich für sie mit schöner Regelmäßigkeit ergaben, das Gegenteil aber war der Fall.

Vielmehr ergriff eine seltsame Unruhe Besitz von ihr, vor allem, wenn auch Erna unterwegs war, sie allein im Haus zurückblieb und jenen Nachtschlaf nachholen sollte, den sie nur selten fand. Von einem Zimmer schlich sie ins nächste, polierte die Küche auf Hochglanz oder putzte, in der vagen Hoffnung, durch diese Verausgabung innere Ruhe zu finden, das Haus. Bis Albert und Otto ihr aus Sorge um ihre Kraftreserven auch das untersagten. »Du solltest dich nur auf Silvia und ihre Bedürfnisse konzentrieren.« Otto hob den Zeigefinger, lächelte aber dabei, was ganz untypisch für ihn war. »Es ist wichtig, dass eine Mutter ausgeruht ist. Wozu haben wir eine Haushaltshilfe? Außerdem muss eine Seidelfrau nicht putzen.«

Das fand auch Erna.

*

Als der Sommer sich schließlich noch ein letztes Mal aufbäumte, bevor er unwiederbringlich dem Herbst wich, in jenem September 1950 also, der Freiburg in ein weich schimmerndes, goldenes Licht tauchte und die unbarmherzige Hitze, deren Dunst in den letzten Wochen über dem Talkessel gehangen hatte, nachließ, da wurden die Nächte mit Silvia ruhiger. Sie hatte schnell gelernt, sich in die wiederkehrenden Abläufe, die neben dem morgendlichen Singen und den schaukelnden Spaziergängen auch feste Schlafens- und Essenszeiten beinhalteten, zu fügen. Silvia aß gut, war dementsprechend wohlgenährt und auch sonst ein zufriedenes Kind. Sie forderte wenig ein und schrie sehr selten – wohl auch, weil ihre Bedürfnisse stets gestillt waren, noch bevor sie selbst ihrer gewahr werden konnte. In ihrer Entwicklung war sie schnell. Vor der Zeit konnte sie das Köpfchen heben, außerdem gefiel es ihr, zu gefallen. Ihr Lächeln war herzerweichend und echt.

Wenn Ruth mit ihr spazieren ging, sagten ihr andere Mütter freiheraus, wie sehr sie sie um ihr ausgeglichenes Kind, das stets freundlich in die Welt zu blicken schien, beneideten. Sie hätte wahrlich dankbar sein sollen und wusste das wohl. Aber was half es gegen die mächtige Unruhe, die immer stärker in ihr wuchs. Ruth probierte allerhand aus, aber Abhilfe brachte letztlich nur diese eine Sache: die Briefe an Ilan, die sie verfasste, ohne den Wunsch zu hegen, sie ihm je zukommen zu lassen. Seite um Seite schrieb sie sich die Gedanken, die noch immer um ihn kreisten, von der Seele und hoffte, sie damit ein für alle Mal zu bannen. Dass sie ihre Zeilen nicht verbrennen konnte, hätte ihr Zeichen sein müssen. Stattdessen machte Ruth sich die Mühe, die Briefe postwendend und in einem extra geschlossenen Umschlag an Marga zu senden, damit diese sie aufbewahrte. Für ein etwaiges Später, für eine Zukunft, in der Ruth mit wohlwollender Distanz auf ihre Vergangenheit blicken würde. Im Haus der Seidels konnten die Briefe jedenfalls nicht bleiben.

*

Seit die Tage kürzer und die Nächte ein wenig kühler waren, fand Silvia recht früh in den Schlaf. Albert hatte seine frühere Angewohnheit wieder aufgenommen. Er nutzte die Zeit nach dem gemeinsamen Abendessen, um nachzuarbeiten, was er im Juwelierladen nicht zu erledigen geschafft hatte. Sah Ruth ihm bei seiner Arbeit über die Schultern, wie er die dicken flaschengrünen Geschäftsbücher aufschlug, war dort nichts zu entdecken als endlos sich über die Seiten erstreckende Zahlenkolonnen. Also schlich sie sich abends früh ins Schlafzimmer, zog ihren Seidenkimono über und trat auf den Balkon, wo sie unbewegt in die Nacht starrte. An einem dieser Abende klopfte es, und auf ihr »Herein«, trat Erna ein. In ihren Händen ein großes Set Zeichenstifte, Aquarellfarben und Skizzenblöcke. »Ich könnte mir vorstellen, dass dir das Freude macht«, sagte sie schlicht und stellte alles auf Ruths Bett ab. »Jede Menge Talent hast du ja schon.« Erna kramte in der Tasche ihres Kleides und zog eine zerknitterte Zeichnung hervor, die Ruth sofort als ihre eigene ausmachte. Noch während ihrer Schwangerschaft hatte sie einen Ring für Herrn Joseph skizziert, nach seinem Besuch im Juwelierladen. Den Entwurf hatte er nie zu sehen bekommen. Ruth hatte ihn in ihrem Wäscheschrank aufbewahrt, wofür auch immer, es war ihr selbst nicht klar gewesen. Dort jedenfalls hatte sie ihren ungelenken ersten Entwurf für sicher vor dem Zugriff anderer gehalten. Bis heute. Ruths Wangen röteten sich. »Ach, das war nur … Du weißt doch, wie Herr Joseph ist. Er kann einem schon Flöhe ins Ohr setzen.« Und stumm fragte sie sich, wie um alles in der Welt Erna an ihre Zeichnung gekommen sein mochte. Wahrscheinlich war Ruth unvorsichtig gewesen, hatte bei einer ihrer Aufräumaktionen nicht mehr an die Zeichnung gedacht, und schwups war sie in den Wäschekorb geraten, wo Erna sie gefunden und ihrem Pinselstrich zugeordnet haben musste.

»Tut mir leid, ich bin neugierig.« Erna zwinkerte ihr zu und legte ihr einen Arm auf die Schultern. »Ist angeboren, aber ich kann schweigen. Hat doch jeder ein Geheimnis – und ich liebe es, ihnen auf die Spur zu kommen. Das Leben wäre sonst langweilig.« Erna hielt sich eine Hand vor den Mund und gähnte. »Zeigst du mir, was du entwerfen wirst?«

»Du überschätzt mich.«

»Das werden wir ja sehen.« Damit verließ Erna ihr Zimmer.

*

Ruth hatte keine Sekunde vorgehabt, Erna zu zeigen, was sie zeichnete. Aber mehr und mehr fand sie Gefallen daran, mit den Bleistiften verschiedener Härtegrade und Stärken ihren eigenen Linien Raum zu geben. Auf ihrem Skizzenblock erschienen die Entwürfe von Ringen, Ketten und schließlich von Armreifen. Erst nachdem sie Gestalt angenommen hatten, verlieh ihnen Ruth mit den Aquarellstiften Farbe und Glanz. Sobald sie Alberts Schritte auf der Treppe vernahm, verstaute sie rasch ihre Utensilien in der Kommode zwischen ihrer Unterwäsche. Dort würde Albert niemals nach etwas suchen.

Sie allein mit dem Papier, den Stiften und ihrer Hand, die eine bloße Vorstellung dank weniger Hilfsmittel vergegenständlichte und als einen ersten hingeworfenen Gedanken in die Welt brachte. In solchen Stunden vergaß Ruth alles um sich her, wuchs über ihre bloße Geschichte hinaus. Wohl schöpfte sie aus ihr und blieb doch nie allein dabei. Sie spürte dem Schmerz der Erinnerung nach, aber auch seinem Glanz. Aus dem Brunnen längst vergessenen Bedauerns hob sie neues Glück. Ob es existierte, spielte dabei keine Rolle. In Raum und Zeit war es verortet und speiste sich ein in neue Ideen-, Gefühls- und Gedankenwelten. Nach solcher Tätigkeit nahm Ruth alles wie unter dem Mikroskop wahr. Jede Regung der Seele, jedes Geräusch, jeder auf sie zugetane Schritt. Wäre Albert nicht so sehr in seinen Büchern versunken gewesen, er hätte die keimende Veränderung ihres Wesens bemerken müssen. War Ruth auch in jeder Handlung, die ihren Alltag bestimmte, festgelegt, so löste sich diese Bedingtheit auf, sobald ihr Bleistift mal zärtlich, mal kantig, mal mit geschwungener Leichtigkeit seine Spur hinterließ.

Und weil sie sich also leicht fühlte und dieser Welt nicht verhaftet, traute sie sich, Albert eine Frage zu stellen. Er schlug gerade seine Bettdecke zurück, lächelte ihr verhalten zu und rückte ein kleines Stückchen näher an Ruth heran. »Es sind heute auf den Tag drei Monate seit Silvias Geburt«, begann er.

»Gut, dass du es ansprichst.«

Sein Lächeln wurde breiter. Sie trug eines dieser dunkelblauen Negligés mit feiner italienischer Spitze. Mit den schmalen Trägern, die sich leicht von der Schulter über die Brust ziehen ließen, waren sie praktisch, wollte Ruth nachts stillen. Auch wenn die Nachtwäsche Flecken von der Muttermilch bekam, passte sie mit dem Still-BH einmal nicht gut genug auf. Albert streichelte zart über ihren freien Arm. Seine neue Zärtlichkeit war ihr angenehm. Sie hatte nichts zu bedeuten, und nichts würde ihr folgen.

»Weißt du«, fuhr Ruth fort. »Silvia ist doch ein sehr freundliches Kind, das alle lieben.«

Er nickte. »Und du eine wundervolle Frau, die mir eine so hübsche Tochter geschenkt hat.«

Seine Komplimente fühlten sich abgegriffen und austauschbar an. Er hätte sie jeder anderen Frau auf die gleiche Weise zuflüstern können. Aber darum ging es nicht. Darüber ärgern konnte sie sich später. »Worauf ich eigentlich hinauswollte … Ich meine, es gibt viel Arbeit im Laden. Du bist jeden Abend beschäftigt.«

»Und das tut mir leid, Schatz. Ich versuche nur, meinen Vater zu überzeugen, dass es an der Zeit ist, mir die Geschäfte ganz zu überlassen. Ich will ihm beweisen, dass er ruhig abtreten kann. Er will sowieso lieber hier bei euch sein. Er ist ganz vernarrt in seine Enkelin und geht in der neuen Rolle als Opa regelrecht auf.«

»Eben darum.« Ruth richtete sich auf und schob den Träger des Nachthemds, den Albert beim Streicheln ihres Arms versehentlich gelöst hatte, wieder an Ort und Stelle. »Ich möchte helfen.«

»Das tust du, Schatz.« Alberts Gesicht war nah an ihrem. Er bedeckte ihre Wangen, ihre Nasenspitze und ihre Stirn mit kleinen Küssen.

»Können wir mal eine Minute damit aufhören?«

Albert wich zurück und verschränkte die Arme. Wahrscheinlich war es nicht der klügste Schachzug gewesen, ihn gerade jetzt zurückzuweisen. Es war merkwürdig, aber seit sie mit dem Zeichnen und Entwerfen begonnen hatte, waren auch die Erinnerungen und damit das Gespür für ihr früheres Ich zurückgekehrt. Und in einem war sie sich immer klar gewesen: in ihren Gefühlen. In der Freiburger Zeit war ihr dieses Wissen vielleicht nicht gerade abhandengekommen, aber es war verschüttet gewesen unter der Pflicht, zu überleben und für das Überleben der ihr Nahestehenden zu sorgen. Das war zugleich der Vor- wie auch der Nachteil des Zeichnens ihrer eigenen Entwürfe. Ohne sie selbst, ohne ihr Wünschen, Wollen und Sehnen ging es eben nicht. Ruth mochte mit niemandem darüber sprechen, aber dennoch zeitigte alles Tun Wirkung. *Komm nicht näher*, das sagte sie Albert nicht, musste sie ihm aber derart deutlich signalisiert haben, dass er ganz von ihr abgelassen hatte und nach der Zeitung fischte, die auf seiner Seite des Nachttisches lag. »Ich lese dann noch ein wenig, wenn Madame nichts dagegen einzuwenden haben.« Er wartete ihre Antwort gar nicht erst ab, sondern schlug die Badische Zeitung in der Mitte auf.

Persil ist wieder da, las Ruth unter einer einseitigen Werbeanzeige. An ähnlichen Werbeplakaten war sie bei ihren Spaziergängen mit Silvia in letzter Zeit häufig vorbeigekommen. *Persil bleibt Persil*, hatte darauf in dicken Lettern geprangt, und sie hatte schmunzeln müssen. Als könnte eine Firma, die den Krieg überdauert hatte, befriedete Zeiten garantieren. Auf der anderen Seite wurde von der jüngsten Volkszählung und ihren Ergebnissen berichtet. Der Artikel war zu klein gedruckt, als dass Ruth ihn von ihrer Bettseite aus hätte lesen können.

»Was ich dich eigentlich fragen wollte …«

Albert sah unwillig von der Zeitung auf.

»Ich würde gern wieder im Laden sein. Silvia kann doch mitkommen. Ich könnte sie in der Teeküche stillen.«

Nun schlug Albert die Zeitung wieder zu, und zwar mit einer rasanten Bewegung, die ganz untypisch für ihn war. Dann setzte er sich auf, schwang die Füße aus dem Bett und glitt in seine Pantoffeln. »Ich werde noch einen Spaziergang unternehmen. Dieses Mal allein. Vielleicht bist du ja wieder zu Sinnen gekommen, wenn ich zurück bin. Eine Frau, kaum entbunden, soll tagelang mit einem Neugeborenen im Geschäft ihres Mannes stehen? Weißt du, was die Leute dazu sagen würden? Vater hielte mich gar für kopflos. Und ich müsste ihm recht geben. Wahrscheinlich haben wir dich alle zu sehr verwöhnt.«

Albert griff den Mantel, der auf dem Diener hing, und zog ihn eilig über seinen Pyjama. Dann verließ er in Puschen und ohne ein weiteres Wort das Schlafzimmer.

*

»*Freiburg, den 3. Oktober 1950: Liebe Marga*«, schrieb Ruth in ordentlicher, aber ausladend geschwungener Schrift, zwei Daunenkissen im Rücken und angelehnt an das Kopfende ihres eigenen Bettes. Der Füllfederhalter hinterließ Tintenabdrücke auf Daumen und Zeigefinger.

Ich muss dir dringend etwas erzählen, und deshalb beginne ich ohne Umschweife damit. Heute schlafe ich die dritte Nacht in meinem eigenen Zimmer. Es ist nicht viel größer als die – zugegebenermaßen sehr geräumige – Speisekammer in der Küche, aber es ist meine Rettung. Aus dem ehelichen Schlafzimmer bin ich unter einem Vorwand ausgezogen, habe vorgeschoben, es wäre besser für Albert, wenn er nachts durchschlafen könne. Silvia muss nachts gestillt werden. Sein Gesicht hättest du sehen sollen, als ich ihm meinen Entschluss mitgeteilt habe; so fassungslos, so unglaublich verletzt. Aber gesagt hat er nichts weiter als: »Wenn du meinst, Ruth.«

Es stimmt ja auch nicht, was ich behauptet habe. Albert hat sich nie über Silvias nächtliches Kicksen und Brabbeln beschwert. Ich habe die Kleine als Ausrede gebraucht, um endlich meine Ruhe vor ihm zu haben.

Seine Annäherungsversuche sind mir regelrecht zuwider, Marga. Seit Silvias Geburt hat sich dieses Gefühl verstärkt. Vorher war es zwar da, aber ich habe es so gut es eben ging verdrängt. Getreu dem Motto, was nicht sein soll, ist auch nicht vorhanden. Wie erstaunlich gut ich mich selbst belügen konnte. Aber auch das hat seinen Preis. So jedenfalls denke ich heute. Albert stößt mich ab. Alles an ihm, selbst das Freundliche. Seine Sorge um mich und das Kind, sein Atem in meinem Nacken, seine Anbiederung gegenüber seinem Vater, weil er beweisen muss, was für ein großartiger Sohn er doch ist. Sein Ringen um Liebe.

Ich will nicht, dass er das mit mir wiederholt. Seine Zuneigung erwidere ich nicht, jedenfalls nicht, was das Körperliche angeht. Ich liebe ihn nicht, Marga, das begreife ich jetzt. Doch werde ich bei ihm bleiben müssen, allein wegen Silvia. Eine Frau, die ohne Grund ihren Mann verlässt, wird schuldig geschieden. Ich will mir gar nicht ausmalen, was das für Silvia bedeuten würde. Wahrscheinlich würden sie mir das Sorgerecht entziehen.

Aber es gibt eine Lösung für mich: den Rückzug in mein eigenes Reich, und sei es so klein wie die Speisekammer. Ein bisschen schäme ich mich dafür, dir das so offen zu schreiben. Aber voreinander wollen wir beide nichts verbergen, das haben wir uns als Kinder geschworen. Was ich vor mir selbst versteckt halten kann, bei dir kommt es ans Licht. Du weißt längst alles, bevor ich es kaum ahne.

Albert zu heiraten schien mir damals vernünftig. Von Ilan hatte ich nichts gehört, ich glaubte ihn tot. Mutter wollte immer, dass ihre Töchter gut versorgt sind, in eine ordentliche Familie einheirateten. Albert, diesen verlässlichen Mann, zu ehelichen schien mir lebenstüchtig. Er liebte mich, und er würde unsere Kinder beschützen und versorgen. Sie würden überleben. Eigentlich ging es immer darum. Was dazukam: Vor unserer Heirat war Albert charmant, er hatte Witz; wahrscheinlich hat er den noch heute. Nur spürt er wohl, dass meine Gedanken nicht bei ihm sind, es nie wirklich waren. Seit meiner Begegnung mit Ilan, letztes Jahr auf dem Weihnachtsmarkt, ist das Fremdheitsgefühl für Albert in mir angewachsen. Seit ich weiß, dass Ilan lebt. Jede Nacht liege ich wach und stelle mir vor, wie es hätte sein können, so ein Leben mit Ilan – und mit einem gemeinsamen Kind. Dann verfluche ich mich, weil ich weiß, wie ungerecht ich bin und wie undankbar. Silvia sieht Albert – dem Himmel sei Dank – nicht ähnlich. Du weißt gar nicht, wie lange mich das in der Schwangerschaft geängstigt hat. Sie gleicht mir. Gerade deshalb frage ich mich, ob eine Mutter, wie ich eine bin, überhaupt ein Vorbild für ein Mädchen sein kann. Eine Mutter, gefangen in einem falschen Leben. Ob Silvia nicht immer spüren wird, dass etwas nicht stimmt, obwohl alles an seinem Platz zu sein scheint.

Ob sie wohl eines Tages bemerkt, dass sie in einem Kartenhaus lebt, das jederzeit einstürzen kann, weil ich ihr mein eigenes unvollkommenes Glück vorgaukle. Und nicht nur ihr und den anderen, auch für mich selbst spiele ich eine Rolle.

Ruth ließ den Stift sinken. Es schmerzte, Marga davon zu schreiben, wie sie empfand, all die Hüllen abzulegen, in die sie sich jeden Morgen barg, um den nächsten Tag zu bestehen. Aber es tat auch gut, wenigstens einem Menschen die Wahrheit anvertrauen zu können und gleichzeitig zu wissen, dass ihre Worte bei Marga sicher aufgehoben waren und auf offene Ohren treffen würden. Ruth rückte die flackernde Kerze auf dem Nachttisch ein wenig näher, damit sie besser sah, was sie schrieb. Dann setzte sie die Füllfeder wieder aufs Papier:

Erna hat mir Stifte und Skizzenblöcke geschenkt, und nun verbringe ich beinahe all meine freie Zeit mit dem Versuch, kleine Schmuckstücke zu entwickeln. Wenn ich zeichne, holt mich die Vergangenheit ein, Marga. Es ist, als öffnete ich ihr damit Tür und Tor. In jedem Schmuckstück, das ich zeichne, ist zumindest ein Splitter jenes Granatarmbands enthalten, das Ilan mir nicht zurückgebracht hat und über dessen Verbleib ich bis heute nichts weiß.

Manchmal stelle ich mir vor, ein begnadeter Goldschmied habe das Armband in die Hände bekommen und fügte nun seinen Schmuckstücken jedes Mal einen neuen Edelstein hinzu. Jeder Stein symbolisierte dabei einen kleinen Teil der Geschichte meiner Familie. Leben weist immer auch Brüche auf, verloren gegangene Motive, Unerklärliches, das sich nie zusammenfügen lässt. Was ich sicher weiß, vermischt sich in meiner Phantasie mit all den Leerstellen, dem Hörensagen, den ungelebten Möglichkeiten. Während ich also den Schmuck, den der begnadete Goldschmied entwickeln würde, zeichne, während ich überlege, an welcher Stelle die Edelsteine platziert werden sollten – mal prominent, mal versteckt –, fallen mir die dazugehörigen Erzählungen ein. Gefühle, Gedanken und Bilder tauchen auf, und wo vorher etwas Schweres, etwas Bleiernes auf meiner Seele lag, macht sich dann eine ungewohnte Leichtigkeit breit. Ich spüre das Leben wieder, Marga.

Wie gern würde ich einen meiner Entwürfe, einen Armreif, eine Kette oder einen Ring, einmal selbst herstellen. Dazu wird es schwerlich kommen, ich weiß. Aber ich höre dennoch nicht auf. Am Morgen bin ich deshalb oft übernächtigt. Aber du meintest ja, ich solle weitermachen. Und das tue ich.

Genug von mir, wie steht es um dich? Wie tickt das Leben in der großen Stadt? Hast du es schön, meine beste Marga? Liebst du wen? Wir beide haben den Krieg überstanden. Aber nun bist du weit fort, und ich wünschte dich so sehr in meine Nähe.

Ich lege dir eine Fotografie von Silvia bei. Was meinst du, gleicht sie mir? In einem Extraumschlag findest du meine Briefe an Ilan. Lass ihn bitte verschlossen. Und dann ist da noch ein Umschlag mit einigen meiner Entwürfe. Ich umarme dich, schreib mir bald zurück, Deine Ruth

*

»Deine Entwürfe, würde daraus ein echter Armreif, würden sich ganz wunderbar an meinem Handgelenk machen, meinst du nicht?« Erna steckte ihre Zigarette in die Spitze und nahm einen tiefen Zug. Blauer Rauch kringelte sich im Separee, das Erna extra vorab für sie reserviert hatte.

»Nimm eine. Sieht elegant aus und mondän.«

Ruth griff nach einem der Glimmstängel, Erna gab ihr Feuer, und sie zog daran.

»Hach«, machte Erna und dazu eine ausschweifende Handbewegung, die ihren Vordermann leicht an der Schulter streifte. Der drehte sich kurz nach ihnen um und warf ihnen einen irritierten Blick zu.

»Wie sehr ich das Kino liebe. Man wirft sich in Schale, trinkt später an der Bar ein Gläschen Sekt und wird obendrein wunderbar unterhalten. Aber sag, Ruth, hast du mal davon gehört, wie Kino in Amerika aussehen soll? Da essen sie während der Vorstellung Popcorn, so ein pappig süßes Zeug, das die Sitze verkrümeln und an den Zähnen kleben soll. Will einen dann ja keiner mehr küssen. Na ja, andere Völker, andere Sitten.« Erna prüfte, ob ihre toupierte Frisur noch richtig saß, und richtete sich auf. Nie ließ sie sich ganz in den Kinosessel zurücksinken, wohl aus Sorge, sie würde anschließend zerzaust aussehen.

Im Saal wurde es dunkel. Die Wochenschau lief an. Bilder einer Modenschau flimmerten über die Leinwand, gefolgt von den jüngsten Ergebnissen des Rennsports.

Ruth konnte dem Geschehen nicht folgen. Es beschäftigte sie etwas anderes. Weil niemand außer ihr ihre Zeichnungen je zu Gesicht bekommen sollte, hatte sie sie ebenso wie die Briefe an Ilan zu Marga geschickt. Hatte Erna sie kurz zuvor in ihrer Schublade gefunden?

»Gibt wohl dieses Mal keine Bühnenshow vorab. Das war immer so schön.« Erna seufzte.

»Psst«, machte es aus der Reihe vor ihnen, und der Vordermann drehte sich abermals zu ihnen um. Schweigend, aber mit mahnendem Blick.

Erna verstummte. Ruth würde sie nach dem Film noch einmal ansprechen müssen. Erna musste, bevor Ruth die Entwürfe an Marga geschickt hatte, in ihren Schubladen geschnüffelt haben, anders konnte sie ihre Zeichnungen nicht entdeckt haben.

»Ich sehe das ›Schwarzwaldmädel‹ heute zum dritten Mal. Es gibt so wunderbare Melodien, du wirst sehen, Ruth. Und wer schwelgte nicht gerne mit der Ziemann, wäre nicht gerne so berühmt wie sie?«

»Es wäre ein Anfang, wenn Sie während des Films ihre Unterhaltung einstellen könnten.« Der Vordermann richtete nun leise zischelnd das Wort an sie. »Wir sind schließlich nicht gekommen, um Ihren Gesprächen zu lauschen, werte Dame.«

»Wie schade«, erwiderte Erna prompt. »Da hätten Sie noch etwas lernen können. Wie man Damen behandelt, zum Beispiel.«

Der Mann schüttelte langsam den Kopf und wandte sich mit einem Schulterzucken wieder der Leinwand zu.

Diese freche Direktheit mochte Ruth an Erna. Es verbarg und verschleierte nichts und erinnerte sie obendrein an jene Berliner Schnauze, von der Marga manchmal sprach. Erna war Königin zweier Welten. Sie ging in der gehobenen Freiburger Gesellschaft ein und aus, kannte deren Umgangsformen, und wenn sie diese manchmal bewusst brach, schätzte man genau das an ihr – als besonderen Unterhaltungswert. Kein Wunder, dass Erna überall ein gern gesehener Gast war.

Dass sie aber in ihrem privaten Hab und Gut wühlte, überschritt dann doch jede Grenze des Annehmbaren. Sie würde ihr das in der Pause klar und deutlich sagen.

*

»Aber Herzchen, wir halten doch zusammen. Ich finde nur, jemand müsste dein Talent entdecken. Ich könnte dafür sorgen.« Erna winkte dem Barmann und orderte eine zweite Runde Sekt für sie beide.

»Ich möchte das aber nicht. Es sind meine Versuche. Und ich will vor allem nicht, dass du ungefragt in meinen Sachen wühlst. Bitte.« Es klang beinahe flehend. Ruth hasste sich dafür. Wann war sie nur so geworden? Das war nicht sie. Marga hatte eine andere Ruth gekannt, eine, die mutig war und auf ihr Gefühl hörte, ob es den anderen passte oder nicht. Eine, die tat, was sie für richtig hielt. Die mehr wollte, als bloß zu überleben.

»Schon verstanden.« Erna wandte sich leicht von ihr ab und trank das neue Glas, das der Barmann eben brachte, in einem einzigen Zug leer. Dann drehte sie sich wieder zu ihr, als habe die Unterhaltung eben gar nicht stattgefunden. »Aber stell dir nur einmal vor, wir beide wären Stadtgespräch. Solche Armreife habe ich vorher noch nie gesehen. Sie sind bunt und schillernd. Farbe braucht die Welt nach den trüben Jahren. Und Freude. In deinen Entwürfen ist darüber hinaus etwas anderes enthalten. Das kann ich mit Worten gar nicht recht umschreiben. Du hast die Edelsteine in deiner Kollektion sehr individuell arrangiert. Sie wirken geheimnisvoll, als umgäbe sie eine bestimmte Aura, die sich auf die Trägerin überträgt und mit ihr um die Wette funkelt.«

Ruth hatte, während Erna sprach, den Atem angehalten und holte erst wieder Luft, nachdem diese geendet hatte. Konnte es wirklich sein, dass sie Talent besaß und ihre Entwürfe darüber hinaus etwas Besonderes in sich trugen?

*

Auf dem Nachhauseweg summte Ruth leise vor sich hin. Sie fühlte sich von den Melodien der Operette beschwingt, aber ein klein wenig auch, das musste sie sich eingestehen, von Ernas Lob ihrer Entwürfe. »Meinst du wirklich, meine Ideen würden …?« Sie konnte ihre begonnene Frage nicht beenden. Ein junger Mann steuerte direkt auf sie zu. Das wirkte ungewöhnlich, sogar ein wenig bedrohlich. Als er dann mit ihnen auf gleicher Höhe war, hielt er abrupt inne, schüttelte angewidert den Kopf und spuckte schließlich vor ihnen auf den Boden – seinen verächtlichen Blick auf Erna gerichtet.

»Was fällt Ihnen ein?« Ruth bebte vor Wut. So ein flegelhaftes Verhalten war ihr noch nicht untergekommen. Sie stemmte die Hände in die Hüften, aber Erna zog sie rasch weiter.

»Was sollte denn das? Du lässt dem das einfach so durchgehen?« Ruth betrachtete Erna, die sich auf die Lippen biss, von der Seite. Diese beschleunigte ihren Schritt. Ruth hatte Mühe, mit ihr mitzuhalten, so sehr eilte sie ihr voraus.

»Nun warte doch!« Beinahe musste Ruth rennen, um sie einzuholen. Dann griff sie, außer Puste, nach Ernas Schulter. »Bleib doch endlich mal stehen.« Den Gefallen tat ihr Erna nicht, aber immerhin verlangsamte sie ihr Schritttempo.

»Ich mache mir allmählich Sorgen, Erna. Was ist denn bloß los?«

»Es gibt eben Gerüchte«, presste Erna widerwillig hervor. Sie wollte offenbar nichts weiter preisgeben. So einsilbig hatte Ruth sie bisher nie erlebt. »Was für Gerüchte denn?«, fragte sie sanft. Deutlich spürte sie, dass sie nicht weiter in Erna dringen durfte, wollte sie eine Antwort bekommen. Allerhand Erklärungen für deren Verhalten geisterten Ruth im Kopf herum. Womöglich war Erna in zweifelhafter Pose mit einem anderen Mann gesehen worden oder sie hatte mit ihrer vorlauten Art einen Kunden im Juwelierladen vor den Kopf gestoßen?

»Über die Dinge, die Otto angeblich getan hat«, nuschelte Erna.

»Ich verstehe nicht ganz.«

»Musst du ja auch nicht.« Erna war keuchend stehen geblieben. Das rasche Gehen hatte sie angestrengt.

Ruth schwieg, hoffte, Erna würde von allein das Gespräch wieder aufnehmen.

»Weißt du, Dinge eben, die Otto in Kriegszeiten getan hat.« Erna atmete noch immer viel zu schnell. Dass das allein vom Gehen kam, glaubte Ruth nicht. Vielmehr schien ihrer Schwiegermutter etwas schwer auf der Seele zu liegen und sie zu belasten.

»Was hätte Otto auch tun sollen? Im Krieg gelten andere Gesetze. Da muss jeder schauen, wo er bleibt. Mein Otto hat ja sogar Leben gerettet.« Erna kramte in der Handtasche nach einem Taschentuch und schnäuzte sich.

Die hohen Bäume, die die Vaubanallee säumten, schraubten sich wie überdimensionierte Geister in den Himmel. Der schon kühle Wind fuhr durch die erhabenen Wipfel.

Ruth legte ihr sacht eine Hand auf den Oberarm. »Du zitterst ja, ist dir kalt?«

Erna schüttelte den Kopf. Einzelne Strähnen lösten sich dabei aus ihrer Turmfrisur. Ruth sah es im Schimmer der Gaslaterne, die die Nacht erhellte. Über ihnen am Himmel stand ein voller Mond. Dunkle Wolkenfetzen zerrissen das Bild.

»In der feinen Gesellschaft munkelt man, mein Otto soll unseren Laden im Krieg einem Juden abgeluchst haben. Da ist doch nichts dran an diesem Wahnsinn. Ich kenne meinen Otto. Ich glaube doch …« Ernas Stimme brach.

Ruth trat instinktiv einen Schritt zurück. »Beruhige dich. Es wird so viel geredet.« Ihre Lippen formten die Worte, aber in ihrem Bauch breitete sich augenblicklich eine Schwere aus, die sie gen Boden zog. Ruths Beine zitterten, und sie verspürte einen dumpfen Druck auf der Lendenwirbelsäule.

»Und da ist noch etwas.« Ernas Handtasche stand offen und schlug ihr bei jedem Schritt, den sie tat, dumpf an die Beine.

Merkwürdig, was Ruth alles wahrnahm. Das klackernde Geräusch ihrer Absätze auf dem Asphalt, die künstliche florale Note, die Erna umgab, die Panik in ihrer Stimme, die sie viel zu hoch tönen ließ, die kleinen Schweißperlen auf ihrer Stirn, ihr flacher Atem.

»Du bist ja ganz blass, Ruth.«

Wenn die üble Nachrede doch stimmte? Hatte Ruth dann in eine Familie eingeheiratet, deren Oberhaupt Nutznießer des nationalsozialistischen Schreckens gewesen war, den ihre eigene Familie voller Angst zu überleben gesucht hatte?

Erna nahm ihre Hand. »Fast so blass wie die Geister, die ich, seit dieses grässliche Gerücht umgeht, in unserer Villa sehe. Ich wache neben Otto auf, und dann habe ich keinen Schimmer davon, wo ich eigentlich bin. Ob das alles echt ist, was hinter den Türen lauert, hinter dem Schrank.«

Ruth schüttelte Ernas Hand ab. Sie musste sich jetzt auf sich konzentrieren. Ihr war übel, und ihre Gedanken fuhren Karussell. Allein hockten sie auf einem der Pferdchen, und vor ihr erstreckte sich das Nichts, das sich aufspannte, weil sie immer weiter und weiter fuhr, ohne dass das Karussell jemals anhalten würde und sie aussteigen könnte.

»Ich verstehe schon«, sagte Erna. »Entschuldige, dass ich in deine Schubladen geschaut habe. Wird nicht wieder vorkommen. Die Neugier geht manchmal mit mir durch.«

Sie überquerten eine Brücke. Der Wind brauste, niemand kam ihnen entgegen. Erna wollte sich bei ihr einhaken, aber Ruth wehrte sie vorsichtig ab.

»Mach dir keine Sorgen, Ruth, es ist sicher nichts dran an diesen scheußlichen Gerüchten. Momentan hält uns die Freiburger Schickeria zwar auf Abstand, aber das wird sich geben. Otto hat dem Juden das Leben gerettet. Hat ihn versteckt. Gegen Gold, gegen den Laden. Das schon. Aber er hat ja auch etwas riskiert. Alle haben allerhand riskiert.«

Ruth zog die Schultern zurück und atmete tief ein. »Aber für Otto war es etwas anderes.«

Für Erna durfte Otto kein schlechter Mensch sein, das verstand Ruth wohl, sonst hätte Erna nicht weiter mit ihm verheiratet sein können. Aber dieses Gespräch war Ruths Chance, ehrlich zu ihr zu sein und offen zu sagen, was sie dachte. »Otto hat nicht sein Leben riskiert, um die Familie zu beschützen. Er hat Profit aus dem Leid anderer gezogen, wenn er jemanden enteignet hat.«

»Das glaubst du?«

Ruth schüttelte langsam den Kopf. »Ich weiß nicht, was ich glaube. Mir ist nicht gut. Ich will zu Silvia.« Ruths Schritte klackerten asynchron neben Ernas auf dem Asphalt.

Ein Kauz rief durch die Nacht. Auf sein durchdringendes *Hühuhu* kamen nur kurze, scharfe Rufe zurück. Sie hatte gesagt, was notwendig gewesen war, aber Erna war nicht ihre Feindin.

»Meine Großmutter hat einmal gesagt, wer in seiner Arbeit aufgeht, wer zu tun hat, der gerät nicht in Gedankenschleifen, der kann das eigene Karussell anhalten. Das will ich auch, Erna.«

»Das ist gut, das ist sehr gut.« Erna wirkte mit einem Mal wieder aufgeräumt. »Zeichne du weiter, das lenkt dich ab. Das vertreibt die Geister. Mit deinem Schmuck am Arm würde keiner mehr nach Ottos Geschichte fragen.«

*

Als Ruth am Morgen nach dem Kinobesuch erwachte, erschien ihr das Gespräch mit Erna nur mehr wie eine dunkle Ahnung. Bloß Teile davon konnte sie erinnern, und was sie erinnerte, schien so weit weg von ihr, ihrem Alltag mit Silvia, Alberts Zuverlässigkeit und Ottos liebevollem Blick auf seine Enkelin, dass sie ihrem Gedächtnis nicht recht trauen mochte. »Gespenster«, flüsterte sie zu sich selbst. »Erna hat recht, alles Gespenster.«

Silvia lag nicht wie sonst in ihrem Bettchen, und im ersten Stock war es ungewöhnlich still. Also schlüpfte Ruth in ihre Hausschuhe, sah mit einem kurzen prüfenden Blick in den mittigen Spiegel ihrer Schminkkommode, fuhr sich durch ihr schulterlanges, lockiges Haar, griff sich die beiden perlenbesetzten Kämme, um sich die die vom Träumen zerlegene Frisur zu richten, und warf sich den Morgenmantel über das Negligé. Dann schlich sie leise nach unten in die Küche. Vielleicht hatte Erna die Kleine ja zum Weiterschlafen in den Stubenwagen gelegt. Ruth wollte sie keinesfalls aufwecken. So blieb ihr vielleicht noch Zeit für einen Milchkaffee und ein kleines Frühstück in der Küche.

Die Tür zum Wohnzimmer stand nur einen Spalt offen. Von der Küche aus hörte sie Ernas aufgeregtes Plappern und Ottos rasch eingeworfene *Hmms*, *Nun jas* und *Ich überlege es mir*, *Spatz*. Vielleicht lohnte es sich ja, dieses Mal ihrerseits zu lauschen. Wenn Erna schnüffelte, konnte sie das auch.

»Schau dir ihre Zeichnungen in einer ruhigen Minute bitte einmal genauer an. Sieh doch, was für ein Talent sie hat. Wie anders, wie farbenfroh ihre Entwürfe sind. Sie würden unseren Laden stürmen, Otto. Jeder würde so einen Armreif haben wollen. Und dieses falsche Gemunkel über deine Taten im Krieg würde auch endlich aufhören.«

Ruth umfasste die Tasse duftenden Kaffees, den sie sich eben aus der Kanne eingeschenkt hatte, und hob sie an. Die Flüssigkeit schwappte über den Rand. Rasch stellte Ruth die Tasse wieder ab.

Im Wohnzimmer war es still. Womöglich besah sich Otto gerade ihre Zeichnungen.

»Nicht jede, die ein bisschen zeichnen kann, muss gleich Entwicklerin werden. Dazu gehört eine ordentliche Ausbildung, Erna. Außerdem braucht Silvia ihre Mutter zu Hause.«

»Vertrau doch ausnahmsweise einmal meinem guten Gespür, Ottolein. Ich weiß, was sich die Damen der Gesellschaft wünschen.«

Ruth musste gar nicht sehen, was nebenan geschah, sie konnte es sich vorstellen. Wenn Erna etwas wollte, war ihr jedes Mittel recht. Was Otto anging, käme zuerst das Umschmeicheln, das Erna aus dem Effeff und mit einigen trickreichen Variationen beherrschte, dazu gehörte mit Sicherheit auch ihr berühmter Augenaufschlag und viele kleine auf Ottos Gesicht verteilte zärtliche Küsse.

»Hmm«, machte Otto, gefolgt von einem noch längeren »Hmmmm« und einem wohligen Seufzen.

Erna war wohl zu Stufe zwei übergegangen.

»Und?«, fragte sie. »Wirst du diese Kleinigkeit für mich tun?«

»Aber Erna, Spatz, für dich würde ich alles tun, das weißt du doch. Nur dieses Mal … Du musst zugeben, Erna, es ist eine sehr weibliche Schnapsidee, eine ungelernte Frau, nur weil sie ein bisschen Talent zeigt, gleich eine ganze Kollektion entwickeln zu lassen. Selbst wenn es sich dabei um unsere Schwiegertochter handelt. Überlass die Geschäfte bitte mir. Du musst dich nicht darum kümmern, Liebling.«

»Das ist alles? So tust du meine Ideen ab?« Erna klang entrüstet.

»Aber nein. Es ist nur so, ich habe neulich erst ein ganz ähnlich gearbeitetes Einzelstück angekauft. Warten wir mal ab, wie sich das verkauft, ja? Danach sehen wir weiter.«

Ruth stand da und vermochte sich nicht zu rühren... Womöglich gab es viele Armreife, die dem glichen, den sie einst ihrer Mutter gestohlen hatte, um ihn an Ilan weitergeben zu können. Vielleicht aber auch nicht. Wenn sie nur bald wieder im Juwelierladen helfen könnte, bekäme sie das Einzelstück, von dem Otto sprach, vielleicht zu Gesicht. Sie musste unbedingt Gewissheit bekommen, eher hätte sie keine Ruhe.

Kapitel 8

November 1950

Lass dir nur ja nichts anderes einreden, hatte ihr Marga geschrieben. *Wenn man ein Talent hat, dann muss man dem auch Raum geben, meinst du nicht?*

Es tat gut, die Worte ihrer Freundin zu lesen. Nur hatte sie keine Idee, wie sie Margas Rat beherzigen sollte. Bloß in einer Lehre hätte sie schließlich beweisen können, ob sie wirklich das Zeug zu einer echten Goldschmiedin oder gar Schmuck-Entwicklerin hatte. Und die hätte Albert ihr nie erlaubt, und Otto schon dreimal nicht. So blieb ihr dies: Jedes Mal, wenn Otto und Albert mit Silvia spazieren gegangen waren, hatte Ruth die freie Zeit genutzt und sie heimlich bei Karl-Heinz in der Werkstatt verbracht.

Otto wie Albert waren überzeugt davon, dass Säuglingen frische Luft guttäte, sogar die kalte im Winter, sodass sie eisern weiter mit dem Kinderwagen promenierten, bei beinahe jedem Wetter, und auch wenn es bereits früh dunkelte. Bis die Männer von ihrem Rundgang wieder zu Hause waren, war Ruth jedes Mal gerade zurück. Die Wege in Freiburg erstreckten sich längst nicht so lang wie die in Breslau.

Ruths Glück war, dass Karl-Heinz oft noch lange in der Werkstatt blieb, auch wenn Albert und Otto den Laden abgeschlossen hatten. Immer war etwas für ihn zu tun. Das Gewicht eines Edelsteines, seine Länge, Breite und Tiefe zu dokumentieren, zum Beispiel, etwas zu modellieren, Blech zu schneiden, etwas zu fräsen, zu sägen, zu biegen oder zu löten.

Anfangs hatte Ruth Karl-Heinz bloß Gesellschaft geleistet und sich dabei einen Überblick über die Aufgaben eines Goldschmiedes verschafft. Er wiederum hatte es geschätzt, in ihr eine aufmerksame Beobachterin zu haben, der bald auffiel, wenn er mal wieder etwas zu tun versäumt hatte, und sie ließ es ihn außerdem wissen, wenn etwas nicht sauber gearbeitet war. »Besser du sagst es mir als morgen der Herr Seidel«, meinte Karl-Heinz dann dazu und zwinkerte ihr freundlich zu.

Nachdem sie einmal vorsichtig angefragt hatte, ob es möglich sei, ihm in der Werkstatt zu helfen, wies er sie in die ersten Schritte der Goldschmiedekunst ein. Er lobte ihr Geschick und ihre schnelle Auffassungsgabe. Offenbar war er froh, nicht mehr alles selbst erledigen zu müssen. Auch darum, so glaubte Ruth, ermutigte er sie und erwies sich als wesentlich begabter darin, ihr etwas zu zeigen und zu erklären, als es selbst auszuführen.

»Dann bin ich früher raus und kann noch ne Runde das Tanzbein schwingen. Seitdem du mir hilfst, ist Herr Seidel auch viel zufriedener. Meint, aus mir würde doch was werden. Das sei ein rechtes Wunder. Wenn der wüsste …«

Ruth wiederum liebte und atmete die Atmosphäre in der Werkstatt, diese Abwesenheit von Stille, die ihr erst eine ebensolche in sich selbst ermöglichte. Während um sie herum eine Fräse surrte, eine Säge ratschte oder kleine Hämmer beständig klopften, öffnete sich in ihr ein Raum, nur für sie selbst bestimmt. Fühlen, denken und schaffen wurden dort eins. Nichts existierte unabhängig voneinander. Kein Stein war überflüssig, jedes Detail fügte sich ins andere. Silber wurde weich, floss wie Wasser und erhärtete wieder. Sie tanzte auf saphirenen Anhöhen und durchschritt Mondstein-Täler, durch die sich Goldpfade schlängelten. Hier ein funkelnder Rubin, dort ein Onyx. Erde, Feuer und Wasser. Sie selbst war die Luft, in der all ihre Ideen schwebten.

*

Lass mich doch helfen. Das klang zu flehend, auch wenn sie bereit gewesen wäre, ebendies zu tun. Sie musste unbedingt die richtigen Worte finden. Beim letzten Mal war sie die Sache völlig falsch angegangen. Vielleicht sollte sie besser konkrete Vorteile aufzählen? Dass sie mit ihrem Verkaufstalent die Umsätze steigern könnte? Dass dies dem Weihnachtsgeschäft zugutekäme, das ja bald anfinge? Finanzielle Argumente zogen am besten, sie musste nur aufpassen, dass sie nicht übertriebe, nachher würde es noch heißen, sie sei zu sehr von sich eingenommen, sie nehme sich zu viel heraus. Warum musste das auch alles so kompliziert sein? Sie wollte doch bloß mitarbeiten, und es war wahrscheinlich gut für ihre Ehe, dass sie endlich etwas unternahm, um die täglich flirrenden Gedanken an Ilan endlich zum Schweigen zu bringen. Damit die nächtlichen Träume aufhörten. Betörend wie sie waren und ganz und gar unschicklich. Das würde nun einmal am besten funktionieren, wenn sie endlich wieder beschäftigt wäre.

Auf der Kaiser-Joseph-Straße war wenig los. Der November war kein einladender Monat. Die Menschen zogen sich in ihre Wohnungen, in ihre gut beheizten Stuben zurück. Es gab ja auch nichts zu sehen. Das Grün des Sommers war längst gewichen, und die vom Herbst bunt bemalten Blätter wurden nicht mehr – wie noch im Oktober – von der Sonne beschienen. Sie lagen in dunklen Pfützen und verbreiteten den feucht-modrigen Geruch der Vergänglichkeit. Wenn überhaupt Menschen an Ruth vorbeiliefen, hatten sie die Köpfe gesenkt und gruben ihre behandschuhten Hände tief in die Manteltaschen. Kein Wunder, dass dies nicht der beste Monat für den Juwelierladen war. Im Dezember würden die Geschäfte sicher wieder anziehen. Der November war eine Zeit der Einkehr, bevor die Adventslichter die Straßen erleuchten würden.

Ruth schob den Kinderwagen vor sich her. Silvia lächelte ihr in ihrem neuen schicken Wollkleidchen, das Erna ihr gekauft hatte, entgegen. Bestimmt würde Otto sich freuen, wenn er mit seiner Enkelin nach Hause spazieren könnte. Albert und sie könnten dann einmal ausgehen, wie früher, und gemeinsam fein essen gehen. Gleich um die Ecke, zwei Querstraßen weiter, hatte ein neues Restaurant eröffnet. Das bot zu einem sehr akzeptablen Preis gute badische Hausmannskost an. Auch wenn Ruth noch immer den Schweidnitzer Keller mit seinen saftigen Rouladen, den deftigen Knödeln und dem nach Heimat duftenden Rotkohl vermisste, so hatte sie in der Zwischenzeit doch auch die badische Küche schätzen gelernt, Käsepätzle, zum Beispiel, aß sie außerordentlich gern. Die würde es dort hoffentlich geben.

Als Ruth die Tür zum Laden aufstieß und mit dem Kinderwagen voran hineinrollte, war niemand zu sehen. Aus der Werkstatt allerdings drang Ottos aufgebrachte Stimme. »Was glaubst du, woran das liegt? Niemand entlässt in diesen Tagen Mitarbeiter. Ganz im Gegenteil, Albert. Aber schau dir doch unsere Buchhaltung an. Wenn das so weitergeht, stehen wir bald mit leeren Händen da.«

In der Werkstatt, die Ruth ansonsten nur von Geräuschen belebt kannte, war es seltsam still, als Otto kurz innehielt – vielleicht um Albert die Möglichkeit zu geben, etwas zu entgegnen. Aber Albert schwieg. Wie er es immer tat, wenn ihm nicht wohl bei einer Sache war. Bloß die Dinge nicht hochkochen lassen. Darin waren sie sich gar nicht unähnlich. Nur dass Ruth mittlerweile verstanden hatte, dass diese Strategie niemandem, wirklich niemandem half.

»Seien wir doch ehrlich miteinander. Du bist mein Sohn. Und Väter sind ihren Söhnen die Wahrheit schuldig. Genau wie umgekehrt, verstehst du mich?«

»Ja, Vater.«

Ruth tat Albert beinahe leid. Offenbar gelang es ihm nicht, mehr als diese zwei Worte zu formulieren. *Ja, Vater*.

»Du hast dein Herz an die falsche Frau verschenkt. Das sieht doch ein Blinder. Ruth liebt dich nicht. Sonst wäre sie nicht aus eurem gemeinsamen Schlafzimmer ausgezogen, kaum dass euer erstes Kind geboren ist. Deshalb bist du im Laden auch nicht bei der Sache, Albert. Ich verstehe das, glaub mir. Wärest du glücklich, dann würden eure junge Ehe und eure bezaubernde Silvia dich beflügeln. Dann würdest du arbeiten wie im Rausch. Unsere Geschäfte würden florieren. Stattdessen … Du weißt ja, wie es um uns steht. Ich kann dir in dieser Situation unmöglich die Geschäfte übertragen. Sieh es mir nach, Albert. Ich werde vermutlich weiterarbeiten, bis ich umfalle.«

»Aber Vater …« Mehr brachte Albert noch immer nicht hervor. Er sagte auch nichts zu Ruths Verteidigung, ließ Ottos Worte unwidersprochen im Raum stehen.

»Und noch etwas.«

Otto hatte offenbar nie gelernt, dass man auf einen bereits am Boden liegenden Gegner nicht weiter eintrat.

»Wäre deine Ehe glücklich, würdet ihr längst von einem zweiten Kind sprechen. Dem Laden würde ein männlicher Erbe nämlich gut zu Gesicht stehen.«

Stille, gefolgt von einem kurzatmigen Schnaufen, danach unregelmäßige Stiefelschritte auf dem Steinboden. Eine Tür fiel lautstark ins Schloss. Dann erschien Albert mit hochrotem Gesicht im Verkaufsraum. Ruth erhob sich, just zu dem Zeitpunkt, als Albert auf ihrer Höhe angekommen war. Beinahe hätte er sie und die Kleine überrannt.

Sie würde ihm zuhören, ihren Ärger über sein Schweigen gegenüber seinem Vater herunterschlucken. Ein Abend bei Kerzenschein und gutem Essen würde ihn wieder aufbauen. Danach hätten sie beide Kraft gesammelt und würden dem Alten schon zeigen, was sie verband.

»Was machst du denn hier? Ist etwas passiert?« Er klang alarmiert. Als warte er auf ein Unglück, das er bereits vorhergesehen hätte.

»Ich dachte, wir beide …« Sie legte eine Hand an seine Wange und lächelte. Er fühlte sich fremd an, wie kalter Stein, obwohl seine Haut glühte. »Ich dachte, ich überrasche dich. Wollen wir Silvia heute nicht deinem Vater überlassen, und wir beide gehen zusammen auswärts essen? Da hat ein neues ...« Weiter kam sie nicht.

Albert zog eine Augenbraue nach oben und wischte ihre Hand, die noch immer auf seiner Wange lag, fort.

»Eine gute Frau ist um diese Zeit zu Hause, Ruth. Sie spioniert nicht ihrem Ehemann hinterher. Wenn du mich damit bloßstellen willst, dass ich dich nicht genügend verwöhne und zum Essen ausführe, dann sei gewiss, das ist dir geglückt.«

Albert hatte seine Stimme erhoben, sodass nun Silvia ihren Vater mit großen Augen ansah und zu wimmern anhob.

»Siehst du, die Kleine gehört ins Bett.« Er sagte es etwas leiser und milder, aber es klang aus seinem Mund wie ein unumstößliches Gebot.

Ruth nahm ihre Tochter aus dem Wagen, hielt sie fest an ihre Brust gedrückt und wog sie sacht hin und her. Dann griff sie sich mit der anderen Hand den Kinderwagen. Mit Fuß und Ellbogen drückte sie die Tür auf.

»Aber Ruth ...«, hörte sie Albert hinter ihr herrufen. Es kümmerte sie nicht mehr.

Die Zeit des Stillhaltens war ein für alle Mal vorbei. Sie blickte auf Silvia, die ihr Köpfchen vertrauensvoll an ihre Brust schmiegte. »Für dich, meine Kleine«, flüsterte sie, während der Wind in den Bäumen rauschte und sein Lied dazu sang.

*

»Schau mal, das Muschelhalsband dort.« Ernas Stimme überschlug sich, wie immer, wenn sie etwas begeisterte. Sie griff nach Ruths Handgelenk und zog sie mit sich zu einem Stand, der sich etwas abseits von den anderen auf dem Wochenmarkt befand.

Ein junges Mädchen, noch keine sechzehn, schätzte Ruth, betreute ihn.

»Die sind ja entzückend, findest du nicht?«

Ruth wusste nicht recht, was sie entgegnen sollte. Zu ihren Füßen auf einem Leintuch lagen Muscheln, die an einem Lederband befestigt waren, in unterschiedlichen Größen und allesamt in Schneckenform. Ihre gewundene Gestalt war hübsch anzusehen, aber jemand hatte sie bemalt und die Bänder dazu passend eingefärbt. Die formvollendeten Proportionen und die faszinierenden Details, die die Muschel von Natur aus besaß und die durch den Lauf der Gezeiten, der sie ausgesetzt war, bis zur Vollendung weiter herausgearbeitet und modelliert worden waren, hatte die Übermalung nahezu entstellt.

Aber konnte sie das Erna verständlich machen? Sie heischte nach ihrer Zustimmung, nicht nach ihrem aufrichtigen Urteil.

»Sie ist eine Künstlerin«, ließ Erna verlauten, lächelte dem Mädchen entschuldigend zu und deutete auf Ruth. »Künstlerinnen haben eben ihre eigene Sicht auf die Welt. Aber ich nehme eine Kette für mich. Die türkisfarbene gefällt mir. Was soll sie kosten?«

Der genannte Preis war viel zu hoch. Aber Erna bezahlte ihn, ohne den Versuch zu unternehmen, mit dem Mädchen zu verhandeln.

Weiter ging es dann, vorbei an Ständen mit Äpfeln, Zwiebeln, selbst gemachtem Käse und eingeweckten Marmeladen, an solchen mit Kartoffeln, Fenchel und Möhren.

»Diese armen Leute. Müssen in dieser schaurigen Kälte ihre Ernte verkaufen, um den Winter zu überstehen.« Erna sprach in einer Lautstärke, die ihre Stimme weit über den Platz trug. Ruth kam sich vor wie ein Schiff, das bei mäßigem Wellengang neben ihr herschaukelte, immer auf der Suche nach dem nächsten Hafen. Der mochte hinter Nebelfeldern liegen, unweit von ihr oder in unabsehbarer Weite.

»Damit unserer Familie nicht ein derartiges Schicksal blüht ...« Erna senkte die Lautstärke ihrer Stimme merklich, beinahe war sie nur mehr ein Flüstern für Ruth, »habe ich mir etwas überlegt. Wir Seidelfrauen sind doch geschäftstüchtig, und ich weiß, du willst wieder arbeiten, habe ich recht?«

Ruth nickte.

Noch immer kam es ihr vor, als habe sie nicht nur sich selbst und den Kinderwagen mit Silvia über den Wochenmarkt zu bugsieren, sondern als treibe ein Schiff zu ihren Füßen, das sie steuern musste. Als wate sie immerfort und ungerührt durch eisiges Wasser, das bis zu ihren Knien schwappte, und war doch nahezu unempfänglich für die Bedrohung, die davon ausging. Sie hatte ihre Aufmerksamkeit auf das Miniatur-Schiff zu lenken, das zu ihren Füßen auf dem inneren rauschenden Meer fuhr. Sie musste es wohlbehalten ans Ufer befördern. Das würde ihr nur gelingen, wenn sie von sich selbst absähe. So hatte man es sie gelehrt. Und doch war sie mit diesem Schiff verbunden, war ein Teil davon. Wie sie selbst durchs Wasser schritt, bestimmte auch seine Fahrt.

»Dann habe ich gute Nachrichten für dich. Ab morgen darfst du wieder im Laden mitarbeiten. Unsere Männer brauchen unsere Hilfe. Die tun immer so, als kämen sie allein zurecht. Aber wenn ich ehrlich bin, ziehe ich im Hintergrund so allerhand Fäden. Muss ich Otto nicht auf die Nase binden, dass die Menschen bloß zu ihm kommen, weil ich einiges zu erzählen habe und neugierig zu machen weiß. Geschichten sind eben Gold wert.«

Überrascht blickte sie Erna an, und ein warmes Gefühl breitete sich in ihrem Bauch aus. Sie würde wieder arbeiten dürfen. Sie würde Karl-Heinz, wenn Otto und Albert nicht da wären, endlich auch tagsüber unter die Arme greifen können, würde das Surren aus der Werkstatt hören, das Brummen und Hämmern, und die Geräusche würden, wenn sie Glück hatte, diese bleierne Traurigkeit, die in ihr wohnte, übertönen. Bis der Frühling käme und das Schaukeln auf hoher See nachließe.

Erna blieb inmitten der geschäftigen Menschen auf dem Markt stehen und versuchte umständlich, sich die Kette anzulegen. »Kannst du mir bitte mal helfen?«

Der Mechanismus war einfach. Das Lederband ließ sich ohne Kraft auseinanderziehen. Ruth hieß Erna den Kopf durch die breite Öffnung stecken und zog anschließend so an dem Band, dass es sich verkürzte.

»Du bist geschickt, weißt du das?«

Ruth zuckte mit den Achseln. »War nicht schwer.«

Erstaunlicherweise kleidete Erna die mächtige Kette. Wie eine Wächterin über die Weltmeere sah sie damit aus. Über diesen aberwitzigen Gedanken musste Ruth lachen.

»Machst du dich etwa über mich lustig?«

»Keineswegs. Ich dachte nur, dass nicht alle diese Kette tragen könnten, aber zu dir passt sie.«

»Ich nehme das mal als Kompliment. Weißt du, Schätzchen, wir sind doch Freundinnen. Wir können uns alles sagen. Aber meinen Albert liebe ich ebenso sehr. Deswegen weiß ich auch, was ihn umtreibt. Er hat mir gestanden, dass er Angst hat, alles falsch zu machen. Dass er Sorge hat, dich zu verlieren.«

Beinahe automatisch schüttelte Ruth den Kopf.

»Nicht doch, Liebes, seien wir doch ehrlich, er hat recht. Auch deshalb ist es gut, wenn ihr mehr Zeit miteinander verbringt. Liebe braucht Nähe – und im Laden seid ihr euch nah. Du wirst Freude daran haben, oder?«

Ruth sah Erna an. Auf den ersten Blick traute man ihr die große Manipulatorin nicht zu. So reizend, wie Erna sich gab, mit ihrem dichten roten Haar und dem neuesten Schick, den sie trug. All ihre Kleider ließ sie sich auf den Leib schneidern. Dieses war an der Brust eng geschnitten und stark tailliert; mit femininem Blütenmuster, nach unten hin weit fallend und so der neuesten Pariser Mode nachempfunden. Doch Erna war weit mehr als ihr Äußeres, das war bloß Blendwerk. Sie setzte es ein, um zu bekommen, was sie wollte. Und ihr harmloses, geradezu naives Gebaren half ihr dabei.

Auch bei Ruth war Erna erfolgreich gewesen. Ohne ihren Worten großes Gewicht beizumessen, hatte Ruth sich, in ihren eigenen Gedanken verfangen, von Erna über den Wochenmarkt führen lassen und ihr dabei für so allerlei ihre Zustimmung erteilt.

»Nun schau nicht so, Spätzchen. Vertrau mir, alles wird gut.«

*

Albert schleppte keuchend einen überdimensionierten roten Weihnachtsstern in ihr Schlafzimmer und blieb dann einen Augenblick dort stehen.

»Das ist meine Art, mich zu entschuldigen. Ich werde mir künftig viel mehr Zeit für dich nehmen. Und schau doch, was ich dir mitgebracht habe.« Er wedelte mit einem kleinen Umschlag. »Mach ihn auf, Liebes.«

Darin lag, weich gepolstert, eine Karte mit zierlichem Christrosenmotiv. Darauf stand in sauberen Druckbuchstaben: *Gutschein für ein gemeinsames Abendessen bei Kerzenschein bei Elshers*

»Das ist dort viel zu teuer, Albert. Es hätte gereicht, wenn wir das neue Lokal mal ausprobiert hätten.«

»Für dich ist mir nichts zu teuer, Liebling.« Albert tat einen Schritt auf Ruth zu und umarmte sie. Er trug einen neuen Duft. Waldboden und Tabak roch sie, und eine Strenge, die seinen Worten nicht anhaftete. Was, wenn ihr Glück längst bei ihr war und sie nur ankern musste?

Sie entwand sich vorsichtig aus seiner Umarmung und betrachtete ihn. Da war das Grübchen am rechten Mundwinkel, das sie so gemocht hatte, als sie sich zum ersten Mal begegnet waren, da war auch das schelmische Blitzen in seinen Augen, das sie einst von ihrer Trauer um Ilan abgelenkt hatte, und eine ungewohnte

Wärme in seiner Stimme. Sie wollte doch glauben und hoffen, dass es für ein gemeinsames Leben reichte.

Als er sie küsste, lehnte sie sich in seine Arme, und er geleitete sie zum Bett. Ruth schloss die Augen. Sie ließ geschehen, dass er die Ärmel ihres Kleides zurückschob, ihre freie Schulter mit Küssen bedeckte, während das Meer, das auf dem Markt schon bis zu ihren Knien gereicht hatte, in ihr wogte. Sie ließ zu, dass er den Reißverschluss ihres Kleides öffnete. Dann entfernte er sich kurz von ihr, sie schaute nicht hin, spürte es nur. Sah sich aber selbst auf einer dunklen Wolke, die gleichsam ihr Kleid war, über der Szenerie schweben. Er hatte es ihr wohl zwischenzeitlich ausgezogen. Unter ihr ein Eiland, unerreichbar von dort oben. Eine klitzekleine Hafenstadt, kaum auszumachen. Wie Schnecken gewundene Berge, in der Form von Ernas Muschel.

Albert drückte sich an sie. Er war nackt, während sie noch Unterwäsche trug. Irgendwie musste es doch gehen. Albert machte nichts falsch, bemühte sich vielmehr, sanft zu ihr zu sein. Keine seiner Bewegungen waren hastig oder übereilt, vielmehr zurückgenommen, wie in Trance, sie beide gefangen in einer Endlosschleife. Nichts ging voran.

Sie schlug die Augen auf. Er lag zwischen ihren Beinen und küsste ihre Oberschenkel. Ein Himmel voller Sterne, dachte sie, und zeitgleich füllten sich ihre Augen mit Tränen. Es war nicht möglich, sich zu bewegen. Die Glieder schwer und matt, der Kopf voll pappig-zäher Paste. Ruth schloss die Beine und drehte sich zur Seite. Von hinten schmiegte er sich wieder an sie.

Sie musste an die Schaufensterpuppen im Breslauer Kaufhaus denken, die ihre Kolleginnen anzukleiden hatten. In ihnen war kein Leben gewesen. Alles hatten die Puppen gesehen, ohne sich zu rühren, still und teilnahmslos, ohne dass es sie etwas anging.

*

»Bist du etwa eingeschlafen?« Alberts Stimme waberte von weit her zu ihr. Ihre Augen mussten ihr wieder zugefallen sein. Langsam, mit großer Kraftanstrengung, öffnete sie sie und setzte sich im Bett auf.

Er stand vollständig angekleidet vor ihr. Sein Blick finster. »So geht das nicht. So macht es keine Freude.«

Was ist passiert?, wollte Ruth fragen, biss sich aber auf die Zunge.

»Ich merke doch, dass du nicht bei der Sache bist. Könntest du mir nicht wenigstens das Gefühl geben, dass …« Er brach ab und tupfte sich mit einem Taschentuch die Schweißperlen von der Stirn. »Vielleicht hat Vater doch recht. Du hast mich nie geliebt.«

In ihr wütete die See. Sturm kam auf und brachte das Schiff, das sie zu lenken hatte, in Bedrängnis.

»Mir ist schwindelig.«

»Das ist keine Antwort auf meine Frage.«

Ruth schluckte gegen die aufkommende Übelkeit an.

Eine Ewigkeit ruhte sein Blick auf ihr. Sie wich ihm aus. Albert entgegnete nichts. Aus dem Erdgeschoss tönte Ottos Lied, das er für Silvia sang, bis zu ihnen ins Schlafzimmer. Wie in Zeitlupe, kam es ihr vor, schritt Albert Richtung Tür, die, als er sie öffnete, knarzte. Er machte sich nicht die Mühe, sie zu schließen.

*

Otto hatte Karl-Heinz in jenem Jahr zu Weihnachten einen kleinen Sack mit Resten von Schmucksteinen wie Aragonit, rosa Quarz und Jaspis geschenkt. Im Laden würde er die nicht mehr weiterverarbeiten können. »Aber du kannst dich daran schulen«, ließ er Karl-Heinz wissen, »sie ebouchieren, zum Beispiel, Facetten anlegen und ihnen einen Schliff geben und sie abschließend polieren, bis sie glänzen.«

Ruth hatte danebengestanden und sowohl Ottos guten Willen

bemerkt als auch das gezwungene Lächeln von Karl-Heinz. Sie hatte ihn durch die Zeit, die sie neben ihm in der Werkstatt zugebracht hatte, besser kennengelernt und konnte sich ausmalen, was er dachte. Er würde seine knapp bemessene Freizeit sicher nicht freiwillig in der Werkstatt verbringen. Die Steine würde er, das konnte sie sich bildlich vorstellen, in hübschen Seidel'schen Schmuckkästchen verstauen und sie, so wie sie waren, an die ein oder andere junge Dame verschenken, auf die er ein Auge geworfen hatte. Dem anderen Geschlecht galt nämlich sein wahres Interesse, da war er ganz bei der Sache. Nur dass er nicht die rechte Geduld aufbrachte, um sich allein mit einer von ihnen abzugeben. Darüber musste Ruth schmunzeln. Karl-Heinz war zwar ein Hansdampf in allen Gassen, machte aus seinen wahren Begehrlichkeiten aber kein großes Geheimnis, weswegen sich sein Erfolg bei den Damen eher in Grenzen hielt. Mit seinem ehrlichen und offenen Lächeln gelang es ihm aber hin und wieder doch, die ein oder andere zu überzeugen, ihn in die neu eröffnete Milchbar oder zum Schwofen zu begleiten.

Otto irritierte seine verhaltene Reaktion auf sein Geschenk. Eine Weile stand er abwartend im Laden, und als er begriff, dass von Karl-Heinz kein Freudentaumel zu erwarten war, nickte er Ruth noch einmal zu, küsste Erna auf beide Wangen und verließ dann zügig den Laden.

Nun war Ruth wieder einmal allein mit Erna und Karl-Heinz. Otto würde mit Albert anderen, wichtigeren Geschäften nachgehen. Das hatte er für den gesamten Dezember bereits angekündigt.

»Der traut unserem Sohn nichts zu«, schimpfte Erna, nahm das schwere Kassenbuch aus der Schublade, legte es auf den Tresen und schlug es auf. Durch die angelehnte Tür der Werkstatt tönten die Capri-Fischer. »Wenn der Laden wieder besser läuft, fahren wir mal zusammen nach Italien und genießen *la dolce vita*. Inspiration unter südlicher Sonne und am Meer schadet nie, oder was meinst du, Ruth?«

»Da bin ich mit von der Partie.« Karl-Heinz trat einen Schritt in den Verkaufsraum. »Ich will hier schon so lange raus.«

»Erst einmal wäschst du dir die Hände. An dir, Jungspund, klebt noch Goldstaub.« Erna schmunzelte über ihre eigenen Worte, Ruth sah es genau, dann aber beugte Erna sich wieder über das Kassenbuch. Minutenlang starrte sie schweigend und stirnrunzelnd auf Zahlenkolonnen, als erzählten sie ihr eine fragwürdige Geschichte. Sie legte beide Hände an die Wangen, als hoffe sie sich dadurch zu beruhigen. »Das ist ein Albtraum. Wer ist nur verantwortlich für diese Buchführung? Derart schludrig und obendrein falsch …« Erna warf Karl-Heinz einen vernichtenden Blick zu.

»Ich darf das heilige Kassenbuch nicht einmal anfassen.« Karl-Heinz hob entschuldigend die Hände in die Luft. »Nicht für alles könnt ihr mich verantwortlich machen.«

»Albert«, sagte Ruth. Sie klang bestimmter, als sie es beabsichtigt hatte.

Erna schlug das Buch zu. Ein dumpfes Knallen. »Geh wieder an die Arbeit, Junge, es ist einiges zu tun, wenn wir wollen, dass die Geschäfte anlaufen.«

Karl-Heinz war wieder in der Werkstatt verschwunden. Ein Rauschen und Knacksen waren zu hören, bis dann – lauter als zuvor – das Radio erschallte.

»Wir empfangen jetzt Rias Berlin? Auf UKW? Das ist doch Ivo Veit mit seinem Kollegen, diesem Doktor, sein Name liegt mir auf der Zunge …? Mit seiner Ratesendung *Mach Mit?*« Ruth lächelte erfreut.

Erna nickte. »Ehrlich, Ruth. Dass du mal lachst, mal ein bisschen unbeschwert bist, das erleichtert mich. Ich erkenne Albert in letzter Zeit nicht mehr wieder, er wirkt unglaublich bedrückt.« Sie brach ab. »Aber darum geht es jetzt nicht. Ich wollte dich nach etwas anderem fragen.«

»Ja?« Ruth legte das Silbertuch beiseite, mit dem sie, bis eben, Silberschmuck poliert hatte.

»Wenn ich mir die Zahlen so ansehe, und ich vermute, es ist noch viel schlimmer, als ich bisher gedacht habe – das Kassenbuch ist ja nur Kraut und Rüben –, schauen wir einer eher düsteren Zukunft entgegen. Wir müssen unsere Männer jetzt unterstützen. Auch wenn das bedeutet, dass sie nicht immer über alles genau Bescheid wissen, was wir tun. Wir handeln in bester Absicht, wenn du verstehst, was ich meine.«

»Nicht so wirklich.« Ruth sah sie fragend an.

»Dachte ich mir, lass es mich so erklären: Du kurbelst das Geschäft mit deinen neuen Ideen an, und ich kümmere mich derweil um die krude Buchhaltung und das Aufrechterhalten unseres Liquiditätsflusses. Es ist am besten, wenn Otto und Albert möglichst wenig im Laden sind. Otto hat, wenn du mich fragst, keinen Schimmer davon, wie er das Geschäft retten soll, spürt aber, dass ihm alles entgleitet und Albert ihm dabei keine Hilfe ist. Mein Otto benimmt sich wie ein Krebs im Rückwärtsgang, verbuddelt sich in der Villa und gibt vor, zu tun zu haben. Für Albert müssen wir uns etwas einfallen lassen, ihn mit Aufgaben versorgen, die möglichst wenig Schaden anrichten. Du merkst ja …« Erna deutete auf das Kassenbuch, »was er sonst für Chaos stiftet.«

Ruth sah hinaus in den stetig fallenden Regen, der gegen die Scheiben prasselte und einen Bummel durch die Freiburger Innenstadt unattraktiv machte. Kein Kunde hatte heute das Geschäft betreten, nicht einmal Herr Joseph, der ihnen eisern die Treue hielt und seinen Donnerstagsrundgang durch die Stadt stets bei ihnen begann.

»Und was genau sieht dein Plan für mich vor?« Ruth faltete die Hände vor dem Bauch und atmete tief ein und aus. Sie hatte mal gelesen, dass das gegen Aufregung und Nervosität helfen sollte. Beim besten Willen konnte sie sich nicht vorstellen, was Erna vorhatte.

»Denk außerhalb der gängigen Muster, Ruth. Das tust du doch längst, jedenfalls wenn es ums Kreieren von Schmuck geht.

Du musst deine Ideen zulassen. Sie nicht im Vorfeld in eine Schublade bannen, nur weil du keine Ausbildung durchlaufen hast oder eine Ehefrau bist. Verstehst du? Mit deinem Talent kannst du Gutes für unsere Familie tun. Und was der Familie zugutekommt, kommt Silvia zugute, und dadurch auch dir.«

»Überprüft Otto nicht, was in seiner Werkstatt vor sich geht? Und wer sollte überhaupt an meinen Entwürfen interessiert sein? Oder um was geht es dir?«

Erna überging ihre Fragen. Ein breites Lächeln entfaltete sich auf ihrem Gesicht. Just in jenem Moment tauchte die Sonne hinter den Wolken auf, und der Regen ebbte ab.

»Zerbrich dir darüber nicht den Kopf. Du musst nur eines sein, kreativ und inspirierend, während ich die Geschäfte lenke. Wir beide retten unseren Ruf und unser Ansehen.«

Was Erna herbeiwünschte, hatte mit Ruth wenig zu tun. Ruf und Ansehen bedeuteten ihr nichts. Dass die Seidels finanziell aber kurz vor dem Ruin standen, kam bei ihr an. Um sich selbst machte sie sich keine großen Gedanken. Sie würde auch das überleben. Nur hatte Mutter sich doch so viel von ihrer Heirat mit Albert versprochen. Es regte sie schon genug auf, dass Gili ohne Trauschein mit Felix zusammenlebte. Jos ewige politische Diskussionen mit den Eltern machten es keineswegs besser. Mutter würde es an die Nieren gehen, wenn sie nun auch noch aushalten müsste, dass ihre und Silvias Zukunft fortan ungewiss wäre. Ruth war das Bindeglied zwischen ihren Eltern und den Geschwistern, sie musste für sie alle stark sein.

»Ich habe bereits einen Plan, wie wir das anstellen.« Erna stand hinter ihr und legte ihr eine Hand auf die Schulter. »Da gibt es gute Kontakte zu einem Herrn Meisner, einem Goldschmied, der früher exklusiv für uns gearbeitet hat. Er ist ein wahrer Künstler, genau wie in dir eine Künstlerin schlummert. Außerdem kann er ein Geheimnis für sich behalten. Leider ist er in Rente. Aber ich werde ihn überzeugen, ein junges Talent außer der Reihe zu fördern. Das nötige Geld, um ihn zu bezahlen, werde ich irgendwie auftreiben.« Erna zwinkerte ihr zu. »Von Buchhaltung versteht bei den Seidels außer mir sowieso niemand etwas.«

*

Wenn Ruth sich neuerdings nach dem Abendessen noch einmal aufmachte, um Herrn Meisner in der Seidel'schen Werkstatt zu treffen und mit seiner Hilfe die Goldschmiedekunst zu erlernen, und Erna indes ihrem Sohn berichtete, wie gut angeblich die Geschäfte liefen, sodass seine Frau am Abend dringend gebraucht würde, um liegen gebliebene Büroarbeit zu erledigen, wenn Albert dann murrte, dass sie dafür eine Sekretärin einstellen könnten und Otto ihn barsch in die Schranken wies, fühlte Ruth sich erst befreit, nachdem sie die Tür der Seidel'schen Villa endlich hinter sich ins Schloss fallen ließ.

Auf dem Münsterplatz hatte die Stadt einen Tannenbaum enormer Größe aufstellen lassen. Mit jedem neuen Tag, den Ruth auf dem Weg zur Arbeit an ihm vorübergeeilt war, hatte er prächtiger ausgesehen. Nun glitzerten seine roten Kugeln mit dem Schnee, der deren Farbe reflektierte, um die Wette. Abends erhellte sein Schein den Platz.

Weihnachten, das Fest des Friedens. Früher hatte Mutter den Christbaum mit silbernem Behang geschmückt und dazu das Lametta des Vorjahres in einer aufwendigen Prozedur gebügelt. Großmutter hatte ihre Mühe belächelt, *Maseltov* gemurmelt und in ihrem Wohnzimmer den neunarmigen Leuchter entzündet, den sie später, während des Krieges, hatte verschwinden lassen.

Niemandem, außer Jo, war noch daran gelegen, die alten Traditionen wieder aufleben zu lassen. Den Eltern reichte eine grob geschnitzte Krippe mit Maria, Josef und dem Christkind, eine sich drehende Pyramide, die leise *Stille Nacht, heilige Nacht* spielte, und ein kleines Bäumchen mit ein paar Kerzen und blauen Schleifen. »Mehr halten wir nicht aus, und ihr seid ja schon groß«, hatte Mutter gesagt und damit das Thema für beendet erklärt.

Ruth hatte Heiligabend mit Silvia und Albert, mit Erna und Otto in der Seidel'schen Villa zuzubringen. Erst an den Weihnachtsfeiertagen würde sie ihre Eltern und Geschwister besuchen.

Auf dem Weg zum Juwelierladen und zur Werkstatt stiefelte sie durch eine hohe Schneedecke. Immerhin hatte sich darüber keine Eisschicht gebildet. So war Ruth, selbst in dem gemächlichen Tempo, in dem sie wegen des Schnees nur vorankam, keine zehn Minuten unterwegs.

Pünktlich zum Monatsanfang hatte es zu schneien begonnen. Mit kurzen Unterbrechungen fielen beinahe täglich frische Flocken vom Himmel, und da die Temperatur bis dato nicht über die Frostgrenze hinausgeklettert war, überzog eine dicke, ständig wachsende weiße Decke selbst die Niederungen Freiburgs. Im Badischen wehte jedoch kein derart eisiger Wind, wie er im Januar 1945 durch Breslau gepfiffen hatte. Ruth erinnerte sich an die vereisten Straßen, durch die sie damals nach Neujahr geirrt war. Durch Eis und klirrende Kälte hatte sie sich zu Ilan durchgeschlagen, immer begleitet von der Angst, sein Versteck könne auffliegen. Ruth mühte sich, die Bilder fortzudrängen, die sich vor ihrem inneren Auge und ohne ihr aktives Zutun abspielten. Es gelang ihr allenfalls bedingt. Das Breslauer Rathaus mit seinem spitzen Giebeldach tauchte vor ihr auf und verschwand wieder, dann das Kino, an dem sie auf ihrem Weg zu Ilan vorübergeeilt war und dessen Lichter kurz darauf erloschen. Es lief die Abspannmusik, unterbrochen von Ruths Sehnen. Einmal noch Ilans Hand auf ihrer spüren. Sie wischte die Tränen, die ungehindert ihre Wange herabliefen, weg. Gut nur, dass jeder, der an ihr vorüberging, glauben mochte, der Wind habe ihre Augen gereizt.

*

In der Werkstatt wartete schon Herr Meisner auf sie. Er trug eine Nickelbrille, unter der gütige, graublaue Augen hervorblitzten und sie freundlich musterten. Sein Händedruck war weder lasch noch fest. Er trat zwei Schritte zurück, bis er in dem kleinen Raum beinahe an der Tür stand. Geduldig wartete er darauf, dass Ruth ihren schwarzen Wollmantel an die Garderobe hing, neben ihre Fellmütze und ihren Schal, die sie schon abgelegt hatte. Ihre Handschuhe, an denen sich winzige Eiskristalle gebildet hatten, breitete sie zum Trocknen auf dem Hocker neben der Werkbank aus.

»Dann wollen wir mal.« Etwas Aufmunterndes lag in Herrn Meisners Stimme, er traf immer den richtigen Ton.

Er begann mit ein wenig Theorie, wie er es oft zu tun pflegte. Dieses Mal würden sie Edelsteine unter die fachliche Lupe nehmen. Diese seien unbedingt von Schmucksteinen zu unterscheiden. Erstere wären Mineralien, die unter bestimmten Bedingungen im Erdinneren entstanden. Diamanten, zum Beispiel, wüchsen bei 1300 Grad. Reiner verdichteter Kohlenstoff. Das härteste Material der Welt. Wollte man seinen Wert bestimmen, müsse man vier Komponenten beachten: die Karatzahl, wobei ein Karat eine Gewichtseinheit bezeichnete und 1/5 Gramm ausmachte. Fünf Karat wären demzufolge?

Ruth rechnete, genau ein Gramm.

Weiterhin müssten Farblosigkeit, Reinheit und der Schliff zur Begutachtung der Qualität herangezogen werden. Bei allen anderen Edelsteinen außer bei Diamanten schätze man auch die Tiefe und Leuchtkraft der Farbe ein, was letztlich eine subjektive Angelegenheit wäre und schwer zu objektivieren. Es gäbe außerdem Untergruppen von Edelsteinen. Rubine und Saphire gehörten zum Beispiel zur Kuruntgruppe und wären beinahe so hart wie Diamanten. Als besonders wertvoll gälten Rubine dann, wenn sie eine taubenblutrote Färbung aufwiesen. Taubenblut, das Wort blieb Ruth hängen.

Wer Schmuck herstellen oder gar entwickeln wolle, müsse neben den vielbeschworenen handwerklichen Fertigkeiten und jeder Menge Geduld im Herstellungsprozess vor allem auch Leidenschaft mitbringen und offen sein für die Schönheit der ihn umgebenden Welt. Auch wenn es schmerzte. »Schönheit kennt nur, wer auch um deren Gegenteil weiß«, sagte Herr Meisner, und Ruth ergänzte tonlos für sich: Der muss den lauernden Abgrund aushalten und die Grausamkeit mancher Menschen. Sie schluckte gegen das neuerliche Erinnern an und versuchte, sich wieder auf Herrn Meisners Worte zu konzentrieren. Er sprach gerade darüber, dass die Edelsteine der Kuruntgruppe fünfhundert Millionen Jahre alt seien. Die hatten schon alles gesehen, dachte Ruth. Den Beginn des Lebens und das Aufkommen und Vergehen verschiedenster Spezies, die Zeiten des Krieges und die des Friedens, unter der Sonne blühende Landschaften genauso wie karge Eiszeiten.

»Zur Berillgruppe gehören Smaragde und der Aquamarin mit seiner meerblauen Farbe.« Herr Meisner gab ihr zwei kleine Rohsteine in die Hand, vor deren Kühle sie zurückschreckte und die sie beinahe fallen ließ.

»Die Farben entstehen durch die chemische Verbindung des Minerals mit Spurenelementen wie zum Beispiel Chrom oder Eisen. Chrom sorgt dafür, dass ein Rubin rot und ein Smaragd grün wird. Aber hören Sie mir überhaupt zu? Sie wirken heute so bedrückt, ist denn etwas geschehen?«

Es war unmöglich, ihm etwas vorzumachen. Ruth nickte, in der Hoffnung, dass Herr Meisner nicht weiter in sie dringen würde.

»Ich habe viel von den Edelsteinen gelernt«, sagte er. »Dass die Dinge ihre Zeit brauchen, zum Beispiel.« Er nahm einen Schluck Kaffee aus seiner dampfenden Tasse.

»Hoffentlich keine zweieinhalb Milliarden Jahre.« Ruth musste ein klein wenig über sich selbst lachen.

Er wog sacht den Kopf, als gäbe es etwas auszuloten. Mehr tat er nicht. Erst nach einer Weile ergriff er das Wort: »Und noch eines habe ich im Laufe meines langen Daseins gelernt: dass nichts auf der Welt nur gut oder nur böse ist. Alle Facetten existieren nebeneinander, bedingen sich sogar, mitunter sind sie in ein und derselben Person vereint. Wer sein Leben der Kunst verschreiben will, und ja, das Entwerfen und Herstellen von Schmuck ist so viel mehr als bloß Handwerk, der braucht eine bis aufs Feinste geschulte Wahrnehmung und eine herausragende Menschenkenntnis. Welcher Stein und welche Form passen zu welchem Träger, was hebt bestimmte Eigenschaften hervor, und was überlagert sie? Ich persönlich halte nichts davon, die Anlagen der Natur zu übertünchen. Ich hebe hervor, was vorhanden ist, für das ungeschulte Auge aber einstweilen im Verborgenen liegt.«

Herr Meisner hatte wohl noch etwas sagen wollen, aber nun schwieg er. Bis Ruth ihn auf sein Verstummen ansprach.

»Sage ich doch. Sie schauen genau hin, spüren, dass ich etwas zurückhalte.«

Es gebot die Höflichkeit, nicht weiter nachzuhaken.

»Was ich in Ihnen zu sehen meine, Ruth, darüber schweige ich. In uns allen gibt es eine Ambivalenz, jede Eigenschaft hat zwei Seiten. Ach was …« Jetzt lachte er hell auf. »Das ist nur ein geflügeltes Wort. Viel mehr als zwei Seiten haben wir natürlich, wir schillern in den unterschiedlichsten Farben. Haben Sie schon einmal etwas vom Absorptionsprinzip gehört?«

Ruth war verwirrt. Erst deutete Herr Meisner an, etwas über ihren Charakter sagen zu wollen, dann schwieg er, ergriff wieder das Wort, indem er in einer Art theoretischem Rätsel und verklausuliert und kryptisch über Dinge sprach, die sie im Konkreten interessiert hätten, und nun fuhr er nahtlos mit seinem Unterricht fort: »Der Opal ist anders als die anderen Edelsteine. Er ist kein Mineral, sondern ein versteinertes Gel, in dem kleine Kügelchen verschlossen sind. Je nachdem wie das Licht auf ihn fällt, sehen wir ihn in verschiedenen Farben schimmern. Ich glaube, so oder so ähnlich, verhält es sich auch bei uns Menschen. Wir sind nicht eindimensional in unserer Färbung, sondern vielschichtig. Umso begabter einer ist, umso mehr schillert sein Wesen und verlangt einen Tribut. Damit gilt es zu leben.«

Ruth ließ seine Worte unerwidert stehen, was hätte sie auch entgegnen sollen.

An jenem Abend folgte dem Theorieunterricht kein praktisches Arbeiten, wie es sonst stets der Fall war. Herr Meisner gab vor, müde zu sein, und schickte sie nach Hause.

*

Ein anderes Mal begann er, wie so oft, seinen Unterricht mit einer goldenen Regel: »Fertigkeiten, ja sogar Talente brauchen ihre Zeit, um sich zu entwickeln.«

Dann erst bat er Ruth an die Werkbank und ließ sie später ein Modell eines Armreif-Entwurfs nachbauen.

Wenn es, wie an jenem Tag, gut lief, gelang es Ruth, sich in ihre Arbeit zu vertiefen. Stunde um Stunde brachte sie damit zu, Herrn Meisners Ausführungen zur Materialkunde auf ihre eigenen Entwürfe anzuwenden und ihm Fragen zu stellen, die er geduldig und detailreich beantwortete. Langweilig wurden die vielen Stunden in der Werkstatt ihr nie. Sie trainierte Geschicklichkeit, gestalterische Fähigkeiten, lernte, ihre Entwürfe plastisch und dreidimensional nachzubauen, und schulte obendrein ihren zunehmend geschickter werdenden Umgang mit Brett-, Polier-, Treib- und Ausschlichthammer. Bald verstand sie mit Schmiedewerkzeug, diversen Zangen und Feilen umzugehen und trainierte sich im Sägen, Biegen, Löten, Fräsen und Polieren. Keine Technik ließ Herr Meisner aus, und für jede neu gewonnene Fertigkeit war Ruth ihm dankbar. Wenn sie an der Werkbank saß, vergaß sie oft, weswegen Erna sie ursprünglich hergeschickt hatte. Ruth verschwand hinter ihrer Tätigkeit und war doch niemals sonst derart präsent wie in jenen merkwürdig halb wachen Zuständen. Ihre Sinne bis aufs Äußerste geschärft, auf eine einzige Tätigkeit fokussiert, alles andere geriet in den Hintergrund. Die Umsetzung ihrer Entwürfe stand in nichts mehr der ursprünglichen zeichnerischen Idee hinterher.

»Was Sie in den wenigen Wochen, die wir hier zusammenarbeiten, gelernt haben, dauert bei den meisten so viel länger«, sagte Herr Meisner und klopfte ihr anerkennend auf die Schulter. »Aber Sie saugen das Wissen auf, als hätten Sie ein Leben lang auf meinen Unterricht gewartet.« Er sah beglückt aus. »Erna Seidel hat recht gehabt. Sie sind eine Ausnahme. So etwas nennt man wohl Gnade.«

Ruth war für einen Moment aus ihrem leicht entrückten Zustand des Schaffens aufgetaucht. Das Gefühl, durch Wasser waten zu müssen, war gewichen. Sie sah die Umrisse der Werkstatt schärfer, so als befände sie sich in einer Art überwachem Traum, dem allein sie seine Gestalt verlieh. Hätte man sie gefragt, wie ihr Leben an jenem Punkt weiterverlaufen sollte, sie hätte die Frage nicht verstanden. Sie war, wo sie sein sollte, und was sie lange verborgen gehalten hatte, alle Angst, alles Geheime und Verdrängte durfte sie sich im Tun anverwandeln. Aus dem Mangel gedieh Glanz und Grazie, Ebenmaß und Harmonie. Dazu musste sie nichts verbalisieren, Hammer und Stein, Geduld, Zuversicht und eine klare Vorstellung des Materials und seiner Möglichkeiten reichten vollkommen aus.

*

Am Nachmittag darauf bediente Ruth gerade eine junge Baronin, die auf besondere Empfehlung in den Seidel'schen Juwelierladen gekommen und extra aus Stuttgart angereist war. Zwar lief das Weihnachtsgeschäft schleppend an, in der besseren Gesellschaft hatte man die Gerüchte über Ottos angeblich unrühmliches Verhalten während des Nationalsozialismus nicht vergessen, aber seit Erna die Buchhaltung und Ruth die Beratung übernommen hatte, ging es langsam wieder aufwärts. Außerdem machte die üble Nachrede allmählich einer anderen Neuigkeit Platz, und die konnte man bei den Reichen und Schönen unmöglich überhören. Es ging nämlich das Gerücht um, dass die junge talentierte Seidel auf die Persönlichkeit zugeschnittenen Schmuck anfertigte, sofern man bereit wäre, genügend Geld in die Hand zu nehmen. Individuelle Einzelstücke, die eigens für seinen Träger angefertigt würden und seine Vorzüge auf das Vortrefflichste hervorhoben. Wer sich mit diesem besonderen Schmuck auf einer Gesellschaft sehen ließe, stünde im Zentrum der Aufmerksamkeit. Erna hatte Ruth in einer ruhigen Minute und hinter vorgehaltener Hand solche Gerüchte zugeraunt und sich derart darüber gefreut, dass Ruth keine Zeit geblieben war, das Ammenmärchen zumindest vor Erna zu entkräften.

Herrn Joseph hatte Ruth einmal unter dem Hinweis der Verschwiegenheit ein paar ihrer Entwürfe gezeigt. Ansonsten wussten nur Marga, Herr Meisner und Erna von ihrer heimlichen Leidenschaft. Herrn Joseph traute Ruth keinen Vertrauensbruch zu, und den anderen schon dreimal nicht. Wer von ihnen hätte auch einen Vorteil daraus gezogen, ihr Geheimnis vorschnell in der Öffentlichkeit zu verbreiten?

Es blieb also bei einem Gerücht, das es aus der Welt zu schaffen galt, worum Ruth sich redlich bemühte. Auch als die Baronin eine kleine Unsumme dafür bot, dass sie ihr ein individuelles Schmuckstück entwerfe. Ruth behalf sich mit Charme und zeigte ihr, anstatt auf ihr Angebot einzugehen, ein verspieltes Collier mit einem ovalen, zargengefassten Aquamarinstein, an dem drei vergoldete Pendel befestigt waren. Jedes Pendel endete in einem tropfenförmigen Edelstein – jeder von einer satten, tiefen Färbung, einem leuchtenden Himmel zur blauen Stunde ähnlich.

»Der facettierte Tropfenschliff unterstreicht ihr träumerisches

Wesen, wenn ich das so sagen darf. Das intensive Blau des Aquamarins besticht durch eine Intensität, die ich auch bei Ihnen wahrnehme.«

Die junge Baronin errötete. »Was Sie nicht alles sehen. Ich fühle mich ein bisschen, als läge ich bei Freud auf der Couch.« Ruth verstummte.

»Entschuldigen Sie, ich wollte Ihnen nicht zu nahe treten.«

»Aber nicht doch, Sie haben schließlich recht und einen geschulten Blick. Was gäben andere für eine passende Beratung. Darf ich das Collier anprobieren?«

Im weiteren Verlauf war es ein Leichtes, der Baronin das Schmuckstück zu verkaufen. Ruth musste nichts weiter tun, als es ihr sanft anzulegen, festzustellen, dass ihre zuvor geäußerte Vermutung tatsächlich zutraf, dass nämlich Farbe und Stein ihre individuelle Persönlichkeit auf Schönste hervorhoben, alsbald zu kassieren und ihr die Kette in einer hübschen Schachtel zu überreichen.

Herr Meisner hatte recht behalten, sowohl beim Verkauf als auch beim Entwerfen von Schmuck galt die Devise, dass die Bijouterie den Kern der Persönlichkeit unterstreichen musste. Stein, Metall und Mensch wirkten stets aufeinander bezogen und bildeten in der Gesamtschau eine Einheit.

»Du hast ein untrügliches Gespür dafür, die Begehrlichkeiten von Menschen zu wecken.« Erna tänzelte um sie herum und hob triumphierend die Hände in die Luft. »Aber weißt du auch, dass du ein wahrer Engel bist?« Erna stierte Richtung Kasse. »Du hast soeben unser Weihnachtsfest gerettet. Nun können wir endlich Geschenke mit Stil einkaufen.«

Ruth lächelte verhalten zurück. »Vielleicht sollten wir dieses Jahr lieber ein wenig sparen?«

Die Tür schwang auf, und herein trat ein Mann im langen Mantel und mit harschem Schritt. Ruth senkte den Kopf. Ein Schutzimpuls. Das Stampfen der Schritte auf dem Boden. Deren

Widerhall. Das von der Geschwindigkeit angetriebene Wehen des Mantels.

Erst als sie vorsichtig aufsah, erkannte sie in dem Besucher das Antlitz von Max Rehwald – und atmete auf. Er hatte dieses kantig geschnittene Gesicht, und doch wirkten seine Züge vornehm. Das letzte Mal war sie ihm beim Tee mit seinen Eltern begegnet. Erna und Gili waren dabei gewesen. Wie lange war das schon her? »Herr Rehwald, was führt Sie zu uns?«

»Bekomme ich kein Guten Tag, kein Hallo?«

Er klang rüde. Fieberhaft überlegte Ruth, wie und wann sie ihn derart verärgert haben könnte. Ihr fiel nichts ein. »Guten Tag, Herr Rehwald. Entschuldigen Sie mein unhöfliches Auftreten.«

»Nichts entschuldige ich, nichts.« Seine Stimme schallte durchs Geschäft, sodass Erna, die neben ihr die Auslage gestaltete, ihnen den Kopf zuwandte. Er gestikulierte wild und ausufernd mit den Händen. Sein Mantel schwang bei jeder Bewegung auf und ab. »Gili hat mich abgewiesen.«

Ja, das wusste Ruth, ihre Schwester hatte ihr davon erzählt. Gili hatte es nicht gern getan, aber die Liebe war nichts, was sich erzwingen ließ. Und wenn man es versuchte, bekam man dafür die Quittung.

»Sie liebt Felix.« Ruth sagte es sanft, als spräche sie auf ein wildes Tier ein, aber Max Rehwald beruhigte sich nicht.

»Als ob es darum ginge.« Er war an den Tresen getreten, hatte beide Hände, zu Fäusten geballt, darauf abgelegt und funkelte Ruth wutentbrannt an. »Seien Sie einmal in ihrem Leben nicht die Verkäuferin, seien Sie einmal ein Mensch, und hören Sie mir zu. Ich habe Ihnen etwas Wichtiges zu sagen.«

Ruth schluckte. Sie hätte ihn bitten können, die Stimme ein wenig zu senken, damit der Aufruhr im Laden nicht für ein neuerliches Gerücht sorgte. Sie hätte ihn fragen mögen, ob sie sich nicht setzen und er vielleicht einen Kaffee trinken wolle. Aber in dem Zustand, in dem er gefangen war, hielt Ruth das für keine gute Idee. Sie sagte also nichts, tat, was er von ihr gefordert hatte, und ließ ihn sprechen.

»Mit Felix hat das nichts zu tun. Ich weiß es aus erster Hand, ich habe nämlich neulich Joachim getroffen.«

Für Ruth war ihr Bruder immer Jo gewesen, weswegen sie einen Augenblick benötigte, um die Verbindung zu ihm zu ziehen.

»Er unterstützt die Arbeit von jüdischen Hilfsorganisationen wie die vom Joint, wussten Sie das?«

Ruth nickte. Worauf wollte Max Rehwald hinaus?

»Verdammt, Ruth, wann fällt bei Ihnen der Groschen? Schwer von Begriff, was?«

Sie starrte ihn mit halb offenem Mund an. Von einem wie ihm, einem, der aus der Oberschicht stammte, hatte sie ein anderes Benehmen erwartet.

»Machen Sie den Mund wieder zu, Ruth, es zieht.« Er öffnete ihn und bleckte dabei die Zähne. Bisher hatte sie Max Rehwald für einen eleganten, klugen Menschen gehalten, wie Mutter es getan hatte. Wie er sich nun aber gebärdete, war er ihr unheimlich. Ihr Puls beschleunigte sich, und ihr Atem ging ein wenig schneller, aber sie ließ sich nichts anmerken.

»Tut mir leid, das ging zu weit. Aber ich bin aufgebracht und dazu ein leidenschaftlicher Mensch. Was ich eigentlich sagen wollte: Ihre Familie ist jüdisch, Ruth. Nur deshalb hat Gili mich nicht geheiratet.«

Erna hatte ihre Arbeit in der Auslage beendet und marschierte betont langsam durch den Laden bis in die angrenzende Teeküche. »Ich mache mal Kaffee«, zwitscherte sie und verschwand.

»Dabei bin ich wahrlich kein Antisemit, ganz im Gegenteil. Sie hätte es mir doch sagen können. Nur weil meine Familie adelig ist, muss ich kein Idiot sein, nicht wahr?«

»Was hat das denn damit zu tun?«, fragte Ruth.

Weshalb kam Max Rehwald mit solch hanebüchenen Vermutungen zu ihr? Und selbst wenn er richtiggelegen hätte, was hätte sie tun können? Was ging sie das an? Mal abgesehen davon, dass Gili ihre Herkunft ganz gleichgültig war. Ihr ging es immer nur um ihre Gefühle. Nichts anderes stand im Zentrum ihrer Welt, auch nicht das Wohl ihrer Familie. Die Vergangenheit scherte ihre Schwester nicht, sie lebte in einer glitzernden Fassade, die aus nichts bestand als Gegenwart. Ein Morgen kannte sie nicht.

»Meinen Sie das ernst, Ruth? Glauben Sie tatsächlich der Geschichte, die Sie sich selbst erzählen? Als Schriftsteller fürs Theater habe ich viele Menschen beobachtet, und wissen Sie, was ich schon im ersten Moment über Sie gedacht habe? Soll ich es Ihnen sagen?«

Ruth schwieg und senkte den Kopf. Der Mann war alles, was Herr Meisner und Herr Joseph nicht waren. Kein Deut an Empathie, keine Zurückhaltung, kein vorsichtiges Abwägen. Dafür diese ungehobelte Wut, die sie an Jo erinnerte.

»Ist mir egal, ob Sie es hören wollen oder nicht, ich sag es Ihnen auf den Kopf zu. Sie brauchen das, dass Ihnen einmal jemand ohne Umschweife sagt, was er von Ihnen hält. Und dass Sie jüdisch sind, spielt dabei keine Rolle, nicht dass Sie mir das später falsch auslegen. Wir sind alle Menschen, und vor welchem Gott auch immer, sind wir gleich. Verstehen Sie das?«

Er hatte die Stimme noch einmal angehoben, beinahe schrie er. Nur dass alles, was er so lautstark formulierte, zittrig klang und so, als hinkte der wahre Max Rehwald hinter seiner hochkochenden Wut und seiner sich selbst überbietenden Lautstärke her, als habe er sich längst selbst überholt.

»Sie ducken sich ständig weg. Vor dem Leben, vor dem, was ist.«

Wie kam er bloß darauf? Er kannte sie doch kaum, fuhr aber – davon ungerührt – fort: »Sie schauen nicht hin. Oder Sie haben einmal hingeschaut, und dieses eine Mal, das war zu viel für Sie. Was haben Sie dafür riskiert?«

Es war eine Suggestivfrage, er hatte nicht vor, sie zu Wort

kommen zu lassen, und an ihrer Antwort war er überhaupt nicht interessiert.

»Jedenfalls sind Sie eine Meisterin darin, zu verdrängen.«

Vielleicht hatte er damit sogar ein wenig recht, aber wie konnte er das über sie wissen? Und warum regte es ihn so auf?

»Ich werfe Ihnen das nicht vor, ich verstehe die Umstände sogar, auch wenn Sie einem wie mir so etwas nicht zutrauen. Grob ist dieser Rehwald, denken Sie, und laut und wütend. Aber wissen Sie was? Manchmal muss man das sein. Manchmal rettet das anderer Menschen Leben. Sie glauben mir nicht?«

Dieses Mal machte er eine gekonnt gesetzte Pause, bevor er fortfuhr. Als Ruth ihm antworten wollte, eine Antwort lag ihr schon auf der Zunge, da setzte er wieder an zu sprechen.

»Ich wusste es, Sie glauben mir nicht. Aber ich habe Ihnen etwas zu sagen. Weil ich Ihre Schwester liebe, nur deshalb komme ich zu Ihnen. Ich will, dass Sie die Wahrheit erfahren.«

Aus der Teeküche drang Ernas piepsige Stimme: »Mit Milch und Zucker?«

Max Rehwald schenkte ihr keine Aufmerksamkeit. Er war ganz auf das Geschehen zwischen ihnen konzentriert, nichts anderes hatte dazwischen Platz. »Ihr Schwiegervater, der alte Otto Seidel, der hat Dreck am Stecken, das sag ich Ihnen. Nicht so ein bisschen, wie beinahe alle Deutschen. Bei ihm war es nicht nur das Weggucken oder Angsthaben oder Buckeln, nee, nee. Der hat sich die dunklen Zeiten zunutze gemacht. Na, Mädel? Bekommste allmählich nen Schimmer, wovon ich rede?«

Sie schwieg beharrlich.

»Weißt du eigentlich …«, Max Rehwald hatte vom förmlichen Sie zum herablassenden Du gewechselt, »dass die Seidels das Geschäft, in dem du arbeitest, auf den Leiden des jüdischen Vorbesitzers aufgebaut haben? Enteignet wurde der nämlich und erpresst. Hat der alte Seidel ihm zu einem Spottpreis abgekauft.«

Max machte eine Kunstpause. Ruth sah ihn nicht an.

Es war noch immer nicht vorbei. Gerüchte hafteten wie Teer an einem. Endlich schipperte man in ruhigeren Gewässern, auch wenn längst nicht alles gut war, aber doch wenigstens erträglich, und dann kam der nächste Sturm, der einem Löcher in die Segel blies, die zu stopfen man keine Zeit hatte, wollte man das rettende Ufer erreichen.

»Ausspucken vor dir könnte ich, dass du nichts dazu sagst.«

Wo blieb denn Erna? Wie lange konnte Kaffee brauchen, bis er gebrüht war? Sie hätte Max sagen können, dass er sich geirrt hatte, in allem. Doch sie schwieg beharrlich weiter. Sicher war sie sich nicht. Sicher war man nirgends.

Mutter hatte ihr verboten, über ihre Herkunft zu sprechen. Nie wieder. Allein für Silvia. Was hatte ihr Kind mit einer Vergangenheit zu tun, die nicht ihre war. Sie hatten Weihnachten gefeiert. Sie waren christlich getauft. Sicher, da war Großmutter gewesen. Der neunarmige Leuchter. Gefillte Fisch. Da war Vater, der gewusst hatte, wann die Züge fuhren. Ihr wurde schwindlig. In der sich herabsenkenden Dämmerung vor dem Fenster tanzten bleiche Fratzen. *Wir holen dich. Wir holen euch.* Harrys Gesicht lächelte ihr zu. Mutter hatte ihn ziehen lassen. Damit sie lebten. Wer musste wem verzeihen? Wer waren die wahren Schuldigen? Wer war Opfer und wer Täter? So einfach wie für Max war es für sie nicht. Ruth stützte sich am Verkaufstresen ab. Der Boden unter ihren Füßen wölbte sich, sie ging auf unebenem Grund. Jederzeit konnte er sich vor ihr öffnen. Nur nicht hineinfallen, nur nicht herabsehen, nicht in die Tiefe greifen. Die Arme der körperlosen Fratzen vor dem Fenster streckten sich ihr entgegnen.

»Pfui Teufel.« Max Rehwald spuckte vor ihr aus. Ein langer Speichelfaden rann von seinem Mundwinkel hinab zu seinem Kinn.

»Dass du dich als Jüdin nicht schämst, in eine solche Familie eingeheiratet zu haben!«

Erna betrat mit einem Tablett, auf dem sie drei Porzellantassen, eine Kanne mit duftendem Kaffee, ein Milchkännchen und eine Zuckerdose balancierte, den Verkaufsraum.

Was hatte Erna von ihrem Gespräch mitgekriegt?

Ruths Herz pochte in ihrem Bauch und hämmerte dann wild gegen ihren Hals. Sie musste es aufhalten, bevor sie entdeckt wurden. Bevor es schlimmer kam, als es schon gewesen war. Die Fratzen höhnten hinter vorgehaltener Hand.

»Wir sind keine Juden.«

Noch nie in ihrem Leben hatte Ruth gebrüllt. Mutter hatte es ihr bei den ersten Anzeichen eines kindlichen Wutausbruchs beigebracht. Wut war unnötig. Wut gehörte sich nicht und erzeugte Aufmerksamkeit, die ihr nicht zustand. Aber nun brüllte Ruth. Nun war Brüllen unumgänglich, ein notwendiges Übel. *Wir sind keine Juden!* Lange hatte der Satz in ihr geschlummert, und auch wenn sie ihn selbst nie für wahr erachtet hatte, hatte sie die bleischweren Worte über all die Jahre mit sich herumschleppen müssen. Vielleicht konnte sie sich ihrer nur entledigen, wenn sie sie derart laut aus sich herausschrie, voll des Unglaubens. Einmal in der Welt, lösten diese Worte sich vielleicht endlich aus ihrem Zusammenhang und blieben entstellt zurück. So würden sie hoffentlich ihre Macht über Ruth verlieren, und die Ohnmacht fiele letztlich von ihr ab. So aber verhielt es sich nicht. Wie eitrige Galle schmeckte der Satz, der in der Wut aus ihr herausgebrochen war, und legte sich dann, einer Betäubung gleich, über ihre Zunge. Sie musste ihn schleunigst zurücknehmen, bevor er noch mehr Schaden anrichten konnte. Sie war doch nicht ihre Mutter. Der Krieg war vorbei. Harry würde nicht zurückkommen, und Großmutter war tot.

Ehe Ruth zu einer Erklärung anheben konnte, griff Max Rehwald in seine Manteltasche und knallte kurz darauf einen Armreif mit roten Granatsplittern auf den Tresen.

Das Wiedererkennen sickerte langsam in ihr Bewusstsein.

Max wandte sich mit einem Ruck von Ruth ab und schlug die Tür des Ladens hinter sich zu.

*

Es gab nur eines zu tun, das Richtige. Dieses Geschwafel von Ambivalenz und Verständnis, das gerade so modern war, widerte ihn körperlich an. Er bekam davon Brechreiz und Durchfall. Die heutige Ausgabe der Badischen Zeitung, sein Beweismittel, hielt er fest unter seine Achseln geklemmt. Mehrfach drückte er rasch hintereinander die Klingel. Ein Baby, vermutlich seine Nichte, begann daraufhin zu kreischen. Kleine Kinder wussten noch adäquat auf äußere Ereignisse zu reagieren, während es den Erwachsenen längst abtrainiert worden war. Eine leicht zu beeinflussende, biegsame Masse, zähflüssig im kritischen Denken.

Er musste Ruth hier rausholen, trotz der falschen Entscheidungen, die sie getroffen hatte.

Rosalia öffnete, deutete einen Knicks an und ließ Jo eintreten. »Hör doch auf zu knicksen. Keiner sollte das von einem anderen verlangen. Du bist niemandem untertan.«

Das Mädchen zuckte erschrocken zurück und sah ihn erstaunt an. Vermutlich war sie eine derart direkte Ansprache nicht gewöhnt. Er ging an ihr vorüber und folgte dem leiser gewordenen Wimmern des Kindes.

Die Nachricht hatte die Seidels bisher offenbar nicht erreicht. Sie gingen ihrem Alltag nach. Ruth hielt Silvia auf dem Arm und streichelte ihr beruhigend über den Rücken, derweil ihr Rosalia aus der Küche zurief, dass das Fläschchen erst abkühlen müsse. Otto Seidel saß in seinem hohen Sessel, die Augenbrauen zusammengezogen, als denke er angestrengt über etwas nach. »Wir müssen den Aufwärtstrend zwingend beibehalten, gerade jetzt in der Vorweihnachtszeit. Sonst schreiben wir im neuen Jahr starke Verluste.«

Sein Schwager, der seinem Vater gegenüber auf dem Sofa saß, leicht nach vorn gebeugt, nickte diesem zu. Dann bemerkten sie, in einer beinahe synchronen 45-Grad-Drehung ihrer Köpfe, sein Erscheinen und verstummten. Otto erhob sich nicht.

»Joachim, was für eine Überraschung!« Erna betrat in einem Abendkleid, das der Tageszeit nicht angemessen war, das Wohnzimmer. Ein Haufen glitzernder Roben hing über ihrem rechten Arm. »Wie schön, dass du uns beehrst.« Leichthin küsste sie ihn auf beide Wangen. »Du kannst mir gleich beratend zur Seite stehen. Ich weiß bei Gott nicht, was ich heute zur Gala des Wohlfahrtsausschusses tragen soll. Es können sich nicht viele glücklich schätzen, auf deren Gästeliste zu stehen …«

Er ließ ihr Gebrabbel an sich vorbeiziehen. Menschen wie Erna waren in seinen Augen nichts weiter als abgerichtete Hündchen eines überkommenen Bürgertums. Mit ihrem Handeln trugen sie aktiv zur Erstarkung der gesellschaftlichen Verhältnisse bei. Hätte man sie danach gefragt, ob ihnen die Konsequenzen ihres Tuns bewusst wären, sie hätten nicht verstanden, wovon die Rede war. Jo schüttelte den Kopf über derart viel haltlose Naivität, gepaart mit Ernas unbedingtem Bestreben, gesellschaftlich weiter und weiter aufsteigen zu wollen. Weshalb sonst hatte sie dieses alte Ekel Otto wohl geheiratet und sogar ein Kind mit ihm bekommen. Noch nicht einmal der Schrecken des Krieges hatte sie zur Vernunft gebracht.

»Jo.« Ruth war neben ihn getreten. Anstatt ihn zur Begrüßung zu umarmen, was durch Silvia erschwert wurde, schmiegte sie sich von der Seite an ihn. Sie roch nach fremder, teurer Seife – und doch war und blieb sie seine Schwester.

Obwohl der bourgeoise Wohlstand sie umgab, wirkte sie erschöpft. Das Lebendige, das sie in der Jugend trotz ihres vernunftbegabten Wesens immer ausgezeichnet hatte, lag verschüttet. Aber bald würde sie die Seidels los sein und dann hoffentlich wieder zu sich kommen. Dafür würde er sorgen. Mit einem

Schock zum Auftakt zwar, aber manchmal bedurfte es eines solchen, um Menschen aus ihren erstarrten Gewohnheiten zu reißen. Das war er auch seiner Nichte schuldig. Die konnte nichts für die Verhältnisse, in die sie geboren war.

Jo legte Ruth eine Hand auf den Rücken. Körperliche Nähe würde die Verbundenheit zwischen Menschen befördern, hatte er gelesen, und Verbundenheit brauchte es nun.

Zögerlich löste er die Berührung wieder, es war an der Zeit. Ein paar Schritte ging er auf Otto zu und schlug dann langsam die Zeitung an jener Stelle auf, die er zuvor mit einem Eselsohr markiert hatte. Dann legte er sie – gut sichtbar – auf den Nierentisch zwischen Otto und Albert.

»Sind wir heute noch gar nicht dazu gekommen.« Ernas Singsang zog für einen Augenblick alle Aufmerksamkeit auf sich. Sie hatte ihre Glitzerkleider über einen Stuhl fallen lassen und schritt gekünstelt, als wäre sie eines dieser angesagten Modelle auf einer Pariser Modenschau, vor ihnen auf und ab. »Na, gefällt euch, was ihr seht?«

Otto klatschte.

»Das frage ich euch«, entgegnete Jo und wies auf die Zeitung. Die Schlagzeile, um die es ihm ging, war selbst von Ottos Sessel aus gut zu erkennen. *Kriegsverbrecher leben mitten unter uns*, stand dort in großen fetten Lettern. In Verbindung mit dem Bild darunter, das eine gute Viertelseite füllte, musste die Aufmachung seine Aufmerksamkeit erregen. Die Fotografie zeigte den Seidel'schen Juwelierladen.

Eine Weile rührte sich niemand im Raum, nicht einmal seine Nichte gab einen Mucks von sich. Dann, aus einer Bewegungslosigkeit heraus und auf maximale Geschwindigkeit beschleunigend, schnellte Otto in den Stand und griff sich die Zeitung. Er überflog, begleitet von seinem eigenen Grummeln der Missbilligung, den Artikel, riss dann mit einem einzigen Ratsch die Seite heraus, zerknüllte diese und pfefferte sie in eine Ecke des Zimmers.

»Aber Ottolein, was ist denn nur los?«

Er sah zu Erna. »Diese Ungeheuer wollen kaputtmachen, was ich mit ehrlicher Arbeit aufgebaut habe.«

Jo lachte bitter. »Ehrliche Arbeit nennt ihr das?« Er bückte sich nach der Zeitung und entfaltete sie wieder, bevor er zu lesen anhob: »Seit der Großelterngeneration war der Juwelierladen, den heute Otto Seidel stolz sein Eigen nennt, in Familienbesitz der Weinbergs. Sogar den Ersten Weltkrieg hatte der Handwerksbetrieb einst überdauert.«

»Was liest du den Schmarrn auch noch vor?« Otto zeigte mit einer Handbewegung an, dass er Jo für verrückt hielt.

»Das ist kein Schmarrn. Mein Freund Max, übrigens der Sohn der Familie Rehwald, die dir so nahesteht, liebe Erna, hat den Artikel verfasst. Er ist Hausautor am Theater, und er recherchiert schon von Berufs wegen immer gründlich.«

Erna schlug sich eine Hand vor den Mund und fasste sich mit der anderen an die linke Brust. »Die Rehwalds haben mich zur Gala eingeladen. Ob ich da heute noch willkommen bin?«

»Das ist deine größte Sorge? Nicht etwa, dass dein Mann den armen Tal Weinberg enteignet und erpresst hat? Steht hier schwarz auf weiß. Er hat Tal während des Nationalsozialismus zwar die Adresse von Bekannten gegeben, die ihm ein Versteck vermitteln konnten, aber nicht etwa aus reiner Menschlichkeit, ganz im Gegenteil. Er hat sich dafür reichlich entlohnen lassen. Gold ist auch im Krieg eine harte Währung. Tal musste ihm obendrein den Laden abtreten.«

Er spürte Ruths Hand auf seinem Oberarm. Ihre Anwesenheit war in den Hintergrund geraten. Dabei wollte er sie nicht anklagen, auch wenn sie in dem Artikel von Max ebenfalls nicht gut wegkam. *Wir sind keine Juden.* Leider waren diese Worte von Ruth in der Zeitung zitiert worden. Aus ihr musste in dem Moment die blanke Angst gesprochen haben. Das Licht, das der Artikel damit aber auf sie warf, hatte Jo erschrocken. Ruth würde die Zusammenhänge später zurechtrücken müssen. Wie Weinberg. Der hatte es ihr vorgemacht. Aber so weit waren sie noch nicht.

»Komm, Jo, wir setzen uns erst einmal. Wir sind eine Familie. Wir müssen zusammenhalten«, sagte Ruth.

»Steht außer Frage«, entgegnete er. »Aber die hier …« Jo zeigte erst auf Otto, dann auf Albert und schließlich auf Erna, »mit denen haben wir nichts zu tun. Die hätten unsere Großmutter gegen ein bisschen Champagner, ein hübsches Kleid und den versprochenen gesellschaftlichen Aufstieg an die Nazis verraten.« Er betrachtete Erna und schüttelte sich vor Abscheu. »Und der«, er zeigte auf Otto, »der hätte noch um den Preis gefeilscht. Du und Silvia, ihr kommt mit mir. Ihr bleibt nicht bei diesen Verbrechern.« Auf der Suche nach dem Interviewteil mit Tal Weinberg suchten seine Augen den Artikel ab. Teile davon musste er Ruth unbedingt vorlesen. Damit sie verstand. Auch wenn Erna lauthals schluchzte und Albert ihn vehement aufforderte, sein Haus zu verlassen.

»Hör dir an, wie es Tal ergangen ist. Im Interview mit Max hat er gesagt, ich zitiere: ›Auch wenn es um mein Überleben ging, kann ich mir meine Angst nicht verzeihen. Jahre nach dem Krieg hielt sie mich noch gefangen. Ich war nicht in der Lage, Otto Seidel und sein abscheuliches Verbrechen anzuzeigen. Wie sollte ich wissen, ob man mir geglaubt hätte? Unsere einstige Besitzurkunde war einem Brand zum Opfer gefallen. Im Zweifel für den Angeklagten, heißt es doch so schön. Und trotzdem, heute bereue ich mein Schweigen. Ich schäme mich dafür. Denn damit habe ich mich mitschuldig gemacht, dass Verbrechern wie Seidel nicht das Handwerk gelegt wurde. Ich kann andere, die eine ähnliche Angst umtreibt wie mich, nur warnen, nicht denselben Fehler zu begehen.‹«

»Meint er damit etwa mich?« Ruth flüsterte, ihre Stimme flatterte.

Jo antwortete ihr nicht. Dieses Gespräch zwischen ihnen musste leider warten, bis sie beide mit Silvia die Villa verlassen hätten. Die Zusammenhänge waren zu kompliziert für eine schnelle Erklärung. Dass Max Ruth in seinem Artikel zitierte, und dann ausgerechnet mit ihrem Ausspruch *Wir sind keine Juden*, hatte er ihm nicht ausreden können. Die ganze Nacht hatte er mit ihm diskutiert, aber Max hatte die besseren Argumente gehabt und war standhaft geblieben. Sosehr Jo auch wünschte, er hätte Ruth da rausgehalten, sosehr schätzte er gleichzeitig sein aufrichtiges Handeln. Er hatte getan, was notwendig war. Es gab keine zwei Wahrheiten. Man musste die Dinge beim Namen nennen und durfte nichts verschleiern.

Ruth entriss ihm die Zeitung und las stumm den gesamten Artikel. Derweil hatte Jo ihr Silvia abnehmen wollen, aber Albert war schneller gewesen. Der griff sich seine Tochter, die nicht verstand, wie ihr geschah, und verließ mit dem Kind auf dem Arm das Wohnzimmer.

»Du bist hier nicht länger erwünscht«, sagte Otto von seinem Sessel aus und bat dann Erna, sich zu ihm zu gesellen. »Mein Engel«, raunte er. »Mein armer, armer Engel.«

»Dieser Max Rehwald zitiert mich, Jo. *Wir sind keine Juden*. Warum tut er das? Warum führt er mich vor?«

»Weil er uns schaden will«, sagte Otto, und Jo erwiderte: »Weil er recht hat. Er klagt dich nicht an, verstehst du, er macht vielmehr klar, dass es dir genauso geht wie unserem Freund Tal. Man hat uns alles genommen. Und deshalb musst du dich fragen, wovor du heute noch solche Angst hast, Ruth?«

Rosalia kam aus der Küche mit dem Fläschchen und einer Kanne Pfefferminztee und Tassen. Sie stellte alles auf dem Tisch ab und sah von einem betretenen Gesicht ins andere. »Wo ist Silvia?«

Ruth murmelte: »Oben, bei Albert«, woraufhin Rosalia mit dem Fläschchen in den ersten Stock eilte.

»Pack deine Sachen, ich warte hier auf dich«, sagte Jo zu Ruth gewandt und so sanft als möglich. Nun aber erhob sich Otto aus seinem Sessel, nahm den Spazierstock, der in einer Ecke des Zimmers gestanden hatte, und hob ihn drohend in die Luft. »Ich sage es kein zweites Mal, und es ist keine Bitte. Verschwinde aus meinem Haus, Joachim, und lass dich hier nie, nie wieder blicken.« In Ruths Richtung fuhr er fort: »Du kannst bleiben, du gehörst zu Albert. Aber wenn du gehst, bleibt eure Tochter hier. Sie ist eine Seidel.«

Lass dich bloß nicht einschüchtern, wollte Jo sagen, aber Ruth war jede Farbe aus dem Gesicht gewichen, sie rührte sich nicht, während Otto mit dem Spazierstock drohend auf Jo zukam. Ruth warf ihm einen flehenden Blick zu, der wohl ausdrücken wollte: *Es tut mir so leid, aber ich kann nicht anders.* Jo verstand. Wortlos drehte er sich um und verließ die Villa.

*

»Kommt ja sowieso keiner«, hatte Karl-Heinz gesagt und sich in die Milchbar zwei Querstraßen vom Laden entfernt verdrückt. Ruth blieb allein zurück. Sie hätte die Zeit nutzen und sich an der Werkbank erproben können, aber danach stand ihr heute nicht der Sinn. Seitdem der Artikel von Max Rehwald erschienen war, mieden die Menschen das Juweliergeschäft. War es zuvor ein wenig fassbares Gerücht gewesen, dass Otto Seidel eine mehr als unrühmliche Vergangenheit hatte, war dies durch Tal Weinbergs Interview bestätigt worden. Ob gerichtstauglich oder nicht, spielte dabei keine Rolle. Die Sympathien waren klar verteilt, und wäre Ruth nicht unmittelbar von den Ereignissen betroffen gewesen, sie hätte mit Verachtung auf sich selbst geschaut.

Wie sich das Licht am Morgen gebrochen hatte, als es auf die schneebedeckten Dächer gefallen war. Ruth trat an das beschlagene Schaufenster und rieb eine kleine kalte Fläche mit den Händen frei. Die Wärme des Innenraumes hatte dafür gesorgt, dass an manchen Stellen die Feuchtigkeit kondensierte. Schmale Rinnsale liefen am Fenster hinab und bildeten Miniaturpfützen auf der Auslage. Es wäre ihre Aufgabe gewesen, sie aufzuwischen, aber nichts dergleichen tat sie. Ruth konnte nur mehr atmen, schauen und lauschen.

Herr Joseph war seit Tagen nicht aufgetaucht, und Herr Meisner hatte – angeblich wegen Krankheit – den Unterricht mit ihr abgesagt. Und weiter fiel der Schnee, ein nicht enden wollender Winter, der alles versehrte Leben zudeckte, auf dass die Welt sich gesund schliefe.

Erna trat ein, machte ihren Schirm zu, stellte ihn im Gestell ab und schälte sich aus ihrem pelzbesetzten Mantel. Sie hob unmittelbar zu sprechen an, kaum dass sie einen Fuß in den Laden gesetzt hatte. »Du glaubst ja nicht, was ich aushalten musste. Erst sagen mir die Rehwalds unter einer fadenscheinigen Begründung die Teilnahme an der Gala ab, aber damit war nach dem Zeitungsartikel ja zu rechnen. Dann will mich in meinem Stammcafé niemand mehr kennen, keiner eine kleine Plauderei mit mir halten, und als ich mich von diesem Irrsinn mit einem ausgedehnten Einkaufsbummel ablenken will, wechseln die Familien, mit denen ich schon lange Kontakt pflege, die Straßenseite. Ich finde das offen gestanden unerhört! Ich weiß ja, es gehört in der besseren Gesellschaft zum guten Ton, sich kritisch zu äußern und mit der Zeit zu gehen.« Sie machte eine kleine Pause und setzte dann nach: »So wie früher auch. Ich nehme mich da nicht aus, Ruth. Wir haben uns zu lange nur um uns selbst gedreht. Ans Weiterleben gedacht, ans Überleben. Wir haben weggeschaut, weil so viel Leid kaum zu ertragen war, schon das eigene Leid in der Familie nicht. Der Krieg war hässlich und hat uns zu hässlichen Menschen werden lassen. Was glaubst du, weswegen ich mich mit Schönheit umgebe und mit Licht? Apropos, warum ist es hier so dunkel?«

Sie schaltete das Licht an, ging zum Verkaufstresen und besah sich, mit einem nach innen gekehrten Blick, die Auslage.

Ruth betrachtete ihre Schwiegermutter von der Seite. Diesen Ausdruck auf Ernas Gesicht kannte sie nicht. Erna war immer wirbelig, kam nie zur Ruhe und hielt ein großes Lächeln für jeden bereit. So aber, eine ruhige Wärme ausstrahlend, wirkte sie fremd.

Der Zustand dauerte nicht lange an. Erna schüttelte sich, schluckte zweimal gegen eine unsichtbare Trockenheit im Hals an und setzte dann wieder ihre übliche Maske auf. Was einherging mit einem fortgesetzten, ungezügelten Redesturm: »Glaubst du, mich hat nur einer von denen gefragt, ob ich von Ottos Machenschaften gewusst habe? Ist nämlich nicht so. Ist denen aber egal.« Sie verschränkte die Arme, wie zum Beweis. »Ich liebe Geld, das gebe ich zu, ich mag es, im Wohlstand zu leben, und ich wünschte – das ist eine kleine Schwäche von mir –, ich wäre adelig geboren. Aber eine Antisemitin bin ich nicht und war ich nie. Die Nazis mit ihren Parolen und ihren unnachgiebigen Gesetzen sind mir immer zuwider gewesen. Du kannst mir das glauben oder auch nicht, aber sosehr ich das Leben in der Villa schätze, ich hätte Otto niemals geheiratet, wenn ich gewusst hätte, wozu er fähig ist.«

Wie schaffte Erna es, so freiheraus zu sprechen? Ein wenig von ihrer klaren Offenheit hätte Ruth gern besessen. »Und was machen wir jetzt?« Sie hatte gelernt, dass nur der überlebte, der einen Plan hatte. Erna aber ging nicht weiter auf ihre Frage ein. Wahrscheinlich gab es keine einfache Antwort darauf.

»Weißt du eigentlich, dass die meisten Familien Dreck am Stecken haben? Will nur keiner von ihnen zugeben. Die haben Angst, immer haben alle Angst. Aber die Verhältnisse können sich jederzeit drehen. Wer heute oben ist, ist es morgen noch lange nicht.« Erna begutachtete einen Ring in der Auslage. Edelsteine in verschiedenen leuchtenden Farben, Formen und Schliffen waren in ihm verarbeitet. Tsavolith, Rubin, Dermantoid, Tansanit, Saphir, Turmalin, Peridot, Amethyst, Zirkon und Topas glaubte Ruth auszumachen. Das Gold des Rings wies einen roséfarbenen Glanz auf. Von der klassischen Tropfenform und ovalen Gestaltung über runde und rechteckige Formen bis hin zu sternartigen Gebilden waren die Steine variabel gefasst.

Erna nahm den Ring aus dem Schaufenster und steckte ihn sich an den Finger. »Passt wie angegossen.«

Der Ring war ein Vermögen wert.

»Aber … ich meine, du willst doch nicht … er steht zum Verkauf«, setzte Ruth zu sprechen an.

»Kein Aber. Ich mache mir selbst ein kleines Weihnachtsgeschenk.«

Erna bat sie nicht, etwas zu verschleiern oder für sie zu lügen. Sie tat einfach, wonach ihr der Sinn stand, und nahm sich das, von dem sie der Ansicht war, dass es ihr zustünde.

»Ist ja nicht so, dass diese feinen Familien blütenreine Westen hätten. Wenn es allerdings andere trifft, sind die gut darin, mit dem Finger auf sie zu zeigen. Die wollen nicht als Nächstes im Zentrum der Aufmerksamkeit stehen. Wobei Max Rehwald tatsächlich an der Wahrheit interessiert ist. Und das schätze ich an ihm.« Sie lächelte süffisant. »Nun aber zu dir. Ist deine Familie nun jüdisch oder nicht, Ruth? Du kannst es mir ruhig sagen, es ändert für mich nichts.«

Ruth sah hinaus in den Schnee, die Bilder der Flüchtlingszüge gen Westen vor sich. Wie sie sich durch Eis und Schnee hatten kämpfen müssen. Der Ostwind war durch sie hindurchgefegt und hatte ihre Gliedmaßen erfrieren lassen.

Der stete Fall der Flocken.

Ruth vernahm das Wimmern der Kinder, das mit der Zeit abebbte und stiller wurde, bis nichts, rein gar nichts mehr zu hören war. Kein Herzschlag an der Brust ihrer Mütter. Kein Hopsen gegen die Kälte in den Wagen. Ruth war indes im warmen Zug gesessen. Mit Gili und Mutter. Und Harry hatte erstarrt im Schnee gelegen, das Blut an seiner Schläfe schon getrocknet, die Finger am Abzug des Gewehres erstarrt. Wofür hatte er kämpfen sollen und auf wessen Befehl hin? *Wir sind keine Juden*, hörte sie Mutter flüstern. Und Ruth wiederholte, was sie gewispert hatte. Mit einem Fragezeichen am Ende, das Erna entging.

»Es macht einen Unterschied«, sagte Ruth, und Erna missdeutete ihren Satz.

»Das hätte ich nicht von dir gedacht«, sagte sie tonlos. »Dass du solche Vorbehalte hast. Auf dich hatte ich eigentlich gezählt.«

Ruth antwortete nichts. Noch lange stand sie im Laden und rührte sich nicht. Sie machte kein Licht und wartete ab, bis es dunkelte. Ihre Füße spürte sie nicht mehr und auch nicht die Verspannung in ihren Schultern, nicht die Hände, die immer wieder tastend ins Leere griffen. Sie formte Harrys Namen. Tonlos und nur mit den Lippen.

*

Noch am selben Abend hatte Ruth mit jemandem sprechen, sich einem Menschen anvertrauen müssen. Und da war ihr Gili in den Sinn gekommen. Sie war ihr offener erschienen als Jo, und vielleicht, so hatte sie gehofft, würde ihre Schwester weniger schnell ein Urteil über sie fällen als ihr Bruder.

Sie passte Gili am Bühneneingang ab. Gili erkannte sie erst, als sie fast auf gleicher Höhe mit ihr war. Sie trug – wie so oft – keine Brille. Für eine neue habe sie kein Geld, beteuerte sie, wenn man sie danach fragte, und mit dem alten Gestell gliche sie einer Vogelscheuche. Außerdem fordere sie die Arbeit an ihren Rollen zur Genüge, da bliebe keine Zeit für einen Besuch beim Optiker.

Gili trat, als sie Ruth endlich erkannte, so nah an sie heran, dass Ruth ihren warmen Atem spüren konnte. Eine Vielzahl an abwechselnden Emotionen zeichneten sich in galoppierendem Tempo auf Gilis Gesicht ab. Erst war darin Überraschung zu lesen, gepaart mit einer kindlichen Freude darüber, sie wiederzusehen. Es folgte ein Stirnrunzeln. Ein Hinweis darauf, dass Gili sich vielleicht fragte, was wohl der Grund ihres Besuchs sein mochte, und erst dann sickerte nach und nach die Erkenntnis ein, was es mit ihrem Auftauchen auf sich haben mochte. Gewiss hatte Gili mitbekommen, welche Neuigkeiten die Badische Zeitung über den Seidel'schen Juwelierladen verbreitet hatte. Felix musste schon von Berufs wegen auf dem neuesten Stand sein und die Artikel studieren. Außerdem waren Max und sein Interview mit Tal Weinberg sicher auch im Theater Gesprächsstoff Nummer eins.

»Ruth. Was treibst du denn hier?« Gili versuchte ein überraschtes Gesicht aufzusetzen. »Weißt du, ich habe keine Zeit. Ich muss in die Maske. Für unsere neue Produktion ist die enorm aufwendig.« Sie wollte weitereilen, doch Ruth hielt sie am Handgelenk fest. »Bitte, Gili. Ich weiß nicht weiter. Ich muss mit jemandem sprechen.«

Als Gili daraufhin nicht gleich reagierte, fügte Ruth hinzu: »Nicht mit irgendjemandem, mit dir.«

Gili zögerte, betrachtete Ruth lange und ernst. »Mir ist das alles zu viel«, sagte sie leise und wie zu sich selbst. Nicht etwa *ich verurteile, was du getan hast* – das hätte Jo wahrscheinlich so formuliert. Oder aber: *Ich ahne, weswegen dir dieser Satz herausgerutscht ist. Wahrscheinlich wegen Mutter. Hattest du Angst um sie?* Ruth hätte eine solche Reaktion erhofft, aber diese Hoffnung war dahin. Gili drehte sich stets nur um sich selbst, es ging ihr immer nur um ihre Gefühle.

»Ich muss mich auf meine Rolle konzentrieren. Und außerdem …« Nun flüsterte sie. »Im Theater ist die Hölle los. Die bestürmen mich alle wegen dir und deinem Auftritt.«

Auftritt nannte ihre Schwester den Vorfall also. Als hätte sich Ruth absichtlich in Szene gesetzt.

»Was ich eigentlich sagen will …« Gili griff mit ihren behandschuhten Händen nach ihren und drückte sie sanft. »Du bist meine Schwester. Aber mir wächst das alles über den Kopf. Komm besser nicht mehr ins Theater, lieber zu uns nach Hause. Müssen uns schließlich nicht alle zusammen sehen. Es läuft gerade so gut für mich, weißt du. Ich will das nicht aufs Spiel setzen. Versteh mich bitte.«

Sie küsste Ruth auf die Wange und wandte sich dann rasch von ihr ab.

*

Hätte Ruth nach der Begegnung mit Gili auf dem Heimweg nur noch weinen können, so waren der starke Schneefall und die Winterkälte doch wohltuend gewesen. Es tat gut, die beheizte Villa zu betreten, die Stiefel auszuziehen und den Mantel an die Garderobe zu hängen. Rosalia begrüßte sie freundlich, und bevor sie in den Feierabend ging, drückte sie ihr eine heiße Tasse Pfefferminztee in die Hand, mit der Ruth sich vorsichtig aufs Sofa setzte und dann die Beine hochlegte. Die Anstrengung des Weges, durch Nacht und Kälte, fiel von ihr ab. Zwar war der erhoffte Zuspruch von Gili ausgeblieben, aber der Spaziergang allein hatte etwas in ihr bewirkt. Zu lange war sie Albert aus dem Weg gegangen. Sie sollte sich mit ihm aussprechen. Vielleicht würde er sie in den Arm nehmen, sie trösten, vielleicht verstünde er, was sie selbst nicht verstand – sich selbst.

Im Haus war es still. Erna war wahrscheinlich ausgegangen, irgendeine Möglichkeit fand sie immer. Und Otto und Albert ruhten sich bestimmt aus. Silvia fiel ihr ein, sie musste nach ihr sehen.

Auf Zehenspitzen betrat Ruth das Kinderzimmer. Ihre Tochter schlief selig in ihrem Bettchen. Ihre Arme lagen, als würde sie sich ergeben, neben ihrem Gesicht, die Finger entspannt geöffnet. Ein Kinderarzt hatte Ruth einmal gesagt, dass diese Haltung auf eine gelöste Psyche hindeutete, auch wenn die Lehrmeinungen über Schlafpositionen von Säuglingen auseinandergingen. Ihre Silvia bevorzugte die Rückenlage, sie wollte alles sehen, alles wahrnehmen, konnte nicht genug bekommen von der Welt. Wie klein ihre Händchen waren, wie rosig ihre Wangen. Ein Lächeln lag auf ihren Lippen. Hin und wieder zuckten ihre Mundwinkel leicht im Schlaf. Die Welt schonte ihre Tochter. Etwas von dieser freundlichen Zurückhaltung glaubte Ruth auf sich selbst übergehen zu spüren. Wenn sie nur schlafen könnte, um alles zu vergessen, wenn Zeit verstriche und die Jahre ins Land zögen, würde sich alles finden. Ruth sah auf Silvia herunter, bereit, für sie zu vergeben, sogar sich selbst.

Und dann, womöglich weil es ein wiederkehrendes Muster ihres Lebens war, eine stumpfe Ruhe für sie nicht vorgesehen sein konnte oder schlicht, weil bestimmte Ereignisketten in Gang gesetzt werden mussten, um Veränderung zu bewirken – nicht etwa aus bösem Willen, sondern als eindeutiges Zeichen, dessen Sprache Ruth erst zu decodieren lernen musste –, entdeckte sie Jos Brief.

Sie hatte leise die Tür zu Silvias Zimmer geschlossen und war in ihren eigenen Schlafraum getreten. Der Brief lag gut sichtbar auf ihrem Nachttisch. Jos Schrift erkannte Ruth sofort. Die Buchstaben, die sich in die Höhe schraubten und dort spitz zuliefen. Die weichen Schwünge nach unten, die kaum Platz einforderten.

Jo war nicht feige. Er schrieb nicht, wenn er selbst hätte kommen können. Sie riss den Umschlag auf. Ihr rasender Herzschlag, ihre zittrigen Finger, die Kälte der Glieder, die sie mit warmem Tee zu bannen geglaubt hatte.

Ruth, las sie. Keine freundliche Anrede, kein unnötiges Wort der Verbundenheit. *Ich war mir sicher, du würdest richtig handeln. Nach deinem Fehler. Du würdest dir Tal Weinberg als Vorbild nehmen und deinen Mann und die Seidels verlassen. Nun schäme ich mich für dich. Unsere Familie ist zerbrochen. Es war einmal. So kann und will ich nicht weitermachen. Das musste ich dir noch sagen. Jo*

*

Das Leben hielt an. Ruth lauschte dem jähen Stillstand hinterher, dazu verdammt, reglos in der Spanne zu verharren, die sich zwischen ihrem Wissen um Jos Zeilen und dem Wiedereinsetzen der Zeit auftat. Minute um Minute verstrich, und erst viel später war sie in der Lage, Albert zu wecken und ihm im Stakkato-Ton von Jos Brief zu berichten, den sie zitternd vor ihre Brust gedrückt hielt. Ihre Stimme wie losgelöst von ihrem Körper, eine fremde Stimme, die da sprach. Albert, der sich anzog, nicht langsam, nicht schnell, und ordentlich sein Hemd zuknöpfte. Er tue das für sie, stellte er fest. Jos Verhalten könne er nicht goutieren. Ein Mann, auch ein Bruder, würde so nicht handeln.

Ruth hielt seinem Blick nicht stand, fand keine Antwort auf seine Bemerkung. Er erwartete es nicht von ihr. Otto wurde instruiert, auf Silvia aufzupassen, und Otto machte es gern, auch wenn ihm niemand die Zusammenhänge erklärte. Für seine Enkelin tat er fraglos, was sie brauchte. Erna war nicht auffindbar. »Sie wird ausgegangen sein«, sagte Otto.

Sie nahmen einen Wagen. Man musste sich zusammennehmen, musste funktionieren. Das immerhin würde man zuwege bringen.

Sie hielten vor der Wohnung ihrer Eltern und klingelten sie aus den Betten. Jos Brief hatte Albert in seiner Manteltasche. Noch in der Villa hatte er ihn Ruth sacht abgenommen. Wieder und wieder hatte sie ihn zuvor gelesen.

»Du findest nicht mehr in seinen Zeilen, als du längst weißt«, hatte er gesagt.

Albert zeigte den Brief Ruths Vater. Der entfaltete ihn und las ihn an Ort und Stelle. Danach ging er in Jos Zimmer, lief ziellos und mit flackerndem Blick darin herum, bis Mutter ihn holte und er auf einem Holzstuhl in der Küche in sich zusammensank. Wie Ruth hatte er Jos Zeilen gelesen, wieder und wieder, auf der Suche nach einer Botschaft dazwischen. Mutter schaute ihm dabei über die Schultern, das Gewicht ihrer Hand ruhte auf ihnen. Sie wirkte, im Gegensatz zu Vater, ruhig. Nur einmal fasste sie sich kurz an die Brust, an die Stelle, wo ihr Herz sein musste. »Wie man es macht, macht man es falsch«, sagte sie.

Ruth ahnte, dass sie dabei an Harry dachte, der für sie alle gestorben war, auch wenn Mutter sich an den Gedanken geklammert hatte, er könne, wie andere auch, aus dem Krieg zurückkehren. Intakt oder mit einem Arm weniger, einem Bein, das fehlte. Das hätten sie überlebt. Nun aber: Einer stirbt für die anderen. Er tut es, weil das seine Rolle ist. Er hinterfragt nicht. Und dann soll das Glück Einzug halten. Für die Überlebenden. So ist es nicht. So war es nicht. Nicht rückgängig zu machen. *Und was wäre gewesen*? Solche Fragen taugten nicht. Sie gingen in die falsche Richtung, am Kern vorbei. *Wie man es macht, macht man es falsch.*

Ruth schwieg, sprach nicht aus, was sie eigentlich dachte.

»Meine Güte«, sagte Mutter ohne jede Betonung. »Nicht auch noch das. Keine weiteren Verluste sind zu ertragen.«

Merkwürdig, diese Distanzierung in ihrem Sprechen. Als beträfe Jos Verschwinden sie gar nicht.

Eine grollende Wut, Ruth spürte sie kommen und rang sie nieder. *Nicht jetzt*, dachte sie, als ihre Mutter sagte: »Ich bin schuld«, Vater sich umdrehte, Mutter an sich drückte und flüsterte: »Nicht doch, nicht doch.«

In jenem Augenblick hob jemand im Nachbarhaus an, bei geöffnetem Fenster und mitten in der Nacht, das Präludium in C-Dur von Bach zu spielen.

Albert schob den Stuhl näher an Ruth heran und legte einen Arm um sie. Sie ließ es zu. Seine Wärme tat wohl. »Ich weiß«, sagte er, »dass du mit deinen Worten niemanden verletzen wolltest«, und setzte unnötigerweise noch hinzu: »als du sagtest, ihr wäret keine Juden.«

Mutter zuckte bei Alberts Worten zusammen, blinzelte – nervös mehrfach und schnell hintereinander. Aber vielleicht war dieser Teil ihrer Erinnerung durch den Abstand der Ereignisse auch unscharf geworden.

*

Es war mitten in ihrer Probe zu *Der Tod des Handelsreisenden*. Das Stück war ihr zuwider. Weit entfernt von einer fröhlichen Komödienrolle, für die das Freiburger Publikum sie ins Herz geschlossen hatte. Kein einziges Mal durfte Gili singen oder tanzen. Die Rolle der *Linda Loman* wäre ihr wie auf den Leib geschrieben, hatte Curt, ihr Regisseur, gesagt und sie damit umgestimmt. Gili nahm ihre Besetzung also hin, auch wenn sie wesentlich lieber in glitzerndem Kostüm geglänzt hätte. Es stimmte schon, was Curt behauptete, sie verstand Lindas Impuls, ihren Mann Willy vor der harten Realität bewahren zu wollen, allzu gut. Sie selbst würde ihre Mitmenschen immer zu ihren Träumen und Phantasien beglückwünschen, anstatt sie ihnen madig zu machen. Wozu diese Bevorzugung der tristen Wirklichkeit gegenüber seliger Täuschung diente, würde sich ihr nie erschließen. Deswegen liebte sie doch das Theater und all den Tand. Dieser Miller ließ Willy am Ende des Stücks sterben, eine folgerichtige Entwicklung für einen, der sich der Realität verweigerte, glaubte er. Aber aus dem Stück sprach die Überzeugung des Autors, nicht die ihre.

So oder so ähnlich dachte Gili, als Felix, gefolgt von Albert, die Probe stürmte. Weder er noch Albert entschuldigten sich bei Curt oder den Schauspielern für die Störung, und Albert hatte noch die Frechheit zu fordern, augenblicklich mit Gili sprechen zu müssen. So nervös wie Felix sich bei seinen Worten gab, kannte Gili ihren Liebsten nicht. Das spürte wohl auch Curt, der tatsächlich zehn Minuten Pause anordnete.

»Bleib jetzt bitte ruhig, Schatz«, sagte Felix sanft, nahm ihre Hand und führte sie in den Aufenthaltsraum gleich hinter der Bühne. Albert folgte ihnen. Die Kolleginnen und Kollegen, die dort die unverhoffte Pause zubringen wollten, machten kehrt, als sie sahen, dass Felix und Albert auf den kleinen Raum zusteuerten. Hinter Gilis Rücken tuschelte man, was jetzt schon wieder vorgefallen sei. Sie war es so leid. Die Seidels mit ihrer unschönen Vergangenheit gingen ihr gehörig auf den Senkel. »Was ist denn passiert?« Gili stierte Albert, in Erwartung böser Neuigkeiten, an. Neben ihr stand Felix, hilflos und unfähig, ein weiteres Wort an sie zu richten. Er tat ihr leid. »Was schleppst du Felix vor dir her, wenn du mich sprechen willst, Albert?« Sie hatte die Stimme erhoben. Darin lag etwas, einem wild gewordenen Fauchen nicht ganz unähnlich. Die Realität hatte Gili aus der Probe gerissen und sie eingeholt. Das nahm sie Albert, der stur auf seine Schuhspitzen starrte, übel.

»Jo ist verschwunden«, sagte Felix sacht in das Trompeten eines Musikers hinein. Es drang aus den Proberäumen bis zu ihnen hoch. Felix' Worte gingen darin beinahe unter.

»Nicht einfach nur verschwunden.« Albert sah Gili ernst an. »Mich geht das alles eigentlich nichts an. Ich kümmere mich nur darum, weil Ruth es augenblicklich nicht kann.«

»Was soll das heißen: *nicht einfach nur verschwunden?* Warum kann Ruth sich nicht kümmern? Geht es ihr nicht gut? Ich verstehe nur Bahnhof.« Sie wandte sich zu Felix: »Klär du mich bitte auf. Die Seidels haben genug Unruhe gestiftet.« Sie bedachte Albert mit einem Blick, in den sie all ihre Verachtung für ihn und seine Familie hineinzulegen versuchte. Doch verschenkt. Ihr Schwager sah stur aus dem kleinen Seitenfenster in den schon jetzt verlorenen, wolkenverhangenen Montagmorgen.

Felix trat an ihre Seite und strich ihr über den Rücken. »Jo hat Ruth einen Brief hinterlassen. Darin steht …« Er unterbrach sich und schnappte nach Luft. Es fiel ihm schwer weiterzusprechen.

»So kann und will ich nicht weitermachen, steht darin«, fiel Albert ihm ins Wort. »Wir wissen nicht, was das bedeutet. Ruth und

eure Eltern machen sich Sorgen, dass euer Bruder sich etwas antun könnte.«

»Jo?« Alle Kraft wich aus Gilis Gliedern. Sie sank auf einen der Sessel und weinte hemmungslos.

*

Ausgerechnet Albert verhandelte mit Curt und sorgte dafür, dass Gili für den Tag probenfrei bekam. Felix wich, in ständiger Sorge um sie, nicht von ihrer Seite. Außer, wenn er in der kaum beheizten Stube etwas zu essen vorbereitete, Wasser für den Filterkaffee aufsetzte oder gegen Nachmittag Brot aufbuk, den Tisch eindeckte und Kartoffelsalat und Saitenwürstchen servierte. Albert hatte Ruth zu ihnen gebracht und gemeint, es täte ihr gut, in Gilis Nähe zu sein. Auch Gili war es wohler, Ruth bei sich zu wissen, vereint in einer gemeinsamen Sorge ließ sich die Ungewissheit besser aushalten als allein.

Mittlerweile hatte sie Jos Brief gelesen und hoffte insgeheim, dass es sich um ein Missverständnis handelte. Seine Worte waren nicht eindeutig formuliert. Nicht weitermachen zu können wie bisher musste nicht bedeuten, dass man sich umzubringen gedachte. Es konnte schlicht auch heißen, dass Jo mit Ruth nichts mehr zu tun haben wollte. Aber sicher durfte Gili sich darüber nicht sein. Da behielt Ruth leider recht. Sie würden abwarten müssen.

Es lag nahe, dass Jo irgendwann bei ihnen oder den Eltern aufliefe, wenn Gilis Hoffnung begründet wäre. Albert und Felix waren bei der Polizei gewesen, und als sie dort nichts erreicht hatten – man nahm den Fall nicht allzu ernst –, waren sie kurz bei Gili vorbeigekommen, hatten sie und Ruth über den neuesten Kenntnisstand informiert. Gili hatte in der Zwischenzeit gemeinsam mit Ruth eine Liste von Jos liebsten Orten in der Stadt erstellt. Felix und Albert klapperten diese nun ab. Am Abend war noch immer keine Spur von Jo auszumachen. Gott sei Dank stand aber auch kein Polizist vor ihrer Tür, der sie über seinen Suizid informieren musste. Es gab Hoffnung, und solange die existierte, hielt Gili sich an ihr fest und lenkte Ruth, so gut es ging, von der verzweifelten Sorge ab. Sie spielten *Halma* und *Mensch ärgere Dich nicht*, als jedoch Gili die Würfel und Streichhölzchen holte, um *Bock und Ziege* zu spielen, brach Ruth in Tränen aus. Gili war unbedacht gewesen. *Bock und Ziege* war Jos Lieblingsspiel.

Mitten in der Nacht bestand Ruth darauf, die Eltern aufzusuchen. Und weil Gili sie in ihrem Zustand nicht allein lassen wollte, begleitete sie Ruth. Felix blieb für den Fall, dass Jo auftauchte, in der Wohnung zurück.

*

Als Ruth ihre Mutter sah, leichenblass und das Weiß ihrer Augen rötlich verfärbt, als sie Vater entdeckte, der neben Mutter saß und ihre Hand hielt, er selbst hatte kaum mehr Körperspannung als ein Schluck Wasser, da endlich kam wieder Leben in sie. Sie durfte sich nicht gehen lassen wie gestern. Sie hatte Schuld auf sich geladen und musste sich um die Familie kümmern. Herumsitzen mochten die anderen, für sie war es besser, ins Handeln zu kommen.

Im Vorratsschrank fand sie Matzemehl, Pflanzenöl und Eier. Salz und Pfeffer waren ohnehin vorhanden. Sie musste nicht lange nachdenken, sie würde Matzeknödelsuppe kochen. Gut anderthalb Stunden wäre sie damit beschäftigt.

Wenn es ihnen als Kindern schlecht gegangen war, hatte es immer diese Suppe zu essen gegeben. Großmutter hatte sie oft gekocht. Ruth gab die Zutaten mit Wasser in eine große Schüssel und verrührte sie mit einer Gabel so lange, bis ein formbarer Teig entstand.

»Hättest du nicht immer zu allem Möglichen geschwiegen,

Mutti, Jo wäre ein anderer geworden. Nur ein paar Antworten, und Jo hätte sich nicht derart in seiner Haltung versteifen müssen. Er hätte eine Chance gehabt, zu verstehen, es hätte ihn zu einem offeneren Menschen gemacht«, sagte Gili.

»Du weißt nicht, was du da sagst.« Mutter hob den Kopf. Mit herabhängenden Schultern saß sie da. Sie glich einer Schildkröte, die sich nur für einen Augenblick aus ihrem Panzer hervorwagte, um dann rasch den Kopf wieder einzuziehen.

Ruth war nicht entgangen, dass Gili in der Vergangenheitsform über Jo sprach. »Hast du ein Tuch für mich, um den Teig abzudecken, Mutti? Er soll doch ordentlich aufgehen. Damit sich Jo an der Suppe aufwärmen kann. Wenn Jo zurückkommt, und das wird er.« Sie sah die Eltern liebevoll an. »Und euch wird eine warme Mahlzeit auch guttun.«

Mutter rang sich ein Lächeln ab, und Vater sagte leise: »Danke, Kind.«

Gili stocherte weiter. Nicht, dass es ihr dabei um Wahrheitsfindung gegangen wäre. Sie erprobte nur im wahren Leben ihre jeweiligen Rollen. Ruth hatte keinen Schimmer davon, was Gili gerade spielte. Höchste Vorsicht war also geboten. Gut, dass sie da war, um dazwischenzugehen, Streit zu schlichten und auf diese Weise weitere Katastrophen zu verhindern. Familien mussten zusammenstehen, gerade in Krisenzeiten. Familie war alles, was zählte, wollte man das Grauen abwenden.

Mutter deutete auf den Spülschrank, und Ruth öffnete ihn. Dort lagen die Geschirrtücher, gebügelt und ordentlich zusammengelegt. Darauf war Verlass. Mutter behielt stets den Überblick. Ihr konnte Ruth vertrauen. Und dieses Vertrauen setzte Mutter nun auch in sie.

»Erst dein beharrliches Schweigen hat uns dahin geführt, wo wir heute sind.« Mit keinem Wort inkludierte Gilis Vorwurf Vater. Immer war sie ein Papakind gewesen. Sein Liebling, sein Engel, seine Prinzessin.

»Wenn wir nicht geschwiegen hätten, wären wir heute alle tot«, entgegnete Mutter prompt. »Merk dir das endlich.«

Ruth bat Vater, einen großen Topf mit Wasser zu befüllen, ihn auf den Gasherd zu stellen und selbigen zu entzünden. Vor Mutter stellte sie die Schüssel mit dem Teig. »Hilfst du mir später, die Kugeln zu formen? Damit ich endlich mal lerne, sie gleich groß hinzubekommen?« Mutter nickte. »Natürlich. Du bist eine gute Tochter, weißt du das?«

Mutter lobte sonst immer die anderen, selten sie. Was Ruth tat, war selbstverständlich. Sie lächelte Mutter dankbar zu und schob kurz darauf Gili aus der Küche in die Stube. »Wir dürfen Mutter nicht weiter aufregen«, sagte sie. Als Ruth aber sah, dass Gili Tränen in den Augen standen, die sie niederkämpfte, nicht vor Wut auf Mutter, sondern aus blanker Angst um Jo, da umarmte sie ihre Schwester. »Wir finden Jo, das verspreche ich dir.« Es musste einfach so kommen, etwas anderes durfte sie sich nicht einmal vorstellen.

An jenem Abend aßen sie Matzeknödelsuppe nach einem alten Familienrezept. Jo tauchte nicht auf. Auch dann nicht, als sie alle erschöpft in den Schlaf sanken. Und auch am nächsten Morgen nicht, als Gili zur Probe musste und Ruth, anstatt sich auf den Weg zu Albert und Silvia zu machen, direkt zur Arbeit aufbrach.

*

Die Nacht, in der sie mehrfach aus unruhigen Träumen hochgeschreckt und von dort zurück in einen halb wachen Dämmerschlaf geglitten war – Wimmelbilder von Menschen vor Augen, gefangen in einer überdimensionierten Stadt mit Straßen, die sich wie Krakenarme bewegten –, hatte ihre Angst um Jo noch anwachsen lassen. Der Schock aber, von dem Ruth in den letzten beiden Tagen umfangen worden war, hatte einem konstanten Unwohlsein, einer permanenten Sorge Platz gemacht. Ihr Nacken fühlte sich steif an, und sie lief wie auf Watte. Die Umgebung nahm sie wie durch einen Nebelschleier wahr. Das Gelächter von Menschen drang aus der Ferne zu ihr, auch wenn Ruth dicht an ihnen vorüberlief. Stimmen wehten gedämpft und wie von weit, weit weg zu ihr herüber. Vom sirrenden Geräusch der fahrenden Straßenbahn, vom Geplauder der Leute, ja sogar von der Weihnachtsmusik, die in den Geschäften dudelte, bekam sie nichts mit, sie fühlte sich wie unter einer Glocke. Nichts berührte sie mehr, und genau dieser Zustand ließ sie weitermachen, auch weil alles Geschehen um sie her verlangsamt war. Jede Bewegung kostete Ruth unerträgliche Mühe, doch in ihrer dumpfen Welt schmerzte wenigstens nichts mehr.

Nur deshalb hatte sie an jenem Morgen aufstehen, sich ankleiden und frühstücken können. Danach hatte sie sich aufgemacht zum Seidel'schen Juwelierladen.

Es wunderte sie, nun, da sie dort angekommen war, dass sich um das Schaufenster herum eine Menschentraube gebildet hatte und man sie nicht durchlassen wollte. Das Ereignis selbst aber ließ sie merkwürdig kalt.

Ruth hatte zuerst an Demonstranten gedacht. Dann aber, nachdem Erna mit ihrem Verkaufslächeln auf den Lippen aus dem Laden getreten war und die Menge angewiesen hatte, eine Schlange zu bilden, war Ruth klar geworden, dass es sich um Kunden handeln musste. Ihre Annahme sah sie bestätigt, als Menschen mit Seidel'schen Geschenktüten um das Handgelenk das Geschäft verließen und Erna die nächsten in der Schlange in den Laden bat. Ruth kämpfte sich durch die Menge nach vorn.

»Nicht drängeln, wir stehen hier schon lange an«, rief man ihr hinterher, aber sie ließ sich davon nicht abhalten und stand schließlich vor dem Schaufenster mit der neuen Auslage. Erna musste es während ihrer Abwesenheit in den letzten beiden Tagen umdekoriert haben. Ihr Herz schlug schneller, ihr Puls raste. Kalter Schweiß stand Ruth auf der Stirn, noch bevor ihr Verstand begriff, welches Schmuckstück dort im Schaufenster für solch einen Andrang sorgte.

Es gab die Armreife in unterschiedlichen Varianten, aber alle gingen sie auf einen ihrer Entwürfe zurück. Roségold poliert war der Reif, in den in einigem Abstand voneinander mehrere Granatedelsteine eingelassen worden waren. Nach außen hin wurden die Armreife – je nach Modell – von tropfenförmigen und verschiedenfarbigen Saphiren umrankt. Ganz anders als viele glaubten, gab es diese Edelsteine nicht nur in der intensiv blauen Farbvariante, sie kamen auch in Rosé oder Pink vor, man fand sie in allen möglichen Gelb- und Orangetönen, auch in Blaugrün oder Weiß und sogar in Braun, Grau oder gar Schwarz. Ruth hatte in ihren Entwürfen mit ebendiesen Farbverläufen gespielt. Ihre Armreife hatten prächtige Saphire in verschiedenen Farben des Regenbogens geziert. Gleich auf den ersten Blick waren sie gut sichtbar gewesen. Die Granatedelsteine jedoch, die im Reif selbst eingelassen waren, sollte der Betrachter erst bei genauerem Hinsehen entdecken. Sie waren klein und spitz zulaufend geschliffen – ein Teil vom großen Ganzen. Ohne die Granaten aber hätte der Reif nicht geglitzert, sie bildeten den eigentlichen Kern. Auch wenn Granatedelsteine ebenso wie Saphire in unterschiedlicher Farbgebung vorkamen, hatte Ruth Wert darauf gelegt, dass sie in ihrem Entwurf ausschließlich in Rot verarbeitet wurden.

»Gehen Sie doch mal zur Seite, Fräulein.« Ein Mann schob sie unsanft fort und drückte ihr seinen Ellbogen in die Rippe. »Können Sie sich doch eh nicht leisten. Lachen Sie sich lieber einen Liebsten an, der sie beschenkt.« Ein hellblonder Mann mit bleichem Käsegesicht tippte ihr auf die Schulter und offerierte ihr, als sie sich ihm zuwandte, mit einem hämischen Lachen seine Goldzähne. Er roch unangenehm aus dem Mund.

Erna entdeckte Ruth und zog sie aus der Menge mit sich in den Laden. »Wie gut, dass du da bist, Liebes. Wie du siehst, kann ich jede Hilfe gebrauchen.«

Es waren eindeutig Ruths Armreif-Entwürfe, die irgendwer für den Seidel'schen Juwelierladen hatte herstellen lassen. Die Armreife im Schaufenster ebenso wie die, die man in der Auslage bewundern konnte. Sie starrte auf die farbenreich schimmernden Edelsteine und spürte der seelischen Bewegungslosigkeit in sich nach, die sich – seit sie Jos Brief gelesen hatte – in ihr festgesetzt hatte, auch wenn sie äußerlich durchaus in der Lage war, sich zu rühren.

»Schatz, ich verstehe, dass du fasziniert bist von dem hübschen Schmuck und dem Andrang, das sieht Frau von Goldeck ganz genauso wie du, nicht wahr, werte Dame?« Erna zwinkerte Ruth zu und griff nach ihrer Hand, die sie ihr augenblicklich entzog. Erna ging darüber hinweg. »Verzeihen Sie, meine Schwiegertochter hat einen Säugling zu versorgen und unterstützt uns dennoch im Laden. Sie ist ein wahrer Engel.«

Frau von Goldeck, eine Fremde für Ruth, lächelte wissend. »Diese Mattigkeit verstehe ich gut. Wenn ich nur an meine Kinder denke. Ist lange her. Ich will sie auch gar nicht aufhalten.« Und dann zeigte sie präzise auf einen von Ruths Armreifen, den mit den meisten Edelsteinen, ein überaus hochpreisiges Modell. Den wolle sie kaufen. Ein Weihnachtsgeschenk für ihre Tochter.

Ruth verpackte den Schmuck, gratulierte Frau von Goldeck zu ihrem stilsicheren Geschmack und kassierte.

Keiner von den Seidels hatte Ruth gefragt, ob sie ihre Entwürfe freigeben wolle, ob sie einverstanden wäre, dass sie daraus Schmuck herstellen ließen, und ob man gedachte, sie am Gewinn zu beteiligen. Bei dem Andrang, der im Laden herrschte, würde sie kein klärendes Gespräch mit Erna führen können. Die wirbelte durchs Geschäft und schwang sich zu Höchstleistungen auf. Sie beriet und zeigte die neue Kollektion, bot ein Glas Sekt bei Kauf an, verschenkte Plätzchen an die Kinder der Kundinnen, verpackte das Gewünschte schließlich und kassierte. Erna dirigierte die Menschenmenge und gönnte sich keine Sekunde Pause, derweil sie Ruth in ihrem Tempo arbeiten ließ. Weder beschwerte Erna sich über ihre verzögerte Reaktionsfähigkeit noch über ihre offensichtliche Teilnahmslosigkeit, die Ruth selbst durchaus an sich wahrnahm, gegen die sie aber nichts zu unternehmen wusste.

Erna schien kein schlechtes Gewissen zu haben. Aber wer sonst mochte Ruths Entwürfe an sich genommen und weitergegeben haben? Zwar steckte Otto ständig ungefragt seine Nase in Angelegenheiten, die ihn nichts angingen, aber würde er in ihren Schubladen kramen und beim Versuch, seinen Laden zu retten, ausgerechnet auf das Schmuckgestalten einer Frau, noch dazu das seiner Schwiegertochter, setzen? Das konnte Ruth sich schwer vorstellen.

Den Tag über bot sich keine Gelegenheit, Erna unter vier Augen zu sprechen. Immer schwirrten neue Kunden um sie herum, trat Karl-Heinz aus der Werkstatt, eine Frage auf den Lippen, oder klingelte das Telefon.

Kurz vor Ladenschluss, die Beine waren Ruth vom vielen Stehen schwer geworden, drängte sich Otto an der nicht enden wollenden Schlange vorbei ins Geschäft. »Die kommen doch alle nur zum Schauen?«, sagte er und formulierte den Aussagesatz als Frage.

»Mitnichten.« Erna klang überaus stolz. »Längst nicht alle können sich die hochpreisigen Armreife leisten, da sagst du was Wahres, Otto. Aber allein heute haben wir drei unserer edlen Modelle verkauft. In den besseren Kreisen munkelt man schon, unsere Armreife würden zu einer neuen Modeströmung werden. Es gibt auch bereits telefonische Bestellungen aus anderen Städten. Und diejenigen, die sich unsere Herrlichkeit nicht leisten können, kaufen bei uns Seidels etwas anderes zum Fest. Ich würde sagen, das Weihnachtsgeschäft ist gerettet.«

Otto starrte Erna ungläubig an. Dann fing er sich wieder, stammelte, er habe es ja gleich gesagt, so wären sie nun einmal, die Reichen und Schönen. Es bräuchte nur seine innovativen Ideen, und der Skandal wäre vergessen.

Erna wollte etwas erwidern, aber Otto küsste sie so lange auf den Mund, bis sie kaum mehr Luft bekam, ihn abschüttelte und in albernes Lachen ausbrach.

Ruth hatte sich in das Gespräch einmischen wollen, endlich war der Zeitpunkt gekommen, richtigzustellen, dass die beiden die ganze Zeit über ihren Kopf hinweg über ihre Entwürfe sprachen, keineswegs über Ottos; dass niemand sie gefragt hatte, ob sie sich ihrer Zeichnungen bemächtigen dürften und dass sie augenblicklich Klärung verlangte. Sie musste wissen, wer ihre Designs gestohlen hatte. Aber dazu kam es nicht mehr.

Der Laden schwankte unter ihren Füßen und begann sich um sie zu drehen. Ruth stützte sich am Verkaufstresen ab und machte den Fehler, noch ein letztes Mal ihren Schmuck zu betrachten. Spiegelblank tanzten die Saphire vor ihren Augen, blinkten die Granaten einen Code, den sie nicht verstand.

Erna bemerkte wohl, dass es ihr nicht gut ging, und bot ihr ihren Arm, eine freundliche Geste, der Ruth dankbar nachkam. Sie hakte sich bei ihr unter und folgte ihr nach draußen. Eisige Dezemberluft, die beim Einatmen stach, drang in Ruths Lunge. Albert war mit seinem Mercedes vorgefahren.

»Schau, wer da ist, um dich abzuholen«, sagte Erna. Ruth war nicht in der Lage, etwas zu antworten. Sie stieg wortlos in den Wagen.

»Otto und ich gehen zur Feier des Tages etwas essen, kommt ihr beiden Turteltauben mit der Kleinen mit? Oder sollte Silvia«, Erna deutete auf den Rücksitz mit der Babytragetasche, »ins Bett gebracht werden?«

Silvia gähnte, und Ruth streichelte abwesend die Wange ihrer Tochter. Den Rest des Gesprächs zwischen Erna und Albert bekam sie nicht mehr mit. Irgendwann gab Albert Gas.

*

In der Villa kümmerte Albert sich um Silvia, ließ Ruth von Rosalia Hähnchen, Kartoffeln und Gemüse auftischen und verabschiedete sich alsbald von ihr mit einem Kuss auf die Stirn zur Nacht. Es ginge wieder aufwärts mit dem Laden, sagte er, er müsse darum ausgeruht sein.

Warum Ruth nicht wenigstens Albert auf ihre Entwürfe ansprach, begriff sie im Nachhinein selbst nicht. Sie wäre nicht wirklich anwesend gewesen, sagte sie später zu Marga, mehr ein Geist als ein Mensch. In einer nebligen Distanz habe sie auf sich selbst geblickt. Unfähig, eine Empfindung oder ein Gefühl zuzulassen, außer dem der wabernden Gleichgültigkeit. Sie habe sich irgendwie verraten gefühlt. Auch habe sie gewusst, dass sie dringend etwas sagen müsse, um sich selbst eine Stimme zu verschaffen und Klarheit zu gewinnen. Aber größer als dieses Wissen um ihre Befindlichkeit sei der graue Strudel gewesen, in den sie geworfen worden wäre, und alle Kraft habe sie gebraucht, um darin nicht unterzugehen. Anders könne sie sich ihr fehlendes Handeln nicht erklären.

*

Albert lag längst im Bett, und Silvia schien ebenfalls zu schlummern, als es klingelte. Ruth vermutete einen angetrunkenen Otto, der seinen Schlüssel nicht fand, und eine Erna, die auf ihn einsprach, was der Sache nicht zuträglich war. Aber als Ruth öffnete, sah sie dort ihre Mutter.

Auf der Schwelle zur Villa wirkte sie klein. Wie sie da vor ihr stand, in dem etwas zu großen Mantel, und sich bemühte zu lächeln. »Was ist geschehen?«, fragte Ruth.

»Willst du mich nicht erst einmal hereinbitten?«

Ruth nickte und machte eine einladende Armbewegung. Nach ihrer Hochzeit mit Albert hatte Mutter die Villa der Seidels nie mehr betreten. »Das ist euer Reich«, hatte sie gesagt, und ein schwärmerischer Ausdruck, den Ruth sonst nicht von ihr kannte, hatte sich auf ihrem Gesicht breitgemacht.

Im Flur verharrte Mutter. Ruth nahm ihr den Mantel ab und hängte ihn an die Garderobe.

»Ist weitläufig hier.«

»Man gewöhnt sich daran«, antwortete Ruth, und es tat ihr leid, Mutter keine falsche Begeisterung vorspielen zu können. Es fehlte ihr die Kraft dazu. Sie ging voran in die Stube, machte Licht und bat Mutter, sich zu setzen. »Willst du etwas trinken? Ein Glas Wein? Einen Traubensaft?«

Mutter schüttelte vehement den Kopf. »Ich bin aus einem bestimmten Grund hier.«

Sie kam immer gleich zur Sache, wenn es etwas zu besprechen gab.

»Sicher.« Ruth hoffte inständig, es gäbe keine fürchterlichen Neuigkeiten über Jo.

»Es geht um diese Armreife, von denen die halbe Stadt spricht.« Mutter machte eine Pause.

Ruths bemühte sich, ihre Verwunderung über Mutters Besuchsanlass zurückzuhalten, und lächelte.

»Ich war in der Stadt und wollte dich im Laden aufsuchen. Da ist mir die Menschenmenge vor eurem Geschäft aufgefallen. Du hattest so viel zu tun. Also habe ich einige Zeit vor dem Schaufenster gestanden. Aber du hast mich nicht bemerkt.«

»Das tut mir leid.« Ruth beeilte sich mit ihrer Erwiderung.

»Du musst dich nicht entschuldigen. Das ist meine Aufgabe.«

Wofür?, wollte Ruth fragen und erschrak ein wenig über Mutters Bemerkung. Niemals entschuldigte sie sich. Lief etwas falsch, ging sie höflich darüber hinweg. Man fand immer zueinander, man war eine Familie. Es brauchte keine Floskeln und Abbitten. Die waren Fremden vorbehalten.

»Der Armreif im Schaufenster … Er hat mich an ein Erbstück deiner Großmutter erinnert. Am Morgen unseres Aufbruchs aus

Breslau war der Reif nicht mehr in meiner Schmuckschatulle. Ich hatte ihn bis heute vergessen, habe lange nicht mehr an ihn gedacht.« Mutter holte tief Luft, rückte ein Stück an Ruth heran und umschloss ihre Hand.

An körperliche Nähe zwischen ihnen konnte Ruth sich nur dunkel erinnern. In den Kriegstagen war sie nach und nach weniger geworden, als habe Mutter so versucht, sich vor den eigenen Gefühlen zu schützen. Auch als sie dann in Roigheim und Freiburg in Sicherheit gewesen waren, waren die alltäglich-liebevollen Gesten zwischen ihnen nicht wiedergekehrt. Ruth entsann sich kaum an eine Geste der Zärtlichkeit. Ein schmales Lächeln der Mutter war das höchste der Gefühle gewesen.

Mit der freien Hand streichelte Ruth die papieren dünne Haut ihrer Mutter. Dass sie nicht knisterte, wunderte sie beinahe. Wie wohl die Berührung tat, alles würde gut werden.

»Als ich aber heute in die Auslage eures Geschäfts geschaut und diesen Armreif entdeckt habe, da sah ich Großmutters Erbstück wieder vor mir … Was hat es mit dieser Modeerscheinung denn auf sich?«

Ruth überlegte. Wie viel sollte, wie viel konnte sie erzählen? Jo war fort, genau wie Harry. Auch Ilan hatte Ruth verloren. Es war an der Zeit, sich auszusprechen. Familie blieb Familie.

»Bitte, Ruth …«, sagte Mutter. Es klang flehend. »Ich muss es wissen.«

Sie legte ihren Kopf auf die schmalen Schultern der Mutter, die nicht zurückwich. Früher war Mutter eine Schönheit gewesen, streng zwar, aber elegant. Der Krieg hatte ihre unbeugsamen Züge noch deutlicher hervortreten lassen. Eine marmorne Schönheit. Mutters Augen und ihre Stimme verrieten ihr einen kleinen Bruch in der Fassade, der Ruth Hoffnung schenkte. Sanft streichelte Mutter ihr übers Haar. Ruth stand auf. »Ich muss dir etwas beichten.« Nachdem sie die Worte ausgesprochen hatte, fühlten sich ihre Bewegungen leichter an, die massive Schwere war von ihr abgefallen.

Den Armreif, den ihr Max Rehwald im Laden gegeben hatte, hatte Ruth noch am selben Abend in ihrer Schmuckschatulle verstaut und seitdem nicht wieder hervorgeholt. Er war mit zu vielen Erinnerungen beladen gewesen. Schnellen Schrittes lief sie in den ersten Stock, rief ihrer Mutter »einen Moment« zu, zog die Schatulle aus ihrer Kommode und öffnete das zweite schmale Schubfach. Dort lag der Armreif ihrer Großmutter wie erwartet und funkelte.

Sekundenlang verharrte Ruth in seinem Anblick. Noch einmal sah sie die Schneeflocken tanzen, spürte die rosige Kälte auf ihren Wangen, dazu die unermessliche Angst um Ilan, hörte die Glocken des Breslauer Rathauses zur vollen Stunde schlagen, die unbestimmte Hoffnung auf eine gemeinsame Zukunft im Herzen, dann nahm sie den Armreif an sich und ging gemessenen Schrittes zurück ins Wohnzimmer.

Otto und Erna waren bisher nicht zurückgekehrt, und Mutter saß allein und in sich zusammengesunken im Schein der in der Dunkelheit flimmernden Lampe auf der großen Sofalandschaft.

»Ich habe ihn damals an mich genommen und ihn Ilan gegeben. Ihn habe ich geliebt. Er war Jude und musste aus Breslau fliehen, bevor sein Versteck aufgeflogen wäre.«

Sie machte eine Pause, um das Gesagte wirken zu lassen, aber da Mutter sie nicht unterbrach, sprach sie weiter. »Wir haben uns in Breslau die Treue versprochen. Der Armreif sollte eine Art Lebensversicherung für Ilan sein. Er hätte ihn eintauschen können für einen warmen Mantel, einen Schlafplatz und etwas zu essen, für ein Versteck. Aber er hat ihn nie versetzt. Der Armreif habe ihn an mich denken lassen, und nur durch die Kraft seiner Liebe habe Ilan überlebt. Das hat er mir einmal gesagt.«

Mutter starrte stumm an ihr vorbei und aus dem Fenster, wo die Schatten tanzten.

»Bevor du fragst, ich habe ihn danach nur einmal wiedergesehen, auf dem Weihnachtsmarkt, als ich mit Silvia schwanger war, dann nie mehr. Er ist kein Mann für eine Liebschaft. Aber er hat mich umgetrieben, ich konnte ihn nicht vergessen. Auch wenn ich verheiratet bin.«

Mutter nickte, blickte sie aber noch immer nicht direkt an. Sie griff wieder nach Ruths Hand und hielt sie fest. Ohne sich zu rühren, lauschte sie weiter ihrer Offenbarung.

»Den Armreif hat mir Max Rehwald gegeben. Frag mich nicht, wie er daran gekommen ist. Ich weiß es nämlich nicht. Vielleicht hat Jo eine Ahnung. Er kennt Max über Gili und vom Theater.«

Eine Weile war es still. Nur das Pendelgeräusch der Wanduhr und ihre Atemzüge waren zu vernehmen. Mutter ließ ihre Hand los und griff nach dem Armreif, den Ruth auf den Couchtisch gelegt hatte.

»Nimm ihn«, sagte Ruth. »Er gehört dir.«

Mutter streifte ihn über und betrachtete einen Moment lang sein rotes Glitzern im Schein der Lampe. »Da fehlen ein paar Granaten, andere sind abgebrochen.«

»Ist mir auch schon aufgefallen«, entgegnete Ruth. »Haben den Krieg wohl nicht unbeschadet überstanden.«

»Der Armreif erinnert mich nicht nur an deine Großmutter und an all das, was ich geglaubt habe, nicht tun zu können. Harry ist tot, und das ist allein meine Schuld. Ich habe gehofft, wir kämen noch einmal davon. Aber so war es nicht. Wenn deine Großmutter Glück hatte, war sie in der Bombennacht sofort tot. Wenn nicht … ich will mir das nicht ausmalen.«

Mutter wischte sich eine einzelne Träne fort, als ein Schlüssel sich im Schloss drehte. Otto und Erna waren zurück.

Beinahe aufgeschreckt wirkte Mutter, und so, als müsse sie noch rasch etwas sagen, solange die beiden nicht mithörten. Mutter drückte Ruth fest an sich. Die plötzliche Umarmung hatte Ruth nicht erwartet. Es fiel ihr schwerer als gedacht, sich weich zu machen und die Liebkosung zuzulassen. Mutter roch nach frischen Äpfeln und Schnee.

»Wir sind uns so sehr ähnlich, ich habe das erst spät begriffen. Vergiss bitte nie, wie sehr ich dich liebe, Kind.«

Im Flur hörte man Erna giggeln.

»Einen so feisten Popo wie du hat selten eine Frau, mein Spatz. Du weißt schon, wie sehr ich dich anbete.« Das war Ottos Stimme. Polternd warf er seine Schuhe in eine Ecke des Flurs. Rosalia würde den Boden gleich morgen früh von dem Schmutz befreien müssen, den der Schneematsch sicherlich hinterlassen hatte.

»Sieh mich bitte an«, sagte Mutter, und Ruth wandte sich wieder ihr zu. »Ich hätte dich nie zwingen dürfen, bei den Seidels einzuheiraten.«

»Du hast mich doch nicht …«, *gezwungen*, wollte Ruth korrigieren, aber dann stockte sie mitten im Satz. Gezwungen hatte Mutter sie nicht, eher dazu manipuliert. Mit bestem Wissen und Gewissen hatte sie stets das Beste für sie gewollt und das Falsche getan. Ruth hatte sich nie abzugrenzen verstanden. Die Schuldfrage aber stellte sich nicht. Sie waren eine Familie, und das System Familie hatte allerorts Fehler.

Mutter streichelte ihr sanft über die Wange, mit einem Ausdruck des Bedauerns in ihren Augen. »Vergib mir. Bitte«, flüsterte sie in Ernas Kichern aus dem Flur hinein.

Mutter schloss die Augen. Als sie sie wieder öffnete, war alles Zerbrechliche von ihr abgefallen. Eine Entschlossenheit lag in ihren Zügen, und die Härte gegen sich selbst war wieder zurückgekehrt. Alles war wieder an seinem Platz.

Mutter drehte sich nicht noch einmal um. Sie ging ohne ein Wort des Abschieds.

*

Am dritten Advent starb Mutter an einer Überdosis Tabletten. Sie hinterließ zwei Abschiedsbriefe, einen für Vater, den weder sie noch Gili zu Gesicht bekamen, und einen zweiten, auf dessen

Umschlag *An meine überlebenden Kinder* gestanden hatte. Von einer unverzeihlichen Schuld, die sie auf sich geladen und lange verdrängt habe, schrieb sie darin. Sie allein sei verantwortlich für den Tod ihrer Mutter, weil sie sich deren Willen gebeugt und sie in Breslau zurückgelassen habe. *Eure Großmutter hat uns schützen wollen*, hieß es in ihren Zeilen. *Ich habe diesen Schutz angenommen, wie ich alles angenommen habe, was von ihr kam. Ich habe die Gründe für ihr Handeln nie hinterfragt, ihr Wille war mir Gesetz. Ich hätte darauf bestehen müssen und Breslau nicht ohne sie verlassen dürfen. Mein Verhalten ist unentschuldbar. In den Flammen ist sie gestorben. Jede Nacht höre ich ihre Schreie. Ich darf sie nicht wieder allein lassen, also gehe ich zu ihr.*

Jedes Mal, wenn Ruth Mutters Brief las, kamen ihr an dieser Stelle die Tränen. Sie konnte nichts dagegen tun. Mutter schrieb weiter von Harry und dass sie von ihm verlangt hätte, dass er tapfer wäre. Dass sie ihm eingebläut habe, er sei Deutscher und von reinem Blut. So lange habe sie diese Worte wiederholt, bis ihr schlecht geworden sei und sie selbst ihrer Lüge habe Glauben schenken müssen. Es wäre ihr dabei nie um Deutschland gegangen, sie sei keine Patriotin gewesen, sicher nicht. Sie hatte Harry diese Worte eingeben wollen, auf dass er sie zum richtigen Zeitpunkt, wenn es nämlich ans Überleben ginge, erinnerte. Dazu wäre ihr jedes Mittel recht gewesen. Harry habe dem Einberufungsbefehl wie alle Deutschen Folge leisten müssen. Nur auf diese Weise hätte seine Familie die Chance bekommen, weiterzumachen. Das Leben ihres Sohnes aufs Spiel gesetzt für ihre anderen Kinder, das habe sie getan. *Ich habe verzweifelt nach anderen Möglichkeiten gesucht, aber keine gefunden.* Vater wäre das von vornherein klar gewesen. Entweder sie setzte Harrys Leben aufs Spiel oder – wenn sie ihn versteckten – nicht nur seines, sondern auch das der anderen. Der Brief endete mit den Worten: Eine Geschichte schreibt niemand im Nachhinein um, auch nicht in Friedenszeiten. *Ich liebe euch, bitte vergebt mir* und weiter: *Sucht meinen Jüngsten. Findet Jo.* Für mehr hatte ihre Kraft nicht mehr gereicht.

Was sie alles nicht schrieb:

Erstens: Dass der Artikel über die Seidels und deren Enteignung Tal Weinbergs, der in der Badischen Zeitung erschienen war, die mühsam verdrängte Kriegsvergangenheit wieder ans Licht gezerrt hatte. Der Armreif, den Ruth in ihren Schmuckdesigns wieder hatte aufleben lassen, hatte sein Übriges getan. Es hatte genügt, einen Blick auf ihn zu werfen, und die Schrecken der bleiernen Zeit waren ihr wieder vor Augen gestanden. Womöglich wäre kein Unheil geschehen, wenn sie sich nicht hätte erinnern müssen.

Zweitens: Dass sie Ruth eine Liebe wünschte, wie sie selbst eine hatte erfahren dürfen. Dass sie es bitter bereute, Ruth zur Ehe mit Albert Seidel geraten zu haben. Dass sie überzeugt war, mehrfach als Mutter versagt zu haben.

Drittens: Dass sie einen weiteren Verlust eines ihrer Kinder nicht würde ertragen können. Nun aber fehlte Jo.

Sucht und findet ihn.

Die Trauer saß Ruth auf der Brust und schnürte ihr tagtäglich die Luft ab. Eine bleierne Schwere, die dafür sorgte, dass der Nebel in Ruths Kopf sich nicht wieder lichtete. Jede Bewegung kostete sie enorme Anstrengung. Sie schaffte es gerade so, auf die Toilette zu gehen und die Augen zu schließen, um im Schlaf den Frieden zu suchen, den sie nur fand, wenn sie vorher Tabletten schluckte, die sie in einen tiefen, traumlosen Zustand versetzten. Tabletten, wie die Mutter sie genommen hatte, um zu sterben. Albert brachte Ruth nie mehr als die beiden Pillen ans Bett, die ihr der Arzt zur Nachtruhe verordnet hatte. Ruth wäre aber gar nicht dazu in der Lage gewesen, die Schachtel zu suchen und mehr als nötig davon einzunehmen. In dieser Zeit schrie Silvia unaufhörlich, aber vielleicht kam es Ruth auch nur so vor. Otto und Albert kümmerten sich rührend um die Kleine, während

Erna die meiste Zeit außer Haus verbrachte. Wenn sie einmal zugegen war, redete sie auf Ruth ein und versuchte sie auf diese Weise aufzumuntern. Was Erna aber auch sagte, rauschte an Ruth vorüber. Auch das Weihnachtsgedudel im Radio zerrte an ihrem Nervenkostüm, doch fiel es ihr unglaublich schwer, das Gerät auszuschalten. Dafür hätte sie aufstehen und zu ihrem Schminktisch gehen müssen, wo es seinen Platz hatte.

»Du musst die Welt hineinlassen«, sagte Albert jeden Morgen, wenn er es ungefragt anschaltete. Ruths Zunge lag derart betäubt in ihrem Mund, dass sie nicht dagegenhalten konnte. Wieder und wieder geisterte ihr die letzte Begegnung mit Mutter im Kopf herum.

Das erste Mal seit Ausbruch des Krieges hatte sie sich Mutter wieder nah gefühlt, sie tatsächlich zu verstehen geglaubt. Und nun ließ sie sie im Stich. Offenbar hatte Ruth nichts begriffen, obwohl sie doch geglaubt hatte, Mutter an jenem letzten Abend lesen zu können. Unter der Oberfläche fühlten die Menschen anders, als sie sich nach außen hin gaben. Niemand verstand den anderen jemals ganz. Nicht einmal eine Mutter die Tochter. Ruth dachte an Silvia, nahm im Geiste Ilans Hand, die sich kalt anfühlte wie die Hand eines Toten. Ruth hatte überlebt, aber lebte sie?

*

Am Tag von Mutters Beerdigung stand Ruth zum ersten Mal aus dem Bett auf, um sich anzukleiden. Erna kämmte ihr liebevoll das Haar, reichte ihr eine Sonnenbrille und stützte sie auf dem Weg zum Friedhof. Durch die Fensterscheibe des Autos sah Ruth auf das Getümmel in der Kaiser-Joseph-Straße. So kurz vor dem Fest kauften alle noch einmal ordentlich für die Feiertage ein. Lebensmittelvorräte wurden aufgefüllt, Tannenbäume nach Hause geschleppt und letzte Überraschungen für den Heiligen Abend erworben. Die Wangen der Passanten glühten vor freudiger Erwartung, Hektik oder der winterlichen Kälte. Ruth nahm all das wie von der Welt abgetrennt wahr. Womit sie sonst ihren Tag zugebracht hatte, jene Sorgen und Schmerzen, mit denen sie früher gerungen hatte, erschienen ihr weit fort und gänzlich unbedeutend. Sie hatte Mutter nicht vor dem Schlimmsten bewahren können und hätte alles darum gegeben, einmal von ihr vor etwas bewahrt zu werden. Der Gedanke erschien ihr ungeheuerlich und anmaßend. Niemand sollte je davon erfahren.

Sie lebte, Mutter nicht.

*

Auf dem Friedhof fiel sie ihrer Schwester in die Arme und schluchzte laut. Gili drückte Ruth fest an sich. Vaters Hand umschloss Gilis und tastete nach der ihren. Einst waren sie zu siebt gewesen, dann zu fünft. Nun war Mutter tot, und Jo wusste wahrscheinlich nicht einmal davon.

Albert und Otto hielten sich mit Silvia im Hintergrund. Die Sonne kitzelte auf Ruths Haupt. In ihrem Mantel schwitzte sie, also knöpfte sie ihn auf.

Was der Pfarrer später in der Kirche sagte, erreichte Ruth nicht, es ging sie nichts an. Mutter hatte nur zu den Feiertagen ein Gotteshaus betreten. Die Worte des Pfarrers fielen vielleicht auch deshalb seltsam unpersönlich aus. Womöglich hatte er noch dazu von Mutters Suizid gehört, und sicher hatte niemand aus der Familie ihm von ihrer Geschichte berichtet. Ein Psalm reihte sich an den anderen, ein Kirchentext an den nächsten. Die Lieder waren Ruth unbekannt und besangen einen Gott, der ihr fremd blieb, wie er Mutter fremd geblieben sein musste. Dort in dem Sarg, der geschlossen vor ihnen aufgebahrt war, ruhten Mutters Überreste. Ihr erkaltetes Herz, Knochen und Innereien, die der Erde gleich zum Fraß vorgeworfen werden würden. Mutter hatte nicht verbrannt werden wollen, das hatte sie verfügt.

Die Seidels hatten einen aufwendigen Kranz mit cremefarbenen Lilien, blauen Disteln, fliederfarbenen Nelken, Lotus und Eichenlaub binden lassen. Als hätten sie irgendeine Verbindung zu Mutter gepflegt.

Gili und Vater hatten einen eleganten weißen Rosenstrauß bestellt und auf den Sarg legen lassen. Auf der Schleife, die um das Blumenbouquet gebunden war, stand in goldenen Lettern auch Ruths Name. *In Liebe. Über den Tod hinaus* war darauf zu lesen.

*

In der Ferne am Grab sah Ruth drei schwarz gekleidete, hochaufgeschossene Männer. Erst kamen sie ihr wie eine Erscheinung vor. Wirklichkeit und Vorstellung gingen in jenen Tagen bei ihr oft nahtlos ineinander über. Ruth musste sich immer wieder mühen, beides auseinanderzuhalten. Als sie aber näher auf die letzte Ruhestätte der Mutter zuhielt, wurde ihr schlagartig bewusst, dass da tatsächlich Jo stand, kerzengerade und nahezu bewegungslos, dass er auf sie und Gili wartete und dass es sich bei ihm nicht, wie bei vielem anderen in diesen Tagen, um ein Trugbild handelte. Dicht an seiner Seite waren Max und Ilan. Ob es sich bei einer Beerdigung ziemte, war Ruth egal. Sie beschleunigte ihre Schritte derart, dass sie beinahe rannte und Jo, als sie endlich vor ihm stand, in ihre Arme schließen konnte. Sie weinte haltlos. Worte waren überflüssig.

Später trat sie gemeinsam mit Jo und Gili an Mutters Grab. Je eine Handvoll Erde warfen sie zeitgleich auf den Sarg. Dann nahmen sie sich bei den Händen und standen eine ganze Weile schweigend da.

*

Neben der Trauer machte sich beim Leichenschmaus im Wirtshaus, zwischen Rehgulasch und Knödeln, die Ruth kaum anrührte, ihre Erleichterung darüber breit, dass Jo wieder bei ihnen war. Er verlor auch weiterhin kein Wort über sein Verschwinden, und weder sie noch Gili noch Vater wagten, ihn jetzt danach zu fragen. Es war nicht die Zeit dafür.

Merkwürdig genug, dass neben der Trauer, die Ruth so allumfassend und raumgreifend erschienen war, eine andere Empfindung Platz fand. Eine, die so gar nicht zu ihrem tiefen Schmerz und ihrem Kummer passte und die sie schon deshalb gern ausgeladen hätte. Aber die leise puckernde Aufregung, die Ilan ihrem Herzen zufügte, blieb beharrlich und ließ sich nicht verscheuchen. Es scherte die erregte Gemütsbewegung nicht, dass sie üblicherweise nicht mit der Bürde des Unheils im Gepäck in Erscheinung trat.

Für Ruth verschwamm der Leichenschmaus zu einem dichten, ineinander verwobenen Knäuel an sich widersprechender Gefühlslagen, der alle anderen Geschehnisse aushebelte. Der Tod und das Leben, sehnliches Wünschen und Vergessenwollen existierten gleichberechtigt nebeneinander. Genau wie jene Hoffnung auf ein Morgen, der von einem Ende her nicht gedacht werden konnte. Mit Ilan sprach Ruth kaum, es ergab sich nicht. Er saß am anderen Ende des Tisches. Wohl aber war seine Anwesenheit dauernd präsent, auch wenn sich nur gelegentlich ihre Blicke trafen, in denen ihre gemeinsame Herkunft und die Vergangenheit wieder aufflackerte; das Breslau ihrer einst jungen Mutter, Ruths eigene Jugend, ihre naive Zuversicht. Seltsamerweise war ihr all das Trost.

Als draußen die Dämmerung heranbrach und Vater sich erhob, um die Rechnung zu begleichen und die Trauerfeier aufzulösen, stand Ilan neben ihr und half ihr in den Mantel. Sein vertrauter Geruch hüllte sie ein, sein Händedruck zum Abschied war warm und angenehm fest.

Es war Felix, der den Anstoß gab, Silvester zusammen zu verbringen. Er und Gili luden Max und Albert, Ruth und schließlich auch Ilan ein, den Jahreswechsel gemeinsam mit ihnen zu begehen. Sie nickten beinahe gleichzeitig, und es erschien Ruth quasi natürlich, dass sie in die Zustimmung mit einfiel. Später erinnerte sie sich, dass eine Sternschnuppe vom Himmel gesegelt war, die nur sie und Ilan bemerkt hatten.

*

Ruth stand hinter Albert, als er bei Gili und Felix klingelte. Anstelle der beiden Gastgeber öffnete ihnen aber Jo, im Hintergrund erkannte sie Ilan schemenhaft im Halbdunkel des Flurs.

Jo nahm ihnen die Mäntel ab und hängte sie auf. Ilan hatte sich bereits umgewandt und war ihnen voran ins Wohnzimmer gegangen. Dort empfing sie Gili in bester Laune. Sie saß im Schneidersitz auf dem Bett und sah Felix und Max dabei zu, wie die beiden, gut aufeinander abgestimmt, Tomaten aushöhlten und sie anschließend mit einer Paste aus Fleischwurst, klein geschnittenen Gewürzgurken und Salatcreme fürs kalte Buffet füllten.

Albert hatte zuerst gar nicht mitgewollt, war dann aber, kurz bevor Ruth hatte aufbrechen wollen, aufgesprungen und hatte verkündet, er würde sie begleiten, wenn sie denn ausdrücklich auf die Fete bei ihrer Schwester bestünde. Ein Ehepaar verbrächte Silvester nicht getrennt voneinander.

»Ganz wie deine Eltern es tun«, war es Ruth herausgerutscht. Albert hatte betreten zur Seite geschaut. Sie hatte ihn mit ihrer Bemerkung nicht verletzen wollen. Es war nur augenfällig, dass Erna auf irgendeinem der vielen Empfänge herumtobte, zu denen sie jedes Jahr eingeladen wurde, und Otto – dankbar, nicht mitzumüssen – ihnen vor Wochen schon angeboten hatte, Silvia zu hüten.

Den ganzen Weg zu ihrer Schwester über hatte Albert nicht mehr das Wort an sie gerichtet. Er war nicht beleidigt gewesen, das hätte anders ausgesehen, aber er wirkte in sich gekehrt und geknickt.

»Das werden Fliegenpilze«, sagte Gili anstatt einer Begrüßung und winkte Ruth und Albert zu. »Wird hoffentlich ein guter Start ins Jahr neunzehnhunderteinundfünfzig.«

»Das hoffe ich auch«, sagte Ruth.

Albert wollte Gili gerade etwas entgegnen, als ihm offenbar Ilans Blick auffiel, der andauernd auf Ruth geheftet war. Er schluckte, was er eben hatte sagen wollen, herunter – Ruth bemerkte es daran, wie er seinen Mund wieder schloss. Dann schlang er seinen Arm um ihre Taille und drückte sie eine Spur zu fest an sich, woraufhin Ilan den Blick senkte.

Ruth machte sich aus Alberts Umarmung los, trat zu Felix an den Tisch und griff nach einem Brettchen und einem Messer. »Was kann ich tun?«

»Du könntest den Käse«, Felix deutete auf ein Stück Emmentaler, »in mundgerechte Stücke schneiden und die dann abwechselnd mit den Trauben und den Paprikahappen dort«, er deutete auf eine Schale, »aufspießen. Die fertigen Stücke stecken wir in die Melone. So wird daraus ein echter Käseigel.«

»Wüsste ich es nicht besser, könnte man glatt meinen, aus dir und Gili wäre ein Spießerpärchen geworden.« Jo lachte über seinen eigenen Witz und trat zwischen Felix und Max. Er bückte sich und tastete unter dem Tisch nach zwei Flaschen Bier, von denen er den beiden jeweils eines reichte. »Darf ich übrigens vorstellen.« Jo sah Ruth herausfordernd an und deutete auf Max. »Er gehört jetzt zu unserer Familie. Wir sind nämlich ein Liebespaar.« Wie zum Beweis küsste er Max demonstrativ auf den Mund.

Sie hatte ihn niemals für seine Neigung verurteilt, hatte ihn immer nur schützen wollen. Vor einem drohenden Zerwürfnis mit den Eltern, vor zu viel Radikalität und Ehrlichkeit, mit der er sich bestimmt Ärger zugezogen hätte, den sie wiederum auszugleichen gehabt hätte.

»Nichts ist, wie es einmal gewesen ist, Ruth. Wir sind jung und können neu anfangen. Was wir auch tun, Mutter steht nicht wieder aus ihrem Grab auf. Was schert uns also noch die blökende Menge. Habe ich nicht recht?«

Ruth brauchte einen Augenblick, ihre Gedanken zu ordnen.

»Habe ich nicht recht, Max?«

Max küsste Jo auf die Wange, schob ihn sacht zur Seite und reichte Ruth die Hand. »Es tut mir leid, wir beide hatten nicht den besten Start miteinander. Was kann ich tun, damit du mich dennoch in eure Familie aufnimmst?«

Sie wich vor ihm zurück und ließ ihn mit ausgestreckter Hand stehen. »Ihr braucht wohl kaum meine Erlaubnis.« Sie widmete sich wieder dem Schneiden des Emmentalers.

Gili legte eine Schallplatte auf den Plattenteller, und kurz darauf schmetterte Vivienne Segal *Bewitched, Bothered and Bewildered* und verbreitete Feierlaune.

Max trat zu Ruth. Er gab vor, dies nur zu tun, um ihr mit den Spießen zu helfen, in Wahrheit ließ er sich nicht so leicht abschütteln.

»Wenn ich damals schon mit Jo zusammengekommen wäre, ich hätte den Artikel in der Badischen Zeitung dennoch genauso geschrieben. Die Wahrheit hat immer Vorrecht. Sie stellt sich sonst später zwischen einen, davon bin ich überzeugt.«

»Aha«, machte Ruth. Sollte dieser Max, der mit seinem Interview einen gehörigen Anteil am Tod von Mutter hatte, doch bei ihr auflaufen. Man konnte sich nicht aussuchen, wen man liebte. Aber man konnte das Richtige tun. Da hatte er schon recht. Aus den Augenwinkeln beobachtete sie Ilan, der sich angeregt mit Jo und Gili zu unterhalten schien. Albert stand allein am Fenster und blickte in die Nacht.

»Ich habe das alles nicht geplant. Nicht, dass ich mich in deinen Bruder verliebt habe und er sich in mich, nicht, dass Tal Weinberg mich ausgesucht hat, um mir seine Geschichte zu erzählen, und schon dreimal nicht, dass du, als ich dir den Armreif gebracht habe, so ausgeflippt bist. Ich wollte die Schwester meines Geliebten glücklich sehen. Ich wollte etwas Gutes tun.«

Was für einen Unfug erzählte dieser Max. Sie schüttelte unwillig den Kopf. »Das glaubst du dir ja selbst nicht, was du da von dir gibst.« Sie nahm eine Traube und stieß den Spieß mitten durch ihr Fleisch. Eine seltsame Befriedigung gab ihr das. Das Fruchtfleisch war prall und saftig, und klebrige Flüssigkeit kroch ihr über die Finger.

»Schau.« Max machte eine lange Pause und sammelte sich. »Ich bin Autor am Theater, das weißt du ja. Und Talberg hat den Kontakt mit mir gesucht, weil er hoffte, ich könnte ein Stück auf Grundlage seiner mündlichen Erzählung schreiben. Niemand hätte dazu etwas über seine Geschichte wissen müssen, außer mir. Es war ihm unerträglich, dass er überlebt hatte, während andere in den Konzentrationslagern umgekommen sind. Aus Angst vor Verurteilung hat er auch nach dem Krieg niemandem von seiner Geschichte erzählt. Er hat sich erstmals ein Herz gefasst, als er zu mir gekommen ist. Wir haben uns kennengelernt, und nach und nach hat er sich mir anvertraut. Da erst habe ich ihm von eurer Familie erzählt. Die kannte ich durch Jo. Es gibt eine Ähnlichkeit zwischen eurer und Tals Geschichte.«

Ruths Hals fühlte sich trocken an, sie räusperte sich und schluckte. »Mir egal.« Wahrscheinlich verstrickte Max jeden mit seinen Erzählungen. Was davon wahr und was falsch war, interessierte ihn nicht.

»Warum glaubst du mir nicht?« Er wartete ab, dass sie etwas entgegnete, aber Ruth schwieg. »Hör mir wenigstens zu und urteile dann.«

»Also gut …« Sie nickte.

»Tal war dem alten Seidel im Krieg ausgeliefert. Wie eine Weihnachtsgans hat der ihn ausgenommen. Er hat Tal zu einem Unterschlupf verholfen, dafür musste der ihm seine Lebensmittelmarken und den Laden überlassen, später hat der Alte dann immer mehr verlangt. Gold und Schmuck aus dem Nachlass vertriebener Juden. Tal hat das alles vermittelt. Mit so einer Schuld konnte er nicht weiterleben, verstehst du? Seine Schandtat hat Tal verfolgt. Nicht unähnlich zu deiner Familiengeschichte, nicht wahr?«

»Was weißt du schon.« Sie flüsterte die Worte, aber Max verstand.

»Jo hat mir von eurer Großmutter erzählt, und von Harry und natürlich auch von eurer Mutter. Von eurem verbeamteten Vater bei der Bahn. Denk mal nach, Ruth. Der wusste doch die ganze Zeit, was die Nazis getrieben haben. Der musste den Mund halten. Dafür habt ihr falsche Pässe bekommen.«

»Ein Opfer seiner Zeit«, murmelte Ruth und hielt sich, selbst von ihren Worten erschrocken, die Hand vor den Mund.

»Genau.« Max lächelte ihr zu und steckte einen weiteren Spieß in die Melone. Nach und nach nahm der Igel Gestalt an.

»Tal war gezwungen, mit diesen Naziverbrechern Geschäfte zu machen, um den Wahnsinn des Krieges zu überleben. Und er hat überlebt, aber nur mehr als Hülle. Du musst dir das vorstellen. Die meisten seiner Freunde und seine gesamte Familie sind im KZ umgekommen. Nicht einmal der Laden ist ihm geblieben. Und er verabscheut sich selbst dafür, was er getan hat. Als ich ihm von dir erzählt habe, Ruth, da war er bereit, mir ein Interview zu geben. Deshalb lies es bitte ganz. Tal sagt darin etwas Wichtiges: Man muss sich seiner Wurzeln erinnern. Über die eigene Geschichte sollte man keinesfalls den Mantel des Vergessens breiten. Was geschehen ist, lässt sich zwar nicht ändern, aber wir können daran wachsen.«

Gili schlang von hinten ihre Arme um Ruth und zog sie fort von Max auf die improvisierte Tanzfläche. »Ich will mit meiner Schwester abhotten, bevor das neue Jahr beginnt«, schrie sie.

Red Foley schmetterte *Chattanoogie Shoe Shine Boy*, derweil

Gili erst verhalten mit den Füßen wippte, dann lauthals in den Refrain miteinstimmte, Ruth um die Taille fasste und schließlich mit ihr, im Rhythmus der Musik, übers Parkett schwofte.

Ein schnelles Lied nach dem anderen. Albert stand noch immer am Fenster, stets ein neues Glas Schnaps in der Hand, das er schwenkte, als handele es sich dabei um Cognac oder als könne er aus dessen Grund die Zukunft lesen. Auch Ilan tanzte nicht. Anders als Albert lächelte er aber – wie in sich selbst oder einen lange gehegten Traum versunken.

Kurz vor Mitternacht schaltete Jo das Radio an. Ilan schenkte Sekt in bauchige Rotweingläser ein, Kelche hatten Gili und Felix nicht. Dann lauschten sie der Stimme des Moderators, der die Zeit bis zum neuen Jahr herunterzählte. Ruth stand verschwitzt vom Tanzen zwischen Albert, der ihre Hand hielt, und Ilan, dessen Nähe ihr Herz schneller schlagen ließ. Ilan prostete ihr als Erste zum Jahreswechsel zu. Um die Augen kleine Lachfältchen und eine ungedämpft ehrliche Freude auf seinen Zügen, von der Ruth sich nicht losreißen wollte. Albert musste einen Viertelkreis um sie herum gehen, bis er vor ihr stand und so ihre Aufmerksamkeit gewann. »Hast du mich vergessen?« Ruth lachte über seine Bemerkung hinweg, als wäre sie gar zu absurd, aber er hatte recht. Sie hatte ihn den gesamten Abend über nicht an ihrer Seite vermisst.

*

Wenig später drängten Gili, Felix und Jo nach draußen, um das Feuerwerk zu bestaunen. Ilan und Albert folgten ihnen.

Ruth brauchte einen Augenblick für sich. Sie wollte das Kribbeln, das ihren ganzen Körper ergriffen hatte, seit ihr Ilan nah gewesen war, in den Griff bekommen. Dass Max noch zugegen war, hatte sie glatt übersehen.

»Die Liebe kann niemals falsch sein«, sagte er und zwinkerte ihr zu. Als habe er einen siebten Sinn.

»Ich weiß, dass Ilan den Armreif unter Einsatz seines Lebens aufbewahrt hat. Ich durfte Ilan ein bisschen kennenlernen, weißt du. Und seit er mit Jo für jüdische Hilfsorganisationen arbeitet, ist er ihm ein guter Freund geworden. Jo hat mir von Ilan und dir erzählt. Unter dem Siegel der Verschwiegenheit und mit der Bitte, mich da rauszuhalten. Ich liebe Jo und konnte verstehen, dass er den Armreif unbedingt verkaufen wollte, um mit seinem Erlös jüdischen Kindern eine Freude zu machen. Aber mir war auch klar, dass es sich dabei nicht bloß um irgendein wertvolles Schmuckstück handelte. Als Jo mir dann erzählte, dass er den Armreif dem alten Seidel verkauft hat, konnte ich nicht anders. Ich musste mich einfach einmischen. Der Seidel durfte ihn nicht haben. Ich habe ihn überteuert zurückgekauft, das war es mir wert. Ich will immer wissen, wie die Dinge zusammenhängen. Deshalb habe ich nachgeforscht und meine eigenen Schlüsse gezogen. Et voilá, liebe Ruth, ich hatte recht, oder?«

Kapitel 9

April 1951

Das neue Jahr war schnell vorangeschritten. Die Schneedecke, die am Weihnachtsabend 1950 nahezu ganz Deutschland bedeckt hatte, war längst geschmolzen, der Trubel um Hildegard Knef, die noch im Januar die Gemüter erregt und für einen ordentlichen Skandal gesorgt hatte, Vergangenheit. Es war bereits Mitte April, doch der Verlust ihrer Mutter war für Ruth allgegenwärtig.

»Hier, für dich.« Albert hielt in der einen Hand einen Strauß roter Rosen und in der anderen eine mintfarbene Verpackung, auf der in geschwungener Schrift *Breuninger* stand. Er reichte sie ihr. »Teegebäck von dieser neu eröffneten Confiserie in der Stadt. So etwas Feines hast du noch nie gekostet, das verspreche ich dir.«

Er gab Ruth die Blumen und küsste sie auf den Mund. Sie bemühte sich, nicht vor ihm zurückzuweichen, wandte sich aber so rasch als möglich wieder Silvia zu. Die hatte gerade gelernt, sich an Gegenständen hochzuziehen, und ein paar erste wacklige Schritte getan.

»Da staunt der Papa, was mein Schatz schon kann.«

Die Kleine wackelte auf Albert zu, der die Arme ausbreitete, und plumpste, noch bevor sie ihn erreichen konnte, auf den Hosenboden. Für einen Moment verschwand ihr Lachen. Sie presste die Lippen aufeinander, und Ruth glaubte, Silvia würde zu weinen beginnen, aber sie zog bloß die Stirn in Falten, und kurz darauf lächelte sie wieder. Albert nahm sie auf den Arm und setzte sich zu Ruth auf den weichen Teppich. »Was haben wir es doch schön miteinander.«

Er gab oft solche Plattitüden von sich und glaubte wohl, wenn man sich ihrer nur oft genug gegenseitig versichere, hielte das Glück Einzug. Ein Leben wie in einem jener Werbefilmchen, die im Kino liefen. Tatsächlich schien Albert an jenem Abend guter Laune zu sein. Er rollte Silvia einen Plüschball entgegen, der in der Bewegung ein rasselndes Geräusch von sich gab.

Vor wenigen Tagen war in Tirol ein *SOS-Kinderdorf* eröffnet worden. Kinder, die keine Familie mehr hatten, fanden dort ein neues Zuhause. Jo hatte die Nachricht derart gefreut, dass er sie gleich angerufen hatte, um davon zu berichten. Seine Freude hielt ihn allerdings nicht davon ab, gleich im Anschluss über die Ende Januar erlassene Amnestie für beinahe achthunderttausend NS-Täter zu wettern. Wie gut, dass Max an Jos Seite war. Seit es ihn in seinem Leben gab, erschien ihr Jo etwas versöhnlicher und lenkte ein wenig schneller ein als sonst. Vielleicht war seine weiche Seite auch Mutters Suizid geschuldet. Ursprünglich hatte Jo der Familie ja den Rücken kehren und allenfalls mit Gili Kontakt halten wollen. Ein freies Leben ohne die Vergangenheit, die ihm, wie er sagte, immerzu beißend im Nacken säße. Dennoch war er zu ihnen zurückgekehrt. Er wolle bei seinen Schwestern und seiner Nichte sein. Über Vater sprach er nicht. Das Verhältnis blieb beschädigt.

»Die Geschäfte brummen, und Vater denkt darüber nach, mir bald die Verantwortung zu übertragen«, sagte Albert in ihre Gedanken hinein. Stolz schwang in seiner Stimme mit. »Die neue Armreif-Kollektion ist in aller Munde.« Er tastete nach ihrer Hand.

Ruth seufzte, und Albert sah sie irritiert an. »Hattest du einen anstrengenden Tag? Ruh dich aus, Liebling, morgen braucht dich meine Mutter im Laden. Mein Vater wird sich um unsere Kleine kümmern.«

Silvias Pausbäckchen leuchteten rot von der Anstrengung, sich erneut auf die Beine ziehen zu wollen. Lange hielt sie es auf keinem Schoß oder Arm aus. Sie wollte die Welt entdecken.

»Das ist es nicht.« Wie konnte sie Albert verständlich machen, dass seine Familie nicht über ihre Entwürfe verfügen durfte, ohne sie vorher wenigstens zu fragen. Immer wenn das Gespräch darauf gekommen war, hatte Albert abgewunken. Und Ruth hatte nicht die Kraft besessen, auf einer Lösung zu bestehen. Zu viele Menschen hatte sie verloren, zu viele Verluste erlitten. Sie sehnte sich so sehr nach Harmonie. Albert war ohnehin oft gereizter Stimmung. Seit der Geburt von Silvia hatte Ruth immer neue Gründe gefunden, nicht mehr mit ihm schlafen zu müssen. Seit Mutters Tod widerten sie seine Berührungen jedoch richtiggehend an. Es gab nichts zu beschönigen.

»Probier mal etwas von dem Teegebäck.« Er hielt die Nase, aus der kleine Härchen wuchsen, an das Gebäck und schnupperte daran.

»Iss du es doch. Tu dir keinen Zwang an.« Ihre Stimme klang schärfer, als sie es beabsichtigt hatte.

»Was ist eigentlich los mit dir? Andere Frauen freuen sich, wenn ihre Ehemänner an sie denken. Andere Frauen …«

»Ich bin keine andere Frau«, fuhr sie ihn an. »Ich möchte nicht über Teegebäck reden, sondern über …« Sie machte eine Pause, weil sie ahnte, dass der Übergang zu ihrem eigentlichen Gesprächsthema mehr als missglückt war. Sie hatte längst verloren.

»Sprich endlich aus, was du sagen willst. Seit Wochen geht das schon so.«

»Erst vor wenigen Wochen hat meine Mutter sich das Leben genommen.«

Er seufzte hörbar und strich sich das etwas zu lang gewordene Haar aus der Stirn. »Versteh mich nicht falsch. Du kannst nichts dafür, aber was deine Mutter getan hat, hat ein schlechtes Licht auf unsere Familie geworfen.«

Ruth stand abrupt auf, nahm Silvia auf den Arm und marschierte mit ihr in ihr Schlafzimmer. Albert folgte ihr. Sie schlug ihm die Tür vor der Nase zu.

Er klopfte, wartete aber nicht, bis sie ihn hereinbat, sondern trat unaufgefordert ein. »Es tut mir leid, Ruth.« Er streichelte Silvia über die Wange, die ihm ihre kleinen Ärmchen entgegenstreckte und »Baba, Arm« sagte. Albert lächelte entzückt und nahm die Kleine zu sich.

Eine Weile schwiegen sie. Ruth glaubte, aufatmen und das Gespräch vertagen zu können, auf morgen vielleicht, doch Albert räusperte sich. »Und nun erzähl, was los ist.«

»Können wir nicht …?«

Er schüttelte den Kopf. Ruth ließ sich auf den Schaukelstuhl sinken, den Erna ihr zur Geburt geschenkt hatte, und schaukelte hin und her. Die stete Auf-und-ab-Bewegung beruhigte sie. Alles lag offen vor ihr, das Leben konnte an einem Tag nach vorn galoppieren und an einem anderen eine ganz neue Richtung einschlagen. Jo hatte recht gehabt: Nichts holte Mutter zurück aus dem Grab. »Ich hatte gehofft, du verstehst mich.«

»Was soll ich verstehen, Ruth?«

Sie brauchte Zeit, ihre Gedanken zu entwickeln. Albert gab ihr dauernd das Gefühl, zu langsam zu sein. Zu langsam mit ihren Emotionen, die den seinen hinterherhinkten, zu langsam mit der Anpassung an das Seidel'sche Familienleben, in allem blieb sie zurück.

»Ja, bitte? Wir haben nicht unendlich Zeit. Gleich gibt es Abendessen, und Silvia muss ins Bett, nicht wahr?«

Sie nickte. »Wir können auch, das sagte ich ja bereits …«

»Nein, Ruth, man kann nicht ewig warten.«

Damit meinte er wohl sich. »Ich wüsste einfach gern, wie aus meinem Schmuckentwurf ein echter Armreif geworden ist.«

Er lächelte breit. »Darum also geht es? Das ist doch nicht wichtig, Schatz. Wichtig ist, dass die Dinge laufen. Und das tun sie. Du musst dir keine Sorgen machen.«

Er wollte mit Silvia das Schlafzimmer verlassen, da hielt sie ihn zurück. »Nein, das ist nicht alles, bei Weitem nicht. Die Entwürfe gehören euch nicht. Mein Name wird nirgends genannt. Aber ich habe sie entwickelt, da steckt meine Geschichte drin, meine Sicht auf die Welt.«

Albert hielt im Gehen inne und drehte sich ruckartig um. Seine Mimik wirkte wie versteinert, ein verhärteter Zug hatte sich um seine Augen und die schmalen Lippen gelegt. »Was bildest du dir eigentlich ein? Ich habe dich geheiratet, weil du aufrichtig schienst und dich nicht in den Vordergrund spielen musstest. Weil ich glaubte, du wärest eine stabile und verlässliche Partnerin an meiner Seite und du würdest mich lieben, wie ich dich liebe. Aber immer geht es nur um deine Befindlichkeiten.« Wut waberte in seinen Worten, die er durch halb geöffnete Lippen presste – als wolle er keine unnötige Zeit mit Sprechen vergeuden. »Ich tue wirklich alles, damit es dir und Silvia gut geht. Ich arbeite viel, und der Laden erholt sich, und das, obwohl du und deine Familie einen Skandal nach dem anderen produzieren. Ich sehe darüber hinweg, eben weil ich dich liebe und dich beschützen will. Irgendwann ist es einmal gut. Du schläfst seit über einem Jahr nicht mehr mit mir. Obendrein wirst du öffentlich von Max zitiert, der zu allem Überfluss ein Verhältnis zu deinem Herrn Bruder hat, der sich wiederum benimmt wie eine Axt im Wald. Denk nur an seinen Auftritt vor einiger Zeit. Da mussten wir ihn sogar unseres Hauses verweisen. Ich habe dich an Silvester dennoch zu deiner Schwester begleitet, obwohl ich wusste, dass Joachim da sein würde. Und dann dein Getue mit diesem Ilan. Glaub nur nicht, dass ich nichts bemerkt hätte. Ich habe allerdings Manieren – im Gegensatz zu dir.« Er umfasste sie am Handgelenk und hielt sie fest.

»Lass mich los.«

Albert drückte fester zu, wie um seine Macht über sie unter Beweis zu stellen. »Ich bin ein friedlicher Mensch, eigentlich. Aber wie du dich aufführst, ist zu viel. Du musst lernen, dich nicht so wichtig zu nehmen. Was meinem Vater gehört, gehört auch mir, und was mir gehört, ist dein. Wir sind eine Familie. Manchmal ist es eben nötig, die Dinge hinzunehmen, wie sie sind.« Mit diesen Worten drehte er sich um und schloss – Silvia noch immer auf seinem Arm – lautlos die Tür hinter sich.

*

Ihr heimliches Wiedersehen mit Ilan hatte Max arrangiert. Die wenigen Bruchstücke über ihre frühere Liebe, die Jo wohl von Ilan erfahren hatte und die wiederum Max ihm entlockt haben musste, mochten dazu geführt haben. So genau hatte Ruth das im Nachhinein nicht in Erfahrung bringen können.

Nur so viel wusste sie: Dass Max ihr im März anvertraut hatte, Ilan würde sie gern allein treffen, und dass sie – überrumpelt von der Vorstellung – kopfschüttelnd abgelehnt hatte, auch wenn ihr Herz in ihrer Brust zu rasen begonnen und das Gegenteil gefordert hatte.

Nun aber, kaum einen Monat später, saß sie im Wagen nach Horben, um Ilan dort an der Talstation zu treffen. Mit der Schauinslandbahn würden sie gemeinsam auf den Berg gondeln. Es war Ilans Idee gewesen, der Ruth – nach einem weiteren Gespräch mit Max – schließlich doch zugestimmt hatte.

Ruth war flau im Magen, sie hatte in der Nacht kein Auge zugetan und in der Früh, außer einer Tasse Pfefferminztee, nichts zu sich nehmen können. Albert hatte sie erzählt, sie würde den Tag mit Silvia bei Gili verbringen und vielleicht sogar bei ihr zu Abend essen. Es war also nötig gewesen, ihre Schwester einzuweihen. Gili hatte auf ihr Anliegen – wie selbstverständlich – erwidert, natürlich passe sie auf Silvia auf.

Ruth hatte sich für das Wiedersehen nicht extra in Schale werfen wollen. Ilan sollte keine Sekunde lang glauben, dass sie eine Betrügerin sei, eine, die ihn im Stich gelassen habe für ihren Ehemann, den sie nun wegen Ilan anlog. Als der Tag des Wiedersehens jedoch gekommen war, hatte Ruth den ganzen Morgen damit zugebracht, sich in wechselnder Robe vor dem Spiegel zu betrachten und sich auszumalen, wie sie Ilan entgegentreten würde.

Sie trug ein dunkelblaues Hemdblusenkleid mit angeschnittenem Reverskragen und einem V-Ausschnitt, darüber ein Bolerojäckchen und an den Füßen Halbschuhe mit einem kleinen Absatz. Letzteres war ein Kompromiss gewesen, um auf über eintausend Höhenmetern spazieren gehen zu können. So richtig taugte ihre Aufmachung für den Berg aber kaum.

*

Ilan wartete bereits an der Talstation, als sie aus dem Wagen stieg. Ohne einen Augenblick zu zögern, ging sie auf ihn zu. Dass ihr die Beine zitterten, das Herz flatterte und sie ihren Atem nur schwer beruhigen konnte, durfte er nicht bemerken. Er reichte ihr die Hand zum Gruß und sagte förmlich, wie froh er sei, dass sie es sich überlegt und ihn habe treffen wollen. Ihre Hände fanden sich.

In den ersten Minuten sprachen sie bloß das Nötigste. Ruth folgte Ilan zum Schalter, wo er Billetts für die Seilbahn erwarb. Dann reihten sie sich in die Schlange ein und warteten auf die Ankunft der Gondeln. Das Wetter war klar und ungewöhnlich warm für April.

Sie hatten Glück. Die sieben Gondeln vor ihnen waren übervoll, in das letzte Gefährt aber stiegen außer ihnen nur ein junges Paar und der Schaffner.

»Manchmal«, sagte der und wandte sich ihnen zu, »kann man von oben die Gämsen sehen.«

Über die Wipfel der hohen Tannen ging es. Als sie eine der Seilbahnstützen passierten, ruckelte die Bahn ein wenig. Instinktiv griff Ruth nach Ilans Hand, entschuldigte sich aber gleich darauf. Die junge Frau neben ihr legte den Kopf auf die Schulter ihres Begleiters und betrachtete Ruth interessiert. An der Mittelstation hielt die Bahn.

»Wer im August hier aussteigt, wird beim Schauinsland-Rennen mitten im Geschehen sein«, sagte der Schaffner.

»Wollen wir?« Ilan nickte Ruth zu, und sie folgte ihm.

Nur wenige Spaziergänger waren unterwegs. Ungeheuer still war es, bis auf die Eichelhäher und Kleiber, die in den Wipfeln sangen. Am Horizont zogen Drosseln und Stare ihre Kreise. Ruth lief über bemoosten Grund, stets ein wenig versetzt neben Ilan. Gerade so viel Abstand war zwischen ihnen, dass sich ihre Arme beim Gehen nicht berührten.

»Wie geht es dir denn?« Er blieb abrupt stehen, als er sie das fragte. Ein zarter Wind rauschte in den Wipfeln der Bäume.

Ruth hätte gerne erzählt, irgendwo anfangen, zwischen einst und heute, und nicht eher enden, bis die Sonne sich rot färbte und der Tag sich verabschiedete. Solange sie redete, würde er nicht wieder fortgehen. Stattdessen antwortete sie mit einer Gegenfrage: »Warum sind wir hier?« Ihre Stimme glich einem nervösen Flüstern, das keine Antwort verlangte, aber erhoffte.

Ilan trat näher an sie heran: »Sag du es mir.«

Sacht legte sie eine Hand auf seine Schulter. »Erzähl mir von dir. Was geschah nach unserem Abschied in Breslau …?«

Einen Moment rang Ilan um Fassung, er verschränkte seine Finger ineinander, sah zu Boden und zog die Stirn kraus. Dann aber sprach er, mehr zu sich selbst erst, stockend und um die richtigen Worte ringend, dann schneller und sich beinahe überschlagend: von seiner Flucht durch die Wälder in Richtung Berlin, das er nie erreichte, von den Leuchtstäben am Himmel, die von den Bombern abgeworfen worden waren, um ein Zielgebiet zu markieren, von den grässlich dröhnenden Geräuschen der todbringenden Vögel am nächtlichen Himmel, der kurz darauf rot erleuchtet gewesen war. Er hob den Kopf und sah Ruth an, die

Augen weit aufgerissen. »Es erschreckt mich, meine Stimme zu hören, wenn ich darüber spreche. Worte bekommen, sobald sie ausgesprochen werden, ein anderes Gewicht, als wenn sie nur den eigenen Kopf bevölkern.«

Ruth nickte, hörte ihm konzentriert zu. Sie unterbrach ihn nicht. Es war ein Vertrauensbeweis, dass er ihr von seiner Flucht berichtete, wenn auch nicht im Detail, auch dass er die Jahre nach dem Krieg nicht aussparte.

Nach Kriegsende hatten amerikanische Soldaten Ilan in ein Auffanglager nahe Berlin gebracht. Dort hatte er gelebt, eine ganze Weile lang, und gearbeitet, wenn es Arbeit gab.

»Und wie ist es dir ergangen?«

Ruth brauchte einen Moment, um sich von den Bildern, die Ilan in ihr wachgerufen hatte, zu lösen und sich den eigenen zuzuwenden. Er wartete still, bis sie erzählte: von der Zeit nach ihrem Abschied 1945, vom Tod ihres Bruders Harry und ihrer unbändigen Hoffnung, Ilan möge überlebt haben. Jahr für Jahr hatte sie daran festgehalten, immer das Ziel vor Augen, irgendwann heimkehren zu können, heim nach Breslau. Dort würden sie sich bestimmt wiedersehen. Bis zu jenem Moment, als sie von Großmutters Tod erfuhr. Die wärmende Glut in ihr, die das Vertrauen auf die Zukunft weiter hatte flackern lassen, erlosch. Sie lebte dennoch weiter, ließ sich von niemandem in die Seele schauen, sich nichts anmerken. Ilans Bild erschien ihr nach der Zeit der Verluste schwankend. Sie hatte fortan nicht mehr an seine Rückkehr geglaubt.

Um sich zu schnäuzen, wandte Ruth sich von Ilan ab. »Auf dem Weihnachtsmarkt, als wir uns wiedergesehen haben, in dieser kurzen Spanne, da war alles wieder möglich, der Himmel tat sich auf. Du nahmst mich in den Arm – und dann hast du mich losgelassen.« Die Stimme versagte ihr.

Ilan legte von hinten seine Hände auf ihre Schultern. Sacht drehte er sie zu sich herum. Im Unterholz knackste es. »Psst«, machte er und zeigte auf ein Reh, das kaum zweihundert Meter von ihnen entfernt graste. Still stand Ilan neben ihr, lediglich kleine Atemwölkchen in der Frühlingsluft zeugten davon, dass sie beide real waren, nicht bloß Einbildung. Das Tier richtete seine Ohren auf, lauschte angespannt auf die Umgebung und sprang dann plötzlich davon.

»Warum sind wir hier?«, fragte Ruth.

Anstatt einer Antwort küsste Ilan sie. Unendlich sanft lagen seine Lippen auf ihren, bedacht darauf, nicht zu hastig zu sein, den Fluss seiner Bewegungen den ihren anzupassen. Wie von da an alle Einsamkeit schwand. Ausgetriebene Blüten entfalteten sich vor Ruths innerem Auge zu Kelchen. Das Leben gewann die Oberhand. Ihre Fehler der Vergangenheit, ihre falsche Entscheidung und die ihr mürbe gewordenen Tage zerfielen zu Staub. Nichts blieb mehr als Ruth und Ilan, als ihr Atem neben seinem und ihr Sehnen, das Wind unter den Flügel bekommen hatte und niemanden mehr um Erlaubnis fragen würde.

*

Sie verbachten den Nachmittag auf dem Schauinsland, bis sich die Sonne rot färbte. Ilan legte Ruth seine Jacke über den Bolero, damit sie nicht frieren musste. Gemeinsam stiegen sie in die letzte Gondel, die am späten Nachmittag ins Tal fuhr. Im Restaurant an der Bergstation aßen sie Hühnersuppe und tranken billigen Rotwein dazu. Die Nacht senkte sich schon über Horben, als der Kellner an ihren Tisch eilte, bedauernd mit den Achseln zuckte und meinte, er würde nun Feierabend machen.

Der Abend sollte nicht enden. Momente wie jener waren rar gesät, das wusste Ruth, und wenn das Wunder eines derart stimmigen Augenblicks sie ereilte, durfte sie nicht zögern. Ein einziges Mal würde sie nach den Sternen greifen und ihr Schicksal aktiv herausfordern.

Ruth hätte sich verabschieden müssen, aber sie ließ Ilans Hand nicht los. Und weil das Küssen selbst in der Geborgenheit der Nacht gefährlich war und sie damit rechnen mussten, entdeckt zu werden, weil Ruth überdies und trotz Ilans Jacke fror und nicht mehr gewillt war, mit einer ewigen Sehnsucht im Herzen weiterzuleben, sprach sie die Worte aus, leise, aber mit tiefer Überzeugung. »Diese Nacht möchte ich in deinen Armen verbringen.«

Ilan verstand offenbar, was sie damit zum Ausdruck bringen wollte, denn er erwiderte: »Ich liebe dich noch immer, und keinen Tag habe ich damit aufgehört.«

*

Mit einer ungewohnten Klarheit erwachte Ruth. Die Nacht mit Ilan hatte einem schimmernden Traum geglichen, einem, der nicht lebbar sein würde. Aber dessen ungeachtet hatte er dafür gesorgt, dass Ruth sich am Morgen – das erste Mal seit vielen Jahren – wieder ganz fühlte, so als seien Körper, Geist und Seele wieder eine Einheit.

Eine ungeahnte Vielfalt an Ideen, Wünschen und Worten hatte sich über Nacht in ihr breitgemacht. Wie lebendig sie sich fühlte. Eine herrliche Lust war es gewesen, auf ihre Intuition zu vertrauen und ihrer Sehnsucht nach Ilan nachzugeben. Sie streckte sich und spürte wohlig den Seligkeiten der Nacht nach. Sie hätte nicht gedacht, wozu Ilans ungestüme Berührungen sie befähigen würden.

Bis zu diesem Zeitpunkt hatten Ruth vernünftig erscheinende Überlegungen zum Handeln getrieben. Sie war sich bedeutungslos vorgekommen, hatte über reine Pflichterfüllung hinaus nicht wirklich gelebt, hatte die Erwartungen anderer gestillt und sich so gut es ging in die ihr zugewiesene Rolle gefügt. Eine grässliche innere Lethargie und Leere waren der Preis gewesen.

Wenn Ruth Ilan so ansah, wie er sich trunken von der Nacht den Schlaf aus den Augen rieb und dabei müde, doch selig lächelte, war ihr mit einem Mal klar, was sie tun musste. Sie küsste ihn auf den Mund, genoss dabei die Freude über ihr Dasein, das sie zugleich heiß und kalt durchströmte, und hoffte, er würde verstehen, dass sie nun gehen musste – gerade, weil sie ihn liebte. Dem Schmerz, den er nicht verursacht hatte, musste sie allein gegenübertreten – und für sich einstehen musste sie auch.

Sie hörte, wie Ilan ihr etwas zuflüsterte, seine Worte erreichten sie aber nicht mehr. Da war Ruth bereits an der Tür, schloss sie mit einem Lächeln auf den Lippen. Ihre Schritte trugen sie von ganz allein zum Seidel'schen Juwelierladen. Sie würde Erna, Albert und, wenn es denn sein musste, auch Otto mit dem Diebstahl ihrer Entwürfe konfrontieren. Sie würde sich nicht abwimmeln lassen und nicht eher gehen, bis sie zusammen eine Lösung gefunden hätten. Es war ihre Geschichte, es waren ihre Zeichnungen, und niemals wieder würde sie zulassen, dass sich jemand ihrer ungefragt bemächtigte.

*

Erna unterhielt sich gerade mit Albert, als Ruth wehenden Schrittes ins Geschäft kam. Sie wartete nicht ab, bis sie sich der Aufmerksamkeit der beiden sicher sein konnte oder bis diese ihr Gespräch beendet hatten. Das hätte die alte Ruth getan, doch die gab es nicht mehr.

»Ich muss mit euch sprechen«, sagte Ruth stattdessen geradeheraus. Erna kam freudig auf sie zu und wollte sie umarmen, aber sie wich vor ihr zurück. Entweder war Erna naiv und sah keinen Zusammenhang zwischen den Armreifen und ihren Entwürfen – und das, obwohl Erna als Einzige mit Sicherheit von ihnen wusste und sie studiert hatte – oder aber Erna, und das war noch schlimmer, steckte selbst hinter dem Verrat. Anders konnte Ruth sich ihr

Verhalten nicht erklären. Immer tat Erna so, als seien sie beste Freundinnen, was mit Sicherheit nicht der Fall war.

»Wo bist du heute früh gewesen? Ich habe dich gesucht. Und wo hast du unsere Tochter gelassen?« Alberts Stimme bebte vor verhaltenem Zorn.

»Silvia ist bei Gili, es geht ihr gut. Darum geht es jetzt nicht. Ich will wissen, wer meine Entwürfe an sich genommen hat. Eine Schmuckentwicklerin muss gefragt werden, ob man ihre Ideen umsetzen darf, und natürlich muss sie am Gewinn beteiligt werden.«

Erna hob erst die Hand an den Mund und senkte dann den Kopf. Wie ein Schuldeingeständnis wirkte das. Aber sie sagte nichts, was ganz gegen ihre Natur war. Albert hingegen wurde umso lauter. Wieder und wieder verlangte er eine Erklärung dafür, wo sie in der Nacht gewesen sei, und beharrte nebenbei darauf, dass sie überreagiere und endlich das leidige Thema mit den Armreifen fallen lassen möge. Er habe ihr längst gesagt, wie er dazu stehe.

Erna hob an, etwas zu sagen, aber Albert unterbrach sie, bevor sie nur einen halben Satz beenden konnte.

»Du fällst mir jetzt nicht in den Rücken, Mutter, oder etwa doch?«

Daraufhin schwieg Erna. Sie schwieg auch dann noch beharrlich, als Ruth sie aufforderte weiterzusprechen. »Ich will wissen, was du zu sagen hast. Hast du nicht immer wieder beteuert, wir wären Freundinnen?«

»Sie ist vor allem meine Mutter. Und Mütter verhalten sich solidarisch mit ihren Söhnen«, fuhr Albert sie an.

Ruth sah von einem zum anderen. Albert hielt die Hände in die Hüften gestemmt und stand breitbeinig vor ihr, was wohl einschüchternd wirken sollte, Ruth aber lächerlich vorkam. Erna hingegen wich ihrem Blick aus und gab vor, sie habe noch etwas in der Werkstatt zu tun. Dann verschwand sie. Es gab keinen

Grund mehr zu bleiben. Von Albert war kein Entgegenkommen zu erwarten, nicht einmal ein ehrliches Gespräch auf Augenhöhe. Seinen wütenden Vorwürfen würde Ruth sich nicht länger aussetzen. Es war alles gesagt.

*

Am Nachmittag packte Ruth ihre Habseligkeiten in einen schmalen handlichen Koffer. Otto war außer Haus und die Villa leer. Viel war es nicht, was sie würde tragen können. Die nötigste Kleidung für sich und Silvia, Windeln, eine Bürste und einen Lippenstift. Außerdem ihre Skizzenbücher und die Briefe von Marga. Zuoberst kam die Schmuckschatulle mit ihrem eisern Ersparten, aus jener Zeit vor ihrer Ehe, als sie noch im Kaufhaus Richter gearbeitet hatte. Mit einem bitteren Kloß im Hals dachte Ruth an den Moment, wo sie schon einmal alles hatte zurücklassen müssen. Mit dem Unterschied, dass sie dieses Mal keinen Zweifel daran hegte, dass sie überleben würde. Damals hatte sie ein Zugticket nach Berlin kaufen wollen, das sie nie erworben hatte. Nun würden ihr die Ersparnisse über die erste Zeit der Trennung helfen.

*

Als es klingelte, nahm Gili Silvia an die Hand und öffnete. Vor ihr stand ihre Schwester mit einem Koffer. Die ganze Nacht war sie nicht aufgetaucht, und auch am Morgen hatte Gili umsonst auf sie gewartet. Am Mittag hatte sie begonnen, sich ernsthaft zu sorgen, auch wenn sie vermutet hatte, dass Ilan der Grund für das Fernbleiben ihrer Schwester sein musste. Es sah Ruth dennoch nicht ähnlich, sie im Ungewissen zu lassen. Noch dazu, wenn es um Silvia ging. »Was ist los gewesen? Heute früh habe ich versucht, dich zu erreichen, aber bei den Seidels hat niemand abgenommen.«

Ihre Schwester schwieg sich aus. Gili ließ sie eintreten und schloss die Tür hinter ihr. »Ich mach uns einen Kaffee.« Wenn Ruth erst einmal Platz genommen hätte und Ruhe eingekehrt wäre, würde sie vielleicht mehr in Erfahrung bringen können. Sie setzte Silvia auf der wattierten Spieldecke ab, stellte ihr das Wackelpüppchen, mit dem sie so gern spielte, hin und nahm dann wieder Ruth ins Visier. Ihre Schwester wirkte blass, und in einer seltsamen Regelmäßigkeit wechselte ihre Mimik von freudiger Erregtheit über stirnrunzelnde Sorge hin zu einer sich Raum schaffenden Verzweiflung. Gili folgte Ruth ins Wohnzimmer, verwarf die Idee mit dem Kaffee und setzte sich neben ihre Schwester aufs Bett. »Was ist passiert?« Sie nahm Ruths Hand, die sich kalt anfühlte. Was sie zu hören bekam, versetzte sie in Erstaunen. Niemals hätte sie ihrer stabilen, immer verlässlichen Schwester so etwas zugetraut.

»Ich habe alle meine Habseligkeiten in diesem kleinen Koffer. Können Silvia und ich erst mal bei euch bleiben?«

Gili nickte, ehe sie weiter darüber nachdenken konnte. »Aber was ist denn tatsächlich geschehen?« Es stand außer Frage, dass sie ihrer Schwester beistehen würde.

»Ich habe die Nacht mit Ilan verbracht, mein ganzes Leben steht kopf«, sagte Ruth und erzählte dann in derart hastiger Manier weiter, dass Gili kaum die Hälfte von dem verstand, was Ruth ihr anvertraute. Dass Liebe etwas derart Gewaltiges vermochte, daran hegte Gili keinen Zweifel. Und ihren Schwager, diesen Albertschnösel, hatte sie nie leiden können. Aber die Geschichte mit dem Armreif, von der sie das erste Mal hörte und die wohl ebenso eine wesentliche Rolle zwischen Ruth und Ilan spielte, entzog sich ihr. Seit wann entwarf ihre Schwester Schmuck? Und warum in aller Welt hatte Erna dafür gesorgt, dass Ruth das Goldschmiedehandwerk erlernte, wenn sie ihre Schwiegertochter eigentlich hatte bestehlen und um ihre Entwürfe hatte bringen wollen? Das alles ergab in ihren Augen keinen Sinn. Sie würde später darauf zurückkommen und es sich erklären lassen. Im Moment war Ruth derart durcheinander, dass sie sie mit Detailfragen nicht weiter bedrängen wollte. »Ruh dich aus.« Gili klopfte auf ihr Bett. »Ich bringe dir gleich eine Decke und spreche nach der Probe mit Felix. Irgendwer wird uns sicher mit einem Gästebett aushelfen können. Jetzt muss ich ins Theater. Wir sehen uns später. Fühl dich wie zu Hause. Wir sind eine Familie, und du und Silvia seid uns allzeit willkommen.«

*

Ihre Entscheidung hatte sich als richtig erwiesen. Obwohl der Raum bei Gili und Felix beengt war, hatte sie das Zusammenleben in den letzten Wochen als ein glückliches empfunden. Sogar Silvia, die ja immer ein heiteres Kind gewesen war, lachte befreiter als sonst und eine Spur lauter, so jedenfalls kam es Ruth vor.

Sogar eine Routine hatte sie über die letzten Wochen entwickelt. Morgens, nachdem Gili und Felix die Wohnung verlassen hatten, kümmerte sich Ruth um die Haushaltsführung. Sie wusch das dreckige Geschirr vom Frühstück ab, wischte die Böden, säuberte die Ablagen, machte die Wäsche und bereitete dann eine einfache Mahlzeit vor, die sich Gili und Felix, wenn sie nach Hause kamen, nur aufwärmen mussten. Zwischendurch spielte Ruth mit Silvia und ging danach mit ihr an die frische Luft. Mal drehten sie bloß eine Runde um den Block, mal gingen sie im nahegelegenen Park spazieren. Am Nachmittag, wenn die Kleine endlich schlief, kramte sie Zeichenblock und Stifte aus ihrem Koffer, um ihren Schmuck zu entwerfen.

Sie tat dies auch an jenem Samstag. Sie war gerade dabei, eine neue Linie Armreifen zu kreieren. Otto würde sie dieses Mal nicht zu Gesicht bekommen, dafür würde sie Sorge tragen.

Im Gegensatz zu ihrer ersten Kollektion sollte ihre zweite weniger bunt werden. Die Armreife, die Ruth vorschwebten, sollten beinahe nur aus einer Sorte Edelsteinen bestehen, die dicht an dicht die Reife zieren würden. Je nach Wahl handelte es sich dabei um Granaten – noch immer ihr bevorzugter Stein –, um Saphire, Onyxe, Rubine oder Smaragde. Auch mit Schmucksteinen wie zum Beispiel Turmalin oder rotem Kurund würde sie Armreife kreieren. In der dichten Reihung der Steine aber ließe Ruth scheinbar willkürliche Lücken. Diese Leerstellen setzte sie bewusst und füllte sie auch später nicht aus. An einer einzigen Stelle jedes Reifs würde sie einen kleinen farbigen Diamanten platzieren. Ruths Vision dabei: keine durch und durch harmonische Darstellung, die auf Ausgewogenheit, Klarheit und Eleganz beruhte, sondern der Bruch in einer ansonsten klaren Form.

In ihrem eigenen Leben war Ruth Einbrüchen, wo immer es möglich gewesen war, ausgewichen. Wo es nicht möglich gewesen war, hatte sie versucht, solche Unebenheiten zu überdecken. Eine Anstrengung, die niemals ausreichte und all ihre Kraft und Mühe gefordert hatte, sodass sie selbst beinahe dahinter verschwunden wäre.

Auch andere Biografien ihrer Zeit, die ihrer Freunde, Bekannten und natürlich die ihrer eigenen Familie, zeichneten sich durch immense Einschnitte aus. Wohin Ruth auch blickte, die Klüfte, die der Krieg nicht nur äußerlich hinterlassen hatte, waren nirgends wegzudenken, und so mussten hilflose Versuche, es dennoch zu tun, scheitern. Nichts als schöner Schein. In Ruths Entwürfen ging es daher darum, solche Breschen, Sprünge und Verletzungen sichtbar werden zu lassen. Auf dieser Grundlage, davon war sie überzeugt, würde es gelingen können, sie als Teil des Lebens anzunehmen und an ihnen zu wachsen.

Ruth seufzte, als es an die Tür klingelte. Wahrscheinlich war es wieder der alleinstehende Nachbar von oben, der nach einer Kleinigkeit fragte, mit der sie ihm aushelfen sollte: Salz oder ein Löffelchen Zucker, ein bisschen Mehl oder auch mal ein Ei. Eigentlich ging es ihm nicht um diese Dinge. Er kam, so vermutete

Ruth, weil er des Alleinseins überdrüssig war, sich von der Trauer um seine verstorbene Frau ablenken und einen Plausch halten wollte. Ruth erhob sich, ging zur Tür und öffnete mit einem höflichen Lächeln auf den Lippen, das augenblicklich gefror, als sie, anders als erwartet, Albert erblickte.

»Ich hatte damit gerechnet, dass ich dich hier finden würde«, sagte er anstatt einer Begrüßung und wollte ungefragt eintreten. Doch Ruth bewies Geistesgegenwärtigkeit. Sie stellte sich Albert in den Weg und verschränkte die Arme vor der Brust. »Worum geht es?«

»Wie du meinst, so können wir es natürlich auch regeln.« Albert streckte ihr einen Umschlag hin, den sie entgegennahm.

»Du hast genau zwei Möglichkeiten. Entweder du kehrst in den nächsten zwei Wochen mit Silvia zu mir zurück – was ich, unter uns gesagt, für die bessere Wahl hielte – oder unser Anwalt wird dich zur Herausgabe unserer Tochter zwingen.«

Der letzte Halbsatz saß.

Den Bruchteil einer Minute wartete Albert ihre Reaktion ab. »Das meinst du nicht ernst.« Mehr brachte sie nicht heraus, zu viele Gedanken kreisten gleichzeitig in ihrem Kopf und stritten um die jeweilige Priorisierung. Für Ruth waren sie alle gleich wichtig.

»Hätte ich mir denken können, dass dir die Folgen deines Verhaltens nicht klar sind. Zwei Wochen von heute an, Ruth, und keinen Tag länger. Du hörst sonst von meinem Anwalt.« Albert sah sie eindringlich und mit leicht zusammengezogenen Augenbrauen an, dann drehte er sich, ohne ein weiteres Wort, auf dem Absatz um.

*

Als hätte Alberts Erscheinen allein nicht für genügend Aufregung gesorgt, fühlte Ruth sich danach sehr schwach. Sie legte sich neben Silvia ins Bett und lauschte den traumseligen Atemzügen ihrer Tochter, die sie normalerweise verlässlich beruhigten. Dieses Mal aber überkam sie Übelkeit. An Schlaf war nicht mehr zu denken. Sie schaffte es gerade rechtzeitig zur Etagentoilette, erbrach sich in einem Schwall und spuckte, als der Magen endlich leer war, Galle.

Zuerst dachte sie, Alberts Drohung sei ihr nicht nur aufs Gemüt, sondern auch auf den Magen geschlagen. Dann kam sie zu dem Schluss, sie habe einen Infekt. Am Abend aber überfiel sie ein derartiger Hunger, der im Kontrast stand zu einer möglichen Magen-Darm-Erkrankung und der sogar Gili auffiel. »Du isst heute für zwei«, sagte sie und lachte über ihre Bemerkung, derweil Ruth die Gabel mit den Erbsen, die sie eben hatte zum Mund führen wollen, wieder ablegte.

»Ist doch schön, wenn du einen gesegneten Appetit hast. Ich wollte dich nicht kritisieren.«

Unterm Tisch legte Ruth eine Hand auf ihren Bauch. Sie hatte die Tage im Kalender nicht angestrichen, doch wenn sie die Zeit, die seit ihrer letzten Regelblutung ins Land gegangen war, überschlug, kam sie auf gute acht Wochen. Unwillkürlich dachte sie an Ilan. Seit ihrer letzten Begegnung hatte sie ihn nicht wieder gesehen. Nicht, weil er sie nicht kontaktiert hätte, sondern weil sie seinen weiteren Einladungen höflich, aber bestimmt aus dem Weg gegangen war. Nicht noch einmal würde sie ihm ein Leid zufügen. Sie musste ihre Angelegenheiten erst regeln, bevor sie weiter über ihn nachdenken oder von ihm träumen durfte. Was sie dennoch tat, obwohl Ruth sich solche Fantastereien mit enormer Anstrengung und unerbittlicher Strenge gegen sich selbst verbat. Konnte sie tatsächlich schwanger von Ilan sein? Ein Lächeln huschte über ihre Lippen.

Egal in welchen Umständen sie sich befand, sie musste sich auf das konzentrieren, was jetzt ihr Leben war: ihre Tochter Silvia und eine ordentliche Haushaltsführung, die ihre Schwester und

Felix sicher auch dazu bewog, sie nicht dazu zu drängen, sich eine andere Unterkunft zu suchen. Ruth hatte dies selbstredend vorgehabt, aber ihr Geld war knapp, und ohne die Unterschrift von Albert würde sie nicht arbeiten gehen können. Wohin hätte sie Silvia in der Zeit ihrer Abwesenheit auch bringen sollen?

*

Die Übelkeit ließ auch in den folgenden Tagen nicht nach, und Ruth verlangte es nach Gewissheit. Sie sprach mit niemandem über ihren Verdacht, sagte Gili nur, sie müsse etwas Wichtiges regeln, und nahm ihr das Versprechen ab, auf Silvia aufzupassen.

»Und du bleibst sicher nicht wieder über Nacht fort? Ich habe morgen gleich in der Früh Probe für *Das weiße Rössl.*«

Ruth versprach es ihr.

*

Bis ans andere Ende der Stadt fuhr sie mit der Straßenbahn. Vorher hatte Ruth im Telefonbuch nach einer Apotheke gesucht, die sogenannte Apothekerfrösche für Schwangerschaftstests bereithielt. Sie hatte mit dem Inhaber telefoniert, der sie daraufhin gefragt hatte, ob sie denn verheiratet sei, und als sie dies bejaht hatte, war er freundlich und zuvorkommend gewesen. Natürlich könne sie vorbeikommen, den Morgenurin müsse sie mitbringen, ein passendes Behältnis führe jede Apotheke. Sie war also vorbereitet, und alles lief glatt. Der Apotheker fragte nicht weiter nach ihrem Mann. Ihre Zusicherung am Telefon in Verbindung mit ihrem Ehering, den sie sich für den Besuch wieder angesteckt hatte, reichte ihm aus.

Worauf Ruth allerdings nicht vorbereitet war, war das Ergebnis, das sie schon am nächsten Nachmittag erhielt. Dieses Mal hatte sie Silvia zur Apotheke mitgenommen. Gili war unabkömmlich gewesen und in irgendwelchen finalen Proben. Der Apotheker strahlte sie, als er sie wiedererkannte, an und schüttelte freudig und viel zu lange ihre Hand. Silvia schenkte er einen Schnuller. »Da bekommst du also bald ein Geschwisterchen«, sagte er.

Ruth musste sich am Verkaufstresen festhalten, so schwindelig wurde ihr.

»Es ist ganz normal, wenn Sie die Neuigkeit verunsichert. Das geht vielen Ehefrauen so, wenn das erste Kind noch jung ist. Dabei ist so eine Schwangerschaft vollkommen natürlich und Grund zur Freude, gnädige Frau. Herzlichen Glückwunsch.« Er empfahl ihr einen Stärkungssaft, der Eisen enthielt und den Ruth wortlos kaufte.

Sie trug Ilans Kind im Bauch, und nichts, rein gar nichts war geregelt. Weder war geklärt, wie es um ihre Entwürfe stand, noch hatte sie seit Alberts Auftauchen noch mal mit ihm gesprochen. Und weil alles gleichzeitig da war, eine gänzlich unkluge, ihren gesamten Körper flutende Freude, die das Herz hüpfen ließ, eine rumorende Sorge, wie alles werden sollte, und eine überwältigende Angst, die weniger ihr selbst galt als vielmehr Silvia und dem unbenannten Kind, weinte sie. Und lachte. Und weinte. Menschen, die an ihr vorübereilten, beschleunigten ihre Schritte oder sie wurden langsamer und schauten unschlüssig zwischen ihr und dem Kinderwagen hin und her.

Erst als ein junger Mann stehen blieb und sie fragte, ob sie Hilfe bräuchte, wurde sie sich vollumfänglich darüber bewusst, welchen Eindruck sie auf die Vorübereilenden machen musste. Sie nahm das Taschentuch entgegen, das er ihr reichte, wischte sich damit die Tränen fort und bedankte sich ordentlich bei ihm. »Mir geht es ausgezeichnet«, entgegnete sie und ging einfach weiter.

Kapitel 10

Es sah Marga ähnlich, unangekündigt und zum rechten Zeitpunkt aufzutauchen.

Ruth hatte ihre Freundin postalisch stets engmaschig über ihr Leben auf dem Laufenden gehalten. Da Marga aber nur sporadisch geantwortet hatte, waren Ruth die Zeilen an sie mehr und mehr wie Tagebucheinträge vorgekommen, die sie in Briefumschläge gesteckt und an die bekannte Adresse versandt hatte, um sie loszulassen. Sie schrieb zwar an Marga, doch ohne die Adressatin ständig mitzudenken. Vielmehr richtete sie ihre Zeilen eher an sich selbst. Das aufgewühlte Meer in ihr vermochte sie nur so zu besänftigen. Je nach Strömung zerrte es am Grund liegende Trauer, schäumend weiße Gischt aus Wut oder geheime weiche Schätze in einer harten Muschelschale an die Oberfläche. Dabei konnte sie der Freundin alles anvertrauen. Niemals hätte sich Marga ein Urteil über sie erlaubt oder gar über sie gerichtet. Ihr fernes, stilles Lauschen gab Ruth jene Gewissheit, dass jemand Vertrautes ihr zuhörte, jemand, der sie besser kannte als sie sich selbst. Außerdem war Marga immer für Überraschungen gut gewesen.

Es wunderte Ruth daher allenfalls ein bisschen, als es wenige Tage, nachdem sie Gewissheit über ihre Schwangerschaft hatte, an der Tür klingelte und weder der Nachbar von oben noch Albert oder – wie sie insgeheim gehofft hatte – Ilan vor ihr stand.

Marga stellte den Koffer ab und breitete die Arme aus. Ruth ließ sich hineinfallen in die Weichheit des vertrauten Körpers ihrer alten Freundin. Geborgen in ihrer Umarmung atmete sie das erste Mal seit Ewigkeiten sehr lange aus.

*

Kurz nach ihrer Ankunft hatte Marga Ruth überredet, ihr die beste Konditorei der Stadt zu zeigen und gemeinsam mit ihr – wie damals, als der Krieg noch nicht allzu gegenwärtig gewesen war – zu schlemmen. Ruths Bedenken hinsichtlich des Café-Standortes, es lag unweit vom Seidel'schen Juwelierladen, räumte Marga mit einer einzigen Handbewegung und einer scharfzüngigen Entgegnung aus. »Uns ist es doch janz gleich, wo sich die ollen Verbrecher aufhalten. Wenn überhaupt, müssten die sich nämlich vor uns in Acht nehmen. Ick hab nämlich Neuigkeiten, die werden dir jubeln lassen.«

Marga stellte ihren Koffer bei Gili und Felix unter, angelte sich ihre Handtasche von der Garderobe und nahm Silvia auf den Arm, die sich das von ihr, anders als sonst bei Fremden, anstandslos gefallen ließ. Den gesamten Weg über trug Marga die Kleine, die auf keinen Fall zurück in den Kinderwagen wollte und Marga bald *Tante Magga* nannte.

Mit der Freundin waren die einst nebligen Erinnerungen an früher zurückgekehrt, klar und überdeutlich verlangten sie gesehen zu werden. Nur dass sie weniger schmerzten, als Ruth vermutet hätte, und ihr vor allem guttaten. Es gab Dinge, die hatten überlebt, und es tat wohl, diese Gewissheit zu besitzen. Ihrer Freundschaft mit Marga hatte die Zeit keinen Abbruch getan. Es war alles geblieben, ihr gemeinsames Lachen, die Vertrautheit, die keiner Erklärung und keiner Versicherung bedurfte, und die Leichtigkeit im Gespräch, die sie wie einst miteinander teilten. Kaum vorstellbar, dass sie sich sechs Jahre nicht gesehen hatten. Und was es nicht alles zu erzählen gab.

Marga arbeitete mittlerweile im *Goldenen Krug*, einem Restaurant, das für seine herausragende Berliner Küche und seinen im Sommer üppig blühenden Garten bekannt war und nachts zur Kneipe wurde. Vom normalen Bürger über ein paar angesagte Schriftsteller und bildende Künstler bis hin zur Prominenz aus Radio und Film gingen dort alle ein und aus. Der *Goldene Krug* war so etwas wie das erweiterte Wohnzimmer ihrer Stammkundschaft, und Marga kannte alle. Mit einigen Gästen pflegte sie richtiggehende Freundschaften. So auch mit einem bedeutenden Juwelier, dem sie offenbar Ruths Entwürfe gezeigt hatte.

»Du hast was?« Ruth schwang gerade die Tür zur Konditorei auf und wäre vor Schreck beinahe über die Stufe gestolpert. Bloß nicht noch jemand, der etwas hinter ihrem Rücken tat, und schon gar nicht Marga.

»Reg dir nich uff.« Marga legte ihr eine Hand auf den Rücken. »Gloob mir, dit wird pyramidal.«

An der Kuchentheke orderte Marga eine Schwarzwälder Kirschtorte und einen Kaffee mit Schuss. Ruth bestellte Pflaumenkuchen mit Schlagsahne und Florentiner Kekse dazu. Marga nahm die beiden Zettel mit der Nummer ihrer Bestellung an sich und hielt, ohne zu zögern, auf einen großen Tisch mit gepolsterten breiten Sesseln direkt am Fenster zu. Das Café war gut gefüllt, und Ruth wollte niemandem den Platz streitig machen.

»Sollten wir nicht vielleicht das Zweier-Tischchen hinten in der Ecke …« Ruth konnte den Satz nicht vollenden, weil Marga sie unterbrach. »Ick war wohl zu lange weg jewesen, Schatz. Komm bloß nicht uff so olle Jedanken, dir mit weniger als dem Besten zufriedenzujeben.« Und dann legte Marga erst mit dem vollen Programm los. Ruth erinnerte sich, so war es immer zwischen ihnen gewesen. Ihre Freundin hatte aus Nichts einen blühenden Landstrich und aus dem Landstrich ein prächtiges Anwesen erschaffen. Wo nichts war, waren sie und Ruth. Sie bedurften nichts anderem. Wie sehr sie Margas Lebensfreude und ihr Selbstbewusstsein vermisst hatte.

Marga wies den Kellner an, ihnen den Kerzenständer vom Nachbartisch zu bringen und diesen zu entzünden. Sie tat dies charmant und mit einem schelmischen Unterton, der auch den Kellner amüsierte. »Wissen Se, ansonsten bin ick uff der anderen Seite, aber heute lassen meine Freundin und ick uns vawöhn.« Zu Ruth gewandt fuhr sie fort: »Haste jespürt, wie unsere Füße in den fluffigen Teppich einjesunken sind? War dit nich n herrlichet Jefühl? Wir wollen et uns jut gehn lassen, alle Tage, wa? Und bevor de meckerst, allet dit kann bald Wirklichkeit für dir sein. Meen Stammgast, den Juwelier meine ick, der hat deine Entwürfe nämlich seinem Chef jezeigt, und der ist helluff bejeistert. Er bietet dir eene enorme Summe an, wenn du deine Kollektion an seine Kaufhauskette vajibst.« Margas Grinsen zog sich über ihr halbes Gesicht, so viel Raum nahm es ein. »Na, jetzt biste sprachlos, wa? Du hast nicht etwa jeglobt, dass ick untätig zuschau, wie die Seidels dir ausnehmen wie ne Weihnachtsjans. Nich mit Marga, ick hab jetzt Berliner Schnauze, und ick setz mir durch.« Sie zeigte auf ihre Ellbogen und kramte in ihrer Handtasche nach einer Visitenkarte, die sie ihr reichte. *Herr Dr. Dr. Braun,* stand darauf zu lesen, die Anschrift eines Kaufhauses und eine direkte Durchwahl. Darunter hatte Marga eine Summe gekritzelt, die Ruth so unfassbar hoch erschien, dass ihr für einen Moment die Luft wegblieb.

»Und dit is noch lang nich alles«, sagte Marga mit hörbarem Stolz in der Stimme. »Du wirst ooch noch prozentual am Verkauf beteiligt. Dit bedeutet, Süße, du hättest een stabilet Auskommen, könntest von zu Hause dein Zeug entwerfen, und Albert könnte dir Silvia nich mehr wegnehm. Sie wäre dufte bei dir versorgt.«

Marga war eine Wucht. Ihre Freundin hatte sie nicht vergessen, in keinem Augenblick, auch wenn Ruth das mitunter vielleicht so vorgekommen war. Marga handelte nur lieber, anstatt lange Briefe zu schreiben. Und sie war erfolgreich damit gewesen. Die Sache hatte nur einen Haken, siedend heiß fiel es Ruth ein.

Nach all der Freude sackte sie ein wenig in sich zusammen. »Es ist nur«, entgegnete sie. »Ich kann nicht beweisen, dass die Kollektion von mir stammt.«

»Und ob du dit kannst.« Marga orderte Schaumwein.

Als der Kellner die Gläser brachte und er Marga seine Telefonnummer mit einem kleinen Herz dazu auf die Rechnung schrieb, zwinkerte sie ihm zu. »Dit is Amüsemang, Ruth. Kannste nich vajessn haben. Ick werd dir wohl ein wenig aufwecken müssen. Aber zunächst ditte.« Marga straffte die Schultern und sprach dann plötzlich dialektfrei und ganz geschäftsmäßig: »Der Kaufhausbesitzer bietet dir Unterstützung in Form seines hauseigenen Anwalts an. Du kannst also in aller Seelenruhe gegen die Urheberrechtsverletzung der Seidels vorgehen.« Dann allerdings verfiel sie wieder in den Berliner Singsang: »Ick hab deine Briefe mit deinen Kollektionen für dir aufjehoben. Die sind mit nem Poststempel versehen. Wenn dit keen Beweismittel is, fress ick nen Besen.«

Marga hob das Glas mit dem Schaumwein, das der Kellner ihnen gebracht hatte, in die Höhe, und Ruth tat es ihr gleich. Sie nahm allerdings nur einen kleinen Schluck.

»Uff deinen Schmuck!« Marga jubilierte lautstark, als ihre Gläser aneinanderstießen. Die Blicke der Gäste nahmen sie ins Visier. »Endlich sind wir beide anjekommen, wo wir hinjehören: nich in so ner abjehalfterten Jesellschaft jedenfalls.«

Da tippte jemand vom Nachbartisch Ruth auf die Schultern. Sie wandte sich um und erblickte Erna. Wie hatte sie ihre Schwiegermutter übersehen können? Wie lange hatte sie dort gesessen und ihr Gespräch mit Marga belauscht?

Marga hielt ihr leeres Glas in der Hand und schaute in den Kinderwagen, in dem Silvia selig schlief, dann zwinkerte sie Erna fröhlich zu. »Eine Freundin von dir?«

Ruth schloss die Augen. Wenn sie die lang genug nicht wieder öffnete, vielleicht wäre dann der Spuk vorüber. Vielleicht wäre diese Version von Erna, neben ihr am Kaffeetisch, dann ihrer Phantasie entsprungen.

Aber so verhielt es sich nicht. Als Ruth die Augen wieder aufschlug, saß Erna noch immer dort. Allerdings sah sie keineswegs verärgert aus – und was sie sagte, erstaunte Ruth.

»Ich wäre immer gern ihre Freundin gewesen. Aber sie lässt mich nicht.«

Ruth atmete hörbar aus. »Wie wäre das auch möglich gewesen bei einem derartigen Vertrauensbruch. Wer hat denn meine Entwürfe in meiner Nachttischschublade aufgestöbert? Und damit nicht genug, wer hat sie seinem Mann gezeigt? Wer hat nichts dagegen unternommen, als er sie genutzt hat, ohne mich um Erlaubnis zu fragen? Wer hat darüber geschwiegen, als er mich nicht einmal am Umsatz beteiligt hat? Warst das vielleicht du, die angeblich meine Freundin sein will, aber eben doch meine Schwiegermutter ist, die natürlich auf Alberts und Ottos Seite steht.«

Erna entgegnete eine ganze Weile lang nichts. Ruth hingegen konnte nicht aufhören zu reden.

»Wusstest du, dass Albert mich unter Druck setzt? Dass er Silvia benutzt, damit ich zu ihm zurückkomme? Dass es ihm nicht um mich geht, sondern um den Anschein? Nach außen hin muss alles mit seiner Familie stimmen, nicht wahr? Was innerhalb der vier Wände vor sich geht, soll hingegen niemand wissen.« Überwältigt von ihrer unterdrückten Wut, die sich endlich Bahn gebrochen hatte, atmete Ruth hörbar aus.

»Ich habe lange mit mir gekämpft.« Erna legte ihr eine Hand auf die Schulter. Ruth ließ es sichtbar irritiert zu. Vielleicht war es Instinkt, vielleicht auch das vage Gefühl, dass sie beide tatsächlich eine Art Seilschaft zwischen Frauen einte, der die familiäre Verbindung zwischen Albert und Erna keinen Abbruch tun konnte. Die Hand auf ihrer Schulter jedenfalls zeugte davon.

»Darf ich?«, fragte Erna und deutete auf den freien Sessel neben Ruth.

Ruth nickte, und Erna stand vom Nebentisch auf und setzte sich zu ihnen. »Ich will ehrlich sein, zuerst wollte ich den Laden unbedingt retten. Ich will nun einmal nicht in Armut leben, dazu bin ich nicht gemacht. Ich liebe den Chic, das weißt du. Außerdem kenne ich die bessere Gesellschaft recht gut, weiß also, was sie mögen. Deine Armreife, davon war ich überzeugt, würden sie begeistern. Dabei habe ich allerdings eine wichtige Sache übersehen und einen gewaltigen Fehler begangen.« Sie hielt kurz inne und fuhr erst dann fort, als Ruth und Marga gleichzeitig sagten: »Welchen denn?«

»Ich habe geglaubt, der wirtschaftliche Erfolg würde uns als Familie wieder zusammenbringen. Albert wäre dann glücklicher, dachte ich, und ihr beide könntet euch aussöhnen. Wenn du dich nur verwirklichen könntest, würde vielleicht Friede in unsere Familie einkehren. So ist es nicht gekommen. Und natürlich habe ich fest damit gerechnet, dass Otto dir deinen Anteil auszahlen würde. Nie hätte ich vermutet …« Sie brach ab. »Hat er dir denn wirklich gar nichts abgegeben?«

Ruth schüttelte den Kopf, und Erna, die eben noch einen Schluck von ihrem Kaffee mit Schuss genommen hatte, verschluckte sich und musste grässlich husten. »Das darf nicht wahr sein. Ich hatte Otto das Versprechen abgenommen, dass er dich beteiligt.«

»So isset immer schon jewesen«, sagte Marga mit plötzlich ernster Miene und sprach dann in klarem Hochdeutsch weiter: »Wir Frauen waren stets nur die Musen, nebenbei haben wir die olle Hausarbeit erledigt, unseren Liebsten Tipps gegeben, so allerlei Dinge für sie in Erfahrung gebracht, die sie ohne uns schwer oder gar nicht herausgefunden hätten. Und zu allem Überfluss sind wir dafür sehr selten auskömmlich entlohnt worden. Nicht einmal die eigentliche kreative Arbeit haben die Herren«, sie malte Gänsefüßchen in die Luft, »allein gemacht. Die Ergebnisse ihrer Tätigkeit haben sie allerdings stets als die ihren ausgegeben, und dafür sind sie gelobt, belohnt und gefeiert worden. Otto steht mit seiner Aneignung deines Werks keinesfalls allein in der Geschichte der Menschheit.«

Ruth blickte Marga irritiert an. »Wie sprichst du denn plötzlich? So gestelzt drückst du dich doch sonst nicht aus…«

»Tja, Schatz. Ick hab jelernt. Ick kann mit allen reden, wa? Und mithalten kann ick ooch.«

Ruth spürte, wie die Farbe, die ihr vorhin beim Anblick Ernas aus dem Gesicht gewichen war, allmählich wieder zurückkehrte.

Erna orderte noch einmal Perlwein für alle. »Was ich eigentlich habe sagen wollen: Ich falle dir nicht in den Rücken, Ruth. Ganz im Gegenteil, du kannst auf mich zählen. Ich werde dich dabei unterstützen, deine Ansprüche gegenüber Otto durchzusetzen.«

Ruth sah sie ungläubig an, aber Erna nickte.

»Deine Marga hat ganz recht. Frauen haben in der Geschichte und in der Kunst immer schon Großes geleistet. Ich weiß das von meinen Freundinnen. Keine ihrer Familien wäre ohne ihre Ideen je so erfolgreich geworden. Nun ist die Zeit gekommen, diesem Umstand endlich auch Rechnung zu tragen. Ohne dich, Ruth, und ohne deine tatkräftige Unterstützung hätten die beiden Männer unser Familienunternehmen längst gegen die Wand gefahren. Nun aber blüht es, wächst und gedeiht. Und das haben sie dir – und ein bisschen auch mir und meiner Buchhaltung – zu verdanken. Glaub bloß nicht, ich wüsste das nicht.«

Der Kellner brachte die zweite Runde und dazu jeweils ein Glas Eierlikör aufs Haus. Er blieb eine Spur zu lange am Tisch stehen, womöglich in Erwartung einer Reaktion von Marga auf seine Telefonnummer vorhin, die er ihr mit dem gemalten Herzchen zugesteckt hatte. Marga flirtete zwar weiterhin mit ihm, etwas verhaltener als zuvor, ließ sich ansonsten aber nicht dazu bringen, etwas Konkretes zu erwidern.

Ruth stieß mit Marga und Erna an, nippte aber nur am Glas. Deren Worte hatten sie versöhnt. So ganz glauben mochte sie

Erna allerdings nicht. Es war zu viel zwischen ihnen vorgefallen, als dass sie ihr rückhaltlos hätte vertrauen können. Ein Anfang aber war gemacht. Und für den Anfang reichte es aus, gemeinsam das neue Bündnis zu bekräftigen.

Lange saßen sie beieinander. Der Kellner hatte derweil ein leichtes Abendessen serviert, eine Spargelcremesuppe mit Brot und Butter. Während sie aßen, griff Erna noch einmal den ursprünglichen Gesprächsanlass auf. »Eine Sache solltest du noch wissen, Ruth.«

Sie legte den Suppenlöffel beiseite und blickte Erna erwartungsvoll an.

»Otto und ich sind kein Liebespaar mehr, auch wenn er das gern so hätte. Seit du ausgezogen bist, haben wir getrennte Schlafzimmer. Darauf habe ich beharrt. Albert will das nicht verstehen. Er ist der Meinung, durch dich seien die Sitten im Hause Seidel verroht. Aber Otto ist sein Ansehen wichtiger als alles andere. Wir haben daher ein Arrangement getroffen: Ich bleibe und gefährde seinen Ruf nicht mit einer Scheidung. Im Gegenzug dafür erhalte ich ein ordentliches Auskommen. Ich erzähle das nur, damit du weißt, dass ich Otto emotional zu nichts mehr verpflichtet bin.«

Ruth musterte Erna. In ihren Zügen lag Aufrichtigkeit. Sie erfand keine Geschichte, um sie zu manipulieren. Was sie sagte, entsprach der Wahrheit, da war Ruth sich sicher.

»Und Albert?«, fragte sie. »Er ist und bleibt dein Sohn.«

Erna nickte. »Er ist und bleibt mein Sohn.« Es klang wie ein Zitat oder etwas, das durch die bloße Wiederholung an Wahrhaftigkeit gewinnen sollte. »Das bedeutet nicht, dass ich alles gutheiße, was er tut. Gleichwohl ich ihn immer lieben werde.«

Mehr musste Ruth nicht wissen. Als der Kellner sie aufforderte zu zahlen, übernahm Erna die Rechnung.

*

Nach einem ausgiebigen Frühstück, das Ruth gemeinsam mit Marga in der *Pension Mayerhoff*, in der diese sich eingemietet hatte, einnahm, fühlte sich Ruth für die bevorstehende Debatte gerüstet.

Für den heutigen Tag hatte Marga den Berliner Dialekt abgelegt. Sie passte sich schnell an die jeweilige Umgebung an. »Vergiss nicht: Du hast ein Ass im Ärmel.«

»Danke. Es tut gut zu wissen, dass du hier bist.«

Ruth wollte nicht weiter darüber nachdenken, was im schlimmsten Fall geschehen könnte, sollte ihr Vorstoß misslingen, also zahlte sie rasch und trat dann mit Marga in den beinahe sommerlichen und späten Morgen. Die Schwalben zogen hoch am Himmel ihre Kreise. Man hätte meinen können, der Sommer habe verfrüht Einzug gehalten.

Aus dem Blauen heraus hatte Jo ihr gestern angeboten, sich um seine Nichte zu kümmern, was Ruth sehr entgegengekommen war. Ohne Silvia im Schlepptau würde sie viel konzentrierter – und im Zweifelsfall auch schärfer – mit Otto sprechen können. Also hatte sie seinem Vorschlag zugestimmt. Seit ihr Bruder mit Max zusammen war und Ruth davon in Kenntnis gesetzt hatte, suchte er wieder häufiger ihre Nähe. Hatte Jo womöglich Sorge gehabt, sie würde ihn für seine Homosexualität verurteilen? Ruth schüttelte bei dem Gedanken unwillkürlich den Kopf.

»Doch, doch, du schaffst das.« Marga hakte sich bei ihr unter. »Du gehst nicht eher aus dem Juwelierladen, bis der alte Sack dich ausbezahlt und deine Kollektion freigegeben hat. Du bist eine gefragte Schmuckdesignerin, mein Herz. Und hinter dir steht fortan ein bekannter Anwalt.«

Ruth beschleunigte ihren Schritt. In den letzten beiden Tagen hatte sie mit Erna einen geheimen Plan geschmiedet. Sie hatten sich beide geschworen, niemanden darin einzuweihen. Sogar Marga gegenüber – und das war Ruth besonders schwergefallen – hatte sie dichthalten müssen und die Neuigkeit nicht vorschnell verraten dürfen. Es war eine Frage der Loyalität. Wenn sie das mit Erna durchziehen wollte, was sie gleich in die Tat umsetzen würde, mussten sie beide die Gewissheit haben, dass auf die jeweils andere Verlass war.

Ruth hatte Wort gehalten.

*

Sie holte noch einmal tief Luft, bevor sie mit Marga den Laden betrat. Ruth hatte abgewartet, bis das Geschäft sich geleert hatte und kein Kunde mehr zu sehen gewesen war. Das Schild hatte sie beim Eintreten umgedreht: *Wir sind in Kürze wieder für Sie da*, stand in dicken Lettern zu lesen.

Albert sah sie an wie ein Gespenst. »Du kommst allein? Wo ist meine Tochter?« Zuerst hielt er nur eine Hand in die Hüfte gestemmt. Er blieb dabei hinter dem Verkaufstresen stehen. Alsbald aber verschränkte Albert beide Arme vor der Brust, eine zusätzliche Barriere. Außer ihm war bloß Otto zugegen. Vielleicht schlich auch Karl-Heinz irgendwo in der Werkstatt umher. Ihn hätte Ruth gern wiedergesehen, allein der alten Zeiten wegen und weil sie brennend interessierte, was aus dem umtriebigen Lehrling geworden war. Dafür blieb ihr jedoch keine Zeit. Sie ignorierte Alberts Frage und ging an ihm vorbei auf Otto zu. Marga, die die Tür bewachte und keine Kunden eintreten ließ, stand hinter ihr. Auch wenn Ruth sie nicht sehen konnte, gab ihr allein ihre Anwesenheit ein sicheres Gefühl. Ohne Marga, die im Hintergrund die Fäden gesponnen hatte, wäre die Konfrontation mit Otto und Albert viel weniger Erfolg versprechend gewesen.

Die Worte auszusprechen, damit einen gewaltigen, letzten Schnitt zu machen und Otto wie Albert – die trotz allem ein Teil ihrer Familie waren – in die Schranken zu weisen, das musste sie allein tun. Grund genug dafür hatte sie: Das Kind in ihrem Bauch sollte niemals sagen müssen, seine Mutter hätte nicht alles Erdenkliche getan, um gegen ihr vermeintlich vererbtes Schicksal des Schweigenmüssens anzukämpfen und so für ihr Glück einzustehen. Nie wieder würde sie sich verstecken! Das hatte Ruth sich geschworen. Erst recht nicht um Wünschen und Belangen anderer willen. Es war ein erster, wesentlicher Schritt, um endlich ihre Stimme zu erheben.

Als sie den Brief mit dem Schreiben des Kaufhausbesitzers aus dem Umschlag zog und es Otto gab, zitterten ihre Hände. »Ich habe die Möglichkeit, Klage gegen das Seidel'sche Juweliergeschäft zu erheben und Schadensersatz zu verlangen«, sagte sie bestimmt und sachlich. Gegen die Angst, die in einem knotenförmigen Gebilde auf ihrem Hals hockte, schluckte sie an. »Ihr habt euch meiner Entwürfe bemächtigt, sie gestohlen.« Nach den ersten Worten fühlte es sich an, als schrumpfe der Knoten in ihrem Hals. Das Sprechen fiel ihr leichter. »Ihr habt meine Armreife ohne mein Wissen in großen Mengen produzieren lassen und mich nicht einmal an den Einnahmen beteiligt.«

Ottos Blick wanderte über das Schreiben. Er wollte anheben zu sprechen. Wie eine Kaulquappe öffnete er den Mund, aus dem kein Ton entwich. Womöglich hatte er ihre Anklage, wie nebenbei, für nichtig erklären wollen, wie er es oft im Umgang mit anderen Familienmitgliedern getan hatte, sogar gegenüber Albert. Es war einfacher, sämtliche Dinge, die andere an ihn herantrugen, zu entwerten, als sich damit auseinanderzusetzen. Ruth entriss ihm das Schreiben, presste es gegen ihre Brust und redete einfach weiter. »Ich habe ein Angebot erhalten, das man eigentlich nicht ausschlagen kann. Aber wenn ich die Wahl habe, und die habe ich nun, werde ich lieber mit Silvia bei meinen Geschwistern und bei meinem Vater in Freiburg bleiben, anstatt nach Berlin zu ziehen. Wir«, sie sah erst Albert, dann Otto scharf an, »hätten alle etwas davon.«

Albert kam hinter dem Tresen hervor. »Wovon in aller Welt sprichst du da?«

Ruth rang sich ein siegessicheres Lächeln ab, auch wenn ihr nach lächeln nicht sonderlich zumute war. Es sollte dem Verlierer zeigen, dass sie sich von ihm nicht mehr einschüchtern ließe. »Ich will die Scheidung, Albert – und Silvia bleibt bei mir. Wenn ich in Freiburg bin, kannst du deine Tochter an den Wochenenden sehen. Ich möchte den Laden gemeinsam mit Erna weiterführen. Wenn du und dein Vater einwilligen, verzichte ich darauf, Klage gegen euch zu erheben. Der Skandal, der damit einherginge, würde das Geschäft mit Sicherheit ruinieren. Davon haben wir allesamt nichts, nicht wahr?«

Otto war kreidebleich geworden. Er hielt weiterhin den Mund geöffnet, ohne eine Hand davorzuhalten. Alberts Gesicht hingegen glühte rot vor Zorn. »Und du glaubst, damit kommst du durch? Du hast tatsächlich die Dreistigkeit, mir offen den Krieg zu erklären?«

»Davon ist keine Rede. Es steht fest, dass ihr verloren habt, und ich unterbreite euch ein gerechtes Friedensangebot, ein sehr gerechtes sogar: Erna und ich werden euch als stille Teilhaber an den Gewinnen des Geschäfts beteiligen.«

Ein quietschendes Geräusch kam von der Sitzecke her. Ruth drehte sich um. Otto hatte sich aufs Sofa fallen lassen und barg sein Gesicht in beiden Händen. Dabei schüttelte er in einem fort und wie ein unwilliges Kind den Kopf. Die Sprungfedern des Sofas waren in die Jahre gekommen und ächzten bei jeder seiner Bewegungen. Ruth ließ sich davon nicht irritieren. Sie wandte sich wieder Albert zu. »Unter einer Bedingung: Ein prozentualer Anteil der Gewinne wird an eine jüdische Hilfsorganisation gehen, die Jo bestimmen wird. Ein anderer Teil wird dem Vorbesitzer Tal zugutekommen – als Wiedergutmachung.«

Alberts Wangen glühten tiefrot. Seine Stirn lag in dicken Falten. Wie eine Bulldogge sah er aus. Ruth musste sich mühen, über das sich aufdrängende Bild nicht in Gelächter auszubrechen. »Außerdem – und das ist die letzte Bedingung – soll der Laden umbenannt werden und zukünftig den Mädchennamen meiner Großmutter tragen.«

Sie hatte nicht bemerkt, wie Otto während ihrer letzten Bemerkung vom Sofa aufgestanden war. Erst als sie von ihm und Albert umzingelt stand, wurde sie sich ihres Fehlers bewusst. Da aber war es zu spät. Sie konnte gerade noch das zweite Schreiben, das des Anwalts, den Erna beauftragt hatte, um ihre Bedingungen schriftlich festzuhalten, auf den Tresen legen, da griffen Albert und Otto jeweils einen ihrer Arme und zerrten sie auf diese Weise, an Marga vorbei, vor die Tür.

*

Das Anwaltsschreiben kam am dritten Tag. Ruth schlich um den Brief herum, hielt ihn wieder und wieder gegen das Licht, als könne sie dadurch eine Ahnung von seinem Inhalt erhaschen, wog ihn in den Händen und legte ihn dann wieder auf dem Tisch ab. Sie brachte es nicht zuwege, ihn zu öffnen. Solange sie nicht wusste, was drinstand, war weiterhin alles möglich. Kurz vor sechzehn Uhr bat sie Marga, die Angelegenheit für sie zu übernehmen.

»Was auch immer wir gleich erfahren werden, schwöre mir, dass du nicht kampflos aufgeben wirst.«

Ruth schwor, und Marga schenkte ihnen beiden vom Schwarzgebrannten ein, den Ruth dankend ablehnte. Den Brief riss sie mit einem einzigen Ratsch auf, zog mit sicherer Hand das schreibmaschinenbeschriebene Papier hervor und las stumm. Ruth rutschte derweil unruhig auf dem Stuhl hin und her und versuchte an Margas Miene abzulesen, wie die Sache für sie ausgegangen sein mochte: Zunächst hellten sich Margas Gesichtszüge auf, wurden dann merkwürdig neutral, und schließlich verfinsterten sie sich.

»Was ist los? Nun sag schon.« Ruth fasste Marga an den Oberarmen und drückte ganz leicht zu.

»Leider teilen sie dir mit …«, begann Marga tonlos. Ruths Herz tat einen unseligen Hüpfer, und ihr Magen rebellierte, indem er sich schmerzhaft zusammenzog. Dann prustete Marga los. »Ich wollte dich nur veräppeln, Ruth. Aber ich kann es nicht. Die Freude steht mir doch ins Gesicht geschrieben. Du glaubst es nicht, die haben klein beigegeben – einfach so. Sie akzeptieren all eure Bedingungen.«

Ruth riss das Schreiben an sich und las die Zeilen – wieder und wieder. Sie war sich beinahe sicher, etwas Wesentliches übersehen zu haben. Aber da war nichts, Otto und Albert hatten tatsächlich eingewilligt. »Die hecken sicher einen Plan aus, die wiegen uns nur scheinbar in Sicherheit. Hältst du das für möglich?«

Noch einmal nahm Marga den Brief an sich und studierte ihn. »Ich lasse das Schreiben gern prüfen, gehe aber davon aus, dass die beiden sich Beratung geholt haben und zu dem Schluss gekommen sind, dass ihnen keine andere Wahl bleibt, als einzuwilligen oder alles zu verlieren. Die einzige Bedingung, die sie stellen, ist, dass sie Silvia alle zwei Wochen am Sonntag sehen dürfen. Dagegen hast du doch nichts einzuwenden, oder?«

Ruth schüttelte den Kopf und zog Marga mit sich nach draußen. »Lass uns eine Telefonzelle suchen. Ich muss sofort Erna anrufen und ihr alles erzählen.«

*

Am 09. Juli 1951, dem Tag, an dem die drei Westmächte den Kriegszustand mit Deutschland als beendet erklärten und der Berliner Flughafen Tempelhof von Ernst Reuter eröffnet wurde, bezog Ruth – zusammen mit Silvia – ihre eigene Dreizimmerwohnung. Sie lag direkt über dem Juwelierladen.

Jo und Max, Gili und Felix und sogar Erna packten tatkräftig beim Umzug mit an. Ruths Vater hatte ihr mit ein wenig Geld unter die Arme gegriffen, und Marga hatte unbezahlten Urlaub genommen, um ihr beizustehen. Zwar war die Wohnung einstweilen recht spärlich möbliert, und überall standen Kisten mit Ruths Habseligkeiten, aber es war ihr Zuhause. Ihre ehemaligen Abgaben für Kost und Logis hatte ihre Mutter für sie zur Seite gelegt. Zusammen mit Ruths Ersparnissen, der Bürgschaft von Erna und der nicht unbedeutenden Summe, die diese prozentual aus den Verkäufen der Armreife an sie ausgeschüttet hatte, reichte es der Bank als Sicherheit. Ruth hatte ein Darlehen bekommen, mit dem sie die Wohnung hatte kaufen können; inklusive einer Einbauküche, eines cremefarbenen Sofas, eines nierenförmigen Couchtisches, zweier Echtholz-Kleiderschränke und solider Betten mit gut gefederten Matratzen.

Am 10. Juli war das Denkmal für die Opfer der Berliner Luftbrücke unweit des Flughafens eingeweiht worden. Marga hatte bei der Enthüllung unbedingt dabei sein wollen und war deshalb gleich nach Ruths Umzug zurück nach Berlin gereist.

»Unter uns«, hatte sie zum Abschied gesagt, »ne Berliner Göre, wie ick eine bin, versauert im Schwäbischen. Ick sehne mir nach meiner Stadt. Und du kommst mir hoffentlich besuchen.«

»Aber ja, das ist versprochene Sache.« Ruth umarmte Marga fest, beteuerte ihr noch einmal ihren Dank für alles, was sie für sie getan hatte, und bat Jo, ihre Freundin zum Bahnhof zu begleiten. »Abschied kann ich nicht«, sagte sie zu Marga.

»Wir sehen uns wieder. Was zusammengehört, findet auch wieder zusammen.« Marga strich ihr zart über die noch kaum sichtbare Wölbung ihres Bauches. Etwas hatte sie wohl sagen wollen, schien es Ruth, tat es dann aber nicht. Nur ein »Du wirst schon sehen« hatte Marga hinterhergeschoben.

Die Hungerkralle, wie das Denkmal im Volksmund alsbald genannt wurde, sah Ruth im Fernsehen, als sie Erna am Nachmittag in der Villa abholte. Weder Otto noch Albert waren zugegen. Als Zeichen einer ersten vorsichtigen Annäherung und Verständigung hatte sie Silvia mitgebracht. Die Hungerkralle war aus Stahlbeton und ließ Ruth nur entfernt an eine Brücke denken, aus der drei Rippen gen Westen wuchsen. Für sie glich sie vielmehr einem abstrakten Koloss, der sich dem Himmel entgegenstreckte, eine seltsame Verbindung zwischen Erde und Luft herstellend. Aber das war nun unwichtig. Bald würde Ruth mit dem neuen Namen des Juwelierladens, weithin sichtbar, an die Familie ihrer Mutter und ihrer Großmutter erinnern. Wer sie dazu befragte, würde Antwort bekommen. Ihre jüdische Herkunft würde Ruth nicht mehr verstecken. Sie würde sie, als Teil ihrer eigenen Geschichte, in die Welt tragen und dort verankern. Mutter hätte es schwer ausgehalten, Großmutters jüdischen Mädchennamen über dem Juweliergeschäft prangen zu sehen. Ob aus einem Schuldgefühl oder Scham vor dem, was sie geglaubt hatte, tun zu müssen, ob aus einer Sorge um ihre Nachkommen oder schlicht, weil ihre Herkunftsgeschichte sie belastet hatte und sie sich frei von ihr hatte fühlen wollen, vermochte Ruth nicht zu sagen. Dass der Laden von heute an für alle sichtbar *Juwelier Tolle* heißen würde, verschaffte Ruth ein Gefühl der Befreiung. Als zerschlüge sie eiserne Ketten, die sie bislang gezwungen hatten, still auszuharren. Nie wieder, so hoffte sie, würde sie gezwungen sein, über ihre Herkunft schweigen oder gar lügen zu müssen.

*

Sogar ihr Vater war gekommen. Zitternd hielt er Gilis Hand, die wiederum Jos umfasste. Eine angespannte Aufregung lag in der Luft. Ruth stand in der Mitte zwischen Erna und Max.

»Hättest du das je für möglich gehalten?«, fragte er.

Ruth war ganz auf den Augenblick fokussiert, da der Schriftzug gelüftet werden sollte.

»Bist du so weit?« Erna suchte ihren Blick.

»Ja«, sagte sie und drückte ihre Hand, woraufhin Erna den

beiden Handwerkern, die vor ihnen auf der Leiter standen, ein Zeichen gab.

In geschwungenem Goldton prangte *Tolle* als Inschrift, die von weit her sichtbar war, über der Ladentür. Darunter stand, ein wenig kleiner, *Juwelier* zu lesen.

Ihre Geschwister und Erna klatschten zeitgleich, Jo entfuhr ein begeisterter Ausruf. Nur Vater stand still in der Reihe ihrer Familie, beinahe als hielte er Trauer. Dann zog er seinen Hut.

Bevor er sich nach Hause aufmachte, drückte er Ruth fest an seine Brust. »Das hast du richtig gemacht«, war alles, was er zu sagen vermochte.

Tage später, als Ruth bei einem gemeinsamen Abendessen mit ihrem Vater noch einmal auf den Juwelierladen und seinen Namen zu sprechen kam, kaute der gerade an einem Stück Rosenkohl. Zusammen mit ein wenig Wasser schluckte er den Brei hinunter. »Vielleicht findet deine Mutter Ruhe. Ich lebe, so lange es eben geht, weiter – für sie und für euch.«

Er ging früh schlafen. Wann immer Ruth später versuchte, das Gespräch auf ihre jüdische Herkunft zu lenken, schloss der Vater die Augen und tat, als sei er unendlich müde und könne ihr unmöglich weiter zuhören.

*

Das Radio dudelte Cornelia Froboess' *Pack die Badehose ein* rauf und runter. Von einer einzigartigen deutschen Hitzewelle war die Rede. Erna erstand einen Deckenventilator für den Laden, was sich schnell herumsprach. Sie bot den Kunden Sprudelwasser mit Holundersirup an und frohlockte, als diese ihr anvertrauten, dass das Juweliergeschäft unter der neuen weiblichen Führung sowohl eleganter als auch moderner geworden sei und man das durchaus zu schätzen wisse.

Ruth half weiterhin im Verkauf, aber Erna und sie hatten

sich – nach Prüfung der Gewinne – bald darauf geeinigt, eine Aushilfe einzustellen. Sie hieß Melanie, doch sie nannten sie Mel, weil das reizvoller klang. Mel ermöglichte es Ruth, während der Öffnungszeiten ihre Entwürfe in der Werkstatt umzusetzen. Dank Ruths nächtlicher Ausbildung, ihres geschulten Auges, ihrer ruhigen Hand und ihrer Geduld, die sie an den Tag legte, gelang ihr das spielend.

Ganz im Gegensatz zu Karl-Heinz, der seine Prüfung zum Goldschmied mit Ach und Krach bestanden hatte, sich danach aber gleich verabschiedete, auch wenn er hin und wieder auf einen Plausch vorbeikam. Sie hatten sich einvernehmlich voneinander getrennt. Herr Joseph, der Stammkunde geblieben war, meinte, wie der Laden heiße, gefalle ihm. Ausschlag für seine Begeisterung, sagte er, wäre aber, wie das Geschäft geführt würde und was es anbiete.

Um ihre neue Kollektion fertigzustellen, arbeitete Ruth Tag und Nacht. Oft schlief sie gerade mal vier Stunden, erwachte lang vor dem Morgengrauen und schlich sich in die Werkstatt. Dort arbeitete sie an ihrer neuen Armreifen-Kollektion. Passende Ohrringe und Colliers schwebten ihr bereits vor. Die Kaufhauskette hatte angefragt, ob Ruth nicht zumindest einen Teil ihrer neuen Modelle an sie verkaufen wolle, aber sie hatte höflich abgelehnt. Zwar schloss sie es nicht aus, dass sie eines Tages zu einer Kooperation bereit sein würde, aber zunächst einmal sollte ihre Schmucklinie ausschließlich beim *Juwelier Tolle* zu erwerben sein.

*

Den gesamten Vormittag hatte Ruth mit den Essensvorbereitungen zugebracht. Zwar war kein offizieller Feiertag, aber genau so fühlte sich der 11. August 1951 für sie an.

Den Inhalt aller Umzugskisten hatte Ruth mittlerweile verstaut und ohne Hilfe sogar Gardinen und Bilder angebracht. Wie jeden Samstag hatte sie gestern Blumen auf dem Wochenmarkt erworben. Die fliederfarbenen Japanrosen mit ihren zarten Blüten, die in einer handgemalten Vase auf dem Küchentisch standen, verbreiteten eine heitere Atmosphäre. Rouladen-Duft strömte ihr entgegen, als sie den Ofen öffnete und das Fleisch mit Bratensoße übergoss. Dazu würde es Knödel geben, nach einem Rezept von Mutter, und frischen Rotkohl. Eine Heidenarbeit hatte sie auf sich genommen, aber die hatte sie gern getan.

Für einen Moment setzte Ruth sich auf den Küchenstuhl und ließ ihren Blick zufrieden über den hübsch eingedeckten Tisch wandern. Fünf Rosenthal-Teller mit Goldrand, fünf Sektkelche und fünf Saftgläser standen nebst einem Kindergedeck für Silvia auf den silbernen Tischsets, die bestens zu Mutters Damasttischdecke passten, die Ruth von ihr geerbt hatte.

Vater hatte zu Hause bleiben wollen. Es fiel ihm zusehends schwer, die vielen Stufen von der dritten Etage herunterzusteigen und danach bei ihr den ersten Stock zu erklimmen. Morgen würde Ruth ihm eine ordentliche Portion vorbeibringen. Vater war dankbar für alles, was sie für ihn tat, und beschwerte sich nie. Dass Jo ihn nur höchst selten besuchte und er, wenn er es denn einmal tat, allenfalls kurz bei ihm blieb, bedrückte Vater. Darüber sprach er allerdings selten.

*

Jo umarmte Ruth zur Begrüßung. Unter den Achseln hielt er ein enorm großes und unhandliches Geschenk, das ihn aus dem Gleichgewicht zu bringen drohte.

»Was bringst du mir da bloß mit?«, fragte Ruth.

»Wirst du sicher gleich herausfinden.«

Max stürmte, Silvia auf dem Arm, pfeifend an ihnen vorüber. Die Kleine hatte den Tag mit ihren Onkeln verbringen dürfen. *Damit du endlich einmal durchatmen kannst*, hatte Jo gemeint.

Ruth musste stets darüber schmunzeln, dass er immer eine Begründung vorbrachte, wenn er seine über alles geliebte Nichte mal wieder zu sich und Max holen wollte.

»Silvia darf dich auch ohne Grund besuchen«, erwiderte sie jedes Mal.

Aus der Küche erklangen Max' begeisterte Ausrufe. »Meine Güte, ist das schön geworden. Was für ein angenehmes Farbkonzept du dir da überlegt hast.«

Ruth folgte seiner Stimme. Hinter ihr her kamen Jo, Gili und Felix.

»Farbkonzept? Das sieht eher aus, als befänden wir uns inmitten eines überdimensionierten Minzbonbons – und da ich Minze liebe, macht mich das hungrig.« Gili lachte.

»Dann ist die pastellgrüne Farbe in der Küche ja genau am richtigen Platz«, entgegnete Ruth.

Gili ging nicht weiter auf ihren Kommentar ein, sie wandte sich an Max: »Das ist so typisch für dich und unseren Bruder. Hinter allem und jedem, selbst einer einfachen Wandfarbe, verbirgt sich für euch ein größerer Plan.«

Was für Außenstehende wie Sticheleien hätte wirken müssen, war nichts weiter als das vertraute Miteinander unter Geschwistern, das sich auch auf die jeweiligen Partner ausgeweitet hatte.

Ruth bat alle, Platz zu nehmen. Die Klöße hatte sie während des Schlagabtausches bereits in die Servierschüsseln gelegt, sie dampften verheißungsvoll, und das Rotkraut verbreitete einen würzig-aromatischen Duft. Es war an der Zeit, die Rouladen aufzutischen.

Jo aber bestand darauf, dass sie das enorme Päckchen vor dem gemeinsamen Essen öffnete. Ruth kannte solche Situationen zur Genüge. Im Grunde blieben die Menschen sich gleich, im Kern veränderte niemand sein Wesen, auch wenn bestimmte Charaktereigenschaften je nach Lebensabschnitt mal stärker, mal schwächer zutage traten oder sogar ganz verschwanden. Ihr Bruder war und blieb – im besten Sinne – ein Kindskopf, der es im Grunde mit allen gut meinte und ein riesiges Herz besaß, mindestens so riesig wie das Päckchen, das er zu ihr geschleppt hatte. Dass er bei seinen Vorhaben oft die realen Gegebenheiten aus den Augen verlor, störte sie in diesem Fall nicht. Sie würde besser nachgeben, bevor eine Diskussion aufkam, die die nächste halbe Stunde in Anspruch nähme, und ihr darüber das Fleisch anbrannte. In diesen Dingen war es unsinnig, einen Streit vom Zaun zu brechen. Wäre es um etwas Wesentliches gegangen, sie hätte nicht hinter dem Berg gehalten – so aber gab sie Jos Wunsch nach.

In dem riesigen Paket befand sich eine Vielzahl kleiner Kartons, von dem jeder einzelne unterschiedlich bemalt und gestaltet worden war. Ein Exemplar zeigte eine bergige Sommerlandschaft, auf einem anderen gab es eine Collage aus Bildern und ausgeschnittenen Worten zu sehen. Wieder andere Kartons waren mit Schmuckperlen und Knöpfen beklebt.

»Das haben die jüdischen Kinder der Familien gemacht, die wir mit Spenden aus dem Juwelierladen unterstützen konnten. Du musst in die Kartons hineinschauen«, meinte Jo. Er wirkte aufgeregt, fast als bekäme er die Geschenke.

Ruth hob die Deckel an. Die Gaben waren nochmals in buntem Papier verpackt und liebevoll mit Schleifen versehen. Es musste die Menschen viel Zeit und Mühe gekostet haben, so kunstvoll waren sie eingewickelt. Vorsichtig entknotete Ruth die Schleifen und schlug die Papiere beiseite. Im ersten Päckchen lag ein schlesischer Mohnstollen. Sie musste sehr mit sich ringen, um nicht vor Rührung zu weinen. »Woher wissen sie …?«, begann sie, aber dann wurde ihr klar, dass diese Familien in engem Kontakt mit Jo standen und er ihnen von Breslau erzählt haben musste. Bunt bemalte Steine mit jüdischen Segenssprüchen fand sie in einem weiteren Päckchen, außerdem hausgemachte Marmelade aus Datteln und Äpfeln, ein holzgeschnitztes Mobile für Silvia, eine selbst gegossene Bienenwachs-Kerze und – was sie besonders rührte – Dankesbriefe, in denen ihr berichtet wurde, was sich durch ihre Spende für die Familien verändert hatte.

Von Tal Weinberg lag eine Fotografie bei. Sie zeigte ihn an einem weißen Strand unter Palmen. Rechts neben ihm stand ein Mann, dessen Augen den seinen auffällig ähnlich sahen, und zu seiner Linken eine hochgewachsene Frau, ungefähr in seinem Alter. Hinter den dreien hatten sich zwei Jungen aufgestellt. Den einen schätzte Ruth auf vielleicht zwölf oder dreizehn, den anderen auf womöglich hochaufgeschossene fünfzehn Jahre.

Ich habe meinen Cousin wiedergefunden, stand auf der Rückseite der Fotografie in zittriger Schrift. *Er ist meine Familie, alles, was von ihr übrig ist. Dank des Geldes, das Sie mir geschickt haben, liebe Ruth, konnte ich ihn und seine Familie in Amerika besuchen. Ich bleibe auf unbestimmte Zeit. Sie wissen nicht, was mir das bedeutet. Der Ewige schütze Sie und die Ihren.*

Ruth wurde wacklig auf den Beinen, sie musste sich setzen. Konnte es sein, dass es so einfach war, Glück zu vermehren?

Jo beugte sich zu ihr herab und umarmte sie. »Ich muss mich entschuldigen«, flüsterte er ihr zu. »Dafür, dass ich es mir zu einfach gemacht habe. Ich hatte Angst, du würdest mich von dir stoßen, wenn du von mir und Max erfahren würdest. Ich dachte … ach weißt du, ich dachte viel. Und das war alles nur schwarz oder weiß. Ich verdanke es Max, dass ich allmählich auch die Zwischentöne sehe. Verzeihst du mir, Schwesterherz?«

»Wenn du mir verzeihst.« Sie sprach leise, aber in der Küche, in der bis eben lautstark durcheinandergeredet worden war, war es still geworden. Was sicher an Gili lag.

Gili verpasste niemals, wenn etwas vor sich ging, und sorgte dann dafür, dass sie auch ja alles mitbekam. Dieses Talent machte es aber auch schwierig, je ein Geheimnis vor ihr zu bewahren. »Ich nutze die Gunst der Stunde«, sagte Gili. »Weil Geheimnisse unter Geschwistern für nichts als Zwist sorgen, sage ich es jetzt einfach geradeheraus, bevor ihr euch noch fragt …«

»Bist du dir sicher?« Felix trat neben sie und griff nach ihrer Hand.

»Ganz sicher.« Wie Gili dasaß, die Schultern leicht nach vorn gebeugt und ein wenig in sich selbst versunken, die Wangen und Augen gerötet. Ihre Lippen bebten. Ruth spürte den Impuls, aufzustehen und ihre Schwester zu trösten. Aber sie gab ihm nicht nach. Eines hatte sie gelernt: Gefühle zu zeigen war der erste Schritt, Gili verstand sich darauf. Der andere war, diese Emotionen auch auszuhalten, sie nicht wegzuwischen mit einer vorschnellen Geste des Trostes oder des Mitleids. Ebendieses Teilen von Schmerz, Sehnsucht, Glück oder Leid ermöglichte erst wahre Geborgenheit und echte Vertrautheit. Ihr Trost wäre vielleicht später willkommen. Nicht jetzt, da Gili sich offenbar etwas von der Seele reden wollte.

»Ich war so viel fort, als du und Silvia bei uns Unterschlupf gesucht habt, das tut mir leid, Ruth. Nicht, weil ich dich und meine Nichte nicht lieben würde, das tue ich sogar sehr, sondern weil ich selbst keine Kinder bekommen kann. Das steht außer Zweifel, meint mein Gynäkologe.«

Ruth sah ihre Schwester an, nahm deren tiefen Schmerz wahr, ihre Traurigkeit. »Das tut mir leid«, sagte sie.

»Ich wollte euch das nicht spüren lassen, habe stattdessen vorgeschoben, ich würde kein bürgerliches Leben wollen. Aber du, Ruth, du hast dieses wunderbare Kind«, sie küsste Silvia auf die Wange und wischte sich eine Träne aus dem Augenwinkel, »und du hast dich dennoch nie unterbuttern lassen. Du hast den falschen Mann geheiratet, aber als du es bemerkt hast, hast du gehandelt. Du sorgst dich um uns und hältst in schwierigen Zeiten alle zusammen. Dabei bist du mutig. Du erziehst Silvia mit so viel Liebe und gleichzeitig in einer Freiheit, die du für dich erkämpft hast. Du kannst unglaublich stolz auf dich sein. Lasst uns das Glas erheben auf Ruth, die wunderbarste Schwester, die ich mir vorstellen kann.«

»Die außerdem mit ihrer neuen Kollektion«, Jo deutete auf Ruths granatbesetzten Ohrringe, »große Erfolge feiern wird. Meine Schwester ist eine herausragende Frau, die ihre Tochter ohne fremde Unterstützung versorgen kann und zudem freigiebig ist gegenüber anderen, die ihrer Hilfe bedürfen. Das beweisen diese Dankesbriefe. Ich will dir heute etwas versprechen, liebe Ruth: Wenn du einmal unserer Hilfe bedürfen solltest, dann werden Max und ich für dich da sein. So wie wir alle immer füreinander da sein werden.«

»Das verspreche ich«, sagte Max, und dann fielen auch Gili und Felix in den gegenseitigen Schwur mit ein.

Max füllte die Gläser mit dem trockenen Rosésekt, den er mitgebracht hatte. Ruth hielt die Hand über ihr Glas und schenkte sich Orangensaft ein.

»Auch ich werde stets für euch da sein«, sagte Ruth, etwas verlegen von den Lobeshymnen, die ihre Geschwister auf sie gehalten hatten. Dann erhoben sich alle, um anzustoßen.

»Silvi auch Sekt«, klang es da leise aber bestimmt von seitlich unten. Ihre Tochter hatte sich an ihr Bein geklammert und schmollte.

»Aber sicher, Schatz. Hat mal jemand ein Glas Orangensaft im Sektkelch?« Ruth hob Silvia hoch. »Du bist ein so wichtiger Teil unserer Familie. In dir werden wir fortleben. Und in dem Baby, das ich im Bauch trage.«

Ein Raunen ging durch die kleine Gesellschaft. Ruth suchte Gilis Blick, fand darin aber weder Neid noch Schmerz, sondern nur ehrliche Freude. Eine Frage las sie in ihren Augen, auf die Ruth mit einem Nicken antwortete. Ja, das Kind ist von Ilan, sollte das heißen. Ihre Schwester verstand und erhob lächelnd ihr Glas. Die anderen taten es ihr gleich.

*

Es war genau so ein Abend geworden, wie Ruth ihn sich erträumt hatte. Ihre Bäuche waren wohlig gefüllt, ihre Seelen genährt mit freundschaftlicher Bande und Geschwisterliebe und ihre Augen ein wenig müde von der Fülle des Tages. Gili hatte Silvia noch ein Gutenacht-Märchen vorlesen wollen. So voller Leidenschaft hatte sie die Stimme des Wolfes nachgeahmt, der Rotkäppchen vom Weg abbringen sollte, dass Jo und Max die Vorlesestunde, die mehr einer szenischen Grusel-Lesung geglichen hatte, vorzeitig unterbrochen und Silvia unter ihrem lautstarken Protest ins Bett gebracht hatten. Gili wäre wohl mehr für die Tagesunterhaltung der Kleinen geeignet, befand Jo, lächelte Gili aber nachsichtig zu.

Erst als Silvia schlief und sie sich alle wieder im Wohnzimmer zusammenfanden, um einen letzten, einen allerletzten Absacker zu nehmen, wie Gili betonte, kam das Gespräch plötzlich auf Ilan.

Die heitere Seligkeit, die Ruth empfunden hatte, schwand augenblicklich. Zurück blieb eine Trauer, die sie wohl die ganze Zeit schon, in der sie andauernd geschäftig gewesen war, begleitet hatte. Ohne es bemerkt zu haben, musste Ruth sie von sich geschoben haben.

»Was ist denn mit dir? Du bist auf einmal so blass.« Gili rutschte ein Stück zu ihr und strich ihr über den Rücken. »Bestimmt bist du müde, und ich Depp habe es wieder einmal übersehen. Es ist gar zu schön bei dir.« Gili angelte nach ihrer Handtasche, zog ihre Schuhe, die sie ausgezogen hatte, um auf der Couch zu lümmeln, wieder an und machte auch sonst Anstalten, aufbrechen zu wollen. Gili sah Jo und Max auffordernd an. Wahrscheinlich sollten die beiden es ihr gleichtun.

»Das ist es nicht.« Es fiel Ruth ungemein schwer auszusprechen, was ihr durch den Kopf ging, aber sie tat es. Vor ihren Geschwistern wollte sie kein Geheimnis mehr hüten. Nicht nach diesem Abend. »Mir ist eben erst klar geworden, wie lange Ilan sich nicht mehr bei mir gemeldet hat«, sagte sie und rechnete im Stillen nach. »Er weiß auch noch gar nichts von seinem Vaterglück.« Dann barg sie ihr Gesicht an Gilis Schultern und versank im Stoff ihres Kleides.

*

In ihrem neuen Nachthemd mit der nachtblauen Spitze stand Ruth in der Küche und überlegte, ob sie das Geschirr vor dem Schlafengehen spülen sollte. Sie hasste es, morgens aufzustehen, die abgestandenen Essensgerüche des Vortags in der Nase, und erst einmal für Ordnung sorgen zu müssen. Die Schwangerschaft machte sie früher müde als sonst. Ihre Glieder fühlten sich bettschwer an, auch wenn ihr Geist wie von allein den vergangenen Abend Revue passieren ließ. Wie hätte Mutter sich daran gefreut, sie alle glücklich und vereint zu sehen.

Ruth trat ans Küchenfenster. Die Kneipe gegenüber ließ gerade die Rollläden herunter, als es erneut an der Tür schellte. Sie beugte sich ein wenig aus dem Fenster, aber in der Dämmerung konnte sie nicht erkennen, ob vielleicht Jo mit Max oder Gili mit Felix zurückgekehrt war.

Ruth warf sich einen Morgenmantel über und schlüpfte mit nackten Füßen in ihre Hausschuhe. »Was habt ihr vergessen?«, rief sie ins Treppenhaus.

Mit Ilan hatte sie nicht gerechnet. Der stand mit einem Koffer in der Hand vor ihr. »Darf ich hereinkommen?«

Ruth trat zur Seite und ging voraus. Sie hatte in die Küche abbiegen wollen, aber dort stand überall dreckiges Geschirr. Ins Schlafzimmer konnte sie ihn kaum führen, ohne ein falsches Signal zu setzen, und im Kinderzimmer schlief Silvia. Es blieb nur das Wohnzimmer.

Auch angesichts der Sektgläser fragte er nicht, ob sie Besuch gehabt hatte, und erklärte nicht, weshalb er mitten in der Nacht zu ihr kam.

»Was ist geschehen?« Mit einer Geste bot Ruth ihm an, sich

neben sie zu setzen. Ilan blieb stehen. Stattdessen stellte er den Koffer auf den Nierentisch und öffnete ihn wortlos. Er war randvoll gefüllt mit Briefen. Ihren Briefen. *Ilan Schlesinger*, stand als Adressat auf den Umschlägen und darunter *zu Händen Marga Bricks* und dann die Adresse ihrer Freundin.

»Marga hat sie mir gegeben, als sie dich in Freiburg besucht hat«, erklärte Ilan. »Sie sagte, es wäre schade, wenn ich deine Zeilen niemals lesen dürfte. Du wüsstest nichts davon, und sie bitte dich um Verzeihung, aber sie könne nicht anders, sie hätte sie mir geben müssen. ›Weil Ruth meine beste Freundin ist.‹«

In dem Moment erlosch das Licht.

»Ein Wackelkontakt.« Ruth biss sich auf die Lippen. Eine weniger unangebrachte Bemerkung hätte ihr kaum einfallen können. Sie lauschte auf Ilans Atem. Es dauerte, bis sich aus dem Dämmerlicht seine Gestalt herausschälte. Ruths Augen hatten einen Moment gebraucht, um sich an das Mondlicht anzupassen, das nun das Zimmer erhellte. Ob Ilan all ihre Briefe gelesen hatte? Es mochten Hunderte sein, die sie über die Jahre geschrieben hatte. Kein Blatt hatte sie vor den Mund genommen, alles hatte sie, ganz so, wie es ihr erschienen war und wie sie für ihn empfunden hatte, festgehalten. Nichts hatte sie beschämt. Sie war davon ausgegangen, dass er ihre zu Papier gebrachten Gedanken und Gefühle nie lesen würde, auch wenn sie an ihn adressiert waren. Je nach Stimmung hatte Ruth verschiedene Tintenfarben gewählt. Wenn sie seinen Namen geschrieben hatte, hatte sie sich ihm verbunden gefühlt – ein ehemals geknüpftes Band, das sie nie zerschnitten hatte.

Ilan griff nach einem Umschlag, der ganz oben auf dem Stapel Briefe lag und als einziger nicht ihre Handschrift trug. Er trat auf Ruth zu und fiel vor ihr auf die Knie. In dem Moment flackerte das Deckenlicht auf. Sie blickte in seine moosgrünen Augen und sah dort ihre gemeinsame Vergangenheit. Sah den Abschied unter dem hohen Kastanienbaum und das verschneite Wiedersehen hinter der Weihnachtsmarkthütte. Zu jener Zeit hatte Ruth ihn tot geglaubt. Später sah sie sich schwanger von Albert und verzweifelt über ihre falsche Entscheidung auf dem Bett in der Seidel'schen Villa sitzen und Ruhe halten müssen – für ihre ungeborene Tochter; da hatte sie den ersten Brief an Ilan geschrieben und ihn an Marga geschickt; der Film spulte vor. Bis zu dem Moment, da sie neben Ilan auf dem Schauinsland gestanden hatte, die Weite des Himmels über sich, den Blick ins Tal gerichtet. Bis zu ihrer Liebesnacht, in der Ilan ihr Kind gezeugt hatte, von dem er noch nichts wusste. Weil sie erst alles hatte regeln wollen und wieder einmal alles ganz anders gekommen war.

Ilan reichte ihr den Umschlag. In roter Tinte stand darauf:

Für meine liebste Ruth, mein Leben

»Das ist meine Antwort auf deine genau fünfhundertzweiundfünfzig Briefe. Ich habe sie mehrfach gezählt und immer wieder gelesen. Verzeih, Liebste, dass ich erst jetzt schreibe. Deine Post kam verspätet bei mir an.«

Mit zittrigen Händen öffnete Ruth den Umschlag und las:

Ruth, mein Leben,

immer habe ich dir einen Himmel gewünscht, ein Paradies. Ohne dich konnte es in dieser Welt nicht existieren. Für dich habe ich weitergelebt, als es keine Hoffnung mehr gab. In Dunkelheit und Licht bin ich dein. In deiner Gegenwart erübrigen sich alle Fragen. Wir leben. Dass du bei mir bist, ist mir Antwort genug.

Dein Ilan

Ein PS hatte er am untersten Rand angefügt, ein Pfeil zeigte ihr an, dass sie umblättern solle. Ruth tat es. Als sie las, was er geschrieben hatte, sprach Ilan seine Zeilen mit:

»Meine Liebe für dich ist unverbrüchlich und überdauert alle Zeit. Willst du mich heiraten?«

Ruth blickte von dem Brief auf, *ja, und nochmals ja* wollte sie erwidern, aber ihre Stimme versagte angesichts der Seligkeit, die sie empfand. Nur ein Nicken bekam sie zustande. Ihre Antwort besiegelte sie mit einem innigen Kuss.

»Ich habe keinen Ring«, sagte Ilan. Sie wollte abwiegeln, *ist nicht so wichtig* entgegnen, aber da zog er aus seiner Hosentasche jenen Armreif, den sie damals ihrer Mutter gestohlen und ihm als Pfand für sein Überleben gegeben hatte.

»Deine Mutter hat ihn mir vermacht. Das Paket kam am Tag nach ihrem Tod mit der Post. Wenige Zeilen auf einer ansonsten blanken Karte. *Ruth wollte, dass du den Armreif bekommst, er verbindet euch.*«

Ruth besah ihn sich. Ein paar Steine fehlten, andere waren abgesplittert, funkelten deswegen aber nicht weniger.

Vorsichtig nahm Ilan ihre Hand und legte ihr den Reif an. »Ich werde ihn wieder herrichten lassen, damit er bis zu unserer Hochzeit im alten Glanz erstrahlt.«

Vehement schüttelte sie den Kopf. »Nichts, gar nichts will ich verändert wissen. Unsere Familien haben – wie das jüdische Volk – Zersplitterung erleben müssen. Nun ist es an uns, zurückzuschauen auf unsere Geschichte. Ich werde sie weitertragen. Gemeinsam mit dir«, sie machte eine Pause, »und unserem Kind.«

Auf Ilans Gesicht zeichnete sich erst Erstaunen, dann reine Freude ab. Tränen des Glücks glitzerten in seinen Augenwinkeln.

»Der Armreif ist Teil unseres Vermächtnisses«, sagte Ruth, »Mutter hatte recht.«

Ilan nahm sie lange in die Arme. Seine Worte waren nur mehr ein Flüstern. »Unsere Liebe wird – wie der Armreif deiner Familie – die Geschichte überdauern.«

Nachwort

Meine Großmutter war Schuhverkäuferin, keine Goldschmiedin. Sie hatte nicht vier, sondern zwei Kinder und lebte nach der Flucht aus Breslau auch nie in Freiburg, sondern in Heilbronn, wo ich geboren wurde. Im Pass ihrer Mutter, den sie vor uns versteckt hielt, prangte ein *J*. Nachdem meine Tante den Ausweis entdeckt hatte, blieb er fürderhin unauffindbar.

»Wir sind keine Juden.« Diesen Satz habe ich oft von meiner Großmutter gehört, als mich unsere Familiengeschichte zu interessieren begann. Sie erzählte gern von *ihrem Breslau* und der Reuschestraße, in der sie, in einem jüdischen Viertel nahe des Rings, aufgewachsen ist und wo sie bis zum Januar 1945 gelebt hat. Sie wurde – besonders in ihren letzten Lebensjahren – nicht müde, mir die Bildbände mit den historischen Aufnahmen zu zeigen, die meine Mutter und meine Tante ihr von einer Reise nach Breslau mitgebracht hatten. Zu jenem Zeitpunkt war meine Großmutter schon zu alt, um noch ein letztes Mal ihre Heimatstadt zu besuchen.

Meine Großmutter war eine bemerkenswerte Frau. Bemerkenswert durchsetzungsstark, bemerkenswert fröhlich und bemerkenswert traurig. Für die Familie tat sie alles und verlangte auch alles von ihr. Sie machte sich viele Sorgen und sprach selten über ihre eigenen.

Dies ist mein Blick auf sie. Ein verkürzter, sonst würden meine Erinnerungen ein weiteres Buch füllen.

Der vorliegende Text ist kein Roman. Er basiert auf vielen kleinen entliehenen Details, die das Leben meiner Großmutter ausmachten. Und doch ist er genau das: ein Roman. Er bedient sich vielfach der Fiktion und erzählt eine Entwicklung von Ruth, die es ihr letztlich ermöglicht, den Juwelierladen nach ihrer jüdischen Großmutter zu benennen.

Der Mädchenname meiner Urgroßmutter war Tolle; Ruth der Vorname meiner Großmutter. Ihr habe ich eine alternative Geschichte geschrieben. Ich hoffe, sie hätte sie gemocht.

Dank

Wie immer gilt mein Dank all jenen, die an der Entstehung und Überarbeitung meines Buches beteiligt waren: zuallererst Hans Kleemann. Ohne seine unschätzbar wertvolle historische und musikalische Beratung, ohne seine lebendigen Anekdoten aus den 40er- und 50er-Jahren wäre mein Text in dieser Form kaum vorstellbar.

Conny Heindl von der Literaturagentur Drews danke ich für ihren unerschütterlichen Glauben an die Kraft meiner Geschichte und für ihr stets offenes Ohr. Es ist ein großartiges Gefühl, sie an meiner Seite zu wissen.

Für ihren steten Rat, ihre mannigfache Unterstützung in Sachen Lektoratsfragen, Vermittlung von Recherchekontakten, fürs Gegenlesen und Feedbackgeben danke ich meinen wunderbaren Kolleginnen und Kollegen; ganz besonders Susanne Kliem, die mich gleich zu Beginn tatkräftig beim Kürzen meines viel zu langen Exposés unterstützte. Michael Esser, meinem Liebsten, danke ich für seine unendliche Geduld. Über die gesamte Entstehungsphase hinweg war er oftmals dabei, wenn ich laut über mein Buch nachdachte oder ihm – noch nach einem langen Arbeitstag – Passagen daraus vorlas. Mit Lisa Kuppler, Astrid Ule, Mascha Vassena, Nicolas Stille und Carlo Feber – um nur einige zu nennen – lassen sich herrlich anregende und inspirierende Diskussionen und Gespräche darüber führen, was Literatur auszeichnet und was sie vermag.

Dem *Covent 9*, einer einzigartigen literarischen Gruppe, bin ich für die Möglichkeit, uns gegenseitig literarische Spielwiese zu sein und Experimente zu wagen, aufs Engste verbunden.

Ohne die Perspektiven meiner Freundinnen und Freunde und ihren Blick auf das Leben, die Liebe und alles, was damit zusammenhängt, wäre alles andere nichts. Eure Empathie, eure Zuversicht, euer Erstaunen machen jeden Tag lebenswert: Ta-Som Yun, Elsa Middeke, Hans Kleemann, Nina Blundell, Dominique Bals, Wen-Huan Wang, Susanne Zeyse, Sabine Litwinenko, Guido Nellen, Johannes Frenzl, Irina Scheidgen, Barbara Ellen Erichsen, Ina Gafarova, u. v. a. m.

Meinen Schreibhainstudent*innen danke ich für die inspirierende Auseinandersetzung mit dem, was für uns Schriftsteller die Welt bedeutet, den Geschichten.

Sie ist der Ursprung von allem, auf sie ist immer Verlass, ohne sie schriebe ich nicht: meine Familie; Mutti und Hans, Merlin Leander und Lucius Valerian, Michael Esser, Carola und Marco, Ingrid und meine Kölner Verwandtschaft.

Mutti und Hans schenkten mir die Leidenschaft zum geschriebenen Wort und die Phantasie, die für jede gute Geschichte vonnöten ist. Ich danke euch für die vielen Stunden, die ihr euch Zeit genommen habt, mir Geschichten zu erzählen und mir vorzulesen. Dies und auch die gemeinsamen Theater- und Konzertbesuche gaben mir eine Ahnung davon, was die Welt alles bereithält; was noch zu denken, zu fühlen, zu erfinden ist. Ihr seid die Besten, dass ihr mich auch darin unterstützt habt.

Ein großer Dank gilt auch meinen beiden nunmehr leider verstorbenen Großmüttern. Ihr seid der Anfang, den ich erinnere.

Merlin Leander und Lucius Valerian: Ihr bleibt mein größtes Wunder, einzigartig in allem, was ihr seid. Danke für euer Dasein.

Micha, mein Liebster, mein Leben. Mein Dank könnte kaum größer sein. Stets weiß ich dich an meiner Seite, stets gibst du mir Raum zu wachsen, zu denken, zu schreiben. Für dich ist selbstverständlich, um was andere ringen mögen: Freiheit und Liebe, Liebe und Freiheit.